Harold
Robbins

Die Playboys

Roman

Für Grace, meine Frau,
die so vieles möglich gemacht hat –
wovon dieses Buch
das Geringste ist

Einzig berechtigte Übertragung
aus dem Amerikanischen von Willy Thaler
Titel des Originals »The Adventurers«

Lizenzausgabe mit Genehmigung des Scherz Verlages, Bern
für die Bertelsmann Club GmbH, Gütersloh
die Europäische Bildungsgemeinschaft Verlags-GmbH Stuttgart
die Buchgemeinschaft Donauland Kremayr und Scheriau, Wien
und die Buch- und Schallplattenfreunde GmbH, Zug/Schweiz
Diese Lizenz gilt auch für die Deutsche Buch-Gemeinschaft
C. A. Koch's Verlag Nachf., Berlin – Darmstadt – Wien

Gesamtherstellung Mohndruck Graphische Betriebe GmbH, Gütersloh
Printed in Germany · Buch-Nr. 02759 9

Harold Robbins
Die Playboys

Der Mutterschoß vergißt sein;
die Würmer haben ihre Lust an ihm,
Sein wird nicht mehr gedacht; er wird
zerbrochen wie ein fauler Baum.

Buch Hiob 24,20

Epilog als Prolog

Es war zehn Jahre nach seinem gewaltsamen Ende. Der amerikanische Journalist Jeremy Hadley stieg vor dem rostigen Eisentor des kleinen Friedhofs aus dem Taxi. An den Blumenständen kauften Frauen in Schwarz kleine Sträuße. Ihre schweren Schleier schienen sie vor der Hitze und die Umwelt vor ihrem Schmerz zu schützen. Auch die bettelnden Kinder waren da mit den großen, tiefliegenden Augen und den vom Hunger gedunsenen Bäuchen. Bittend streckten sie ihm ihre schmutzigen Hände hin, und er ließ im Vorbeigehen ein paar Münzen hineinfallen. Als der Journalist das Tor durchschritten hatte, war es so still, als wäre die ganze Welt mit einem Schlag verstummt.

Feuchte, tropische Hitze lag über den schwarzen Kreuzen an den weißen Lehmmauern. In einer offenen Hütte saß ein Mann in Uniform. »Xenos, *por favor?*« fragte der Journalist. Der Mann sah ihn überrascht an. Dann sagte er: »*Calle seis, apartamiento veinte.*« Der Journalist mußte lächeln. »Straße sechs, Wohnung zwanzig.« Auch der Tod hatte hier seine Straßen und Wohnungen.

Wie immer, wenn er in einer fremden Stadt war, hatte er in der Halle des Hotels die Lokalblätter durchgesehen und dabei die Notiz gefunden, die er suchte. Es waren vier winzige Zeilen, in einer der letzten Seiten versteckt.

Er ging an prunkvollen Mausoleen entlang und las flüchtig die Namen. Ramírez. Santos. Oberon. Lopez. Der weiße Marmor strömte Kühle aus, und er spürte den kalten, feuchten Schweiß in seinem Kragen. Unwillkürlich beschleunigte er seine Schritte.

Der Weg verbreiterte sich. Links waren die Felder mit den kleinen Gräbern, den ungepflegten, vergessenen Gräbern der Armen. Rechts waren die *apartados*, die Totenwohnungen.

Es waren große Gebäude mit rotgrauen spanischen Ziegeldächern, sechs Meter hoch, zwölf Meter breit und vierundzwanzig Meter lang, aus weißen Zementblöcken. Jede Totenwohnung trug den Namen des Bewohners. Darüber war ein kleines Kreuz in den Zement geritzt, und darunter das Todesdatum.

Der Journalist betrachtete das erste Gebäude. Auf einer kleinen Metallplatte stand CALLE 3, APARTAMIENTO 1. Er hatte noch einen langen Weg vor sich. Er öffnete seinen Kragen und ging schneller. Er wollte nicht zu spät kommen.

Aber niemand war da, nicht einmal die Arbeiter. Er blickte wieder

auf die Metallplatte an dem Gebäude, dann auf seine Uhr. Beides stimmte. Er schlug die Zeitung auf, um zu sehen, ob er sich im Datum geirrt habe, aber auch das stimmte. Dann zündete er sich eine Zigarette an. Lateinamerika. Hier nahm man es mit der Zeit nicht so genau wie daheim.
Er ging langsam um das Gebäude herum. Schließlich fand er, was er suchte. Er warf die Zigarette weg und nahm den Hut ab.

†

D. A. X.

10 MAYO 1955

Ein offener Karren, gezogen von einem müden Esel, ratterte über die Klopfsteine. Ein Arbeiter in verschossener Khakikleidung lenkte den Wagen. Neben ihm saß ein Mann in schwarzem Anzug, mit schwarzem Hut und mit gestärktem weißen, vom Schweiß und Staub des Tages bereits gelb gewordenen Kragen. Ein Arbeiter mit einer Spitzhacke ging nebenher.
Der Wagen hielt, und der schwarzgekleidete Mann kletterte vom Sitz. Er nahm ein Blatt Papier aus seiner Brusttasche, sah es an und suchte dann die Namensschilder an der Wand ab. Jetzt wurde es dem Journalisten klar, daß sie gekommen waren, um das Grab zu öffnen.
Einer der Arbeiter lehnte eine kleine Leiter an die Wand und stieg hinauf.
»Dax«, sagte er, seine Stimme klang rauh auf dem lautlosen Friedhof.
Der Aufseher nickte. »Dax«, wiederholte er mit Genugtuung.
Der Arbeiter auf der Leiter streckte die Hand aus. »*El pico.*«
Der andere Arbeiter reichte ihm die kleine Spitzhacke. Mit fachmännisch kurzem Schlag ließ der Mann die Hacke genau in die Mitte des Zementblocks krachen. Es splitterte, und Sprünge zogen sich nach allen Richtungen durch die eingemeißelten Buchstaben. Wieder schlug der Arbeiter die Hacke in den Zement. Diesmal brach der Stein auseinander. Einige Brocken klirrten auf die Kopfsteine.
Der Journalist ging auf den Aufseher zu.
»*Dónde están los otros?*« fragte er in stockendem Spanisch.
Der Mann zuckte die Achseln. »*No hay otros.*«
»*Pero, en la prensa* –« Der Journalist hielt inne. Er war mit seinem Spanisch am Ende. »*Habla inglés?*«

Der Aufseher lächelte stolz. »*Sí. Ja, zu Ihren Diensten*«, lispelte er mit seinen Zischlauten.
»Ich habe die Notiz in der Zeitung gesehen«, sagte der Journalist erleichtert. »Ich dachte, es kämen noch andere her.«
»Es gibt keine anderen«, sagte der Aufseher.
»Aber . . . wer hat die Notiz erscheinen lassen? Es muß doch jemanden geben. Er war ein sehr berühmter Mann. *Muy famoso!*«
»Die Verwaltung hat die Notiz einsetzen lassen. Andere warten auf den Platz. Wir sind überfüllt, verstehen Sie.«
»Ich verstehe«, sagte der Journalist. Er zögerte. »Ist niemand dagewesen? Von seiner Familie? Oder Freunde? Er hatte viele Freunde.«
Die Augen des Mannes verschleierten sich. »Die Toten sind allein.«
Der Arbeiter auf der Leiter hatte die Zementfassade durchstoßen, und das verfärbte, termitenzerfressene Holz des Sarges war zu sehen.
Der Journalist wandte sich wieder an den Aufseher. »Was geschieht nun mit dem Sarg?«
»Er kommt ins Feuer«, sagte der Aufseher.
»Und dann?«
Der Aufseher zuckte die Achseln. »Da ihn niemand angefordert hat, wird die Asche für die Aufschüttungen im Sumpfgebiet verwendet.«
Der Sarg stand auf dem schmalen Zementstreifen neben dem Gebäude. Der Aufseher kontrollierte mit dem Papier in der Hand die Aufschrift auf dem Schild. »*Verificado*«, sagte er.
Er sah den Journalisten an. »Wollen Sie in den Sarg schauen?«
»Nein.«
»Dann gestatten Sie also?« fragte der Aufseher. »Wenn keine Familie da ist, um zu bezahlen, ist es den Männern erlaubt –«
»Natürlich«, sagte der Journalist schnell. Er wandte sich ab, während die Männer den Sargdeckel abhoben.
Nach einer Weile trat der Aufseher wieder zu ihm. »Es war eine ziemliche Enttäuschung für die Männer«, sagte er. »Es waren nur ein paar Goldplomben in den Zähnen, und dann hatte er noch diesen Ring, sehen Sie.«
Der Journalist blickte auf den Ring in der Hand des Mannes. Er war schmutzverkrustet.
»Ich habe den Ring genommen«, sagte der Aufseher, »und ihnen die

Plomben gelassen. Der Ring ist wertvoll, nicht?« Er zog ein fleckiges Taschentuch heraus und reinigte ihn.
Der Ring war aus Gold mit einem roten geschliffenen Stein. Der Journalist nahm ihn in die Hand und las die wohlbekannte Inschrift. Es war ein Klassenring aus Harvard, Jahrgang 1939. »Ja«, sagte er, »er ist wertvoll.«
»Zehn US-Dollar?« fragte der Aufseher.
Es dauerte eine Weile, bevor es dem Journalisten klar wurde, daß man ihm den Ring zum Kauf anbot. Er nickte. »Zehn US-Dollar.« Er nahm den Schein aus der Tasche.
»*Gracias*«, sagte der Aufseher.
Der Journalist steckte den Ring ein. Sie wandten sich zu den Arbeitern. Der Sarg lag schon auf dem Wagen.
»*Vamonos*«, sagte der Aufseher. »Wir gehen jetzt zum Feuer.«
Der Journalist folgte dem Aufseher und den Arbeitern, die den Sarg durch den breiten Eingang des niedrigen Gebäudes trugen, das als Krematorium diente.
In dem Gebäude standen im Kreis sechs steinerne Verbrennungsöfen, die oben offen waren. Die Luft über ihnen tanzte vor Hitze. Ein Mann in staubigem, aschebedecktem Mantel trat zu ihnen. »*Verificado?*«
Der Aufseher nickte und gab ihm das weiße Stück Papier. »*Verificado.*«
Die Arbeiter schoben den Sarg in einen der Steinöfen.
Der Journalist verließ das Gebäude und zündete sich eine Zigarette an. Er hatte sie noch nicht zu Ende geraucht, als der Aufseher mit einer kleinen grauen Keramikurne herauskam.
»Die Urne kostet fünf Pesos«, murmelte er entschuldigend.
Der Journalist wühlte eine Fünfpesomünze aus der Tasche.
»Jetzt gehen wir zum Wagen«, sagte der Aufseher. Er ging an die Rückseite des Gebäudes. Dort stand ein Karren mit einem schläfrigen Esel davor. Er war mit Unrat und Abfall gefüllt, und Fliegen umsummten ihn. »Hier entleeren wir die Asche.«
Ein plötzliches Gefühl der Übelkeit überkam den Journalisten. »Gibt es keinen anderen Platz?«
Der Aufseher nickte. »Auf der anderen Seite der Straße gibt es eine Farm. Für fünf Pesos erlaubt uns der Besitzer, dort die Asche zu verstreuen.«
Sie gingen über die Straße auf ein Kartoffelfeld.
Der Aufseher hielt ihm die Urne hin. »*Señor?*«

Der Journalist schüttelte den Kopf.
»Sie haben ihn gekannt, *señor?*« fragte der Aufseher.
»Ja. Ich habe ihn gekannt.«
Der Aufseher hob den Deckel von der Urne und streute mit geübter Drehung des Handgelenks die Asche in die Luft. Schweigend sahen sie, wie der Wind sie über das Feld blies.
Jeremy Hadley fühlte sich mit einemmal müde und abgespannt. Er wünschte sich zurück in die Bar des Hotels, zu einem großen, kühlen Drink. Er wünschte, er hätte die Zeitungsnotiz nie entdeckt, wäre nie hergekommen an diesen fürchterlichen Ort, an diese Stätte ohne Gedächtnis.
Der Aufseher zupfte ihn am Ärmel. »Ich hatte unrecht«, sagte er leise. »Die Toten sind nicht allein. Er war nicht allein. Sie waren hier.«

Erstes Buch
Gewalt und Macht

1

Ich spielte in der heißen Sonne des Vorderhofes, als ich weit unten auf der Straße den ersten schwachen Schrei hörte. Mein Hund vernahm ihn auch. Plötzlich sprang er nicht mehr um mich und die kleine Adobehütte, die ich in den hartgebackenen Lehm zu bauen versuchte, herum, sondern stand mit eingezogenem Schwanz ganz still da und zitterte. »Was ist los?« fragte ich und streckte die Hand aus, um ihn zu streicheln. Ich wußte, daß er Angst hatte, aber ich wußte nicht, warum. Der Schrei war unheimlich und merkwürdig beunruhigend gewesen, aber ich war nicht bange. Auch Furcht ist etwas, was man erst lernen muß. Ich war noch zu jung. Ich war sechs.
In der Ferne knatterten Gewehrschüsse. Sie verhallten schnell, dann erklang wieder ein Schrei, lauter und angstvoller als der erste.
Der Hund wandte sich um und rannte in das Zuckerrohrfeld, die Ohren flach am Kopf.
Ich lief ihm nach und schrie: »Perro! Perro! Komm hierher!«
Als ich den Rand des Feldes erreichte, war er schon verschwunden.
»Perro!« schrie ich. Aber er kam nicht zurück. Das Zuckerrohr raschelte leicht in der warmen Brise. Ich roch seine scharfe Süße. In der vergangenen Nacht hatte es geregnet, der Zucker in den Halmen war naß und schwer. Plötzlich merkte ich, daß ich allein war.
Die Arbeiter, die vor wenigen Minuten noch hiergewesen waren, waren fort. Verschwunden wie der Hund. Mein Vater würde sehr böse sein. Für zehn Centavos in der Stunde erwartete er, daß sie auch wirklich arbeiteten.
»Dax!«
Der Schrei kam vom Haus. Ich drehte mich um. Meine ältere Schwester und eines der Küchenmädchen standen auf der *galería.*
»Der Hund ist ins Zuckerrohr gelaufen«, rief ich und wandte mich wieder dem Feld zu.
Einen Augenblick später hörte ich ihre Schritte, und bevor ich mich umdrehen konnte, hatte sie mich aufgehoben und rannte zurück ins Haus.
Meine Mutter stand an der Tür. »Schnell! *A la bodega!*« rief sie.
La Perla, die dicke indianische Köchin, stand hinter meiner Mutter. Sie nahm mich meiner Schwester ab und lief durch das Haus zur Vorratskammer neben der Küche. Hinter uns hörte ich das Klicken des schweren Riegels an der Eingangstür.

»Was ist los, La Perla?« fragte ich. »Wo ist *Papá?*«
Sie drückte mich fester an ihren schweren Busen. »Schh, *niño.*«
Die Tür der Vorratskammer war offen. Wir polterten die Kellertreppe hinunter. Das übrige Personal war schon da. Eine Kerze auf einem Weinfaß warf Schatten über ihre ängstlichen Gesichter.
La Perla setzte mich auf eine kleine Bank. »Setz dich und sei still!«
Das war lustig, dachte ich, lustiger, als im Hof zu spielen. Es war ein ganz neues Spiel.
La Perla hastete wieder die Treppe hinauf. Ich konnte ihre rauhe Stimme über mir hören.
Meine Mutter kam die Stufen herunter. Sie sah ernst und angespannt aus. Ich hörte, wie die schwere Kellertür zugeschlagen und verriegelt wurde, dann erschien La Perla wieder, das Gesicht rot vor Anstrengung. Sie hielt ein riesiges Hackmesser in der Hand, das sie sonst zum Schlachten der Hühner gebrauchte.
Mutter sah mich an. »Geht's dir gut?«
»*Sí, Mamá*«, sagte ich. »Nur, Perro ist weggelaufen, ins Zuckerrohrfeld.«
Aber sie hörte gar nicht zu, sondern lauschte auf Geräusche von draußen.
Eine der Dienerinnen begann plötzlich hysterisch zu heulen.
»Sei still!« zischte La Perla und machte eine drohende Geste mit dem Hackmesser. »Sollen sie uns hören? Damit sie uns alle umbringen?«
Das Mädchen verstummte.
Ich hielt den Atem an und horchte. Aber ich konnte nichts hören.
»*Mamá?*«
»Ruhig, Dax«, flüsterte sie. Aber ich mußte sie etwas fragen.
»Wo ist *Papá?*«
»*Papá* wird bald da sein«, sagte meine Mutter. »Aber wir müssen uns ganz ruhig verhalten, bis er kommt. *Comprendes?*«
Ich nickte und wandte mich zu meiner Schwester. Sie schluchzte leise vor sich hin. Ich sah, daß sie Angst hatte. Ich nahm ihre Hand.
»Du brauchst nicht bange zu sein«, flüsterte ich, »ich bin hier.«
Sie lächelte unter Tränen. »Mein kleiner Held«, sagte sie. »Mein Beschützer.«
Über uns waren die Tritte schwerer Stiefel. Plötzlich schienen sie überall im Hause zu sein.
»*Los bandoleros!*« schrie eine der Mägde. »Sie bringen uns um!«
»Halt den Mund!« Diesmal drohte La Perla nicht bloß. Ihre Hand

schnellte vor, und die Magd taumelte wimmernd zu Boden. Die Schritte schienen sich der Küche zu nähern.

»Die Kerze!« flüsterte meine Mutter heiser. Das kleine Licht ging jäh aus. Wir saßen im Dunkeln.

»*Mamá*, ich kann nichts sehen«, sagte ich.

Ich fühlte eine Hand über meinem Mund. Vergeblich versuchte ich, in der Dunkelheit etwas zu erkennen. Jetzt waren die Schritte über unseren Köpfen, offenbar in der Küche.

Ich vernahm das Krachen eines umgestürzten Tisches, die undeutlichen Stimmen und das Gelächter von Männern. Eine Tür knarrte, und jetzt waren sie in der Vorratskammer. Jemand rüttelte an der Kellertür.

»Die Hühnchen müssen hier unten versteckt sein«, sagte einer. Man hörte Lachen.

»Kikeriki«, krähte ein anderer. »Euer Hahn ist hier.«

Es folgte ein Tritt gegen die Tür. »Macht auf!«

Die Mädchen wichen bis an die Mauer zurück. Meine Schwester zitterte. »Sie suchen nur nach Hühnern«, flüsterte ich. »Sagt ihnen doch, daß sie ihm Hühnerstall hinter dem Haus sind.«

Niemand antwortete. La Perla drückte sich im Finstern an mir vorbei und blieb am Fuß der Treppe stehen. Ein schwerer Schlag gegen die Tür hallte durch den Keller.

Beim nächsten Schlag gab die Tür nach und sprang auf. Ein Lichtstrahl fiel nach unten auf La Perla. Ihr Messer reflektierte das Licht wie ein Silberspiegel.

Ein paar Männer kamen die Treppe herunter.

Der erste blieb stehen, als er La Perla erblickte. »Eine alte fette Henne. Nicht der Mühe wert.« Er ging leicht in die Knie und spähte unter den Vorsprung. »Aber da sind andere. Jung und saftig. Die alte Henne bewacht ihre Schar.«

»*Bastardos!*« sagte La Perla durch die Zähne.

Der Mann richtete sich lässig auf. Aus der kurzläufigen Muskete in seiner Hand fuhr ein greller Blitz.

Scharfer Pulvergeruch stieg mir in die Nase. La Perla schwankte von den Stufen weg zur Wand. Einen Augenblick schien sie dort zu hängen, dann glitt sie langsam die Wand herab.

»La Perla!«

Meine Mutter schrie und rannte zu ihr. Der Mann drehte die Muskete um und schlug sie meiner Mutter über den Kopf. Sie stürzte über den Körper La Perlas.

»*Mamá!*« Ich wollte zu ihr laufen, aber die Hände meiner Schwester hielten mich wie Schraubstöcke. »*Mamá!*« schrie ich wieder.
Die Magd, die gebetet hatte, fiel in Ohnmacht. Der Mann kam die letzten Stufen herunter. Er stieg über La Perla und meine Mutter hinweg. Einen Augenblick sah er auf die Magd, dann rollte er sie mit dem Fuß aus dem Weg. Die anderen drängten hinter ihm die Stufen herab. Es waren elf Mann.
Er zeigte auf die Kerze. »*La candela*«, sagte er.
Einer der Männer brannte ein Zündholz an. Das gelbe Licht flackerte unheimlich durch den Keller. Der Anführer betrachtete uns. »Ah, vier Hühnchen und ein junger Hahn.«
Von hinten kam die Stimme meiner Schwester. »Was wollt ihr?« fragte sie. »Nehmt, was ihr wollt, und geht.«
Der Mann starrte sie einen Augenblick an. Seine Augen waren schwarz und glänzten wie Kohlen.
»Die da gehört mir«, sagte er. »Die anderen könnt ihr euch nehmen.«
Das ohnmächtige Mädchen kam zu sich und rappelte sich hoch. Sie versuchte zur Treppe zu laufen, aber einer erwischte sie an ihren langen schwarzen Haaren.
Er drehte sie zu sich und zog ihren Kopf nach hinten. Mit seiner freien Hand riß er an ihrem Kleid, aber die grobe Baumwolle war zu fest.
Fluchend ließ er sie los. Dann hatte er plötzlich ein Messer in der Hand und schlitzte mit einem Schnitt ihr Kleid auf. Das grobe Gewand fiel von ihr ab, und aus einem dünnen Strich, der bei ihrer Kehle anfing und zwischen den Brüsten und über den braunen Indianerbauch bis in die dichte Matte der Schamhaare lief, quoll es rot hervor. Sie schrie und versuchte, auf Händen und Knien zu entkommen, aber er lachte und zog sie an den Haaren zurück.
Sie brach zu seinen Füßen zusammen. Er setzte seinen Fuß mit dem schweren Stiefel auf ihren Bauch, um sie stillzuhalten, und zog an der Kordel, die seine *pantalones* hielt.
Die anderen hatten sich schon über die übrigen Mägde hergemacht. Niella, die Zofe meiner Mutter, nackt über ein Weinfaß geworfen, wurde an jeder Seite von einem *bandolero* festgehalten, während ein dritter sie bestieg. Sarah, die Indianerin, die La Perla in der Küche half, lag auf der anderen Seite des Kellers hinter einer Reihe von Holzkisten auf dem Boden.
Der Anführer wandte sich zu uns um. Sein massiger Körper ver-

sperrte den Raum. »Fort mit dem Jungen«, sagte er ruhig, »oder ich bring' ihn um.«
Meine Schwester schob mich weg.
Ich sah ihr ins Gesicht. Ihre Augen waren stumpf und glasig. »Nein! Nein!« schrie ich.
»Geh in die Ecke hinter die Kisten und sieh nicht her«, sagte sie. Es war nicht ihre Stimme. Es war die Stimme einer Fremden, kalt und wie von weither. So hatte ich sie noch nie gehört.
»Nein!«
Sie hob die Hand. Ein scharfer Schmerz brannte mir auf der Wange.
»*Vete!* Tu, was ich dir sage!«
Ich begann zu weinen.
»Geh!«
Ich ging und kauerte mich hinter die Kisten. Ich weinte immer noch. Und dann machte ich mir die Hose naß. Ich hatte schnell gelernt, was Furcht ist.

2

Es war der durchdringende Schrei meiner Schwester, der meine Tränen versiegen ließ. Sie schienen in meinem Inneren zu vertrocknen, und ich empfand nur noch einen heftigen, blinden Haß. Ich hielt den Atem an und hob den Kopf.
Meine Schwester kehrte mir den Rücken. Sie war nackt, und der *bandolero* drängte sie gegen eine Kiste.
Ihr Mund war offen, aber kein Ton kam von ihren Lippen. Ihre Augen starrten mich an, ohne etwas zu sehen. Ihre kleinen *tetas* lagen flach auf der Brust, und ihr Bauch schien sich nach innen zu wölben.
Plötzlich wußte ich, was er wollte. Ich hatte oft genug Stiere gesehen, wenn ihnen Kühe zugeführt wurden. Ich sah den *bandolero* an, als ihm die *pantalones* über die Füße fielen. Sein Bauch war ein dichter Haarteppich, aus dem seine geschwollene Mannheit hochstand wie der weiße Schaft des Besens, der zum Kehren der *galería* verwendet wurde.
Meine Schwester versuchte aufzustehen und freizukommen, aber er drückte ihr seinen haarigen Ellenbogen in die Magengrube und umschloß mit einer Hand ihre Kehle. Sie schrie wieder und glitt unter ihm weg, aber er fluchte und verstärkte den Druck an ihrem Hals.

Sie wand sich und glitt zur Seite. Aber er schlug sie wütend ins Gesicht. Ihr Kopf stieß heftig gegen den Rand der Kiste.
Für den Bruchteil einer Sekunde rührte sich der *bandolero* nicht. Aber dann schrie meine Schwester wieder und erschauderte. Langsam drang er in sie ein. Sie blutete, und ihr Schreien erstarb in einem entsetzlichen Stöhnen.
Ich hörte etwas auf den Holzboden klappern. Das Messer war aus seinem Gürtel gefallen. Ohne zu überlegen, kroch ich hinter der Kiste hervor und packte es. Langsam, wie mit großer Anstrengung, drehte er sich zu mir um.
»*Bastardo!*« schrie ich und stieß das Messer mit beiden Händen gegen seine Kehle.
Er riß einen Arm hoch, das Messer flog mir aus den Händen. Ich warf mich auf ihn und bearbeitete ihn mit den Fäusten. Blitzschnell schlug er zurück.
Ich wirbelte von der Wand weg und krachte in die Kisten. Ich spürte keinen Schmerz, nur Haß und den Wunsch zu töten, den ich niemals zuvor gekannt hatte.
Meine Schwester starrte mich an. Plötzlich waren ihre Augen klar. »Dax!« schrie sie und griff nach seiner Hand, die jetzt das Messer hielt.
Wütend suchte er seinen Arm freizubekommen. »Dax! Lauf, *por Dios!* Lauf!«
Ich stand wie gelähmt.
Er schlug nach mir.
»Lauf! Dax!«
Plötzlich zog sie ihre Knie hoch. Der *bandolero* schrie vor Schmerz.
»Dax! Lauf zu *Papá!*«
Das verstand ich. Ich wirbelte herum und rannte die Kellertreppe hoch. Hinter mir hörte ich noch einen Schrei, der jäh abbrach. Der Mann brüllte heiser: »*El niño!*«
Ich rannte durchs Haus und stürzte ins Sonnenlicht hinaus.
Einen Augenblick war ich geblendet. Dann lief ich zu den Zuckerrohrfeldern. »*Papá! Papá!*«
Einige Männer kamen die Straße herauf. Ich wußte nicht, wer sie waren, aber ich lief auf sie zu. Ich war durch den Zaun, bevor die ersten *bandoleros* aus dem Haus kamen. Schreiend jagte ich die Straße hinunter, dann hörte ich Rufen. Es war die Stimme meines Vaters.
»Dax! Dax! *Gracias a Dios!*«

»Papá!« schrie ich.
Ich stürzte weinend in seine Arme: *Papá! Papá!* Ich hab' Angst! Sie sollen mir nichts tun.«
Mein Vater drückte mich an sich. »Du brauchst keine Angst zu haben«, flüsterte er. »Niemand wird dir etwas tun.«
»Sie haben *Mamá* etwas getan«, schrie ich, »und sie haben Schwester etwas getan. La Perla ist tot, und Schwester blutet.«
Das dunkle Gesicht meines Vaters wurde aschfahl. »Das also ist Ihre Armee, General?« sagte er mit bitterem Hohn. »Sie führt Krieg gegen Frauen und Kinder?«
Der schlanke Mann, der neben meinem Vater stand, richtete seine kalten grauen Augen auf mich. »Wenn meine Leute etwas Unrechtes getan haben, so werden sie dafür sterben, *señor.*«
Er ging auf das Haus zu. Die *bandoleros,* die mir nachgelaufen waren, blieben stehen, als sie ihn sahen. *»El jefe!«*
Sie drückten sich gegen die Mauer, als wir vorbeikamen. Der General blieb im Eingang stehen. »Wo sind sie?«
»En la bodega«, sagte ich.
Plötzlich stürzte mein Vater am General vorbei ins Haus, durch die Küche und die Kellertreppe hinunter.
Einen Augenblick stand er dort und starrte auf die Verwüstung. *»Dios mio«,* schluchzte er leise, sank in die Knie und legte den Kopf meiner Mutter in seinen Schoß. *»Dios mio!«*
Das Gesicht meiner Mutter war weiß und sehr still. Ihr Kopf schien merkwürdig schief zu hängen. Ich sah mich nach meiner Schwester um. Sie lag noch auf der Kiste, ihr Kopf baumelte nach hinten. Ich rannte zu ihr. »Jetzt ist alles gut«, schrie ich. *»Papá* ist hier.«
Aber sie hörte mich nicht. Sie würde mich nie wieder hören. Das Messer steckte ihr noch in der Kehle. Ich starrte sie ungläubig an. Und dann wurde mir erst klar, was geschehen war. Sie waren alle tot. *Mamá.* Meine Schwester. La Perla. Alle.
Später, nachdem mich mein Vater von dem blutigen Schauplatz weg ins Sonnenlicht gebracht hatte, standen wir im Hof. Es war spät am Nachmittag, und es waren viel mehr Männer da als vorher. Es mußten mehr als hundert sein.
Elf von ihnen standen von den anderen getrennt. Jeder war mit einem Strick an seine beiden Nebenmänner gefesselt. Schweigend standen sie in der hellen Sonne an der Mauer.
Der General saß an einem Tisch auf der *galería.* Er sprach ruhig, aber seine dünne, kalte Stimme erreichte jeden unter der Menge.

»Hört zu und merkt es euch! Ihre Strafe wird auch euch treffen, wenn ihr vergeßt, daß ihr Befreier seid, nicht *bandoleros*. Ihr kämpft für die Freiheit und für eure Landsleute, nicht um Beute oder Gewinn. Ihr seid Soldaten im Dienste eurer Heimat, nicht Plünderer und Frauenschänder.«

Er stand auf und wandte sich an einen Adjutanten, der ihm eine Maschinenpistole reichte. Er hielt meinem Vater die Waffe hin. »*Señor?*«

Mein Vater holte tief Atem, dann sah er die Männer an, die an der Mauer standen. »Nein, General«, sagte er leise. »Ich bin ein Mann des Gesetzes, nicht des Krieges. Das Leid ist mein, aber nicht die Rache.«

Der General nickte und stieg die Stufen von der *galería* zum Hof hinab. Die Maschinenpistole locker in der Hand, ging er auf die elf Mann zu. Er blieb vor dem ersten stehen, dem Mann, der meine Schwester umgebracht hatte.

»Dich, García«, sagte er ruhig, »habe ich zum Feldwebel gemacht. Du hättest vernünftiger sein sollen.«

Der Mann schwieg und sah dem General furchtlos in die Augen. Er wußte, es gab keine Gnade, und er erwartete keine.

Ich starrte García an. Ich sah ihn wieder vor mir, wie er sich auf meine Schwester stürzte. Ich rannte die Stufen der *galería* hinab und brüllte: »Laß mich, General! Laß mich ihn töten!«

»Dax! Dax! Komm her!« rief mein Vater mir nach.

Aber ich hörte nicht auf ihn. Ich lief zum General hin. »Laß mich!« schrie ich.

»Dax!« rief mein Vater.

Der General sah zur *galería* zurück. »Es ist nur gerecht«, sagte er.

»Aber er ist ein Kind!« antwortete mein Vater. »Was weiß er von Gerechtigkeit?«

»Heute hat er den Tod kennengelernt«, sagte der General. »Er hat hassen gelernt, er hat sich fürchten gelernt. Lassen Sie ihn jetzt lernen, wie man tötet, oder es wird für immer wie ein Geschwür an seiner Seele fressen.«

Mein Vater schwieg. Sein dunkles Gesicht war finster, als er sich langsam abwandte. »Es liegt ihm im Blut«, sagte er traurig. »Die Grausamkeit der *conquistadores*.«

Ich wußte, was er meinte. Es war das Blut meiner Mutter; sie konnte ihre Familie bis zu den Spaniern zurückverfolgen, die mit Cortez gekommen waren.

Der General kniete nieder. »Komm her, mein Junge.«
Er legte die Maschinenpistole auf seinen Unterarm und führte meine Hand so, daß mein Finger am Abzug lag. »Nun«, sagte er, »schau auf den Lauf und ziel. Dann drück ab. Das übrige mache ich.«
Ich sah mit zusammengekniffenen Augen den blauen Metallauf entlang. Ich zielte auf García und zog den Abzug durch.
Der Lärm zerriß mir beinahe das Trommelfell. Ich spürte, wie der General mit der Maschinenpistole die Reihe entlangstrich. Ich fühlte den Abzug unter meinem Finger glühend heiß werden, aber die frohe Erregung in mir war so groß, daß ich nicht losgelassen hätte, wenn mein Finger verbrannt wäre.
Plötzlich war das Magazin leergeschossen. Verwirrt sah ich zu dem General auf.
»Es ist vorbei, *niño*.«
Die elf Männer lagen ausgestreckt auf dem Boden, die Gesichter starr und verzerrt von letzter Angst. Ihre Augen sahen leer in die weiße Sonne.
Ich begann zu zittern. »Sind sie tot?« fragte ich.
Der General nickte. »Sie sind tot.«
Ich fröstelte, als ob es eiskalt geworden wäre. Dann begann ich zu weinen und lief zu meinem Vater.
»Papá! Papá!« schrie ich. »Sie sind tot. Werden *Mamá* und Schwester jetzt wieder lebendig?«

Diogenes Alejandro Xenos. Ein viel zu langer Name für einen kleinen Jungen. Zuerst rief mich meine Mutter Dio. Aber meinen Vater ärgerte das. Er meinte, das sei eine frevelhafte Verstümmelung. Irgendwann wurde Dax daraus. Ich glaube, es war La Perla, die mich als erste so nannte. Diogenes war zuviel verlangt für ihre indianische Zunge.
Mein Vater wurde in der Küstenstadt Curatu als Sohn eines griechischen Matrosen und einer Negerin geboren, die unten bei den Lagerhäusern ein Restaurant hatte, in dem Matrosen zu essen pflegten, wenn sie an Land kamen. Ich erinnere mich, einmal eine Daguerreotypie meiner Großeltern gesehen zu haben, die mein Vater mir zeigte.

Man konnte erkennen, daß meine Großmutter, obwohl sie saß, größer war als mein Großvater, der hinter ihrem Stuhl stand. Ihr Gesicht sah sehr schwarz aus. Ihre Haltung verriet Kraft und Zielstrebigkeit. Mein Großvater hatte die Augen eines Träumers und Dichters. Und das war er auch gewesen, ehe er zur See ging.
Mein Vater hatte die Hautfarbe seiner Mutter und die sanften Augen seines Vaters. Er hatte seine Eltern sehr geliebt und erzählte mir voller Stolz, daß seine Mutter von Bantufürsten abstammte, die als Sklaven hierhergebracht worden waren, und wie ihr Vater sich nach der Sklavenbefreiung auf Lebenszeit vertraglich gebunden hatte, damit sie das bißchen an Erziehung bekam, das für sie zu haben war.
Jaime Xenos. Mein Vater hieß so nach seinem Großvater mütterlicherseits. Als meine Großmutter schwanger wurde und das kleine Restaurant nicht mehr führen konnte, übernahm es mein Großvater. Aber es war nicht das richtige für ihn. Bevor mein Vater einen Monat alt war, wurde das Restaurant mit allem, was meine Großmutter erarbeitet und angesammelt hatte, verkauft.
Mein Großvater, der eine sehr schöne Handschrift besaß, wurde dann Kanzlist bei dem *alcalde* des Hafenbezirks. Die Großeltern zogen in ein kleines Haus, etwa zwei Kilometer vom Hafen entfernt. Dort hielten sie ein paar Hühner und konnten auf die blaue Karibische See hinaussehen und die ein- und auslaufenden Schiffe beobachten.
Geld war nicht viel da, aber meine Großeltern waren sehr glücklich. Mein Vater war das einzige Kind, und sie hatten große Pläne mit ihm. Sein Vater hatte ihn, als er sechs war, lesen und schreiben gelehrt, und durch Vermittlung des *alcalde* brachte er ihn in einer Schule unter, in der die Kinder von Beamten und *aristócratas* waren.
Dafür mußte mein Vater jeden Tag um halb fünf morgens, vor Beginn des Unterrichts, die Schulräume reinigen. Und nachmittags brachte er drei weitere Stunden, bis sechs Uhr, in der Schule zu, um alles zu säubern und in Ordnung zu bringen.
Mit sechzehn hatte mein Vater alles gelernt, was die Schule zu bieten hatte. Er war bei weitem der begabteste Schüler.
Die Jesuiten, die die Schule leiteten, und mein Großvater hielten eine *conferencia* ab, bei der beschlossen wurde, meinen Vater auf die Universität zu schicken. Er sollte Jura studieren. Da das Gehalt seines Vaters als Kanzlist dafür zu mager war, wollten die Jesuiten

ihn aus dem Stipendiatenfonds der Schule unterstützen. Den noch fehlenden Betrag streckte der *alcalde* vor. Dafür mußte sich mein Vater verpflichten, nach Beendigung seines Studiums fünf Jahre für ihn zu arbeiten.

So begann er mit zwanzig Jahren seine Rechtspraxis ohne Gehalt im Büro des *alcalde*, in dem sein Vater Kanzlist war. Im dritten Jahr seiner vertraglichen Verpflichtung kam die Pest nach Curatu.

Sie kam auf einem Schiff mit weißen Segeln, verborgen in der Dunkelheit der Laderäume.

Innerhalb von drei Tagen waren fast alle dreitausend Seelen der Stadt tot oder lagen im Sterben.

Mein Vater saß wie immer an seinem Schreibtisch über den Gesetzbüchern, als der *alcalde* eintrat. »Jaime.«

Mein Vater sah auf. »*Sí, excelencia?*«

»Sind Sie schon mal in Bandaya gewesen?«

»*No, excelencia.*«

»Es gibt dort einen Fall«, sagte der *alcalde*, »eine Frage von Grundbesitzrechten. Mein guter Freund Rafael Campos hat einen Streit mit den örtlichen Behörden.«

Mein Vater wartete geduldig.

»Ich müßte eigentlich selbst hinreisen«, sagte der *alcalde*, »aber hier gibt es dringende Angelegenheiten –« Er brach ab.

Mein Vater antwortete nicht. Er wußte, was im Büro los war; es gab nichts wirklich Wichtiges. Aber Bandaya war sechshundert Kilometer weit, hoch droben in den Bergen, und die Reise war anstrengend. Außerdem gab es Gerüchte über *bandoleros*, die im Gebirge Reisenden auflauerten.

»Es ist eine wichtige Sache«, sagte der *alcalde*, »und Señor Campos ist ein alter Freund von mir. Ich möchte, daß er jede mögliche Hilfe von uns bekommt.« Er machte eine kurze Pause. »Ich glaube, es wäre gut, wenn Sie noch heute morgen abreisen könnten. Ich habe Ihnen ein Pferd aus meinem Stall bereitstellen lassen.«

»*Sí, excelencia*«, sagte mein Vater und stand auf. »Ich gehe nach Hause und packe ein paar Sachen zusammen. In einer Stunde kann ich aufbrechen.«

Dann ging er in das äußere Büro, wo sein Vater saß und ein Urteil kopierte.

»*Qué pasa?*« fragte sein Vater.

»*Voy a Bandaya, Papá.*«

Mein Großvater lächelte. »*Eso es bueno.* Das ist eine gute Chance

für dich. Señor Campos ist ein bedeutender Mann. Ich bin sehr stolz auf dich.«
»*Gracias, Papá.* Ich gehe jetzt. *Adios, Papá.*«
»*Vete con Dios,* Jaime«, sagte sein Vater und wandte sich wieder seiner Arbeit zu.
Mein Vater nahm das Pferd aus dem Stall des *alcalde* und ritt heim, um seine Sachen zu holen.
Seine Mutter hängte im Vorhof die Wäsche zum Trocknen auf. Mit wenigen Worten erklärte er ihr, wohin er reise. Wie sein Vater war sie erfreut und glücklich über die Chance, die sich ihm bot. Sorgfältig packte sie ihm seine besten Hemden und seinen besten Anzug in eine alte, abgenutzte Reisetasche.
Als sie in den Hof kamen, fuhr gerade ein Schiff mit leuchtendweißen Segeln an den Wellenbrechern vorbei in den Hafen ein. Seine Mutter blieb stehen und sah auf das Wasser hinaus. »*Mira!*«
Jaime lächelte. Seine Mutter hatte ihm erzählt, wie ihr Vater sie als kleines Mädchen auf den Hügel mitgenommen hatte, damit sie die Schiffe sehen konnte, die in den Hafen kamen. Und er hatte gesagt, eines Tages werde ein großes Schiff mit weißen Segeln kommen und sie nach Hause mitnehmen, heim in eine Freiheit, in der ein Mann wegen des täglichen Brotes nicht das Knie beugen mußte.
»Das Schiff hätte Großpapa gefallen«, sagte ihr Sohn.
Sie lachte und sagte: »Mein Schiff mit den weißen Segeln bist du.«
Mein Vater küßte sie und stieg aufs Pferd. Auf dem Kamm des Hügels drehte er sich um und blickte hinunter. Er sah seine Mutter im Hof stehen, und das Schiff mit den weißen Segeln legte gerade an der Kaimauer an.
Als er zwei Monate später nach Curatu zurückkehrte, lag das Schiff immer noch am Kai, eine schwarzverbrannte, gesplitterte Holzmasse. Einst war es stolz über die Meere gefahren, aber dann hatte es den Schwarzen Tod in die Stadt gebracht. Von seinem Vater und seiner Mutter fand er keine Spur.

Als ein Diener die Nachricht brachte, ein Fremder reite den Berg herunter auf die *hacienda* zu, nahm Señor Rafael Campos sein Fernglas und ging auf die *galería* hinaus. Er sah einen schwarzen Mann in staubigem Stadtanzug auf einem dunklen Pony, das vorsichtig den schwierigen Bergpfad herabkam. Die Diener waren wachsam gewesen. Aber man durfte nicht unvorsichtig sein, wenn jeden Augenblick die *bandoleros* aus den Bergen kommen konnten.

Señor Campos stand oben an der Treppe, als mein Vater kam.
»*Bienvenido, señor*«, rief er höflich, wie es in den Bergen üblich war.
»*Mil gracias, señor*«, antwortete mein Vater. »Habe ich die Ehre, mit Seiner Exzellenz, Don Rafael Campos, zu sprechen?« Erwartungsvoll stand er da.
Der andere nickte.
Mein Vater verbeugte sich. »Jaime Xenos, *de la oficina del alcalde, a su servicio.*«
Don Rafael lächelte. »Treten Sie ein«, sagte er und streckte ihm die Hand entgegen. »Sie sind ein willkommener Gast in meinem Hause.«
»Die Ehre ist auf meiner Seite, mein Herr.«
Don Rafael klatschte in die Hände. Ein Diener kam. »Einen kühlen Trunk für unseren Gast. Kümmre dich um sein Pferd.«
Er führte meinen Vater in den Schatten der *galería* und bat ihn, Platz zu nehmen. Als mein Vater sich an den kleinen Tisch setzte, bemerkte er das Gewehr und die beiden Pistolen, die neben dem Stuhl seines Gastgebers auf dem Boden lagen.
»In den Bergen kann man nicht vorsichtig genug sein«, sagte Don Rafael.
Der Diener kam mit den Getränken, und die beiden Männer tranken einander zu. Dann brachte mein Vater die Entschuldigungen des *alcalde* vor. Aber Señor Campos war durchaus zufrieden, daß mein Vater gekommen war. Man werde die Angelegenheit bestimmt zum guten Abschluß bringen. Nach dem Mittagessen bat Don Rafael meinen Vater, auf sein Zimmer zu gehen und sich auszuruhen. Morgen sei noch genug Zeit, das Geschäftliche zu besprechen. So lernte mein Vater erst beim Abendessen meine Mutter kennen.
María Elisabeth Campos hatte den Reiter schon vom Fenster über der *galería* beobachtet, als er zum *pórtico* heraufkam. Das Gespräch drang durch die Stille des Nachmittags bis zu ihr.
»Er ist sehr groß und sieht gut aus. Findest du nicht?« sagte eine Stimme hinter ihr.
María Elisabeth wandte sich um. Doña Margarita, ihre Tante mütterlicherseits, die seit dem Tode der Señora den Haushalt führte, stand hinter ihr.
María Elisabeth errötete. »Aber er hat eine sehr dunkle Haut.«
»Er hat Negerblut«, sagte die Tante. »Aber das macht nichts. Man sagt, sie wären großartige Ehemänner und Liebhaber.«

Die Stimme von Don Rafael, der vorschlug, der Gast solle sich bis zum Abendessen ausruhen, klang zu ihnen herauf.
Doña Margarita zog den Kopf zurück. Sie sah ihre Nichte an. »Jetzt solltest du dich niederlegen. Es wäre nicht gut, wenn dich unser Gast erschöpft und müde von der Hitze des Tages sähe.«
Die Vorhänge wurden zugezogen, und María Elisabeth ruhte sich im kühlen Halbdunkel aus. Sie schlief nicht, sondern dachte an den großen, dunklen Fremden. Er war Anwalt. Das bedeutete, daß er Schliff und Manieren besaß, im Gegensatz zu den Söhnen der Grundbesitzer und Plantagenbesitzer, die in der Umgebung der *hacienda* wohnten. Die waren alle grob und gewöhnlich und hatten mehr Interesse für ihre Waffen und Pferde als für höfliche, gesellschaftliche Konversation.
Und doch würde sie bald ihre Wahl treffen müssen. Sie war über siebzehn. Noch ein Jahr, und sie würde als alte Jungfer gelten, zu einem Leben verurteilt, wie es Doña Margarita führte.
Es wäre hübsch, mit einem Anwalt verheiratet zu sein, dachte sie im Einschlafen. Man würde in der Stadt leben und viele interessante Leute kennenlernen.
Mein Vater war beim Abendessen fasziniert von dem schlanken, lebhaften jungen Mädchen mit den riesigen dunklen Augen und den roten Lippen.
María Elisabeth schwieg fast während des ganzen Abendessens. Sie hörte entzückt auf die weiche Lautfärbung des Südens in der Stimme des Gastes. Die Sprache der Küste klang sanfter und edler als die der Berge.
Nach dem Essen gingen die Herren in die Bibliothek zu ihren Zigarren und dem Kognak. Später spielte María Elisabeth im Musikzimmer ein paar einfache Lieder auf dem Klavier. Nach diesen Liedern jedoch ging sie zu Chopin über.
Mein Vater hörte aufmerksam zu. Die tiefe Leidenschaft der Musik ergriff ihn. Er sah unverwandt das junge Mädchen an, das an dem riesigen Klavier geradezu winzig aussah. Als sie zu Ende war, applaudierte er.
María Elisabeth stand vom Klavier auf, das Gesicht gerötet und hübsch.
»Es ist warm hier drinnen«, sagte sie und öffnete ihren kleinen Spitzenfächer. »Ich glaube, ich gehe ein wenig in den Garten.«
Mein Vater stand sofort auf. Er verbeugte sich vor Don Rafael. »*Con su permiso, excelencia?*«

Don Rafael nickte höflich.
Mein Vater bot dem Mädchen seinen Arm und begleitete sie in den Garten. Doña Margarita folgte diskret in drei Schritt Abstand.
»Sie spielen gut«, sagte mein Vater.
»Gar nicht gut.« Sie lachte. »Ich habe nicht viel Zeit zum Üben. Und niemanden, von dem ich lernen könnte.«
»Mir scheint, es gibt für Sie nicht mehr viel zu lernen.«
»In der Musik gibt es immer viel zu lernen«, sagte sie und sah zu ihm auf. »Ich habe gehört, in der Rechtskunde ist es auch so; man darf nie aufhören zu studieren und zu lernen.«
»Stimmt«, gab mein Vater zu. »Das Gesetz ist ein strenger Lehrmeister. Es gibt dauernd Änderungen, neue Auslegungen, Berichtigungen, sogar neue Gesetze.«
María Elisabeth seufzte bewundernd. »Ich verstehe nicht, wie Sie das alles im Kopf behalten können.«
Er sah in ihre staunenden Augen. Und in diesem Augenblick war er verloren.
Fast ein Jahr später heirateten sie. Mein Vater war aus Curatu mit der Nachricht vom Tode seiner Eltern zurückgekehrt. Don Rafael schlug ihm vor, als Rechtsanwalt in Bandaya zu bleiben. Es gab dort zwei Anwälte, aber der eine war alt und wollte sich zur Ruhe setzen.
Fast auf den Tag ein Jahr später wurde meine Schwester geboren. Vor mir bekamen meine Eltern noch zwei Mädchen. Aber sie kamen beide tot zur Welt.
Von Doña Margarita hörte ich die Geschichte meiner Geburt und meiner Taufe. Als die Hebammen meinem Vater die freudige Nachricht brachten, sank er auf die Knie und dankte. Er dankte dafür, daß ich ein Junge war, und dafür, daß ich kräftig und gesund war und am Leben bleiben würde.
Dann begann der Streit um meinen Namen. Mein Großvater wollte, daß ich nach seinem Vater hieße. Mein Vater dagegen wollte mir den Namen seines Vaters geben. Keiner gab nach.
Meine Mutter machte dem Streit schließlich ein Ende. »Geben wir ihm doch einen Namen, der unsere Zukunftshoffnungen ausdrückt«, sagte sie.
So wählte mein Vater die Namen: Diogenes Alejandro Xenos.
Diogenes nach dem griechischen Sucher der Wahrheit, Alejandro nach dem Welteroberer. »Die Erklärung ist einfach«, sagte mein Vater, als er mich über die Taufe hielt.
»Mit der Wahrheit wird er die Welt erobern.«

4

Ich erwachte, als der erste Lichtschimmer in mein Zimmer drang. Einen Augenblick blieb ich noch liegen, dann stand ich auf und ging ans Fenster.
Jenseits der Straße sah ich den leichten Rauch von den kleinen Lagerfeuern der *bandoleros* hochsteigen. Kein Laut kam von dort. Ich zog das Nachthemd aus und schlüpfte in meine *pantalones* und die Schuhe. Ich zog das warme indianische Wollhemd an, das La Perla mir zum Geburtstag gemacht hatte, und ging hinunter. Ich war hungrig.
Sarah, die die Gehilfin von La Perla gewesen war, machte Feuer im Herd. Sie sah auf, als ich eintrat, ihr indianisches Gesicht war flach und teilnahmslos.
»Ich habe Hunger«, sagte ich. »Bist du jetzt die Köchin?«
Sie nickte nur. Sarah redete nie viel.
Ich setzte mich an den Küchentisch. »Ich möchte eine *tortilla con jamón.*«
Sie nickte wieder, warf zwei Fingerspitzen Fett in die schwere, schwarze Bratpfanne und stellte sie auf den Herd. Dann warf sie ein paar Scheiben Schinken hinein und schlug drei Eier darüber.
Ich beobachtete sie mit Genugtuung. Sie war besser als La Perla. Von La Perla hätte ich die *tortilla* nicht gekriegt. Ich hätte statt dessen Porridge essen müssen. Ich beschloß, noch eine letzte Probe zu machen. »*Café con leche*«, sagte ich. Schokolade war das einzige, was La Perla und meine Mutter mir erlaubten.
Sarah stellte den *café* schweigend vor mich hin. Ich trank ihn laut schmatzend, nachdem ich drei gehäufte Löffel braunen Zucker hineingetan hatte. Das half über den scheußlichen Geschmack hinweg. Kaffee schmeckte mir gar nicht, aber ich hatte immerhin das Gefühl, erwachsen zu sein.
Die *tortilla* war dunkelbraun, heiß und fest, wie auch La Perla sie gemacht hatte. Ich wartete einige Minuten, bis sie abgekühlt war, dann aß ich sie mit den Fingern.
»Das war gut«, sagte ich voller Anerkennung, als ich fertig war.
Etwas in Sarahs Augen erinnerte mich an ihren Blick im Moment, als sich ihr die *bandoleros* im Keller genähert hatten. Es war der gleiche unerklärliche Ausdruck von Hinnahme.
Ich sah ihr ins Gesicht. »Haben sie dir weh getan, Sarah?« fragte ich.

Schweigend schüttelte sie den Kopf.
»Ich bin froh, daß sie dir nicht weh getan haben.«
Dann sah ich den Tränenschleier um ihre dunklen Augen. Ich nahm ihre Hand. »Weine nicht, Sarah«, sagte ich. »Ich lasse es nicht zu, daß sie es dir nochmals antun. Ich werde sie töten, wenn sie es versuchen.«
Plötzlich legte sie ihre Arme um mich und drückte mich fest an sich. Ich spürte ihre warmen Brüste an meinem Gesicht und hörte das Klopfen ihres Herzens. Sie schluchzte krampfhaft, aber fast lautlos. Ich war ganz still in ihren Armen. Ich konnte nichts anderes sagen als »Weine nicht, Sarah. Bitte, weine nicht.«
Nach einiger Zeit ließ sie mich los und wandte sich wieder zum Herd. Es gab nichts mehr zu sagen. Ich ging hinaus auf die *galería*. Der hintere Teil der *galería* lag noch in tiefem Schatten, aber ich konnte das glühende Ende einer Zigarre sehen und die Umrisse eines Mannes, der im Stuhl meines Vaters saß. Aber es konnte nicht mein Vater sein. Er würde nie so früh am Tag einen *cigarro* rauchen.
Das Gesicht wurde deutlicher, als ich in den Schatten trat. Die hellgrauen Augen beobachteten mich. *Buenos días*, Señor General«, sagte ich höflich.
Er antwortete ebenso höflich. »*Buenos días, soldadito*. Wie geht es dir heute morgen?«
»Danke, gut. Ich bin früh aufgestanden.«
»Ich weiß. Ich habe dich oben am Fenster gehört.«
»Sie waren schon auf?« fragte ich überrascht. Ich hatte niemanden gehört.
Er lächelte. »Generäle müssen wie kleine Jungen bei Sonnenaufgang aufstehen, um zu sehen, was der Tag von ihnen verlangt.«
Ich antwortete nicht. Ich blickte zu dem Lager der Soldaten hinüber. »Aber die haben noch geschlafen«, sagte ich.
Seine Stimme klang verächtlich. »*Campesinos*. Denen ist nur wichtig, daß sie jeden Tag zu essen bekommen. Und sie können gut schlafen, weil sie wissen, daß für sie gesorgt ist. Hast du gegessen?«
»*Sí*. Sarah hat mir das *desayuno* gemacht. Sie hat geweint.«
Sein *cigarro* glühte rot. »Weiber weinen immer«, sagte er. »Sie wird darüber hinwegkommen.«
»Ich weine nicht.«
Er sah mich einen Moment an, ehe er antwortete. »Nein, du bist ein Mann. Männer haben keine Zeit, über etwas zu weinen, was geschehen ist.«

»*Papá* hat geweint«, sagte ich. »Gestern auf dem Friedhof.« Ich fühlte einen Klumpen in der Kehle, als ich daran dachte: die untergehende Sonne, die lange Schatten über den kleinen Friedhof hinter dem Haus geworfen hatte, das Quietschen des rostigen Eisentores, das leise platschende Geräusch der feuchten, schwarzen Erde, die auf die Särge fiel, und der salbungsvolle Ton des Priesterlateins. Ich schluckte den Klumpen. »Ich habe auch geweint.«
»Das darf man«, sagte der General ernst. »Sogar ich habe geweint.« Er legte seinen *cigarro* weg, nahm meine Hand und zog mich an sich. »Aber das war gestern. Heute sind wir wieder Männer, und für Tränen ist keine Zeit.«
Ich nickte stumm.
»Du bist ein mutiger Junge. Du erinnerst mich an meine eigenen Söhne.«
Ich sagte nichts.
»Einer ist ein paar Jahre älter als du, der andere ein Jahr jünger. Ich habe auch eine kleine Tochter. Sie ist vier.« Er lächelte und zog mich auf seine Knie. »Sie wohnen in den Bergen.«
Er blickte zu der fernen Bergkette. »Dort sind sie. Möchtest du sie nicht für einige Zeit besuchen? Man kann viel unternehmen in den Bergen.«
»Kann ich ein Pony bekommen?« fragte ich schnell.
»Jetzt noch nicht. Wenn du ein wenig größer bist, vielleicht. Aber du kannst einen Esel haben.«
»Gehört mir der dann ganz allein?«
»Selbstverständlich. Niemand außer dir darf ihn reiten.«
»Das wäre fein«, sagte ich. »Das würde mir schon Spaß machen. »Aber . . .« Ich kletterte von seinen Knien herunter und sah zu ihm auf. »Aber was ist mit *Papá?* Er hat jetzt nur noch mich.«
»Ich glaube, dein Vater wäre auch damit einverstanden. Er hat im nächsten Jahr sehr viel zu tun und keine Zeit, hier zu sein. Er wird sich bei mir aufhalten.«
Die Sonne war um die Ecke der *galería* gewandert. Man spürte schon die Hitze des Tages. Ein leises Kratzen war unter unseren Füßen zu hören, dann plötzlich ein Geräusch, als ob jemand unter dem Holzboden versteckt wäre.
Der General war sofort auf den Beinen, eine Pistole in der Hand. »*Quién es?*« Seine Stimme war scharf.
Dann hörte ich ein wohlbekanntes Kläffen und Jaulen. Ich sprang von der *galería* hinunter und steckte meinen Kopf in die Öffnung.

Eine kalte Nase fuhr mir übers Gesicht. Ich griff hinein und zog den kleinen, mistfarbenen Hund unter der *galería* hervor.
»Perro!« schrie ich glücklich. »Perro! Er ist wieder da!«

5

Manuelo gab uns ein Zeichen, anzuhalten. Dann strich er rasch mit den Fingern über die Lippen. Ich saß auf meinem kleinen Pony und wagte kaum zu atmen. Neben mir hielt Roberto, auch er aufs höchste gespannt.
Roberto war der älteste Sohn des Generals Diablo Rojo. Er war fast elf, zwei Jahre älter als ich. Aber ich war gut acht Zentimeter größer. Roberto war richtig eifersüchtig auf mich geworden, als sich im letzten Jahr gezeigt hatte, daß ich schneller gewachsen war als er.
Die anderen horchten ebenfalls. Ich strengte meine Ohren an, aber ich konnte außer dem Rauschen des Waldes nichts hören.
»Sie sind nicht weit«, flüsterte Manuelo. »Wir müssen leise sein.«
»Es wäre gut, wenn wir wüßten, wie viele es sind«, flüsterte Gato Gordo.
Manuelo nickte. Fat Cat hatte immer recht. Was er sagte, hatte Hand und Fuß. Vielleicht, weil er so dick war, weil er sich ungern bewegte und deshalb um so mehr nachdachte.
»Ich werde die Lage erkunden«, sagte Manuelo und saß ab.
»Nein«, sagte Fat Cat. »Das Laub und die Zweige sind trocken. Sie werden dich hören.«
»Wie sollen wir's dann herauskriegen?«
Gato Gordo deutete nach oben. »Von den Bäumen aus«, sagte er. »Wie die Affen. Da gucken die bestimmt nicht hin.«
»Wir sind zu schwer«, sagte Manuelo. »Wenn ein Ast bricht – schon hat's uns erwischt.«
Fat Cat sah Roberto und mich an. »Aber die sind nicht zu schwer.«
»Nein!« sagte Manuelo scharf. »Der General bringt uns um, wenn seinem Sohn etwas passiert.«
»Dax kann das machen«, sagte Fat Cat.
Manuelo betrachtete mich. Ich sah den Zweifel in seinem Gesicht.
»Ich weiß nicht«, meinte er zögernd.
Aber schon griff ich über meinen Kopf und packte einen Ast. Ich zog mich aus dem Sattel hoch, in den Baum hinauf. »Ich mach' das«, sagte ich.

Robertos Gesicht war finster, weil ich ging und nicht er. Aber den strikten Befehlen seines Vaters mußte man gehorchen. Roberto rührte sich nicht.
»Sei ganz leise«, sagte Manuelo. »Wir wollen nur wissen, wie viele es sind und was sie für Waffen haben.«
Ich nickte und kletterte höher. Etwas fünf Meter überm Boden, wo die Äste zu dünn wurden, um mich zu tragen, kletterte ich von Baum zu Baum weiter.
Das ging sehr schnell, da ich wie alle Jungen viel in Bäumen herumgeklettert war. Aber ich brauchte doch fast eine Stunde für die vierhundert Meter bis zu ihrem Lager. Dann befand ich mich fast unmittelbar über ihren Köpfen.
Es waren vierzehn Mann. Ihre rot-blauen Uniformen waren staubig und verschossen. Ein Feuer brannte, und gelegentlich warf einer Holz darauf.
Dann kam eine Frau auf die kleine Lichtung. Einer der Männer setzte sich auf und redete mit ihr. An den Streifen an seinem Ärmel sah ich, daß es ein Feldwebel war. Seine Stimme tönte rauh durch die rasch zunehmende Dämmerung.
»*Dónde está la comida?*«
»Es kommt schon«, sagte die Frau leise.
Kurz darauf erschienen noch zwei Frauen mit einem großen eisernen Topf. Der Geruch des Fleisches ließ mir das Wasser im Munde zusammenlaufen.
Die Frauen stellten den Topf neben die Männer und teilten das Essen auf Blechteller aus. Nachdem alle Männer etwas bekommen hatten, nahmen die Frauen, was übrig war, und ließen sich damit ein Stück abseits von den Soldaten nieder.
Ich benützte die Zeit, da alle mit dem Essen beschäftigt waren, zu verschwinden.
Obwohl die anderen auf meine Rückkehr warteten, gelang es mir, geräuschlos zwischen sie zu springen. Ich war sehr stolz, als ich ihre verdutzten Gesichter sah.
»Vierzehn Mann unter Befehl eines Feldwebels«, sagte ich. »Sie haben schon das Lager für die Nacht gemacht.«
»Was haben sie für Waffen?« fragte Fat Cat.
»Gewehre und zwei Maschinenpistolen.«
»Nur zwei?«
»Mehr hab' ich nicht gesehen.«
»Ich möchte wissen, was die da zu suchen haben«, sagte Fat Cat.

»Es muß eine Patrouille sein«, antwortete Manuelo. »Sie schicken immer Patrouillen aus, um festzustellen, wo wir sind.« Er lachte. »Ist ihnen aber noch nie gelungen.«
»Vierzehn Mann und zwei Maschinenpistolen«, wiederholte Fat Cat nachdenklich. »Wir sind nur fünf, ohne die beiden Jungen. Ich glaube, es ist besser, wenn wir verschwinden.«
»Aber jetzt wäre eine Gelegenheit«, sagte ich. »Die Frauen haben ihnen gerade das Essen gebracht. Sie würden uns bestimmt nicht hören.«
»Sie haben Frauen dabei?« sagte Manuelo überrascht.
»Ja.«
»Wie viele?«
»Drei.«
»Deserteure!« sagte Fat Cat. »Sie haben sich in die Berge abgesetzt mit ihren Weibern.«
»Vielleicht stimmt es dann doch«, sagte ein anderer. »Der General hat die Armee in die Flucht gejagt. Dann ist *la guerra* bald vorbei.«
»Die Armee kontrolliert immer noch die Häfen«, sagte Fat Cat. »Wir können nicht gewinnen, ehe der General Curatu genommen hat. Wenn wir sie einmal von der See abschneiden, können die Yanqui-Imperialisten ihnen nicht mehr helfen. Dann wird es vorbei sein.«
»Ich habe gehört, wir marschieren auf Curatu«, sagte Manuelo.
»Was sollen wir denn nun mit den *soldados* machen?« fragte Fat Cat.
»Ich weiß nicht.« Manuelo zögerte. »Sie haben zwei Maschinenpistolen.«
»Sie haben auch drei Frauen«, sagte Fat Cat grinsend. »Wir könnten Maschinenpistolen brauchen. Der General wäre uns dankbar.« Er sah zu mir herüber. »Haben sie eine Wache aufgestellt?«
»Nein«, sagte ich. »Sie liegen ums Feuer und essen. Eine Wache gibt es nicht. Ich hätte direkt in ihren Kochtopf pissen können, ohne daß sie's gemerkt hätten.«
Manuelo kam zu einem Entschluß. »Wir werden sie überraschen. Kurz vor Morgengrauen, wenn sie im tiefsten Schlaf liegen.«

Ich zog meine Decke fester um mich, um die Nachtkälte abzuhalten. Neben mir hörte ich, wie Roberto sich bewegte. »Bist du wach?« flüsterte ich.
»*Sí.*«

»Ich kann nicht schlafen«, sagte ich.
»Ich auch nicht.«
»Hast du Angst?«
»Nein«, sagte Roberto verächtlich. »Natürlich nicht.«
»Ich auch nicht.«
»Ich kann es gar nicht erwarten. Ich werde einen dieser *soldados* erledigen. Wir werden sie alle erledigen.«
»Die Frauen auch?« fragte ich.
»Quatsch«, sagte Roberto.
»Was machen wir denn mit ihnen?«
»Ich weiß nicht.« Er dachte einen Augenblick nach. »Sie vergewaltigen, nehme ich an.«
»Das finde ich nicht so schön«, sagte ich. »Das ist mit meiner Schwester passiert. Es tut ihnen weh.«
»Du bist eben ein kleiner Junge. Du könntest auch gar keine vergewaltigen, selbst wenn du's wolltest. Du bist zu klein.«
»Und doch werd' ich eine vergewaltigen«, sagte ich laut und herausfordernd.
Er lachte spöttisch. »Das kannst du gar nicht. Er wird dir nicht steif.« Er zog sich die Decke über den Kopf. »Jetzt schlaf. Ich will mich noch etwas ausruhen.«
Ich lag still und sah zu den Sternen hoch. Manchmal schienen sie so tief am Himmel zu hängen, als ob man hinauflangen und sie anfassen könnte. Ich hätte gern gewußt, welcher Stern meine Mutter war und welcher meine Schwester. Mein Vater hatte mir erzählt, sie seien in den Himmel gekommen und wären Sterne geworden. Konnten sie mich heute nacht sehen? Ich schloß die Augen und schlief ein.
Ich erwachte sofort, als mich Manuelo berührte. »Ich bin soweit«, sagte ich. »Ich werde euch zeigen, wo sie sind.«
»Nein.« Manuelo schüttelte den Kopf. »Du bleibst hier bei den Pferden. Jemand muß auf sie aufpassen, sonst laufen sie weg.«
»Aber –«
Manuelo schnitt mir das Wort ab. »Du und Roberto, ihr bleibt bei den Pferden. Das ist ein Befehl.«
Ich sah Roberto an. Er wich meinem Blick aus. Er war eben doch nicht so groß, wie er immer behauptete. Sonst hätten sie ihn nicht hiergelassen.
»Es wird Zeit«, sagte Fat Cat.
»Ihr bleibt hier, bis wir zurück sind«, ermahnte uns Manuelo.

»Wenn wir bis Mittag nicht wieder hier sind, nehmt ihr die Pferde und reitet heim. *Comprendéis?*«
Schweigend nickten wir und sahen zu, wie die Männer im Wald verschwanden. Eine Zeitlang konnten wir die Zweige unter ihren Füßen knacken hören, dann war alles still.
»Ich sehe nicht ein, warum wir den Spaß nicht mitmachen dürfen«, sagte ich. »Die Pferde können nicht fort. Die sind an den Vorderfüßen gefesselt.«
»Manuelo hat gesagt, wir sollen hierbleiben«, antwortete Roberto.
Ich fühlte mich plötzlich mutig. »Du sollst hierbleiben. Aber ich nicht.«
»Manuelo wird aber wütend werden.«
»Der kriegt das nie zu wissen«, sagte ich. »Ich komme durch die Bäume schneller hin als die zu Fuß.«
Ich kletterte am nächsten Baum hoch. Auf dem untersten Ast machte ich halt. »Ich erzähle dir alles, was passiert.«
Roberto starrte zu mir herauf, dann lief er auf den Baum zu. »Warte«, rief er. »Ich komm' mit!«

6

Da ich nun die genaue Richtung kannte, kamen wir dieses Mal schneller hin.
Von unserem Ausguck konnte ich sehen, wie unsere Männer im Kreis um die schlafenden Soldaten ausschwärmten. Die Soldaten rührten sich nicht. Sie lagen, in ihre Decken gehüllt, an dem fast erloschenen Feuer.
In dem schwachen Licht konnte ich nur zwölf ausmachen. Ich strengte meine Augen an, um die beiden anderen zu entdecken. Aber sie waren nicht da. Dann wurde es mir klar: sie waren bei den Frauen. Ob Manuelo es bemerkt hatte?
Ich sah eine Bewegung am Rande der Büsche. Fat Cat signalisierte jemandem auf der anderen Seite der Lichtung. Manuelo kam aus dem Laubwerk hervor. Ich sah den matten Glanz seiner breiten Machete. Neben ihm tauchte Diego auf.
Zwei andere erschienen neben Fat Cat. Manuelo gab mit seiner Machete ein Zeichen. Lautlos liefen sie über die Lichtung. Ich sah die Macheten auf- und niederblitzen. Fünf Soldaten waren tot, ehe die anderen auch nur die Augen aufgemacht hatten.

Zwei wurden erledigt, als sie sich umdrehten. Einer starb, als er sich aufsetzte, ein anderer kam bis auf die Knie, ehe Fat Cat zuschlug. Einer der Soldaten versuchte, auf Händen und Knien in den Schutz der Büsche zu kriechen. Ein Pistolenschuß scholl durch den Wald, und der Gesang der Vögel brach ab. Der Soldat stürzte vornüber zu Boden.

Zwei Soldaten waren noch übriggeblieben. Sie hoben die Hände über den Kopf und bettelten um Gnade. Ihre Stimmen klangen dünn und schrill im ersten Morgenlicht, das durch die Bäume sickerte. Aber ihre Bitten blieben ohne Erfolg.

Einen Augenblick war es still, während unsere Leute wieder zu Atem zu kommen suchten. Dann sagte Manuelo: »Sind sie tot?«

»*Sí*«, antwortete Fat Cat.

»Alle?« fragte Manuelo.

»Ich komme nur auf zwölf«, sagte Fat Cat.

»Ich auch«, bestätigte Manuelo. »Der Junge sagte, es seien vierzehn.«

»Und drei Frauen«, fügte Diego hinzu.

»Er kann sich geirrt haben«, sagte Fat Cat. »Er ist nur ein Kind.«

»Ich glaube nicht«, antwortete Manuelo. »Zwei sind wahrscheinlich mit den Frauen verschwunden.«

»Sie können nicht weit sein. Sollen wir sie suchen?«

»Nein«, sagte Manuelo. »Jetzt haben sie uns gehört. Und in diesem Dschungel finden wir sie nie. Nehmt die Gewehre und die Munition an euch.« Er holte einen *cigarillo* heraus, zündete ihn an und lehnte sich an einen Baum.

Die anderen sammelten gerade die Gewehre zusammen, als ich fast unmittelbar unter dem Baum, in dem ich versteckt war, ein Geräusch hörte. Es war der Feldwebel. Er hielte eine Maschinenpistole im Anschlag. Sie zielte genau auf Fat Cat.

Ohne zu überlegen, schrie ich: »Gato Gordo, paß auf!« Fat Cats Reaktion war großartig. Er warf sich seitlich ins Laubwerk wie das Tier, nach dem er genannt wurde. Nicht so Diego. Er sah mit einem Ausdruck blöden Staunens in den Baum hinauf, in dem ich versteckt war. Dann schien ihn ein Kugelregen hochzuheben und in einem Salto rückwärts zu schleudern.

Der Feldwebel hob die Maschinenpistole gegen uns.

»Weg! Roberto! Zurück!« schrie ich und sprang auf einen anderen Ast.

Ich hörte das Hämmern der Maschinenpistole, aber ebenso rasch,

wie es begonnen hatte, hörte es auf. Der Feldwebel arbeitete mit aller Macht am Verschluß der Waffe. Ladehemmung.
Hinter mir schrie Roberto auf. Obwohl er kleiner war als ich, war er viel schwerer, und ein Ast hatte unter ihm nachgegeben. Er stürzte durch die Zweige und fiel dem Feldwebel fast vor die Füße. Der Feldwebel schleuderte die Waffe weg und warf sich auf Roberto. Er überrollte ihn und kam wieder auf die Füße. Dabei hielt er den Jungen vor sich, sein Messer an Robertos Kehle. Über Robertos Kopf hinweg starrte er unsere Männer an. Sie starrten ihn an. Manuelos Gewehr war auf ihn gerichtet, und Fat Cat ließ seine Machete locker an der Seite hängen. Die beiden anderen traten langsam hinter sie.
Niemand brauchte dem Feldwebel zu sagen, daß er den Trumpf in der Hand hielt. Ein Blick genügte. »Keine Bewegung, sonst bring' ich den Jungen um!«
Manuelo und Fat Cat tauschten verlegene Blicke. Ich wußte, was sie dachten. Dem General würde das alles gar nicht gefallen. Wenn Roberto etwas zustieß, brauchten die beiden gar nicht erst zurückzukommen. Der Tod im Dschungel wäre ein Segen, verglichen mit dem, was der General für sie bereit hätte. Sie rührten sich nicht.
Fat Cat redete als erster. Er wies mit der Spitze seiner Machete zu Boden. »Laß den Jungen gehen«, sagte er sanft. »Wir werden dich schonen. Wir lassen dich ungeschoren zurück in den Wald gehen.«
Der Feldwebel grinste und spuckte aus. »Hältst du mich für blöd? Ich habe gesehen, wie ihr die Leute schont, als sie darum gebettelt haben.«
»Das ist etwas anderes«, sagte Fat Cat.
Manuelo bewegte sich ein wenig zur Seite. Das Messer des Feldwebels blitzte. Ein dünner Faden Blut erschien auf Robertos Wange.
»Keine Bewegung!« brüllte der Feldwebel.
Manuelo erstarrte.
»Wirf dein Gewehr weg!«
Manuelo sah zögernd zu Fat Cat. Der nickte fast unmerklich, und Manuelo ließ das Gewehr zu Boden fallen.
»Jetzt die anderen«, befahl der Feldwebel.
Fat Cat ließ die Machete fallen, die anderen beiden ihre Gewehre.
Der Feldwebel blickte auf die weggeworfenen Waffen, aber dann entschloß er sich, sie nicht selbst einzusammeln. »Varga! *Aquí, venga aquí!*«
Seine Stimme schallte durch den Wald. Aber es kam keine Antwort.
Wieder schrie er: »Varga, *aquí!*«

Immer noch keine Antwort.
»Dein *compañero* ist geflohen«, sagte Fat Cat sanft. »Es ist besser, du tust, was wir sagen.«
»Nein!« Der Feldwebel ging auf die Waffen zu, wobei er Roberto sorgsam vor sich hielt. »Zurück!« warnte er. »Weg von den Gewehren!«
Langsam wichen die Männer zurück. Langsam ging der Feldwebel auf sie zu. Er näherte sich dem Baum, in dem ich versteckt war. Es war, als hätte ich die ganze Zeit gewußt, was geschehen müsse. Ich hatte das Messer aus dem Gürtel gezogen. Der Griff lag flach in meiner Faust, die Klinge nach außen wie ein Schwert.
Ein wilder Schrei kam aus meiner Kehle, während ich hinuntersprang. »*Mato!* Ich töte!«
Ich sah einen Augenblick sein nach oben gerichtetes, fahles Gesicht, als ich auf ihn fiel. Ein brennender Schmerz rann mir durch den Arm, während wir beide zu Boden stürzten. Dann ergriffen mich zwei Arme und rollten mich weg. Als ich wieder auf die Füße kam, sah ich Fat Cat über dem Feldwebel stehen.
Mit einem Ausdruck der Verwunderung sagte er: »*Está muerto!*« Er sah mich an. »Er ist tot. Der kleine Bastard hat ihn tatsächlich umgebracht!«
Roberto lag nach Luft schnappend auf dem Boden. Als er mir sein Gesicht zuwandte, sah ich den Blutstreifen auf seiner Wange.
»Alles in Ordnung?« fragte ich. Er nickte.
Ich wollte zu ihm gehen. Da ertönte hinter mir ein Schrei. Ich fühlte einen scharfen Schmerz am Kopf, und als ich mich rasch umdrehte, fuhren Fingernägel über mein Gesicht.
Dann wand sich eine Frau in Fat Cats Griff. Sie spuckte mich an. »Du hast ihn umgebracht! Du bist kein Kind, du bist ein Ungeheuer! Eine schwarze Pest aus deiner Mutter Bauch!«
Es gab einen dumpfen Schlag, als der Griff von Fat Cats Machete sie traf. Lautlos glitt sie zu Boden. Fat Cats Stimme klang zufrieden, als er die anderen beiden Frauen bemerkte, die von Manuelos Gewehr in Schach gehalten wurden.
»Ah!« sagte er. »Da sind ja *las putas!*«

7

Santiago, der Indianer, riß ein paar Blätter von einem Lorbeerbusch und zerrieb sie in den Händen. Dann bückte er sich und kratzte ein wenig Schlamm vom Rand des Wasserlochs. »Legt das aufs Gesicht«, sagte er. »Dann tut es nicht mehr so weh.«
Roberto und ich folgten seinem Rat. Der kühle Schlamm wirkte lindernd.
»Ich glaube, es wird eine Narbe geben«, sagte Roberto wichtig. Er betrachtete mich kritisch. »Aber bei dir wohl nicht. Kratzer gehen nicht so tief wie Messerschnitte.«
»Oh«, sagte ich enttäuscht. Ich hätte auch gern eine Narbe vorgezeigt.
Manuelo und Fat Cat hockten unter einem Baum und flüsterten. Gelegentlich blickten sie zu den Frauen hinüber, die am Rand der Lichtung am Boden saßen. Die Brüder Santiago bewachten sie.
»Ich möchte wissen, worüber sie reden«, sagte ich.
»Ich weiß es nicht«, antwortete Roberto. Er starrte die Frauen an. »Die Junge ist gar nicht schlecht.«
»Glaubst du, daß sie auf uns böse sind?«
»Wer?« Robertos Stimme klang erstaunt. Dann verstand er, was ich meinte. Er schüttelte den Kopf. »Ich glaube nicht. Sie wären alle tot, wenn wir nicht hiergewesen wären und sie gewarnt hätten.«
»*Sí.*«
»Schließlich bin ich ja auch auf den Feldwebel gesprungen, um ihn aufzuhalten.«
Ich starrte Roberto an. Ich hatte gedacht, er sei heruntergefallen. »Du bist sehr mutig.«
»Du auch.« Er sah wieder zu den Frauen hin. »Ich wollte, die hörten auf zu reden. Ich möchte am liebsten gleich eine vögeln.«
»Wirklich?«
»Natürlich.«
Fat Cat kam auf uns zu. »Geht's euch gut, Jungs?«
»*Sí*«, antwortete Roberto.
»*Bueno*«, sagte er. »Glaubt ihr, ihr könnt zurückgehen und die Pferde herbringen? Wir haben viel zu tragen.«
»Was wollt ihr mit den Weibern machen?« sagte Roberto.
Fat Cat sah ihn an. »Sie bewachen, bis ihr zurückkommt.«
»Ich werde hierbleiben und sie bewachen helfen«, erklärte Roberto. »Schick einen von den anderen mit Dax.«

Fat Cat betrachtete ihn einen Augenblick.
»Wenn wir dich hierlassen, wirst du dann auch zu Hause nichts erzählen?«
»Nein«, sagte Roberto.
Ich wußte nicht, was er meinte, aber ich wollte mich nicht fortschikken lassen, wenn Roberto blieb. »Ich verspreche, daß ich auch nichts erzähle.«
Fat Cat überlegte einen Augenblick. »Du wirst auch hierbleiben«, sagte er dann. »Wir haben eine viel wichtigere Aufgabe für dich, als die Pferde zu holen. Du sollst Wachtposten sein. Wir wollen nicht, daß der entflohene Soldat zurückkommt und uns überrascht wie der Feldwebel. Geh also den Pfad etwa vierhundert Meter hinunter und mach die Augen gut auf!«
»Ich weiß nicht«, antwortete ich zögernd. Ich sah Roberto an, aber er sagte nichts.
Fat Cat nahm die Pistole aus dem Gürtel. »Da, nimm sie. Wenn du den Kerl siehst, gib einen Warnungsschuß in die Luft ab.«
Damit hatte er mich gewonnen. Es war das erste Mal, daß mir jemand eine Pistole anvertraute.
»Aber paß auf«, sagte Fat Cat. »Erschieß dich nicht selber.«
»Keine Angst«, erwiderte ich großspurig und blickte mich um, ob auch alle es gesehen hatten.
Als ich etwa hundert Meter entfernt war, hörte ich sie lachen und wunderte mich, worüber sie lachten. Nach etwa vierhundert Metern kletterte ich auf einen Baum, von dem aus ich alles gut beobachten konnte.
Es mochte eine Viertelstunde vergangen sein. Ich wurde allmählich unruhig. Wenn der Soldat irgendwo in der Gegend war, so hatte ich ihn jedenfalls nicht gesehen. Wie lange sollte ich dableiben? Fat Cat hatte nichts darüber gesagt. Ich wartete noch ein paar Minuten, dann beschloß ich, zurückzugehen und ihn zu fragen.
Als ich näher kam, hörte ich wieder das Lachen. Ich hatte das unbestimmte Gefühl, daß es Ärger geben würde, wenn ich jetzt bei ihnen erschien. Aber meine Neugier siegte. So kletterte ich wieder in die Bäume hinauf.
Zuerst konnte ich nicht erkennen, was sie machten, denn sie hielten sich alle tief im Schatten eines riesigen Baumes am Rande der Lichtung. Ich sah nur ein Durcheinander von Körpern. Und dann wurde mir klar, was geschah.
Aber es war nicht so, wie ich es in Erinnerung hatte. Diese Frauen

schrien nicht. Sie hatten keine Angst. Sie lachten; es schien ihnen nichts auszumachen.
Der älteste Santiago saß mit dem Rücken an einem Baum gelehnt, zwischen seinen Lippen hing ein *cigarillo*, auf seinem Gesicht lag ein befriedigtes Lächeln. Ich überlegte, wo Roberto sein konnte. Plötzlich kam er aus dem Gebüsch, seine Hose in der Hand.
Ich starrte ihn an. Es stimmt, dachte ich neidisch, er ist wirklich schon ein Mann.
Fat Cat setzte sich auf. Ich sah seinen weichen weißen Bauch und hörte über die Lichtung hinweg seine Stimme. »Es ist Zeit«, sagte er. »Der General wird zufrieden sein. Seht bloß mal! Roberto ist schon ein Mann.«
Die Frau, bei der Fat Cat gelegen hatte, langte nach ihm, um ihn wieder hinunterzuziehen. Ärgerlich schlug er ihre Hand weg. *»Puta!«* Er stieß sie auf den Boden zurück und stand auf.
Langsam erhoben sich auch Manuelo und der jüngste Santiago. Manuelo griff nach der Feldflasche und schüttete Wasser über seinen Unterleib, dann trocknete er sich mit einem bunten Tuch ab. Er wandte sich an Roberto. »Wie wir es ausgemacht haben. Du hast die Wahl.«
Roberto sah die Frauen an. Sie lagen nackt da, ihre Körper glänzten von Schweiß. »Ich nehme die da«, sagte er und zeigte auf eine von ihnen.
Es war die junge, von der Roberto gesagt hatte, er wolle sie haben. Ich hätte eine von den anderen genommen, sie hatten größere *tetas*. Robertos Beine zitterten, als er auf sie zuging. Er sank vor ihr in die Knie. Lachend griff sie nach ihm und zog ihn auf sich nieder.
Ich sah ihren dicken weißen Hintern und die Schenkel, die sich um Roberto schlossen. Die anderen sahen interessiert zu. Plötzlich wandte sich Manuelo ab und stürzte sich auf die ihm zunächst liegende Frau. Einen Augenblick später nahm Fat Cat sich die andere.
Roberto und die junge bewegten sich in einem eigentümlich wilden Tanz. In mir quoll die Erregung auf, mein Herz klopfte, ein seltsamer Schmerz breitete sich in meiner Leistengegend aus. Mein Mund war trocken. Ich konnte nicht atmen.
Roberto begann zu schreien, er schlug um sich, als wolle er der Umarmung der Frau entrinnen. Erschrocken merkte ich, daß ich abrutschte. Ich griff nach dem Ast, aber es war zu spät. Ich fiel vom Baum, fast vor ihre Füße.
Manuelo wälzte sich herum und sah mich an. *»Perdido!«*

Ich sprang auf. »Ihr habt mich belogen!« schrie ich.
Fat Cat wandte den Kopf. »Du solltest den Weg bewachen.«
»Ihr habt mich belogen!« schrie ich wieder. Ich warf mich auf die nächste Frau, zuckte mit den Hüften und versuchte Robertos krampfartigen hektischen Tanz nachzumachen. »Ich will auch eine Frau vergewaltigen!«
Ich spürte, wie Fat Cat mich zurückzog. Ich wehrte mich. »Laß mich los! Laß mich los!«
Ich zuckte immer noch krampfhaft, während Fat Cat mich aufhob. Ich wand mich in seinen Armen und schlug nach seinem Gesicht. Ich fing an zu weinen. »Wenn ich alt genug bin, um jemanden umzubringen, bin ich auch alt genug, um eine Frau zu vergewaltigen! Genauso wie Roberto!«
Fat Cat drückte mich fest an seine verschwitzte Brust. Ich roch seinen Männergestank, und plötzlich waren Fieber und Kampflust weg.
Er streichelte mir sanft über den Kopf. »Ruhig, mein kleiner Hahn«, flüsterte er, »ruhig. Es kommt alles zu seiner Zeit. Bald genug bist du auch ein Mann!«

8

Manuelo blickte uns an. »Habt ihr die Gewehre?«
»*Sí*«, antwortete Fat Cat.
»Dann los.« Manuelo ging vor uns den Pfad entlang.
Die älteste von den Frauen kam über die Lichtung gelaufen und packte ihn am Arm. »Ihr wollt uns doch nicht im Dschungel lassen?« sagte sie.
»Wir haben euch nicht hergebracht«, antwortete Manuelo.
»Aber das könnt ihr nicht tun«, schrie die Frau. »Wir kommen hier um. Waren wir denn nicht nett zu euch?«
Manuelo schüttelte sie ab, und die Frau blieb ein paar Schritte zurück. »Hund!« schrie sie ihm nach. »Sollen wir hier verrecken?«
Er starrte sie an. »Ja«, sagte er. Dann hob er die Pistole und schoß sie nieder.
Sie taumelte rücklings gegen einen Baum und sank am Stamm zusammen. Dann lag sie still.
»Die beiden anderen sind fort«, sagte Fat Cat.
»Sollen wir sie verfolgen?«

»Nein.« Manuelo steckte die Pistole in die Halfter. »Wir haben schon genug Zeit mit diesen *putas* verloren. Und wir haben noch eine ganze Tagereise vor uns, bis wir an das Fleisch kommen. Wenn wir uns nicht beeilen, werden die zu Hause hungern müssen.«
Fat Cat lächelte.
»Das wird den *putas* eine Lehre sein«, sagte er. »Die können nicht einfach mit einem Mann machen, was sie wollen, bloß, weil er einmal zwischen ihren Beinen gelegen hat.«

Wir erreichten das Tal von Bandaya erst am nächsten Morgen. Im Frühnebel kamen wir den Bergrücken hinunter. Plötzlich brach die Sonne durch die Wolken, und das Tal breitete sich grün und schön wie ein dicker Teppich vor uns aus. Ich streckte mich im Sattel und versuchte mein Elternhaus zu entdecken. Seit mehr als zwei Jahren hatte ich es nicht mehr gesehen.
Ich erinnerte mich an den Nachmittag, an dem es entschieden wurde. Mein Vater und der General hatten ruhig auf der *galería* geplaudert. Gelegentlich sah mein Vater zu mir herüber. Ich spielte mit Perro im Hof.
»Dax?«
»Si, Papá?«
»Komm her.«
Ich ging zur *galería*.
Ich sah, daß mein Vater Furchen im Gesicht hatte, die mir vorher nie aufgefallen waren. Seine dunkle Haut erschien mir jetzt grau. Ich blieb vor ihm stehen.
»Der General hat mir erzählt, daß er mit dir darüber gesprochen hat, ob du zu ihm in die Berge gehen möchtest.«
»Sí, Papá.«
»Meinst du, daß dir das Spaß machen würde?«
»Er hat gesagt, ich kriegte einen Esel«, erklärte ich. »Und wenn ich größer bin, ein eigenes Pony.«
Mein Vater schwieg.
»Er hat auch gesagt, daß du mit ihm zusammen fortgehst«, sagte ich. »Mußt du wirklich fortgehen? Ich möchte lieber mit dir hierbleiben.«
Mein Vater und der General wechselten einen Blick. »Ich geh' nicht gern von dir fort, mein Sohn. Aber es muß sein.«
»Warum?«
»Es ist wichtig«, sagte er. »Der General und ich, wir haben uns zu-

sammengetan und gewissermaßen ein Bündnis miteinander geschlossen.«
Ich verstand es immer noch nicht.
»Die Menschen werden unterdrückt, im Lande herrschen Unrecht und Hunger«, fuhr mein Vater fort. »Wir müssen tun, was wir können, um ihnen zu helfen.«
»Warum bringst du sie nicht hierher?« fragte ich. »Hier gibt es genug für alle.«
Mein Vater zog mich auf seinen Schoß. »Das geht nicht«, erklärte er sanft. »Es sind zu viele.«
Ich kannte alle *campesinos* im Tal. So viele waren es gar nicht. Und das sagte ich ihm auch.
Mein Vater lächelte. »Jenseits der Berge gibt es noch viel mehr *campesinos.*«
»Wie viele? Doppelt soviel?«
Er schüttelte den Kopf. »Viel mehr. Tausende und aber Tausende. Wenn die alle hierherkämen, dann gäbe es nicht einmal genug Platz zum Schlafen.«
»Oh.« Ich versuchte mir das vorzustellen. Aber dann fiel mir etwas anderes ein. »Gehst du mit dem General, weil du sein Gefangener bist?«
»Nein«, sagte mein Vater. »Der General und ich sind Freunde. Wir glauben, daß man den Leuten helfen muß.«
»Dann wirst du auch ein *bandolero* wie er?« fragte ich.
»Der General ist kein *bandolero.*«
»Aber seine Leute sind *bandoleros.*«
»Jetzt sind sie keine mehr«, erklärte mein Vater. »Er hat alle *bandoleros* in seine Armee aufgenommen. Die Männer sind nun *guerrilleros.*«
»Die Armee hat rot-blaue Uniformen«, sagte ich. »Die Leute des Generals haben überhaupt keine Uniform. Sie sehen aus wie *bandoleros.*«
»Die werden auch mal Uniformen bekommen«, unterbrach der General.
»Oh«, sagte ich. »Dann ist es etwas anderes. Dann sehen sie auch aus wie Soldaten.«
Ich hörte den Klang nahender Hufschläge auf der Straße. Es war mein Großvater Don Rafael. »Es ist Großvater«, schrie ich und sprang von den Knien meines Vaters. Ich lief ans Geländer und winkte. »*Hola, Papá Grande! Hola, Abuelo!*«

Aber mein Großvater antwortete nicht. Er preßte die Lippen aufeinander. Sein Gesicht war bleich.
Mein Vater stand auf, als der alte Mann die Treppe heraufkam. »*Bienvenido*, Don Rafael.«
Großvater sah meinen Vater mit einem kalten Blick an. »Ich komme wegen meines Enkels.«
Mein Vater zog mich an sich. Seine Finger zitterten, als sie meine Schultern umfaßten. »Ich habe das Gefühl, daß mein Sohn in diesem Tal nicht sicher ist, wenn ich fort bin.«
»Sie haben Ihr Recht auf ihn verwirkt«, sagte Großvater. »Sie haben sich mit den Mördern seiner Mutter zusammengetan. Deshalb sind Sie nicht mehr sein Vater. Wer sich mit dem Abschaum einläßt, ist selber Abschaum.«
Die Finger meines Vaters gruben sich stärker in meine Schulter. Aber seine Stimme war unverändert ruhig. »Was geschehen ist, war ein unglücklicher Zufall«, sagte er. »Die Männer, die das Verbrechen begingen, haben dafür bezahlt.«
Papá Grande erhob seine Stimme. »Bringt das meine Tochter, Ihre Frau, zurück? Oder Ihre Tochter? Sie sind tot, und Sie sind am nächsten Tag bereit, mit den Gewalttätern fortzureiten. Und Sie würden wohl auch noch Ihren Sohn in ihre Obhut geben?«
Mein Vater antwortete nicht.
»Sie sind nicht zufrieden, bevor er nicht so ist wie sie. Wie diese Mörder, Terroristen, Frauenschänder!«
Großvater ging auf mich zu, aber mein Vater schob mich hinter sich. »Es ist mein Sohn«, sagte er, immer noch ruhig. »Ich werde ihn nicht hierlassen. Man würde ihn als Geisel gegen mich verwenden, wenn die Armee hierherkommt. In den Bergen ist er sicherer.«
»*Sangre negra!*« sagte mein Großvater verächtlich. »Negerblut! Sohn des Sohnes von Sklaven! Ich habe dich für einen Mann gehalten, sonst hätte ich dir nicht meine Tochter gegeben. Jetzt sehe ich, daß ich unrecht hatte. Es gibt nichts, wozu du nicht fähig wärst, bloß um dich vor den Mächtigen zu erniedrigen, genauso wie deine Vorfahren es getan haben!«
Da fuhr der General aus seinem Stuhl hoch. »Genug, Alter«, schrie er.
Papá Grande sah ihn angewidert an. »*Bandolero!*« Es klang wie das gemeinste Schimpfwort, das ich je gehört hatte.
Das Gesicht des Generals lief rot an. »*Basta, viejo!* Genügt es dir nicht, daß wir dich und deinen Besitz verschonen? Oder möchtest

du sterben, um die Schmerzen in deinen alten Knochen zu lindern?«
Großvater nahm keine Notiz von ihm. Er wandte sich an meinen Vater, als sei der General überhaupt nicht da. »Wenn Sie nur einen Funken Liebe für Ihren Sohn verspüren, geben Sie ihn mir, ehe es zu spät ist.«
Mein Vater schüttelte den Kopf.
»Gehen Sie!« befahl der General. »Gehen Sie, bevor ich die Geduld verliere und die Vergünstigungen rückgängig mache, die Ihr Schwiegersohn für Sie erwirkt hat.«
»Ich brauche weder Ihre Geduld noch seine Vergünstigungen«, sagte *Papá Grande.* »Ich habe im Lauf der Jahre viele Ihrer Art gesehen. Ich werde es auch noch erleben, daß Ihr Kopf auf einer Lanze steckt wie bei den anderen.«
Er wandte sich um und ging in gerader Haltung die Stufen der *galería* hinunter zu seinem Pferd. Sein Anzug war weiß wie der Schnee auf den Bergen. Er stieg in den Sattel und wendete sein Pferd. »Wenn die Armee kommt, werden wir sehen, wie mutig ihr seid!«
Dann sah er mich an, und seine Stimme wurde weich. »Leb wohl, mein Enkel«, sagte er. »Schon jetzt trauere ich um dich.«
Ich blickte ihm nach. Dann wandte ich mich zu *Papá.* Er zog mich stürmisch in seine Arme und preßte mich an sich. »Mein Sohn, mein Sohn«, flüsterte er. »Ich bete zu Gott, daß ich das Richtige für dich tue!«
Der General klatschte einmal kurz in die Hände, und ein Mann kam über die Straße gelaufen. Er war schwer, der dickste Mann, den ich je gesehen hatte, aber er lief mit einer Leichtigkeit und Behendigkeit, die mich an die wilden Ziegen erinnerte, die in den Bergen von Fels zu Fels sprangen. »*Sí, excelencia?*«
»Gato Gordo«, sagte der General, »hol deine Sachen und nimm diesen Jungen mit dir in die Berge. Ich übergebe ihn deiner Obhut. Du allein bist verantwortlich, wenn ihm etwas zustößt.«
»*Sí, excelencia.*« Der Mann verbeugte sich. »Ist der Junge zur Reise bereit?« fragte er meinen Vater höflich.
Mein Vater sah den General an. »Muß es gleich sein?«
Der General nickte. »Es wird jeden Tag gefährlicher.«
»Geh hinein. Sarah soll deine Kleider packen«, sagte mein Vater zu mir.
»Ja, Vater«, sagte ich gehorsam und ging zur Tür.

»Beil dich, *niño*«, rief mir Gato Gordo nach. »Wir wollen möglichst bis zur Nacht in den Bergen sein.«
Als mich spät in der Nacht der Schrei eines Tiers aus dem Schlaf weckte, kroch ich zitternd über den eisigen Felsboden zu ihm. »*Tengo miedo*, Gato Gordo«, flüsterte ich.
»Nimm meine Hand, Kind«, sagte er beruhigend. »Ich bringe dich schon sicher über die Berge.«
Ich spürte die Wärme seiner Hand und fühlte mich geborgen. Ich schloß die Augen und schlief wieder ein.
Das war mehr als zwei Jahre her. Jetzt schien die Sonne hell über dem Tal. Ich hob mich mit einem Gefühl freudiger Erregung in den Steigbügeln. *Papá Grande* würde froh sein, daß er nun doch nicht um mich zu trauern brauchte.

9

Wir waren noch nicht lange bergab geritten, als Manuelo plötzlich die Hand hob und vom Pferd sprang. Er legte sein Ohr auf den besten Belag der Straße und horchte gespannt. Dann hob er den Kopf. »Gato Gordo«, rief er. »Hör dir das mal an.«
Fat Cat legte sich neben ihm auf den Boden. Plötzlich sprangen beide auf und warfen sich wieder in die Sättel. »Wir müssen von der Straße weg und uns verstecken«, sagte Manuelo. »Da kommen eine Menge Pferde die Straße herauf.«
Fat Cat sah sich um. »Der Berghang ist ganz kahl.«
»Dann müssen wir wieder hinauf«, sagte Manuelo und kehrte um.
Ich hatte hier als kleiner Junge gespielt. »Unten an der Straße, gleich hinter der Biegung, steht eine kleine Baumgruppe. Und dahinter liegt eine Höhle. Da können wir uns verstecken.«
»Ist die Höhle so groß, daß wir auch die Pferde unterbringen können?«
»Da geht eine ganze Armee hinein, hat *Papá* einmal gesagt.«
»Also, dann los«, sagte Manuelo.
Ich gab meinem Pony die Zügel frei, und wir galoppierten bis zur Straßenbiegung. Dort lenkte ich das Pony von der Straße und durch die Baumgruppe hindurch zur Höhle »*Aquí estamos*«, sagte ich.
Manuelo sprang vom Pferd. »Du und Roberto, ihr bringt die Pferde nach hinten in die Höhle«, befahl er. »Die anderen kommen mit mir. Wir müssen unsere Spuren auf der Straße verwischen!«

Sie glitten aus den Sätteln. Roberto und ich führten die Pferde in die Höhle. Zuerst scheuten sie vor der Dunkelheit, aber wir redeten beruhigend auf sie ein und konnten sie nach kurzer Zeit mühelos an einem Felsstück festbinden. Dann liefen wir zum Eingang zurück.

Fat Cat und der ältere Santiago fegten den Boden mit Zweigen. Manuelo und der jüngere Santiago montierten eines von unseren Maschinengewehren auf das Dreibein und bauten es am Eingang der Höhle auf.

Manuelo winkte dem jüngeren Santiago. »Rauf in die Bäume. Deck uns mit deinem Gewehr, wenn's Schwierigkeiten gibt.«

Dann sah er Roberto und mich an. »Zurück in die Höhle mit euch.«

Ehe wir widersprechen konnten, hob Fat Cat die Hand. Wir standen ganz still und horchten. Das Dröhnen von Hufen war deutlich zu hören. »Das sind mehr als zwanzig«, sagte er. Wir gingen in Deckung.

Manuelo robbte zur Straße vor. Das Pferdegetrappel wurde lauter. Die Reiter schienen jetzt direkt vor uns auf der Straße zu sein. Von Manuelo war nichts zu sehen. Dann wurde der Lärm wieder schwächer.

Manuelo kam zurück. »Kavallerie«, sagte er. »Eine ganze Schwadron! Ich habe vierunddreißig gezählt.«

Fat Cat spitzte die Lippen. »Was machen die hier? Aus Bandaya wurde *el militar* nicht gemeldet.«

Manuelo zuckte die Achseln. »Jedenfalls sind sie hier.«

In der Ferne erklang ein Hornsignal, dann war es wieder still. Manuelo setzte sich hinter das Maschinengewehr und zündete sich einen *cigarillo* an.

»*Hola*, Santiago«, rief er. »Was kannst du sehen?«

Die Stimme kam durch die Blätter gedämpft zurück. »Nichts. Die Straße ist frei.«

»Nicht die Straße, Dummkopf. Das Tal.«

»Da steigt Rauch auf. Aber es ist zu weit weg. Man kann nicht sagen, wo.«

»Kannst du sonst noch was sehen?«

»Nein. Soll ich jetzt hinunterkommen?«

»Nein. Bleib oben.«

Fat Cat wandte sich an Manuelo. »Was hältst du von der Sache?«

»Ich weiß nicht«, antwortete Manuelo nachdenklich. »Es kann eine Streife gewesen sein.«

»Und nun?« sagte Fat Cat. »Reiten wir nach Hause?«
»Gewehre sind ein schlechter Ersatz für Fleisch.«
»Aber wenn es im Tal Soldaten gibt –«
Manuelo unterbrach ihn. »Das wissen wir nicht. Die einzigen, die wir gesehen haben, sind weg. Es gibt nur eine Möglichkeit, es festzustellen. Einer von uns muß ins Tal hinunter.«
»Wenn mehr *militares* dort sind, ist das gefährlich.«
»Es ist noch gefährlicher, wenn wir ohne Fleisch zurückkommen oder ohne einleuchtende Erklärung, warum wir keines gekriegt haben«, sagte Manuelo.
»Stimmt.« Fat Cat nickte. »Die würden nicht sehr begeistert sein.«
»Gar nicht«, sagte der ältere Santiago. »Die haben Hunger.«
Die Männer blickten ihn überrascht an. Es geschah selten, daß der Indianer etwas sagte.
Manuelo wandte sich an Fat Cat. »Du wirst gehen.«
»Ich?« rief Fat Cat. »Warum ich?«
»Du bist früher schon in dem Tal gewesen. Von uns kennt es keiner. Es ist also klar, daß du gehst.«
»Aber ich bin da bloß einen Tag gewesen«, sagte Fat Cat. Er zeigte auf mich. »Dann hat mich der General mit dem Jungen zurückgeschickt.«
Manuelo sah mich an. »Kannst du dich an das Tal erinnern?«
»*Sí.*«
»Wie weit ist es von hier bis zu eurer *hacienda?*«
»Eineinhalb Stunden zu Pferd.«
»Und zu Fuß?« fragte er. »Ein Pferd erregt zuviel Aufsehen.«
»Drei, vielleicht vier Stunden.«
Manuelo überlegte. »Du nimmst den Jungen mit«, sagte er. »Er kann dir als Führer dienen.«
Fat Cat murrte. »Wir sollten wenigstens die Pferde nehmen. Du weißt, wie schwer mir das Laufen fällt. Außerdem habe ich das Gefühl, daß es zu gefährlich ist. Die werden uns umlegen.«
Manuelo erhob sich. »Dann brauchst du keine Pferde«, sagte er. »*Vaya!*«
Fat Cat stand auf und griff nach seinem Gewehr.
»Laß es hier«, sagte Manuelo scharf. »Und versteck die Pistole unter deinem Hemd. Wenn du jemanden auf der Straße triffst, bist du ein armer *campesino*, der mit seinem Sohn auf dem Weg nach Bandaya ist. Wenn die dich aber mit einem Gewehr sehen, werden sie schießen und erst dann Fragen stellen.«

Fat Cat sah nicht sehr erfreut aus. »Wie lange wollt ihr auf uns warten?«
Manuelo rechnete. Er blickte zur Sonne hoch. »Jetzt ist es ungefähr acht Uhr. Wenn der Junge recht hat, könnt ihr gegen Mittag bei der *hacienda* sein. Wir werden bis Einbruch der Nacht warten. Wenn ihr bis dahin nicht zurück seid, machen wir uns auf den Weg.«
Fat Cat wandte sich um. »Komm, mein Junge. Offenbar ist es nun auch meine Aufgabe, dich heil nach Hause zu bringen.«

Die Sonne stand fast im Zenit. Wir hatten uns in den Zuckerrohrfeldern versteckt, und wir sahen, was geschehen war. Ich spürte die Hitze von den verkohlten Balken im Gesicht. Übelkeit krampfte mir den Magen zusammen.
Ich stand auf. Fat Cat zog mich zurück. »Vorsicht! Vielleicht laufen da noch welche herum.«
Ich starrte ihn an, als hätte ich ihn noch nie gesehen. »Sie wollten Vaters Haus niederbrennen.«
»Deshalb hat dich dein Vater hinauf in die Berge geschickt«, sagte er schroff.
»Wenn er das gewußt hat, hätte er mich lieber hierlassen sollen. Dann hätten sie die *hacienda* nicht einfach niederbrennen dürfen!«
»Die hätten dann nicht nur das Haus verbrannt, sondern dich auch«, sagte Fat Cat. Er stand auf. »Komm. Vielleicht können wir irgendwas herausfinden.«
Ich folgte ihm über die Straße. Auf halbem Weg zwischen Straße und Haus lag eine Leiche mit dem Gesicht nach unten. Fat Cat drehte sie um. »*Campesino!*« sagte er verächtlich.
Es war der alte Sordes, der als Gärtner gearbeitet und die Blumen am Haus gepflegt hatte. Ich sagte es Fat Cat.
»Macht nichts«, sagte er. »Er hätte sowieso seine Arbeit verloren.«
Wir gingen weiter zum Haus. Die *galería* war weg. Sie war offenbar in den Keller gestürzt. Die Hitze war jetzt noch stärker.
Fat Cat stieß mit dem Fuß gegen einen Balken. Er fiel in den Keller, und sogleich züngelten Flammen von unten hoch.
Wir gingen zur Rückseite des Hauses.
»Vielleicht ist noch jemand im Keller«, sagte ich.
»Dann wäre er jetzt schon gebraten.«
Bei der Baumgruppe zwischen Haus und Scheune sahen wir die beiden Frauen. Sie waren Rücken an Rücken an einen Baum gebunden

und starrten uns mit leeren Blicken an. Ich erkannte die eine. Es war Sarah, die Köchin. Die andere hatte ich noch nie gesehen.
Sie waren beide nackt, und ihre Körper waren mit zahllosen kleinen Schnitten bedeckt, in denen das Blut getrocknet war. Die Ameisen krochen bereits darauf herum.
»Das ist Sarah«, sagte ich. »Die hat meinen Koffer gepackt.«
Fat Cat musterte sie. »Die *India?«*
Ich nickte. Ich schloß die Augen und erinnerte mich, wie sie mir an meinem letzten Morgen zu Hause das Frühstück gemacht hatte.
»Warum haben sie sie nicht einfach vergewaltigt und dann getötet? Warum haben sie sie gefoltert?«
»*Soldados!*« Fat Cat spie aus. »Die sind schlimmer als wir.«
»Warum?« wiederholte ich.
»Sie haben gedacht, die Frauen könnten ihnen etwas verraten. Komm, hier gibt es nichts mehr. Wir können ebensogut umkehren.«
Wir waren schon fast auf der Straße, als er mich plötzlich zurückhielt. »Du heißt Juan«, flüsterte er eindringlich. »Sag nichts! Laß mich reden!«
Ich wußte nicht, was er meinte. Aber plötzlich waren da die sechs Soldaten in ihren rot-blauen Uniformen. Sie richteten ihre Gewehre auf uns.

10

Fat Cat nahm seinen Hut ab und lächelte devot. »Wir sind nur arme *campesinos*, die in Bandaya Arbeit suchen, *excelencia.* Mein Sohn und ich.«
Der junge Leutnant musterte ihn. »Wie kommt ihr gerade hierher?«
»Wir haben den Rauch gesehen«, antwortete Fat Cat. »Und da dachten wir –«
Der Leutnant unterbrach ihn: »Ihr dachtet, ihr könntet vielleicht etwas mitgehen lassen.«
»Nein, *excelencia.*« Fat Cat protestierte beleidigt. »Wir dachten, wir könnten vielleicht helfen. Wir wußten ja nicht, daß Militär hier ist.«
Der Leutnant sah mich an. »Wie alt ist der Junge?«
»Mein Sohn ist fast zwölf, *excelencia.*«

»Wir suchen einen achtjährigen Jungen«, sagte der Leutnant. »Den Sohn des *bandolero* Xenos.«
»Den kennen wir nicht«, sagte Fat Cat schnell.
Der Leutnant schaute mich wieder an. Er zögerte. »Er soll dunkel sein wie dein Sohn.«
»Steh gerade, Juan!« sagte Fat Cat. »Sehen Sie, wie groß Juan ist? Haben Sie schon einmal einen so großen Achtjährigen gesehen?«
Der Leutnant betrachtete mich immer noch. »Wie alt bist du, Junge?« fragte er plötzlich.
»*Tengo once años, señor.*«
»Warum ist deine Haut so dunkel?«
Ich sah Fat Cat an. Ich wußte nicht, was er meinte.
»Seine Mutter ist –«
Der Leutnant schnitt Fat Cat das Wort ab. »Ich habe den Jungen gefragt!«
»*Mi mamá es negrita*«, sagte ich.
Der Soldat stellte mir noch eine Frage. »*Dónde vives?*«
Ich zeigte auf die Berge. »Dort oben, *señor*.«
»Für einen *campesino* kann der Junge sich gut ausdrücken«, sagte der Leutnant.
»Die Kirche, *excelencia*«, sagte Fat Cat rasch. »Seine Mutter ist sehr für die Kirche. Er ist bei den Padres in den Bergen zur Schule gegangen.«
Der Leutnant sah ihn einen Augenblick an.
»Kommt mit.«
»Warum, *excelencia*?« protestierte Fat Cat. »Was wollen Sie denn noch von uns? Wir möchten nach Hause.«
»Später könnt ihr nach Hause«, sagte der Leutnant. »*El coronel* wünscht alle Verdächtigen zu befragen. Marsch!«
Die Soldaten umringten uns. »Wo bringt ihr uns hin?« fragte Fat Cat.
»*A la hacienda de Don Rafael Campos*«, sagte der Leutnant.
Wir folgten ihm auf die Straße. Hinter uns gingen die Soldaten. Fat Cat legte seine Hand auf meine Schulter. Er flüsterte: »Du wirst deinen Großvater nicht erkennen!«
»Aber wenn er mich erkennt?« sagte ich.
»Darüber können wir uns Sorgen machen, wenn es passiert. Es ist mehrere Jahre her, und du bist sehr gewachsen. Es ist durchaus möglich, daß er dich nicht erkennt.«
»Was flüstert ihr beiden?« fragte der Leutnant.

»Nichts, *excelencia*«, sagte Fat Cat. »Bloß, daß wir müde und hungrig sind.«
Ein Trupp Kavallerie jagte die Straße herunter. Wir traten zur Seite, um sie vorbeizulassen. Der Leutnant rief einen der Offiziere an. »Habt ihr was gefunden?«
Der Reiter schüttelte den Kopf. »Nichts.« Dann galoppierte er die Straße zum Lager hinunter.
Männer, Frauen und Kinder waren bei der *hacienda* meines Großvaters versammelt. Sie sahen uns teilnahmslos an, zu sehr erfüllt von ihrem eigenen Unglück.
Fat Cat zog mich zur Seite. »Kennst du jemanden von diesen Leuten?«
Ich schüttelte den Kopf.
»*Bueno.*« Er sah sich um. »Ich könnte etwas zu essen gebrauchen. Mein Magen knurrt.«
Die Sonne brannte. Ich war müde und durstig. »Hinter dem Haus ist ein Brunnen.«
»Vergiß das«, sagte Fat Cat. »Wenn die merken, daß du weißt, wo der Brunnen ist, sind wir erledigt.« Seine Stimme wurde sanft. »Komm, *niño*, wir suchen uns einen Platz im Schatten und ruhen uns aus.«
Wir fanden eine Stelle neben einem Wagen im vorderen Hof. Kurz nachdem wir uns hingelegt hatten, war ich schon eingeschlafen.
Ich weiß nicht, wie lange ich geschlafen hatte, als Fat Cat mich wachrüttelte. »Mach die Augen auf, *niño*.«
Die Sonne stand noch hoch am Himmel. Ich konnte höchstens eine halbe Stunde geschlafen haben.
Die Soldaten trieben uns und die anderen zur *galería* des Hauses.
Ein Soldat stieg die Stufen hinauf und wandte sich an uns: »Stellt euch zu zweien auf!«
Ich sah mich um. Wir waren vielleicht fünfzig, darunter ein paar Jungen etwa in meinem Alter, aber die meisten waren Erwachsene.
Ich wollte nach vorn, aber Fat Cat zog mich hinter eine dicke Frau, die mitten in der Menge stand.
Zwei Soldaten kamen aus dem Haus. Sie stützten einen alten Mann.
Ich drängte nach vorn, aber Fat Cat hielt mich mit eisernem Griff fest.
Es war *Papá Grande*, aber nicht der *Papá Grande*, an den ich mich erinnerte. Hemd und Anzug, früher stets makellos weiß, waren schmutzig und zerknittert. An seinen Mundwinkeln, an Bart und

Hemdkragen sah man Blutspuren. Sein Blick war stumpf vor Schmerz, und sein Kinn zitterte. Aber er bemühte sich um aufrechte Haltung.
An der Brüstung der *galería* blieb er stehen. Hinter ihm trat ein Offizier, mit den Epauletten eines Obersten, aus der Tür. Er trug einen dunklen, wie mit einem Bleistift gezogenen Schnurrbart.
Seine Stimme war dünn und schnarrend. »Don Rafael, diese Leute erklären, daß sie *campesinos* aus dem Tal sind. Sie sagen, daß Sie sie kennen und für sie bürgen werden. Wir möchten, daß Sie jeden ansehen, und wenn einer dabei ist, den Sie nicht kennen, werden Sie es uns sagen. *Comprende?*«
Großvater nickte. »Ich verstehe«, sagte er.
Der *coronel* wandte sich an den Soldaten, der auf der Treppe stand. »Laß sie langsam vorbeigehen.«
Die Doppelreihe setzte sich in Bewegung und zog an der *galería* vorbei. Als Fat Cat und ich unmittelbar vor *Papá Grande* waren, sagte der *coronel:* »Hallo, Bürschchen, komm nach vorn, wo wir dich sehen können!«
Es dauerte einen Moment, bis mir klar wurde, wen er meinte. Ich blieb zögernd stehen, dann spürte ich etwas Kaltes im Rücken, und Fat Cat stieß mich in die vordere Reihe. Da stand ich nun und sah zur *galería* hinauf. Immer noch spürte ich den kalten, metallischen Druck im Rücken. Ich überlegte, was das sein könnte.
Ich schaute direkt in Großvaters Augen. Sie blitzten kurz auf. Aber einen Augenblick später hatten sie den gleichen leeren Ausdruck wie zuvor.
Der *coronel* hatte uns genau beobachtet. »In Ordnung«, sagte er. »Weitergehen!«
Ich spürte, wie der kalte Druck in meinem Rücken aufhörte. Dann sah ich, daß der Leutnant, der uns gefangengenommen hatte, dem *coronel* etwas zuflüsterte.
»Halt!« rief der *coronel.*
Er zeigte auf mich. »Tritt vor!«
Ich sah Fat Cat an. Sein Gesicht war ausdruckslos. Er nahm meinen Arm, und wir traten vor. Er verbeugte sich unterwürfig. »*Sí, excelencia.*«
Der *coronel* wandte sich an meinen Großvater. »Mein Leutnant sagt mir, daß er diese beiden in der Nähe der *hacienda* Ihres Schwiegersohnes erwischt hat. Sie behaupten, sie seien *campesinos* aus den Bergen, die hier Arbeit suchen. Kennen Sie die beiden?«

Großvater schaute uns an. »Ich habe sie schon früher einmal gesehen«, sagte er.
Fat Cat kam näher an mich heran. Wieder spürte ich etwas Kaltes in meinem Rücken.
»Was sind das für Leute?« fragte der *coronel*.
Mein Großvater ließ sich mit der Antwort Zeit. Dann leckte er sich über die Lippen und sagte mit zitternder Stimme: »Ich bin ein alter Mann, ich kann mich nicht an Namen erinnern, aber ich habe die beiden oft im Tal auf Arbeitssuche gesehen.«
Der *coronel* musterte mich. »Der Junge ist dunkel. Ihr Schwiegersohn ist auch dunkel.«
»Viele von uns haben Negerblut«, sagte der alte Mann ruhig. »Man hat es bisher nicht als Verbrechen angesehen.«
Nachdenklich betrachtete der *coronel* den alten Mann, dann zog er seine Pistole und richtete sie auf mich. »Dann ist es Ihnen gleichgültig, ob dieser Bursche am Leben bleibt oder nicht?«
In den Augen meines Großvaters lag Trauer, aber dann sagte er: »Es ist mir völlig gleichgültig.«
Langsam hob der *coronel* die Pistole. *Papá Grande* wandte sich ab. Der *coronel* beobachtete ihn.
Plötzlich schob Fat Cat mich zur Seite. »*Excelencia*«, rief er. »Ich flehe Sie an! Haben Sie Erbarmen! Nehmen Sie mir nicht meinen einzigen Sohn! Erbarmen, *excelencia*, Erbarmen, um Gottes willen!«
Der *coronel* richtete die Pistole auf Fat Cat. Seine Stimme war kalt und barsch. »Willst du statt seiner sterben?«
Fat Cat warf sich auf den Bauch. »Erbarmen, *excelencia!* Erbarmen, *por Dios!*«
Mein Großvater spie auf Fat Cat hinunter. »Bringen Sie sie beide um und machen Sie Schluß damit!« sagte er verächtlich. »Dieses elende, feige Gekrieche macht mich krank!«
Der *coronel* starrte ihn an, dann steckte er die Pistole in die Halfter.
Fat Cat krabbelte wieder auf die Beine. »*Mil gracias*. Tausendfachen Segen über Euch!«
Der *coronel* winkte. »Weitergehen.«
Langsam schlichen wir weiter. Endlich waren wir an der *galería* vorbei. Ich sah Fat Cat an. »Er hat mich nicht erkannt«, flüsterte ich.
»Er hat dich erkannt.«
»Aber –«

Fat Cat kniff mich in die Schulter. Der *coronel* kam auf uns zu. Vor mir blieb er stehen. »*Cómo te llamas?*«
»Juan«, antwortete ich.
»Komm mit!« Wir gingen zur *galería* zurück.
Der *coronel* rief einen der Soldaten an. »Bring den Alten herunter und schick die anderen fort.«
Auf der Straße hinter uns erhob sich erregtes Gemurmel, als die Leute sahen, daß *Papá Grande* von der *galería* heruntergeführt wurde.
»Sag, sie sollen verschwinden!« schrie der *coronel*. »Wenn es nicht anders geht, schießt!«
»*Marchaos! Marchaos!*« Der Leutnant hatte seine Pistole gezogen. »*Marchaos!*«
Er feuerte einen Schuß in die Luft, und die erschreckte Menge begann sich langsam zu zerstreuen.
Als die Straße leer war, wandte sich der *coronel* an mich. »Dem alten Mann ist es gleichgültig, ob du am Leben bleibst oder nicht«, sagte er mit ruhiger Stimme. »Nun wollen wir mal sehen, ob er dir ebenso gleichgültig ist.«

11

Es war inzwischen fast drei Uhr. Die Sonne sandte Ströme von Glut auf die Erde. Der Schweiß trocknete am Körper, und der Speichel verdunstete im Mund und hinterließ einen ekelerregenden Salzgeschmack. Trotzdem empfand ich eine Art kalten Schauder. Sie führten Großvater die Treppe herunter.
»Führt ihn zum Wagen«, befahl der *coronel*.
Der alte Mann machte sich los. »Ich kann gehen«, sagte er stolz.
Wir folgten dem Alten. Als er den Wagen erreicht hatte, drehte er sich um und sah ihnen entgegen. Sein Gesicht war von Müdigkeit gefurcht, aber seine Augen blickten ruhig und klar. Er sagte nichts.
»Ausziehen«, befahl der *coronel*.
Die Soldaten traten vor. Der Alte hob die Hand, als wollte er sie aufhalten, aber schon rissen sie ihm die Kleider herunter. Sein magerer Körper war fast so weiß wie die Kleider, die er getragen hatte. Ohne sie sah er klein, eingefallen und runzlig aus. Seine Rippen standen vor.
»Bindet ihn ans Rad!«

Zwei *soldados* packten ihn und banden ihn so an das Rad, daß Arme und Beine bis zum Radkranz ausgestreckt waren. Die Radnabe bohrte sich in seinen Rücken, so daß sein Körper sich fast obszön nach vorn wölbte. Sein Gesicht war schmerzverzerrt. Er schloß die Augen und wandte den Kopf zur Seite, um nicht in die Sonne blicken zu müssen.
Der *coronel* machte ein Zeichen. Er brauchte den Soldaten nicht zu befehlen, was sie zu tun hatten. Einer stieß den Kopf des Alten nach hinten gegen den Radkranz und legte einen Lederriemen um seine Stirn, damit er den Kopf nicht bewegen konnte.
»Don Rafael.« Die Stimme des *coronel* war so leise, daß ich zuerst gar nicht merkte, wer gesprochen hatte. »Don Rafael.«
Mein Großvater sah ihm in die Augen.
»Dies muß nicht sein, Don Rafael«, sagte der *coronel* fast respektvoll.
Papá Grande antwortete nicht.
»Sie wissen, wo der Junge versteckt ist.«
Mein Großvater sah ihn ruhig an. »Ich habe Ihnen schon gesagt, daß ich es nicht weiß. Diablo Rojo hat ihn mitgenommen.«
»Und das soll ich Ihnen glauben, Don Rafael.« Die Stimme des *coronel* war immer noch leise.
»Es ist wahr.«
Der *coronel* schüttelte scheinbar betrübt den Kopf. »Ihr Schwiegersohn, Jaime Xenos, macht mit den *bandoleros* gemeinsame Sache, mit den Mördern Ihrer Tochter. Wir wissen, daß er politische Ambitionen hat. Was liegt näher, als anzunehmen, daß auch Sie mit ihnen sympathisieren?«
»Wenn es so wäre«, sagte der alte Mann, »wäre ich dann so dumm gewesen und hier auf der *hacienda* geblieben, wo ihr mich leicht finden konntet?«
»Vielleicht haben Sie gedacht, Ihr Alter würde Sie schützen.«
»Ich bin niemals ein Verräter gewesen«, sagte der alte Mann mit Würde.
Der *coronel* sah ihn eine Weile schweigend an, dann wandte er sich zu mir. »Wo wohnst du?«
»In den Bergen, *señor*.«
»Warum bist du ins Tal gekommen?«
Ich sah zu *Papá Grande*. Er beobachtete mich. »Um zu arbeiten, *señor*.«
»Hast du daheim keine Arbeit?«

Fat Cat antwortete rasch. »Nein, *excelencia*. Die Trockenheit –«
»Ich habe den Jungen gefragt!« sagte der *coronel* scharf.
»Es gibt nichts zu essen«, sagte ich. Das wenigstens stimmte.
Der *coronel* schien zu überlegen. Er sah meinen Großvater an, dann mich. »Kennst du diesen Mann?«
»Ja, *señor*. Es ist Don Rafael, der Grundbesitzer.«
»Es ist Don Rafael, der Verräter!« brüllte der *coronel*.
Ich antwortete nicht.
Plötzlich ergriff er mein Handgelenk, zog meinen Arm nach hinten und drehte ihn nach oben. Heiß durchfuhr es mich. Ich schrie.
»Es ist dein Großvater!« zischte der *coronel*. »Willst du es leugnen?«
Er drückte meinen Arm weiter nach oben. Und wieder schrie ich. Mir wurde schwindlig, und ich merkte, wie ich umkippte. Dann lag ich am Boden und heulte in den Schmutz.
Wie aus weiter Ferne hörte ich die Stimme meines Großvaters. »Das sollte Sie überzeugen, *coronel*. Der ist nicht aus meinem Blut. Unsereiner würde nie so jammervoll vor Ihnen heulen. Das ist nicht unsere Art.«
Ich hörte einen gemurmelten Fluch, dann einen dumpfen Schlag. Ich hob den Kopf. Der *coronel* trat gerade von meinem Großvater zurück. Er hatte die Pistole noch in der Hand. Blut strömte über das Gesicht des Alten und färbte seinen Bart. Aber seine Lippen waren fest zusammengepreßt.
Der *coronel* wandte sich an einen der Soldaten. »Mach das Lederband an seiner Stirn naß. Wir wollen mal sehen, ob die Sonne ihn nicht überreden kann, die Wahrheit über die Lippen zu bringen.«
Er ging zur *galería* hinüber. Ich spürte Fat Cats Hände, die mich aufhoben. Meine Schulter schmerzte, als ich den Arm bewegte.
Papá Grande sah mich schweigend an. Dann schloß er die Augen, und ich empfand seinen Schmerz. Instinktiv streckte ich die Hand aus. Aber Fat Cat packte meinen Arm und zwang mich in die andere Richtung. Ich merkte, daß der *coronel* uns von der *galería* aus beobachtete.
Ein Soldat mit einem Kübel Wasser ging vorbei. Mit einer rauhen Bewegung schüttete er meinem Großvater das Wasser ins Gesicht. Der alte Mann würgte und spuckte. Er schüttelte den Kopf, um das Wasser aus den Augen zu bekommen, aber der Lederriemen gab ihm nur kleinste Bewegungsfreiheit. Sein weißer Körper rötete sich unter den sengenden Strahlen der Sonne. Fast konnte man sehen, wie

das Lederband um seine Stirn sich verengte, wie es trocknete und sich zusammenzog. Er öffnete den Mund und rang nach Luft.
Hinter mir hörte ich Schritte. Ich drehte mich um und sah den *coronel* auf uns zukommen. Er hatte ein großes Glas in der Hand. Das Eis darin klirrte beim Gehen. Vor Großvater blieb er stehen.
Er hob das Glas an die Lippen und nahm einen Schluck. »Nun, Don Rafael«, sagte er, »möchten Sie einen kühlen Rumpunsch mit mir trinken?«
Mein Großvater antwortete nicht. Aber er konnte die Augen nicht von dem Glas abwenden. Er fuhr sich mit der Zunge über die trockenen Lippen.
»Ein Wort«, sagte der *coronel.* »Nur ein Wort. Mehr kostet es nicht.«
Der alte Mann riß seine Blicke von dem Glas los und sah dem *coronel* in die Augen. Verachtung lag in seiner Stimme. »Sie sind schlimmer als die *bandoleros*«, sagte er. »Die haben wenigstens ihre Unwissenheit als Entschuldigung. Wie aber wollen Sie sich vor Gott entschuldigen?«
Das Glas zersprang, als der *coronel* es gegen das Wagenrad schlug. Er streckte den ausgezackten Rand gegen den Unterleib meines Großvaters. »Du wirst reden, Alter. Du wirst reden!«
Mein Großvater holte tief Atem und spie dem *coronel* genau ins Gesicht. Dann drang ein Schrei aus seiner Kehle und erstarb. Er blickte entsetzt an sich nieder.
Ich wußte, was geschehen war. Ich konnte nicht hinsehen. Schreiend verbarg ich mein Gesicht an Fat Cats großem Bauch.
»Laß den Jungen zuschauen!« sagte der *coronel.*
Langsam ließ Fat Cat mich los. Aber warnend lag seine Hand auf meiner Schulter. Ich sah den *coronel* an. Seine Augen waren kalt. Ich drehte mich zu meinem Großvater um. Er hing schlaff in seinen Fesseln. Das Blut tropfte langsam von dem Glas, das sich in seinen Leib gegraben hatte, zu Boden.
Ich versuchte die Tränen zurückzuhalten. Der *coronel* sollte mich nicht weinen sehen. Irgendwie wußte ich, daß *Papá Grande* das nicht haben wollte. Der Blick des alten Mannes wurde sanft, und ich wußte, daß er mich verstand. Dann schloß er die Augen und sackte in seinen Fesseln zusammen.
»Er ist tot!« rief einer der Soldaten.
Der *coronel* trat vor und zog ein Augenlid des alten Mannes hoch. »Noch nicht«, sagte er befriedigt. »Die sterben nicht so leicht. Nicht,

wenn sie so alt geworden sind wie der da. Dann möchten sie ewig leben.« Er wandte sich um und ging zum Haus zurück. »Ruft mich, wenn er zu sich kommt. Ich habe noch nicht zu Mittag gegessen.«
Wir sahen ihn zur *galería* hinaufgehen und im Haus verschwinden.
»Wir sind auch hungrig«, rief Fat Cat den Soldaten zu.
»Seid froh, daß es euch nicht so geht wie dem«, sagte einer von ihnen und zeigte auf meinen Großvater.
Fat Cat sah mich an, dann wieder die Soldaten. »Er ist doch nur ein Kind«, sagte er. »Darf ich ihn denn nicht wenigstens in den Schatten bringen?«
»Also gut«, sagte der andere Soldat. »Aber macht mir keine Dummheiten.«
Fat Cat führte mich zum Haus. Er legte sich in den Schatten der *galería*, und ich sank neben ihm nieder. Wir rollten uns auf den Bauch, so daß unsere Köpfe dem Haus und unsere Rücken den *soldados* zugewandt waren.
»Tut deine Schulter noch weh?« flüsterte er.
»Nein«, sagte ich, obwohl es nicht stimmte.
Er sah zum Himmel. »In ein paar Stunden ist die Sonne weg. Manuelo und die anderen werden dann ohne uns aufbrechen.«
»Was wird der *coronel* mit uns machen?«
Fat Cat zuckte die Achseln. »Entweder bringen sie uns um, oder sie lassen uns laufen.« Seine Stimme war sachlich. »Alles hängt von dem Alten ab. Wenn er redet, müssen wir dran glauben. Wenn nicht, haben wir noch eine Chance.«
Plötzlich erinnerte ich mich an das kalte Metall, das ich in meinem Rücken gespürt hatte, als uns der *coronel* vor die Reihe rief. »Die hätten mich nicht umgebracht«, sagte ich, »aber du!«
»*Sí.*«
»Aber dann hätten sie dich umgebracht.«
Er nickte. Ich war nicht böse. Ich verstand es bloß nicht.
»Um dich zu retten«, sagte er. Er wies mit dem Daumen über seine Schulter. »Oder wäre dir das lieber?«
Ich antwortete nicht.
»Die würden dich dazu bringen, deinen Vater zu verraten und zu erzählen, wo wir uns versteckt halten. Du kannst gar nichts dagegen machen. Und am Ende würden sie dich trotzdem umlegen.«
Jetzt begann ich zu verstehen. So ging das also vor sich. Ich sah über meine Schulter. Der alte Mann hing still in seinen Fesseln, die Sonne

brannte auf seinen Körper. »Ich wünschte, wir könnten ihn töten«, flüsterte ich.
Fat Cat sah mich an. »Es wird bald aus sein mit ihm«, sagte er ruhig. »Beten wir, daß er stirbt, ohne zu reden.«
»Kommt auf die Beine!« sagte einer der Soldaten. »Der Alte ist wach. Ich hole den *coronel.*«
Hinter mir erklang die Stimme des *coronel.* Ich wandte mich um. Er wischte sich sorgfältig mit einer Serviette den Mund ab. »Don Rafael!«
Papá Grande sah ihn nicht an.
»Don Rafael!« sagte der *coronel.* »Erkennen Sie mich?«
Die Augen des alten Mannes hatten einen irren Glanz. »Bringt mir mein Pferd!« schrie er plötzlich. »Ich will in die Berge reiten und die *bastardos* eigenhändig umbringen!«
Angewidert wandte sich der *coronel* ab. »Macht ihn los und erledigt ihn. Er nützt uns nichts mehr.«
Er wandte sich zum Gehen, aber da fiel sein Blick auf mich.
»*Un momento.* Behauptest du immer noch, daß der Alte nicht dein Großvater ist?«
Ich antwortete nicht.
Er nahm die Pistole aus der Halfter, drehte die Trommel und ließ fünf Patronen in seine Hand fallen. Er sah mich an. »Eine Kugel ist noch drin. Du wirst ihn erledigen.«
Ich sah Fat Cat an. Seine Augen waren dunkel und teilnahmslos. Ich zögerte.
»Du wirst ihn erledigen!« brüllte der *coronel* und reichte mir die Pistole.
Ich sah die Waffe in meiner Hand an. Sie war schwer. Viel schwerer als die von Fat Cat. Ich blickte den *coronel* an. Seine Augen brannten, sein Gesicht war rot. Eine Kugel würde genügen. Aber dann wäre es auch um mich und Fat Cat geschehen. Ich wandte mich ab.
Mein Großvater sagte nichts, als ich auf ihn zuging. Das Blut tropfte noch aus seinem Mund, aber seine Augen schienen plötzlich klar. »Was ist los, Junge?«
Ich sagte nichts.
»Was willst du, Junge?« fragte er wieder.
Ich spürte einen Knoten im Hals. Dann hob ich die Pistole. Mein Großvater beobachtete mich. Er rührte sich nicht. Ich hätte schwören können, daß ein schwaches Lächeln in seinen Augen lag, bevor ich abdrückte.

Der Rückstoß riß mich herum, und der große Revolver flog mir aus der Hand. Hinter mir war die Stimme des *coronel:* »*Bueno.*« Er drehte sich um und ging zum Haus zurück.
Mein Großvater war am Rad zusammengesunken. Seine Augen sahen uns starr an. Mir kamen die Tränen. Ich kämpfte dagegen an. Er würde sie nicht gewollt haben. Fat Cats Hand lag auf meinem Arm. Er führte mich zur Straße. Die *soldados* beobachteten uns gleichgültig. Als wir endlich außer Hörweite waren, füllten sich meine Augen mit Tränen.
»Ich hab' ihn umgebracht!« weinte ich. »Ich hab' es nicht gewollt, aber ich hab' ihn umgebracht!«
Fat Cat verlangsamte seine Schritte nicht. »Was macht es schon«, sagte er, ohne mich anzusehen. »Der alte Mann war so gut wie tot. Hauptsache, wir leben!«

12

Es war drei Stunden nach Mitternacht, als wir wieder zur Höhle kamen. Die anderen waren schon fort. Ich konnte vor Müdigkeit kaum noch die Augen offenhalten. Ich ließ mich zu Boden fallen. »Ich habe Hunger.«
Fat Cat sah mich an. »Daran mußt du dich gewöhnen«, sagte er kurz. Er ging in der Höhle umher und suchte in dem schwachen Licht den Boden ab.
»Durst habe ich auch.«
Er antwortete nicht. Nach einiger Zeit wurde ich neugierig.
»Was suchst du eigentlich?«
Er blickte auf. »Ich möchte wissen, wie lange sie fort sind.«
»Oh.«
Er kniete, hob etwas auf, zerdrückte es in der Hand und warf es weg.
»Steh auf«, sagte er. »Sie sind erst seit einer Stunde fort. Vielleicht holen wir sie noch ein.«
Ich kam mühsam auf die Füße. »Woher weißt du das? Was hast du gefunden?«
»Einen Pferdeapfel«, sagte er. »In der Mitte war er noch warm.«
Ich mußte laufen, um mit ihm Schritt zu halten. Ich hatte nie gedacht, daß Fat Cat so schnell gehen konnte. Ich hörte seinen schweren Atem, als wir zur Spitze des Berges hochkletterten. Die Straße war durch das weiße Licht des Mondes taghell. Die Nacht wurde

kühl. Ich fror und bemühte mich, nicht mit den Zähnen zu klappern.
»Wie – wie lange noch?«
»Sie werden nicht haltmachen, ehe sie nicht auf der anderen Seite des Berges sind.«
Ich sah den Berghang hoch. Bis zum Kamm waren es noch gut drei Kilometer. Ich warf mich am Straßenrand nieder. Da lag ich und rang nach Luft. Fat Cat ging ein paar Schritte weiter, dann blieb er stehen und sah sich um. »Was machst du da?«
»Ich kann nicht mehr«, sagte ich. Ich fing an zu weinen. »Mir ist kalt. Ich habe Hunger.«
Er sah mich an. »Ich dachte, du bist ein Mann«, sagte er.
»Ich bin kein Mann«, jammerte ich. »Mir ist kalt, und ich bin müde.«
Er setzte sich neben mich. »Na gut«, sagte er. »Ruhen wir uns aus.« Er holte einen Zigarettenstummel aus der Tasche und zündete ihn an. Gierig zog er den Rauch ein.
Ich sah ihm zu und zitterte.
»Hier«, sagte er, »mach einen Zug. Es erwärmt.«
Ich tat es und begann sofort zu husten und zu würgen. Aber dann war mir merkwürdigerweise wärmer. Er zog die Bluse aus und legte sie mir um die Schultern. Dann zog er mich an sich.
Ich schmiegte mich an seinen warmen großen Körper, und ehe ich mich versah, schlief ich auch schon.
Ich erwachte von den ersten Strahlen der Sonne, wälzte mich herum und griff nach ihm. Ich spürte nur die Erde und setzte mich plötzlich auf. Er war fort. »Fat Cat!«
Es raschelte in den Büschen. Ich wandte mich um. Fat Cat tauchte auf. Er hatte ein kleines Kaninchen auf einen Stock gespießt. »Na, bist du aufgewacht?«
»Ich dachte –«
»Du hast gedacht, ich wäre abgehauen?« Er lachte. »Ich hab' nur etwas zu essen besorgt. Sammle mal etwas Feuerholz. Ich muß dem Kleinen das Fell abziehen.«
Das Kaninchen war zäh und sehnig, aber mir hatte noch nie etwas so gut geschmeckt. Als wir fertig waren, blieb nur noch ein Häufchen Knochen übrig. Ich wischte mir mit den Fingern das Fett vom Gesicht, dann leckte ich sie ab. »Das war gut.«
Fat Cat lächelte und stand auf. »Steck die Knochen in die Tasche. Dann haben wir den Tag über etwas zu kauen.« Er trat das kleine Feuer mit dem Fuß aus und drehte sich um. »Gehen wir.«

Ich steckte die Knochen ein und folgte ihm auf die Straße. »Es tut mir leid wegen heute nacht.«
»Schon gut. Ist erledigt.«
»Wenn ich nicht wäre, hättest du die andern eingeholt.«
Seine Stimme war freundlich. »Wenn du nicht wärst, würden meine Knochen da unten im Tal verfaulen. Außerdem hätten wir sie nie einholen können.«
»Was wollen wir machen?« fragte ich. »Wie kommen wir nach Hause?«
»Zu Fuß«, antwortete er kurz. »Der Mensch ist zu Fuß gegangen, bevor er reiten gelernt hat.«
Ich sah ihn an. Fat Cat haßte es, zu Fuß zu gehen. Von unserem Versteck in den Bergen bis Bandaya dauerte es zu Pferd zweieinhalb Tage. Zu Fuß würden wir länger als eine Woche brauchen.
Fat Cat unterbrach meine Gedanken. »Halt die Ohren offen. Wenn wir etwas hören, sofort weg von der Straße. Wir wollen nichts riskieren. Verstanden?«
»*Sí. Cimprendo.*«
Endlich erreichten wir den Bergkamm. Etwa eine Meile weiter, auf der anderen Seite, fanden wir einen Gebirgsbach. »Hier machen wir halt und rasten«, sagte Fat Cat.
Ich warf mich neben dem Bach zu Boden. Ich trank und trank. Dann zog mich Fat Cat zurück. »Genug. Warte eine Weile, dann kannst du wieder trinken.«
Ich lehnte mich gegen einen Baum, zog die Stiefel aus und rieb meine schmerzenden Füße. Dann ließ ich sie ins fließende Wasser baumeln. Die angenehme Kühle rann durch meine Beine. Mein Körper dagegen war ganz kribbelig von dem eingetrockneten Schweiß der letzten Tage.
»Kann ich schwimmen gehen?« fragte ich.
Er sah mich an, als sei ich verrückt geworden. Bergbewohner hielten nichts vom Baden. »Na schön«, sagte er, »aber bleib nicht zu lange drin. Du wäschst dir die Schutzschicht von der Haut.«
Ich warf die Kleider ab und watete in den Bach. Ich spritzte glücklich mit Händen und Füßen in dem kalten, prickelnden Wasser herum. Plötzlich hörte ich ein Kichern. Ich drehte mich um.
Zwei junge Mädchen standen am Ufer und beobachteten mich. Fat Cat war nirgends zu sehen. Schnell setzte ich mich in das seichte Wasser. Das kleinere Mädchen kicherte wieder. Das größere wandte sich um und rief: »*Papá!* Diego! Da ist ein Junge im Bach!«

Zwei Männer kamen aus dem Busch, ihre Gewehre auf mich gerichtet. »Was machst du hier?«
»Ich bade.«
»Na, dann komm heraus.«
Ich begann aufzustehen, dann ließ ich mich wieder fallen. »Werft mir meine *pantalones* her«, sagte ich.
Der ältere sah die Mädchen an, dann mich. »Dreht euch um«, befahl er.
Das kleine Mädchen kicherte wieder, als sie sich umdrehten. Ich stand auf und watete ans Ufer.
»Bist du allein?« fragte der jüngere.
»Nein, *señor*«, sagte ich und nahm ihm meine *pantalones* ab. »Mit meinem Vater.«
»Wo steckt er?«
»Ich weiß nicht, *señor*«, sagte ich wahrheitsgemäß. »Gerade war er noch da –«
»Und hier ist er wieder«, unterbrach mich die Stimme von Fat Cat. Er trat aus den Büschen, auf seinem dicken Gesicht ein breites Lachen. Er nahm seinen Hut ab und machte eine schwungvolle Verbeugung. »José Hernandez, *a su servicio, señores.*« Er richtete sich auf. »Mein Sohn Juan«, sagte er und zeigte auf mich. »Der Schwachkopf liebt das Wasser.«
Der ältere richtete das Gewehr auf ihn. »Was macht ihr hier?« fragte er mißtrauisch.
Fat Cat ging auf ihn zu, als bemerke er das Gewehr überhaupt nicht. »Mein Sohn und ich wollen nach Hause. Wir kommen aus dem Tal. Aber in Bandaya ist zuviel Unruhe. *El militar*. Kein Ort für einen friedliebenden, arbeitsuchenden Mann und seinen Sohn.«
Das Gewehr berührte jetzt fast Fat Cats Bauch. »Wo bist du zu Hause?«
»Eine Wochenreise von hier«, sagte Fat Cat. »Wo wollen Sie hin?«
»Nach Estanza.«
Estanza lag einige Tagereisen von Bandaya entfernt auf dem Weg zur Küste. Hinter zwei weiteren Gebirgsketten wandte sich die Straße nach Süden. Von dort aus würden wir dann den Pfaden durch die Wälder und Berge folgen.
»Vielleicht würden die *señores* uns gestatten, sie zu begleiten.« Fat Cat verbeugte sich wieder. »Angeblich gibt es hier *bandoleros*.«
Die beiden Männer sahen sich an.
»Stimmt«, sagte der jüngere. »*El coronel* Guiterrez sagte, es gäbe

viele Banditen an der Straße.« Er wandte sich wieder an Fat Cat. »Wo sind eure Pferde?«
Fat Cat lachte. »Pferde? Wir sind nur arme *campesinos.* Wir wären schon glücklich, wenn wir uns einen kleinen Esel leisten könnten.«
Der ältere sah Fat Cat an, dann senkte er das Gewehr. »Na gut, wir können bis Estanza zusammen fahren.«
»Aber, *excelencia* –«, protestierte der jüngere.
»Ist gut, Diego«, sagte der andere leicht verärgert. »Was können ein Mann und ein kleiner Junge uns schon tun?«

13

Ich saß auf der hinteren Klappe des Wagens mit dem Rücken zu den beiden Mädchen, während Fat Cat neben Señor Moncada auf dem Kutschbock thronte. Diego ritt neben uns auf einem großen schwarzen Hengst. Sein Gewehr lag quer über dem Sattel. Señor Moncada war ein Gutsbesitzer, der seine Töchter von einem Besuch bei den Großeltern heimbrachte.
Ich streckte mich aus und blickte zum Himmel hinauf. Es war beinahe dunkel. Bald würden wir halten müssen, denn es war zu gefährlich, bei Nacht zu fahren.
»Hinter der nächsten Biegung ist ein Gehölz«, hörte ich Diego rufen. »Dort können wir die Nacht verbringen.«
Der Wagen bog von der Straße ab und blieb quietschend auf dem Gras stehen. Fat Cat sprang von seinem Sitz und zog mich vom Wagen. »Beeil dich, hol Feuerholz. Schnell, bevor die jungen Damen sich erkälten.«
Ich sah ihn erstaunt an. Fat Cat sorgte sich sonst nie um andere. Nur um sich selbst.
»Vorwärts!« rief er.
Ich begann Holz zu sammeln. Über meine Schulter hinweg sah ich, wie Fat Cat den beiden Mädchen vom Wagen half. Als ich mit einem Armvoll Holz zurückkam, waren die Pferde angebunden und getränkt und grasten schon. »Wo soll ich es hinlegen?« fragte ich.
Señor Moncada deutete auf den Boden vor sich.
Ich wollte das Holz dort hinwerfen, aber Fat Cat hielt mich zurück. »Ich glaube, das ist zu nahe der Straße, *señor*«, sagte er in entschuldigendem Ton. »Hier kann man es zu leicht sehen. Es könnte ungebetene Gäste anlocken.«

Señor Moncada blickte zögernd zu Diego. Diego nickte.
Fat Cat ging weiter in die Lichtung hinein. »Ich denke, hier ist es besser.«
Als ich mit dem zweiten Packen Holz zurückkam, knisterte das Feuer schon tüchtig. Ich legte das Holz hin und sah Fat Cat an. Ich war müde.
»Noch mehr«, befahl er. Er schnitt einige lange Zweige ab und verband sie zu einem Dreifuß. Als ich zum drittenmal wiederkam, hing ein schwerer Eisentopf daran, und der Geruch von geschmortem Rindfleisch erfüllte die Luft.
»Genug?«
Fat Cat schaute zu mir auf, sein Gesicht glänzte im Feuerschein. »Vorläufig reicht's«, sagte er. »Etwa hundert Meter bergab ist eine Quelle. Hol dir einen Topf und bring frisches Wasser.«
Ich ging zum Wagen. Vera, das jüngere Mädchen, sah mich an und kicherte. Ich ärgerte mich. Immer kicherte sie.
»Was willst du?« fragte Marta, die Ältere.
»Einen Topf zum Wasserholen.«
Vera kicherte wieder.
Ich sah sie an. »Warum kicherst du immer los?«
Sie bekam einen Lachkrampf. Die Tränen rannen ihr über die Backen.
»Was ist denn so komisch?« fragte ich und wurde wütend.
Sie hörte auf zu lachen. »Du hast so komisch ausgesehen.«
Ich blickte an mir hinunter.
»Nicht jetzt«, sagte sie schnell. »Heute nachmittag. Im Wasser. Du bist so mager.«
»Besser, als so dick zu sein wie du.«
»Hier ist dein Topf«, sagte Marta kurz. Ihre Stimme klang ärgerlich.
Ich nahm ihr den Topf ab. »*Gracias.*«
»*No hay de qué*«, antwortete sie ebenso höflich.
Wieder kicherte Vera. »Was ist los mit ihr?« fragte ich.
Marta zuckte die Achseln. »Sie ist noch ein Kind. Zwölf. Sie hat noch nie einen nackten Jungen gesehen.«
»Du auch nicht!« sagte Vera.
Marta warf den Kopf zurück. »Aber ich bin vierzehn, und deshalb benehme ich mich nicht wie ein Kind!«
Diego kam heran. »Hast du den Topf?« fragte er mißtrauisch.
»*Sí, señor.*«

»Worauf wartest du dann? Dein Vater hat dir doch befohlen, Wasser zu holen.«
Als ich ein paar Schritte weg war, hörte ich Diego sagen: »Was hat er euch erzählt?«
»Nichts«, antwortete Marta.
»Na ja, gebt euch lieber nicht mit ihm ab.«
Ich ging durch den Wald hinunter zum Bach. Am Ufer wartete Fat Cat. »Beeil dich. Je eher sie essen, desto früher werden sie schlafen.«
»Was hast du vor?« fragte ich.
»Ihre Pferde stehlen. Wir können in zwei Tagen zu Hause sein. Nebenbei gesagt – der schwarze Hengst hat es mir angetan.«
»Das wird nicht einfach sein«, sagte ich. »Diego ist mißtrauisch.«
Fat Cat lächelte. »Den bring ich um.«
Aus dem Unterholz hinter uns kam ein Geräusch. Fat Cat war schon auf den Beinen, als Diego durch die Büsche kam, sein Gewehr in der Hand. Er legte es offenbar nie weg.
Fat Cat wischte sich die Hände an der Hose ab. »Ich hab' mir eben die Hände gewaschen.«

In der Nacht weckte mich ein Geräusch. Ich drehte mich in der Decke, die mir Señor Moncada geborgt hatte, um, und sah zu Fat Cat hinüber. Er schnarchte leicht. Ich wandte den Kopf und blickte mich nach Diego um. Er lag nicht in seiner Decke.
Ich sah zum Wagen hinüber, in dem Señor Moncada und seine Töchter schliefen. Von dort kam kein Geräusch. Ich lag einen Augenblick still. Vielleicht war Diego in die Büsche gegangen, um seine Notdurft zu verrichten.
Ich hörte ein Pferd wiehern und wandte mich um. Da sah ich, daß Diego lautlos zum Wagen schlich, das Gewehr schußbereit in der Hand.
»Psst!«
Fat Cat war sofort so wach wie das Tier, nach dem er hieß. Ich deutete hinüber. Fat Cat rollte sich auf dem Bauch näher an mich heran.
»Er will sie umbringen!« flüsterte ich.
Fat Cat rührte sich nicht. »Laß ihn«, sagte er leise. »Er nimmt uns die Mühe ab.«
Diego schlich zur Vorderseite des Wagens. Ich sah, wie er sich aufrichtete und das Gewehr hob. Da ertönte plötzlich ein dünner Schrei durch die Nachtluft.

Diego feuerte wild, als Señor Moncada vom Wagen herunterkam. Diego versuchte, ihn mit dem Gewehr niederzuschlagen, dann fielen sie beide gegen die Wagenwand. Fat Cat sprang auf und lief auf sie zu.
»Das Gewehr!« rief er mir zu. »Nimm das Gewehr!«
Fat Cat blieb neben den zwei Männern stehen. Die beiden rollten übereinander weg. Ich sah im Mondlicht den Blitz, als Fat Cat sein Messer hob. Er wartete einen Moment, dann stieß er das Messer plötzlich nach unten. Mit einem Schrei kam Diego vom Boden hoch, seine Hände griffen nach Fat Cats Kehle.
Fat Cat trat zurück und wartete, bis Diego sich bewegte. Die Klinge stach zu, und Diego klappte zusammen wie ein Taschenmesser. Schnell drehte sich Fat Cat um, das Messer stoßbereit in der Hand. Señor Moncada kehrte ihm den Rücken, als er hochkam. Fat Cat hob das Messer, aber in diesem Augenblick drehte sich der andere um, das Gewehr in der Hand.
Fat Cat ließ die Arme herunterfallen. »Ist Ihnen nichts passiert, *señor?*« fragte er mit falscher Besorgnis in der Stimme.
Señor Moncada sah ihn an, dann blickte er auf Diego hinunter. »Dieser *bandolero!*« fluchte er. »Er wollte mich umbringen.«
»Ein Glück, daß ich aufgewacht bin, *señor.*«
Señor Moncada lächelte. »Ich bin in Ihrer Schuld, *amigo.* Sie haben mir das Leben gerettet.«
Fat Cat sah zu Boden. Er hatte nichts dazu zu sagen. Aber dann fand er die Sprache wieder. »Es war nichts, *señor.* Eine kleine Erkenntlichkeit für Ihre Güte.«
Er ging zu Diego und stieß ihn mit dem Fuß fort. »Er ist tot. Wo haben Sie einen solchen Mann angeworben?«
»In Bandaya«, sagte Señor Moncada. »Man hat uns gesagt, es gäbe *bandoleros* in den Bergen, und es sei gefährlich, allein mit den Mädchen zu reisen. Coronel Guiterrez hat ihn mir empfohlen. Er diente der Truppe als Kundschafter.«
»Er war selbst ein *bandolero*«, stellte Fat Cat fest. »Er hätte Sie umgebracht und Ihre Pferde gestohlen. Besonders Ihr schwarzer Hengst muß es ihm angetan haben.«
»Der schwarze Hengst?« fragte Señor Moncada erstaunt. »Der gehört nicht mir. Das war sein eigenes Pferd.«
Fat Cats Augen wurden groß. »Tatsächlich?«
Señor Moncada nickte. »Nach dem Gesetz gehört es jetzt Ihnen.«
Fat Cat sah mich an. Er lächelte. Es war das erste Mal, daß sich ein

Gesetz zu seinen Gunsten auswirkte. Was einem *bandolero* gehörte, erhielt man automatisch, wenn man ihn tötete.
»Wie geht es dir, *Papá*!« rief eine vor Angst zitternde Stimme aus dem Wagen.
Ich hatte die Mädchen vergessen. Als ich mich umdrehte, äugte Marta vorsichtig über den Wagenrand.
»Wir sind gerettet!« rief Señor Moncada dramatisch. »Durch Gottes Gnade sind wir vom Tode errettet worden! Dieser brave Mann hat uns unter eigener Lebensgefahr vor diesem Mörder geschützt!«
Die beiden Mädchen kletterten über die Seitenwand herunter. Sie schlangen die Arme um ihren Vater, und alle küßten sich unter Weinen und Ausrufen. Schließlich wandte sich Señor Moncada an uns, sein Gesicht strahlte.
»Für uns war es ein Glückstag, weil wir euch heute nachmittag getroffen haben. Jetzt weiß ich, warum Diego euch nicht mithaben wollte.«
»Es war für uns alle ein Glück, *señor*«, sagte Fat Cat. Er sah mich an und sagte mit der Stimme des stolzen Besitzers: »Geh und schau nach, ob unser Pferd ordentlich angebunden ist.«

14

Ich hatte den letzten Sack Salz in das Faß mit Rindfleisch geleert, als ich plötzlich merkte, daß die beiden Mädchen in der Scheune waren und mir zusahen. Ich nahm den Deckel und nagelte das Faß zu.
Nachdem sie eine Weile schweigend dagestanden hatten, sagte Marta: »Ihr reitet morgen nach Hause?«
Ich nickte. Wir waren seit fast einer Woche auf der *hacienda*. Señor Moncada hatte den Rest der Reise nicht allein machen wollen, und Fat Cat war bereit gewesen, ihn zu begleiten. Vor allem, als er hörte, daß der gute Señor Vieh besaß und uns als Entschädigung vier Fässer frisch eingesalzenes Rindfleisch sowie einen Wagen für den Transport anbot.
Allerdings mußte Fat Cat den schwarzen Hengst als Sicherheit dalassen, bis wir den Wagen zurückbrachten. So wurde der Handel abgeschlossen, und wir setzten die Reise nach Estanza fort.
Wir hatten Tag und Nacht gearbeitet, um das Rindfleisch einzusalzen und für den Transport vorzubereiten. Ich schlug den letzten Nagel ein und drehte mich um.

»Ja«, sagte ich schließlich. »Morgen fahren wir ab.«
»Wie alt bist du?« fragte Vera.
»Dreizehn«, sagte ich. Ich wußte, daß sie zwölf war.
»Bist du nicht«, sagte Marta spöttisch. »Ich habe gehört, wie dein Vater erzählte, du seist erst zehn.«
»Mein Vater?« Für einen Augenblick hatte ich gar nicht mehr daran gedacht.
»Hast du keine Geschwister?« fragte Vera.
Ich schüttelte den Kopf. Ich nahm mein Hemd und zog es über.
»Du bist mager«, sagte Vera. »Dir stehen alle Knochen raus.« Wieder kicherte sie.
Ich sah sie angewidert an. Immer redete sie nur davon, wie mager ich war.
»Hör nicht auf sie«, sagte Marta. »Sie will immer nur sehen, was an einem Jungen dran ist.«
»Du auch! Du bist schließlich hinter Diego hergegangen, als er seine Notdurft verrichtete!«
»Du hast mir erzählt, wo er hinging!« sagte Marta. Sie schauderte. »Dieser schreckliche Kerl!«
Martas Stimme senkte sich. »Er hat gemerkt, daß wir ihn beobachteten«, flüsterte sie mir verschwörerisch zu. »Weiß du, was er getan hat?«
Ich schüttelte den Kopf. »Er kam auf unser Versteck zu. Sein Ding hielt er noch in der Hand. Wir hatten Angst, aber er lachte. In einer Minute wurde es dreimal so groß!«
»Er hat weiter damit gespielt, und es wurde immer größer«, erzählte Vera flüsternd weiter.
Nun begann es mich zu interessieren. »Was geschah dann?«
Martas Stimme klang ein wenig enttäuscht. »Nichts. Wir hörten *Papá* kommen und liefen zum Wagen zurück.«
Ich war auch enttäuscht. Ich hätte genauso gern gewußt wie sie, was geschehen wäre.
»Ich mochte Diego überhaupt nicht«, sagte Vera schnell. »Er hätte nach *Papá* auch uns umgebracht.«
»Er hätte euch zuerst vergewaltigt«, sagte ich.
Mein Ton imponierte ihnen. »Woher weißt du das?«
»Mädchen vergewaltigt man immer, bevor man sie umbringt.«
»Warum?« fragte Marta.
Ich zuckte die Achseln. »Woher soll ich das wissen? So wird es eben gemacht.«

Vera musterte mich neugierig. »Du weißt wohl allerlei, was?«
»Ich weiß genug«, sagte ich patzig.
»Kannst du deinen so steif machen wie Diego?«
»Selbstverständlich«, antwortete ich frech. »Das ist einfach. Jeder Mann kann das.«
»Ich wette, du kannst es nicht«, sagte Marta. »Du bist zu klein.«
»Ich bin nicht zu klein«, sagte ich wütend.
Die Schwestern sahen sich an, sie waren merkwürdig erregt. »Zeig es doch«, sagte Marta leise.
»Warum? Vielleicht hab' ich keine Lust.«
»Du bist zu klein«, sagte Marta. »Du hast Angst, daß du's nicht kannst!«
»Ich kann's! Ich werd' es euch zeigen!«
Ihre Augen folgten meiner Hand, als ich den Hosenlatz aufknöpfte. Ich nahm mein Ding heraus und streichelte es. Aber nichts geschah.
»Vielleicht machst du es zu schnell«, flüsterte Marta. »Diego machte es viel langsamer.«
Ich sah sie erstaunt an und fragte mich, ob sie mehr darüber wußte als ich.
Sie sah mein Zögern und streckte ihre Hand aus. »Ich zeig' es dir.«
Ihre Hand war warm und feucht. Ich spürte die Wärme, und in meinem Unterleib entstand ein Druck. Ich betrachtete die beiden. Sie sahen fasziniert zu. Vera leckte sich die trockenen Lippen. Diesmal kicherte sie ausnahmsweise nicht.
Ich spürte ein krampfartiges Zittern in meinen Lenden. Ich sah an mir nieder. Stolz durchrann mich wie Sonnenwärme am Morgen. Er war steif. Er war nicht so groß, wie ich erwartet hatte, aber er war steif. »Ich hab' dir doch gesagt, ich kann es. Hör lieber auf, sonst vergewaltige ich dich.«
»Du traust dich nicht«, flüsterte Marta.
»Nein? Laß lieber los und verschwinde.«
Sie rührten sich nicht. Ich machte einen Schritt auf sie zu. Ihre Augen hingen immer noch an meinem Ding. Ich spürte, wie es pulsierte. »Haut lieber ab!«
»Wen willst du zuerst vergewaltigen?« fragte Marta leise.
»Mir ist es egal«, sagte ich. »Verschwindet jetzt lieber.«
Die Schwestern sahen sich an. »Du bist die ältere«, sagte Vera.
Ich wußte nicht, was ich tun sollte. Das hatte ich nicht erwartet.
»Verschwindet ihr endlich?« fragte ich so drohend wie möglich.

Marta sah mich an. »Na schön. Du kannst es zuerst mit mir machen.«
»Es macht dir bestimmt keinen Spaß. Verschwinde lieber.«
Marta hob ihren Rock. »Willst du nun, oder willst du nicht?« fragte sie ungeduldig.
Ich starrte auf den dünnen Flaum zwischen ihren Beinen.
»Also gut«, sagte ich. »Aber denk dran, du hast es gewollt.«
Ich versuchte es so, wie Roberto es im Wald mit den *putas* gemacht hatte. Wir taumelten zu Boden. Ich schob mich zwischen ihre Beine und bewegte meine Hüften in krampfhaften Zuckungen, die aus meinem Inneren zu kommen schienen. Ich spürte, daß ich überall hinkam, nur nicht dort, wohin ich sollte. Dann fühlte ich ihre Hand an meinem Ding. Sie führte mich, wohin sie mich haben wollte. Das Haar war dort dünn und stachlig wie tausend Nadeln.
»Hör auf zu zappeln«, flüsterte sie wütend. »Stoß!«
Sie versuchte, mich hineinzuführen, und stöhnte vor Anstrengung. Aber ich konnte nicht. Sosehr ich mich bemühte, ich kam nur bis an den Rand.
»Qué pasa?«
Ich drehte mich um und sah auf. Fat Cat stand mit ungläubigem Gesicht an der Tür. Vera war nirgends zu sehen. Fat Cat kam heran und zog mich auf die Beine. Seine Hand traf meine Backe. »Ist das dein Dank für die Gastfreundschaft in diesem Haus?«
Ich war so außer Atem, daß ich nicht antworten konnte. Marta war schon auf den Beinen und lief hinaus. Ich sah Fat Cat an.
Er grinste breit. »Knöpf lieber deinen Latz zu.«
Er strich mir liebevoll über den Kopf. »Ich war gespannt, wie lange diese kleinen Fotzen brauchen würden, um dich dranzukriegen«, sagte er. Dann lachte er wieder. »Komm, wir wollen den Wagen fertigmachen, damit wir früh abfahren können.« In der Tür wandte er sich um und sah mich an. »Guck nicht so verdattert. Ich habe dir doch gesagt, daß es nicht mehr lange dauert, bis du ein Mann bist.«

15

Noch bevor der Schuß verklungen war, hatte ich mich herumgewälzt und lag flach im Wagen. Noch ein Schuß ertönte. Fat Cat lag auf dem Bauch im Graben neben der Straße. Kurz darauf war er auf den Beinen, triefend von Schlamm und Wasser, schüttelte wütend

die Faust gegen den Berghang und schrie aus voller Lunge: »Santiago! Du blinder Vollidiot! Du ungeborener Esel, der noch im Bauch seiner Mutter schreit! Siehst du denn nicht, ich bin's, dein Kamerad!«
Peng! Eine Kugel spritzte keinen Meter weit den Straßenstaub auf, und Fat Cat lag wieder im Graben. Diesmal stand er nicht auf. Er lag auf dem Bauch im Wasser und brüllte: »Schwanz! Indianerscheiße! Ich bin's, Fat Cat!«
»Fat Cat?« Die Stimme des älteren Santiago hallte hohl den Hang herunter.
»Ja, Fat Cat, du blinde, kriechende Made! Fat Cat!«
Jemand kroch durch die Büsche, und plötzlich stand Santiago am Rand des Grabens. »Fat Cat«, rief er. »Warum hast du nicht gleich gesagt, daß du es bist?«
Fat Cat kam, von oben bis unten beschmutzt, aus dem Graben. Von seinem Hut tropfte Wasser auf sein Gesicht, und er spuckte nur, ohne etwas zu sagen.
»Fat Cat, du bist es wirklich!« Begeistert warf der Ältere das Gewehr fort und umarmte seinen Freund. »Du lebst!«
»Ich lebe!« schrie Fat Cat wütend und versuchte der Umarmung des Indianers zu entgehen. »Dir verdank' ich es nicht!«
»Wir dachten, du seist tot«, sagte Santiago. Er trat zurück und sah Fat Cat prüfend an. »Du lebst und bist gesund und ohne jede Schramme.«
Fat Cat sah an sich hinunter. Das neue Hemd und die *pantalones*, die Señor Moncada ihm geschenkt hatte, waren voller Schmutz. »Keine Schramme!« schrie er und schlug mit der Faust zu.
Santiago schwankte und fiel auf die Straße. Er sah verblüfft zu Fat Cat auf.
»Warum bist du wütend auf mich?« fragte er. »Was hab' ich getan?«
»Was du getan hast?« brüllte Fat Cat. »Schau mein neues Hemd an. Schau meine neue Hose an. Ruiniert! Das hast du getan.«
Er zielte mit dem Fuß gegen den Kopf des Indianers, und Santiago rollte schnell beiseite. Fat Cats Fuß ging in die Höhe, und plötzlich verlor er das Gleichgewicht. Er stolperte nach hinten, genau in den Graben. Da lag er und fluchte.
Ich hörte ein Geräusch in den Büschen, und Manuelo erschien. Er sah den Indianer auf der Straße liegen, dann trat er an den Grabenrand und sah auf Fat Cat nieder. Mit unbewegter Stimme sagte er:

»Wenn du mit deinen kindischen Spielen fertig bist, wirst du uns vielleicht erzählen, was du in dem Wagen hast?«
Es war erst zwölf Tage her, seit wir nach Bandaya aufgebrochen waren, aber mir schien es, als sei ich ein Jahr fortgewesen. Wir gingen ins Lager. Alle stellten sich um uns herum und feierten uns wie Helden. Sie konnten es kaum erwarten, daß das erste Faß geöffnet wurde und die Frauen das Fleisch in die Kochtöpfe tun konnten. Während unserer Abwesenheit hatten sie fast nur von Wurzeln und Kleinwild gelebt.
Acht Männer, vier Frauen und vier Kinder waren in dem kleinen Lager, das Diablo Rojo als Hauptquartier und Versteck benutzte. Drei von den Frauen und drei Kinder gehörten ihm. Die andere Frau und das Kind gehörten Manuelo.
Jedes Kind des Generals stammte von einer anderen Mutter. Roberto, mein Kamerad, war der Älteste. Er war dunkel und hatte leicht indianische Züge. Seine Mutter war eine entfernte Verwandte der Santiagos. Eduardo, der jüngere Sohn, sah dem General am ähnlichsten, obgleich auch in seinen etwas groben Zügen das Mischblut erkennbar war. Nur Amparo, die Jüngste, hatte helle Haut und blondes Haar. Sie war schlank und geschmeidig. Ihre strahlenden Augen glänzten stets wie von innerer Erregung. Sie war zweifellos der Liebling des Generals, genau wie ihre Mutter.
Die Mutter war schlank und blond. Die beiden anderen, dunklen und eher dicklichen Frauen waren sehr eifersüchtig auf sie, wagten aber nichts gegen sie zu sagen. Sie war von irgendwo an der Küste gekommen. Angeblich hatte der General sie dort in einem Bordell gefunden, obgleich sie behauptete, die Tochter eines verarmten Kastiliers und einer geflüchteten Deutschen zu sein. Jedenfalls spielte sie die große Dame, und die anderen mußten wie Zofen für sie kochen und sie bedienen.
Wenn der General nicht da war, verbrachte sie ihre Zeit hauptsächlich mit Amparo. Sie spielte mit ihr und zog sie an und aus wie eine Puppe. Daher war die Kleine völlig verzogen. Für eine Siebenjährige war sie anmaßend und stets sogleich ungehalten, wenn sie nicht bekam, was sie wollte. Meistens bekam sie es allerdings. Dann sonnten sich alle in den Strahlen ihres Lächelns.
Amparo stand in ihrem weißen Kleid neben dem Wagen, als ich vom Sitz kletterte. »Man hat mir erzählt, du seist tot«, verkündete sie, und es klang enttäuscht.
»Wie du siehst, bin ich nicht tot.«

»Ich habe schon eine Novene für dich gebetet«, sagte sie, »und Mutter hat mir versprochen, das nächste Mal für dich in der Kirche eine Messe lesen zu lassen.«
Ich sah sie an. Wir waren zusammen aufgewachsen, aber nun hatte ich das Gefühl, sie sei noch ein Kind geblieben.
»Tut mir leid. Wenn ich das gewußt hätte, hätte ich mich umbringen lassen.«
Sie lächelte. »Wirklich, Dax? Hättest du das für mich getan?«
»Ganz bestimmt«, sagte ich.
Sie warf die Arme um mich und küßte mich auf die Wange.
»Oh, Dax«, rief sie, »du bist mein Allerbester! Ich bin froh, daß man dich nicht umgebracht hat! Wirklich!«
Ich schob sie sanft beiseite.
Sie sah mich an, ihr Gesicht glühte. »Ich hab' etwas beschlossen.«
»Was?« fragte ich.
»Wenn ich groß bin, heirate ich dich!« Sie wandte sich zum Gehen. »Ich werde Mutter erzählen, was ich beschlossen habe!«
Ich sah ihr nach, bis sie im Haus war, und lächelte. Bevor ich wegging, hatte sie einen Wutanfall gehabt, weil sie Manuelo heiraten wollte und ihre Mutter ihr gesagt hatte, das ginge nicht, er hätte schon eine Frau. Und ein paar Wochen vorher war es ein junger Bote gewesen, der mit den neuesten Nachrichten vom General gekommen war. Ich wandte mich wieder zum Wagen, um die Pferde auszuspannen.
Fat Cats Stimme klang herüber. Er erzählte den Männern voller Stolz von dem schwarzen Hengst. Dann bemerkte ich Roberto und Eduardo.
Ich wandte mich zu ihnen. »Hallo!«
Eduardo antwortete sofort. Er war nur wenige Monate jünger als ich, aber viel kleiner und schmächtiger. Roberto sah mich bloß unfreundlich an. Sein Gesicht war blaß, seine Augen sahen gelblich und krank aus.
»Was ist mit dir los?« fragte ich.
Eduardo antwortete, ehe sein Bruder sprechen konnte. »Er hat 'ne Dosis abgekriegt.«
»Eine Dosis? Was ist das?«
Roberto antwortete immer noch nicht, und Eduardo zuckte die Achseln. »Ich weiß nicht. Die Santiagos und Manuelo haben's auch bekommen. Manuelos Frau ist wütend auf ihn.«
»Eduardo!« rief seine Mutter vom Hause her.

»Ich muß gehen.«
»Hilf mir, die Pferde in den Korral zu bringen«, sagte ich zu Roberto.
Er nahm die Zügel, und wir führten die Pferde weg. Ich öffnete das Tor, und wir trieben sie hinein. Sofort begannen sie zu grasen – getrennt von den anderen, die vorsichtig die Neuankömmlinge beobachteten.
»Schau nur«, sagte ich. »Sie tun, als sähen sie sich nicht. Bis morgen haben sie sich angefreundet. Pferde benehmen sich genau wie Menschen.«
»Pferde bekommen keinen Tripper«, sagte Roberto mürrisch.
»Nein? Wie hast du ihn gekriegt?«
Er spie auf den Boden. »Von den *putas.* Wir haben ihn alle bekommen. Manuelos Frau spuckt Gift und Galle.«
»Ist es schlimm?« fragte ich.
»Nicht so schlimm. Beim Pissen tut's weh.«
»Was hat das damit zu tun?«
»Bist du blöd! Dort hast du ihn, in deinem Schwanz. Du kriegst ihn schon auch noch. Manuelo sagt, man ist kein Mann, wenn man keinen Tripper gehabt hat.«
»Ich hab' eine Frau gehabt.«
»Wirklich?« fragte Roberto ungläubig.
Ich nickte. »Marta, die Tochter von Señor Moncada, von dem wir das Fleisch bekommen haben. Ich hab' sie in der Scheune gehabt.«
»Bist du reingekommen?«
Ich war nicht ganz sicher, was er meinte. »Ich glaube schon. Aber ich war so beschäftigt, daß ich nicht richtig drauf geachtet habe. Ich würde sie immer noch vögeln, wenn Fat Cat mich nicht weggerissen hätte.«
Er sah mich groß an. »Wie alt war sie?«
»Vierzehn.«
Er rümpfte die Nase. »War ja bloß ein kleines Mädchen.«
»Glaubst du, ich krieg' eine Dosis?« fragte ich.
Er schüttelte den Kopf. »Nein, die war ja noch ein Kind. Um den Tripper zu kriegen, braucht man eine Frau. Hat Fat Cat einen?«
»Ich weiß nicht. Er hat nichts gesagt.«
»Vielleicht hat er Glück gehabt und keinen erwischt.«
Er ging weg. Ich folgte ihm. Ich verstand es nicht. Wenn man ohne Tripper kein Mann war, wieso hatte man dann Glück, wenn man keinen erwische?

16

Fat Cat ging zum Ausguck und ich hinter ihm her. Er war schlecht gelaunt. Das war er die ganze Woche schon, weil Manuelo ihm verboten hatte, den schwarzen Hengst zu holen. Wir wären zu wenige, hatte Manuelo gesagt.
Der jüngere Santiago befand sich im Ausguck. »Das wurde aber Zeit«, brummte er. »Ich bin am Verhungern.«
»Das beste für einen Tripper ist ein leerer Magen«, sagte Fat Cat boshaft.
Der Jüngere musterte ihn. »Dann würde ich dir raten, dir eine Dosis zu besorgen. Wenn du noch mehr ißt, gibt es bald kein Pferd mehr, das dich tragen kann.«
»Pah«, schnaubte Fat Cat. »Mein schwarzer Hengst kann mich mit Leichtigkeit tragen, auch wenn ich fünfmal so schwer bin.« Herausfordernd sah er Santiago an.
»Ich glaube nicht, daß es überhaupt einen schwarzen Hengst gibt«, sagte der Jüngere und ging den Berg hinunter.
»Du bist ja bloß neidisch«, schrie Fat Cat ihm nach. »Dax war bei mir und hat ihn gesehen. Stimmt es, Dax?«
»*Sí*, ich hab' ihn gesehen.«
Aber Santiago war schon außer Sicht. Fat Cat blickte über die Berge, in Richtung Estanza.
»Ein herrlicher Hengst, was, Dax?«
»*Un caballo magnifico!*«
Fat Cat setzte sich mit dem Rücken gegen einen Felsen, das Gewehr auf den Knien. Er schaute immer noch nach Süden.
»Manuelo hat keine Ahnung, was so ein wunderbares Pferd für einen Mann bedeutet. Er hat ja nie eins gehabt. Du mußt hierbleiben, sagt er. Wir haben zuwenig Leute. Aber was wollte er denn wohl machen, wenn wir nicht wiedergekommen wären? Die würden jetzt Feldmäuse essen und Kaninchenkot und Pferdeäpfel. Und dann werden sie noch unverschämt und behaupten, daß es den schwarzen Hengst gar nicht gibt.« Er legte das Gewehr weg und steckte sich einen *cigarillo* an. »Das ist wirklich die Höhe.«
Ich sah zu, wie er den Rauch ausblies, dann schaute ich mich noch einmal um. Der Abhang lag in tiefem Frieden. In einer Stunde würde die Dämmerung da sein. »Gute Nacht, Gato Gordo«, sagte ich und ging den Weg hinab.
Als ich die halbe Strecke hinter mir hatte, hörte ich einen wilden

Truthahn schreien. Mir lief das Wasser im Mund zusammen. Es war lange her, seit wir so etwas Gutes gegessen hatten. Das gesalzene Rindfleisch hing mir schon zum Halse heraus.
»Gobbel – gobbel – ook«, ahmte ich ihn nach.
Er antwortete. Der Ruf schien von links zu kommen. Ich kroch in den Busch. Wieder rief ich.
Plötzlich tauchte der Kopf des Truthahns gerade vor mir aus dem Busch auf. Ich weiß nicht, wer von uns beiden in dem Moment erstaunter war. Einen Augenblick starrten wir uns fassungslos an, dann hob der riesige Vogel den Kopf und kollerte einen lauten Protest. Er kam nicht damit zu Ende, denn ich hielt mein Messer flach wie eine Machete bereit und hieb ihm den Kopf ab. Es war fast dunkel, als ich den großen Vogel bei den Beinen nahm und über die Schulter warf.
Langsam ging ich den Weg hinunter. Manuelo stand beim Korral, als ich ankam. »Wo warst du?« fragte er zornig. »Du weißt, du sollst bei Dunkelheit zurück sein.«
Ich schwang den Truthahn nach vorn und warf ihn Manuelo vor die Füße. »Du lieber Gott«, sagte er beeindruckt, »wie hast du den erwischt?«
»Ich hörte ihn rufen, als ich vom Ausguck kam.«
Manuelo hob den großen Vogel auf und wog ihn in der Hand. »Mindestens fünfzehn Kilo. Estrella, komm, schau, was Dax mitgebracht hat! Morgen gibt's ein Festessen!«
Aber es sollte kein Festessen mehr geben, denn in dieser Nacht kamen die Soldaten.

Es mußte wenige Stunden vor Morgengrauen sein, als ich den ersten Schuß hörte. Ich rollte aus dem Bett und griff nach meinen Schuhen. Angekleidet war ich schon, denn seit unserer Rückkehr schlief ich, wie die anderen auch, in den Kleidern. Ich holte mein Messer unter dem Kissen hervor.
Irgendwo im Haus schrie eine Frau. Ich ging nicht durch die Tür, sondern sprang kopfüber aus dem Fenster. Ich rollte über das hintere Dach zu Boden, gerade in dem Augenblick, als das Feuer im Haus ausbrach.
Ich sah das Blitzen von Gewehrfeuer und hörte Männer schreien. Ich rappelte mich hoch und rannte auf den Abhang zu. Dann sprang ich über niedrige Büsche und rollte in einen Graben. Ich hielt den Atem an und hob vorsichtig den Kopf.

Beim Schein der Flammen konnte ich überall rot-blaue Uniformen sehen. Manuelo und Santiago der Ältere kamen um die Hausecke gelaufen. Ich sah das Mündungsfeuer ihrer Gewehre. Einer der Soldaten fiel vornüber, ein anderer schrie und hielt sich den Bauch. Dann warf einer der Soldaten etwas, was sich in der Luft drehte, auf Manuelo.
»Manuelo!« schrie ich. »Paß auf!«
Aber niemand hörte mich. Einen Augenblick stand Manuelo da, und im nächsten schien er in tausend Stücke zu explodieren. Zwei Soldaten waren jetzt hinter Santiago her. Er schwang sein leergeschossenes Gewehr wie eine Keule. Ich hörte seinen Schrei, als ihm ein Bajonett den Hals durchbohrte, während das andere von hinten in seine Gedärme drang.
Ich zog den Kopf ein und lief im Abwassergraben zur Vorderseite des Hauses. Als ich an den Weg kam, der, hinter Büschen versteckt, zum Ausguck führte, spähte ich wieder über den Grabenrand. Ich hörte einen Schrei und sah Amparo vorbeilaufen. Ihr weißes Nachthemd flatterte. Ich faßte nach ihren Beinen, und sie stürzte zu Boden.
Ihre Augen sahen mich schreckerfüllt an. »Sei still«, zischte ich. »Ich bin es, Dax!«
Der Schrecken verschwand aus ihrem Blick. »Bleib ruhig liegen. Ich werde mich noch einmal umsehen.«
Ich hob meinen Kopf über den Grabenrand. Der jüngere Santiago lag einen Meter von mir entfernt. Er war tot, seine Augen blickten leer. Andere Tote lagen in der Nähe des Hauses. Die Soldaten waren noch da. Eine Frau, die Kleider in Flammen, kam schreiend aus dem Haus gerannt. Hinter ihr lief Eduardo und schrie: »*Mamá! Mamá!*«
Schüsse ertönten. Die Frau fiel zu Boden, Eduardo über sie. Ein Soldat lief zu den beiden und stach mit dem Bajonett immer wieder auf sie ein.
Jemand stürmte aus dem Haus und schwang eine Machete. Es war Roberto. Der General wäre auf ihn stolz gewesen. In seinen Zügen war keine Angst, nur Haß, als er schreiend auf den Soldaten losrannte.
Völlig überrascht drehte der Soldat sich um und lief davon. Aber es war zu spät. Die Machete senkte sich, und plötzlich fiel der Arm des Soldaten von seiner Schulter ab. Er schrie vor Schmerz und stürzte nieder. Hinter ihm ertönte eine Gewehrsalve. Roberto schien einen

Augenblick in der Luft zu hängen, dann fiel er rücklings zu Boden, neben die Körper seines Bruders und der Mutter seines Bruders. Dann war da nur das Prasseln und Dröhnen des Feuers. Und dann hörte ich eine Frau schreien. Drei Frauen waren von Soldaten umringt. Ich erkannte Amparos Mutter. Sie versuchte anscheinend, Robertos Mutter zu stützen. Wie versteinert stand Manuelos Frau daneben.
Ein Offizier ging hinüber. Ich konnte sein Gesicht nicht sehen, aber das war nicht nötig. Ich erkannte ihn in dem Augenblick, als er den Mund öffnete. Diese Stimme würde ich nie vergessen, nie, solange ich lebte.
»Sind sie alle tot?«
»*Sí, Coronel*«, sagte ein Feldwebel. »Alle außer diesen Frauen.«
Der *coronel* nickte. »*Bueno*. Macht mit ihnen, was ihr wollt. Aber denkt dran, sie bleiben nicht lebend hier zurück. Ich habe geschworen, daß nicht einer dieser Verräter am Leben bleibt.«
»*Sí, Coronel.*«
Der *coronel* wandte sich ab und verschwand hinter der Hausecke. Die Frauen lagen schon entkleidet auf dem Boden, und vor jeder stellte sich eine Reihe Soldaten auf. Ich spürte eine Bewegung neben mir und drehte mich um. Es war Amparo, mit aufgerissenen Augen.
»Was machen sie?«
Ich wußte, was sie machten. Vergewaltigen und töten. So war das eben. Aber plötzlich wußte ich, daß es sinnlos war, wenn sie es mit ansah. Sie war bloß ein Kind. Wie konnte sie verstehen, was kämpfende Männer taten, wenn sie gesiegt hatten?
Ich zog sie zurück in den Graben. »Es ist nichts Besonderes«, flüsterte ich.
»Was wollen wir machen?« Ihre Stimme zitterte. Sie bekam wieder Angst.
Ich nahm sie bei der Hand und zog sie hinter mir her auf den Weg zum Ausguck. Aber als wir oben ankamen, war er leer. Fat Cat war nicht da. Plötzlich wußte ich, wohin er verschwunden war. Nach Estanza, zum schwarzen Hengst.
Der Weg nach Süden lag dunkel und verlassen da. Wenn wir uns beeilten, konnten wir Fat Cat vielleicht noch einholen. Die Nacht ging zu Ende. Die Kühle des Morgens lag schwer über dem Boden.
»Mir ist kalt«, wimmerte Amparo und zitterte in ihrem dünnen Nachthemd.
Von Fat Cat hatte ich gelernt, was ich zu tun hatte. Ich zog mein

dickes Indianerhemd aus und legte es Amparo um. Es ging ihr fast bis zu den Waden. Dann streifte ich meine Schuhe ab und gab sie ihr, und sie schlüpfte hinein.
»Nun werden wir ein Stück laufen«, sagte ich ruhig. »Wenn die Sonne aufgeht und es wärmer wird, rasten wir.«

17

Wir waren kaum mehr als ein Viertel des Weges bergab gegangen, als ich den schwachen Laut von Männerstimmen hinter uns hörte. Ich ergriff Amparo am Arm, und wir krochen durch die Büsche, bis ich einen Platz fand, wo das Unterholz besonders dicht war. Wir krochen ganz in die Mitte des Gesträuchs. Keinen Augenblick zu früh.
Ich hörte schwere Tritte von Stiefeln, und vier Soldaten tauchten fast unmittelbar vor uns auf, die Gewehre im Anschlag.
»*Hola!*« sagte einer und warf sich etwa vier Meter vor uns zu Boden. »Ich hab' genug. Ich kann nicht mehr laufen.« Die anderen blieben stehen.
»Setzt euch«, sagte er. »Ihr seid doch genauso müde wie ich.«
»Aber *el coronel* hat gesagt, wir sollten den ganzen Weg bis unten absuchen«, warf ein anderer ein.
Der Mann am Boden sah hoch. »Und wo ist *el coronel?* Er ist unten und säuft sich voll, während wir uns in diesen verdammten Bergen abschinden. Zum Teufel mit *el coronel*!«
Ein dritter ließ sich neben ihm nieder. »Einen Augenblick ausruhen«, sagte er. »Wer merkt das schon?«
Die anderen legten sich auf den Boden. Nach einiger Zeit fragte einer: »Welche hast du gehabt?«
Der erste Soldat wälzte sich auf die Seite. »Ich hab' sie alle gevögelt«, prahlte er. »Wenn ich mit einer fertig war, habe ich mich für die nächste angestellt.«
Der zweite Soldat schüttelte den Kopf. »Kein Wunder, daß du so ausgepumpt bist.«
»Welche hast du gebürstet?«
»Die hysterische. Ich versteh' nicht, warum sie ein solches Getue gemacht hat. Bei ihr war so viel Platz drin. Da hätte ein Hengst hineingekonnt.«
»Die taugte nicht viel«, sagte ein anderer.

Der erste Soldat grinste breit. »Die Blonde war die beste. Da merkte man, daß sie's regelmäßig gekriegt hat. Sowie man drin war, drückte sie richtig, und – bums – da war's auch schon passiert.« Er nahm seine Feldflasche. »Ich muß was trinken. Alle Flüssigkeit ist aus mir 'raus.«
Er hielt die Flasche an die Lippen, und das Wasser rann ihm aus den Mundwinkeln.
»Ich hab' auch Durst«, flüsterte Amparo.
»Sst!«
Sie strich sich übers Gesicht. »Hier gibt's Moskitos.«
Ich zog ihr Nachtgewand unter dem Hemd heraus und bedeckte ihr Gesicht. »Bleib liegen, rühr dich nicht«, flüsterte ich. »Jetzt kommen sie nicht an deinen Kopf.«
Aber auf mich gingen die Moskitos los; ich war bis zum Gürtel nackt. Alle paar Sekunden stach mich einer. Aber solange die Soldaten da waren, konnte ich nichts dagegen tun.
Einer stand auf. »Ich glaube, es ist besser, wenn wir weitergehen.«
»Warum?« fragte der erste Soldat. »Da unten ist niemand mehr.«
»Aber wir haben Befehl von *el coronel,* den Weg gründlich abzusuchen.«
Der erste Soldat lachte. »Das heißt, wir müßten erst ganz ins Tal hinunter und dann wieder hinauf.« Er sah zur Sonne. »Wir können bis Mittag hierbleiben, dann melden wir uns zurück. Wer soll schon etwas davon erfahren?«
»Ich weiß nicht.«
»Gut, wenn du unbedingt willst, dann geh. Wir bleiben hier, bis du zurückkommst.«
Der Soldat, der aufgestanden war, sah die anderen an, aber sie machten keine Anstalten aufzubrechen. Nach einiger Zeit legte er sich wieder nieder. »Du hast recht. Das merkt doch keiner.«
Ich drehte mich zu Amparo. Ihr Gesicht war unterm Nachthemd verborgen. Ihr Atem ging ruhig und gleichmäßig. Vorsichtig hob ich das Nachthemd. Sie schlief fest.
Von den Soldaten schnarchte einer mit offenem Mund. Auch die anderen hatten es sich bequem gemacht und die Augen geschlossen.
Ich versuchte mich wach zu halten, aber alle paar Minuten fiel mein Kopf nach vorn, und nach einer Weile mußte auch ich eingeschlafen sein. Plötzlich weckte mich ein Geräusch.

Die Soldaten waren aufgestanden. Einer sagte: »Jetzt ist es spät genug. Wir können zurückgehen.«
Ich sah ihnen nach, als sie den Berg hinaufstiegen. Bald konnte ich ihre Stimmen nicht mehr hören. Amparo schlief immer noch. Ich rüttelte sie sanft.
Sie hob den Kopf und zog das Nachthemd vom Gesicht. Sie war noch ganz verschlafen. »Ich habe Hunger«, sagte sie.
»Bald gibt es etwas zu essen.«
»Wir wollen heimgehen. *Mamá* hat uns für heute mittag den Truthahn versprochen, der dir gestern vors Messer gelaufen ist.«
»Wir können nicht heim. Die Soldaten sind noch da.«
Plötzlich war sie ganz wach und fing an zu weinen. »*Mamá! Mamá! Mamá!*«
»Hör auf!« sagte ich hart.
»Aber ich werde doch *Mamá* bald wiedersehen?«
»Bestimmt.« Wie sollte ich ihr erklären, daß sie ihre Mutter nie wiedersehen würde? »Wie bist du eigentlich aus dem Haus entwischt?«
»Als die Soldaten *Mamá* mitnahmen, habe ich mich unterm Bett versteckt. Als sie weg waren, bin ich aus dem Fenster gesprungen.« Wieder kamen ihr die Tränen. »Dann bin ich gerannt und gerannt.«
»Das war sehr vernünftig.«
Ich stand auf.
»Sie sind fort«, sagte ich. »Wir müssen nun auch los.«
»Wo gehen wir hin?«
Ich überlegte. Wir konnten Fat Cat jetzt nicht mehr einholen, aber ich wußte, wo er zu finden war. »Nach Estanza.«
»Estanza?« fragte sie. »Wo ist das?«
»Weit von hier. Wir müssen zu Fuß laufen.«
»Ich gehe gern zu Fuß.«
»Aber wir müssen sehr aufpassen. Wenn wir jemanden kommen hören, müssen wir uns verstecken.«
»Du meinst, es könnten Soldaten sein.«
»Auch wenn es keine Soldaten sind, müssen wir uns verstecken. Irgendwer könnte den Soldaten erzählen, daß er uns gesehen hat.«
»Ich werde aufpassen«, sagte sie. »Ich bin hungrig und durstig.«
»Weiter unten ist eine Quelle.«
»Ich muß auch mal.«

Amparo ging zu den Büschen und hockte sich nieder. Sorgfältig hob sie ihre Kleider. »Wenn du zuguckst, kann ich nicht!«
Ich drehte mich um. Mädels waren komisch. Was machte es schon aus, ob ich zusah oder nicht?
Nach etwa einer halben Stunde kamen wir zur Quelle. Ich streckte mich am Ufer aus und hielt mein Gesicht ins Wasser. Mein Rücken juckte von den Moskitostichen. Ich spritzte etwas Wasser über meine Schulter auf die Haut.
Amparo sah zu. »Dein Rücken ist ganz zerstochen. *Mamá* hat immer Lorbeerblätter auf meine Moskitostiche gelegt.«
»Wie sehen die aus?«
»Da drüben gibt es eine ganze Menge.« Sie zeigte auf eine Gruppe von Sträuchern.
Ich riß eine Handvoll ab und versuchte, sie mir auf den Rücken zu legen, aber sie glitten immer wieder ab. »Laß es lieber mich machen«, sagte Amparo. Sie tauchte die Blätter ins Wasser. »Dreh dich um.«
Ich drehte ihr den Rücken zu. Ich spürte die nassen Blätter, und das Wasser rann mir den Rücken hinunter. Sie hatte recht; in wenigen Minuten war das Stechen vergangen. Ich saß da und starrte in den Bach. Da sah ich plötzlich eine Bewegung. Ein kleiner Schwarm Fische schwamm vorbei.
Wie man Fische mit einem gespitzten Zweig fing, hatte ich beim jüngeren Santiago gelernt. Ich schnitt mit meinem Messer einen Zweig zurecht, der die richtige Stärke hatte, und beugte mich über das Wasser.
Wieder kam ein Schwarm Fische vorbei. Ich stieß zu, aber sie waren zu schnell für mich. Ich versuchte es immer wieder, und schließlich hatte ich einen erwischt. Triumphierend wandte ich mich um und hielt den Stock mit dem zappelnden Fisch hoch. »Wir haben was zu essen!«
»Roh?« fragte Amparo angeekelt. »Wie willst du ihn denn kochen?«
Mein Triumph schwand. Enttäuscht ließ ich mich auf einem großen Felsbrocken nieder. Ich schrie auf, als ich ihn mit dem Hinterteil berührte. Der Felsen war von der Sonne heiß wie eine Bratpfanne. Ich besah mir den Felsen. Wenn er so heiß war, daß er mir den Hintern verbrannte, reichte es auch, um einen Fisch zu braten.

Der Fisch war gut, wenn auch ein wenig roh. Ich fing noch zwei und briet sie, und jedesmal mußte ich sie mit dem Messer vom Felsen kratzen. Dann war unser Hunger gestillt. Es war gut, daß wir so viel aßen, denn in den nächsten zwei Tagen fanden wir bloß Nüsse und Beeren. Am dritten Morgen entdeckten wir einen Mangobaum. Wir aßen uns so gierig voll, daß wir Magenkrämpfe bekamen und für den Rest des Tages dort bleiben mußten.
Als es Nacht wurde, begann Amparo zu weinen. »Ich will nach Hause.«
Ich sah sie schweigend an. Ich konnte nichts dazu sagen. Verlegen saß ich da, hilflos wie alle Männer angesichts der Tränen einer Frau. Ihr hübsches Gesicht war eingefallen und von Schmerzen verzerrt.
»Mein Popo tut mir weh«, sagte sie.
Meiner schmerzte auch. Nie wieder würde ich mich mit Mangos vollschlagen. »Schlaf. Morgen früh ist es besser.«
Wütend stampfte sie mit dem Fuß auf. »Ich will nicht! Ich habe es satt, zwischen krabbelnden Käfern zu schlafen und halb zu erfrieren. Ich will nach Hause und in meinem Bett schlafen!«
»Das geht bloß nicht.«
»Ich will aber!« Wieder stampfte sie zornig.
Ich kannte das. So fingen ihre berühmten Wutanfälle an. Ich hatte keine Lust, das mitzumachen. Ich schlug mit der Hand zu und traf sie auf die Wange. Einen Augenblick war sie starr vor Staunen. Dann kamen ihr die Tränen. »Du hast mich geschlagen!«
»Und ich tu's wieder, wenn du nicht still bist!« sagte ich wütend.
»Ich hasse dich!«
Ich antwortete nicht.
»Ja, wirklich, das tu ich! Ich werde dich nicht heiraten!«
Ich legte mich ins Gras und machte die Augen zu.
Eine Zeitlang war es still. Dann spürte ich, daß sie näher rückte. Sie kuschelte sich an meine Seite. »Mir ist kalt, Dax.«
Ich sah sie an. Ihre Lippen waren blaß vor Kälte. Mir wurde klar, daß wir nicht im Freien schlafen sollten. Ich mußte einen Platz finden, der gegen die Winde geschützt war, die von den Bergen über die Prärie wehten.
»Steh auf«, sagte ich und zog sie auf die Beine.
»Aber es ist dunkel, und ich bin müde. Ich kann nicht mehr laufen.«

»Du mußt«, sagte ich. »Wir müssen eine wärmere Stelle zum Schlafen finden.«
Wir gingen los. Ich blickte zum Himmel. Er gefiel mir nicht. Die Wolken hingen tief und drohend, sie verdunkelten Mond und Sterne. Ein kalter, feuchter Wind hatte sich erhoben, und ich wußte, daß es bald regnen würde.
Ich erinnerte mich, daß ich am Morgen hinter den Feldern einen kleinen Wald gesehen hatte. Wenn die Mangos und ihre Folgen nicht gewesen wären, hätten wir längst da sein können. Ich versuchte vergebens, in der Finsternis etwas zu erkennen. Wir konnten bloß weiterlaufen und hoffen, daß wir den Wald bald erreichen würden.
Der Regen begann in breiten Strömen herabzustürzen, und die Windstöße peitschten ihn schräg gegen unsere Rücken. Wir waren in Kürze völlig durchnäßt. Ich zog Amparo schnell vorwärts. Die *pantalones* klebten an meinen Beinen. Der Boden unter meinen bloßen Füßen wurde weich und schlammig.
Amparo weinte wieder. Einmal fiel sie halb auf die Knie. Ich riß sie hoch. Wir fingen wieder an zu laufen. Auf einmal waren wir da. Ich zog sie in den Wald, und wir blieben unter einem großen Baum stehen. Hier war es einigermaßen trocken; der Regen war noch nicht durch den dichten Blätterschirm gedrungen. Wir rangen nach Atem.
Plötzlich merkte ich, daß sie einen Schüttelfrost bekam. Ihre Augen waren eigentümlich hell und glänzend. »Dax, ich höre Stimmen.«
Ich zog sie fest an mich und versuchte sie mit meinem Körper zu wärmen. »Nein, ich höre reden.« Das Sprechen machte ihr Mühe, und ihre Stimme klang dünn.
Ihre Stirn war heiß. Sie mußte Fieber haben. »Sst. Jetzt können wir uns ausruhen.«
Sie schob mich fort. »Nein«, sagte sie ärgerlich. »Hör doch.«
Nur um sie zu beruhigen, horchte ich. Zuerst hörte ich nichts, aber dann nahm ich das Geräusch ferner Stimmen wahr. Es schien hinter uns zu sein.
»Warte hier«, flüsterte ich.
Amparo nickte, und ich schlich mich weiter in den Wald. Ich war vielleicht fünfzig Meter gegangen, da sah ich sie. Drei Wagen hatte man von der Straße weg unter den Schutz der Bäume gezogen. In dem einen saßen drei Männer. Sie hockten um eine Laterne und spielten Karten. Drei andere lagen ausgestreckt zwischen den ande-

ren Wagen. Sie trugen alle die rot-blaue Armeeuniform. Ihre Gewehre hatten sie an der Seite des vorderen Wagens zusammengesetzt.
Ich wollte wissen, ob nicht noch mehr da wären. Ich kletterte auf einen Baum und beobachtete die anderen Wagen. Sie waren leer, aber in dem einen lagen mehrere Decken. Ich überlegte, ob ich eine der Decken mitnehmen konnte.
Dann fiel mir wieder ein, daß Amparo Fieber hatte, und ich wußte, daß mir keine Wahl blieb. Ich war für sie verantwortlich, so wie Fat Cat es für mich gewesen war. Ich stieg vom Baum herunter und glitt lautlos in den letzten Wagen. Rasch nahm ich eine Decke und rollte sie fest zusammen. Ich sah mich um, ob es sonst noch etwas gab, was wir brauchen konnten. Ich fand eine Schachtel Streichhölzer und steckte sie in die Tasche. Auf dem Boden des Wagens lag ein Stück trockener Speck; das nahm ich auch mit.
Es dauerte ein paar Minuten, bis ich mich im Wald wieder orientiert hatte. Aber dann fand ich ohne Mühe zurück. Amparo lag ganz still, als ich aus dem Unterholz kam. »Dax?« flüsterte sie. Ihre Zähne klapperten.
»Ja. Schnell, zieh die nassen Kleider aus!«
Ich entfaltete die Decke und rollte Amparo darin ein, dann nahm ich ein Messer und schnitt einen dünnen Streifen Speck ab. »Da, lutsch es.«
Sie nickte und steckte den Speck in den Mund. Ich legte mich neben sie und schnitt mir auch ein kleines Stück ab. Es schmeckte salzig, aber es tat gut, es im Mund zu fühlen. Ich spürte, daß Amparo langsam zu zittern aufhörte, und nach einiger Zeit merkte ich an ihrem ruhigen Atmen, daß sie schlief. Für ein Mädchen war Amparo gar nicht so übel, dachte ich, bevor ich selbst einschlief.
Das Lied eines Vogels in einem Baum über mir weckte mich. Ich öffnete die Augen. Durch die Äste konnte ich den blauen Himmel sehen. Ich wandte den Kopf nach Amparo. Sie war ganz in die Decke eingerollt.
Ihre Kleider lagen in einem nassen Haufen zu ihren Füßen. Ich hob sie auf und hängte sie über einen Busch, wo die Sonne sie trocknen konnte. Inzwischen hatte Amparo sich aufgesetzt. Ich hielt meinen Finger an die Lippen, damit sie nicht redete.
Sie nickte.
Ich schnitt ihr wieder ein kleines Stück Speck ab. »Warte hier«, sagte ich. »Ich bin gleich zurück.«

Ich brauchte nur ein paar Minuten bis zur Lichtung. Die Soldaten und die Wagen waren fort. Die Reste eines kleinen Feuers glimmten noch. Ich warf ein paar Zweige darauf, um es in Gang zu halten, ging zurück und holte Amparo.
Nach der kalten nassen Nacht war das Feuer herrlich. Ich versuchte, nach dem Sonnenstand zu erraten, wie spät es war. Es mußte ungefähr neun Uhr sein – Zeit, aufzubrechen. Ich rollte die Decke ein, warf sie über die Schulter, und dann wandten wir uns der Straße zu.
Dreimal verließen wir sie an diesem Morgen wieder und versteckten uns in den Feldern. Einmal kamen mehrere Männer zu Fuß, dann ein Mann in einem Wagen und schließlich ein Mann und eine Frau in einem Wagen. Einen Augenblick war ich in Versuchung, die Wagen anzurufen, aber dann überlegte ich es mir. Es hatte keinen Sinn, etwas zu riskieren, denn die Wagen ließen darauf schließen, daß wir uns einem kleinen Städtchen näherten.
Als wir um die nächste Biegung der Straße kamen, sah ich Häuser und den Rauch aus Kaminen. »Wir müssen den Ort umgehen.«
Sie nickte, und wir machten uns auf den Weg durch die Felder. Auf diese Weise brauchten wir länger, und als wir den Ort hinter uns hatten, war es beinahe Nacht.
»Ich habe Hunger«, klagte Amparo. »Der Speck hält nicht vor.«
»Heute abend kriegen wir etwas zu essen.«
Ich hatte ein paar Hühnerhöfe entdeckt, und als wir einen Lagerplatz für die Nacht gefunden hatten, wollte ich zurückgehen. Aber Amparo wollte nicht allein bleiben.
Es war stockdunkel, als wir uns in einem Feld nahe den Hühnerhöfen niederließen. Sie lagen hinter einem Haus, daher mußten wir warten, bis ich sicher war, daß alle schliefen.
»Bleib hier. Rühr dich nicht!« warnte ich Amparo.
Auf leisen Sohlen lief ich über das Feld, nahm mein Messer heraus und öffnete den Riegel des nächsten Hühnerstalles. Im selben Augenblick fingen die Hühner einen solchen Lärm an, daß man ihn vierzig Meilen weit hören mußte. Eine große rote Henne rannte auf mich zu. Mit dem Messer schlug ich ihr den Kopf ab. Ich schlug noch nach einer anderen, verfehlte sie aber, dann erwischte ich ein weißes Hühnchen. Schnell steckte ich das Messer ein, ergriff die Hühner bei den Beinen und lief zurück. Die Körper zuckten noch in meiner Hand. Ich warf mich neben Amparo in dem Moment zu Boden, als der Besitzer in flatterndem Nachthemd aus dem Haus kam, ein Ge-

wehr in der Hand. Als er den offenen Hühnerstall sah, lief er hin und schloß ab. Dann rannte er über das Feld auf uns zu.
»Was ist los?« rief eine Frau aus dem Inneren des Hauses.
»Dieses verdammte Wiesel war wieder bei den Hühnern. Aber einmal erwische ich es schon!«
Er blieb noch einen Augenblick stehen, dann stapfte er wütend zurück zum Hühnerstall. Er öffnete den Riegel und ging hinein.
Nun war es Zeit zu verschwinden. Wenn der Mann erst die Hühnerköpfe im Stall fand, wußte er, daß der nächtliche Besucher kein Wiesel war. Wir liefen den ganzen Weg zu unserem Versteck zurück, und plötzlich waren wir gar nicht mehr müde. Sogar Amparo lachte glücklich, als die Hühner über dem Feuer baumelten, die Läuse aus den Federn sprangen, um nicht zu verbrennen.

19

Aus den Tagen wurden Nächte und aus den Nächten Tage, und wir hatten jedes Zeitgefühl verloren, als wir endlich über die letzte Hügelkette zur Wüste hinunterkamen. Meinem Gefühl nach war es ungefähr drei Wochen her, seit wir das Versteck verlassen hatten, aber sicher wußte ich es nicht.
Es war etwa zwei Uhr nachmittags, als wir über die Wüste hinweg die Hügelkette erblickten, hinter der das grüne, fruchtbare Tal von Estanza lag. Ich sah ein paar Wagen auf der Straße. Daher konnten wir es nicht riskieren, bei Tag über die Wüste zu gehen. In dem flachen, heißen Sand gab es keine Möglichkeit, sich zu verstecken.
Ich versuchte die Entfernung zu schätzen. Fat Cat und ich hatten mit dem Wagen drei Stunden zur Überquerung gebraucht. Das bedeutete ungefähr dreißig Kilometer. Wenn wir die ganze Nacht gingen, mußten wir es schaffen.
Amparos Gesicht war von der Sonne tiefbraun gebrannt, und ihr blondes Haar war fast weiß gebleicht. Ihre Brauen und Wimpern erschienen blaß und gegen die dunkle Haut fast unsichtbar. Ihre Wangen waren eingefallen. Ich konnte den feinen Umriß der Knochen unter der Haut sehen und die Müdigkeit, die ihre Mundwinkel nach unten zog. Ich holte einen Hühnerknochen aus der Tasche. Sie steckte ihn in den Mund, sog daran und ließ ihn durch den Speichel weich werden, bevor sie ihn kaute. Auch Amparo hatte in diesen letzten Wochen eine Menge gelernt.

Mehrmals am Tage mußten wir von der Straße weg und uns verstecken. Mehr als einmal wären wir fast in Militärpatrouillen hineingelaufen, aber wir hatten einen sechsten Sinn entwickelt, der uns vor nahender Gefahr warnte. Mein Blick ging wieder über die Wüste.

»Wir werden sie bei Nacht überqueren müssen. Wir suchen uns eine Stelle, wo wir bis zur Dunkelheit ausruhen können.«

Amparo nickte. Ich brauchte es ihr nicht weiter zu erklären. »Haben wir noch etwas zu essen?« fragte sie und sog an dem Hühnerknochen.

»Nein.«

Ich schaute mich um. Es war kein Gebiet für Wild. Wenige Bäume, nur Buschwerk, wie es in der Wüste wuchs. Das bedeutete, daß es wahrscheinlich auch nicht viel Wasser gab. »Aber Estanza ist nicht mehr weit«, sagte ich. »Dort gibt es genug zu essen und zu trinken.«

Sie nickte und schwieg. Dann deutete sie auf die Wagen, die auf der Straße vorbeifuhren. »Hassen sie uns alle? Wollen sie alle uns umbringen?«

Ihre Frage überraschte mich. »Ich weiß es nicht.«

»Warum müssen wir uns dann die ganze Zeit verstecken?«

»Weil wir nicht wissen, ob sie uns freundlich gesonnen sind.«

Sie schwieg einen Augenblick. »*Mamá* ist tot«, sagte sie plötzlich, »sie und die anderen. Roberto und Eduardo auch. Deshalb können wir nicht zurück, nicht wahr?«

Ich antwortete nicht.

»Du kannst es mir ruhig sagen«, meinte sie. »Ich werde nicht weinen.«

Ich nickte.

Sie sah mir in die Augen. »Ist *Papá* auch tot?«

»Nein.«

Sie kehrte sich ab und sah auf die Wüste hinaus. Lange stand sie schweigend da, dann wandte sie sich wieder zu mir. »Wenn *Papá* tot ist, wirst du mich dann heiraten und für mich sorgen?«

Ich sah sie an. Sie wirkte mager und hilflos. So hatte Perro immer ausgesehen, wenn er nicht ganz sicher war, ob ich ihm einen Knochen geben würde. Ich nahm ihre Hand. Sie lag warm in meiner. »Natürlich. Wir haben das doch schon vor langer Zeit ausgemacht.«

Sie lächelte voller Vertrauen. »Hast du noch einen Knochen?«

Ich gab ihr den letzten. »Komm«, sagte ich. »Wir wollen uns eine schattige Stelle suchen und schlafen.«

Als wir uns in der Nacht auf den Weg durch die Wüste machten, kam der Wind auf. Wir zitterten, als wir seine Kälte spürten. Ich sah Amparo an. »Wie fühlst du dich?«
»Gut.« Sie zog das Hemd enger um sich und senkte den Kopf gegen den Wind.
»Warte«, sagte ich, rollte die Decke auf und schnitt sie mit meinem Messer mittendurch. Wir würden sie nur diese Nacht noch brauchen. »Hier, nimm sie als *ruana*.«
Sie hüllte sich in ihre Hälfte, und ich machte es mit meiner ebenso. Der Wind schien stärker zu werden. Manchmal wirbelte er uns den Sand ins Gesicht. Unsere Augen brannten, die Haut wurde rauh und wund. Nachdem wir ein paar Stunden gewandert waren, bedeckte eine dünne Sandschicht auch die harte Oberfläche der Straße. Mehrmals kamen wir von der Straße ab und versanken bis an die Knöchel im Sand. Der Wind war jetzt so stark, daß wir kaum sehen konnten, wohin wir gingen. Ich versuchte, mich nach den Sternen zurechtzufinden, aber auch die waren nicht zu sehen. Mehr als einmal irrten wir umher und mußten uns zur Straße zurückkämpfen.
»Ich sehe nichts«, klagte Amparo. »Meine Augen sind voll Sand.«
»Mach dir eine Kapuze.« Ich zog die Decke über ihren Kopf und formte eine Kapuze, die nur eine enge Öffnung zum Hinaussehen hatte. »Besser?«
»Ja.«
Ich tat das gleiche. Es half. Wir gingen weiter, aber ehe wir es merkten, waren wir wieder von der Straße abgekommen. Es schien Stunden zu dauern, bis wir sie wieder erreicht hatten und weiter auf ihr dahinstolperten.
Meine Kehle war wund und trocken. Ich spürte ein Rasseln in der Brust. Plötzlich hellte sich der Himmel auf. Einen Augenblick war er hellgrau, dann stieg hinter uns über den Bergen die Sonne auf. Ich blickte mich fassungslos um. Sie ging im Westen auf.
Plötzlich wurde mir klar, was geschehen war. Irgendwann in der Nacht waren wir im Kreis gelaufen und hatten angefangen zurückzugehen. Jetzt waren wir im hellen Tageslicht mitten in der Wüste. Ich drehte mich um und blickte die Straße nach Estanza hinunter. In der Ferne kam ein Wagen heran.
Ich nahm Amparo an der Hand. Wir liefen von der Straße weg. Alles

war flach, es gab nirgends Deckung. Ich befahl ihr, sich hinzulegen, und legte mich neben sie. Ich zog die *ruanas* über unsere Köpfe. Vielleicht waren sie dem Sand so ähnlich, daß Vorübergehende getäuscht würden.
Ich hörte das Quietschen und Rumpeln der Wagenräder, hob einen Zipfel der Kapuze und spähte hinaus. Der Wagen war vorbeigefahren. Ich war schon auf einem Knie, da sah ich noch einen unten auf der Straße. Schnell ließ ich mich wieder fallen.
»Was ist los?«
»Noch einer.«
Backofenheiß stieg die Hitze aus dem Sand hoch. »Wir können nichts tun«, sagte ich. »Wir müssen einfach auf die Nacht warten. Es sind zu viele Leute auf der Straße.«
»Ich habe Durst«, sagte Amparo.
»Lieg still. Versuch, nicht daran zu denken.«
Ich spürte, wie mir der Schweiß über den Rücken und zwischen den Beinen hinunterrann. Ich leckte mir die Lippen. Sie waren trocken und salzig. Ich hob die Decke hoch. Die Straße schien in beiden Richtungen leer.
»Na schön«, sagte ich. »Gehen wir ein Stück. Nimm deine *ruana* wieder um. Sie schützt dich vor der Sonne.«
Die Hitze, die über der Straße flimmerte, bildete wellige Formen vor unseren Augen. Meine Füße brannten.
»Ich bin durstig, Dax.«
»Wir gehen noch ein wenig, dann machen wir halt und rasten.«
Wir schafften es, noch eine halbe Stunde weiterzugehen. Der Sand war jetzt so heiß, daß wir uns kaum hinlegen konnten. Meine Zunge war trocken und geschwollen. Ich ließ eine Zeitlang meinen Speichel in den Mund laufen, aber er schien sogleich einzutrocknen.
»Es tut weh, Dax.« Amparo begann zu weinen. »Mir tut der Mund weh.«
Sie schluchzte leise. Ihre Schultern zuckten. Ich zog mein Messer heraus und schnitt mich in den Finger. Das Blut qoll hervor.
»Verdammt!«
»Was hast du gemacht?« fragte Amparo.
»Mich geschnitten.« Ich hielt ihr den Finger hin. »Saug ihn aus.«
Sie steckte meinen Finger in den Mund und sog. Nach einer Weile sah sie hoch. »Ist es schon gut?«
Ich betrachtete meinen Finger, drückte ihn und zwang so das Blut nochmals heraus. »Mach's zur Sicherheit lieber noch mal.«

Sie sog noch mal. Als ich den Finger wieder hochhielt, war der Rand des Schnittes weiß. »Jetzt ist es gut.«
»Fein.« Sie hob die Decke und sah hinaus. »Es wird dunkel.«
Sie hatte recht. Der Tag war fast vorüber. Ich spürte, wie die Hitze aus dem Sand wich. Ich erhob mich auf die Knie und blickte die Straße hinauf, die über den Bergpaß führte. Auf der anderen Seite lag Estanza. »Wenn wir die ganze Nacht marschieren, können wir am Morgen dort sein.«
Amparo sah zu mir auf. »Gibt es nicht irgendwo Wasser zu trinken?«
»Zwischen hier und Estanza nicht.«
Sie ging zum Straßenrand und setzte sich. »Ich bin müde.«
»Ich weiß, Amparo.« Ich deckte sie mit meiner *ruana* zu. »Versuch ein wenig zu schlafen. Morgen ist alles gut.«
Sie legte sich zurück und schloß die Augen. Sie schlief etwa zwei Stunden.

Es war ungefähr eine Stunde nach Sonnenaufgang, als wir schließlich die *hacienda* von Señor Moncada erreichten. An der Vorderseite waren mehrere Pferde angebunden, aber ich sah niemanden.
Aus dem Küchenkamin drang Rauch. Ich spürte ihn so stark in der Nase, daß mir vor Hunger schwindlig wurde. Wir gingen über den Hinterhof, und ich öffnete die Küchentür.
Ich mußte mich erst an die Dunkelheit gewöhnen. Ich hörte eine Frau aufschreien, und dann sah ich, was los war. Am Herd stand eine Köchin, drei Männer saßen am Küchentisch, zwei davon mir gegenüber. Ein dritter kehrte mir den Rücken zu. Plötzlich erkannte ich das Blau und Rot ihrer Uniformen.
Ich drehte mich um und stieß Amparo zur Tür. »Lauf!«
Wie ein Kaninchen jagte sie quer durch den Hof. Ich rannte ihr nach. Hinter mir hörte ich einen Schrei. Ich sah über die Schulter zurück und stolperte dabei über einen Holzklotz. Als ich wieder hochkam, lief ein Soldat an mir vorbei.
»Lauf, Amparo, lauf!« schrie ich. »Lauf!«
Ein anderer Soldat kam auf mich zu. Ich wandte mich gegen ihn und zog mein Messer. Aber Erschöpfung und die lange Nacht forderten ihren Zoll. Mir wurde schwindlig. Dann sah ich sein Gesicht, und plötzlich war in mir nur noch Haß und brennende Wut. »Fat Cat!« schrie ich und stürzte mich mit gezücktem Messer auf ihn.
Er hatte uns verraten. Deshalb hatten die Soldaten unser Versteck

überfallen. Er war schuld, daß so viele getötet worden waren, und alles das wegen eines lausigen schwarzen Hengstes.
Während ich zustach, hörte ich Amparo schreien. Ich kehrte mich um und sah, daß ein Soldat sie erwischt hatte. Er brachte sie zurück, sie schrie und stieß mit den Füßen. Mir wurde schwindlig.
Ich drehte mich wieder zu Fat Cat um. Er starrte mich an, sein Gesicht war weiß. »Dax!«
Ich schrie wie ein Wahnsinniger. »Dax! Ich bin nicht tot wie die anderen! Ich bring dich um! Ich schneid dir die *cojones* ab und stopf sie dir in deine verlogene Kehle!«
»Nein, Dax. Nein!«
»Verräter!« Ich machte noch einen Schritt auf ihn zu, aber irgend etwas war mit dem Boden nicht in Ordnung. Er schlug Wellen wie die See in Curatu, wo ich einmal mit meinem Vater gewesen war.
»Verräter!« schrie ich.
»Dax!« – Das war eine andere Stimme. Eine, die ich seit mehr als zwei Jahren nicht gehört, aber nie vergessen hatte. Ich sah an Fat Cat vorbei zur Küchentür. Da stand mein Vater. Aber irgend etwas stimmte nicht. Ich meinte, den Verstand zu verlieren. Auch mein Vater trug die Uniform der Armee.
»*Papá!*« schrie ich. Ich wollte auf ihn zugehen, aber dann fiel mir Fat Cat wieder ein, und wieder schüttelte mich die Wut. Ich drehte mich um und schrie: »Ich bring dich um! Ich bring dich um!«
Ich hob den Arm, um ihm das Messer in die Kehle zu stoßen, aber die Sonne blendete mich. Ich blinzelte, und plötzlich begann alles zu verschwinden. Das Messer glitt aus meinen Fingern. Ich spürte, daß ich fiel, dann fingen mich Arme auf.
Die Finsternis kam wieder. Ich dachte: wie kann es Nacht sein, wenn es soeben Morgen geworden ist? Dann kam aus der Dunkelheit die Stimme meines Vaters. Liebe lag darin, Schmerz. Und auch Sorge.
»Mein Sohn«, sagte er leise. »Mein Sohn, was habe ich dir getan?«
Und dann kam gnädig die Nacht und hüllte mich ein.

20

Der alte Mann in seinem schwarzen Habit lehnte sich im Stuhl zurück. Er wartete auf meine Antwort.
»Ich werde mich bemühen, es besser zu machen, *Monseñor*«, sagte ich.

»Das hoffe ich, Diogenes.« Aber seine Stimme klang ebensowenig überzeugt wie meine.
Die Schule war einfach nichts für mich. In dem eintönigen Klassenzimmer fühlte ich mich eingesperrt. Manche Fächer mochte ich, und in denen war ich auch gut. Englisch, Französisch, sogar Deutsch. Latein war eine tote Sprache, die nur noch von den Priestern bei ihrem Hokuspokus verwendet wurde. Daher war es mir völlig uninteressant. Das war auch der Grund, warum mich *el director de la escuela* zu sich gerufen hatte.
»Dein verehrter Vater war einer unserer begabtesten Schüler«, sagte *el director* salbungsvoll. »Im Latein überragte er alle. Wenn du in seine Fußtapfen treten und auch Rechtsgelehrter werden willst, mußt du es ihm gleichtun.«
Er schien eine Antwort zu erwarten. *»Sí, Monseñor.«*
»Du mußt dich auch bemühen, deine Noten in den andern Fächern zu verbessern.« Er sah sich den Bericht auf seinem Schreibtisch an. »Grammatik, Literatur, Geschichte, Geographie . . . das sieht alles nicht gut aus.«
Ich blickte aus dem Fenster, während er mit monotoner Stimme weitersprach. Fat Cat wartete vor dem Tor der Schule auf mich. In seiner hellen rot-blauen Uniform war er eine eindrucksvolle Gestalt. Wie gewöhnlich stand er in einer Gruppe von Verehrerinnen – Hausmädchen und Gouvernanten, die wie er auf ihre Schützlinge warteten. Aber irgendwie hatte ich mich nie daran gewöhnen können, ihn in Uniform zu sehen. Besonders in dieser. Auch wenn es jetzt unsere Armee war und wenn der General *el Presidente* geworden war.
Die Revolution war seit fast drei Wochen vorbei gewesen, als Amparo und ich in Estanza ankamen. Wir hatten beinahe fünf Wochen gebraucht, um hinzukommen, und in dieser ganzen Zeit hatten wir nicht gewagt, mit irgendeinem Menschen zu reden.
Einige Tage nach unserer Ankunft in der *hacienda* von Señor Moncada war der General in mein Zimmer gekommen. Ich lag, immer noch schwach vom Fieber, das mich gepackt hatte, im Bett. Der General trug die Uniform des Oberstkommandierenden der Armee. Sein Gesicht war immer noch mager und scharfgeschnitten, der Mund dünn und hart und die hellgrauen Augen klar und wach. Er ergriff meine Hand, die auf der weißen Bettdecke lag. *»Soldadito.«*
»Señor General.«
»Ich wollte dir dafür danken, daß du mir meine Tochter zurückgebracht hast«, sagte er.

Ich antwortete nicht. Ich begriff nicht recht, wofür er mir zu danken hatte. Ich hätte kaum etwas anderes tun können.
»Du hast mit angesehen –« Er zögerte.
»Du hast mit angesehen, was den anderen geschah?«
Ich nickte.
»Roberto und Eduardo. Können sie noch in den Bergen sein? Wir haben ihre Leichen nie gefunden. Alles war durch das Feuer vernichtet.«
»Sie sind tot, *señor.*« Ich mußte mein Gesicht von ihm abwenden; Schmerz trat jäh in seine Augen. »Ich habe gesehen, wie sie starben.«
»War es –« Wieder das Zögern in seiner Stimme. »War es rasch vorbei?«
»*Sí, señor.* Wie Männer in der Schlacht, *excelencia,* nicht wie Kinder. Ich habe selbst gesehen, wie Roberto zwei von ihnen getötet hat.«
»Verflucht sei dieser Guiterrez!« fuhr er auf.
Ich sah ihn fragend an. »*El coronel?*«
Seine hellen Augen funkelten. »Guiterrez, der Schlächter von Bandaya! Er hat von dem Waffenstillstand gewußt, als er in die Berge ging.«
»Waffenstillstand, *excelencia*?«
»Waffenruhe, jawohl, *soldadito.* Es sollte nicht gekämpft werden, während über die Kapitulation verhandelt wurde.«
Er wandte sich um und ging zum Fenster. Er kehrte mir den Rücken und sprach weiter. »Der Krieg war schon vorbei, als Guiterrez das Versteck angriff.«
Ich schloß die Augen. Dann war das Ganze *por nada,* für nichts und wieder nichts gewesen. Sie waren alle für nichts gestorben. Alle. Auch mein Großvater. Alle wegen *el coronel.* Ein wilder Haß stieg in mir auf.
Ich hörte jemanden an der Tür, Fat Cat brachte mein Mittagessen auf einem Tablett. Der Verband an seinem dunkelbraunen Oberarm, wo ihn mein Messer erwischt hatte, leuchtete weiß in dem düsteren Zimmer.
»Na, mein kleiner Kampfhahn, wie ich sehe, bist du wach.«
Schneidend kam die Stimme des Generals. »Was war mit dem Wachtposten auf dem Ausguck los? Warum wurdet ihr nicht rechtzeitig gewarnt?« Er kam zu meinem Bett zurück. »Was ist da vorgegangen?«

Plötzlich wurde Fat Cats Gesicht weiß. Ich sah die Schweißperlen auf seiner Stirn. Seine Augen hatten einen Ausdruck, wie ich ihn nie zuvor gesehen hatte. Nicht einmal, als wir beide dem Tod gegenüberstanden.
Ich schloß wieder die Augen. Ich wußte, was geschehen war und warum. Fat Cat hatte seinen Posten verlassen. Aber ich war kein Kind mehr. Ich wußte, daß noch ein Toter mehr die andern nicht ins Leben zurückbringen würde. Und auch wenn Fat Cat auf seinem Posten gewesen wäre, hätte es nur eine Leiche mehr bedeutet.
Ich öffnete die Augen und blickte den General an. »Ich weiß nicht, *excelencia*. Ich bin aufgewacht, als ich die ersten Schüsse hörte. Als ich merkte, daß das Haus brannte, bin ich aus dem Fenster in den Graben gesprungen. Dann sah ich Amparo, und wir sind zusammen weggelaufen.«
Der General sah mich einen Moment an. »Du hast dich brav gehalten.« Er nahm wieder meine Hand. »Meine Söhne sind tot, aber ihr Geist und ihr Mut leben weiter – in dir. Ich werde in dir immer meinen Sohn sehen.«
Überrascht bemerkte ich die aufsteigenden Tränen in den hellen Augen. Der General konnte doch nicht weinen. Männer weinten nicht. Das hatte er mir selbst gesagt. »Ich danke Euch, *excelencia.*«
Er richtete sich auf und ging zur Tür. Da fiel es mir ein. »Wie geht es Amparo?«
Er lächelte. »Sie ist frisch und munter. Ich nehme sie nach Curatu mit. Werde bald gesund und komm uns nach.« Damit verließ er das Zimmer.
Fat Cats Gesicht war noch blaß, aber er lächelte. »Du hast mir aus der Patsche geholfen«, sagte er.
Ich weiß nicht, warum ich plötzlich zornig war. »Deinen Kopf hab' ich dir aus der Schlinge gezogen.« Ich stieß das Tablett zurück. »Nimm es weg, ich bin nicht hungrig.«
Wortlos verließ er das Zimmer. Ich wandte den Kopf zum Fenster. Aber ich sah den blauen Himmel und die Sonne nicht und hörte nicht das Zwitschern der Vögel. Ich sah nur *el coronel* und hörte nur diese fürchterliche Stimme. Ein bitterer Geschmack von Galle kam mir in den Mund. Wenn er noch lebte, würde ich ihn eines Tages finden und töten!
Ein paar Wochen später war ich in Curatu. Vater hatte ein Haus am Berghang gefunden, mit Blick auf die See, nicht weit von dem Haus, wo seine Eltern gewohnt hatten. Bald darauf wurde ich in derselben

Jesuitenschule eingeschrieben, die er besucht hatte, und derselbe *Monseñor*, der ihn aufgenommen hatte, hielt mir nun meine Mißerfolge als Schüler vor.
Widerwillig zwang ich mich dazu, auf seine eintönige Stimme zu hören. »Du hast gute Anlagen«, schloß er, »aber du mußt mehr arbeiten, um so weit zu kommen, daß dein Vater auf dich stolz sein kann.«
»Das werde ich, *Monseñor*. Ich werde mich sehr anstrengen.«
Er lächelte. »*Bueno*. Geh in Frieden, mein Sohn.«
»*Gracias, Monseñor*.«
Ich verließ das kleine Zimmer, das ihm als Büro diente, und eilte den Gang hinunter. Fat Cat löste sich aus der Gruppe seiner weiblichen Bewunderer und kam herüber. »Der Wagen wartet, *excelencito*.«
Er nannte mich jetzt nicht mehr bei meinem Namen. Ich war »*excelencito*« – die kleine Exzellenz – geworden. Ich konnte nirgend hingehen, ohne daß er dabei war. Er hatte mir einmal gesagt, der General und mein Vater hätten ihn zu meinem Leibwächter gemacht. Ich hatte gelacht. Ich brauchte keinen Leibwächter. Ich konnte selbst auf mich aufpassen. Aber das änderte nichts. Fat Cat war immer da.
Ich sah zu der schwarzen Hudson-Limousine mit dem uniformierten Chauffeur am Steuer. Dann gab ich Fat Cat meine Bücher. »Ich will den Wagen nicht. Ich möchte zu Fuß gehen.«
Ich machte kehrt und schlenderte den Hügel hinunter zur Stadt. Kurz darauf hörte ich das Surren eines Motors hinter mir. Der Wagen folgte mir langsam. Fat Cat saß neben dem Chauffeur. Darin zumindest hatte er sich nicht geändert. Immer noch fuhr er lieber, als daß er zu Fuß ging.
Später saß ich auf einem Pfeiler am Ende des Docks und sah zu, wie ein Frachter ausgeladen wurde. Ich hörte die Matrosen französisch fluchen. Mein Lehrer wäre höchst erstaunt darüber gewesen, wie gut ich diese Kraftausdrücke verstand. Ich sah hinauf zu der blau-weiß-roten Trikolore, die am Mast flatterte. Außer dem Franzosen wurden nur noch zwei Schiffe entladen. Eines führte die Flagge von Panama, das andere war ein Grieche.
Vor der Revolution waren, wie man mir erzählt hatte, nie weniger als zwanzig Schiffe im Hafen gewesen, die meisten aus *Norteamerica* und England. Aber jetzt verboten die Vereinigten Staaten und Großbritannien ihren Schiffen, unsere Häfen anzulaufen. Mein Vater sagte, daß sei wegen ihrer Verträge mit der früheren Regierung und weil sie die neue noch nicht anerkannt hatten. Ich begriff nicht,

was das miteinander zu tun hatte. Vor allem, wenn die Bananen in den Docks verfaulten, das Zuckerrohr auf den Feldern verbrannt werden mußte und die Kaffeebohnen in den Lagerhäusern braun und wurmig wurden.
Ich hörte Schritte. Zwei Jungen in der zerlumpten Kleidung, die offenbar für diesen Stadtteil typisch war, blieben vor mir stehen. Einer nahm den Hut ab und sagte respektvoll: »Ein paar Centavos, *excelencia.* Wir haben Hunger.«
Ich war verwirrt. Ich hatte kein Geld; ich brauchte keines. Alles, was ich wollte, besorgte Fat Cat. »Ich habe nichts«, sagte ich kurz, um meine Verlegenheit zu verbergen.
»Nur einen Centavo, *señor,* nur einen einzigen, Gott wird es Euch lohnen.«
Ich kletterte von meinem Pfeiler. »Es tut mir leid, ich habe wirklich kein Geld.«
Ich sah ihre ungläubigen Blicke und hatte ein merkwürdiges Gefühl. Sie waren kaum älter als ich. Aber ihre ganze Haltung war unterwürfig, fast kriecherisch.
Jetzt standen sie direkt vor mir auf dem schmalen Weg, der zum Hauptdock zurückführte.
»Entschuldigt«, sagte ich.
Ich sah ihre feindseligen Blicke. Sie rührten sich nicht. »Was wollt ihr?« fragte ich. »Ich habe euch doch schon gesagt, daß ich kein Geld habe.«
Sie antworteten nicht.
»Laßt mich vorbei«, sagte ich ärgerlich.
»Er will vorbei«, sagte der Größere spöttisch. Der Kleinere lächelte bösartig und ahmte ihn mit weibisch gezierter Stimme nach.
Das genügte. Die aufgespeicherte Wut entlud sich. Im nächsten Augenblick flog der Kleinere vom Steg ins Wasser. Der Größere schrie auf, als die Spitze meines Schuhs ihn in die Weichteile traf. Er fiel auf dem Steg in die Knie und hielt sich den Leib. Mit einem Tritt in die Seite beförderte ich auch ihn ins Wasser.
»Was war los?« fragte plötzlich Fat Cat hinter mir.
»Sie wollten mich nicht vorbeilassen.«
»*Campesinos!*« Fat Cat spuckte ihnen nach ins Wasser. Am Dock wartete die große schwarze Limousine. Bevor ich in den Wagen stieg, wandte ich mich an Fat Cat.
»Warum betteln sie?«
»Wer?«

»Die.« Ich deutete auf die zwei Jungen, die eben wieder aufs Dock heraufkletterten.
Fat Cat zuckte die Achseln. »Es gibt immer Bettler.«
»Sie haben gesagt, sie hätten Hunger.«
»Sie haben immer Hunger.«
»Das sollte aber nicht sein. Wozu hat es denn die Revolution gegeben?«
Fat Cat sah mich mit einem merkwürdigen Blick an. »Ich habe selbst drei Revolutionen mitgemacht. Aber keine hat den *campesinos* Essen verschafft. *Campesinos* sind dazu da, zu hungern.«
»Wofür haben wir dann gekämpft?«
Fat Cat lächelte. »Damit es uns nicht so geht wie ihnen. Damit wir nicht auch um unser Brot betteln müssen.«
Ich nahm den Fuß vom Trittbrett.
»Hast du Kleingeld?«
Er nickte, griff in die Tasche und ließ ein paar Münzen in meine Hand fallen. Ich ging zum Dock zurück. Die beiden Jungen beobachteten mich aufmerksam. Der größere hielt sich immer noch die Weichen. Der andere spuckte mir vor die Füße.
»*Campesinos!*« Ich warf ihnen die Münzen zu, drehte mich um und ging.

21

Der *Palacio del Presidente* lag mitten in der Stadt. Er bestand aus zwei Häuserblocks und war von einer sechs Meter hohen Ziegel-Betonmauer umgeben. Es gab nur zwei Eingänge. Einer lag an der Nordseite zu den Bergen hin, der andere, im Süden, schaute zur See. Es war eine richtige Festung. An den eisernen Toren standen Wachen, und auf den hohen Mauern patroullierten Posten.
Als die große schwarze Limousine durch das Südtor fuhr, standen die *soldados* stramm. Der Wagen bog nach rechts und fuhr zur *residencia*, einem weißen Steingebäude in der Südostecke. Als er in der Einfahrt hielt, nahmen die Posten kaum Notiz davon. Meine regelmäßigen wöchentlichen Besuche bei Amparo waren bereits bekannt.
Amparos *apartamiento* lag im rechten Flügel, den linken bewohnte ihr Vater. Im Mitteltrakt des Gebäudes waren die Repräsentationsräume. Ich wurde in das große Eckzimmer geführt, das ihr Wohn-

raum war. Wie gewöhnlich mußte ich warten. *La princesa*, wie man sie jetzt nannte, war nie pünktlich.
Ich stand am Fenster, als sie, gefolgt von ihrer *dueña*, hereinkam. Sie trug ein weißes Kleid, und das blonde Haar fiel ihr auf die Schultern. Sie streckte mir hoheitsvoll die Hand entgegen.
Wie es Brauch war, küßte ich ihr die Hand. »Amparo«, sagte ich ernst.
»Dax.« Sie lächelte. »Es ist schön, daß du gekommen bist.«
Jede Woche begrüßten wir uns mit den gleichen Worten. Und jede Woche sagte darauf die *dueña* dasselbe: »Ich überlasse euch Kinder eurem Spiel.«
Amparo nickte. Wir warteten, bis die Alte die Tür hinter sich geschlossen hatte. Dann grinsten wir und waren gleich darauf am Fenster. Die *dueña* erschien am Seiteneingang. Dort wartete Fat Cat, die Uniformkappe in der Hand. Dann gingen sie zusammen zu der kleinen Wohnung der *dueña* im Gebäude der Dienerschaft.
Amparo lachte. »Sie wartete die ganze Woche auf deinen Besuch.«
»Nicht auf meinen«, antwortete ich trocken.
Sie lachte wieder und wandte sich zu mir. »Wollen wir sie beobachten?«
Ich schüttelte den Kopf. Heute hatte ich keine Lust dazu. Manchmal liefen wir in Amparos Schlafzimmer, wo wir von einem Fenster aus in ein Dachfenster und gerade auf das Bett der *dueña* schauen konnten. Es war langweilig. Sie taten immer das gleiche. Ich konnte nicht verstehen, wieso es Fat Cat nicht ebenso langweilig wurde wie uns, die wir zusahen.
»Was möchtest du denn dann machen?«
»Ich weiß nicht.« Ich stand am Fenster und blickte hinaus.
»Du bist nicht sehr lustig.«
Ich drehte mich zu ihr um. Amparo mit ihren neun Jahren wurde von Mal zu Mal hübscher. Und sie wußte es auch. Aber sie war zuviel allein. Sie konnte sich nur innerhalb der Mauern des Palastes aufhalten. Sie durfte nicht einmal zur Schule gehen. Erzieher und Lehrer kamen zu ihr.
Jeden Nachmittag wurden sorgfältig ausgewählte Spielgefährten zum Besuch zugelassen. Die beiden Töchter von Señor Moncada, die jetzt auf einer Privatschule in Curatu waren, kamen einmal in der Woche, ebenso andere Kinder der lokalen *aristocratas* und *politicos*. Einmal im Monat trafen wir uns alle zu einer Party.
Aber im übrigen lebte Amparo in einer Welt der Erwachsenen.

Manchmal hatte ich das Gefühl, sie sei viel älter als ich. Sie schien soviel mehr darüber zu wissen, was in der Welt vorging. Immer kannte sie ein paar bösartige Klatschgeschichten über irgendwelche Leute.
Sie setzte sich auf die Couch. »Was hat *Monseñor* gesagt?«
Erstaunt sah ich sie an. »Woher weißt du, daß er mich hat rufen lassen?«
Sie lachte. »Von der *dueña*. Sie hat erzählt, wenn dein Vater nicht wäre, hätten sie dich durchfallen lassen.«
»Und wo hat sie das her?«
»Von einem von *Papás* Adjutanten. *Papá* fragt immer nach deinem Schulzeugnis. Er beschäftigt sich viel mit dir. Er sagt, wenn meine Brüder noch lebten, wären sie so wie du.« Ihre Stimme wurde nachdenklich. »Manchmal wünschte ich, ich wäre ein Junge. Dann wäre es für *Papá* nicht so schlimm.«
»Es ist ihm trotzdem lieber, daß er gerade dich behalten hat.«
Ihr Gesicht erhellte sich. »Glaubst du das wirklich?«
»Ganz sicher.«
»Ich werde auch einmal sehr tüchtig. Er wird schon sehen. Ich werde mindestens so tüchtig wie ein Junge.«
»Ganz sicher«, sagte ich. Es war immer gut, mit Amparo einer Meinung zu sein. So gab es keinen Streit.
»Wann fährst du nach Paris?«
Diesmal war ich wirklich überrascht. »Paris?«
»Du fährst nach Paris«, sagte sie bestimmt. »Ich habe gehört, wie mein Vater es gesagt hat. Dein Vater geht mit einem Handelsauftrag dorthin. *Los Estados Unidos* und Großbritannien wollen nicht, daß ihre Schiffe mit uns Handel treiben. Wir müssen neue Märkte für unsere Produkte finden, sonst können wir nicht durchhalten. Frankreich scheint der gegebene Partner zu sein.«
»Vielleicht fährt mein Vater ohne mich.«
Sie schüttelte den Kopf. »Nein. Er bleibt mehrere Jahre fort. Und *Papá* hat gesagt, du sollst da eine Schule besuchen.«
»Merkwürdig, daß er mir davon nie etwas gesagt hat.«
»Es ist erst heute morgen beschlossen worden«, sagte sie. »Ich habe gehört, wie sie beim Frühstück darüber sprachen.«
Amparo blieb neben mir stehen. »Wollen wir spazierengehen?«
»Wenn du Lust hast.«
Wir gingen durch ihren Privatausgang in einen kleinen Garten. Als wir aus dem Hause traten, folgten uns zwei Soldaten. Sie blieben

gerade noch außer Hörweite. Wir gingen durch das Eisentor und schlenderten den Weg zum Gebäude der *administración* hinunter. Als wir an den Soldaten vorbeigingen, standen sie stramm und grüßten.

Vor dem »kleinen Palais«, wie das Gästehaus jetzt genannt wurde, war ein Wagen vorgefahren. Ein Mann stieg aus und eilte in das Gebäude. Ich konnte sein Gesicht nicht sehen. »Wer war das?«

Amparo zuckte die Achseln. »Ich habe ihn schon öfter gesehen. Ich glaube, es ist La Coras Manager.«

Ich wußte, wer La Cora war. Sie war – nach vielen anderen – die jetzige Bewohnerin des kleinen Palastes. *El Presidente* schätzte es, die Dame in seiner Nähe zu haben.

»Ich glaube nicht, daß er noch sehr oft kommt«, sagte Amparo plötzlich.

»Warum?«

»Ich glaube, La Cora langweilt *Papá* allmählich. Er hat diese Woche fast jeden Abend mit mir gegessen.«

Ich wußte selbstverständlich von den Frauen, die in regelmäßiger Folge in das kleine Palais gekommen waren. Sie blieben durchschnittlich sechs Wochen, dann verschwanden sie wieder. Ein paar Tage später erschien eine neue. Unser Präsident war ein Mann, der Abwechslung liebte. La Cora hatte sich länger gehalten als die meisten; sie war fast zwei Monate im Amt. »Ich möchte wissen, wie sie aussieht.«

»Sie ist gar nicht besonders hübsch«, sagte Amparo abfällig.

»Ich habe das Gegenteil gehört.«

»Finde ich nicht«, entgegnete Amparo. »Sie hat große *tetas*. Sie stehen so weit vor.« Sie hielt die Hände dreißig Zentimeter vor die Brust.

»Ich mag große *tetas* gern.«

Sie schaute an sich hinunter. Ihre Brüste begannen sich eben zu formen. »Ich werde auch große *tetas* haben«, sagte sie. »Größer als ihre.«

»Ganz bestimmt.«

»Möchtest du La Cora gern sehen?«

»Ja.«

Amparo wandte sich um und ging zum Eingang des kleinen Palastes. Der diensttuende Soldat grüßte, dann öffnete er die Tür. Ein *majordomo* empfing uns.

Amparo sah ihn hochnäsig an. »Ich will La Cora besuchen.«

Der Diener zögerte. Offenbar wußte er nicht, was er machen sollte. Aber Amparo setzte ihren Willen gewöhnlich durch. »Ich bin nicht gewohnt zu warten!«
Der *majordomo* verbeugte sich. »Selbstverständlich, *Princesa.* Wollen Sie mir bitte folgen?«
Er führte uns zu einem *apartamiento* im linken Flügel des Gebäudes und klopfte an die Tür. Eine hochgewachsene Frau mit großen dunklen Augen und schwarzem, zu einem Chignon frisierten Haar öffnete. Sie sah Amparo an, dann trat sie zurück. »Es ist mir eine große Ehre, *Princesa.*«
Amparo rauschte ins Zimmer, als gehörte es ihr. »Ich dachte, es wäre nett, wenn wir zusammen Tee trinken würden.«
Die Frau sah flüchtig zu dem Mann am Fenster. Sein Gesicht war mager, und er trug einen Van-Dyck-Bart.
»Es wird mir ein Vergnügen sein, *Princesa.*« La Cora klatschte in die Hände, und der *majordomo* trat ein. »Tee bitte, Juan.«
Amparo sagte: »Ich möchte Ihnen meinen Freund vorstellen, Don Diogenes Alejandro Xenos.«
La Cora knickste, und ich verbeugte mich: »Sehr erfreut, *señorita.*«
»Darf ich Ihnen meinen Manager vorstellen, Señor Guardas?«
Der Manager verbeugte sich und klappte auf militärische Art die Hacken zusammen. »*A su servicio.*« Er sah La Cora an. »Ich hoffe, Sie können Seine Exzellenz überreden zu kommen. Ich habe für heute abend etwas Besonderes zur Unterhaltung vorbereitet.«
»Er wird bestimmt kommen.«
Señor Guardas ging zur Tür. »Ich bitte, mich jetzt zu entschuldigen. Ich habe dringende Verabredungen.«
Ich sah ihm nach, bis die Tür sich hinter ihm schloß. Ohne Zweifel war er einmal Soldat gewesen. Man sah es an seiner Haltung und seinem militärischen Gang.
La Cora zog ihren Frisiermantel enger um sich und strich sich übers Haar. »Wenn ich von Ihrem Besuch gewußt hätte, *Princesa,* wäre ich Ihnen in anderem Aufzug entgegengetreten. Wenn Sie mir einen Augenblick Zeit lassen wollten, würde ich gern etwas Passenderes anziehen.«
»Selbstverständlich.«
Sobald La Cora das Zimmer verlassen hatte, wandte sich Amparo zu mir. »Sie hat wirklich große *tetas,* nicht?« flüsterte sie.
Plötzlich hörte ich eine Stimme durch das offene Fenster. Ich konnte

nicht sehen, wer es war, denn der Sprecher stand direkt unter dem Fenster. Aber die Stimme klang merkwürdig bekannt.
»*La bomba* muß genau um Mitternacht auf den Tisch kommen!«
»Es geht in Ordnung, *excelencia.*«
»Kümmere dich drum. Es darf nichts schiefgehen!«
Einen Augenblick war es still, dann kamen zwei Männer in Sicht. Der eine war der *majordomo*, der andere Señor Guardas. Der *majordomo* hob die Hand in einer halben Ehrenbezeigung, als Señor Guardas sich umdrehte und forteilte. Kein Wunder, daß mir die Stimme bekannt vorgekommen war. Ich hatte sie erst einen Augenblick vorher gehört.
Amparo sah mich prüfend an. »Worüber zerbrichst du dir den Kopf?«
»Das gibt hier heute abend ein großes Fest. Sie bringen sogar Feuerwerkskörper auf den Tisch.«
»Wo hast du das erfahren?«
»Eben jetzt. La Coras Manager hat dem *majordomo* Anweisungen erteilt. Genau um Mitternacht soll *la bomba* auf den Tisch kommen. Ich möchte wirklich gern wissen, was da für ein Fest gefeiert wird.«
La Coras Stimme kam von der Tür. »Nur eine bescheidene kleine Party für *el Presidente* und ein paar Mitglieder des Kabinetts. Wir feiern den Beginn des dritten Jahres, in dem er als unser Führer und Wohltäter regiert.«
»Dann ist also das der Grund für die Bombe um Mitternacht?«
La Cora lachte. »Wenn Sie das so sagen, klingt es sehr gefährlich. In Wirklichkeit ist es eine Eisbombe.«
»Das ist eine ausgezeichnete Idee«, sagte ich. »*La bomba de helado.*«
La Cora sah zu Amparo. »Sie wissen ja, wie sehr Ihr Vater Eiscreme liebt.«
Der *majordomo* kam mit dem Teetablett ins Zimmer.
»Ich habe es mir überlegt«, sagte Amparo plötzlich. »Gerade fällt mir ein, daß ich zurück in die *residencia* muß. Kommst du mit, Dax?«
Ich sah La Cora entschuldigend an, dann eilte ich Amparo nach, die bereits den Korridor hinunterlief. Vor der Eingangstür holte ich sie ein. »Was hast du denn?« fragte ich, während ich die Tür öffnete.
»Ich hasse sie!«
Die beiden Soldaten folgten uns, als wir zur *residencia* zurückgingen. »Warum?« fragte ich. »Was hat sie dir denn getan?«

Amparo maß mich mit einem Blick. »Du bist wie alle Männer. Du siehst nichts als ein paar große *tetas*.«
»Das ist nicht wahr.«
»Doch! Ich habe gesehen, wie du sie angestarrt hast. Du hast gar nichts anderes mehr gesehen.«
»Was sollte ich denn machen? Es gab ja sonst gar nicht soviel, wo man hinschauen konnte.«
Amparo blieb stehen, als wir zu ihrem Privateingang kamen. »Mich hast du nie so angesehen.«
»Ich tu es bestimmt, wenn du erwachsen bist«, versprach ich.
»Wenn du ein Gentleman wärst, würdest du mich schon jetzt so ansehen!«
Ich sah sie an. Dann mußte ich lachen.
»Worüber lachst du?«
»Da ist noch gar nichts, was man ansehen kann.«
Ihre Augen blitzten wütend. »Ich hasse dich!« Sie richtete sich hochmütig auf. »Ich will dich nie wieder sehen!«
Ich zuckte die Achseln und machte mich auf den Weg.
»Dax!«
»Ja?«
Sie streckte die Hand aus. »Du hast mir gar keinen Abschiedskuß gegeben.«

22

Ich spürte, wie mich eine harte Hand an der Schulter packte und schüttelte. Ich drehte mich zur Seite und vergrub mich wieder unter der Bettdecke. Sie war weich und warm. Ich wollte nicht zur Schule gehen. Vielleicht konnte ich Krankheit vorschützen.
»Aufwachen, Dax!« Fat Cats Stimme war eindringlich. Ich kannte diesen Ton. Ich hatte ihn schon gehört. Im Dschungel, in den Bergen. Er bedeutete Gefahr. Ich setzte mich im Bett auf, hellwach. Draußen war es noch Nacht. »Was gibt's?«
»Dein Vater will dich sofort sehen!«
»Jetzt?«
»*Imediatamente!*«
Ich war schon aus dem Bett und warf einen Blick auf die Uhr; es war zwei. Eisige Angst überfiel mich. Ich zitterte, während ich mein Hemd zuknöpfte. »Er ist verwundet! Er liegt im Sterben!«

Fat Cat schwieg mit grimmigem Gesicht.
Ich starrte ihn an, während er mir meine Jacke gab. »*La bomba!*«
Ich sah das Erstaunen in seinem Gesicht. »Die Eisbombe!« sagte ich.
Er bekreuzigte sich. »Du hast es gewußt?«
Ich ergriff seine Hand. »Lebt mein Vater? Sag's mir!«
»Er lebt. Aber wir müssen uns beeilen.«
Der Chauffeur saß hinter dem Steuer des großen schweren Hudson, der Motor lief. Schweigend stiegen wir ein. Die Wachen am *Palacio del Presidente* ließen uns ohne die üblichen Formalitäten durch.
Ich war schon drinnen, als Fat Cat noch aus dem Wagen kletterte. Die Halle war voller Menschen. *El Presidente* saß in der Ecke auf einem Stuhl. Er war nackt bis zum Gürtel, und ein Arzt legte ihm gerade einen Verband um die Brust. Sein Gesicht war weiß und verzerrt.
»Wo ist mein Vater?«
Er deutete auf La Coras *apartamiento.* »Im Schlafzimmer.«
Ich rannte hinüber. Das erste Zimmer war das Wohnzimmer, wo Amparo und ich am Nachmittag gewesen waren. Überall lag Mörtel und Staub. Die halbe Rückwand war nach innen gestürzt. Ich lief durch den Rest der Tür ins Speisezimmer.
Es war völlig zerstört. Die großen Fenster und Glastüren waren geborsten, Tische und Stühle zersplittert. Zwei Männerleichen lagen auf dem Boden, aber ich beachtete sie nicht. Vor der Tür des Schlafzimmers standen zwei Soldaten. Einer von ihnen öffnete die Tür, als er mich sah.
Ich blieb wie angewurzelt stehen. Zwei Priester waren im Zimmer. Man hatte einen tragbaren Altar am Fußende des Bettes aufgestellt. Das flackernde Licht einer Kerze warf den unruhigen Schatten eines Kruzifixes an die Wand. Einer der Priester kniete vor dem Altar, der andere beugte sich über das Bett und hielt ein Kruzifix über meinen Vater. Auf der anderen Seite des Bettes stand ein Arzt, eine Injektionsnadel in der Hand.
Ich hatte plötzlich Blei in den Beinen. Ich stolperte ins Zimmer und griff nach einem Stuhl, um mich festzuhalten. »*Papá!*«
Dann war ich an seinem Bett. Tränen strömten mir über die Wangen. Er war fahl. Als ich mich über ihn beugte und ihn küßte, spürte ich den kalten Schweiß auf seinem Gesicht. Er rührte sich nicht.
Ich sah den Arzt an. »Er ist tot!«
Der Arzt schüttelte den Kopf.

»Belügen Sie mich nicht!« schrie ich. »Er ist tot!«
Ich versuchte meinen Vater hochzuheben. Aber er stöhnte auf, und ich zog meine Hände sofort zurück. Ich starrte den Arzt an. »Wo ist sein linker Arm?«
Das Gesicht des Arztes war ausdruckslos. »Die Explosion hat ihn weggerissen.«
Mein Vater stöhnte wieder. Schweißperlen standen auf seiner Stirn. Der Arzt beugte sich über ihn und wischte sie fort.
»Bringt ihn hier weg!«
»Nein«, sagte der Arzt. »Es ist gefährlich, ihn zu bewegen.«
»Das ist mir gleich«, brüllte ich. »Bringt ihn hier weg! Ich will nicht, daß er im Zimmer dieser Hure stirbt!«
Ich spürte die Hand des Priesters auf meiner Schulter. »Mein Sohn –«
Ich schüttelte sie ab. »Ich will, daß er von hier weggebracht wird! Dieses Hurenbett ist kein Ort zum Sterben für einen Mann!«
Der Arzt wollte etwas sagen, aber da ertönte hinter mir die Stimme von *el Presidente*. Er stand in der offenen Tür, den Verband noch um die nackte Brust. »Tut, was der Junge wünscht!« sagte er. »Er ist der Sohn.«
»Aber –« protestierte der Arzt.
»Man soll ihn mit dem Bett in mein Zimmer in der *residencia* tragen.«
Erst als man meinen Vater in *el Presidentes* eigenes Zimmer gebracht hatte, wandte ich mich an den Priester, der mit uns herübergekommen war. »Jetzt werde ich beten, *Padre*!«
Eine Stunde später trat *el Presidente* ins Zimmer. Er sah mich eine Zeitlang an, dann ging er zum Bett, in dem mein Vater lag. Ich beobachtete ihn, wie er schweigend dort stand. Sein Gesicht war ausdruckslos. Dann wandte er sich zu mir. »Komm, *soldadito*. Es ist Zeit fürs Frühstück.«
Ich schüttelte den Kopf.
»Du kannst ihn ruhig allein lassen. Er wird am Leben bleiben.«
Ich sah ihm in die Augen.
»Ich würde dich nicht belügen«, sagte er ruhig. »Er wird am Leben bleiben.«
Ich glaubte ihm. Er legte mir den Arm um die Schulter, während wir aus dem Zimmer gingen. In der Tür sah ich zurück. Mein Vater schien zu schlafen. Ich sah, wie sich die weiße Bettdecke über seiner Brust hob und senkte.

Wir gingen nach unten. Geruch von warmem Essen stieg mir in die Nase, und plötzlich merkte ich, daß ich hungrig war. Wir setzten uns an den Tisch im Speisezimmer, und ein Diener stellte einen Teller mit Eiern und Schinken vor mich hin. Ein anderer Diener brachte für *el Presidente* eine Tasse dampfenden Kaffee.
»Fühlst du dich jetzt besser?« fragte er, als ich meinen leeren Teller zurückschob.
Ich nickte. Ein Diener stellte eine Tasse *café con leche* vor mich hin. Der Kaffee war heiß und gut.
»Was ist mit La Cora passiert?«
El Presidentes Augen flammten. »*La puta*, sie ist entwischt.«
»Wie das?«
»Sie ging aus dem Zimmer, als die Eiscreme auf den Tisch gestellt wurde. Sie sagte, sie wolle sich frisch machen. Statt dessen verließ sie aber sofort das Gebäude und fuhr in einem schwarzen Wagen weg. Sie und ein Mann mit Bart saßen im Fond. Ihr *majordomo* fuhr den Wagen. Aber wir werden sie finden, und wenn wir –«
»Haben die Wachen den Wagen nicht angehalten?«
»Nein, und sie haben bereits für ihre Nachlässigkeit gebüßt.«
»Die Bombe war in der Eiscreme?«
»Wieso wußtest du das?« fragte er erstaunt.
Ich erzählte ihm von der Unterhaltung unter La Coras Fenster, die ich mit angehört hatte. Er saß während meines Berichts schweigend da. Als ich zu Ende war, klopfte es an der Tür.
Ein Offizier, ein Hauptmann, trat ein und grüßte.
»Wir haben La Cora und den *majordomo* gefunden, *excelencia*.«
»*Bueno*.« *El Presidente* stand auf. »Ich werde mir die beiden persönlich vornehmen.«
»Sie sind tot, *excelencia*.«
»Ich habe gesagt, ich will sie lebend haben!« schrie *el Presidente* wütend.
»Sie waren schon tot, als wir sie entdeckten, *excelencia*. In dem schwarzen Wagen, in dem sie geflüchtet waren. Man hatte sie erschossen und ihnen außerdem die Kehlen durchgeschnitten.«
»Wo wurde der Wagen gefunden?«
»In der *calle del Paredos, Presidente*.«
Ich kannte die Straße. Sie führte von den Bergen zu den Docks.
»Und wo dort?«
»In der Nähe der Bucht.«
»Und der Mann mit dem Bart?«

»Von ihm haben wir keine Spur. Wir haben die ganze Gegend durchsucht, auch die Docks. Er ist verschwunden.«
El Presidente schwieg einen Augenblick, dann nickte er. »Danke, *Capitán*!«
Er wandte sich an mich. »Du solltest dich jetzt etwas ausruhen. Ich habe ein Gastzimmer für dich herrichten lassen. Du wirst hier bei uns wohnen, bis dein Vater völlig wiederhergestellt ist.«
Ich schlief unruhig. Träume quälten mich. Ich befand mich im Hinterhof von *Papá Grandes* Haus. Es war glühend heiß. Die Sonne schien mein Hirn zu versengen. Und ständig hörte ich eine merkwürdig bekannte Stimme: »Eine Kugel ist noch drin. Du wirst ihn töten!«
Ich setzte mich im Bett auf, die Augen weit offen. Und plötzlich wußte ich, wo ich diese Stimme gehört hatte. La Coras Manager, Señor Guardas, der Mann mit dem Bart, war Coronel Guiterrez.
Ich sprang aus dem Bett und zog mich an. Ich wußte nicht, wie ich ihn finden sollte, aber diesmal würde ich ihn finden. Diesmal würde er nicht mit heiler Haut davonkommen, denn ich würde ihn umbringen.

23

Fat Cat kam mir nach, als ich aus dem Zimmer lief. Ich ging die Halle hinunter und steckte meinen Kopf in das Zimmer meines Vaters.
»Wie geht es ihm?«
»Er schläft noch immer«, sagte der Arzt.
Ich ging weiter durch den Korridor zur Treppe. Amparo kam gerade herauf. Sie hielt mich an. Diesmal spielte sie nicht die Prinzessin.
»Geht es deinem *Papá* gut?«
»Ja. Er schläft.«
»Du hast auch geschlafen«, sagte Amparo. »Du solltest mit mir zu Mittag essen.«
»Später«, sagte ich. »Ich habe zu tun.«
Ich verließ das Haus und rief nach einem Wagen.
»Wo fahren wir hin?« fragte Fat Cat.
»Zu den Docks.«
Ich wartete nicht, bis er die Tür öffnete. Ich sprang hinein, und er setzte sich auf den Vordersitz. Er drehte sich um, als der Wagen anfuhr. »Was wollen wir da?«

»Den Mann mit dem Bart finden.«
»Wie willst du das machen? Die *policia* und *el militar* haben die ganze Stadt durchsucht. Sie haben nicht die geringste Spur von ihm gefunden.«
Ich zuckte die Achseln und dirigierte den Wagen zum Hafenpier, wo wir gestern gewesen waren. Ich ging das Dock hinunter zum Landungssteg. Die beiden Jungen waren da und angelten.
»*Campesinos!*«
Sie sahen mich feindselig an, dann wandten sie sich wieder ihren Angelruten zu.
»*Campesinos!*« rief ich wieder. »Gestern habt ihr um ein paar Centavos gebettelt. Heute bringe ich euch hundert Pesos!«
Diesmal schauten sie nicht weg, sondern sahen mich ungläubig an.
»Kommt herauf, ich tu euch nichts.«
Einen Augenblick zögerten sie, dann legten sie ihre Angelruten fort und kamen den Steg herauf. Der ältere Junge nahm den Hut ab. »Was möchten Sie von uns, *excelencia*?«
»Daß ihr einen Mann findet.« Ich gab ihnen eine kurze Beschreibung von La Coras Manager, Van-Dyck-Bart und so weiter. »Irgendwann gestern nacht ist er hier in der Nähe gewesen. Ich möchte herausfinden, wo er jetzt steckt.«
Sie sahen sich an. »Ein solcher Mann ist nicht leicht zu finden, *excelencia*.«
»Hundet Pesos sind auch nicht leicht zu finden.«
»*La policia* hat schon nach so einem Mann gesucht«, sagte der Größere. »Aber sie haben ihn nicht gefunden.«
»Sie haben auch keine hundert Pesos geboten«, sagte ich und ging zum Wagen zurück.
»Wir wollen keine Schwierigkeiten mit den Behörden, *excelencia*.«
Ich drehte mich um. »Es wird keine Schwierigkeiten geben.« Die beiden sahen sich wieder an. »Wir wollen sehen, ob wir was herausfinden können.«
»*Bueno*. In zwei Stunden bin ich wieder hier. Wenn ihr mir dann einen Hinweis geben könnt, seid ihr um hundert Pesos reicher.«
Ich ging zum Wagen zurück. Fat Cat sah mich respektvoll an. »Glaubst du, sie kriegen etwas heraus?«
»Wenn sie so hungrig sind, wie du behauptest, ja. Ich muß jetzt nach Hause und Geld holen.«
Ich ging in Vaters Arbeitszimmer. Ich wußte, wo er die kleine Stahl-

dose aufbewahrte – in der untersten Schublade seines Schreibtisches. Der Schlüssel war in einer anderen Schublade. Ich öffnete die Dose und nahm hundert Pesos heraus. Dann ging ich in die Küche und bat die Köchin, mir etwas zu essen zu geben.
Um halb fünf nachmittags ging ich mit Fat Cat wieder zum Dock hinaus.
»Ich hab' dir gesagt, die finden nichts«, sagte Fat Cat selbstgefällig. »Schau, sie sind nicht mal hier.«
»Sie werden schon kommen!«
Wir gingen zurück zum Wagen und warteten. Es dauerte fast zwanzig Minuten, bis sie kamen. Dann erschienen sie in der Einmündung des Gäßchens auf der anderen Straßenseite, pfiffen, winkten und verschwanden wieder. Ich ging, Fat Cat hinter mir, über die Straße in das Gäßchen, wo man uns von der Straße aus nicht sehen konnte.
»Haben Sie das Geld?« fragte der Ältere.
Ich zog die hundert Pesos aus meiner Tasche. »Na, habt ihr etwas erfahren?«
»Wie sollen wir wissen, ob Sie uns das Geld geben?«
»Wie soll ich wissen, ob ihr mir die Wahrheit sagt, wenn ihr das Geld bekommt?«
Sie sahen sich an und zuckten die Achseln.
»Wir müssen einander vertrauen. Es bleibt uns nichts anderes übrig.«
Der Ältere nickte. »Um drei Uhr heute morgen hat ein Mann, der so aussieht, wie Sie ihn beschrieben haben, am Quai sieben ein Schiff bestiegen. Das mit der Flagge von Panama.«
»Wenn ihr mich belogen habt, werdet ihr dafür büßen!«
»Wir haben nicht gelogen, *excelencia.*«
Ich gab ihnen das Geld und lief zum Wagen. Am Quai sieben stieg ich aus, fand das Schiff und ging die Gangway hinauf. Aber der wachhabende Matrose hielt mich an.
»Wir fahren in einer Stunde ab«, sagte er kurz. »Keine Besucher mehr.«
»Komm«, sagte ich zu Fat Cat und kehrte um.
Ich wartete nicht einmal, bis der Wagen stand. Ich rannte an den Wachen vorbei zum Büro des Präsidenten. *El Presidente* sah überrascht von seinem Schreibtisch auf, um den mehrere Männer standen.
»Ich weiß, wo Coronel Guiterrez ist!«

»Guiterrez ist doch kein Grund für diese Störung!« sagte der Präsident.
»Er ist auch Señor Guardas, der Mann mit dem Bart.«
»Wo ist er?«
»Auf einem Schiff mit panamesischer Flagge, Quai sieben. Wir müssen uns beeilen. Sie fahren in einer knappen Stunde ab.«
El Presidente eilte zur Tür.
»Aber wir können ein Schiff nicht zurückhalten, *excelencia*«, protestierte einer der Männer. »Das ist eine Verletzung der internationalen Abkommen.«
El Presidente sah ihn wütend an. »Zum Teufel mit den internationalen Abkommen!« Dann lächelte er. »Außerdem, wer würde es wagen, gegen den Besuch des Staatsoberhauptes Einspruch zu erheben? Es ist eine Ehre.« Er schob mich vor sich her aus der Tür.
Der Kapitän des Schiffes war offensichtlich aufgeregt. »Bitte um Nachsicht, *excelencia*. Wenn wir diese Flut versäumen, müssen wir einen halben Tag später als vorgesehen abfahren.«
El Presidente war ungemein verbindlich. »Ihre Regierung wäre gewiß noch mehr bestürzt, wenn Sie mir eine Besichtigung Ihres Schiffes verweigerten, das ich so sehr bewundere! Ich habe viel über die wundervolle Flotte Ihres ganzen Landes gehört.«
»Aber Euer Exzellenz –«
Plötzlich wurde die Stimme *el Presidentes* scharf. »*Capitán*, ich muß darauf bestehen. Entweder ich inspiziere Ihr Schiff, oder ich beschlagnahme es unter der Beschuldigung, daß Sie unsere Gastfreundschaft mißbraucht haben, indem Sie einem Mörder, einem Feind unseres Landes, Zuflucht gewährten.«
»Aber wir haben gar keine Passagiere, Euer Exzellenz. Und die Mannschaft ist seit mehr als vier Wochen an Bord. Seit wir unseren Heimathafen verlassen haben.«
»Dann lassen Sie die Mannschaft antreten!«
Der Kapitän zögerte.
»Sofort!« befahl *el Presidente*.
Der Kapitän ließ den Ersten Offizier holen. »Pfeifen Sie alle Mann an Vorderdeck.«
Es waren zweiunddreißig Mann, die sich in zwei Reihen aufstellten.
»Ist das die ganze Mannschaft?« fragte *el Presidente*.
Der Kapitän nickte. »*Sí, excelencia*.«
El Presidente wandte sich an Hauptmann Borja, der das Begleitkom-

mando befehligte. »Nehmen Sie zwei Mann und durchsuchen Sie das Schiff. Überzeugen Sie sich, daß niemand unter Deck versteckt ist.«
Dann sagte er zu mir: »Jetzt werden wir uns die Gesichter ansehen. Der Bärtige sollte nicht schwer zu erkennen sein.«
Aber so leicht war es nicht. Keiner der Männer trug einen Bart. Als wir schweigend zum zweitenmal die Reihe abgingen, erschien Capitán Borja wieder und berichtete, daß sonst niemand an Bord sei.
»Siehst du ihn?« *El Presidentes* Stimme klang beunruhigt.
Ich schüttelte den Kopf. Aber meine beiden *campesinos* konnten die Geschichte nicht erfunden haben. Dazu waren sie nicht schlau genug.
Der Kapitän kam heran. In seiner Stimme klang Triumph. »Ich nehme an, Eure Hoheit sind zufriedengestellt?«
El Presidente antwortete nicht. Er sah mich an, ich rief: »Nein! Er ist hier, er muß hier sein! Offenbar hat er sich den Bart abrasiert.«
»Wie willst du ihn dann erkennen?«
Ich gab dem Präsidenten ein Zeichen. Er beugte sich zu mir, und ich flüsterte ihm etwas ins Ohr. Dann wandte er sich an den ersten Mann in der Reihe. »*Cómo se llama usted?*«
Der Matrose nahm Haltung an. »Diego Cárdenas, *excelencia.*«
»Jesús María Luna, *excelencia.*«
Bald hatten wir ein Drittel der Reihe hinter uns. *El Presidente* stand vor einem schlanken Mann im verschmutzten Arbeitsanzug eines Maschinisten. Sogar sein Haar war verschmutzt.
»*Se llama usted?*«
Der Mann sah mich an. Dann sagte er heiser: »Juan Rosario.«
El Presidente war schon beim nächsten, aber ich drehte mich um.
»Juan Rosario – was noch?«
»Rosario y Guard –« Er brach jäh ab und stürzte sich auf mich, seine Hände an meiner Kehle. »*Bastardo negro!* Zweimal schon hätte ich dich umbringen können. Diesmal tu ich's!«
Ich umkrallte seine Hände und versuchte sie von meinem Hals loszubekommen. Dann war Fat Cat hinter ihm, und der Griff an meiner Kehle löste sich plötzlich.
Ich stand nach Luft schnappend da und blickte auf den Mann nieder, der auf dem Deck lag. Er sah mich haßerfüllt an, mit kalten, harten Zügen. Er mochte seine Haarfarbe ändern, seinen Bart scheren, sogar seine Stimme verstellen, aber diese Augen konnte er nicht ändern. Der eine Blick auf mich hatte ihn verraten.

Ich griff nach dem Messer, das in meinem Gürtel verborgen war, und richtete es auf seine Kehle. Aber zwei Hände ergriffen mich, ehe ich zustoßen konnte. Ich sah in das Gesicht von *el Presidente.* Seine Stimme war ruhig, fast sanft. »Du brauchst ihn nicht zu töten«, sagte er. »Du bist nicht mehr im Dschungel.«

Drei Monate später stand ich an der Reling eines anderen Schiffes, neben mir mein Vater und Fat Cat. Als das Schiff vom Pier ablegte, winkte Amparo zu mir herauf. Ich winkte zurück. »*Adiós*, Amparo. Auf Wiedersehen!« Langsam fuhr das Schiff in den Kanal hinaus. Die Menge auf dem Dock war nur noch als großer farbiger Fleck zu erkennen. Dahinter sah ich die Stadt und hinter der Stadt die Berge, die in sattem Grün in der Nachmittagssonne lagen.
Ich sah meinen Vater an. Sein Gesicht war immer noch mager. Auch an den leeren Ärmel an seiner linken Seite hatte er sich noch nicht gewöhnen können. Aber seine Augen waren klar.
»Sieh es dir gut an, mein Sohn«, sagte er und drückte mich mit seinem gesunden Arm fest an sich. »Wir fahren in eine andere Welt. Eine alte Welt, die für uns beide neu sein wird. Präge es dir daher alles gut ein, die Stadt und die Berge und die Ebenen deines Vaterlandes. Denn wenn du wiederkommst, bist du kein Junge mehr, sondern ein Mann!«

Zweites Buch
Macht und Geld

1

Geschickt zog der Arzt die Injektionsnadel heraus. Er wandte sich an den jungen Mann, der am Fußende des Bettes stand. »Er wird jetzt schlafen, Dax, und das wird ihn stärken für die Krise, die vielleicht heute abend eintritt.«
Der Junge antwortete nicht gleich. Er ging auf die andere Seite des Bettes und trocknete seinem Vater, zärtlich wie eine Frau, die feuchte Stirn. »Aber er wird sterben«, sagte er ruhig, ohne aufzublicken.
Der Arzt zögerte. »Das weiß man nie. Ihr Vater hat dem Tod schon öfter ein Schnippchen geschlagen. Alles liegt in Gottes Hand.« Er spürte, wie die dunklen Augen des Jungen ihn anblickten. Sie schienen in ihn hineinzusehen.
»Wir haben ein Sprichwort im Dschungel«, sagte Dax. »Wenn ein Mann sein Geschick in Gottes Hand legt, muß er ein Baum sein. Nur die Bäume glauben an Gott.«
Die Stimme des Jungen war leise, und der Arzt konnte sich immer noch nicht an das weiche, verschleifende, aber fast akzentfreie Französisch gewöhnen. Er erinnerte sich noch gut an die Schwierigkeiten, die der Junge mit der Sprache gehabt hatte, als er ihn vor sieben Jahren kennenlernte.
»Und Sie, glauben Sie nicht an Gott?«
»Nein. Ich habe zu viele schreckliche Dinge erlebt, als daß ich noch wirklich glauben könnte.«
Jaime Xenos hatte die Augen geschlossen; er schien sich auszuruhen. Aber seine dunkle Haut zeigte eine fahle Blässe, und sein Atem ging schwer und mühsam.
»Ich wollte einen Priester holen«, sagte der Arzt. »Ist es Ihnen lieber, wenn ich es nicht tue?«
Dax zuckte die Achseln. »Was mir lieber ist, tut nichts zur Sache. Mein Vater ist gläubig, das ist das entscheidende.«
Der Arzt klappte seine Tasche zu. »Ich komme heute abend nach dem Essen wieder.«
Mit einem letzten Blick auf das Krankenbett folgte Dax dem Doktor in die Halle.
Als der Arzt das Konsulat verlassen hatte, ging Dax in das Büro seines Vaters. Fat Cat und Marcel Campion, der junge französische Sekretär und Dolmetscher seines Vaters, sahen ihn fragend an. Dax schüttelte schweigend den Kopf. Er nahm einen dünnen braunen *ci-*

garillo aus einer Schachtel auf dem Schreibtisch und zündete ihn an.
»Schicken Sie ein Telegramm an *el Presidente*«, sagte er zu Marcel. Seine Stimme war müde, aber beherrscht. »Vater im Sterben. Erbitte Rat.«
Der Sekretär nickte und verließ schnell den Raum. »Beim Blut der Heiligen Jungfrau! Hier also soll es enden. In diesem verdammten kalten Land«, fluchte Fat Cat.
Dax antwortete nicht. Er ging ans Fenster und sah hinaus. Es dämmerte schon. Der Regen milderte das schmutzige Schwarzgrau der Häuser an der Straße, die zum Montmartre führte. In Paris schien es immer zu regnen.
So war es auch in jener Nacht vor sieben Jahren gewesen, als sie hier angekommen waren. Es war Februar. Sie hatten die Kragen hochgeschlagen zum Schutz gegen den Schneeregen. Ihr Gepäck türmte sich auf dem Gehsteig, wo der Taxifahrer es hingestellt hatte. Man konnte sie für Bauern aus der Provinz halten.
»Das verdammte Tor ist zu!« hatte Fat Cat gerufen. »Es ist niemand da.«
»Läute noch mal! Es muß jemand da sein.«
Fat Cat zog an der Glocke. Der Klang dröhnte durch die schmale Straße. Aber es rührte sich nichts.
»Ich kann das Tor öffnen«, sagte Fat Cat.
»Worauf wartest du dann noch?«
Der Widerhall des Schusses klang durch die Nacht. Der Revolver rauchte in Fat Cats Hand.
»Du Dummkopf«, sagte Dax' Vater ärgerlich. »Jetzt kommt die Polizei, und dann wird die ganze Welt erfahren, daß wir nicht in unser eigenes Konsulat konnten.«
Fat Cat antwortete nicht. Er stieß mit dem Fuß gegen das Tor. Quietschend drehte es sich in den rostigen Angeln. Xenos wollte hindurchgehen, aber Fat Cat hielt ihn zurück.
»Die Sache gefällt mir nicht. Die stinkt. Ich will lieber vorangehen.«
»Unsinn, was soll da nicht stimmen?«
»Da stimmt bereits eine ganze Menge nicht«, sagte Fat Cat. »Ramírez müßte hier sein, aber das Haus ist leer. Es kann auch eine Falle sein. Vielleicht hat Ramírez uns verraten.«
»Unsinn! Das würde Ramírez nie tun. *El Presidente* hat ihm den Posten auf meine eigene Fürsprache hin gegeben.«

Er trat aber doch zur Seite und ließ Fat Cat vorangehen. Der Weg bis zum Haus war von Gras und Unkraut überwuchert.
Fat Cat drückte vorsichtig die Klinke der Eingangstür nieder.
Die Tür öffnete sich lautlos. Er stolperte fluchend in das dunkle Haus, den Revolver in der Hand.
Plötzlich ging das Licht an. »Es ist niemand hier«, rief Fat Cat.
Sie blinzelten in die Helligkeit. Es war, als wäre ein Wirbelsturm durch die Räume gerast. Überall waren Papiere über den Boden verstreut, und zerschlagene Stühle lagen umher. Ein Küchentisch war das einzige heile Möbel im Haus.
»Hier sind Plünderer gewesen«, sagte Fat Cat.
Dax' Vater sah ihn an. Trauer und Enttäuschung lagen in seinem Blick. Als könnte er immer noch nicht glauben, was er sah, sagte er schließlich: »Keine Plünderer, sondern Verräter.«
Dax' Vater hob ein Blatt Papier vom Boden auf und untersuchte es.
»Vielleicht sind wir ins falsche Haus eingebrochen«, meinte Fat Cat.
Dax' Vater schüttelte den Kopf. »Nein, wir sind im richtigen Haus.« Er hielt das Papier hoch, so daß beide es sehen konnten. Es war ein Blatt mit dem amtlichen Briefkopf von Corteguay.
Dax sah seinen Vater an. »Ich bin müde.«
Der Ältere zog seinen Sohn an sich. »Hier können wir nicht bleiben. Wir werden für die Nacht ein Hotel suchen. Als wir herkamen, habe ich am Fuße des Hügels eine *pensión* gesehen. Ich bezweifle, daß sie uns etwas zu essen geben können, aber zumindest werden wir uns dort ordentlich ausruhen können.«
Das Hausmädchen hatte geknickst, als es die Tür öffnete, »*Bonsoir*, Messieurs.«
Dax' Vater streifte sorgfältig seine Schuhe auf der Matte ab, ehe er eintrat. Er nahm den Hut ab. »Haben Sie drei Zimmer für die Nacht?«
Das Mädchen sah ihn verblüfft an, dann erblickte sie Dax und Fat Cat, der mit den Armen voll Gepäck hinter dem Konsul stand. »Haben Sie eine Verabredung?« fragte sie höflich.
Jetzt war es an ihnen, überrascht zu sein. »*Rendez-vous?* Sie meinen Reservierung?« Dax' Vater suchte in seinem mangelhaften Französisch nach den richtigen Worten. »*C'est nécessaire?*«
Das war offenbar zuviel für das Mädchen. Sie öffnete die Tür zu einem kleinen Vorraum. »Wenn Sie die Freundlichkeit haben, hier zu warten, werde ich Madame Blanchette rufen.«

»*Merci.*« Dax' Vater ging voran, und das Mädchen schloß hinter ihnen die Tür. Das Zimmer war erlesen eingerichtet, mit dicken Teppichen und weichgepolsterten Sofas und Stühlen. Ein Kaminfeuer brannte, und auf der Anrichte stand eine Flasche Kognak mit Gläsern.
»Das gefällt mir schon besser«, sagte Fat Cat. Er sah sich nach dem Konsul um. »Darf ich Ihnen ein Glas Kognak eingießen, Exzellenz?«
»Ich weiß nicht, ob wir das dürfen. Schließlich wissen wir nicht, für wen der Kognak gedacht ist.«
»Für die Gäste«, erklärte Fat Cat. »Wozu soll er sonst wohl hier stehen?«
Er goß dem älteren Mann ein Glas ein und trank sein eigenes in einem Zug. »Ah, das tut gut.« Rasch füllte er seins nochmals.
Dax sank in einen Stuhl vor dem Kamin. Die Wärme des Feuers strich über sein Gesicht. Vor Müdigkeit konnte er kaum die Augen offenhalten.
Die Tür öffnete sich; und eine gutaussehende Frau mittleren Alters trat ins Zimmer. Sie trug ein schwarzes Samtkleid. Um den Hals lag eine Doppelreihe rosa Perlen, und an einem Finger blitzte ein großer Brillant in Goldfassung.
Dax' Vater verbeugte sich. »Jaime Xenos.«
»Monsieur Xenos.« Sie sah Fat Cat an, dann Dax. Wenn es ihr nicht recht war, daß sich Fat Cat einen Kognak eingeschenkt hatte, so zeigte sie es jedenfalls nicht. »Was steht den Herren zu Diensten?«
»Wir brauchen Zimmer für die Nacht«, sagte Dax' Vater. »Wir sind vom corteguayanischen Konsulat oben in der Straße, aber es scheint einiges falsch gelaufen zu sein. Es ist niemand dort.«
Mit ausgesuchter Höflichkeit fragte die Frau: »Darf ich Ihre Pässe sehen, Monsieur? Das ist Vorschrift.«
Dax' Vater reichte ihr die Pässe in den roten Lederhüllen.
Madame Blanchette prüfte sie kurz, dann nickte sie Dax zu. »Ihr Sohn?«
»*Oui.* Und das ist mein *attaché militaire.*«
Fat Cat war über seine Beförderung so erfreut, daß er sich rasch noch einen Kognak eingoß.
»Sie sind der neue Konsul?«
»*Oui,* Madame.«
Madame Blanchette gab die Pässe zurück. Sie zögerte einen Augenblick, dann sagte sie: »Wenn Eure Exzellenz mich einen Moment

entschuldigen wollen, werde ich nachsehen, ob Zimmer frei sind. Es ist spät, und wir sind ziemlich besetzt.«
Der Konsul verbeugte sich nochmals. »*Merci*, Madame. Ich bin Ihnen für Ihre Freundlichkeit überaus dankbar.«
Madame Blanchette schloß die Tür hinter sich und ging durch die Halle in einen Raum, der noch eleganter eingerichtet war als der, den sie eben verlassen hatte.
An einem Spieltisch saßen fünf Männer und spielten Karten. Hinter ihnen standen mehrere gutaussehende junge Frauen, nach der neuesten Mode gekleidet. Zwei andere Mädchen saßen auf einer Couch in der Nähe des Kamins und plauderten.
»Banco«, rief einer der Spieler.
»Verdammt«, antwortete ein anderer und warf die Karten weg. Er sah Madame Blanchette an. »Na, war es ein interessanter Gast?«
»Ich weiß nicht, Baron«, sagte sie. »Es war der neue Konsul von Corteguay.«
»Was wollte der denn? Informationen über den Gauner Ramírez?«
»Nein. Er wollte Zimmer für heute nacht.«
Der Spieler, der soeben die Bank eingekauft hatte, lachte. »Der Arme hat wahrscheinlich Ihr Schild gesehen. Ich habe Ihnen ja gesagt, daß Ihnen das früher oder später passieren würde.«
»Warum haben Sie ihn nicht einfach weggeschickt?« erkundigte sich der Baron.
»Ich weiß nicht«, sagte Madame Blanchette verwirrt. »Ich wollte es eigentlich. Aber als ich den kleinen Jungen sah –«
»Hat er seinen Sohn bei sich?« fragte der Baron.
»*Oui.*« Sie zögerte einen Augenblick, dann wandte sie sich zur Tür. »Ich denke, mir bleibt nichts anderes übrig.«
»*Un moment*«, Baron de Coyne war aufgestanden, »ich möchte ihn selbst sehen.«
»Was wollen Sie, Baron?« fragte der Spieler zu seiner Linken. »Hat Ramírez Sie nicht an diesem Tisch genügend geprellt? Er schuldet Ihnen mehr als irgendeiner von uns – mindestens hunderttausend Francs.«
»Ja«, stimmte der Bankhalter zu. »Glauben Sie, daß Sie sie von dem neuen Konsul wiederkriegen? Wir wissen doch alle, daß Corteguay pleite ist.«
»Ihr seid eine zynische Bande«, sagte Baron de Coyne. »Ich bin bloß neugierig, was für einen Burschen sie diesmal hergeschickt haben.«
»Die sind doch alle gleich. Die wollen bloß unser Geld.«

»Wollen Sie ihn kennenlernen, Exzellenz?« fragte Madame Blanchette. Der Baron schüttelte den Kopf. »Nein, ich möchte sie mir nur mal ansehen.«
Er folgte ihr zur Wand, wo sie einen Vorhang zurückzog. In die Mauer war ein kleines Glas eingelassen. »Hier können Sie sie sehen«, sagte sie, »aber sie uns nicht. Von der anderen Seite ist es ein Spiegel.«
Der Baron nickte und blickte in den Raum. Das erste, was er sah, war der schlafende Junge auf dem Diwan.
»Er ist ungefähr so alt wie mein Sohn«, sagte er zu Madame Blanchette. »Die Mutter des Jungen ist wahrscheinlich tot, sonst hätte ihn sein Vater nicht bei sich. Weiß man, wohin Ramírez verschwunden ist?«
Madame Blanchette zuckte die Achseln. »Es wurde behauptet, er habe ein Haus an der italienischen Riviera, aber niemand weiß etwas Genaues. In der vorigen Woche hat ein Lastwagen an einem Abend alles aus der Gesandtschaft fortgebracht.«
Der Mund des Barons wurde schmal. Deshalb also hatten sie nach Zimmern gefragt. Wie er Ramírez kannte, hatte der nicht einmal ein Stück Brennholz zurückgelassen. Der Baron sah, wie der große Mann zum Diwan ging, ein Kissen unter den Kopf des Jungen schob und ihn liebevoll betrachtete.
Der Baron ließ den Vorhang fallen. Er hatte gesehen, was er sehen wollte. Der Arme würde Schwierigkeiten genug haben, wenn es sich herumsprach, daß ein neuer corteguayanischer Konsul in Paris war. Sämtliche Gläubiger von Ramírez würden ihm die Tür einrennen.
»Geben Sie ihnen mein Appartement im dritten Stock. Ich bin sicher, daß es Zizzi nichts ausmacht, wenn ich die Nacht in ihrem Zimmer verbringe.«

2

Es schien Marcel Campion, als sei es mitten in der Nacht, aber in Wirklichkeit war es zehn Uhr vormittags, als er hörte, daß an seine Tür geklopft wurde. Er drehte sich auf die Seite und legte das Kissen über seinen Kopf, aber auch dann konnte er die schrille Stimme seiner Hauswirtin noch hören.
»Schon gut, schon gut«, brüllte er. »Kommen Sie später wieder. Dann habe ich die Miete, ich verspreche es Ihnen.«

»Telefon für Sie, Monsieur.«
»Für mich?« Marcel überlegte, wer das sein konnte. Er stieg aus dem Bett. »Soll warten. Ich komme sofort.«
Schläfrig stelzte er zum Waschtisch, goß Wasser in die Schüssel und tauchte das Gesicht hinein. Seine rotgeränderten Augen starrten ihm aus dem kleinen Spiegel entgegen. Er versuchte sich zu erinnern, was für Wein er letzte Nacht getrunken hatte. Er mußte schauderhaft gewesen sein und auf alle Fälle sehr billig.
Er rieb sich das Gesicht mit einem groben Handtuch trocken, schlüpfte in seinen Morgenrock und ging die Treppe hinunter. Die *concierge* saß hinter ihrem Tisch, als er den Hörer aufnahm. Sie tat, als hörte sie nicht zu, aber er kannte sie besser.
»*Allô?*«
»Monsieur Campion?« fragte eine frische weibliche Stimme.
»*Oui.*«
»Bleiben Sie einen Moment am Apparat, Baron de Coyne möchte Sie sprechen.«
Der Baron meldete sich, bevor Marcel Gelegenheit hatte, überrascht zu sein. »Sind Sie der Campion, der beim corteguayanischen Konsulat angestellt ist?«
»Ja, Exzellenz«, sagte Marcel voller Respekt. »Aber ich arbeite nicht mehr dort. Das Konsulat ist geschlossen.«
»Das weiß ich. Aber soeben ist ein neuer Konsul eingetroffen. Ich bin der Meinung, Sie sollten wieder hingehen.«
»Aber, Exzellenz, der frühere Konsul schuldet mir noch das Gehalt für drei Monate.«
Der Baron war offensichtlich nicht gewohnt, daß man seine Vorschläge nicht sofort akzeptierte. »Kehren Sie zu Ihrer Arbeit zurück. Ich garantiere Ihnen, daß Sie Ihr Gehalt bekommen.«
Er hängte ein. Marcel sah verblüfft den stummen Hörer an. Langsam legte er auf. Die *concierge* kam lächelnd auf ihn zu. »Monsieur geht wieder zur Arbeit?«
Sie wußte es ebenso gut wie er; sie hatte jedes Wort mit angehört. Er ging zur Treppe, immer noch verwirrt. Baron de Coyne war einer der reichsten Männer Frankreichs. Warum sollte gerade er sich für ein winziges Land wie Corteguay interessieren? Die meisten Leute wußten nicht einmal, wo es lag.
Das Telefon schrillte wieder. Die *concierge* antwortete. Sie rief Marcel zurück und hielt ihm den Hörer hin. »Für Sie.«
»*Allô?*«

»Campion«, sagte die nun schon fast vertraute Stimme, »ich wünsche, daß Sie sofort hingehen!«
Marcel sah auf die Uhr, als er in die Rue Pelier einbog. Elf Uhr. Das sollte auch für den Baron schnell genug sein.
Der Lebensmittelhändler, der den Gehsteig vor seinem Schaufenster fegte, begrüßte ihn. »*Bonjour*, Marcel«, rief er aufgeräumt, »was machen Sie denn wieder hier in der Gegend?«
»*Bonjour*. Ich gehe ins Konsulat.«
»Wieder arbeiten? Ist dieser *merde* von Ramírez wieder da? Er schuldet mir noch über siebentausend Francs.«
»Dreitausend Francs«, sagte Marcel. Er entsann sich solcher Dinge genau.
»Dreitausend oder siebentausend, was macht das schon für einen Unterschied? Ramírez ist fort und mein Geld auch.« Der Händler stützte sich auf den Besen. »Was ist los?« fragte er. »Mir können Sie's doch erzählen.«
»Ich weiß es nicht«, sagte Marcel wahrheitsgemäß. »Ich habe eben erfahren, daß ein neuer Konsul eingetroffen ist. Ich dachte, vielleicht könnte ich meine Stelle wiederbekommen.«
Der Händler wurde nachdenklich. »Vielleicht ist mein Geld doch nicht endgültig verloren. Fünfzig Prozent für Sie, wenn Sie es für mich einkassieren. Tausendfünfhundert Francs.«
»Dreitausendfünfhundert«, sagte Marcel.
Der Händler sah ihn groß an, dann lief ein breites Lächeln über sein Gesicht. »Oh, Marcel. Um Sie zu schlagen, muß man noch sehr viel früher aufstehen. Dreitausendfünfhundert Francs, in Ordnung.«
Marcel ging den Hügel zum Konsulat hinauf. Als erstes sah er, daß das Tor offenstand und das Schloß aufgebrochen war. Dann bemerkte er den Jungen, der im Vorgarten das Unkraut mähte. Obwohl es kühl war, hatte er sich bis auf sein Unterhemd ausgezogen. Mit einer Art grimmiger Konzentration schwang er eine flache Klinge. Marcel schauderte. Es war eine Machete. Die Wilden benützten sie als Waffe.
Der Junge konnte kein Franzose sein, das war offensichtlich, schon nach der Art, mit der er die Machete handhabte. Plötzlich sah ihn der Junge. Langsam richtete er sich auf. Er hielt die Machete locker in der Hand; Marcel hatte das Gefühl, sie sei jetzt genau auf seine Kehle gerichtet.
Instinktiv drehte Marcel sich um und ging wieder die Straße hinunter. Er fühlte die Blicke des Jungen in seinem Rücken.

Er trat in eine *brasserie* und bestellte Kognak und Kaffee. Er spürte die Wärme des Alkohols, während er den Kaffee schlürfte. Wenn nicht Baron de Coyne persönlich ihn aufgefordert hätte, würde er überhaupt nicht daran denken, wieder im Konsulat zu arbeiten. Nicht bei diesen Wilden.
Von seinem Tisch aus sah Marcel, daß der Junge das Lebensmittelgeschäft auf der anderen Straßenseite betrat. Er zahlte und ging hinüber. Der Junge kaufte zwei Brote, ein Stück Käse und ein dickes Stück Wurst. Marcel zögerte einen Augenblick, dann ging er hinein.
»Dreihundert Francs«, sagte der Kaufmann zu dem Jungen.
Der Junge sah auf die Geldscheine in seiner Hand. Marcel stellte fest, daß er nur zweihundert hatte. »Sie werden wieder etwas zurücknehmen müssen«, meinte der Junge in gebrochenem Französisch.
Als der Kaufmann nach der Wurst griff, sagte Marcel: »Seien Sie kein Gauner. Wollen Sie auf diese Art Ihr Geld vom corteguayanischen Konsulat wiederbekommen?«
Der Junge schien den Hinweis auf das Konsulat zu verstehen, aber das übrige war zu schnell für ihn. Er sah Marcel an, dann erkannte er ihn.
»Ich verstehe nicht, was das Sie angeht, Marcel«, brummte der Kaufmann. Aber er schob die Ware wieder über den Ladentisch und steckte die zweihundert Francs ein.
»*Merci*«, sagte der Junge und verließ den Laden.
Marcel folgte ihm. »Sie müssen sehr aufpassen«, sagte er auf spanisch. »Die stehlen Ihnen den Eckzahn, wenn sie glauben, daß Sie Ausländer sind.«
Die Augen des Jungen waren dunkel und unergründlich. Sie erinnerten Marcel an die Augen eines Tigers, den er einmal im Zoo gesehen hatte. Sie hatten dieselben gelben Lichter gehabt. »Sie gehören zu dem neuen Konsul von Corteguay?«
»Ich bin sein Sohn«, sagte der Junge. »Wer sind Sie?«
»Marcel Campion. Ich habe im Konsulat als Sekretär und Dolmetscher gearbeitet.«
Der unbewegte Ausdruck von Dax' Gesicht änderte sich nicht, aber Marcel spürte die Drohung des Messers, das sich unter dem Jackett des Jungen abzeichnete. »Warum haben Sie mich beobachtet?«
»Ich dachte, vielleicht könnte der neue Konsul meine Dienste gebrauchen. Wenn nicht –« Er sprach nicht zu Ende. Das verborgene Messer machte ihn nervös.

»Wenn nicht – was?«
»Da ist noch die Sache mit den drei Monatsgehältern, die mir der frühere Konsul schuldet«, sagte Marcel rasch.
»Ramírez?«
Marcel nickte. »Ja, Ramírez. Er versprach mir dauernd, daß das Geld in der nächsten Woche eintreffen werde. Und dann war eines Morgens, als ich zur Arbeit kam, das Konsulat geschlossen.«
Der Junge dachte einen Augenblick nach. »Ich glaube, es ist am besten, wenn Sie mit meinem Vater sprechen.«
Marcel sah nervös auf die Hand des Jungen. Aber die Hand war leer.
»Es wird mir eine Ehre sein.«
Der neue Konsul saß hinter einem wackligen Holztisch in dem großen leeren Vorderzimmer. Vor ihm stand eine schreiende und gestikulierende Schar von Männern.
»Gato Gordo!« brüllte der Knabe und drängte sich zu seinem Vater durch.
Ein großer dicker Mann stürzte zur Tür herein. Marcel wurde zur Seite geschleudert. Als er sich wieder hochrappelte, sah er, wie der Dicke und der Junge, die Messer in der Hand, der Menge entgegentraten. Eine plötzliche Stille trat ein. Die Gesichter der Männer waren bleich. Plötzlich merkte Marcel, wie sehr auch ihm die Angst in den Knochen saß.
Diese Welt war eine andere – es war eine Welt des Todes und der Gewalt. Paris war verschwunden.
Und Marcel spürte auch, daß der Dicke und der Knabe nicht zum erstenmal einer Gefahr gegenüberstanden. Er erkannte es an dem stillschweigenden Einverständnis, das zwischen ihnen zu bestehen schien. Sie reagierten wie ein Mann.
Schließlich sagte einer der Männer: »Aber wir wollten doch bloß unser Geld.«
Marcel mußte lächeln. Diese Methode, Zahlungen zu verweigern, erschien ihm sehr wirkungsvoll. Er wünschte, er hätte mit seinen eigenen Gläubigern ebenso umspringen können.
Der Konsul stand langsam auf. Marcel war überrascht. Der Mann war größer, als er im Sitzen ausgesehen hatte. Aber sein Gesicht war angespannt und müde. »Wenn Sie draußen warten wollen«, sagte er mit matter Stimme, »werde ich nacheinander mit jedem von Ihnen über die Forderungen sprechen.«
Die Gläubiger gingen schweigend hinaus. Als der letzte draußen war, sagte der Junge: »Schließen Sie die Tür, Marcel.«

Das war nicht mehr die Stimme eines Knaben. Das war die Stimme eines Kriegers, der gewohnt war, daß man seinen Befehlen gehorchte. Schweigend schloß Marcel die Tür. Als er sich wieder umwandte, waren die Messer verschwunden. Der Junge stand hinter dem Tisch neben seinem Vater.
»Wie geht es dir, Vater?« fragte er mit liebevoller Stimme. Es war, als sei der Junge der Vater und der Vater der Sohn.

3

Der Baron saß hinter seinem massiven Schreibtisch in dem holzgetäfelten Büro mit den schweren Ledermöbeln und hörte aufmerksam zu. Trotz des vertrauten Verkehrslärms draußen auf der Place Vendôme konnte Marcel noch immer nicht ganz an die Realität all dessen glauben, was in dieser Woche, seit er seine Arbeit wiederaufgenommen hatte, vorgefallen war.
Die Stimme des Barons brachte ihn in die Wirklichkeit zurück. »Wie hoch ist die Summe der unbezahlten Rechnungen, die Ramírez zurückgelassen hat?«
»Fast zehn Millionen Francs«, antwortete Marcel. »Achtzig Millionen ihrer Pesos.«
Automatisch rechnete der Baron in Dollar und Pfund Sterling um. »Und der Konsul hat das alles aus seinem persönlichen Vermögen bezahlt?«
Marcel nickte. »Er hielt es für seine Pflicht. Er selbst hatte Ramírez für den Posten vorgeschlagen, und er meinte, die Regierung sei zu arm, um einen zusätzlichen Aderlaß zu ertragen.«
»Wo hat er das Geld her?«
»Wechsler. Er hat eine Prämie von zwanzig Prozent gezahlt.«
»Und dann wollte der Konsul nach Ventimiglia fahren und sehen, ob er von Ramírez etwas zurückbekommt?«
Marcel nickte. »Aber dafür war es schon zu spät. Die fünf Tage Arbeit in dem feuchten, ungeheizten Haus und das Schlafen auf dem kalten Boden, bloß mit einer dünnen Decke, hatten bereits ihren Zoll gefordert. Señor Xenos erwachte an diesem Morgen mit einem bösen Fieber. Am Nachmittag rief ich den Arzt, der verlangte, daß der Konsul sofort ins Spital käme. Señor Xenos protestierte, aber dann wurde er ohnmächtig. Wir haben ihn mit dem Wagen des Arztes ins Krankenhaus gefahren.«

Der Baron schüttelte den Kopf. »Die Ehre eines Mannes ist sein wertvollster Besitz, aber auch sein kostspieligster Luxus.«
»Ich kann den Konsul verstehen«, sagte Marcel. »Er ist einer der ehrenhaftesten Männer, die ich je kennengelernt habe. Ich wundere mich nur über den Jungen. Er ist ganz anders als der Vater. Er ist wie ein junges Tier im Dschungel, in der ganzen Art, wie er sich bewegt, denkt und handelt. Und er kennt nur eine Treue, die zu seinem Vater.«
»Und dann sind der Junge und der Adjutant nach Ventimiglia gefahren?«
Marcel nickte. Er erinnerte sich, wie sie vom Hospital in das eisige Konsulat zurückgekommen waren. Dax' Gesicht war eine unergründliche Maske gewesen.
»Ich glaube, es ist besser, wenn ich die Karten nach Ventimiglia für Ihren Vater und mich zurückgebe und gutschreiben lasse«, hatte Marcel gesagt.
»Nein.« Dax' Stimme klang scharf. Er sah Fat Cat an. Die beiden mußten sich telepathisch verständigen, denn Fat Cat nickte sofort zustimmend. »Besorgen Sie noch eine weitere Fahrkarte. Ich denke, wir drei sollten unserem Freund Ramírez einen kleinen Besuch abstatten. Der ist längst fällig.«
Später hatten sie auf dem Abhang des Hügels in der untergehenden Rivierasonne gesessen und auf die Villa hinuntergeschaut. Drei Männer sah man auf der Veranda an einem Tisch, eine Flasche Wein vor sich. In der ruhigen Landluft war der Klang ihrer Stimmen bis zum Hügel herübergedrungen. »Wer von ihnen ist Ramírez?«
»Der schlanke, drahtige in der Mitte«, antwortete Marcel.
»Und wer sind die beiden anderen?«
»Seine Leibwächter. Er hat sie immer bei sich.«
Fat Cat fluchte. »Den Großen kenne ich. Das ist Sánchez. Er hat zur Leibgarde von *el Presidente* gehört.« Er spuckte auf den Boden. »Ich hab' ihn immer für einen Verräter gehalten.«
Ein paar Frauen kamen auf die Terrasse und brachten Essen. Ramírez lachte und klatschte einer auf den Hintern, als sie vorbeikam.
»Wer ist das?« fragte Dax.
Marcel zuckte die Achseln. »Ich weiß nicht. Ramírez hatte immer mehrere Mätressen.«
Der Junge stand auf. »Wir müssen herauskriegen, wo sein Schlafzimmer ist, bevor wir heute nacht hingehen.«

»Aber wie wollen Sie hineinkommen?« fragte Marcel. »Das Tor ist bestimmt verschlossen.«
Fat Cat kicherte. »Das ist kein Problem; wir steigen einfach über die Mauer.«
»Aber das ist doch Einbruch«, sagte Marcel schockiert. »Wir können alle ins Gefängnis kommen.«
»Und was Ramírez mit dem Geld gemacht hat, war wohl ganz legal?« sagte Dax trocken.
Marcel schwieg.
Fat Cat kicherte zufrieden. Er zerraufte liebevoll Dax' Haar. »Das ist wie in alten Zeiten zu Hause, was, *jefecito*?«
»Wahrscheinlich ist es das Eckzimmer, das mit dem Balkon«, sagte der Junge.
Während Dax sprach, trat Ramírez auf den Balkon. Er lehnte sich an die Brüstung und sah auf das Meer hinaus. Seine Zigarette glühte. Nach einer Weile gesellte sich eine Frau zu ihm. Er warf die Zigarette über die Balustrade. Man hörte das Lachen der Frau. Dann ging Ramírez mit ihr ins Haus zurück. Die Balkontür blieb offen.
»Sehr gastfrei von dem Verräter«, sagte Fat Cat. »Jetzt brauchen wir das Haus nicht zu durchsuchen.«
Die Lichter im Haus gingen aus. Fat Cat wollte aufbrechen, aber Dax hielt ihn zurück. »Laß ihnen zehn Minuten Zeit. Dann ist er so beschäftigt, daß er auch den Lärm von einer Schwadron Kavallerie nicht mehr hört.«
Der Junge war als erster auf der Mauer, dann Fat Cat. Ungeschickt hangelte sich Marcel zu ihnen hoch. Dann sprangen die beiden lautlos an der anderen Seite hinunter. Marcel holte tief Atem und ließ sich neben sie fallen. Er knickte beim Aufprall ein und fiel hin, aber er stand gleich wieder auf. Dax und Fat Cat liefen schon auf lautlosen Sohlen zum Haus. Marcel folgte ihnen.
Noch bevor er die beiden erreicht hatte, waren sie schon auf dem Dach der Veranda. Marcel zog sich über die Steinbalustrade hoch, dann schob er sich aufs Dach. Dax war bereits von dort auf den Balkon geklettert.
Fat Cat wandte sich um und half Marcel hinauf.
»Warten Sie hier, bis wir Ihnen ein Zeichen geben. Wenn Sie jemanden sehen, müssen Sie uns warnen«, flüsterte Dax in Marcels Ohr.
Marcel nickte. Die Angst stieg ihm als Übelkeit vom Magen hoch. Er schluckte rasch. Dax und Fat Cat drückten sich seitlich der Bal-

kontür an die Wand. Marcel sah den kalten Stahl ihrer Messer. Er schloß die Augen und kämpfte den Brechreiz nieder.
Als er die Augen wieder öffnete, waren beide fort, obgleich er keinen Laut gehört hatte. Er horchte angestrengt, sein Herz schlug heftig. Aus dem Zimmer kam ein leises Grunzen, das Quietschen des Bettes und ein Plumps. Danach nichts mehr.
Marcel trat der Schweiß auf die Stirn. Er wäre am liebsten geflohen, aber die Angst vor dem, was sie dann mit ihm machten, war größer als die Angst hierzubleiben.
Dax' Stimme kam als heiseres Flüstern aus dem Zimmer. »Marcel!«
Er blieb entsetzt in der Tür stehen. Ramírez und die Frau lagen nackt auf dem Boden. »Sind sie tot?« fragte er leise.
»Nein«, sagte Dax verächtlich, »der Verräter ist in Ohnmacht gefallen. Wir mußten die Frau niederschlagen. Holen Sie etwas, womit wir sie fesseln können.«
»Was soll ich denn holen?«
»Durchsuchen Sie die Kommode!« flüsterte Fat Cat. »Da müssen doch Seidenstrümpfe drin sein.«
In der zweiten Schublade fand Marcel, was er suchte. Er drehte sich um. Fat Cat stopfte einen von Ramírez' Socken dem Verräter in den Mund. »Soll er seinen eigenen Gestank schmecken«, sagte er.
Wortlos hielt ihm Marcel die Strümpfe hin. Schnell und fachmännisch fesselte und knebelte Fat Cat die beiden. Dann stand er auf. »Das sollte für eine Weile genügen.« Er wandte sich an Dax. »Was nun?«
»Warten, bis der Verräter zu sich kommt«, sagte Dax ruhig. »Dann müssen wir herausfinden, wo das Geld ist.« Er sah Marcel an. »Was hat mein Vater gesagt, wieviel er gestohlen hat?«
»Sechs Millionen Francs im Lauf der letzten zwei Jahre.«
»Der größte Teil davon müßte noch dasein«, sagte Dax. »Er hat gar keine Zeit gehabt, viel auszugeben.«
Ramírez kam als erster zu sich. Er sah Dax über sich gebeugt, das Messer schwirrte über seiner Kehle. Seine Augen weiteten sich vor Schreck. Einen Augenblick sah es so aus, als fiele er wieder in Ohnmacht, dann riß er sich zusammen und starrte Dax ins Gesicht.
»Verräter, hörst du mich?«
Ramírez nickte.
»Dann paß gut auf«, fuhr Dax fort. »Wir sind wegen des Geldes gekommen. Kriegen wir es, so passiert dir und der Frau nichts. Andernfalls wirst du sehr langsam sterben.«

Glücklicherweise war Ramírez kein Held.
»Nun«, flüsterte Dax, »wo ist das Geld?«
»Es ist weg«, sagte Ramírez heiser. »Ich habe alles an den Spieltischen verloren.«
Dax lachte lautlos. Das Messer bewegte sich blitzschnell, und ein dünner Streifen Blut zog sich über Ramírez Unterleib. Ein Ausdruck des Entsetzens erschien auf dem Gesicht des Mannes, als er sein eigenes Blut sah. Seine Augen verdrehten sich nach oben. Er fiel zurück.
»Der Feigling ist wieder bewußtlos.« Fat Cat sah Dax an. »Damit könnten wir die ganze Nacht zubringen.«
Dax holte den Wasserkrug vom Waschbecken und goß ihn über dem Ohnmächtigen aus. Ramírez kam spuckend hoch.
In diesem Augenblick wälzte sich die Frau herum und schlug mit den Füßen gegen den Boden. »Halt sie fest!« befahl Dax. »Sie bringt uns das ganze Haus auf den Hals!« Fat Cat setzte sich rittlings auf ihren Bauch und umfaßte mit einer seiner breiten Hände ihre Kehle.
»Wo ist das Geld?« fragte Dax wieder.
Ramírez sah zu Fat Cat und der Frau hinüber. »Es ist weg, sagte ich doch.«
»Sie scheint ein ganz netter Bissen zu sein«, sagte Fat Cat, »wenn die *tetas* nur ein wenig größer wären.«
Ramírez schwieg.
Fat Cat sah Dax an. »Ich habe schon seit drei Tagen keine mehr gehabt.«
Dax wandte die Augen nicht von Ramírez' Gesicht. »Los«, sagte er ruhig, »nimm sie dir. Und wenn du fertig bist, laß Marcel ran.«
Marcel wollte widersprechen, aber er sah den gelben Urwaldblick in Dax' Augen. Die Frau wehrte sich, als Fat Cat ihre Knie auseinanderzwang. Heiser kamen die Worte aus Ramírez Kehle: »Dort: Der Safe ist in der Wand hinter dem Bett!«
»So ist es schon besser.« Dax lachte. »Wie macht man ihn auf?«
»Der Schlüssel steckt in meiner Hosentasche.« Dax nahm die Hose vom Stuhl und hielt den Schlüsselring hoch. »Ist es dieser?«
Ramírez nickte. »Hinter dem Bild an der Wand.«
Dax nahm das Bild ab und steckte den Schlüssel in den schwarzen Metallsafe. »Es geht nicht«, sagte er wütend.
Ramírez riß seine Augen von Fat Cat los. »Das ist der Autoschlüssel. Es ist noch ein anderer da.«
Marcel konnte nicht anders als hinstarren. Bis jetzt war Vergewalti-

gung nur ein Wort gewesen, das er in der Zeitung gelesen hatte. Dies hier war kalt, wild und brutal.
»Marcel!«
Er wandte sich von den beiden ab und ging zu Dax hinüber. Der Safe war mit Stößen ordentlich gebündelter Banknoten vollgepfropft.
»Mein Gott!« flüsterte er.
»Stehen Sie nicht so hilflos herum! Nehmen Sie einen Kissenüberzug und helfen Sie mir das Geld wegpacken.«
Marcel sah über die Schulter zurück, während er den Überzug für Dax hielt. Auch Ramírez sah immer noch wie gebannt auf Fat Cat und die Frau. Erst jetzt wurde es Marcel klar, was Ramírez dachte. Das Geld war vergessen.
Die ganze Welt war toll geworden. Nichts hatte mehr seine Ordnung. Dax beachtete das Paar, das sich am Boden wand, nicht weiter, so, als wäre es ein durchaus alltägliches Vorkommnis. Marcel war seltsam erregt, wie er es nicht mehr erlebt hatte, seit er das erste Mal bei einer Frau gewesen war.
»*Bueno!*« Dax' Stimme klang zufrieden. Der Kissenbezug war fast voll. Er band das offene Ende mit einem Seidenstrumpf zu. Dann setzte er sich auf den Bettrand und sah auf Fat Cat hinunter.
»Nimm dir nicht die ganze Nacht dazu«, sagte er. »Wir müssen noch hier 'raus.«
Er schaute den anderen Schlüssel auf dem Ring an. »Können Sie fahren?« fragte er Marcel.
Marcel nickte.
»*Bueno*. Es geht nichts über eine Autofahrt in der frischen Nachtluft.«

Der Baron beugte sich über den Schreibtisch. »Wieviel hat er zurückbekommen?«
»Fast viereinhalb Millionen Francs«, antwortete Marcel und kehrte wieder in die Gegenwart zurück.
»Das freut mich«, sagte der Baron. Nachdenklich sah er auf die Tischplatte. »Das ist schon ein toller Bursche. Hat man darüber gesprochen, auf welche Schule er soll?«
»Der Konsul erwähnte, daß er auf eine öffentliche Schule sollte. Aber das war noch bevor er das Geld wiederbekommen hat.«
»Leider wird ihm das Geld nicht sehr viel nützen«, sagte der Baron. »Es deckt kaum die Anleihen, die der Konsul persönlich aufgenommen hat, um die Rechnungen zu bezahlen.« Er klopfte mit dem Blei-

stift auf den Tisch. »Ich möchte, daß Sie De Roqueville vorschlagen.«
»Aber das ist die teuerste Schule in Paris!«
»Und die beste. Mein Sohn ist dort. Ich werde den Unterricht bezahlen und alle nötigen Anweisungen geben. Der Junge wird ein Stipendium bekommen.«
Die Zehntausendfrancs-Note in seiner Tasche gab Marcel ein beruhigendes Gefühl, als er das Büro des Barons verließ. Seine Finanzen besserten sich. Der Lebensmittelhändler war nicht der einzige gewesen, mit dem er eine Vereinbarung für das Einkassieren der Rechnungen getroffen hatte.
Aber da war noch eine Frage, die ihm Kopfschmerzen machte. Er wußte immer noch nicht, warum sich der Baron für den Konsul und seinen Sohn interessierte. Er wußte nicht mehr darüber als an dem Morgen des ersten Telefonanrufs.

4

Der Summer auf dem Schreibtisch seines Vaters ertönte. Dax hob das Haustelefon ab. »*Oui*, Marcel.«
»Ihr Freund Robert ist da.«
»*Merci*. Bitten Sie ihn herein.« Dax legte den Hörer auf und wandte sich zur Tür.
»Ich bin gleich gekommen, als ich davon hörte«, sagte Robert.
Sie gaben sich auf europäische Art die Hand, wie sie es immer taten, auch wenn sie sich morgens auf dem Polotrainingsplatz gesehen hatten. »Danke. Wie hast du's erfahren?«
»Durch den Steward im Klub«, sagte Robert. »Er hat mir von dem Anruf erzählt.«
Dax' Lippen verzogen sich. Paris war auch nicht anders als eine Kleinstadt daheim. Jetzt war wohl die Neuigkeit schon überall bekannt, und bald würden die Zeitungen ihre Reporter schicken.
»Kann ich etwas tun?«
Dax schüttelte den Kopf. »Niemand kann etwas tun. Wir können nur abwarten.«
»War er heute morgen schon krank, als du aus dem Haus gingst?«
»Nein. Sonst hätte ich das Training gar nicht mitgemacht.«
»Natürlich.«
»Wie du weißt, war Vater nicht sehr kräftig. Seit wir nach Europa

gekommen sind, hat er immer wieder schwere Erkältungen gehabt. Er hatte offenbar keine Widerstandskraft mehr. Marcel fand ihn über dem Schreibtisch zusammengesunken. Er und Fat Cat haben ihn dann nach oben getragen und den Arzt gerufen. Der Doktor meinte, es sei das Herz.«

Robert schüttelte den Kopf. »Das ist hier kein Klima für deinen Vater. Er müßte an der Riviera leben.«

»Mein Vater hätte überhaupt nie hierherkommen dürfen. Die Arbeit und die ständige Anspannung waren zuviel für ihn. Er hat sich nach dem Verlust seines Armes nie wirklich wieder erholt.«

»Warum ist er dann nicht zurückgegangen?«

»Er hat nun mal eine strenge Pflichtauffassung. Er ist geblieben, weil er hier gebraucht wurde. Die ersten Kredite, die er bei der Bank deines Vaters aufgenommen hat, haben unser Land vor dem Bankrott gerettet.«

»Aber dann hätte er doch ruhig wieder nach Hause zurückgehen können.«

»Du kennst meinen Vater nicht.« Dax schnitt eine Grimasse. »Das war erst der Anfang. Er hat hier in Europa an jede Tür geklopft, um Hilfe für unser Land zu bekommen. Die Abfuhren, die er erhielt, haben einen alten Mann aus ihm gemacht. Aber er hat sich immer weiter bemüht.«

Dax zündete sich eine dünne braune Zigarette an. »Weißt du«, sagte er finster, »die ersten Jahre hier haben ihm auch nicht gutgetan. Der frühere Konsul hatte ein völliges Durcheinander zurückgelassen, und mein Vater hat alles wieder in Ordnung gebracht. Er hat alle unbezahlten Rechnungen selbst eingelöst, obgleich ihn das ruinierte. Bis heute ahnt er nicht, daß ich weiß, was alles zur Bezahlung dieser Rechnungen herhalten mußte – unser Heim in Curatu, seine Ersparnisse, alles, was er besaß. Das einzige, was nicht angerührt wurde, war unsere *hacienda* in Bandaya, weil er wollte, daß ich die einmal haben sollte.« Er machte einen tiefen Zug und ließ den Rauch durch die Nase ausströmen.

»Das hab' ich nie gewußt«, sagte Robert.

Dax lächelte. »Wenn ich nicht dieses Stipendium für De Roque wie durch ein Wunder bekommen hätte, wäre ich in eine öffentliche Schule gegangen. So aber gönnte sich mein Vater nichts, bloß damit ich anständig angezogen war und genug Benzin für den Wagen da war, daß mich Fat Cat zum Wochenende nach Hause fahren konnte.«

Robert de Coyne sah Dax an. Merkwürdig, daß niemand in der Schule das je erraten hatte. Es gab verarmte Mitglieder früherer Königshäuser; die kannten alle. Sie waren da, weil sie der Schule Ansehen verliehen. Aber Dax war Südamerikaner, und alle nahmen an, daß Südamerikaner reich waren. Sie besaßen Zinnminen und Ölfelder und Viehherden. Sie waren nie arm.
Plötzlich wurde ihm manches klar, was sich in diesen Schuljahren ereignet hatte. Zum Beispiel der Vorfall am Ende der ersten Schulwoche. Es war am Donnerstagnachmittag zwischen der letzten Stunde und dem Abendessen gewesen. In der Freizeit. Sie standen im Turnsaal um einen der Neuen herum.
Seine dunklen Augen hatten sie unbewegt angesehen. »Warum muß ich mit einem von euch kämpfen?«
Sergei Nikowitsch erklärte es ihm geduldig. »Weil wir nächste Woche entscheiden müssen, mit wem du für den Rest des Schuljahres das Zimmer teilst. Wenn du nicht kämpfen willst, wie sollen wir dann wissen, ob wir dich überhaupt als Zimmerkameraden wählen können?«
»Habe ich das gleiche Recht?«
»Nur wenn du gewinnst. Dann kannst du dir deinen Zimmerkameraden wählen.«
Der Neue hatte einen Augenblick überlegt, dann nickte er. »Ich finde es blöd, aber ich werde kämpfen.«
»Schön«, sagte Sergei. »Du kannst dir aussuchen, mit wem du kämpfen willst. Aber du darfst dir nicht einen Kleineren aussuchen.«
»Ich kämpfe mit dir.«
Sergei sah ihn erstaunt an. »Aber ich bin einen Kopf größer als du. Das ist nicht fair.«
»Gerade darum will ich mit dir kämpfen.«
Sergei zuckte die Achseln und zog seine Jacke aus. Robert de Coyne ging auf den neuen Jungen zu.
»Überleg es dir«, sagte er ernst. »Kämpf lieber mit mir. Ich bin genauso groß wie du. Sergei ist der größte, und er ist der beste Kämpfer in der Klasse.«
Der Neue lächelte ihm zu. »Danke, aber ich habe mich schon entschieden. Die ganze Geschichte ist ohnehin blöd genug. Warum sollen wir noch mehr Wirbel darum machen?«
Robert sah ihn erstaunt an. Er war immer dieser Meinung gewesen, aber zum erstenmal wagte jemand es auszusprechen. Er faßte eine

spontane Zuneigung zu dem Neuen. »Ob du gewinnst oder verlierst, ich würde mich freuen, wenn du mein Zimmerkamerad wirst.«
Der neue Junge schaute ihn in plötzlicher Verlegenheit an. »Vielen Dank.«
»Bist du soweit?« rief Sergei.
Der Junge schlüpfte aus seiner Jacke und nickte.
»Du kannst wieder wählen«, sagte Sergei. »*La boxe, la savate* oder Freistil.«
»Freistil«, sagte der Junge. Er war nicht sicher, was mit den beiden anderen gemeint war.
»*Bien.* Es ist zu Ende, wenn einer von uns aufgibt.«
Aber es war schon vorher vorbei. Es war auch das Ende dieses Brauches an der De-Roqueville-Schule.
Sergei hatte seine Arme in der klassischen Ringerstellung hochgenommen und kreiste um den neuen Jungen, der sich mit ihm drehte, während seine Arme herunterhingen. Dann griff Sergei an. Die Bewegungen des anderen waren kaum zu sehen. Seine flache Hand schlug seitlich gegen Sergeis ausgestreckten Arm. Als der Arm kraftlos herabfiel, schlug der Junge wieder zu, dieses Mal gegen Sergeis Rippen. Mit einem erstaunten Blick klappte Sergei nach vorn. Der andere war im Nu hinter ihm und schlug ihn mit den Knöcheln seiner Faust an den Hinterkopf. Sergei sackte zusammen.
Der neue Junge hob seine Jacke auf, die er zuvor ordentlich gefaltet auf den Boden gelegt hatte. Dann wandte er sich zu den anderen.
»Ich wähle dich als Zimmerkameraden«, sagte er zu Robert. Dann schaute er auf Sergei, der noch still am Boden lag. »Ihr müßt Hilfe holen. Er hat den Arm und zwei Rippen gebrochen. Aber das kommt wieder in Ordnung. Ich hab' ihn nicht umgebracht.«

Der Portier im Royal Palace war eine imposante Erscheinung. Er war zwei Meter lang, und seine Kosakenmütze ließ ihn noch größer erscheinen. In der rosa-blauen Uniform mit den goldenen Epauletten und den Borten über der Brust sah er aus wie ein General in einer Lehár-Operette.
Er verwaltete seinen Posten am Hoteleingang auch wie ein General. Die Hotelpagen zitterten vor ihm, und seine Stentorstimme mit dem starken Akzent konnte angeblich ein Taxi, das drei Häuserblocks weiter vorbeikam, heranholen.
Es wurde behauptet, er sei tatsächlich Kosakenoberst gewesen. Man wußte nur, daß er ein Graf war, ein entfernter Vetter der Roma-

nows. An einem Wintertag des Jahres 1920 war er in vollem Staat im Hoteleingang erschienen. Und seither war er da. Graf Iwan Nikowitsch war kein Mann für Vertraulichkeiten oder auch nur für Gespräche persönlicher Natur. Die Säbelnarbe auf seiner Wange, die durch den dichten, sorgfältig gepflegten Bart halb verdeckt wurde, ermutigte kaum dazu.

Graf Nikowitsch saß auf einem Stuhl, der für ihn viel zu klein war, am Bett seines Sohnes. »Du hast dich dumm benommen«, sagte er. »Man kämpft nie mit einem Gegner, der die Regeln nicht kennt. Dabei kann man umkommen. Regeln sind ebenso für den eigenen Schutz da wie für den des Feindes. Deshalb haben wir auch gegen die Bolschewiki verloren. Die kannten auch die Regeln nicht.«

Sergei war verwirrt. Am meisten verwirrte ihn die Leichtigkeit und Schnelligkeit, mit der er geschlagen worden war, und zwar von einem Jungen, der halb so groß war wie er selbst. »Ich habe nicht gewußt, daß er die Regeln nicht kennt.«

»Um so mehr Grund, sie ihm zu erklären«, antwortete sein Vater. »Das hätte ihn schon so durcheinandergebracht, daß alles andere eine Kleinigkeit für dich gewesen wäre.«

Sergei überlegte. »Das glaub' ich nicht«, sagte er. »Ich glaube, er hätte sich gar nicht darum gekümmert.«

Durch das offene Fenster erklangen Stimmen. Die Jungen kamen aus den Klassen. Graf Nikowitsch stand auf und ging zum Fenster. »Ich möchte diesen Jungen sehen«, sagte er. »Ist er dabei?«

Sergei wandte den Kopf, um hinaussehen zu können. »Da, der dunkle Junge, der allein geht.«

Der Graf sah Dax nach, wie er über den Hof zum nächsten Gebäude ging, ohne auch nur einen Blick auf die anderen Jungen zu werfen. Als er im Haus verschwand, drehte sich Graf Nikowitsch zu seinem Sohn um.

Er nickte. »Ich glaube, du hast recht. Der wird sich immer seine eigenen Regeln schaffen. Der hat keine Angst, seinen Weg allein zu gehen.« Im nächsten Jahr waren Dax und Robert in das Hauptgebäude umgezogen. Dort würden sie bleiben und nur vom obersten Stockwerk jedes Jahr einen Stock tiefer ziehen, bis hinunter in den ersten, wenn ihre Zeit in De Roqueville zu Ende ging. Sie waren jetzt »ältere« Jungen, zum Unterschied von den jüngeren, die in einem anderen Gebäude wohnten. Die älteren Jungen hausten zu dritt im Zimmer.

Dax und Robert hatten kaum angefangen ihre Sachen auszupacken,

als an die Tür geklopft wurde. Robert öffnete. Da stand Sergei, seinen Koffer in der Hand.
Es war schwer zu sagen, wer von ihnen am erstauntesten war. Sergei sah auf den Zimmerzettel in seiner Hand und dann auf die Nummer an der Tür. »Stimmt«, sagte er. »Ich bin am richtigen Ort.«
Er stellte seinen Koffer mitten ins Zimmer. Schweigend sahen sie ihm zu. »Ich hab' nicht darum gebeten«, sagte er. »Aber mein Zimmerkamerad ist nicht mehr da, und *le préfet* hat mich für dieses Zimmer eingeteilt.«
Die beiden anderen sagten immer noch nichts. Seit dem Kampf hatten Sergei und Dax sich sorgfältig gemieden.
Plötzlich lächelte Sergei. »Ich bin froh, daß wir es diesmal nicht auszukämpfen brauchen«, sagte er. »Ich weiß nicht, ob meine Knochen das aushielten.«
Robert und Dax sahen sich an. Dann lachten sie.
»Herzlich willkommen«, sagten sie wie aus einem Mund.

5

Die schwarze Citroën-Limousine hielt am Rande des Polofeldes. Jaime Xenos stieg aus. Er blickte auf das Gewirr von Reitern und Pferden und kniff die Augen zusammen. »Wo ist Dax?«
»Bei denen mit den rot-weißen Kappen«, sagte Fat Cat. »Sehen Sie, dort drüben.«
Ein Pferd brach aus dem Gewirr aus und jagte an der Seite des Feldes heran. Der schlanke Junge führte den Ball mit sicheren Schlägen, ohne ihn je aus der Kontrolle zu lassen.
Ein gegnerischer Reiter kam quer übers Feld. Dax wandte sein Pferd geschickt und schlug den Ball einem Mannschaftskameraden zu. Der paßte ihn lang übers Feld. Dax bekam den Ball wieder vor den Schläger und schoß ihn zwischen die Torpfosten, ohne daß sein Gegner ihm auch nur nahe kam.
»Monsieur Xenos?«
Der Konsul drehte sich um. Hinter ihm stand ein magerer, runzliger Mann, der nach Pferden roch.
»*Oui?*«
»Ich bin der Polotrainer, Fernand Arnouil. Sehr erfreut, Sie kennenzulernen.«
Jaime Xenos nickte.

»Ich bin froh, daß Sie kommen konnten, Exzellenz. Haben Sie Ihrem Sohn beim Spiel zugesehen?«
»Nur einen kurzen Augenblick. Ich muß gestehen, ich kenne das Spiel nicht.«
»Das ist verständlich«, sagte der Trainer. »Leider hat das Spiel in den letzten Jahren an Beliebtheit eingebüßt.« Er zeigte auf den Wagen. »Ich glaube, der Erfolg dieses Fahrzeugs ist an dem Niedergang maßgeblich beteiligt.«
Xenos nickte höflich.
»Die jungen Herren lernen nicht mehr reiten. Sie interessieren sich mehr fürs Autofahren. Deshalb ist es so wichtig, bei einem jungen Mann wie Ihrem Sohn das Talent zu entwickeln.«
»Dann ist er also ein guter Spieler?«
Arnouil nickte. »Ihr Sohn ist für dieses Spiel geboren. Als wäre er schon mit den Füßen in den Steigbügeln zur Welt gekommen.«
»Das macht mich sehr stolz.« Dax' Vater sah über das Feld. Ein neuer Angriff kam in Gang. Dax ritt vorne. Er lenkte sein Pferd mit den Knien, während er sich bemühte, den Ball zu halten.
»Er hat erkannt, daß er den Ball nicht halten kann«, sagte der Trainer. »Passen Sie auf, wie er den Ball zu seinem Mitspieler auf der anderen Seite paßt.«
Dax schwang sich tief aus dem Sattel und schlug den Ball zwischen den Beinen seines Pferdes hindurch nach hinten. Sein Mitspieler nahm ihn auf und jagte das Feld entlang, während Dax einen Teil der gegnerischen Mannschaft ablenkte.
»Wunderbar!« Der Trainer wandte sich an Dax' Vater. »Sie wollen natürlich wissen, weshalb ich Sie gebeten habe herzukommen.«
Der Konsul nickte.
»Nächstes Jahr wird Ihr Sohn sechzehn. Dann kann er in den Meisterschaften der Schüler mitspielen.«
»*Bien.*«
»Aber dafür braucht er seine eigenen Pferde«, fuhr der Trainer fort. »Das ist strikte Vorschrift.«
Der Konsul nickte. »Und andernfalls?«
Arnouil zuckte die Achseln. »Andernfalls kann er nicht spielen, auch wenn er noch so begabt ist.«
Jaime Xenos blickte über das Feld. »Wie viele Pferde braucht er?«
»Mindestens zwei«, sagte der Trainer, »aber drei oder vier wären noch besser. Ein frisches Pferd für jedes Spielachtel.«
»Was kostet so ein Pferd?«

»Dreißig- oder vierzigtausend Francs.«
»Ich verstehe«, antwortete Xenos nachdenklich.
Der Trainer zwinkerte ihn an. »Wenn es für Sie schwierig ist, solche Pferde aufzutreiben«, sagte er, »könnte ich vielleicht einen Gönner finden, der ein paar übrighat.«
Xenos wußte, was er meinte. Er zwang sich zu einem Lächeln.
»Wenn Sie glauben, daß es sich lohnt«, sagte er, »soll mein Sohn seine eigenen Pferde haben.«
»Es freut mich, daß Sie so denken, Exzellenz. Sie werden es nicht bereuen. Ihr Sohn wird einer der großen Spieler unserer Tage werden.«
Sie gaben sich die Hand, und der säbelbeinige kleine Mann ging wieder aufs Spielfeld. Der Konsul war sich darüber klar, was Fat Cat dachte. Er stieg müde in den Wagen und wartete, bis Fat Cat hinter dem Steuer saß. »Nun, was meinst du?«
Fat Cat zuckte die Achseln. »Es ist schließlich bloß ein Spiel.«
Dax' Vater schüttelte den Kopf. »Es ist mehr als das. Es ist ein Spiel für jene, die sich's leisten können.«
»Zu denen gehören wir nicht.«
»Wir können es uns nicht leisten, abseits zu stehen.«
»Wir können es uns nicht leisten, mitzutun«, sagte Fat Cat. »Es gibt Dringenderes.«
»Dax könnte vielleicht so was wie ein Symbol unseres Landes werden. Die Hilfe der Franzosen ist für uns sehr wichtig.«
»Dann sagen Sie doch *el Presidente*, er soll hundertsechzigtausend Francs für die Pferde schicken.«
Der Konsul lächelte plötzlich. »Fat Cat, du bist ein Genie.«
Fat Cat verstand nicht, was er meinte. Er beobachtete den Konsul im Rückspiegel.
»Nicht das Geld soll er schicken«, sagte Xenos, »sondern Pferde. Diese drahtigen Schecken mit Füßen wie Bergziegen müßten für das Spiel ideal sein. Ich bin sicher, daß *el Presidente* uns gern ein paar herüberschickt.«
Als Dax nach dem Spiel aus dem Umkleideraum kam, sah er den Wagen und lief das Feld entlang seinem Vater entgegen. »Warum hast du mir nicht gesagt, daß du kommst?« fragte Dax.
Sein Vater lächelte. Dax ging ihm jetzt schon bis zur Schulter. »Es war nicht sicher, ob ich kommen konnte.«
»Ich bin so froh, daß du gekommen bist.« Es war das erste Mal, daß sein Vater die Schule aufsuchte.

»Können wir irgendwo Tee trinken?«
»Im Dorf gibt es eine *pâtisserie*.«
Sie stiegen in den Wagen. »Der Trainer hat mir gesagt, daß ich nächstes Jahr meine eigenen Pferde bekomme.«
»Ja.«
»Wo wollen wir das Geld hernehmen?« fragte Dax. »Wir können es uns gar nicht leisten.«
Der Konsul lächelte. »*El Presidente* wird uns vier Bergponys schikken.«
Dax sah ihn schweigend an.
»Oder findest du das nicht gut?« fragte der Konsul besorgt.
Dax hatte nicht den Mut, ihm zu sagen, daß gute Poloponys jahrelanges Training brauchten. Er nahm die Hand seines Vaters und drückte sie fest. »Das ist wunderbar«, sagte er.

»Sei nicht dumm«, sagte Sergei. »Du kannst doch den Sommer mit uns in Cannes verbringen. Roberts Vater hat dort eine Villa und ein Boot.«
»Nein, ich muß mit den Pferden arbeiten, wenn sie bis zum Herbst einigermaßen brauchbar sein sollen.«
»Du vergeudest deine Zeit«, sagt Sergei. »Du wirst aus diesen Bergziegen niemals Poloponys machen.«
»Der Trainer hält es nicht für aussichtslos.«
»Ich verstehe nicht, warum dein Vater dir nicht richtige Ponys kauft. Alle Welt weiß doch, daß ihr Südamerikaner in Geld schwimmt.«
Dax lächelte. Hätte Sergei geahnt, wie es in Wirklichkeit stand! »Es wäre eine gute Reklame für mein Land, wenn man die Pferde gebrauchen könnte. Mein Vater meint, es würde die Europäer überzeugen, daß wir noch mehr können als bloß Bananen und Kaffee pflanzen.«
Sergei stand auf. »Ich geh' hinunter ins Dorf. In der *pâtisserie* ist eine neue Kellnerin. Kommst du mit?«
Dax schüttelte den Kopf. Er konnte sein Geld besser verwenden. »Nein, ich werde ein bißchen für die Prüfung büffeln.«
Als Sergei gegangen war, trat er ans Fenster und sah auf die weiten Rasenflächen und die gepflegten Gärten hinaus. Drei Jahre war er jetzt in Frankreich. Plötzlich überkam ihn das Heimweh. Er sehnte sich nach den wilden unberührten Bergen. Hier war alles zu nett, zu geordnet. Es gab die Erregung nicht, die man spürte, wenn man

einen neuen Pfad entdeckte. Hier ging man überall auf gebahnten Wegen. Aber das war wohl das, was man Zivilisation nannte. Sogar sein Vater hatte nicht erwartet, daß dieses Leben ihn so bedrücken würde. Mit jeder neuen Abfuhr, jeder neuen Enttäuschung schien er sich mehr und mehr in sich zurückzuziehen. Der Verrat von Ramírez war nur der Anfang gewesen.
Es gab andere Dinge, die noch heimtückischer waren – leere Versprechungen, zum Beispiel, daß man Corteguay in seinem Streben, sich von der politischen und finanziellen Bevormundung Großbritanniens und Amerikas frei zu machen, unterstützen werde. Der Konsul war alt geworden. Die letzten drei Jahre des Mißerfolges hatten ihren Tribut gefordert.
Dax spürte das alles, und manchmal hätte er seinem Vater am liebsten zugeschrien, daß das kein Leben für sie sei, daß sie heimkehren sollten zu den Feldern und Bergen, in eine Welt, die ihnen vertraut war. Aber er wußte, daß sein Vater nicht auf ihn hören würde. Der Konsul war immer noch entschlossen, seinen Auftrag zu erfüllen, in der Hoffnung, daß einmal auch der Erfolg sich einstellen werde.
Jemand klopfte an die Tür. Auf sein »Herein« trat Baron de Coyne ins Zimmer. Sie hatten sich noch nie getroffen. »Ich bin Roberts Vater. Sie sind sicher Dax.«
»Ja, der bin ich, Monsieur.«
»Wo ist Robert?«
»Er wird bald zurück sein, Monsieur.«
»Darf ich mich setzen?« Ohne auf Antwort zu warten, ließ sich der Baron in einen Lehnstuhl fallen. Er blickte sich im Zimmer um. »Es hat sich nicht viel geändert, seitdem ich selbst hier gewesen bin.«
»Wohl kaum.«
Der Baron sah ihn an. »Ich glaube, die Dinge ändern sich selten, auch wenn wir es noch so sehr wünschen.«
»Ich weiß nicht, Monsieur.« Dax war nicht sicher, was der Baron meinte. »Es hängt wohl davon ab, was wir anders haben wollen.«
Der Baron nickte. »Robert hat davon gesprochen, daß Sie den Sommer vielleicht bei uns verbringen würden.«
»Ich glaube nicht, Monsieur. Aber ich bin Ihnen sehr dankbar für die Einladung.«
»Warum können Sie nicht kommen?«
Dax spürte, wie lahm seine Antwort klang. »Ich trainiere ein paar Ponys aus Corteguay als Polopferde.«
Der Baron nickte. »Sehr gut. Es interessiert mich sehr, ob Sie Erfolge

erzielen. Wenn ja, könnte das für Ihr Land sehr wertvoll sein. Es würde Frankreich beweisen, daß Corteguay noch mehr kann als Kaffee und Bananen pflanzen.«
Dax starrte ihn an. Das waren fast genau dieselben Worte, die sein Vater gebraucht hatte. Seine trüben Gedanken verflogen. Wenn ein Mann wie Roberts Vater dieser Meinung war, standen die Dinge möglicherweise nicht so übel. Vielleicht gab es noch Hoffnung für die Mission seines Vaters.

6

Die Nacht war still und die Luft kühl, als Dax in den Stall ging. Die Pferde wieherten, als sie ihn kommen hörten. Er holte Zucker aus der Tasche und gab jedem ein Stück. Dann ging er in die Boxen und streichelte sanft ihre Hälse. Wieder wieherten sie. Es war ein klägliches Wiehern der Verlassenheit.
»Wir haben alle Heimweh«, flüsterte er. Die Enge des Stalles behagte ihnen nicht. Sie sehnten sich nach dem offenen Korral.
»Dax?« Sylvie stand an der Stalltür.
»Ich bin hier bei den Pferden.«
»Was machst du da?« fragte sie und kam herein.
»Ich wollte ihnen etwas Gesellschaft leisten. Sie fühlen sich einsam, so weit von zu Hause.«
Sie lehnte sich an die Holzwand. »Fühlst du dich auch einsam, Dax?«
Er sah sie an. Es war das erste Mal, daß ihm jemand diese Frage stellte. Er zögerte. »Manchmal.«
»Hast du daheim ein Mädchen?«
Er dachte einen Augenblick an Amparo, die er seit drei Jahren nicht gesehen hatte. Er überlegte sich, wie sie jetzt wohl aussehen mochte. Dann schüttelte er den Kopf. »Nein, eigentlich nicht. Als ich neun war, wollte mich ein Mädchen heiraten. Aber sie wird sich wohl anders besonnen haben. Sie war selbst erst sieben und sehr launisch.«
»Ich habe einen Freund«, sagte Sylvie. »Aber der ist bei der Marine. Er ist schon sechs Monate weg, und es dauert noch sechs Monate, bis er wiederkommt.«
Er schaute sie an. Er sah sie zum erstenmal als Mädchen. Bis jetzt war sie einfach jemand gewesen, die zum Stall gehörte, die Pferde ritt und herumtrödelte. Wenn man sie in ihrem Männerhemd mit

den aufgerollten Ärmeln und den engen Arbeitshosen sah, schien das lange Haar das einzig Weibliche an ihr. Aber jetzt bemerkte er plötzlich die weichen Rundungen ihres Körpers.
»Tut mir leid«, sagte er. Im Augenblick kam sie ihm so allein vor wie die Pferde oder wie er selber.
Die Pferde wieherten wieder. Er streckte ihr ein paar Stück Zucker hin. »Sie wollen, daß du ihnen etwas gibst.«
Sie nahm den Zucker und kroch zwischen den Barren durch. Die Pferde drängten ihr die Köpfe entgegen, jedes wollte sein Stück bekommen. Sie lachte, als eines sie mit der Nase stieß, und stolperte auf Dax zu. Unwillkürlich legte er den Arm um sie.
Sie sah zu ihm hoch. Dann ließ er sie plötzlich los. Er spürte einen harten, fast schmerzenden Druck im Magen. »Ich glaube, sie haben genug«, sagte er mit rauher Stimme.
»Ja.« Sie schien zu warten.
Er spürte das Ziehen in der Leistengegend, das Klopfen in seinen Schläfen. Er drehte sich um und wollte hinausgehen.
»Dax.«
Er sah sie an, schon fast an der Tür.
»Ich bin auch einsam.«
Er rührte sich immer noch nicht. Sie kam auf ihn zu und legte ihre Hand leicht auf die Härte seiner Lenden. Mit einem Aufstöhnen des Schmerzes zog er sie an sich, und alle Spannungen seiner Jugend und Einsamkeit brachen sich in einem stürmischen flammenden Krescendo Bahn.
Nachher lag er still in seinem Zimmer und horchte auf das leise Geräusch von Fat Cats Atem im anderen Bett. Der Schmerz in seinem Inneren war verschwunden. Plötzlich kam Fat Cats Stimme aus der Dunkelheit: »Hast du sie gehabt?«
Er war so überrascht, daß er gar nicht versuchte, der Frage auszuweichen. »Woher weißt du das?«
»Wir haben es uns gedacht.«
»Du meinst, ihr Vater –«
Fat Cat lachte. »Natürlich. Glaubst du, er ist blind?«
Dax dachte einen Augenblick nach. »Ist er böse?«
Fat Cat kicherte. »Warum denn? Ihr Verlobter ist fast ein ganzes Jahr nicht da. Der Alte weiß genau, daß ein Stutenfüllen zur gegebenen Zeit gedeckt werden muß. Außerdem ist sie alt genug.«
»Wieso? Sie muß ungefähr in meinem Alter sein.«
»Sie ist zweiundzwanzig. Ihr Vater hat's mir selbst gesagt.«

Zweiundzwanzig, dachte Dax, fast sieben Jahre älter. Kein Wunder, daß sie den ersten Schritt getan hatte. Sie mußte ihn für einen dummen Jungen gehalten haben, weil er so lange gewartet hatte. Er spürte wieder die Spannung in seinen Lenden und erinnerte sich daran, wie sie beieinander gelegen hatten. Plötzlich stand er auf.
»Wo gehst du hin?«
In der Tür wandte er sich um. Plötzlich lachte er. Dies war eine neue Art von Freiheit. Er hätte das längst entdecken sollen. »Du hast mir doch selbst erklärt, daß einmal nie genug wäre.«

7

Als Robert ins Zimmer kam, hörte er, wie sein Vater sagte: »Wozu brauchst du ein Schwimmbecken? Du hast das ganze Mittelmeer.«
Seine Schwester Caroline schmollte. Und wenn sie ihr hübsches Gesichtchen zum Schmollen verzog, waren alle, der Baron eingeschlossen, beeindruckt. »Es ist *gauche.*« Ihre Unterlippe zitterte nervös. »Alle gehen an den Strand.«
»Und wennschon!«
»Papa!« Caroline war den Tränen nahe.
Der Baron sah sie an, dann seinen Sohn. Robert lächelte. Es war besser, sich da herauszuhalten. Sie hatte ihre eigenen Methoden.
»Also gut«, sagte sein Vater schließlich. »Du sollst dein Schwimmbassin haben.«
Caroline lächelte befriedigt, küßte ihren Vater und lief vergnügt aus dem Zimmer. Dabei rannte sie fast den Butler um. »Monsieur Christopoulos wünscht Sie zu sprechen, Monsieur.«
»Entschuldige, Vater. Ich wußte nicht, daß du beschäftigt bist.«
Der Baron lächelte. »Du kannst ruhig dableiben, Robert. Es dauert nicht lange.«
Robert machte es sich in einem Stuhl in der Ecke bequem. Der Name des Mannes war ihm irgendwie bekannt vorgekommen. Aber er blätterte uninteressiert in einer Illustrierten, bis plötzlich ein Satz seines Vaters seine Aufmerksamkeit erregte.
»Haben Sie Corteguay in Betracht gezogen?«
Robert blickte auf.
»Wenn Sie Ihre Schiffe dort registrieren, könnte das unter Umständen nützlicher sein, als wenn Sie sie unter der Flagge von Panama fahren lassen.«

»Ich sehe nicht ein, warum«, antwortete der Besucher mit einem schwerfälligen, griechischen Akzent.
Robert suchte sich zu erinnern. Und plötzlich fiel es ihm ein: Christopoulos. Der Spieler, der zusammen mit Zographos und André das Syndikat kontrollierte, das in allen Kasinos von Monte Carlo bis Biarritz das *tout va* in der Hand hielt. Was hatte der Spieler mit Schiffen zu tun?
»Im Kriegsfall«, sagte sein Vater, »wäre Panama gezwungen, sich an die Seite der Vereinigten Staaten zu stellen. Corteguay hat keine solchen Bindungen. Weder zu Großbritannien noch zu den Staaten, überhaupt zu niemandem. Es ist der einzige südamerikanische Staat, der neutral bleiben kann. Er läuft dabei nicht einmal Gefahr, auswärtige Hilfe oder finanzielle Unterstützung zu verlieren. Die kriegt er jetzt nämlich auch nicht.«
»Aber im Kriegsfall würden die Vereinigten Staaten Corteguay Angebote machen. Kann man dann sicher sein, daß es solchen Verlokkungen widersteht?«
Der Baron lächelte. »Eine eindeutig neutrale Flotte, die in Amerika stationiert ist und das Recht hat, unbehelligt die Meere zu befahren, ist mehr wert als ihre gesamte Tonnage in Gold. Man müßte nur sofort damit beginnen, diese neutrale Macht aufzubauen.«
Der Grieche nickte nachdenklich. »Das wird eine Menge kosten.« Er betrachtete seine sorgfältig manikürten Nägel. »Es ist nicht einfach, gleich ein ganzes Land zu unterstützen.«
»Stimmt«, sagte der Baron, »aber genau das muß geschehen.« Er stand auf. Die Besprechung war beendet. »Ich beteilige mich an einem derartigen Vorhaben nur unter dieser Voraussetzung.«
Christopoulos stand ebenfalls auf. »Ich werde meine Teilhaber informieren. Ich danke Ihnen, daß Sie mir Ihre wertvolle Zeit geopfert haben.«
Der Baron lächelte. »Nichts zu danken. Es war mir ein Vergnügen, mit Ihnen an einem Tisch zu sitzen, ohne daß ein Kartenspiel zwischen uns lag.«
Auch der Grieche lächelte. »Ohne Karten fühle ich mich Ihnen gegenüber hilflos wie ein Kind.«
Der Baron lachte. Christopoulos, der größte *tailleur* der Welt, neigte nur selten zu Schmeicheleien. »Ich komme heute abend ins Kasino, damit Sie Gelegenheit haben, Ihr Selbstvertrauen wiederzufinden.«
»*A bientôt.*« Christopoulos gab dem Baron die Hand.

Die Tür schloß sich hinter ihm. Robert stand auf. »Glaubst du wirklich, daß es Krieg gibt?«
Unmerklich spannte sich das Gesicht des Barons. »Ich fürchte ja, wenn auch nicht sofort. In fünf oder sechs Jahren vielleicht. Aber es muß zum Krieg kommen. Deutschland brennt auf Revanche, und Hitler kann sich nur halten, wenn er sie bietet.«
»Aber das kann man doch verhindern. Wenn du das so weit voraussiehst –«
Der Baron unterbrach ihn. »Es sind keineswegs alle meiner Meinung.« Er sah seinen Sohn an. »Warum bist du wohl in Harvard eingeschrieben und deine Schwester in Vassar?«
Robert antwortete nicht.
»Wie geht es deinem Freund, dem Polospieler?«
»Dax?«
Der Baron nickte. »Nach den Zeitungsberichten hat sein Spiel dieses Jahr ja den ganzen Kontinent begeistert.«
»Dax geht's ausgezeichnet.« Robert betrachtete seinen Vater. »Wußtest du, daß er eingeladen wurde, für Frankreich international zu spielen?«
»Ja, aber nur als Ersatzmann. Er ist ja noch recht jung.«
»Er ist siebzehn. Sein Alter ist nur eine Ausrede. Sie haben Angst vor ihm.«
»Vielleicht«, gab sein Vater zu. »Sie nennen ihn nicht ohne Grund ›*Le Sauvage*‹. Seitdem Dax sein Pferd absichtlich gegen das von Costa gedrängt hat, um ihn an einem Torschuß zu hindern, liegt Costa immer noch im Hospital.«
»Dax spielt, um zu gewinnen. Er behauptet, sonst hat das Spiel keinen Sinn«, sagte Robert.
»Es gibt so etwas wie Gentleman-Sport.«
»Nicht für Dax. Für ihn ist das Polofeld wie der Dschungel seiner Heimat. Verlieren heißt dort sterben, sagt er. Wußtest du, daß sein Vater Konsul von Corteguay ist?«
»Das habe ich gehört. Was ist er für ein Mann?«
»Ganz anders als Dax. Sehr verbindlich und ganz dunkelhäutig.«
»Er hat nur einen Arm. Dax sagt, den anderen hätte er bei einem Bombenanschlag gegen ihren Präsidenten verloren.«
»Wir sollten die beiden einmal einladen«, sagte der Baron. »Ich würde gern mehr über ihr Land erfahren.«

Madame Blanchette öffnete selbst die Tür. »Monsieur Christopoulos erwartet Sie.«
Marcel nickte. Es bestätigte nur, was er schon erraten hatte: daß das Syndikat in Frankreich nicht bloß Spielhöllen betrieb. Er folgte ihr durch einen Vorraum in einen kleinen Salon. Der schmächtige, dunkle *tailleur* erhob sich.
»Monsieur Campion, ich danke Ihnen, daß Sie gekommen sind. Bitte nehmen Sie Platz.«
Marcel nahm sich einen Sessel und wartete gespannt auf die Erklärung, warum der Spieler ihn hatte rufen lassen.
»Wie wir hören, will man in Florida die Glücksspiele verbieten. Wir haben zwar Interessen in Kuba und Panama, aber wir haben auch daran gedacht, möglicherweise nach Corteguay auszuweichen. Unter angemessenen Voraussetzungen natürlich.«
Marcel nickte. Er sagte nichts. Auf den ersten Blick schien das überzeugend, aber in Wirklichkeit hatte es nicht viel Sinn. Corteguay war zu weit weg von den Staaten, um Touristen anzulocken. Kuba, bloß neunzig Meilen von der Küste Floridas entfernt, war genau das richtige für sie. Aber wenn Christopoulos wollte, daß er ihm das abnahm, dann spielte er eben mit.
Der andere schien Marcels Bedenken zu erraten. »Wir sind uns natürlich darüber klar, daß die Vereinigten Staaten und Corteguay nicht im besten Einvernehmen miteinander stehen. Aber wir denken an die Zukunft. Heute in zehn Jahren kann alles ganz anders aussehen.«
»Das stimmt«, sagte Marcel.
»Wir müssen in unserem Geschäft auf weite Sicht planen. Halten Sie es für möglich, daß die Regierung von Corteguay uns da entgegenkommt?«
Marcel zögerte. »Das ist schwer zu sagen.«
»Das Land ist arm. Man würde es doch bestimmt begrüßen, wenn man an Gewinnen, wie wir sie bieten könnten, beteiligt würde.«
Marcel erlaubte sich ein Lächeln. »Da liegt eben die Schwierigkeit. Corteguay braucht schon jetzt Hilfe, nicht nur Versprechungen für die Zukunft.«
»Vielleicht könnten gewisse offizielle Persönlichkeiten ihren Einfluß geltend machen«, schlug der Spieler vor. »Ich erinnere mich, daß ich einmal eine Besprechung mit dem früheren Konsul Ramírez hatte. Er schien an diesen Vorschlägen sehr interessiert.«
Marcel wußte sehr wohl, daß Ramírez damals vom Syndikat mit

hunderttausend Francs geschmiert worden war. Er war jetzt überzeugt, daß Christopoulos nur das interessierte.
»Monsieur Xenos ist ein völlig anderer Mensch als der frühere Konsul.«
»Er würde aber doch sicher finanzielle Hilfe zu schätzen wissen. Soviel mir bekannt ist, zahlt er immer noch große Schulden ab.«
Wieder nickte Marcel. »Richtig. Aber Monsieur Xenos ist eine ganz seltene Ausnahme, ein ehrlicher Mann, ein Idealist. Der Gedanke allein, daß er aus seiner amtlichen Stellung persönlichen Gewinn ziehen könnte, wäre ihm zuwider.« Einen Augenblick schwieg er. »Außerdem wäre er gegen jedes Projekt, das seinen verarmten Landsleuten noch ihr geringes Einkommen abschöpfen würde.«
»Wir könnten seinen Landsleuten den Zutritt verbieten, wie wir es in anderen Ländern auch tun.«
»Dann wären die Gewinne aus Ihrem Projekt überaus zweifelhaft«, antwortete Marcel. »Der Konsul wäre sich durchaus darüber klar, daß seine Landsleute für Sie die Haupteinnahmequelle wären.«
Der *tailleur* verstummte. Nach einiger Zeit fragte er: »Was für Vorschläge würden den Konsul denn interessieren?«
»Industrie. Handel. Investitionen. Alles, was Corteguay helfen könnte, seine Ernte abzusetzen. Seine Wirtschaft basiert auf Landwirtschaft.«
»Würde sie eine Schiffahrtslinie interessieren?«
Marcel nickte. »Sogar sehr. Billige Transportmöglichkeiten für Exporte wären sehr wichtig.«
»Ich habe einen Neffen in Macao«, fuhr der Spieler fort. »Er leitet dort die Kasinos. Er besitzt aber auch eine Schiffahrtslinie, vier Frachter japanischer Herkunft. Für sie sucht er neue Märkte. Vielleicht könnte ich ihn für die Idee gewinnen.«
»Das wäre vielleicht eine Lösung. Sie würden auf diese Weise die Verbindung aufnehmen, und der Konsul könnte dann auch Ihre anderen Vorschläge erwägen.«
Der Spieler sah ihn an. »Wir werden uns Ihnen natürlich erkenntlich zeigen, falls diese Besprechung irgendwelche Erfolge haben sollte.«
»Besten Dank. Das ist sehr großzügig von Ihnen.«

»Christopoulos ist also bereit, im Austausch gegen Spielrechte eine Schiffahrtslinie einzurichten?« fragte der Baron später in seinem Büro.

Marcel nickte.
»Haben Sie dem Konsul von dieser Idee berichtet?«
Marcel schüttelte den Kopf. »Nein, Exzellenz. Ich wollte zuerst mit Ihnen sprechen.«
»*Bien*. Sie haben ganz richtig gehandelt. Vielleicht wäre es jetzt an der Zeit, daß ich den Konsul selbst kennenlerne.«
»*Oui*, Monsieur. Soll ich ihm ein Treffen vorschlagen?«
»Nein, er hat schon eine Verabredung mit einer meiner Tochterbanken. Ich halte es für das beste, wenn wir auf diese Weise zusammentreffen.«
»Wie Sie wünschen, Exzellenz.«

8

»Caroline ist ein richtiges Flittchen.« Sylvie rollte sich aus dem Bett und nahm eine Zigarette aus der Packung, die auf dem Frisiertisch lag. Ihr schmales Knabengesicht war wutverzerrt.
Träge stopfte sich Dax das Kissen unter den Kopf. »Klingt, als wärst du eifersüchtig.«
»Ich bin nicht eifersüchtig!« schrie Sylvie. »Ich kann das Mistvieh bloß nicht ausstehen, das ist alles!«
»Warum nicht?«
Sylvie zog wütend an der Zigarrette. »Die denkt, mit dem Geld ihres Vaters kann sie kaufen, was sie will. Ich habe gesehen, wie sie dich letzte Woche nach dem Spiel angesehen hat. Wie eine Katze eine Tasse Milch.«
»Du bist eifersüchtig«, sagte Dax. »Warum eigentlich? Ich bin ja auch nicht eifersüchtig auf Henri.«
»Der ist so oft nicht hier, daß du auf ihn eifersüchtig sein kannst.«
»Aber wenn er hier ist. Denk dran, daß ich nebenan im Zimmer gewesen bin und alles gehört habe, was da vorging. Aber ich war trotzdem nicht eifersüchtig.«
»Das ist es ja, verdammt noch mal!« Sie erinnerte sich an jene Nacht. Sie hatte mit Absicht so viel Lärm gemacht, wie sie riskieren konnte, ohne daß das ganze Haus wach wurde. Aber Dax hatte es offenbar gar nichts ausgemacht. »Ich bin dir völlig gleichgültig. Ich könnte ebensogut eine Gipsfigur sein. Und jetzt machst du eine Woche Urlaub in ihrer Villa in Cannes. Ich weiß genau, was da passiert.«

»Wirklich?« Er lächelte. »Dann sag es mir doch. Ich möchte es auch gern wissen.«
»Sie wird dich völlig verrückt machen. Ich kenne den Typ nur allzu gut.«
»Und du meinst, ich hätte da überhaupt nicht mitzureden? Schließlich brauche ich ja nicht darauf einzugehen.«
Sylvie schaute ihn an. »Du kannst ja nicht anders. Sieh dich doch an. Wenn wir nur darüber reden, wird er dir schon steif.«
Dax grinste. »Vom Reden kommt es nicht. Was erwartest du denn, wenn du hier dauernd nackt herumstehst?«
Sie sah ihn einen Augenblick an, dann zerdrückte sie ihre Zigarette in einer Tasse und ließ sich neben dem Bett auf die Knie nieder. Liebevoll berührte sie seine Schwellung. *»Quelle armure magnifique«*, flüsterte sie. »So hitzig und so stark.«
Sie verbarg ihr Gesicht an seinem Körper. Die Liebkosungen ihrer Zunge erregten ihn, und er drückte ihren Kopf an sich.

Dax fühlte den klopfenden Schmerz in seinen Lenden. Ärgerlich drehte er sich auf den Bauch, damit sie nicht alle seine Qual sehen konnten. Sylvie hatte recht. Dieses Luder! Wie diese kleine Punze einen wild machen konnte!
Caroline stand am Rand des Schwimmbeckens und sprach mit Sergei und ihrem Bruder Robert. Die feuchte Seide ihres einteiligen Schwimmanzugs formte in freizügiger Weise die kleinen Brüste und das runde Bäuchlein nach. Sie lachte und warf ihm einen verstohlenen Blick zu.
Wütend kehrte er ihr den Rücken. Der Teufel sollte sie holen! Sie wußte genau, was sie ihm antat. Er blickte über den weiten grünen Rasen und sah seinen Vater, den Baron und den englischen Vetter des Barons im Schatten der großen Glyzinie beisammensitzen.
Seltsam, wie verschieden der Baron und sein englischer Vetter waren. Man hielt es kaum für möglich, daß sie denselben Vorfahren hatten, den kleinen polnischen Händler, der vor den Pogromen aus dem Warschauer Ghetto geflohen war. Zu Fuß war er durch das schneebedeckte Europa gewandert, ein Vermögen an Diamanten in den Kleidern eingenäht. Und ebenso erstaunlich war die Voraussicht dieses Mannes. Vor mehr als hundert Jahren hatte er seinen ältesten Sohn über den Kanal nach England geschickt, während er und sein Jüngster in Frankreich blieben und sich da als Geldverleiher und Pfandleiher niederließen. Sie waren ruhig ihrem Geschäft nachge-

gangen, ungeachtet der Kriege, die Europa erschütterten, und sie hatten Erfolg gehabt. Die De-Coyne-Banken in Frankreich und Coyne's Bank Ltd. in London gehörten zu den mächtigsten Häusern in Europa und machten selbst den Rothschilds Konkurrenz.
Beide Zweige der Familie waren in ihrer Wahlheimat zu Ehren gekommen. Der Großvater des Barons hatte unter Napoleon die Baronie erhalten, und Sir Robert Coyne, nach dem Dax' Freund seinen Namen erhalten hatte, war für seine Verdienste während des Weltkrieges vom englischen König geadelt worden.
Sir Robert war groß und blond. Der Blick in seinen blauen Augen war kühl, als er bedächtig zu seinem kleinen, braunäugigen Vetter sprach. Nur Dax' Vater schien nachdenklich und besorgt. Dax fragte sich, was da vorging. Diese Zusammenkunft war von größter Wichtigkeit. Wenn nicht rasch neue Finanzierungsmöglichkeiten für Corteguay gefunden wurden, war es sehr fraglich, ob *el Presidente* die Zügel in der Hand behalten würde. Die Not im Lande stieg ständig, und die Bevölkerung hungerte.
Ein Spritzer kalten Wassers traf Dax wie ein eisiger Schock. Er fuhr hoch. Lachend stand Caroline vor ihm. Er wollte nach ihr greifen, aber sie lief weg und sprang ins Bassin. Er vergaß, daß das Wasser für sein Gefühl zu kalt war, und sprang ihr nach.
Sie quietschte scheinbar erschrocken und schwamm ihm mit gleichmäßigen, schnellen Zügen davon. Bevor er sie erreichen konnte, stieg sie schon auf der anderen Seite aus dem Bassin. Er hatte gewußt, daß er sie nicht einholen würde; sie war eine viel bessere Schwimmerin als er. Er hielt sich am Rand des Bassins fest und sah zu ihr hoch.
»Feigling!« sagte er wütend. »Du hast ja nur Angst, ich könnte dich fangen. Du weißt ganz gut, was passieren würde, wenn ich dich erwischte.«
»Was denn?« fragte sie herausfordernd.
»Das weißt du genau.« Er konnte seine Augen nicht von ihren Brüsten unter dem engen Badeanzug wenden.
Sie lächelte selbstsicher. »Gar nichts würde geschehen.«
»Nein? Bist du sicher?«
Sie nickte.
»Wir können uns ja heute abend, wenn alle schlafen, im Badehaus treffen und mal die Probe machen.«
Sie sah ihn einen Augenblick an, dann nickte sie. »Einverstanden. Heute abend. Im Badehaus.«

Sie wandte sich brüsk um und ging. Sergei schwamm heran. »Jetzt bist du an der Reihe, Freundchen.«
»Was soll das heißen?« sagte Dax.
Sergei lachte. »Du wirst am Ende genauso verdattert mit dem Schwanz in der Hand dastehen wie wir alle.«
Dax antwortete nicht. Er blickte ihr nach, bis sie im Badehaus verschwand.

In der nächtlichen Stille hörten sie beide das Geräusch – Schritte auf dem Betonweg, der um das Schwimmbecken führte. »Wer kann das –«
Er hielt ihr den Mund zu: »Sei still!«
Die Schritte kamen näher, zögerten. Die beiden hielten den Atem an. Dann entfernten sich die Schritte und verklangen in der Nacht.
»Das ging noch mal gut«, seufzte er erleichtert. Und dann hätte er fast aufgeschrien, als sich ihre Zähne in seine Hand gruben. »Was soll das?«
»Du hast mir weh getan. Deshalb wollte ich dir weh tun.«
»Du kleines Biest.« Dax griff nach ihr.
Aber sie war schon auf den Füßen. In dem schwachen Licht, das durchs Fenster kam, konnte er sehen, daß sie ihr Kleid in Ordnung brachte. »Wir sollten lieber zurückgehen.«
»Irgendein Geräusch, und schon hast du Angst«, spottete er.
»Und du nicht?«
»Nein. Außerdem habe ich es noch nicht zu Ende gebracht.«
Sie näherte sich ihm. Er fühlte ihre Hand auf dem rauhen Stoff seiner Hose. Schnell machte er die Knöpfe auf. Er spürte die warme Feuchtigkeit ihrer Hand. »Caroline!«
Sie lächelte seltsam. »Du hast doch keine Angst, oder?«
»Wovor soll ich Angst haben?«
Diesmal schrie er vor Schmerz laut auf. Ihre langen Nägel bohrten sich in sein Fleisch. Und dann war sie schon an der Tür. »Tut mir wirklich leid, Dax.«
Er antwortete nicht.
Sie lachte lautlos. »Du hast doch wohl nicht geglaubt, daß du mich so leicht haben könntest wie die Tochter eines Stallknechts.«
Dann war sie fort. Wut und Zorn stiegen in ihm hoch. Er ging zum Wasserbecken und drehte das Wasser an. Sergei würde vor Lachen umfallen, wenn er erfuhr, was geschehen war.
Er trocknete sich rasch ab und ging hinaus. Cannes war kaum einen

Kilometer entfernt. Dort mußte es Mädchen geben. Es gab immer welche. Zum Teufel mit ihr. Sollte sie ihre neckischen Spiele doch mit Sergei oder mit ihrem Bruder treiben. Vielleicht waren die so gut erzogen, daß sie solche Belustigungen tolerierten.
Plötzlich trat ein Schatten aus der Finsternis und fiel neben ihm in Schritt. Er brauchte nicht hinzusehen, um zu wissen, wer es war.
»Wo gehst du hin?«
»Warst du das, vor dem Badehaus?«
Fat Cat lachte. »Du solltest mich besser kennen. Glaubst du, daß du dann etwas gehört hättest?«
»Wer denn?«
»Dein Vater.«
»Mein Vater?« Dax' Zorn verrauchte. »Hat er gewußt, daß ich drinnen war?«
»*Sí*. Deshalb bin ich hier. Er möchte dich sofort sprechen.«
Dax wandte sich um und folgte Fat Cat schweigend ins Haus. Sein Vater sah auf, als er ins Zimmer trat. »Was hast du mit dem Mädchen im Badehaus getrieben?« fragte er in scharfem Ton.
Dax hatte seinen Vater selten so wütend gesehen. Er antwortete nicht.
»Bist du verrückt? Weißt du, was passiert, wenn man dich mit ihr erwischt? Glaubst du, der Baron würde dem Verführer seiner Tochter eine Anleihe gewähren?«
Dax antwortete nicht.
Sein Vater sank auf einen Stuhl. »Alles wäre verloren. Alles, wofür wir gekämpft und geblutet haben, wäre dahin. Und zwar wegen deiner Dummheit.«
Dax sah seinen Vater an, und zum erstenmal bemerkte er das Zittern seiner Hände und die Linien, die Alter und Erschöpfung in sein Gesicht gegraben hatten. »Es tut mir leid, *Papá*«, sagte er leise, »aber es gibt keinen Grund zur Aufregung. Ich habe sie nicht angerührt.«
Sein Vater war erleichtert. Das einzige, worauf er sich in seinem Leben absolut verlassen konnte, war die Ehrlichkeit zwischen ihnen beiden. Er wußte, daß sein Sohn ihn nicht belog.
»Du hast recht, es war dumm von mir«, sagte Dax. »Es wird nicht wieder vorkommen.«
Der alte Mann ergriff die Hand seines Sohnes. »Dax, Dax. Meinetwegen mußt du ja in so vielen völlig verschiedenen Welten leben.«
Dax spürte plötzlich, wie gebrechlich dieser Mann war, wie sehr die

Sorgen ihn seiner Lebenskraft beraubt hatten. Er beugte sich nieder und drückte seine Lippen auf die weiche, dunkle Wange seines Vaters.
»Ich will nur in deiner Welt leben, Vater. Ich bin dein Sohn.«
Zum erstenmal wurde es Dax klar, daß sein Vater todkrank war.

9

Jaime Xenos hatte keine Schmerzen, aber er wußte, daß er im Sterben lag. Er blickte in die Augen des Priesters. Es gab so viel, was er erklären wollte. Die Worte gingen ihm durch den Kopf, aber er brachte sie nicht über die Lippen.
Er war müde. Nie war er so müde gewesen. Er schloß die Augen. Das Murmeln des Priesters verlor sich. Vielleicht würde er seine Stimme wiederfinden, nachdem er sich ausgeruht hatte. Er fühlte keine Furcht, nur so etwas wie Traurigkeit. Es gab so vieles, das noch getan werden müßte. Aber jetzt war es vorbei. Die Zeit war abgelaufen.
Dax. Er war so jung. Es gab so viele Dinge, die er ihn noch nicht gelehrt hatte, die der Junge wissen mußte. Die Probleme in der Welt ließen sich nicht mit der bloßen Energie der Jugend lösen. Das wollte er ihm sagen. Und noch viel mehr. Aber es war zu spät.
Viel zu spät. Er schlief ein.
»Er schläft«, sagte der Arzt. »Das ist ein gutes Zeichen.«
Dax folgte dem Arzt aus dem Zimmer. Fat Cat wartete hinter der Tür. »Wie geht es ihm?«
»Immer noch gleich.« Dax wandte sich fragend an den Arzt. »Wann . . .«
»Heute nacht. Vielleicht morgen früh. Das kann niemand sagen.«
»Es besteht keine Hoffnung?«
»Hoffnung besteht immer«, sagte der Arzt, aber er wußte, daß es keine gab.
Marcel kam die Treppe herunter. »Ein Reporter vom *Paris Soir* ist am Apparat.«
»Sagen Sie ihm, es gibt nichts Neues.«
»Deshalb ruft er nicht an.«
»Was will er denn?«
»Man will wissen, ob Sie weiter Polo spielen werden.«
Dax' Gesicht umwölkte sich. Wütend ballte er die Faust. »Ist das al-

les, woran die denken können? Ein großer Mann liegt im Sterben, und die haben bloß ihre blöden Spiele im Kopf.«
Er erinnerte sich, wie ihn die Reporter zum erstenmal den »Wilden« genannt hatten. Es war nach dem Spiel gegen Italien gewesen, als er zwei Italiener niedergeritten hatte und einer von ihnen verletzt ins Krankenhaus gekommen war.
Nachher hatten sie sich um ihn versammelt und Fragen gestellt: »Was sagen Sie dazu, daß zwei Spieler verletzt wurden?«
»Pech«, hatte er geantwortet. »Das ist kein Spiel für Leute, die nicht im Sattel bleiben können.«
»Es klingt, als wäre es Ihnen ziemlich gleichgültig, was mit den beiden wird.«
Dax sah den Reporter an. »Dasselbe kann mir bei jedem Spiel auch passieren.«
»Es ist Ihnen aber nicht passiert«, sagte ein anderer Reporter. »Und es scheint immer nur den anderen zu passieren.«
Dax' Stimme wurde eisig. »Was meinen Sie damit?«
»Es ist doch merkwürdig«, hatte der Reporter gesagt, »daß Sie immer in einen Unfall verwickelt werden, wenn die andere Mannschaft im Begriff ist, ein Tor zu schießen. Und immer sind es die anderen, die verletzt werden, nicht Sie.«
»Wollen Sie andeuten, daß ich das absichtlich mache?«
»Nein.« Der Reporter zögerte. »Aber –«
»Ich spiele, um zu gewinnen«, unterbrach ihn Dax, »und das bedeutet, daß ich die andere Mannschaft keine Tore schießen lasse, wenn ich es vermeiden kann. Ich bin nicht verantwortlich dafür, daß die andern nicht reiten können.«
»Es gibt so etwas wie sportliche Haltung.«
»Das ist ein Wort für Verlierer. Ich bin nur am Gewinnen interessiert.«
»Auch wenn Sie dabei jemanden umbringen?« fragte der erste Reporter.
»Auch wenn ich dabei mich selbst umbringe«, gab Dax zurück.
»Aber das ist doch ein Spiel«, sagte der Reporter, »und kein Schlachtfeld.«
»Woher wissen Sie das?« fragte Dax. »Sind Sie jemals da draußen gewesen, wenn fünfhundert Kilogramm Pferd und Reiter auf Sie losgehen? Versuchen Sie's mal. Sie werden Ihre Ansicht ändern.«
Während er an jenem Abend beim Essen saß, hatte das Telefon ge-

läutet. Es war einer der Reporter, mit denen er am Nachmittag gesprochen hatte. »Wissen Sie schon, daß der Italiener vor kurzem im Hospital gestorben ist?«
»Nein.«
»Ist das alles, was Sie dazu zu sagen haben?« hatte der Reporter gefragt. »Tut es Ihnen nicht wenigstens leid?«
Plötzlich war Dax wütend geworden: »Was würde das nützen? Würde er davon wieder lebendig?« Er hatte den Hörer hingeworfen.
Wie merkwürdig, daß er sich an das alles erinnerte, jetzt, da sein eigener Vater im Sterben lag. Nichts konnte etwas daran ändern. Weder seine übereilte Rückkehr aus London nach dem Länderspiel gegen England noch die Nachricht über den Schiffahrtsvertrag, die er mitgebracht hatte und die mehr bedeutete als alles andere. Nein, es war alles zu spät gekommen.

Durch die Haltung der Presse war die Masse erst auf ihn aufmerksam geworden. Das nächste Spiel war ausverkauft. Unter den Zuschauern erhob sich Gemurmel, als er aufs Feld ritt. Er sah erstaunt auf, dann schaute er zu Sergei hinüber, der neben ihm ritt.
Der Russe lächelte. »Du bist ein Star. Sie sind alle gekommen, um dich zu sehen.«
Dax sah in die Menge. Die Leute glotzten ihn erwartungsvoll an. Ihn schauderte. »Sie wollen sehen, wie ich jemanden umbringe.«
»Oder wie du umgebracht wirst«, sagte Sergei.
Das Publikum wäre beinahe auf seine Kosten gekommen. Gegen Ende des vierten Chukkers kam es in der Feldmitte zu einem Zusammenstoß. Drei Pferde gingen zu Boden, mit Dax in der Mitte. Es war totenstill, als die beiden anderen aufstanden und das Feld verließen. Aber bei Dax erhob sich wieder ein leises Gemurmel unter der Menge. Einen Augenblick schaute er verwirrt hin, dann wandte er sich schnell um und half seinem Pony hoch.
Das Pferd stand zitternd da, seine Flanken hoben und senkten sich, während Dax ihm langsam den Hals abrieb. »Die haben wir 'reingelegt, was?«
Dann war Fat Cat mit einem anderen Pony aufs Feld gekommen. Ein leichtes Beifallsklatschen erhob sich, als Dax wieder in den Sattel stieg. Spöttisch tippte er an seine Kappe, und nun ertönten laute Beifallsrufe.
Verblüfft ritt er neben Sergei. »Da komme ich nicht mit.«

»Versuch's gar nicht erst«, lachte Sergei. »Du bist jetzt eben ein Held.«
Sogar die Zeitungen nahmen es zur Kenntnis, und zu Ende des Jahres nominierte man ihn für das französische Nationalteam. Er wurde der jüngste Spieler mit einem Acht-Goal-Handicap, der je auf ein Spielfeld geritten war. Genau einen Monat vor seinem achtzehnten Geburtstag.
Aber wie bedeutungslos war das jetzt, da sein Vater im Sterben lag. Dies und die Pläne, die sie eines Abends, gegen Ende des Schuljahres, gemacht hatten. Sie waren zu dritt auf ihrem Zimmer gewesen und hatten über ihre Zukunft geredet.
»Ich werde eine reiche Amerikanerin heiraten«, hatte Sergei gesagt. »Es scheint, daß sie auf Prinzen aus sind.«
Dax lachte. »Aber du bist gar kein Prinz. Dein Vater ist ein Graf.«
»Wo, zum Teufel, ist da ein Unterschied?« fragte Sergei. »Für die ist ein Titel ein Titel. Erinnerst du dich an die eine damals bei der Party? Als ich ihn 'rausnahm, sah sie ihn an und sagte ehrfürchtig: ›Einen königlichen hab' ich noch nie gesehen.‹
›Sieht er anders aus?‹ fragte ich.
›O ja. Ich würde sofort den Unterschied erkennen. Die Spitze ist purpurn. Königspurpur.‹«
Als das Gelächter verstummt war, wandte sich Robert an Dax. »Was ist mit dir?«
»Ich nehme an, es wird Sandhurst«, sagte er. »Ich habe den Platz bekommen, und mein Vater will, daß ich hingehe.«
»Eine verdammt üble Sache, meiner Meinung nach!« sagte Robert ärgerlich. »Sie haben dir nur deshalb den Platz gegeben, weil du für sie Polo spielen sollst.«
»Und wennschon«, sagte Sergei. »Ich wollte, sie würden mich holen.«
»Ich wette, es war mein Onkel, der das arrangiert hat«, sagte Robert. »Ich habe gesehen, wie er dein Spiel beobachtet hat, als er letztes Jahr zum Match kam.«
»Mein Vater glaubt, daß es für die Beziehungen zwischen England und Corteguay nützlich sein kann. Vielleicht bekommen wir dann doch diese Schiffahrtslinie.«
»Ich dachte, das wäre alles schon festgelegt, als mein Vater die Gesellschaft gründete. Es hat über fünf Millionen Dollar gekostet, diese Schiffahrtsrechte zu bekommen.«
»Nur die Schiffe sind nie gekommen. Angeblich hat der griechische

Spieler seine Schiffe an die Briten verchartert, ehe er erfuhr, daß die Abmachung mit Corteguay perfekt war.«
»Irgend jemand ist schwer hineingelegt worden.«
»Dein Vater und mein Vater. Besonders deiner. Der hat für die fünf Millionen bloß eine Export-Import-Lizenz bekommen, die ihm fünf Prozent Provision von allen Frachten garantierte. Sie stellte sich als völlig wertlos heraus, da es keine Verschiffungen gab.«
Eine Zeitlang schwiegen sie. Obwohl sie beide das gleiche dachten, sprach keiner von ihnen darüber. Es war allzu offensichtlich.
Sergei brach schließlich das Schweigen. »Wir haben diesen Sommer noch zehn Spiele! Das bedeutet mindestens vierzig Partys, vierzig verschiedene Mädchen zum Vögeln! Da liegt alles drin!«
»Ich weiß, was drinliegt.«
»Was?«
Dax lächelte. »Am Ende wirst du einen Tripper in Königspurpur haben!«

10

Der Konsul kam langsam, auf seinen Stock gestützt, ins Büro. »Guten Morgen, Marcel.«
Marcel sah von der Zeitung auf. Er faltete sie sorgfältig zusammen und legte sie genau in die Mitte auf den Schreibtisch des Konsuls. »Guten Morgen, Exzellenz.«
Jaime sah auf die Zeitung. »Haben sie gewonnen?«
Marcel lächelte. »Natürlich. Und Dax hat wieder die meisten Punkte erzielt. Wie ich höre, darf die ganze Mannschaft über das lange Wochenende dortbleiben.«
Der Konsul setzte sich hinter seinen Schreibtisch und sah in die Zeitung. Sie war voll des Lobes über seinen Sohn. Er schüttelte den Kopf. »Ich weiß nicht, das gefällt mir nicht so recht. Ruhm ist nicht gut für einen jungen Menschen.«
»Er wird Dax schon nicht schaden. Dazu ist er viel zu vernünftig.«
»Das hoffe ich.« Der Konsul wechselte das Thema. »Ist eine Antwort aus Macao gekommen, wegen der Schiffe?«
»Noch nicht.«
»Da ist etwas faul. Ich hatte gehört, daß die Briten nur darauf warten, die Schiffe freizugeben. Sie liegen untätig im Hafen. Und trotzdem schweigt man sich aus.«

»Diese Dinge brauchen Zeit.«
»Wie lange? Ein Monat ist bereits vergangen, seit Sir Robert versprochen hat, die Dinge in London voranzutreiben. Vielleicht haben die Briten soviel Zeit. Wir nicht.«
»In seinem letzten Brief schrieb Sir Robert, daß er tut, was er kann.«
»Aber tut er wirklich etwas?« Die Stimme des Konsuls klang spöttisch.
»Es war zur Hälfte Sir Roberts Geld, das der Baron für den Schiffahrtsvertrag zur Verfügung stellte.«
»Und Sir Robert ist gleichzeitig Direktor der britischen Linien.«
»Zweieinhalb Millionen Dollar sind allerlei, wenn man sie verliert.«
»Er könnte viel mehr verlieren, wenn die Briten nicht mehr die Macht hätten, unsere Verschiffungen zu sperren.«
Der Sekretär antwortete nicht.
Müde lehnte sich Dax' Vater in seinen Stuhl zurück. »Manchmal glaube ich, ich bin nicht der geeignete Mann für diese Arbeit. Es ist zuviel für mich. Niemand sagt, was er wirklich denkt.«
»Keiner könnte es besser machen als Sie, Exzellenz. Es braucht nur Zeit, das ist alles.«
Der Konsul verzog die Lippen zu einem schiefen Lächeln. »Richtig, aber vielleicht habe ich die Zeit nicht.«
Marcel wußte, was er meinte. Der Konsul war gesundheitlich sehr labil. Und der Stock war nicht bloß die Pose eines Diplomaten, wie der Konsul gescherzt hatte. Außerdem hatte er wieder eine üble Erkältung und hätte eigentlich im Bett bleiben müssen.
»Wir sollten lieber noch einen Brief an *el Presidente* abschicken«, sagte der Konsul. »Ich will ihn auf dem laufenden halten. Vielleicht ändert er noch seine Meinung darüber, ob es wirklich ratsam ist, daß Dax die britische Schule besucht.«

Mit gemischten Gefühlen ritt Dax in England auf das Spielfeld. Es würde das letzte Mal sein, daß er die französischen Farben trug. Im nächsten Jahr würde er für die Engländer und für Sandhurst spielen. Er blickte über das Feld zur Tribüne hinüber. Sir Robert und seine beiden Töchter saßen dort. Die Mädchen sahen ihn und winkten. Er winkte zurück.
Sergei grinste. »Das hast du geschafft. Welche wirst du zuerst vögeln?«

Dax lachte. »Bist du verrückt? Es hat schon wegen Caroline beinah Schwierigkeiten gegeben. Mein Vater würde mich umbringen.«
»Die Blonde sieht aus, als lohnte es sich, für sie zu sterben. Wenn sie dich nur anschaut, kassiert sie dich schon ein.«
Die Pfeife tönte über das Feld. Die britische Mannschaft war bereits da. »Komm«, sagte Sergei. Wir wollen uns mal deine künftigen Kameraden ansehen. Und ihnen beibringen, wie man dieses Spiel wirklich spielt.«

Die Party an diesem Abend fand in Sir Roberts Stadthaus statt. Die Briten hatten gut, aber einfallslos gespielt und verloren. Aber auch Dax mußte zugeben, daß sie gute Sportsleute waren. Der Mannschaftskapitän meinte es offensichtlich ernst, als er herüberkam und sie beglückwünschte. Dax stand an den riesigen Glastüren, die in den Garten führten, und sah den Tänzern zu.
»Gefällt es Ihnen?«
Dax wandte sich um und sah Sir Robert neben sich stehen.
»Sehr gut, danke, Sir Robert.«
Sir Robert lächelte. »Ich denke, Sie werden sich hier wohl fühlen. Vielleicht haben wir nicht den Stil der Franzosen, aber wir bemühen uns, es behaglich zu machen.«
Dax war von dieser typisch englischen Untertreibung beeindruckt. Er hatte niemals ein luxuriöseres Heim gesehen. Sogar das Stadthaus des Barons in Paris war damit nicht zu vergleichen.
»Betrachten Sie dies als Ihr Heim, solange Sie in Sandhurst sind«, fuhr Sir Robert fort. »Für Sie wird hier immer ein Appartement bereit sein. Und zum Wochenende erwarten wir Sie auf dem Lande.«
»Besten Dank, Sir Robert. Ich weiß gar nicht, was ich sagen soll.«
»Dann sagen Sie nichts. Fühlen Sie sich einfach wie zu Hause.« Er sah Dax an. »Heute morgen habe ich einen Brief von Ihrem Vater bekommen.«
»Wirklich? Hat er geschrieben, wie es ihm geht?«
Sir Robert schüttelte den Kopf. »Ihr Vater spricht nie von sich selbst, nur von seiner Arbeit. Wie steht es denn eigentlich mit seiner Gesundheit?«
»Nicht gut. Ich sollte ihn in dieser Zeit nicht allein lassen. Vielleicht wäre es doch eine Hilfe für ihn, wenn ich in Paris bliebe, statt dieses Jahr nach Sandhurst zu gehen.«
Sir Robert schwieg. Dann sagte er: »Darf ich als Älterer zu Ihnen sprechen?«

»Ja, bitte. Ich würde gern Ihre Ansicht hören.«
»Wenn ich Ihr Vater wäre, würden Sie mir am meisten Freude machen, wenn Sie nach Sandhurst gingen. Der Eindruck, den Sie hier machen, kann für ihn und für Ihr Land bedeutend nützlicher sein, als wenn Sie bei ihm blieben.«
Dax schwieg. Es war genau das, was sein Vater auch gesagt hätte. Und doch war es nicht richtig. Die Gesundheit seines Vaters machte ihm große Sorge. Wenn er nur keine neue Erkältung bekam. Wenn nur die verdammten Schiffe freigegeben würden. Das würde seinem Vater sehr helfen. Dann könnte er, Dax, leichteren Herzens aus Paris weggehen. »Vielen Dank, Sir Robert«, sagte er. »Ich glaube, das werde ich auch tun.«
Spät in der Nacht noch saß Sir Robert in seinem Arbeitszimmer und las den letzten Bericht über die Lage in Corteguay. Morgen würde er ihn aufs Land mitnehmen und zu den anderen legen. Dort war er sicherer. Seine Lippen verzogen sich grimmig. Nun stand er unter Druck. Es gab Zeiten, in denen er sich über seinen Vetter ärgerte. Der Baron war zu französisch, zu sentimental. Was bedeutete es schon, daß der Konsul ein Mann von Ehre war? Außerdem war er krank. Konnte sein Vetter nicht begreifen, daß die Regierung in Corteguay am Ende war, wenn man die Schiffe nur noch ein wenig länger fernhielt?
Es mußte zum Sturz der Regierung kommen. Die *bandoleros* in den Bergen waren schon aktiv. Diesmal mit englischem Geld und englischen Waffen. Die Bauern hungerten. Wie lange würden sie noch für *el Presidente* hungern, der selbst nichts anderes war als ein *bandolero?*
Die Schiffe mußten ferngehalten werden. Der Verlust von zweieinhalb Millionen Dollar war ein geringer Preis, wenn man die jetzige Regierung daran hindern konnte, mit den Griechen einen Vertrag zu schließen. Und wenn die Regierung dann stürzte und Sir Roberts eigene Schiffe wieder nach Corteguay fuhren, würde erheblich mehr als nur diese Summe wieder in seine Kasse fließen.

11

Am nächsten Abend, kurz nach sieben, setzte ein Taxi, das ihn vom Bahnhof gebracht hatte, Dax vor der Einfahrt von Sir Roberts Landsitz ab. Der Butler öffnete.

»Willkommen, Sir«, sagte er und nahm Dax' Koffer. Das Haus erschien merkwürdig still, obgleich angeblich zahlreiche Besucher erwartet wurden.
»Wo sind denn die anderen?«
»Sie sind der erste, Sir. Die jungen Damen kommen um zehn Uhr. Sir Robert erscheint morgen mit den anderen Gästen.«
Er öffnete die Tür zu Dax' Zimmer und stellte den Koffer ab. »Wünschen Sie, daß ich auspacke, Sir?«
»Nein, danke, das tue ich selbst. Es ist nicht viel.«
»Um welche Zeit wünschen Sie das Abendessen, Sir?«
Plötzlich war Dax hungrig. Er sah auf die Uhr. »Ich will nur noch ein Bad nehmen. Sagen wir, um acht.«
Das Abendessen dauerte nicht lange. Er aß schnell und heißhungrig und war Viertel vor neun fertig. »Das Radio ist im Arbeitszimmer«, sagte der Butler. »Auch die Zeitungen.«
Dax nickte. Er drehte das Radio an und sank in den weichen Ledersessel. Nach ein paar Minuten wurde es ihm langweilig. Er ging zum Schreibtisch, um sich die Zeitung zu holen. Als er sie aufnahm, fiel der Brief, auf dem sie gelegen hatte, zu Boden. Er wollte ihn eben zurücklegen, da bemerkte er, daß der Brief spanisch geschrieben war. Dann fiel ihm die Unterschrift ins Auge.
Ramírez.
Das war Grund genug für ihn, den ersten Absatz zu lesen.

Ich möchte Sie nochmals dazu beglückwünschen, daß Sie die vier japanischen Schiffe gekauft und auf diese Weise verhindert haben, daß sie in die Hände unserer Feinde fallen. Laut den Informationen, die mir von meinen Landsleuten daheim zugehen, steht die Regierung unter schwerem Druck und muß für sofortige Hilfe sorgen.

Trotz des prasselnden Kaminfeuers überlief es Dax heiß und kalt. Was war das für ein Mann, der ihm Gastfreundschaft bot und zugleich seinen Feinden half, ihn zu vernichten? Er las weiter.

Die Erhebung nimmt allmählich an Stoßkraft zu. Aber, wie Sie wissen, leiden wir bedenklichen Mangel an Waffen und Munition. Die Preise dafür sind unerschwinglich, weil alles aus den Nachbarländern über die Anden geschmuggelt werden muß. So bin ich wider Willen gezwungen, um weitere Geldmittel zu ersuchen. Ich zögere, Ihre Großzügigkeit wiederum in Anspruch zu nehmen, aber wir brauchen unverzüglich zehntausend Pfund, wenn unsere Pläne den Erfolg haben sollen, den wir alle erhoffen. Sollte das zuviel sein, würden auch fünftausend eine große Hilfe bedeuten.

Dax lächelte grimmig. Er fragte sich, wieviel von dem Geld Ramírez wohl abzweigte, bevor es seine sogenannten Landsleute erreichte.

Ich wäre Ihnen für eine baldige Nachricht verbunden und danke Ihnen, auch im Namen meiner Landsleute, für Ihre Hilfe bei unserem gemeinsamen Bestreben, einen Banditen zu verjagen, der widerrechtlich die Führung unseres armen Landes an sich gerissen hat.

Ramírez. Wäre Dax nicht so wütend gewesen, so hätte er es zum Lachen gefunden. Ramírez, der Dieb, der Feigling. Ramírez, der Verräter. Dax starrte den Brief an. Sein Vater müßte das erfahren. Und der Baron.
Plötzlich ging ihm ein Gedanke durch den Kopf. Wußte es der Baron vielleicht schon? War auch er an dem Plan beteiligt? Wem konnte er denn trauen? Er faltete den Brief zusammen und steckte ihn in die Tasche. Er mußte seinen Vater warnen.
Wütend verließ er das Zimmer. Er wollte noch heute abend nach Paris fahren. Aber dann wurde ihm klar, daß das genau das Falsche war. Sir Robert würde sich über seine unvermittelte Abreise wundern; es würde nur seine Aufmerksamkeit auf den verschwundenen Brief lenken. Er mußte über das Wochenende bleiben, vielleicht sogar noch länger. Er ging zum Sessel zurück. Als der Butler eintrat, um die Ankunft der jungen Damen zu melden, saß er friedlich hinter einer Zeitung.
Sie sahen wie Zwillinge aus, waren aber keine. Enid, die ältere, war achtzehn, ihre Schwester Mavis ein Jahr jünger. »Schau, ich hab' dir gesagt, daß er heute abend hier ist«, sagte die eine zur anderen.
Dax nahm ihre Hand. »Hallo, Enid.«
Sie lachte. »Ich bin Mavis.«
Er lächelte. »Ich werde euch nie unterscheiden lernen.«
»Sind Vater und Mutter gekommen?«
»Nein. Der Butler sagte mir, sie kämen erst morgen.«
»Sehr gut«, sagte Enid, »dann haben wir das Haus heute abend für uns allein.«
»Wir machen unsere eigene kleine Party«, sagte Mavis. Sie sah ihre Schwester an. »Wen könnten wir noch einladen?«

»Wozu denn?« Enid betrachtete Dax. »Ich bin überzeugt, daß wir drei uns toll gut unterhalten werden.«
»Eine Party?« Dax lachte. »Fällt euch gar nichts anderes ein? Ich bin so müde, daß ich nichts anderes möchte, als noch einmal heiß zu baden und dann zu schlafen, tief und lange.«
»Mußt du immer so ernst sein? Hast du nie Lust, dich mal ein bißchen zu amüsieren?«
»Morgen vielleicht.«

Er lehnte sich in der großen Marmorbadewanne zurück und entspannte sich. Der Dampf stieg ihm ins Gesicht. Da hörte er ein leises Geräusch.
Dann öffnete sich die Tür, und die beiden Schwestern standen da. Ein kalter Luftzug drang aus dem leeren Korridor ins Bad.
»Um Himmels willen, schließt die verdammte Tür!« schrie er und langte nach einem Handtuch. »Soll ich mich auf den Tod erkälten?«
Aber Mavis war schneller. Sie zog das Handtuch lachend weg, während Enid die Tür schloß. Er versuchte sich mit den Händen zu bedecken. Aber bald gab er es auf. Sie lachten immer noch. »Was ist denn so komisch?«
Enid setzte sich auf den Schemel neben der Wanne. »Wir dachten, weil du so müde bist, könnten wir dir wenigstens eines unserer medizinischen Bäder verabreichen.«
»Medizinische Bäder?«
»Ja, die sind sehr anregend. Alle Mädels in der Schule nehmen sie.« Sie griff über die Wanne und drehte den Kaltwasserhahn auf.
Dax wäre beinahe herausgesprungen, als das eisige Wasser seinen Rücken traf. »Seid ihr verrückt?« schrie er.
Die Mädchen stießen ihn ins Wasser zurück.
»Bleib sitzen, sei nicht kindisch. Da, nimm einen Schluck«, sagte Enid und hielt ihm eine Flasche hin.
»Was ist das?« fragte er mißtrauisch.
»Kognak.«
Er nahm die Flasche und hielt sie schief. »Wo habt ihr die her?«
»Aus Daddys Hausbar.«
»Aber die ist ja halb leer.«
»Wir langweilten uns«, sagte Mavis. »Was sollten wir denn tun? Du wolltest ja keine Party.«
»Dann kam uns die Idee mit dem medizinischen Bad«, erzählte Enid.

»Miß Purvis in der Schule behauptet immer, das sei das beste Mittel gegen Müdigkeit.«
Es war klar; sie waren beide angesäuselt. Dax zuckte die Achseln und nahm einen Schluck Kognak. Wenigstens wärmte das.
Mavis griff ins Wasser. »Ich glaube, jetzt ist es kalt genug. Was meinst du?«
Enid steckte ihre Finger hinein. »Ja, es ist kalt genug.«
Dax nahm noch einen Schluck Kognak, dann legte er sich resigniert in der Wanne zurück. »Und nun?«
»Das wirst du schon sehen«, sagte Mavis. »Steig aus der Wanne.«
»Schön. Gib mir ein Handtuch.«
»Nein.« Sie hielt das Handtuch außer Reichweite. »Steig zuerst heraus.«
»Das tue ich nicht.«
»Ach nee«, kicherte Enid. Schnell drehte sie wieder den Kaltwasserhahn auf.
Er sprang aus der Wanne, um dem eisigen Sprühregen zu entgehen, und stand zitternd vor ihnen. Da begannen sie, ihn mit rauhen Frottiertüchern zu schlagen. »He, das tut weh. Aufhören!«
Aber sie schlugen nur noch kräftiger zu. Er versuchte ihnen auszuweichen, ohne dabei die Flasche fallen zu lassen. Endlich gelang es ihm, ins Schlafzimmer zu fliehen. Er sprang ins Bett und zog die Decke über sich.
Sie standen am Fußende und beobachteten ihn.
»Jetzt habt ihr ja euren Spaß gehabt. Warum geht ihr nicht wieder ins Bett?«
Sie tauschten einen verständnisinnigen Blick. »Na gut«, sagte Mavis. »Gib uns die Flasche.«
Dax nahm noch einen Schluck. »Warum eigentlich? Ich glaube, ich habe ein Recht darauf, nach allem, was ich durchgemacht habe. Vielleicht krieg' ich ja sogar eine Lungenentzündung.«
»Ohne den Kognak gehen wir nicht.«
Er fühlte sich jetzt wohler. »Wenn ihr ihn haben wollt, müßt ihr ihn euch nehmen.«
Drohend kamen sie näher. Er steckte die Flasche unter das Kissen und kreuzte die Arme über der Brust. Plötzlich rissen sie die Decke weg. Nackt lag er vor ihnen auf dem Bett. »Nun, was habt ihr jetzt vor?«
»Hast du jemals etwas so ungeheuer Schönes gesehen?« flüsterte Enid geradezu ehrfürchtig und knöpfte ihre Pyjamabluse auf.

Irgendwann in der Nacht war eine der Schwestern hinausgegangen und hatte noch eine Flasche Kognak geholt. Dax war nicht ganz sicher, welche von den beiden. Sie wechselten so oft die Plätze, daß es ihm nie ganz klar war, um welche es sich gerade handelte. Aber ganz offensichtlich war es nicht das erste Mal, daß die beiden solche Spielchen trieben.

Enid – oder war es Mavis? – nahm einen Schluck aus der Flasche. Sie seufzte und sah auf Dax' Gesicht in ihrem Schoß nieder. »Wenn ich daran denke, daß wir dich für einen Schwulen gehalten haben.«

Mavis – oder war es Enid – hob ihren Kopf von seinem Schoß und sah den erstaunten Ausdruck in seinem Gesicht: »Du weißt – schwul, pervers, homosexuell.«

Er lachte. »Wie seid ihr denn darauf gekommen?«

»Ach, weißt du, so viele sind schwul«, sagte sie ernst. »Es liegt an diesen verdammten Internaten.«

»Mein Gott, aber wenn es Mädchen wie euch gibt?« sagte er und griff nach der Flasche.

Beim ersten Licht des Morgens erwachte Dax. Es war fast fünf Uhr. Er betrachtete die schlafenden Mädchen. Die Franzosen hatten recht: die englischen Mädchen besaßen nicht den Charme der Französinnen. Aber im Bett waren sie ganz anders; sie hatten alle Liebesinstinkte streunender Katzen.

Er schüttelte sie. Mavis öffnete die Augen.

»Es ist Morgen«, flüsterte er. »Ihr solltet lieber auf eure Zimmer gehen.«

»Oh.« Sie setzte sich auf und streckte sich. »Ist Enid schon munter?«

Aber Enid war nicht wach zu kriegen. Schließlich mußten die beiden sie durch die Halle zurücktragen. Dax warf sie auf ihr Bett und wandte sich zum Gehen. Doch Mavis legte ihre Hand auf seinen Arm. »Dax.«

Er sah sie an. »Ja?«

»Es war eine tolle Party, nicht wahr?«

Er lächelte. »Es war großartig.«

Ihre Augen senkten sich.

»Wird es ein nächstes Mal geben?«

»Selbstverständlich.«

»Dieses Wochenende ist das Haus zu voll. Es ist schade, daß du nicht während der Woche nach Brighton kommen kannst. Wir haben unsere eigene Wohnung in der Nähe der Schule.«

»Wer sagt, daß ich nicht kann? Darf ich einen Freund mitbringen?«
»Natürlich.« Dann sah sie ihn besorgt an. »Aber –«
»Der kann den Mund halten. Du kennst ihn. Sergei. Der Russe, der mit mir im französischen Poloteam spielt.«
»Ah ja.« Sie lächelte. »Das könnte sehr nett werden. Wann würdet ihr kommen?«
»Montag abend, wenn euch das paßt.«
Am Vormittag ging er ins Dorf und rief Sergei in seinem Londoner Hotel an. Als Belohnung für den Sieg war die ganze Mannschaft dageblieben. Er wußte genau, daß Sergei kommen würde, wenn er ihm erklärte, was los war.

12

Sir Robert betrachtete die Fotos auf seinem Schreibtisch. »Sie können dafür ins Gefängnis kommen, das wissen Sie.«
Dax rührte das nicht. Er wußte, daß Sir Robert bluffte. Es war still im Raum. Nur das leise Geräusch des Geschäftsverkehrs aus der Bank drang durch die Wände.
Sergei hatte es ihm fast mit den gleichen Worten gesagt, als Dax ihm in dem Hotel in Brighton die Idee auseinandersetzte. Aber Dax hatte gelacht. »Wieso? Glaubst du, Sir Robert wünscht solche Publicity? Schließlich sind es ja seine Töchter, um die es geht.«
»Paß nur auf, daß ich nicht mit auf die Bilder komme«, hatte Sergei gesagt und war einverstanden gewesen.
Dax zahlte die Rechnung für das Mittagessen und stand auf. »Laß uns gehen. Wir müssen noch eine Kamera und Filme kaufen.«
»Kauf dir lieber auch noch eine Ausrüstung zum Entwickeln. Du kannst solche Bilder nicht im Fotogeschäft an der Ecke entwickeln lassen. Und wenn nun die Mädchen nicht mitmachen?«
»Wenn sie genug getrunken haben, machen die bei allem mit«, hatte Dax geantwortet. Er hatte recht behalten.
Sie Robert schichtete die Fotos zu einem ordentlichen Häufchen. »Wieviel wollen Sie dafür?«
»Nichts«, sagte Dax. »Sie gehören Ihnen.«
Der Bankier sah ihn an. »Also dann für die Negative?«
»Es gibt vier Schiffe in Macao, die meinem Vater vor zwei Jahren versprochen wurden. Sobald sie in Corteguay eintreffen, werden Sie die Negative mit der Post erhalten.«

»Das kommt gar nicht in Frage«, sagte Sir Robert. »Ich kann über die Schiffe nicht verfügen.«
»Ramírez ist der Meinung, daß Sie es können.«
Sir Robert starrte ihn an. »So war das also mit dem Brief.«
Dax antwortete nicht.
»Ist das Ihre Auffassung von Ehre?« fragte Sir Robert wütend. »Sie haben meine Gastfreundschaft verraten?«
Dax' Stimme wurde erregt. »Ausgerechnet Sie wollen mich darüber belehren. Wo Ihre Ehre aufhört, wenn Sie an Ihrem Verrat verdienen können.«
Sir Robert sah wieder die Bilder an. »Ich tue, was mir für England als das beste erscheint.«
Dax stand auf. »Ihretwillen, Sir Robert, und um meiner selbst willen würde ich das lieber glauben, als daß ich denken müßte, Sie hätten aus Geldgier gehandelt.«
Er ging zur Tür. Sir Roberts Stimme hielt ihn zurück. »Ich brauche Zeit, um die Sache zu überlegen.«
»Es hat keine Eile, Sir Robert. Ich kehre heute nach Paris zurück. Wenn ich, sagen wir, bis Ende nächster Woche keine positive Antwort von Ihnen habe, zeige ich den Brief von Ramírez Ihrem Vetter, dem Baron, und auch meinem Vater. Sodann werden tausend Kopien dieser Fotos über ganz Europa verteilt.«
Sir Roberts Lippen wurden schmal. Er maß Dax mit eisigem Blick. »Und wenn ich, wie Sie es nennen, positiv antworte? Sie erwarten sicher nicht, daß ich mich mit Ihnen direkt in Verbindung setze?«
»Nein, Sir Robert. Ich werde von Ihrer Entscheidung bald genug durch meinen Vater erfahren.«
»Und Ramírez? Wollen Sie, daß ich seinetwegen etwas unternehme?«
Ein gelbes Licht flackerte in den dunklen Augen. Den Bankier schauderte vor der Wildheit in der Stimme des jungen Mannes. »Nein, Sir Robert. Mit ihm habe ich meine eigenen Pläne.«

Sir Roberts Frühstückskaffee wurde langsam kalt, als er am nächsten Morgen die Überschrift in der Zeitung las:

FRÜHERER DIPLOMAT UND ADJUTANT AN DER ITALIENISCHEN RIVIERA ERMORDET

Er erinnerte sich an den Blick von Dax, und seine Hände begannen zu zittern. Ihn schauderte nachträglich bei dem Gedanken, daß er den jungen Mann eingeladen hatte, während seines Aufenthalts in Sandhust bei ihm zu wohnen. Im Grunde war der Junge ein Wilder; alle Erziehung, aller Schliff waren nur eine dünne Tünche, die den Urwald verdeckte. Nie konnte man wissen, was eine solche Bestie tun würde. Er hätte sie alle in ihren Betten ermorden können.

Es war seltsam, wie alles plötzlich nahegerückt war. Es ging nicht länger nur um bloße Zahlen und Notierungen auf einer Bankabrechnung. Jetzt ging es um menschliche Wesen, um ihn selbst und um seine Töchter, um Leben und Tod.

Seine Töchter. Es überlief ihn kalt bei dem Gedanken, wie sie sich mit diesem Wilden gepaart hatten. Was war über sie gekommen? Nie zuvor hatten sie ihm Sorgen gemacht. Er hatte es nicht fertiggebracht, mit ihnen über die Fotos zu reden. Sie waren so einwandfreie junge Damen, er wußte nicht, wie er es hätte anfangen sollen, darüber zu sprechen.

Plötzlich wurde ihm alles klar. Er war ein Narr, daß er nur einen Augenblick an ihnen gezweifelt hatte. Jeder wußte, daß die Wilden im Urwald geheimnisvolle Tränke besaßen, die nicht einmal die moderne Wissenschaft kannte. Das mußte es sein. Dem Jungen war es auf irgendeine Art gelungen, den Mädchen Aphrodisiaka zu geben.

Er wußte jetzt, was er zu tun hatte. Er mußte sie von hier wegbringen. Seine Frau kam ins Frühstückszimmer und setzte sich ihm gegenüber. »Wie geht es dir, mein Lieber?« fragte sie und strich Marmelade auf ein Stück Toast.

»Die Mädchen fahren zu deinem Vetter nach Kanada«, erklärte er.

Sie sah ihn erstaunt an. »Aber ich dachte, das sei unnötig, und wir wären uns darüber einig, daß dieser Chamberlain nie einen Krieg in Europa zuläßt.«

»Chamberlain ist noch nicht Premier! Die Mädchen fahren, darüber gibt es keine Diskussion mehr.«

Aber das war nur die eine Folgerung aus dem Geschehenen. Die andere bestand darin, daß Corteguay seine vier Schiffe bekam.

Denn jetzt ging es nicht mehr nur um Skandal oder Bloßstellung, nicht einmal mehr um die Beschmutzung seiner Ehre, wenn sein Vetter von seinem Verrat erfuhr. Die Gefahr war viel elementarer. Zum erstenmal in seinem Leben fühlte sich Sir Robert durch seine Stellung und sein Geld nicht mehr geschützt. Sie waren kein Panzer, der den Messerstoß eines Wilden abfangen würde. Eisige Todesangst hatte ihn gepackt.

Der gedämpfte Wirbel der Trommeln echote hohl von den Docks, als Dax hinter dem fahnenbedeckten Sarg die Gangway hinaufschritt. Die Matrosen in den neuen, noch ungewohnten Uniformen der corteguayanischen Handelsmarine nahmen ungeschickt Haltung an. Schweigend sah Dax zu, wie die Ehrenwache französischer Soldaten den Sarg, den sie an Bord getragen hatte, übergab.
Welche Ironie, dachte Dax. Sein Vater würde nie erfahren, daß er auf einem Schiff heimfuhr, das seinen Namen trug. Jaime Xenos. Die weißen Buchstaben auf schwarzem Grund waren noch so frisch, daß sie den früheren Namen darunter erkennen ließen. Shoshika Maru. Es war die erste Fahrt der neuen Handelsmarine zwischen Frankreich und Corteguay.
Kaum länger als einen Monat lag der Tag zurück, als er in seines Vaters Büro gesessen hatte und Marcel mit dem Telegramm aus England eingetreten war. Sein Vater hatte es gelesen, dann hatte er lächelnd gesagt: »Unserem Freund Sir Robert ist es gelungen, die Schiffe für uns zu bekommen.«
Dax würde das glückliche Gesicht seines Vaters nie vergessen.
»Jetzt werden wir vielleicht, wenn die Zeit kommt, an Bord unseres eigenen Schiffes heimfahren.«
Die Zeit war gekommen, dachte Dax, aber so, wie keiner von ihnen es vorausgesehen hatte. Sein Vater kehrte nach Hause zurück. Er aber mußte bleiben. Das Telegramm von *el Presidente* war eindeutig.
»Mein Beileid zum Tode Deines Vaters, der ein wahrer Patriot war. Du wirst hiermit zum Konsul ernannt und bleibst bis auf weiteres auf Deinem Posten.«
Dax blickte auf den Sarg, der von der blaugrünen Fahne mit dem schwebenden Adler des Cortez bedeckt war, nach dem das Land seinen Namen hatte. Dann legte er seine Hand leicht auf den Deckel des Sarges.
»Lebe wohl, Vater«, sagte er leise. »Ob du wohl wußtest, wie sehr ich dich geliebt habe?«

13

Es war fast elf, als Sergei erwachte und schlaftrunken in die Küche stolperte. Sein Vater saß am Tisch. »Wieso arbeitest du nicht?« fragte Sergei erstaunt.

»Ich arbeite nicht mehr im Hotel. Wir gehen nach Deutschland.«
»Warum denn das, um alles in der Welt? Jeder weiß, daß die Pariser Hotels in Europa am besten zahlen.«
»Ich will nicht länger eine so niedrige Arbeit tun«, sagte sein Vater ruhig. »Ich bin Soldat. Ich kehre in meinen Beruf zurück.«
»In welcher Armee denn?« fragte Sergei sarkastisch. Seit seiner Kindheit hatte er immer wieder gehört, daß die Weißrussen eine Armee aufstellen würden, um im Triumph ins Vaterland zurückzukehren. Aber nie war es dazu gekommen, und alle wußten, daß es auch nie mehr dazu kommen würde.
»In der deutschen Wehrmacht. Man hat mir eine Offiziersstelle angeboten, und ich habe sie angenommen.«
Sergei lachte, während er sich eine Tasse schwarzen Tee aus dem Samowar einschenkte. »Die deutsche Wehrmacht? Ein Haufen von Idioten, die mit Holzgewehren und Segelflugzeugen üben.«
»Sie werden nicht immer nur Holzgewehre und Segelflugzeuge haben. Ihre Waffenfabriken sind nicht untätig.«
»Und warum willst du für sie kämpfen?«
»Ich werde mit ihnen nach Rußland marschieren.«
»Du willst mit einer ausländischen Armee gegen die Russen ziehen?« fragte Sergei überrascht.
»Die Kommunisten sind keine Russen! Das sind Georgier, Ukrainer und Tataren, die von den Juden für ihre Zwecke benützt werden.«
Sergei schwieg. Es war zwecklos, mit seinem Vater über dieses Thema zu streiten. Er schlürfte seinen Tee.
»Hitler hat die richtige Idee«, fuhr sein Vater fort. »Es gibt keine Ruhe und Sicherheit auf der Welt, bevor nicht die Juden ausgerottet sind. Außerdem hat uns von Sadow erklärt, daß Hitler in Rußland wieder die rechtmäßigen Herrscher einsetzen will.«
»Gehen noch andere mit?«
»Zunächst noch nicht.« Sein Vater zögerte. »Aber sie werden nachkommen.«
Sergei seufzte. Er hatte keinen Sinn, seinem Vater etwas ausreden zu wollen. Wenn Graf Iwan einmal einen Entschluß gefaßt hatte, dann gab es kein Zurück. »Ich gehe nicht mit«, sagte er.

Ein paar Tage später saß Sergei im corteguayanischen Konsulat Dax gegenüber. Er konnte sich kaum noch vorstellen, daß Dax und er vor weniger als einem Jahr miteinander die Schule besucht hatten. Seit dem Tode seines Vaters schien Dax älter und gereifter zu sein.

»Du siehst also«, sagte Sergei, »ich muß mir Arbeit suchen.«
Dax nickte.
»Und dabei kann ich wirklich nichts. Deshalb bin ich zu dir gekommen. Vielleicht fällt dir etwas ein, was ich tun könnte. Ich weiß, wie beschäftigt du bist, deshalb habe ich gezögert zu kommen.«
»Das brauchtest du nicht.« Dax verschwieg seinem Freund, daß in Wirklichkeit gar nicht soviel zu tun war. Immer noch interessierten sich nicht sehr viele Leute für Corteguay. Das einzige, was sich wirklich geändert hatte, war seine gesellschaftliche Stellung.
Plötzlich war er für jede Party unentbehrlich. Den Franzosen erschien ein junger Mann, dessen einzige Qualifikation für den Posten eines Konsuls sein internationaler Rang im Polo war, sehr attraktiv.
»Wir werden etwas für dich finden müssen«, sagte Dax. Er lächelte Sergei zu. »Ich würde dir gern vorübergehend einen Posten im Konsulat anbieten, aber ich fahre nächsten Monat nach Hause. *El Presidente* hat entschieden, wer der neue Konsul wird.«
»Ich dachte –«
Dax lächelte. »Das war nur vorübergehend. Bis *el Presidente* den richtigen Mann gefunden hatte.«
»Was wirst du dann machen?«
Dax zuckte die Achseln. »Ich weiß es noch nicht. *El Presidente* schrieb, daß er Pläne mit mir habe, aber ich weiß nicht, was für welche. Vielleicht soll ich ja doch nach Sandhurst gehen. Wenn ich zu Hause bin, werd' ich es erfahren.«
Die beiden jungen Leute schwiegen einen Augenblick. »Möchtest du nicht nach Corteguay mitkommen?«
Sergei schüttelte den Kopf. »Danke, nein. Ich würde mich in einem fremden Land nicht wohl fühlen. Ich möchte in Paris bleiben.«
Dax drängte ihn nicht. »Ich verstehe. Ich werde die Augen offenhalten. Sollte ich von etwas hören, was dich interessieren könnte, setze ich mich sofort mit dir in Verbindung.«
Sergei stand auf. »Vielen Dank.«
Dax musterte ihn. »Ich kann dir etwas Geld geben, wenn du's brauchst.«
Sergei schlug die Augen nieder. Fünftausend Francs. Er hätte sie so gut gebrauchen können, aber es war ihm peinlich. »Nein, danke«, sagte er verlegen, »ich habe genug, um durchzukommen.«
Aber er war ärgerlich über sich selbst, als er das Konsulat verließ. Die zehn Francs, die er in der Tasche hatte, würden kaum bis morgen

reichen. Und der Hauswirt schrie schon nach der Miete. Ohne nachzudenken, ging er den Weg zum Hotel, wo sein Vater gearbeitet hatte. Plötzlich bemerkte er es und starrte das vertraute Gebäude an. Warum war er hergekommen? Sein Vater bewachte den Eingang nicht mehr und konnte ihm auch nicht mehr wie sonst Geld geben.
Er ging über die Straße in ein Café und setzte sich in die hinterste Reihe unter die Markise. Er bestellte Kaffee. Dann überlegte er, bei welchem seiner Freunde etwas los sein könnte, etwa eine kleine Party, bei der er unauffällig etwas zu essen bekommen konnte.
Eine Stimme unterbrach seine Gedanken. »Sergei Nikowitsch?«
Er blickte auf. Der Mann vor seinem Tisch kam ihm bekannt vor. Dann fiel ihm ein, daß es der Portier des Hotels gegenüber war.
»Hallo«, sagte er. An den Namen konnte er sich nicht erinnern.
Ohne Förmlichkeiten setzte sich der Mann zu ihm. »Was hören Sie von Ihrem Vater?«
Sergei betrachtete ihn kühl. Einen Augenblick war er in Versuchung aufzustehen und fortzugehen. Der Kerl nahm sich verdammt viel heraus. Dann siegte die Neugier. Der Mann hätte nicht die Stirn gehabt, sich zu setzen, wenn er nicht irgendwelche bestimmten Absichten gehabt hätte. »Nichts.«
Der Portier schüttelte den Kopf. »Ich traue den Deutschen nicht. Ich habe Ihrem Vater gesagt, er soll nicht nach Deutschland gehen.«
Sergei antwortete nicht. Er wußte sehr wohl, daß der Portier das nie gesagt hatte. Das hätte er seinem Vater gegenüber gar nicht gewagt.
Ein Kellner kam vorüber. »Zwei Kognaks«, bestellte der Portier großzügig, dann wandte er sich wieder an Sergei. »Und wie geht es Ihnen?«
»Danke, gut.«
»Haben Sie schon etwas gefunden?«
Zum Teufel, dachte Sergei, in dieser Stadt gibt es wirklich keine Geheimnisse. »Es gibt verschiedenes, was ich mir überlege.«
»Ich habe gerade heute an Sie gedacht.« Der Portier schwieg, während der Kellner die beiden Kognaks brachte. »Ich fragte mich, ob Sergei Nikowitsch Arbeit hat.«
Sergei betrachtete ihn schweigend.
»Wenn nicht, dachte ich, könnte ich ihm vielleicht etwas verschaffen. Wenn auch nur für die Zeit, bis Sie sich für etwas entschieden haben.«
Sergei nahm seinen Drink. »*Na zdorovie.*« Der Bursche hatte im-

merhin so viel Manieren, daß er nicht aussprach, was ihm natürlich klar war. Daß Sergei nämlich gar nichts hatte, wofür er sich entscheiden konnte.
»A votre santé.«
Nun mußte Sergei Interesse zeigen. Wenn er es nicht tat, hatte er die Chance verspielt. Mit dem wärmenden Kognak im Magen fühlte er sich wohler. »Woran denken Sie?«
Der andere senkte die Stimme. »Wie Sie wissen, gibt es zahlreiche Touristen im Hotel. Darunter viele reiche alleinstehende Damen. Denen ist es unangenehm, abends ohne Begleitung auszugehen.«
Sergei unterbrach ihn. »Ich soll also Gigolo werden?«
Der Portier hob protestierend die Hand. »Gott behüte! Diese Damen würden sich niemals einen Gigolo nehmen. Die haben alle eine einwandfreie gesellschaftliche Stellung. Sie würden nie mit jemandem ausgehen, der ihnen nicht ebenbürtig wäre – oder der nicht vielleicht sogar noch etwas höher stünde.«
»Was schlagen Sie denn nun vor?«
»Manche dieser Damen sind daran interessiert, die richtigen Leute kennenzulernen. Sie würden sich sehr großzügig zeigen, wenn sie jemand in die richtigen Kreise einführen könnte.«
Sergei sah ihn an. »Ist das alles?«
Der andere zuckte vielsagend die Achseln. »Alles andere wäre Ihre Sache.«
»Ich verstehe nur eines nicht«, sagte Sergei. »Was haben Sie denn davon?«
»Ich werde die Bekanntschaft zwischen den Damen und Ihnen vermitteln. Dafür bekomme ich fünfzig Prozent von dem, was Sie erhalten.«
Sergei nahm noch einen Schluck von seinem Kognak. Der Portier würde sicher auch von den Damen ein Honorar bekommen. »Fünfundzwanzig Prozent.«
»Einverstanden.«
Sofort bereute Sergei seine Großzügigkeit. Wahrscheinlich hätte sich der Portier auch mit zehn begnügt.
»Es handelt sich vor allem um eine«, fuhr der Portier fort. »Sie ist schon fast eine Woche im Hotel. Als ich ihr heute morgen die amerikanischen Zeitungen brachte, sprach sie wieder von einer solchen Möglichkeit. Wenn Sie Interesse haben – sie ist jetzt in der Halle.«
Sergei zögerte. Wahrscheinlich war es genau umgekehrt. Er sollte ihr zur Ansicht vorgeführt werden. Seine Lippen wurden schmal.

Einen Augenblick war er in Versuchung, diesen Zuhälter zum Teufel zu schicken. Aber das Gezeter seines Hauswirts klang ihm noch in den Ohren. Er stand auf und richtete unwillkürlich seine Krawatte. »Vielleicht mache ich es. Aber nur, wenn sie mir gefällt.«
»Dort ist sie«, flüsterte der Portier, als sie in die Halle traten, »in dem roten Ohrensessel in der Ecke.«
Sergei sah die Frau überrascht an. Sie war gar nicht alt. Ende Zwanzig oder Anfang Dreißig. Ihre dunkelblauen Augen beobachteten ihn. Er fühlte, wie er rot wurde.
»Was meinen Sie?«
»Spielt das eine Rolle?« fragte Sergei. Dann sah er den überraschten Blick des Mannes. »Gut. Das kann ganz amüsant werden.«
»*Bon.* Sie ist sehr nett. Sie wird Ihnen gefallen.«
»Ist sie verheiratet?«
Der Portier sah ihn entrüstet an. »Für wen halten Sie mich? Ich bin doch nicht so blöd und lasse zu, daß Sie Ihre Zeit mit einer ledigen Frau vergeuden.«

14

Mrs. Harvey Lakow hatte zwei Kinder im Internat, vier Millionen Dollar als Erbschaft von ihren Eltern und einen Ehemann, der glaubte, wenn er diesen Sommer nicht zu Hause bliebe, würde Roosevelt auf irgendeine Art sein Geschäft zugrunde richten.
»Dieses Jahr kann ich nicht fahren«, hatte er gesagt. »Niemand weiß, was für einen Blödsinn der Mann im Weißen Haus als nächstes anstellen wird.«
»Was kann er denn schon machen? Und wenn auch, wir haben doch immer noch Geld genug.«
»Du scheinst dir nicht darüber klar zu sein, daß es eine Depression gibt«, hatte er ärgerlich geantwortet. »Er will alles diesen verdammten Gewerkschaften in die Hände spielen.«
»Und du willst ihn daran hindern?«
Wütend stand er auf. »Ja, bei Gott! Zumindest *mein* Geschäft kriegt er nicht.«
Sie schwieg. Es war eigentlich gar nicht sein Geschäft. Ihr Vater hatte die Gesellschaft vor vielen Jahren gegründet. Als sie heirateten, hatte er Harry hereingenommen. Beim Tode ihres Vaters hatte

sie die Aktien geerbt, und Harry war automatisch Präsident geworden. Aber das war bequemerweise in Vergessenheit geraten.
»Ich fahre ins Büro.«
»Und ich fahre nach Paris. Wenn du nicht mitkommst, allein«, hatte sie, plötzlich entschlossen, gesagt.
»Du wirst dich nicht sehr amüsieren. Du kennst dort keinen Menschen.«
Sie hatte schweigend darauf gewartet, daß er erklärte, er führe mit. Aber das hatte er nicht getan, und als sie eine Woche in Paris zugebracht hatte, dachte sie an seine Worte. Sie amüsierte sich tatsächlich nicht. Sie war allein in einer Stadt, in der eine alleinstehende Frau nichts war.
Sie betrachtete sich in dem mannshohen Spiegel, als sie aus dem Bad stieg. Sie war achtunddreißig Jahre alt, aber sie sah jünger aus. Ihre Brüste waren noch fest, Gott sei Dank, und ihr Bauch war beinahe flach.
Aber das schönste an ihr waren die Augen. Sie waren groß und dunkelblau, mit einem eigentümlichen Glanz, einem inneren Feuer, das durch die Zeit nicht verblaßt war. Plötzlich und ohne Grund füllten sie sich mit Tränen. Wütend über sich selbst, zog sie ihr Morgenkleid an und ging ins Wohnzimmer. Da wurde an die Tür geklopft.
»*Entrez*«, rief sie und griff nach einer Zigarette.
Es war der Portier. »Ihre Zeitungen, Madame.« Als er sah, daß sie die Zigarette anzünden wollte, riß er schnell ein Zündholz an.
»*Merci*«, sagte sie und kniff die Augen zusammen.
Aber er hatte schon ihre Tränen gesehen. »Wünscht Madame den Wagen für heute abend?«
Sie zögerte einen Moment, dann schüttelte sie den Kopf.
Nirgends konnte eine Frau allein hingehen. Wieder würde es ein einsames Abendessen in ihrem Appartement werden. Sie mochte nicht allein in dem großen Speisesaal essen. »Vielleicht wünscht Madame eine Begleitung für heute abend?«
Sie starrte ihn an und schämte sich ihrer Gedanken. »Einen *gigolo?*«
Er sah, wie erschrocken sie war. »Selbstverständlich nicht, Madame.«
Sie dachte an die Gigolos, die sie gesehen hatte, und an die Frauen, die von ihnen begleitet wurden. Irgendwie merkte man es immer. Sie würde es nicht ertragen, wenn die Leute sie so ansahen. »Ich möchte keinen Gigolo.«

»Ich würde nicht im Traum an so etwas denken, Madame. Aber es gibt einen jungen Mann im Hotel, der Madame gesehen hat. Er würde Sie sehr gern kennenlernen.«
»Ein junger Mann?« Wider Willen fühlte sie sich geschmeichelt. »Kein Gigolo?«
»Kein Gigolo, Madame.« Seine Stimme wurde vertraulich. »Er ist aus königlichem Geblüt.«
Sie zögerte. »Ich weiß nicht recht.«
Der Portier sprach schnell, um ihre Unentschlossenheit auszunutzen. »Wenn Madame zufällig in der Halle wären, könnte ich es so einrichten, daß ich mit dem jungen Mann spreche. Wenn Madame ihn dann gesehen haben und einverstanden sind, würde ich sie miteinander bekannt machen. Wenn nicht« – er zuckte die Achseln –, »wird der junge Mann Madames Wünsche trotz seiner Enttäuschung respektieren. Er wird Sie nicht weiter belästigen.«
Ich werde ihn mir nur ansehen, sagte sie sich, als sie die Tür hinter sich schloß. Ich werde ihn mir ansehen und dann wieder weggehen. Daran ist ja nichts Böses. Sie fühlte sich jung und aufgeregt.
Als sie in der Halle saß, war sie überzeugt, daß jeder genau wußte, weshalb sie da war. Sie sah auf die Uhr und beschloß, noch zehn Minuten zu warten. Sie wollte gerade aufstehen und in ihr Appartement zurückkehren, als die beiden hereinkamen.
Er ist jung, dachte sie verwundert. Aber dann erinnerte sie sich, irgendwo gelesen zu haben, daß Franzosen ältere Frauen bevorzugten. Er ist sehr groß, war ihr zweiter Gedanke. Mit seinen einsachtundachtzig, den breiten Schultern und dem dunklen, widerspenstigen Haar sah er blendend aus. Sie schätzte ihn auf etwa vierundzwanzig, vier Jahre älter, als er in Wirklichkeit war.
Plötzlich trafen sich ihre Blicke, und sie sah, daß er errötete. Der Portier hat nicht gelogen, dachte sie. Nur ein Mann, der eine Frau wirklich kennenlernen wollte, würde so erröten. Sie wandte die Augen ab und nickte dem Portier zu. Im gleichen Augenblick floh sie, von ihrer eigenen Kühnheit überwältigt, zum Aufzug.

Sie hatte während ihrer Ehe nie ein Verhältnis gehabt, und eben deshalb erschien ihnen beiden alles so unwirklich. Die Zeit war stehengeblieben, und wenn es auch nicht Liebe war, so war es zumindest romantisch.
Jetzt, drei Wochen später, traf sie Sergei an der Tür, einen Brief in der Hand.

Es war Sergei klar, daß es vorbei war, und er bedauerte es, denn er hatte diese ruhige, intelligente Frau schätzengelernt. »Du mußt also wieder abreisen?« fragte er und nahm einen Drink.
Sie nickte. »Morgen.«
»Dann werden wir heute noch alles in Paris sehen müssen, was du noch nicht gesehen hast. Wir werden die ganze Nacht unterwegs sein.«
Sie schwieg. Dann sagte sie: »Ich habe genug von Paris gesehen.«
Er stellte seinen Drink ab und streckte die Arme aus. Sie kam zu ihm. Ihre Wangen waren feucht von Tränen. Lange saßen sie schweigend da. Der Tag ging zu Ende, und die Nacht kam. In den Straßen der Stadt gingen die Lichter an.
»Ich bin nie jung gewesen«, sagte sie. »Das weiß ich jetzt.«
»Du wirst immer jung sein.«
»Jetzt ja, durch dich.«
»Ich werde dich zum Schiff bringen«, sagte er plötzlich.
»Nein.« Sie schüttelte den Kopf. »Es ist besser, wenn man sich schon im Zug dran gewöhnt, wieder allein zu sein.«
»Du wirst mir fehlen.«
Ihre Augen waren dunkel. »Du wirst mir auch fehlen.«
»Aber du kommst wenigstens heim zu deiner Familie, zu denen, die dich lieben.«
»Und du?« fragte sie. »Was ist mit dir?«
»Ich weiß es nicht. Mein Vater will, daß ich nach Deutschland komme. Ich will nicht hin, aber –«
»Du darfst nicht fahren!«
Er zuckte die Achseln. »Es ist immerhin eine Beschäftigung. Besser, als in Paris herumzusitzen und nichts zu tun.«
»Nein, was die Nazis tun, ist schrecklich. Du darfst damit nichts zu schaffen haben. Präsident Roosevelt sagt –«
Euer Präsident ist Jude«, unterbrach er sie. »Mein Vater schreibt, sein richtiger Name sei Rosenfeld, und er wäre mit den Kommunisten im Bunde.«
Sie lachte. »Du erinnerst mich an meinen Mann. Der redet auch all diesen Unsinn nach.« Dann nahm sie seinen beleidigten Ausdruck wahr.
»Entschuldige«, sagte sie reumütig. »Aber das stimmt einfach nicht. Ich meine, daß der Präsident Jude ist.«
Er antwortete nicht.
»Du mußt Arbeit finden.«

»Wo denn? Wer soll mich denn anstellen? Ich kann nichts.«
Sie spürte, wie verzweifelt er war, und zog ihn zu sich nieder. Die lebendige Wärme seines Körpers überwältigte sie. Später, viel später, flüsterte sie schüchtern: »Wolltest du an jenem Tag in der Halle wirklich mich kennenlernen? Nicht einfach irgendeine?«
Er fühlte, was sie brauchte. »Nein, nur dich. Vom ersten Augenblick an, als ich dich sah.«
Es war fünf Uhr morgens, aber der Portier wartete, als Sergei das Hotel verließ. »Na? Wieviel hat sie Ihnen gegeben?«
Sergei starrte ihn einen Moment an, dann zog er lässig, fast achtlos, den Scheck aus der Tasche. Der andere nahm ihn und stieß einen leisen Pfiff aus. »Wissen Sie, wie hoch er ist?«
Sergei schüttelte den Kopf. Er hatte ihn sich nicht angesehen.
»Fünftausend Dollar!«
Sergei antwortete nicht. Er dachte noch an die Frau, die er in ihrem Zimmer zurückgelassen hatte.
Der Portier lachte ordinär. »Sie müssen sie um den Verstand gevögelt haben.«
Sergei sah ihn an. Er wußte, warum der Scheck so hoch war. Damit er in Paris bleiben konnte und nicht zu seinem Vater fahren mußte.
Der Portier kam näher. »Hat sie etwas getaugt? Manche von diesen Amerikanerinnen sind geradezu dafür geboren.«
Sergei blickte ihn eisig an.
»Nun, es ist ja egal. Morgen ist sie weg. Es ist noch eine Frau im Hotel. Sie hat Sie in der Halle gesehen. Ich habe ihr gesagt, Sie wären ab heute abend frei. Sie möchte, daß Sie morgen mit ihr zu Abend essen.«
Sergei wandte sich brüsk ab. Der Portier sah ihm nach, immer noch den Scheck in der Hand. »Sie möchte, daß Sie Ihren Smoking anziehen, Sie sollen Sie nachher zu einer *soirée* im Hause einer Freundin begleiten.«

15

Dax blickte von dem Brief auf. »Es scheint, daß wir nun doch nicht nach Hause fahren.«
»Wir bleiben also hier?« sagte Fat Cat.
Dax schüttelte den Kopf. »Nein. *El Presidente* hat beschlossen, daß

ich Vaters Wunsch befolgen und ein College besuchen soll. Aber nicht Sandhurst, sondern Harvard.«
Fat Cat sah ihn verwundert an.
»In den Vereinigten Staaten.«
»*Los Estados Unidos?*« stieß Fat Cat hervor. »Ist *el Presidente* verrückt geworden? Die hassen uns! Die werden uns umbringen!«
»*El Presidente* weiß, was er tut. Es ist eine der besten Universitäten der Welt.«
Marcel, der am Schreibtisch stand, sagte: »Geht nicht auch Ihr Freund Robert dorthin?« – Dax nickte.
Fat Cat stand auf. »Das paßt mir nicht. Es ist ein Land voller Gangster und Indianer. Man wird uns alle im Schlaf ermorden. Ich habe ihre Filme gesehen.«
Dax lachte. »Ist es möglich, daß der Dicke Angst hat?«
Fat Cat richtete sich stolz auf. »Niemals!« Er blieb an der Tür stehen. »Aber ich werde nie ohne ein Messer unter dem Kissen schlafen!«
Marcel wartete, bis sich die Tür hinter Fat Cat geschlossen hatte, dann sagte er zögernd: »Ich hatte schon seit einiger Zeit die Absicht, mit Ihnen zu sprechen.«
»Worüber?«
»Ich habe die Absicht, das Konsulat zu verlassen.«
»Ich verstehe.«
Es überraschte ihn nicht. Dax hatte sich schon gefragt, wie lange Marcel für sein Gehalt, das im bescheidenen Rahmen der corteguayanischen Möglichkeiten lag, noch arbeiten würde. Andererseits war es ein Glück für sie gewesen, daß er so lange ausgehalten hatte.
»Ich werde natürlich so lange bleiben, daß ich den neuen Konsul in die laufenden Angelegenheiten einführen kann.«
»Mein Land wird Ihnen sehr dankbar sein. Haben Sie irgendwelche Pläne?«
Marcel schüttelte den Kopf. »Ich bin bald dreißig. Es ist Zeit, daß ich etwas Neues beginne. Ich weiß noch nicht genau was. Aber wenn ich jetzt nicht gehe, dann niemals.«
Das war allerdings nicht die ganze Wahrheit. Er hatte bereits mit dem Baron und Christopoulos eine Abmachung getroffen. Der Neffe des Spielers war bei den Schiffahrtslinien nicht sehr glücklich; er sehnte sich nach den Aufregungen der Spielsäle zurück. Der *tailleur* hatte beschlossen, ihn wieder nach Frankreich zu holen, aber erst sollte er sich noch ein weiteres Jahr um die Schiffahrtslinien kümmern. Marcel ging nach Macao, angeblich um das Kasino zu lei-

ten, in Wirklichkeit jedoch, um sich in diese geschäftlichen Dinge einzuarbeiten. Er sollte auch so viele Frachter kaufen, wie er an die Hand bekommen konnte.
Marcel hatte ein ganz hübsches eigenes Vermögen zusammengebracht, von dem keiner etwas wußte, und er hatte die Absicht, es als erste Investitionsrate zu verwenden. Er würde ein Schiff erst dann dem Syndikat weitergeben, wenn er sich die Rechtstitel gesichert hatte. Und auch dann sollte es nicht verkauft werden, sondern nur langfristig verchartert. Die Chartereinnahmen würden ausreichen, um die Raten bei Fälligkeit zu zahlen, und die Schiffe würden schließlich ihm gehören. Er war sicher, daß er das Syndikat ohne Schwierigkeit von den Vorteilen überzeugen konnte. Die Anfangsinvestition wurde auf diese Weise herabgesetzt. Wahrscheinlich waren sie ihm sogar für diesen Vorschlag, der ihr Kapital schonte, dankbar.
Dax' Stimme riß ihn aus seinen Träumen. »Wir werden jemanden finden müssen, der Sie ersetzt.« Plötzlich schnippte er mit den Fingern. »Vielleicht hat mein Freund Sergei dafür Interesse. Er hat mir im vorigen Monat erzählt, daß er eine Stellung sucht.«
Aber Sergei war nicht zu Hause zu finden. Die *concierge* sagte, er habe an einem Tag der letzten Woche alle seine Sachen gepackt und sei ausgezogen, ohne eine Adresse zu hinterlassen. Dax konnte nur annehmen, daß sein Freund zu seinem Vater nach Deutschland gefahren war.

Sergei langweilte sich. Nichts langweilte ihn so sehr wie das Spiel, ob es Karten waren oder Roulett. Die Alte war restlos davon gefangen und hatte ihn völlig vergessen.
Sie hatte nichts mit der Amerikanerin gemein. Sie war eine sehr erfahrene, sehr alte, sehr reiche Französin, die genau wußte, was sie wollte. Sie wünschte einfach die Gesellschaft eines gutaussehenden jungen Mannes, und Sergei war dafür genau der Richtige. Als sie ihn in der Hotelhalle gesehen hatte, war es ihr klargewesen.
Es war eine eindeutige Abmachung. Sergei sollte ihr Begleiter sein. Sein Gehalt betrug zweitausend Francs am Tag. Außerdem hatte sie alle seine Auslagen einschließlich Kleidung zu bezahlen. Zwei Tage später waren sie nach Monte Carlo gefahren.
Vierzehn Tage lang hatte sie ununterbrochen in den beiden Spielzeiten, die das Kasino am Tag hatte, gespielt. Jetzt begann ihre dritte Woche, wieder an einem Vormittag.

Sergei schlenderte untätig auf die Terrasse. Er blickte auf den Hafen hinunter. Die weißen Jachten schimmerten auf dem klaren blauen Wasser, und der Palast glänzte rosa auf dem Hügel hinter der Bucht. Langsam spazierte er die Stufen hinunter in den Garten.
Nach der dünnen Luft im Kasino stieg ihm der Duft der Blumen kräftig in die Nase. Er trat vor bis an den Rand des Gartens, blieb, die Hände in den Taschen, stehen und blickte verdrießlich aufs Wasser hinaus.
»Wunderschön, nicht wahr?«
Sergei drehte sich erstaunt um. Es war ein ungeschriebenes Gesetz, daß man auf dem Kasinogelände nie einen Fremden ansprach. Ein alter Mann saß dort auf einer Bank, die Hände über den goldenen Knauf eines Spazierstocks gefaltet. Das weiße Haar und der gepflegte Bart gingen fast unmerklich in das Grauweiß seines seidenen Anzugs über. Man hätte Sergei nicht zu sagen brauchen, wer der alte Mann war, obgleich er ihn nie vorher gesehen hatte.
Der Alte, so wurde behauptet, war der größte Waffenhändler der Welt. Angeblich gehörte ihm auch das Kasino, in dessen Garten er jetzt saß. Seine strahlendweiße Jacht war die größte, die im Hafen lag.
Sergei antwortete automatisch auf russisch: »Wunderschön, Sir Peter.«
»Sie sind Sergei Nikowitsch?«
»Ja.«
»Gibt's etwas Neues von Ihrem Vater, dem Grafen Iwan?«
»Nein, Sir Peter. Ich habe nur einen Brief bekommen, kurz nach seiner Abreise nach Berlin.«
Der Alte nickte freundlich. Er schien in die Ferne zu blicken. »Ich verstehe nicht, warum diese Narren ihre Zeit beim Spiel vergeuden, wenn es hier draußen so viel Schönes gibt.«
Sergei antwortete nicht.
Sir Peter wandte den Blick wieder ihm zu. »Auch Ihr Vater vergeudet seine Zeit«, sagte er mit der gleichen leisen Stimme. »Das Mütterchen Rußland, das wir liebten, ist verloren für immer. Wir werden es nie wiedersehen.«
Sergei sagte immer noch nichts.
»Tja, aber Ihr Vater ist ein Kosak«, fuhr Sir Peter fort. »Und was kann ein Kosak anderes tun als kämpfen? Auch wenn die Schlacht schon verloren ist.«
Die Stimme des alten Mannes wurde plötzlich hart, und die blauen

Augen wurden scharf und durchdringend. »Aber Ihr Vater hat wenigstens seine Gründe für das, was er tut. Was für Gründe haben Sie?«
Sergei war über den plötzlichen Wechsel des Gesprächs zu verblüfft, um zu antworten.
»Sie sind mit dieser blöden alten Kuh hier, die so viel Geld hat, daß sie nicht weiß, was sie damit anfangen soll. So verschwendet sie ihre Tage an solchen Orten wie diesem. Und für zweitausend Francs am Tag machen Sie ihr den Hampelmann.«
Es schien nichts zu geben, was der Alte nicht wußte.
»Ich schäme mich für Sie, Sergei Nikowitsch!« sagte er und stand auf. »Ich schäme mich!«
Sergei fand seine Stimme wieder. »Aber was sollte ich denn machen?«
»Sie hätten arbeiten können, wie Ihr Vater es getan hat. Er hat sich anständiger Arbeit nicht geschämt.«
Als der Alte sich umdrehte und fortging, erschienen auf geheimnisvolle Weise zwei Männer und nahmen ihn in die Mitte. Sir Peters Leibwächter waren immer in der Nähe.
»Ich erwarte Sie heute abend zum Diner«, sagte er über die Schulter. »Sieben Uhr. Kommen Sie pünktlich! Ich bin ein alter Mann und esse früh.«

Das weiße Haus mit den Marmorsäulen und Marmorfußböden stand auf dem höchsten Berg von Monaco. Es überragte sogar den rosa Palast der Grimaldi, der Titularregenten des kleinen Landes. Aber auch sie akzeptierten die Tatsache, daß Sir Peter Worilow auf sie herabsehen konnte. Es war sein Steuergeld, mit dem man alle Schulden bezahlte.
Sergei sah über den riesigen Mahagonitisch hinweg den alten Mann an, dann Sir Peters junge Frau, eine Französin. Ihre Perlen und Brillanten schimmerten im Licht der Kerzen. Sie hatte während des ganzen Essens kaum drei Worte gesprochen.
»Meine Söhne sind tot«, sagte der alte Mann plötzlich, »und ich brauche einen jungen Mann, dem ich vertrauen kann. Jemanden, dessen Beine kräftiger sind als meine und der für mich dorthin gehen kann, wohin sie mich nicht mehr tragen. Die Stunden werden lang sein, die Arbeit oft langweilig, die Bezahlung gering. Aber man kann dabei vieles lernen. Hätten Sie dafür Interesse?«
»Ja. Sehr«, sagte Sergei.

»Schön«, antwortete der Alte zufrieden. »Gehen Sie jetzt und sagen Sie Madame Goyen, daß Sie nicht mit ihr nach Paris zurückkehren.«
»Sie ist bereits abgereist, Sir Peter«, erwiderte Sergei und freute sich über den erstaunten Ausdruck im Gesicht des Alten.
Am Nachmittag hatte es eine Szene gegeben. Madame wollte beim Diner nicht allein sein. Alle wußten, daß Sergei ihr Begleiter war. Was würden die Leute sagen, wenn sie im Speisesaal des Hotels allein erschien? Aber er war hart geblieben, und sie hatte wutschnaubend ihre Koffer gepackt und war abgereist.
Sergei hatte von ihrer Abreise erst erfahren, als er hinuntergegangen war, um sich zu Sir Peter auf den Weg zu machen. Da hatte ihn ein serviler Direktionsassistent in eine Ecke gerufen und ihm die Rechnung vorgelegt. Sergeis Lippen hatten sich zu einem verzerrten Grinsen verzogen. Das alte Luder hatte ihn doch tatsächlich mit den Bons und seiner Zimmerrechnung sitzenlassen. »Ich werde das morgen erledigen.«
Der Direktionsassistent war höflich, aber bestimmt gewesen. »Tut mir leid, Sir, wir müssen das Geld noch heute abend haben.«
Die Rechnung entsprach ziemlich genau bis auf den letzten Franc dem, was er noch besaß. So war er jetzt wieder da, wo er angefangen hatte. Morgen würde er das Hotel verlassen und sich ein billigeres Zimmer suchen müssen. Er hatte sich bereits entschlossen, nicht nach Paris zurückzufahren.
»Gut«, sagte Sir Peter. »Morgen werden Sie Ihre Sachen vom Hotel herbringen.«
»Jawohl, Sir.«
Sir Peter stand auf. »Ich bin müde, ich gehe zu Bett.«
Sergei erhob sich, aber Sir Peter sagte: »Bleiben Sie sitzen. Wenn Sie hierbleiben wollen, können Sie sich gleich daran gewöhnen. Ich gehe jeden Abend sofort nach dem Essen schlafen.« Er wandte sich an seine Frau, seine Stimme wurde sanfter. »Leiste unserem Gast noch Gesellschaft, meine Liebe. Du brauchst heute abend nicht so früh nach oben zu kommen.«
Nachdem der alte Mann gegangen war, wurde es am Tisch still. Sergei hob seine *demitasse* und betrachtete die Frau; er überlegte, was für ein Leben sie mit einem so alten Mann führte. Sie aber dachte an Sir Peter. Sie dachte darüber nach, was für ein guter, alter weiser Mann er war.
Sir Peter blickte über die Brüstung der großen Treppe auf die beiden.

Er war achtzig Jahre alt und seine Frau achtundzwanzig, und er hatte lange genug gelebt, um zu wissen, daß eine junge Frau mehr brauchte als Juwelen und Reichtum und eine stille Zuneigung. Besser, sie beruhigte sich mit einem netten jungen Mann wie Sergei als mit einem dieser schmierigen Burschen, die immer im Kasino herumlungerten. Außerdem konnte er bei Sergei die Dinge im Auge behalten. Sollte die Sache einmal zu ernst werden, so konnte er den Jungen jederzeit fortschicken.

16

Es dauerte nicht lange, bis Sergei gemerkt hatte, daß er nichts anderes war als ein besserer Botenjunge. Manchmal in diesen ersten Monaten fragte er sich, warum Sir Peter ihn überhaupt angestellt hatte. Aber eines Tages wurde ihm alles klar.
Er war am Vormittag von der Bank in Monte Carlo mit verschiedenen Papieren zurückgekommen, die sofort von dem alten Herrn unterschrieben werden sollten. Er ging direkt in die Bibliothek, die dem Alten als Büro diente, und fand dort Madame Worilow allein. Sie sah von ihrer Zeitung auf.
Sergei zögerte in der Tür. »Ich wollte Sie nicht stören, Madame«, sagte er höflich. »Ich habe hier einige Papiere, für die ich Sir Peters Unterschrift benötige.«
»Kommen Sie herein.« Sie lächelte. »Sir Peter ist in Paris.«
Sergei war überrascht. Im allgemeinen wußte er davon, wenn Sir Peter die Absicht hatte wegzufahren. Es geschah nicht oft. »Vielleicht sollte ich auch fahren? Die Papiere sind wichtig.«
Das Lächeln verschwand von ihrem Gesicht. »Die Papiere können bis morgen warten. Bis dahin ist er zurück.«
Sergei stand noch in der Tür. »Gut, Madame. Ich gehe zur Bank und werde dort Bescheid sagen.«
»Sie nehmen Ihre Arbeit wirklich ernst, wie?« Sie lächelte wieder.
»Ich verstehe nicht.«
Sie wies auf das Telefon. »Damit können Sie die Bank viel rascher informieren.«
»Aber –«
»Seien Sie nicht albern«, sagte sie. »Rufen Sie dort an und nehmen Sie sich den Rest des Tages frei. Sie haben keinen freien Tag gehabt, seit Sie hier sind.«

»Sehr freundlich von Ihnen, Madame.« Er trat ins Zimmer. »Aber ich wüßte gar nicht, was ich anfangen sollte.« Voller Verlegenheit stand er da.
Sie stand auf und ging zum Fenster. Sie blickte auf den Hafen mit seinen weißen Jachten und Segeln. »Sir Peter läßt Ihnen nicht viel Zeit für Vergnügungen.«
Er legte die Papiere in einen Umschlag und nahm den Telefonhörer ab. »Ich habe das auch gar nicht erwartet.«
Plötzlich wandte sie sich zu ihm. »Wissen Sie, warum er Sie in Wirklichkeit engagiert hat?«
Er sah sie an, den Hörer noch in der Hand. »Das überlege ich mir manchmal. Ich habe den Eindruck, daß er mich eigentlich überhaupt nicht braucht.«
Sie lachte. »Er hat Sie für mich engagiert. Er dachte, ich brauchte Sie.«
Langsam legte er den Hörer zurück.
»Er liebt mich«, fuhr sie fort, »und er will, daß ich alles habe. Daher hat er Sie ins Haus gebracht.«
»Hat er Ihnen das gesagt?«
»Natürlich nicht. Glauben Sie, er würde ankommen und sagen: Schau, ich habe dir einen Liebhaber mitgebracht.«
Er senkte die Augen. »Entschuldigung. Das habe ich nicht gewußt.«
Sie sah wieder aus dem Fenster. »Gerade das hat mir an Ihnen so gefallen. Sie waren zu sehr Gentleman, als daß Sie an so etwas dachten.«
»Morgen, wenn Sir Peter zurückkommt, werde ich kündigen.«
Sie musterte ihn. »Sie *sind* ein Gentleman. Wo wollen Sie hin? Was werden Sie tun? Haben Sie Geld?«
Er dachte an die hundert Francs in der Woche, die ihm Sir Peter zahlte, und schüttelte den Kopf.
»Dann seien Sie nicht dumm«, sagte sie scharf. »Sie werden hier nicht weggehen, ehe Sie nicht Geld haben.«
»Mit hundert Francs die Woche?«
»Das ist etwas, was Sir Peter mir beigebracht hat«, sagte sie. »Wo viel Geld ist, gibt es auch immer eine Gelegenheit, Geld zu verdienen.« Sie kam ins Zimmer zurück. »Sehen Sie sich danach um, Sie werden die Gelegenheit finden.«
Er schüttelte den Kopf. »Ich fürchte, nein. Ich habe kein Talent zum Geldverdienen.«

Sie sah ihn neugierig an. »Sie arbeiten nicht gern, nicht wahr?«
Er lachte. »Das wird es wohl sein. Arbeiten ist langweilig.«
»Wie wollen Sie dann zu Geld kommen?«
Er zuckte die Achseln. »Vielleicht finde ich eine reiche Amerikanerin, die ich heiraten kann.«
Sie nickte. »Jedenfalls besser, als für Madame Goyen den Gigolo zu spielen.«
»Aber um Geld zu verdienen, braucht man Geld.«
»Vielleicht kann ich Ihnen helfen«, sagte sie. »Gehen Sie jetzt. Sie haben den Rest des Nachmittags frei.«
Er verließ die Bibliothek und suchte sein Zimmer auf. Er zog die schweißverklebten Kleider aus und nahm eine Dusche. Dann legte er sich aufs Bett und steckte sich eine Zigarette an. Bevor er sie zu Ende geraucht hatte, hörte er das Klopfen an der Tür, auf das er gewartet hatte. Er drückte die Zigarette aus, warf einen Bademantel um und öffnete. »Treten Sie ein.«
»Ich habe eine Idee, wie Ihnen geholfen werden könnte.«
»Ja?« Er sah, daß ihre Augen auf seinen halboffenen Mantel fielen. Eine leichte Röte überflog ihr Gesicht.
Sie bemühte sich wegzuschauen, aber sie konnte ihre Augen nicht von seiner rasch zunehmenden Anschwellung losreißen. Sie öffnete die Lippen. »Ich –«
»Ich habe eine bessere Idee«, sagte er und zog sie zum Bett. »Ich glaube, es wird Zeit, daß ich mir endlich mein Gehalt verdiene.«

»Ich muß dich sprechen«, flüsterte sie, als er ins Speisezimmer kam. »Geh nach dem Essen nicht hinauf.«
Er nickte zum Zeichen, daß er verstanden hatte.
Nach der Mahlzeit zog sich Sir Peter wie gewöhnlich zurück. Sergei ging auf die Terrasse und wartete. Wenige Minuten später erschien sie.
Sie standen am Geländer und sahen, wie die Sonne flammend hinter den Bergen unterging.
»Ich bin schwanger«, flüsterte sie.
Er sah sie erstaunt an. »Mit zweiundzwanzig Bidets im Haus bist du –« Er hielt inne. »Bist du sicher?«
Sie nickte. Ihr Gesicht war bleich.
Er stieß einen leisen Pfiff aus. »Ich möchte wissen, ob Sir Peter damit je gerechnet hat.«
Sie antwortete nicht.

»Hast du's ihm schon gesagt?«
Sie schüttelte den Kopf. »Noch nicht.«
»Und was willst du tun?«
»Es loswerden. Ich habe meinen Arzt gebeten, die Sache in die Wege zu leiten.«
»Aber du wirst es nicht verheimlichen können. Er wird es herauskriegen.«
»Das muß ich riskieren«, sagte sie verzweifelt. »Was soll ich denn sonst machen?«
Er nahm eine Zigarette aus der Tasche und steckte sie an. Nachdenklich betrachtete er sie. »Wann?«
»Morgen. Er ist den ganzen Nachmittag bei einer Vorstandssitzung in der Bank. Du mußt mich zur Klinik fahren und wieder zurück. Ich kann mich auf keinen der Diener verlassen. Ich werde mir eine Ausrede zurechtlegen, damit ich ein paar Tage im Bett bleiben kann.«
»Um wieviel Uhr?«
»Ich werde nicht zum Mittagessen kommen, sondern schon morgens sagen, daß mir nicht wohl ist.«
»Um welche Zeit?«
»Nach dem Essen, sobald er in die Bank gefahren ist.« Sie legte die Hand auf seinen Arm. »Es tut mir leid.«
Er sah sie an. »Mir auch.«
Sie wollte etwas sagen, aber dann wandte sie sich um und ging ins Haus. Er sah ihr nach. Dann blickte er wieder auf den Hafen. Langsam verschwand die Sonne hinter dem Berg. Es wurde Nacht. Und immer noch stand er dort.

Es war beinah halb drei. Sie hatte die große Limousine schon vor mehr als einer halben Stunde wegfahren hören. Warum war Sergei noch nicht gekommen, um sie abzuholen? Da wurde leise an die Tür geklopft. Sie öffnete.
»Wieso hast du so lange gebraucht?« fragte sie, dann blieben ihr die Worte in der Kehle stecken. Es war nicht Sergei.
»Darf ich eintreten?«
»Selbstverständlich«, sagte sie. Sie ging rückwärts bis zur Mitte des Zimmers. »Sergei hat es dir erzählt?«
Er schloß die Tür hinter sich. »Ja.«
Er bemerkte die Tränen in ihren Augen. »Ich nehme an, es hat wenig Sinn, wenn ich dir sage, daß es mir leid tut.«

Sein ruhiger Blick begegnete dem ihren. »Es braucht dir nicht leid zu tun. Wir werden einen prächtigen Sohn bekommen.«

Am späten Nachmittag saß Sergei im Zug und blickte durchs Fenster auf die vorbeifliegende Landschaft. Zeitweise konnte er weit übers Mittelmeer sehen, dann wieder standen die Berge wie Wächter über dem Zug.
Er hatte richtig gehandelt. Das wußte er. Und zwar nicht nur wegen der hunderttausend Francs, die Sir Peter ihm gegeben hatte. Es war der Blick in den Augen des Alten, als er es ihm erzählt hatte.
Er war nicht angestellt worden, um bloß ein Verhältnis mit ihr zu haben. Es war mehr als das. Er sollte das tun, was der alte Mann nicht mehr tun konnte. Und nun war es vollbracht.
Er grinste. Hunderttausend Francs als Beschälgebühr war gar nicht schlecht. So mußte man's machen.
Es war besser, als für den Lebensunterhalt arbeiten zu müssen.

17

»Als erstes müssen wir dir ein paar Chinesinnen kaufen.« Er sprach französisch, aber mit einem stark gutturalen griechischen Akzent. Christopoulos' Neffe war ganz anders, als Marcel sich ihn vorgestellt hatte. Er war klein, schlank und dunkel und sah gut aus. Seine Anzüge waren tadellos geschneidert.
»Lassen Sie die Finger von den Flüchtlingen«, fuhr Eli fort, »die weißen Frauen machen Ihnen nur Unannehmlichkeiten. Wenn Sie schon keinen Tripper erwischen, bekommen Sie zumindest Ärger mit der Polizei. Die sind ständig in irgendwelche krummen Sachen verwickelt.«
Marcel meinte: »Was soll ich mit Frauen? Ich kann ohne sie auskommen.«
Die dunklen Augen betrachteten ihn verschmitzt. »Das glauben Sie. Aber Sie kennen die Frauen, die wir hier haben, noch nicht. Die schnappen nach Ihrem Ding, bis sie es kriegen.« Er zündete sich eine Zigarette an. »Außerdem sind die Chinesen ganz seltsame Leute. Die akzeptieren Sie nicht, wenn sie nicht sehen, daß Sie sie akzeptiert haben.«
»Und wenn ich Chinesinnen kaufe, dann ist das ein Beweis?«
Eli nickte. »Jawohl, und noch mehr als das. Es zeigt, daß Sie hierblei-

ben wollen. Ob Sie es wirklich tun, ist unwesentlich. Wenn Sie ein Mädchen kaufen, sind Sie immer für sie verantwortlich. Auch wenn Sie dann wegfahren, sind Sie immer noch da. Verstehen Sie?«
Marcel nickte. Es war seltsam, aber er verstand es.
»Und dann brauchen Sie ordentliche Anzüge.«
»Was ist mit meinen Anzügen? Ich habe sie mir alle machen lassen, bevor ich Paris verließ.«
»Sie sind zu europäisch«, erklärte Eli. »Nur die Flüchtlinge tragen hier europäische Anzüge. Außerdem sind die Franzosen die schlechtesten Herrenschneider der Welt. In Hongkong gibt es gute Schneider.«
»Du lieber Himmel«, seufzte Marcel. Die Nachtfahrt auf dem alten, schlingernden Schiff von Hongkong herüber war der ärgste Teil der Reise gewesen. »Da fahre ich nicht wieder hin.«
Eli grinste. »Das brauchen Sie auch gar nicht. Mein Schneider wird für die Anproben herkommen.«
»Aber was soll ich mit all den Anzügen, die ich mir habe machen lassen?«
»Verschenken Sie sie«, sagte der junge Grieche. »Vielleicht nimmt sie ein Chinese gegen ein Hausmädchen in Tausch. Aber viel werden Sie dafür nicht bekommen.« Er stand auf. »Kommen Sie. Meine Wohnung liegt in dem Gebäude hinter dem Kasino.«
»Ich möchte mich zuerst etwas umsehen, wenn Sie gestatten.«
»Nicht bevor Sie die richtigen Anzüge haben«, erklärte Eli bestimmt. »Gott weiß, was Sie schon an Gesicht verloren haben, als Sie durchs Kasino gingen und Ihr Gepäck selbst getragen haben.«
Er klatschte in die Hände, und ein Diener kam, um Marcels Koffer zu nehmen. »Wir können nicht einmal Mädchen kaufen gehen, bevor Sie nicht Ihre Anzüge haben. Kein anständiger Chinese würde eine Tochter einem Mann verkaufen, der so angezogen ist wie Sie!«

Ihr Name war Jade Lotos. Sie war vierzehn Jahre alt und zart gebaut. Ihre Haut hatte die Farbe von rosa Elfenbein, ihre Augen waren groß und dunkel, und ihr Gesicht war oval, nicht rund wie bei den meisten chinesischen Mädchen. Ihr Gang war graziös und leicht, als wären ihre Füße nie eingebunden gewesen. Marcel sah auf den ersten Blick, daß sie nicht wie die anderen war.
Ihr Vater saß ruhig da und schlürfte seinen Tee. Auch Eli sprach nicht, sondern trank den Tee.

Nach einiger Zeit begann er zu reden. Es war Kantonesisch, eine Sprache, die Marcel nicht verstand. »Dein Tee hat den Duft von tausend Blumen, ehrenwerter Tao.«
»Es ist nur ein armseliger Versuch, den Gaumen meiner ehrenwerten Gäste zu erfreuen«, antwortete der alte Mann.
»Habe ich Ihre Erlaubnis, französisch zu sprechen? Es ist die Sprache meines hier anwesenden Freundes.«
»Selbstverständlich.« Tao Min verbeugte sich höflich. Er sah zu Marcel hinüber. »Französisch ist eine Sprache, die ich überaus liebe. In ihr ist Musik, ähnlich wie in unserer.«
Er nahm einen kleinen Schlegel vom Tisch und schlug auf einen winzigen Gong. Noch bevor der melodische Ton verstummt war, wurde sein Tee weggenommen und eine lange dünne Pfeife hingelegt. Er hielt den Kopf der Pfeife über eine kleine Kerze in einem Glas in der Mitte des Tisches. Dann drehte er den Kopf um, so daß die Flamme hineinkonnte, und nahm die Pfeife genießerisch in den Mund.
Marcel betrachtete ihn fasziniert. Keiner der Männer, von denen er die ersten beiden Mädchen gekauft hatte, war wie dieser. Verglichen mit ihm, schienen sie gewöhnlich, fast vulgär.
»Was Sie brauchen, ist ein Mädchen aus erstklassiger Familie«, hatte Eli ihm erklärt. »Eine mit guten Manieren und guter Erziehung, als Ihre Frau Nummer eins. Sie wird Ihnen Ihr ›Gesicht‹ wahren.«
»Dann besorgen wir uns eine.« Marcel hatte diese Verzögerungen satt – zuerst die Kleider, jetzt die Mädchen. Er hatte das Gefühl, daß man ihn nie ins Kasino lassen würde.
»So einfach ist das nicht«, sagte Eli. »Es gibt nicht viele solche Mädchen. Meist wollen die reichen Chinesen sie für sich.«
»Was soll ich denn dann machen? Ewig warten, bis wir eine finden?«
»Immer mit der Ruhe, mein Freund, wir sind im Osten, nicht in Frankreich. Hier werden die Dinge nicht so rasch wie daheim erledigt. Aber geben Sie die Hoffnung nicht gleich auf. Ich habe da von einem Mädchen gehört, wie wir eines suchen, aber –«
»Aber was?« unterbrach ihn Marcel ungeduldig. »Dann holen wir sie uns und kommen endlich zum Schluß mit der Sache.«
»Nicht so schnell! Etwas kann mit ihr nicht stimmen. Sie ist alt und dennoch noch nicht verlobt.«
»Alt?« hatte Marcel gefragt. »Wie alt?«

»Über vierzehn.«
Marcel starrte ihn an. »Das nennen Sie alt?«
»In einem Land, wo die Mädchen mit acht oder zehn heiratsfähig sind, ist das alt.«
Schließlich fanden Elis Agenten den Schönheitsfehler heraus. Jade Lotos hatte einen Gang wie eine westliche Frau. Es war, als seien ihre Füße nie eingebunden gewesen. Ihr Vater hatte einen Spezialisten nach dem anderen kommen lassen, aber keiner konnte helfen. Der Vater hatte sich schon damit abgefunden, daß er sie für immer in seinem Haus behalten müßte.
Jetzt nickte der Alte Marcel wohlwollend zu. »Der Duft des Mohns ist nach dem Tee überaus entspannend.«
Marcel staunte über eine Kultur, die es gestattete, in Ruhe eine Pfeife Opium nach dem Tee zu rauchen, und die daran festhielt, daß die Füße eines kleinen Mädchens eingebunden werden mußten, ohne Rücksicht auf alle Gesetze, die man dagegen erlassen hatte. Offenbar war es Zeit, mit dem Handel zu beginnen. »Mein Freund ist hergekommen, um sich ein Heim zu gründen.«
Der alte Mann nickte. »Mögen ihm die Götter des Glücks gnädig sein.«
»Er ist ein Mann von hohem Rang in der westlichen Welt.«
»Es ist mir eine große Ehre, daß er mein Haus besucht.«
»Er sucht eine Frau Nummer eins«, fuhr Eli fort, »jemanden, mit dem er sein Alter und sein Glück teilen kann.«
»Das haben schon viele Männer aus dem Westen gesagt«, antwortete der Alte, »aber sie alle sind mit der Zeit in ihr Land zurückgekehrt und haben leere Häuser und gebrochene Herzen hiergelassen.«
Marcels Mut sank. Der alte Mann war gegen ihn. Er sah Eli an. Aber Eli hatte eine Antwort bereit. »Mein Freund ist gewillt, sich gegen diesen Fall versichern zu lassen, obgleich er weiß, daß es nicht dazu kommen wird.«
Tao zog an seiner Pfeife und nickte. »Ich habe mich sehr an Jade Lotos gewöhnt«, sagte er. »Sie ist bei weitem die klügste und schönste von meinen Töchtern.«
»Sie ist auch die älteste, und sie ist beinahe schon über das Alter für eine vorteilhafte Heirat hinaus.«
»Das kommt daher, weil ich bei der Wahl eines Ehemannes für sie besonders vorsichtig war. Eine so schöne Blume braucht einen ganz besonderen Garten.«

»Übertriebene Vorsicht hat schon manches Mädchen in die Gärten auf der anderen Seite des Hügels gebracht«, antwortete Eli.
Sie alle wußten, was er meinte. Ältere Mädchen wurden oft an Bordelle auf der anderen Seite des Hafens verkauft. Taos Ausdruck änderte sich nicht, als er Marcel ansah. »Wie soll man wissen, wie aufrichtig die Zuneigung eines Menschen ist?«
»Mein Freund bietet tausend Hongkong-Dollar zum Beweis seiner Aufrichtigkeit.«
Der Chinese machte eine Bewegung mit seiner Pfeife. »Ein bloßes Nichts im Vergleich zu meiner Hochschätzung für Jade Lotos.«
Marcel blickte erstaunt auf, als Eli sich erhob. »Wir danken dem Ehrenwerten Tao für seine gütige Gastfreundschaft und bitten tausendmal um Entschuldigung, daß wir es gewagt haben, seine wertvolle Zeit in Anspruch zu nehmen.«
Tao erschrak über dieses plötzliche Ende der Verhandlungen. Wider Willen sagte er: »Einen Augenblick, nur noch einen Augenblick. Warum habt ihr Leute aus dem Westen es immer so eilig?«
Hinter einem großen Schirm verborgen, sah Jade Lotos zu und lächelte, als Eli sich wieder setzte und das Feilschen von neuem begann. Sie hatte bemerkt, daß der, der sie kaufen wollte, nicht aufgestanden war.

Am nächsten Tag saß ein gewichtiger portugiesischer Polizist vor Elis Schreibtisch. Er trocknete sich mit einem Taschentuch das Gesicht. »Uns ist zu Ohren gekommen, daß Ihr Freund Frauen gekauft hat.« Er sah Marcel an. »Sie wissen, daß das gesetzlich verboten ist.«
Eli grinste. »Ist es gegen das Gesetz, wenn ein Mann Dienerinnen für sein Haus engagiert?«
Der Polizist lächelte. »Nein, natürlich nicht.« Wieder sah er Marcel an. »Aber ich dachte, es wäre eine gute Gelegenheit, Ihren Freund kennenzulernen.«
Eli machte sie miteinander bekannt. »Detektivleutnant Goa paßt für uns auf, daß wir nicht in Schwierigkeiten kommen.«
Die beiden Männer gaben sich die Hand.
»Einmal im Monat bekommt er einen Umschlag mit zehntausend Hongkong-Dollar. Bis jetzt konnte noch niemand feststellen, woher die stammen.«
Der Polizist grinste. »Jede Nacht sind extra zwei Leute draußen im Dienst.«

Marcel sah Eli an. »Hat es jemals Schwierigkeiten gegeben?«
Eli schüttelte den Kopf. »Seit ich hier bin, noch nicht.«
Marcel wandte sich wieder an den Polizeibeamten. »Vielleicht würde ein Polizist draußen ausreichen«, sagte er. »Das könnte Ihre Gesamtunkosten halbieren.«
Das herzliche Lachen des Polizeibeamten dröhnte durch den Raum. »Mir scheint, Ihr Freund und ich werden uns vertragen. Ich höre, daß er Jade Lotos als Haushälterin engagiert hat, der Glückspilz. Auf die hatte ich selbst ein Auge geworfen. Ich wollte nur warten, bis der Preis so weit gefallen war, daß ich sie dem alten Tao selber hätte abnehmen können.«

Die Fan-Tan-Spieler an dem großen Tisch sahen auf, als Marcel und Eli durch das Kasino gingen. »Der neue Besitzer«, sagte einer von ihnen.
Ein anderer nickte. »Man kann es an seiner Kleidung sehen, daß er ein Mann von Rang und Geld ist. Er wirkt sehr britisch.«
»Nur jemand mit viel Geld kann zur Eröffnung seines Hauses vier Frauen in einer Woche kaufen«, sagte ein dritter Spieler.
»Ja«, sagte der erste wieder, »und eine davon ist Taos Tochter, Jade Lotos, als Frau Nummer eins. Ich wette, der Alte hat dem Mann aus dem Westen eine ganze Menge für sie abgenommen, obgleich ihre Füße nicht in Ordnung sind.«
»Fang an zu spielen«, sagte ein anderer ungeduldig. »Jeder weiß, daß die aus dem Westen in solchen Dingen blöd sind.«

18

Als Marcel in die enge Gasse einbog, wurde der Geruch der Altstadt fast übermächtig. Hier konnte er sich nicht verflüchtigen. Die Häuser hielten die Straße ständig im Schatten. Es gab kaum Platz für eine Rikscha, geschweige denn für ein Auto.
Die Rufe der Fischhändler hallten die gewundene Gasse herauf, und überall war der Gestank der unverkauften Fänge, die auf den Kais verfaulten. Die Bettler warteten darauf, daß die Fischer ihnen den Rücken kehrten.
Ein Junge zog Marcel am Arm. Der Junge konnte nicht älter als acht sein, aber seine Augen waren alt. »*Putang, Missah?*«
Marcel schüttelte den Kopf.

»Sehl sauber. Westlich. Olientalisch. Jung, alles was du wollen.«
Wieder schüttelte Marcel den Kopf.
Aber der Bursche ließ sich nicht so leicht entmutigen. »Acht Jahr alt? Fünf?« Er wartete. »Buben? Du gelne Buben. Sehl geschickt.«
Marcel gab ihm keine Antwort. Er stieß die Tür des Hauses auf, vor dem er stand, und trat ein. Der schwere Geruch von Weihrauch, der den Opiumduft verdecken sollte, stieg ihm in die Nase. Er widerstand dem Drang zu niesen, als der junge Chinese auf ihn zukam.
Von der Straße her hörte Marcel die Stimme des Jungen. »Alschloch!«
Der junge Chinese schnitt ein Gesicht. »Ich weiß nicht, was mit den Kindern heutzutage los ist. Sie haben keinen Respekt mehr vor den Älteren. Ich bitte tausendmal um Entschuldigung.«
Marcel lächelte. »Das macht nichts, Kuo Min. Der Baum ist nicht mehr verantwortlich für die Frucht, wenn sie einmal am Boden liegt.«
Kuo Min verbeugte sich. »Sie sind sehr verständnisvoll. Mein Vater und die Onkel warten oben.« Er geleitete Marcel in das obere Stockwerk.
Ein hübsches junges Mädchen im klassischen Seidengewand kam heran und kniete zu seinen Füßen nieder, um seine Schuhe mit den hier üblichen Pantoffeln zu vertauschen. Dann folgte Marcel dem jungen Mann in den nächsten Raum. Dort saßen vier Männer an einem kleinen Tisch. Sie standen auf und verbeugten sich.
Kuo Mins Vater lud ihn ein, sich zu setzen, und sogleich brachte ein anderes junges Mädchen Tee.
Die vier Männer warteten höflich, bis ihr Gast sich erfrischt hatte. Sodann tauschten Kuo Mins Vater und Marcel höfliche Redensarten über Marcels Gesundheit und die Gesundheit seiner Frauen aus. Und dann erst kam man auf die Geschäfte zu sprechen.
»Haben Sie eine Zusage wegen der Gewehre?«
»Ich habe Nachricht bekommen«, antwortete Marcel ruhig.
Der alte Mann sah die anderen an, dann wieder Marcel. »Gut. Wir haben Opium, mit dem wir zahlen können.«
Marcel sagte mit leichtem Bedauern im Ton: »Es ist leider so, daß mein Kunde an Schiffen interessiert ist, nicht an Opium.«
Kuo Mins Vater schnappte nach Luft. »Aber Sie haben doch immer für Opium geliefert.«
»Ich höre, daß der Markt für Opium gefallen ist. Jedenfalls wünscht mein Kunde Schiffe.«

Nun entwickelte sich unter ihnen eine eifrige Debatte. Marcel versuchte gar nicht, der Unterhaltung zu folgen. Sie sprachen viel zu rasch für sein mangelhaftes Chinesisch. Außerdem war es egal, ob er es verstand. Er wußte, was er wollte.
Er war jetzt über ein Jahr in Macao. Und in dieser Zeit war er reicher geworden, als er sich je erträumt hatte. Fast vom ersten Geschäft an. Die Gewehre hatten es gemacht. Die und das Opium. Alle, die Krieg führten, wollten auch Gewehre. Die einzige Art, wie man sie nach China hineinbekam, war der Schmuggel auf einem kleinen Fischerboot, das die offene See zwischen dem Festland und Macao befuhr. Und das einzige, womit sie bezahlt wurden, war Opium.
Es hatte sich gezeigt, daß die Japaner viel gerissener waren, als Marcel geahnt hatte. Obgleich er reichlich Anfangskapital besaß, war es, im Vergleich zu dem, was sie für ihre Schiffe verlangten, nur ein Almosen. Er war auf den Waffenhandel gestoßen, als er verzweifelt nach einer Möglichkeit gesucht hatte, sein Kapital zu vergrößern.
Es hatte damit begonnen, daß die Leiche eines Mannes im Wasser bei den Docks gefunden wurde. Leutnant Goa saß in Marcels Büro im Kasino, als es ihm mitgeteilt wurde. Er stand auf und schüttelte den Kopf. »Das werden wir nie aufklären. Es war einer von Worilows Agenten.«
»Sir Peter Worilow?«
Der Polizeibeamte nickte. »Der macht hier große Geschäfte.«
»Ich dachte, der Handel mit Waffen sei ungesetzlich«, sagte Marcel, obgleich er wußte, wie töricht diese Frage war.
Der Polizist sah ihn mit einem verschmitzten Lächeln an. »Was ist nicht ungesetzlich?«
Kaum hatte der Polizeibeamte das Büro verlassen, da war Marcel schon auf dem Wege zum Nachmittagsdampfer nach Hongkong. Er wagte es nicht, von hier aus zu telegrafieren. Er war überzeugt, daß die Polizei von jedem Telegramm, das er absandte, eine Abschrift erhielt.
Das Telegramm an Sir Peter Worilow, Monte Carlo, lautete:

IHR AGENT MACAO TOT. ANBIETE MEINE DIENSTE VORAUSSETZUNG EINVERSTÄNDNIS CHRISTOPOULOS. ERWARTE IHRE ANTWORT HONGKONG PENINSULA HOTEL KAULUN VIERUNDZWANZIG STUNDEN.

Die Antwort war weniger als zwölf Stunden später in seinen Händen. DIENSTE ANGENOMMEN. Die Unterschrift lautete: Worilow.

Zwei Tage später war Kuo Min in seinem Büro erschienen. Andere Leute folgten, und es war immer dasselbe. Gewehre gegen Opium. In knapp einer Woche hatte er herausgefunden, daß die Gewehre, die Worilow verkaufte, veraltet waren und sonst nirgends auf der Welt mehr abgesetzt werden konnten und daß der Preis, den er für das Opium bekam, fünfmal so hoch war wie sein Einkaufspreis. Er profitierte bei jedem Geschäft von beiden Seiten. Die Aufstellung der Schweizer Bank, die ein Jahr später bei ihm eintraf, verblüffte sogar ihn selbst. Sein Guthaben betrug mehr als drei Millionen Dollar.
Damals entschloß sich Marcel, seinen ursprünglichen Plan zu verwirklichen und Schiffe zu erwerben. Aber wenn er sich direkt an die Japaner wandte, würden sie merken, wie dringend er die Schiffe haben wollte. Die einzige Möglichkeit war, sie durch Chinesen aufkaufen zu lassen.
Jetzt wandte sich Kuo Min an Marcel. »Mein Vater sagt, sie haben das Geld für die Schiffe nicht. Sie haben bloß Opium. Diese japanischen Affen werden uns kein Opium abnehmen.«
Marcel tat, als überdenke er, was sie gesagt hatten. »Wissen sie, ob es Schiffe gibt, die sie bekommen *können*?«
Die Männer redeten wieder eifrig miteinander. Diesmal wandte sich der alte Mann direkt an Marcel. »Es gibt wenigstens zehn alte Schiffe, die wir kaufen können, aber sie sind teuer.«
Marcels Gesicht blieb unbewegt. »Wie teuer sind sie?«
»Das ist ganz belanglos«, sagte der Alte. »Wir haben das Geld einfach nicht.«
Wieder tat Marcel, als dächte er nach. »Würde es Ihnen etwas nützen, wenn ich einen anderen Markt für Ihr Opium fände?«
Der Alte nickte. »Das wäre eine große Hilfe.«
»Ich werde mich danach umtun. Aber ich bezweifle, daß ich für Sie so hohe Preise erzielen kann.«
»Wir werden für immer in Ihrer Schuld stehen.«
»*Bon.*« Marcel stand auf. »Ich werde mich bald mit Ihnen in Verbindung setzen und Sie wissen lassen, ob ich Erfolg gehabt habe.«
Alle standen auf und verbeugten sich feierlich. Nachdem Marcel gegangen war, sagte einer: »Sie sind alle gleich. Früher oder später überkommt sie die Gier.«
»Ja«, sagte ein anderer, »man sollte meinen, es müßte ihm genügen, wenn er uns und den Russen bestiehlt. Aber jetzt will er uns noch mehr abnehmen, um seine verdammten Schiffe zu kaufen.«

»Ich glaube, es wird Zeit, ihn seinem Vorgänger ins Hafenwasser nachzuschicken«, sagte ein dritter.
Kuo Mins Vater hob die Hand. »Nein, meine Brüder, es ist noch nicht an der Zeit. Dann müßten wir untätig bleiben, bis der Russe einen Ersatz für ihn findet. Und das können wir uns nicht leisten.«
»Du willst zulassen, daß er uns noch mehr bestiehlt?«
»Er wird uns nicht bestehlen«, sagte Kuo Mins Vater ruhig. »Sobald wir wissen, wieviel weniger er uns für das Opium zahlt, verdoppeln wir die Summe und schlagen sie zum Preis der Schiffe.«

»Er ist reich geworden«, tobte Christopoulos. »In weniger als einem Jahr hat er drei Millionen auf Schweizer Banken zusammengebracht. Jetzt müssen wir feststellen, daß ihm zwanzig Schiffe gehören, die er alle für uns hätte kaufen sollen. Und er hat die Stirn, sie uns als Charterschiffe anzubieten.«
Sir Peter sah ihn unbewegt an. »Was soll ich nach Ihrer Meinung tun?«
»Irgendwo muß das Geld ja hergekommen sein. Da die Bücher des Kasinos in Ordnung sind, kann er nur Sie bestehlen.«
Sir Peter lächelte. »Mich bestiehlt er nicht. Seine Abrechnungen sind haargenau. Er hat bei jeder Transaktion die volle Summe für mich kassiert.«
»Dann muß er von Ihren Kunden Überpreise bekommen.«
»Das ist ihr Pech«, meinte Sir Peter achselzuckend. »Meine Preise sind so hoch, daß sie mir genügen. Wenn die Leute noch mehr zahlen, kann ich sie nicht hindern.«
»Dann können Sie gar nichts tun, um ihm Zügel anzulegen?«
»Ich habe keinen Grund dazu«, sagte Sir Peter. »Aber Sie. Sie können es tun.«
»Wie denn?«
»Chartern Sie die Schiffe nicht. Was fängt er mit zwanzig Schiffen ohne Ladung an? In einem Monat ist er erledigt.«
»Dann werden die Japaner sie zurückkaufen, und wir sind so übel dran wie vorher.«
»Das ist Ihr Pech.« Sir Peter sah auf die Uhr. »Ich muß jetzt fort. Es ist gleich Schlafenszeit für meinen Sohn. Sooft ich es einrichten kann, bin ich dabei. In meinem Alter weiß man nie, wie oft man dazu noch Gelegenheit hat.«
Er führte den *tailleur* zur Tür. »Wissen Sie, Christopoulos, Sie sollten nicht so geldgierig sein. Ich habe schon vor langer Zeit gelernt,

bei meinem Geschäft zu bleiben. Auch Sie sollten das tun, was Sie am besten können – Karten geben.«
Eli sah auf, als sein Onkel in den Wagen stieg. »Was hat der Alte gesagt?«
Christopoulos fluchte nur.
»Will er nichts unternehmen?«
»Nein. Er sagt, die Bücher sind auch in Ordnung.« Seine Stimme klang bitter. »Ich habe das Gefühl, er hat mich ausgelacht.«
Sie fuhren ein paar Minuten, ohne zu sprechen. »Was willst du tun?«
»Hol ihn der Teufel«, antwortete der Onkel. »Ich habe dem Baron gesagt, daß ich ihm nicht traue. Ich könnte ihn mit bloßen Händen erwürgen.«
»Warum sich die Mühe machen?« sagte Eli leichthin. »In Macao gibt es jemanden, der glücklich wäre, es für dich zu tun.«
Der Onkel sah zu ihm hinüber.
»Wenn er dich nicht bestohlen hat und Sir Peter auch nicht, so müssen es die Chinesen sein, die er hereinlegt.«
»Du kennst sie?«
»Jeder in Macao kennt sie. Ein Brief von mir würde vollkommen genügen.«
»Aber die sind doch bestimmt so schlau, daß sie selbst merken, was er treibt. Warum haben sie ihn denn nicht schon längst umgebracht?«
Eli sah seinen Onkel an. »Die Chinesen sind anders als wir. Im Osten gibt es etwas, was ›Gesicht‹ heißt. Solange nur er und sie es wissen, spielt es keine Rolle. Die Chinesen haben immerhin bekommen, was sie wollten. Wenn es aber allgemein bekannt wird, daß er sie bestiehlt, dann würden sie viel an Gesicht verlieren, wenn sie ihn nicht umlegten.«
Christopoulos' Gesicht verzerrte sich vor Wut. »Gib mir einen Monat, um die nötigen Vereinbarungen mit den Japanern zu treffen. Dann schreibst du deinem Freund einen Brief.«

19

Marcel saß hinter seinem Schreibtisch und studierte den Amerikaner. Er war groß, sein Gesicht gerötet, die Augen blau und hart. Marcel sah wieder auf die Geschäftskarte.

JOHN HADLEY, VICE PRESIDENT
AMERICAN FREIGHT LINES, INC.

»Und was wünschen Sie von mir, Mr. Hadley?«
Hadley kam direkt zur Sache. »Ich habe mich hier nach Schiffen umgesehen. Sie sind alle in Ihrer Hand.«
Marcel machte eine einschränkende Geste. »Nicht alle.«
»Nein.« Hadley verzog das Gesicht. »Bloß alle, die noch seetüchtig sind.« Er lehnte sich in seinem Stuhl vor. »Ich habe Vollmacht, Ihnen eine ansehnliche Summe zu bieten, wenn Sie an uns verkaufen.«
Marcel lächelte. »Das hört man immer gern. Aber ich bin noch nicht bereit zu verkaufen.«
»Was wollen Sie mit ihnen anfangen? Sie haben Ihren Chartervertrag noch nicht unter Dach.«
Offenbar war der Amerikaner gut informiert. »Man wird die Schiffe chartern.«
»Ich habe gehört, daß man es nicht tun wird. Angeblich hat man den Japanern vorgeschlagen, die Schiffe von Ihnen anzukaufen, sobald man Sie mürbe gemacht hat.«
Marcel sah ihn an. Darum also brauchten sie für ihre Antwort so lange. »Sie werden mich nicht mürbe machen«, sagte er zuversichtlicher, als ihm zumute war. »Ich werde Fracht finden.«
»Wie denn?« fragte der Amerikaner. »Hier in Macao?«
Die Frage war berechtigt. Hierher kamen nur kleine Ladungen; die großen gingen anderswohin. Marcel holte tief Luft. »Ich habe Agenten in Hongkong.«
»Sie haben niemanden«, antwortete Hadley bestimmt. »Wenn Sie mit den Griechen zu keinem Abschluß kommen, können Sie's aufgeben. In zwei Monaten haben die Japaner ihre Schiffe wieder.«
»Warum gehen Sie dann nicht zu ihnen?«
Hadley lächelte. »Weil wir sicher sein wollen, daß wir die Schiffe auch bekommen. Lieber mache ich mit Ihnen ein schlechtes Geschäft, als daß ich mich mit den Japanern einlasse.«
»Sie sprechen sehr offen.«
»Nur so kann man Geschäfte machen. Mein Chef hat keine Geduld für Intrigen. Er geht immer gerade auf sein Ziel los.«
Marcel kannte den Ruf, den der Besitzer der American Freight Lines genoß. James Hadley verdankte es seiner rücksichtslosen Entschlossenheit, daß seine Linie beinahe das Frachtmonopol nach und von

Südamerika besaß. In den letzten Jahren hatte er sich angeblich immer mehr der Politik zugewandt. Man sprach davon, daß Roosevelt ihm einen Posten als Botschafter geben wollte. Wie alle Neureichen wollte Hadley Zutritt zu einer Welt finden, in die Geld allein ihn nicht bringen konnte, einer Welt, in der es um Macht und Einfluß ging.

Plötzlich dämmerte es Marcel, daß der Mann vor ihm denselben Namen trug. Er nahm die Karte auf. »Sie sind ein Verwandter?«

Der Amerikaner nickte. »Wir sind Vettern ersten Grades.« Dann sagte er: »Sie sind also entschlossen, Ihre Schiffe nicht zu verkaufen?« – Marcel nickte.

»In diesem Fall habe ich einen anderen Vorschlag. Wir haben fünfzig Schiffe unter amerikanischer Flagge. Wir möchten sie aus Steuergründen im Ausland registrieren lassen. Ich schlage vor, daß wir die Schiffe in eine gemeinsame Gesellschaft einbringen und in einem Land eintragen lassen, das im Falle eines Krieges neutral bleibt. Auf diese Weise wäre ihnen auch dann die Freiheit der Meere gesichert.«

Marcel schüttelte den Kopf. »Unmöglich. Man würde trotzdem wissen, daß es Ihre Schiffe sind.«

Hadley sah ihn verschmitzt an. »Nicht, wenn wir sie Ihnen verkaufen. Unsere Interessen würden auf eine Schweizer Gesellschaft übertragen werden.«

»Aber in welchem Land könnten wir sie registrieren lassen?«

»Sie sind viele Jahre Assistent des corteguayanischen Konsulats in Paris gewesen.«

Wieder starrte Marcel ihn an. Die Amerikaner waren viel gerissener, als er gedacht hatte. »Aber Corteguay hat schon eine Vereinbarung mit der De-Coyne-Gruppe.«

»Und was können sie vorweisen?« fragte Hadley verächtlich. »Vier lausige Schiffe. Dabei wären zwanzig nicht einmal genug.«

»Aber es besteht eine Vereinbarung.«

»Wie lange, glauben Sie, würde die Vereinbarung gelten, wenn wir ihrem Präsidenten die Vorteile klarmachen, die wir ihm bieten können?« gab Hadley zurück. »Politiker sind in der ganzen Welt gleich.«

Zum erstenmal nach langer Zeit dachte Marcel an den toten Konsul. Wie sehr hatte Jaime Xenos sich eine solche Chance für sein Land gewünscht. Und doch wäre er entsetzt gewesen. Aber der Amerikaner hatte recht. Es gab nicht viele Leute von dieser Integrität.

»Wie wollen Sie an *el Presidente* herankommen?« fragte Marcel. »Ich war bloß ein Angestellter des Konsulats. Ich habe absolut keinen Einfluß.«
»Überlassen Sie das uns«, antwortete Hadley zuversichtlich. »Ich brauche nur Ihr prinzipielles Einverständnis.« Er stand auf. »Ich fahre mit dem Nachmittagsschiff zurück nach Hongkong. Überlegen Sie sich's. Ich bin für ein paar Tage im Peninsula Hotel erreichbar, wenn Sie sich mit mir in Verbindung setzen wollen.«
»Ich will mir die Sache überlegen.«
Marcel wußte, warum Hadley in Hongkong blieb – um mit den Japanern wegen der Schiffe zu verhandeln. Hadley war nicht der Mann, der sich auf Risiken einließ.
Irgendwo war etwas schiefgegangen. Der Teufel hole die Griechen! Sie versuchten ihm in den Rücken zu fallen. Dabei hätten sie nie die geringste Aussicht gehabt, die Schiffe zu bekommen, wenn er nicht gewesen wäre.

Das Haus war ungewohnt still, als er an diesem Abend heimkam. Sogar Jade Lotos schien abgespannt zu sein, als sie seine Schuhe nahm und ihm die Pantoffeln brachte. Als sie mit dem abendlichen Aperitif kam, fragte er: »Fühlst du dich nicht gut?«
Sie sah blaß aus. Er musterte sie nachdenklich. Er hatte dieses ruhige, reizende Mädchen, das er gekauft hatte, sehr liebgewonnen. Er entsann sich des Tages, als er sie heimgebracht hatte. Seine anderen Frauen umdrängten sie und quäkten mit ihren hohen Singsangstimmen: »Willkommen, Schwester. Willkommen, Schwester.«
Als er an jenem Abend in sein Schlafzimmer kam, waren frische Blumen in der Vase am Fenster, und vor dem lächelnden Buddha brannte duftender Weihrauch. Sogar neue Seidenbezüge waren auf seinem Bett. Er wollte sich eben ausziehen, als er ein Geräusch hinter sich vernahm und von seinen drei Frauen umringt wurde.
Lachend und kichernd entkleideten sie ihn, dann schoben sie ihn nackt zwischen die Bettücher und verließen das Zimmer. Kurz darauf hörte er den Klang einer Leier, die leise geschlagen wurde. Die Musik näherte sich der Tür.
Jade Lotos trat ein. Er konnte sie nur anstarren. Nie hatte er etwas Schöneres gesehen. Ihr Haar umrahmte weich das Gesicht, die Augen wirkten kohlschwarz. Das durchsichtige Seidenkleid umhüllte einen Körper, der aussah wie schimmerndes Elfenbein.

Hinter ihr kamen die anderen Frauen. Eine spielte auf einer winzigen Leier, eine zweite trug eine Schüssel mit Konfekt und kandierten Früchten, die dritte eine Karaffe Wein. Jade Lotos blieb vor dem Bett stehen, die Augen sittsam gesenkt.
Das Zuckerwerk und der Wein wurden auf ein Tischchen neben dem Bett gestellt. Dann zogen zwei der anderen Frauen Jade Lotos das Kleid über den Kopf. Sie stand völlig nackt da. Und dann traten sie an sein Bett und zogen ihm die Decke fort.
Sie stand immer noch mit gesenktem Blick da. »Komm, meine Schwester«, sagte eine von ihnen leise, »setz dich neben deinen Gatten.«
Er sah, wie der Puls an ihrem Halse schlug und die rosa Spitzen ihrer Brüste sich zart zusammenzogen. Er fühlte seine Erregung. Aber Jade Lotos sah ihn immer noch nicht an.
»Sieh her, meine Schwester«, sagte die dritte. »Sieh, wie sehr du deinem Gatten gefällst.«
Aber Jade Lotos wollte ihn immer noch nicht ansehen. Er nahm ihr Gesicht und drehte es zu sich, und plötzlich waren sie allein.
Ihre Augen blickten in seine, dann sagte sie: »Ich habe Angst, hinzusehen, mein Gemahl; ich habe gehört, daß die Männer aus dem Westen riesenhaft gebaut sind.«
Ein wohliges Gefühl überkam ihn. Plötzlich fühlte er sich stark und kraftvoll. Er hatte sich nie für besonders stark gebaut gehalten, aber er hatte gehört, daß die Orientalen kleiner waren.
»Sieh mich an.«
Sie schloß die Augen. »Ich habe Angst.«
»Sieh mich an!« Diesmal war es ein Befehl, den sie nicht zu mißachten wagte. Sie öffnete die Augen und wandte ihr Gesicht langsam nach unten. »Ich werde sterben«, sagte sie. »Es wird in mich eindringen und mein Herz durchstoßen.«
Da wurde er ärgerlich. »Wenn du Angst hast, geh und schicke eine der anderen herein.«
Sie wurde blaß. Entsetzen erfüllte sie plötzlich vor der Schande, die sie über sich und ihre Familie bringen würde, wenn er sie fortschickte. »Nein, mein Gemahl, ich habe keine Angst mehr.«
Mit einer raschen Bewegung kniete sie sich rittlings über ihn. Dann senkte sie sich, während seine Hand sie führte, nieder. Aber immer wieder zog sie sich zurück, wenn der Schmerz zu schlimm wurde.
Er sah, wie ihr die Tränen über die Wangen rollten. »Hör auf«, sagte er schroff.

Die Angst in ihren Augen konnte er nicht ertragen. Er zog sie sanft neben sich. Sie war ja fast noch ein Kind.
»Wer hat dir gesagt, daß du es so machen sollst?«
Sie verbarg ihr Gesicht im Kissen, damit er nicht sah, wie sie sich schämte. »Meine Mutter«, flüsterte sie. »Es ist die einzige Art, wie man Männer aus dem Westen aufnehmen kann, sagt sie, zonst zerreißen sie einen.«
Er streichelte ihr langes schwarzes Haar. »Das ist nicht wahr. Komm, ich werde es dir zeigen.«
Er begann sie zu küssen und zu liebkosen, und als er schließlich in ihr war, überraschte sogar ihn ihre Leidenschaft. So war sie seine Favoritin geworden. Denn sie tat alles, um es ihm in ihrer rasenden Leidenschaft schön zu machen.
Jetzt stand sie vor ihm, schweigend und blaß, während er an seinem Aperitif schlürfte. »Ich möchte mein Abendessen und gehe dann wieder ins Kasino. Ich habe zu arbeiten.«
Sie nickte und verließ schweigend den Raum. Kurz darauf hörte er ein Geschrei aus der Küche, dann aufgeregte Stimmen. Eben wollte er in die Küche gehen, als sie in der Tür erschien.
Ihr Gesicht war blaß und zeigte Spuren von Tränen. »Bitte, entschuldige die Störung, mein Gemahl.«
Er sah sie an. »Was, zum Teufel, ist denn los?«
Sie antwortete nicht.
Plötzlich waren alle seine Frauen im Zimmer. Alle weinten.
Erstaunt schaute er von einer zur anderen. »Wer von euch sagt mir nun endlich, was los ist?«
Darauf warf sich Jade Lotos vor ihm auf die Knie. »Geh heute nicht ins Kasino. Verlaß das Haus nicht.«
»Warum nicht?« fragte er ärgerlich. »Was, zum Teufel, ist in euch gefahren?«
»Der Tong Min sagt, du bist ein toter Mann.«
»Was?« Er konnte es nicht glauben. »Woher wißt ihr das?«
»Das ist gekommen.« Jade Lotos holte eine Schachtel aus dem Wandschrank und öffnete sie. Sie war mit weißer Seide gefüllt.
»Was ist das?«
»Seide für vier Trauerkleider. Es ist eine Sitte bei den Tongs, damit die Frau auf die Witwenschaft vorbereitet ist.«
»Wann habt ihr das bekommen?«
»Heute nachmittag. Ein Bote ist von Kuo Min gekommen und hat es vor unsere Tür gestellt.«

Eiskalte Angst ergriff ihn. »Ich muß hier weg. Ich gehe zur Polizei.«
»Was nützt dir das?« fragte Jade Lotos. »Du bist tot, bevor du hinkommst. Draußen sind schon Männer, die das Haus beobachten.«
»Als ich kam, war niemand da.«
»Sie hatten sich versteckt. Komm, du kannst es dir selbst ansehen.«
Er folgte ihr zum Fenster. Sie hob vorsichtig eine Ecke des Rolladens an. Im Eingang gegenüber stand ein Mann, ein anderer einen Block weiter neben der Laterne. »Ich rufe die Polizei an. Die wird mich hier herausbringen.«
Aber das Telefon war tot. Die Drähte waren offenbar durchschnitten. Dumpfe Verzweiflung überkam ihn. Sie hatten an alles gedacht.
»Es muß ein Mißverständnis sein. Weshalb haben sie mich denn nicht umgebracht, ehe ich nach Hause kam?«
»Ohne daß deine Frauen dir Lebewohl sagen können?« Jade Lotos' Stimme klang entsetzt. »Sie sind doch keine Wilden.«
Einen Augenblick dachte er, er müsse sich übergeben, dann riß er sich zusammen. »Es muß einen Ausweg geben.«
Niemand antwortete. Wütend drehte er sich um und ging ins Wohnzimmer zurück. Er zog eine Lade des Schreibtisches auf und nahm einen Revolver heraus. Das kalte Metall war eigentümlich beruhigend, wenn er auch noch nie eine Pistole abgefeuert hatte.
Seine Frauen kamen ins Zimmer. Jade Lotos flüsterte ihnen in schnellem Chinesisch etwas zu. Eine nach der anderen nickte, dann wandte sie sich an ihn. »Es gibt einen Weg.«
Er blickte sie überrascht an. »Warum hast du mir das nicht vorher schon gesagt?«
»Wir wollen nicht, daß du zum Mörder wirst«, sagte sie. »Es ist schlimm genug, daß der Tong sagt, du seist ein Dieb.«
Er konnte ihrem Blick nicht standhalten. »Wieso behaupten sie das?«
»Von dem Mann, der vor dir im Kasino war, ist ein Brief gekommen. Er sagt, du hättest ihnen nicht alles Geld gegeben, das du für ihr Opium bekommen hast.«
Jetzt wurde ihm klar, warum die Griechen so sicher waren, daß sie die Schiffe erhielten. Nach seinem Tode würden die Schiffe den Japanern zurückgegeben, da ja ein Teil der Raten unbezahlt war.
»Wie komme ich hier weg?« fragte er kleinlaut.
»Man hat uns aufgefordert, das Haus vor zehn Uhr zu verlassen. Eine von uns bleibt. Du wirst in ihren Kleidern fliehen.«

»Wer?«
»Ich werde hierbleiben«, sagte Jade Lotos. »Ich bin die Frau Nummer eins. Es ist meine Pflicht. Außerdem bin ich dir in Größe und Gang am ähnlichsten.«
Er sah sie an. »Aber was werden sie mit dir machen, wenn sie dich statt meiner finden?«
»Ich bin nicht in Gefahr«, sagte sie ruhig.
Während der ganzen Nacht auf dem portugiesischen Schmuggelboot, das ihn nach Hongkong brachte, wagte Marcel nicht, an sie zu denken. Nicht an den Ausdruck in ihrem blassen Gesicht, als er mit den drei anderen Frauen hinausging.
In der folgenden Nacht, nach seiner Besprechung mit Hadley im Hotel in Hongkong, erwachte er in seiner Kabine von dem Klopfen der schweren Maschinen. Er befand sich auf einem amerikanischen Frachter, der unterwegs nach den Vereinigten Staaten war.
»Jade Lotos!« schrie er in der Dunkelheit. Er sah ihr Gesicht und die schreckliche Gewißheit darin. Die Gewißheit, daß sie zum Tode verurteilt war.
Viele Jahre später, als er sehr reich war und es viele Frauen für ihn gegeben hatte, dachte er an sie nur noch als an das hübscheste der vier Chinesenmädchen, die er in Macao gekauft hatte.
Aber in dieser Nacht schrie er laut nach ihr.
Und er weinte über seine Feigheit. Und über sie.

20

»Ich möchte, daß Dax hier bei uns in Boston wohnt, bis er eine eigene Wohnung gefunden hat«, sagte Robert, als seine Schwester zum Frühstück herunterkam.
Caroline zögerte. »Aber das bedeutet, daß auch dieser Mann hier wohnt, der immer bei ihm ist.«
Robert nickte. »Fat Cat.«
»Ja, der. Ich kriege immer eine Gänsehaut, wenn ich ihn sehe. Ein richtiger Aufpasser.«
Robert lachte. »Dazu ist er da. Er ist mit Dax zusammen, seit der ein kleiner Junge war. Ihr Präsident hat ihn zum Leibwächter von Dax gemacht, damals, als sie draußen im Urwald waren.«
»Jetzt sind sie aber nicht mehr im Urwald. Warum ist er denn immer noch da?«

»Ich nehme an, daß er gewissermaßen zur Familie gehört. Und seit dem Tode seines Vaters hat Dax ja sonst gar keine Familie mehr.«
In diesem Augenblick kam Carolines Logierbesuch ins Zimmer. Robert stand auf. »Guten Morgen, Sue Ann.«
Das hübsche blonde Mädchen lächelte. »Guten Morgen, Robert«, sagte sie mit weichem südlichem Akzent. »Guten Morgen, meine liebe Caroline.«
Robert blieb stehen, nachdem Sue Ann sich gesetzt hatte. »Dann bist du also einverstanden, daß Dax bei uns wohnt?«
Caroline zuckte die Achseln. »Warum nicht? Das Haus ist schließlich groß genug.«
»Er kommt morgen in New York an. Ich werde wohl hinüberfliegen und ihn abholen.«
Sue Ann sah Caroline neugierig an, nachdem Robert gegangen war. »Dieser Name«, sagte sie, »kommt mir bekannt vor. Ich habe ihn schon irgendwo gehört.«
»Dax ist ein Freund meines Bruders. Sie sind in Frankreich zusammen zur Schule gegangen.«
Sue Ann nahm ihre Kaffeetasse. »Warte mal! Ist das nicht der Polospieler, der Gesandter wurde, als sein Vater starb?«
»Gesandter nicht, nur Konsul.«
»Ist das nicht dasselbe? Ich habe gehört, er soll phantastisch sein.«
»Phantastisch?« Caroline sah ihre Freundin an. Manchmal verstand sie sie überhaupt nicht. Weshalb war jeder Mann, den sie kennenlernen sollte, »phantastisch«? Sie hatte diesen Ausdruck schon unzählige Male gehört, seit sie Sue Ann kannte.

Dax hat sich verändert, dachte Caroline. Er war jetzt kein Junge mehr, sondern erwachsen. Sie war erstaunt, daß ein Mensch sich in weniger als einem Jahr so wandeln konnte.
Sie hielt ihm nach französischer Art ihre Wange zum Kuß hin. »Wie schön, dich wiederzusehen, Caroline«, sagte Dax.
Seine Stimme ist auch männlicher geworden, dachte sie. Robert wirkt neben ihm wie ein Schuljunge. »Ich freue mich, dich hier bei uns zu begrüßen, Dax. Wie war die Überfahrt?«
»*Bon*«, sagte er, »bis zur Landung. Dann wollten mich die Reporter nicht in Ruhe lassen.«
»Siehst du, du bist eben eine richtige Berühmtheit!«
Dax lächelte Robert zu. »Reporter sind überall in der Welt gleich«,

antwortete er. »Wenn es keine Sensationen gibt, dann erfinden sie welche.«
Caroline fühlte sich merkwürdig unruhig. Das war nicht mehr der Junge, den sie im Badehaus an der Nase herumgeführt hatte. Sie wußte, daß sie so etwas nie wieder wagen würde. Er blickte an ihr vorbei zur Treppe. Ohne sich umzudrehen, ahnte sie, daß Sue Ann herunterkam. Sie verspürte Eifersucht. Die kokette Person hatte den ganzen Vormittag vor dem Spiegel verbracht und sich zurechtgemacht.
Sue Ann kam auf sie zu, goldblond und sonnengebräunt. Verdammt, dachte Caroline, warum müssen alle amerikanischen Mädchen so groß sein?
Sie wandte sich an Dax. »Ich möchte dich meiner Freundin vorstellen. Sue Ann, das ist Dax Xenos.«
»*Enchanté*«, sagte Dax und küßte Sue Anns Hand.
Sue Ann errötete. »Ich freue mich sehr, Sie kennenzulernen, Mistah Xenos«, sagte sie mit ihrem gedehnten Akzent. »Ich habe schon soviel von Ihnen gehört.«
Dax wandte sich an Caroline. Er wußte, was sie empfand. Geschieht ihr recht, dachte er.
»Warum hast du mir nicht geschrieben, Caroline, daß es so schöne Frauen in Amerika gibt? Wenn ich das gewußt hätte, wäre ich schon früher gekommen.«
»Frauen«, hatte er gesagt, nicht »Mädchen«. Das bemerkte Caroline sofort. Er *war* erwachsen, und sie fühlte seine Überlegenheit. Sie verbarg ihre Empfindungen hinter einem Lächeln.
»Ich dachte, du wärst zu beschäftigt«, sagte sie.
Dax sah Sue Ann an. »Wenn ich das gewußt hätte, wäre ich nicht so beschäftigt gewesen.«

Während Dax sich zum Abendessen umzog, trat Fat Cat ins Zimmer und setzte sich gewichtig auf einen Stuhl. »Dieses Land ist gar nicht so, wie ich gedacht habe.«
Dax lächelte. »Keine Indianer? Keine Gangster?«
Fat Cat schüttelte den Kopf. »Nein. Aber dafür diese verdammte Hitze. Man schmilzt in seinen Kleidern.«
»Immer beklagst du dich. In Frankreich war es die Feuchtigkeit und die Kälte. Aber keine Sorge, im Winter wirst du bis zu den Ohren im Schnee stecken. Dann wird dir kühl genug sein.«
Fat Cat sah ihn an. »Wie lange wollen wir in diesem Haus bleiben?«

»Warum?«
Fat Cat zuckte die Achseln. »Diese Französin, die Schwester deines Freundes, mag mich nicht.«
»Bis wir eine Wohnung finden«, sagte Dax.
»Es wäre gut, wenn das schnell ginge«, meinte Fat Cat.
Dax band sich seine Schleife. »Wieso?«
»Die Blonde sieht dich an, als lägst du schon zwischen ihren Beinen. Und die Französin sieht dich an, als wollte sie dich in diesem Falle umbringen.«
»Du meinst, sie ist eifersüchtig?«
Fat Cat nickte. »Mehr als eifersüchtig. Es ist immer alles nach ihrem Kopf gegangen, und es ist klar, daß sie mit dir nicht mehr so umspringen kann wie in Frankreich. Paß bloß auf!«
Dax ging nach unten und traf Robert in der Bibliothek. »Wo sind die Mädchen?«
»Wo werden sie schon sein?« Robert zuckte die Achseln. »Sie ziehen sich an. Ich habe einen Aperitif für dich.«
»Merci«, Dax nahm den Drink. *»Du Pastis. Ah, c'est bon.«*
Robert lächelte. »Ich dachte, du könntest einen gebrauchen.«
Dax setzte sich. »Erzähl mir von Amerika.«
»Es ist ganz anders«, sagte Robert vorsichtig. »Ich meine, nicht nur anders als daheim. Es ist anders, als wir dachten.«
»Den Eindruck habe ich auch«, lachte Dax. »Fat Cat ist enttäuscht. Es gibt weder Indianer noch Gangster.«
Robert lächelte. »Ich will dir ein Geheimnis verraten. Ich war zuerst auch enttäuscht, als ich herkam.« Dann wurde er wieder ernst. »Ich spreche von den Leuten in Amerika. Hier in Harvard gibt es Leute unserer Art. Sie sind sich ihrer Rolle in der Welt bewußt. Aber der Mann von der Straße ist ganz anders. Es berührt ihn nicht, was irgendwo sonst passiert. Die Meere isolieren die Amerikaner von den Weltereignissen.«
»In gewisser Weise haben sie recht. Der Atlantik und der Pazifik *sind* große Meere.«
»Sie werden nicht immer so groß bleiben.«
»Wie ist es mit der Schule? Ist sie schwer?«
»Der Unterricht? Das ist ungefähr dasselbe wie auf jeder anderen Schule. Aber was sie da sonst treiben, das ist schwieriger zu begreifen. Ihre Sportarten, Baseball und amerikanischer Fußball. Basketball. Ein Student, der sich dabei hervortut, wird mehr geschätzt als der beste Schüler.«

»Das ist daheim mit unserem Fußball genauso. Und für mich war es beim Polo ähnlich. Übrigens, gibt es eine Polomannschaft?«
»Ich glaube nicht. Ich habe von Freunden eine Einladung zu den Polospielen in Meadowbrook bekommen.«
»Meadowbrook?« Dax runzelte die Stirn. »Ist das nicht die Mannschaft, in der Hitchcock spielt?«
Robert nickte. »Ich glaube, ja.«
»Einmal möchte ich schon hingehen. Ich habe Hitchcock nie spielen sehen.«
»Es liegt in Long Island. Wir müßten den Zug nach New York nehmen oder fliegen. Das kann ein nettes Wochenende werden. Sie haben uns eingeladen.«
»Aber sie kennen mich doch überhaupt nicht.«
»So sind die Amerikaner eben«, sagte Robert. »Es macht ihnen gar nichts, einen völlig Unbekannten zu sich einzuladen. Zum Abendessen, zum Wochenende oder sogar für einen Monat zu Besuch.«
»Merkwürdige Leute.«
»Aber das ist nicht die einzige Einladung. Seit deiner Ankunft habe ich wohl etwa zwanzig Anrufe erhalten. Mir war nicht klar, was du für eine Berühmtheit bist.«
»Tut mir leid«, sagte Dax, »ich wollte dir nicht auf solche Weise lästig fallen. Wenn es dir unangenehm ist, ziehe ich gern ins Hotel.«
»Hör auf. Es ist das erste Mal seit meiner Abreise aus Frankreich, daß ich mit jemandem richtig reden kann.« Er stellte seinen Drink ab. »Fast wie in alten Zeiten. Jetzt fehlt bloß noch der große Russe.«
»Sergei?« Dax lächelte. »Ich möchte wissen, wo der steckt. Ich habe mehrmals versucht ihn anzurufen, aber er ist ausgezogen und hat keine Adresse hinterlassen. Ich könnte mir denken, daß er zu seinem Vater nach Deutschland gefahren ist.«
»Nein, er ist in der Schweiz. Eine Freundin von Caroline hat geschrieben, daß sie ihn dort gesehen hat. Er scheint irgendwie zu Geld gekommen zu sein. Er fährt einen großen roten Mercedes und ist offenbar ständig in Begleitung reicher Frauen.«
Dax zog die Brauen hoch. »Dann hat er es doch wohl ernster gemeint, als wir dachten, als er sagte, er wollte eine reiche Amerikanerin heiraten.«
Robert lachte. »Das sollte er lieber hier versuchen. Du kennst doch Carolines Freundin?«
»Sue Ann?«
Robert nickte. »Sie hat allein mindestens fünfzig Millionen Dollar

von ihrem Großvater geerbt. Das war der Mann, der die Pennyspar-Kaufhäuser in Atlanta gegründet hat. Wenn ihre Eltern sterben, bekommt sie noch mehr.«
»Natürlich! Die Daley-Pennysparer. Die habe ich überall in England gesehen. Aber ich habe den Zusammenhang nicht erfaßt.«
»Hier gibt es sogar noch mehr.« Robert nahm seinen Drink und grinste plötzlich. »Kannst du dir vorstellen, was Sergei mit einem solchen Mädchen machen würde?«
Dax lachte. »Er würde seinen Königspurpurverstand verlieren.«
Caroline und Sue Ann, die zum Abendessen herunterkamen, unterbrachen das schallende Gelächter der beiden.

21

Ihre Stimme war weich und verschwommen. »Du Süßer, noch nie hat mich einer auf so tolle Art vernascht.«
Dax rollte sich auf die Seite und sah Sue Ann an. Ihre Augen waren geschlossen, ihr Mund halb offen. Das lange blonde Haar lag ausgebreitet auf dem Kissen, und die vollen Brüste mit den merkwürdig kleinen rosa Spitzen hoben und senkten sich sanft.
»Das kann ich gar nicht glauben.«
Sie öffnete die Augen. »Bestimmt, Dax. Bei den anderen – nun, da ist es so, als täten sie es nicht wirklich gern, sondern nur mir zu Gefallen.«
Er grinste und griff nach einer Zigarette. »Dann sind sie schön blöd.«
»Aber wenn du in mir bist«, flüsterte sie, »Mann, das ist das Äußerste, da könnte man sterben.«
Er lachte und drehte sie auf die Seite, mit dem Rücken zu sich. Dann drängte er sich hinter sie und zog sie fest an sich. Sie erschauerte, als er in sie drang.
»O Gott«, schrie sie, »willst du denn überhaupt nicht mehr aufhören?«
»Erst, wenn du genug hast.«
»Ich krieg' nie genug!« Ein wildes Zittern durchlief ihren Körper. »Schon wieder!« Sie versuchte von ihm loszukommen.
Seine Hände hielten ihre Schultern fest. Dann war ihre Raserei vorbei, aber sie zitterte noch und wand sich. »Hör nicht auf! Ich möchte, daß es dir tausendmal kommt.«

»Ich höre nicht auf.«
Ihr Kopf fiel gegen seine Schulter, und sie drehte ihr Gesicht nach hinten, um ihn anzusehen. Ihre Stimme war ganz leise. »Kein Wunder, daß sie einen nicht mit Niggern vögeln lassen wollen!«
Er war schon lange genug in den Staaten, um zu wissen, was sie meinte. Er mußte sich zurückhalten, um sie nicht zu schlagen. »Du dreckige Nutte.«
Sie schloß die Augen und preßte sich an ihn. »So ist's richtig, Süßer«, flüsterte sie. »Tu mir weh, rede gemein mit mir und fick mich. Das ist alles, was ich will!«
Später nahm sie ihm die Zigarette aus dem Mund und steckte sie zwischen ihre Lippen. Langsam ließ sie den Rauch aus der Nase strömen. »Ich bin froh, daß du diese Wohnung hast. Caroline hat uns keine Minute allein gelassen.«
Er nahm noch eine Zigarette und zündete sie schweigend an.
»Taugt Caroline eigentlich was?«
Er sah sie an. »Warum probierst du's nicht selber mit ihr aus?«
»Du willst es mir nicht sagen?«
»Möchtest du, daß ich über dich rede?«
»Warum nicht?« gab sie zurück. »Ich rede über dich.«
Er lachte. »Du bist verrückt.«
»Die Französinnen sollen gut sein.«
Er nickte.
»So gut wie ich?«
»So gut wie du ist niemand.«
Sie lächelte. »Ich mag es so leidenschaftlich gern. Ich kann an nichts anderes denken. Schon als ich ein kleines Mädchen war. Ich konnte es gar nicht erwarten. Es hat mich schon aufgeregt, wenn ich bloß daran gedacht habe.«
»Sehr geändert hast du dich nicht.«
Sie legte ihre Hand auf ihn. »Du bist ein wirklicher Mann. Du wirst mir fehlen.«
Er war erstaunt. »Dir fehlen? Wieso?«
»Mutter hat beschlossen, daß ich in der Schweiz zur Schule gehen soll. Daddy sagt, es gibt bald einen Krieg. Daher meint Mummy, ich soll sofort fahren, dann kann ich wieder zu Hause sein, bevor der Krieg anfängt.«
»Wann fährst du?«
»Morgen.«
»Morgen schon? Warum hast du es mir nicht gesagt?«

Sie sah ihn an. »Hätte das etwas geändert?«
»Nein. Aber –«
Sie sah auf die Uhr. »Es ist gerade noch Zeit für einmal.« Sie warf die Zigarette in den Aschenbecher neben dem Bett.
Später betrachtete sie ihn im Spiegel, während sie sich die Lippen schminkte. Sie lächelte. »Wirst du mich vermissen?«
»Ein wenig«, sagte er. »Es gibt nicht viele wie dich.«
Sie kam ans Bett und küßte ihn. »Es war herrlich, oder nicht?«
Er nickte. »Wo sollst du hinfahren? In die Schweiz?«
»Ja.«
»Ein guter Freund von mir ist möglicherweise noch in der Schweiz. Sergei Nikowitsch. Den kannst du besuchen. Graf Nikowitsch.«
Sue Anns Augen weiteten sich. »Ein wirklicher Graf?«
Dax nickte. »Ein wirklicher Graf, ein Weißrusse. Die Kommunisten haben seine Familie vertrieben.«
»Das tue ich vielleicht«, sagte sie. »Sieht er gut aus?«
»Sehr gut. Er ist viel größer als ich, einsneunzig. Sein Vater war Kosakenoffizier.«
Als sich die Tür hinter ihr geschlossen hatte, lehnte er sich im Bett zurück und lächelte. Sue Ann war nicht der Typ, der lange allein blieb. Und warum sollte es dann nicht Sergei sein.
Das Telefon neben seinem Bett läutete. Er hörte, wie Fat Cat im anderen Zimmer abhob. Er zündete sich gerade eine Zigarette an, als Fat Cat die Tür öffnete. »Jedesmal, wenn die Blonde hier ist, ruft die Französin an.«
»Caroline?«
»Gibt es hier sonst noch eine Französin? Wie fühlst du dich? Die andere muß dir ja das Hirn herausgevögelt haben. Ich bin froh, daß sie wegfährt.«
»Du hast gehorcht?«
»Was soll ich denn an diesem langweiligen Ort sonst tun?« sagte Fat Cat.
Dax nahm den Hörer ab. »Caroline?«
»Ich hab' dich in den letzten zwei Stunden dreimal angerufen«, sagte sie. Ihre Stimme klang verärgert. »Aber dieser blöde Kerl bei dir sagte, du liegst im Bett.«
»Stimmt. Das tue ich auch.«
»Mitten am Nachmittag?«
»Du kennst ja die Südamerikaner – sie lieben lange Siestas. Außerdem, was soll ich denn sonst machen?«

»Robert hat den ganzen Tag Vorlesungen. Ich sollte dich fragen, ob es dabei bleibt, daß du dieses Wochenende mit uns zu den Hadleys fährst.«
»Selbstverständlich.«
»Wir holen dich morgen früh um neun ab.«
Dax konnte sich nicht verkneifen, sie zu ärgern. »Kommt Sue Ann mit?«
»Nein«, antwortete sie brüsk. Dann wurde ihre Stimme weicher. Er hörte einen zufriedenen Unterton heraus. »Hast du es noch nicht erfahren? Sie fährt weg.«
»Weg?« Er tat erstaunt. »Wohin denn?«
»Nach Europa. Ihre Eltern sind dafür, daß sie allmählich etwas Schliff bekommt«, sagte Caroline boshaft.
Dax lächelte, während er den Hörer auflegte.

»Dax! Dax!« Er hörte den Ruf und schwamm faul ans Ufer zurück. Ein Rennboot voll junger Leute wollte gerade zu einer Fahrt in See gehen, als er den Anlegesteg erreichte. Wegen der Heckwelle verfehlte Dax den Griff. Eine Hand zog ihn hoch. Dax stellte fest, daß es James jun., der älteste der Hadley-Brüder, war.
»Danke.« Er blickte dem Rennboot nach. »Ihr Brüderchen scheint ganz groß in Form zu sein.«
»Das kann man wohl sagen«, meinte Jim. »Er spielt den Kapitän. Es ist das erste Jahr, daß Dad ihm erlaubt hat, das Boot zu benützen.« Er sah dem schnell verschwindenden Boot nach. »Er ist erst siebzehn, wissen Sie. Kommen Sie mit ins Strandhaus. Ich hole Ihnen ein Bier.«
»Gute Idee.«
Sie standen im Schatten und tranken das Bier aus der Flasche. Jim blinzelte ihm in der grellen Sonne zu. »Wie gefällt es Ihnen hier?«
»Ganz ausgezeichnet. Sehr nett von Ihnen, daß Sie mich eingeladen haben.«
»Ich meine nicht Hyannis Port«, sagte Jim. »Ich meine ganz allgemein: die Staaten, Boston, Harvard.«
Dax sah ihn an. Das Gesicht des Amerikaners war ernst. »Ich weiß nicht«, sagte er aufrichtig, »ich bin noch nicht lange genug hier, um mir eine Meinung bilden zu können. Es sind erst sechs Wochen.«
»Ich weiß«, nickte Jim. Dann grinste er. »Und Sie haben Sue Ann Daley getroffen. Das wird Ihnen nicht viel Zeit für anderes gelassen haben.«

Dax war überrascht. Er hatte nicht geahnt, daß es allgemein bekannt war. »Sie kennen Sue Ann?«
Jim nickte. »Ich bin mit ihr gegangen, als sie voriges Jahr hier auftauchte. Es hat ungefähr einen Monat gedauert. Sie war zu anstrengend für mich.«
Beide lachten. Das Eis war gebrochen. Dann wurde Jims Gesicht wieder ernst. »Wir haben viel von Ihnen gehört.«
»Ich auch von Ihnen.«
Jim schüttelte den Kopf. »Nicht von mir, sondern von meinem Vater.«
Dax antwortete nicht.
»Mein Vater war neugierig auf Sie. Er meint, Sie hätten sich fabelhaft gehalten, als Sie nach dem Tode Ihres Vaters dessen Stellung übernahmen.«
»Ich habe nicht so sehr viel getan. Ich bin nur dortgeblieben, bis man jemanden gefunden hatte.«
»Mein Vater meint, wenn jemand einen solchen Posten sechs Monate lang ausfüllen kann, ohne etwas falsch zu machen, dann ist er ein Zauberer.«
»Es ist leicht, nichts falsch zu machen, wenn es kaum etwas zu tun gibt. Und mit nur vier Schiffen zwischen Corteguay und der übrigen Welt gibt es nicht viel zu tun.«
»Sie meinen, es war ein Fehler von meinem Vater, daß er die Sache mit der Frachtlinie aufgab«, fragte er geradeheraus.
»Sie haben Ihren Vater zitiert«, antwortete Dax. »Jetzt möchte ich meinen zitieren. Der Boykott Corteguays war nicht nur ein Akt wirtschaftlicher Repressalien. Es war auch ein Akt der Grausamkeit. Er verurteilte ein kleines Land zum Verhungern.«
James Hadley schwieg einen Augenblick. »Sie haben für meinen Vater nicht viel übrig, nicht wahr?«
Dax begegnete gelassen seinem Blick. Die *norteamericanos* waren alle gleich. Sie nahmen alles persönlich. Wenn man mit ihren Handlungen einverstanden war, nahmen sie als selbstverständlich an, daß man sie gern hatte. Und umgekehrt.
»Die Antwort darauf ist dieselbe wie auf Ihre erste Frage. Ich weiß es nicht. Ich habe Ihren Vater noch nicht kennengelernt.«
»Heiliger Bimbam!« sagte Jim. »Sie sind aber verdammt aufrichtig!«
Dax lächelte. »Wenn ich meinen Vater noch einmal zitieren darf: Man soll nie lügen, wenn die Wahrheit ebenso nützlich ist.«

Jim sah ihn an, dann lächelte er. »Ich überlege, ob es gefährlich ist, Ihnen noch ein Bier anzubieten?«
»Versuchen Sie es doch.«

22

Robert erwartete sie, als sie aus der Vorlesung kamen. Er hatte eine Zeitung in der Hand. Sein Gesicht war ernst. »Habt ihr schon das Neueste gelesen??«
Jim schüttelte den Kopf.
Robert zeigte ihnen die fette Überschrift: MADRID BELAGERT!
»Oho«, sagte Jim, »das hat aber nicht lange gedauert.«
Robert las laut: »General Mola, der Kommandant der angreifenden Kräfte, erklärt, das Ende des Krieges sei abzusehen. Zusätzlich zu den vier angreifenden Kolonnen, die die Stadt einschließen, gibt es, so behauptet er, in Madrid selbst eine fünfte Kolonne, die bei der Befreiung mithilft.«
»Fünfte Kolonne«, sagte Jim, »das ist ein neues Wort für Spione und Verräter.«
»Hey, Jim!« Jeremy Hadley kam gelaufen.
»Was gibt's, Brüderchen?«
»Kann ich heute abend deinen Wagen haben? Ich hab' eine wirklich tolle Verabredung.«
Jim fischte in seinen Taschen nach den Schlüsseln. »Natürlich. Aber fahr ihn nicht zuschanden. Dad hat mich das ganze Jahr dafür arbeiten lassen.«
»Danke.«
»Kommt doch auf ein Bier mit zu mir hinauf.«
Jeremy sah Dax an. »Ich auch?«
Dax grinste. »Du auch. Wir haben nichts gegen die ersten Semester.«
Jeremy schaute fragend seinen Bruder an. »Okay. Du bist jetzt achtzehn. Dad hat nichts dagegen.«
Sie gingen schweigend über den Hof. Eine seltsame Familie, aber sie halten eng zusammen, dachte Dax und beobachtete die beiden Brüder. Kein Zweifel, ihr Vater regierte mit eiserner Hand, aber es war klar, daß die Jungen ihn verehrten. Alles war für sie von vornherein vorgezeichnet.
James jun., der ältere, sollte nach seinem Abitur Jura studieren und

dann Politiker werden. Dann kam eine Tochter, dann Jeremy. Er sollte den gleichen Weg gehen, aber dann bei der Juristerei bleiben. Zwei weitere Mädchen und ein dritter Bruder, Thomas, folgten. Er war bereits für die Handelsfakultät in Harvard vorgesehen. Der Vater wollte, daß er die geschäftlichen Interessen der Familie wahrte. Dann kam noch ein Mädchen, und dann das Baby der Familie, Kevin. Kevin war zwei Jahre alt, aber sie nannten ihn schon »Doc«. Die Mädchen schienen irgendwie keine Rolle zu spielen. Dax hätte gerne gewußt, ob alle irischen Familien so waren.
»Das ist vielleicht eine Bude!« sagte Jeremy begeistert, während er mit einer Flasche Bier in der Hand in einen Stuhl sank. »So was gefällt mir.« Er sah seinen Bruder Jim an. »Warum sprichst du nicht mal mit Dad? Wir sind doch jetzt beide in dieser Schule. Warum sollen wir jeden Abend nach Hause? Du könntest ihm das doch beibringen?«
»Ich tue das nicht«, lachte Jim. »Da verbrenn dir mal selber die Finger.«
»Dazu fehlt mir der Mut«, gab Jeremy zu. Er wandte sich an Dax. »Ich könnte in so einer Bude nie ein Buch anschauen. Wie machst du das?«
»Das ist auch gar nicht leicht«, sagte Robert. »Du solltest mal ein paar von den Mädchen sehen, die hier ein und aus gehen. Du denkst, du bist bei einer Schönheitskonkurrenz.«
»Na, so schlimm ist es nun auch wieder nicht«, protestierte Dax.
Jeremy schüttelte bewundernd den Kopf. »Jetzt weiß ich, wo du dich mit den Mädchen austobst. Du hast eine Wohnung, wo du sie mit hinnehmen kannst.« Er wandte sich an seinen Bruder. »Der Rücksitz in deinem Wagen ist nicht der bequemste Ort für die Liebe.«
»Dad wird dich Liebe lehren, wenn du nicht anständige Zensuren bekommst.«
»O.K., ich hab' schon verstanden.« Jeremy wandte sich an Robert. »Warum habt ihr denn so todernst ausgesehen, als ich kam?«
Robert zeigte ihm die Überschrift. Der Junge schnitt ein Gesicht. »Ach, deswegen. Na, und?«
»Das kann Krieg in Europa bedeuten«, sagte Robert. »Deutschland und Italien helfen offen den Falangisten. Wie lange, glaubt ihr, können wir uns da heraushalten?«
Der Junge wurde ernst. »Das ist richtig. Daran habe ich nicht gedacht.« Er wandte sich an seinen älteren Bruder. »Was meinst du, was passiert?«

»Ich weiß nicht. Aber Dad glaubt, daß es nicht zum Krieg kommt – noch nicht.«
»Eine Menge Jungens reden aber schon davon, daß sie einer Internationalen Brigade beitreten wollen. Die vom Reserveoffizierkorps schreien, sie wollen sich jetzt schon melden, damit sie auf den guten Posten sitzen, wenn dann der Krieg kommt. Ich glaube, die können's kaum erwarten.«
»Du hast doch keinen Unsinn gemacht?« fragte Jim scharf.
»Nein, warum?«
»Tu's nicht, das ist alles. Laß sie nur schreien, soviel sie wollen, aber tu nichts. Wir haben noch Zeit genug, uns in unseren eigenen Kriegen umbringen zu lassen.«
Das Telefon läutete. Dax hob ab. »Oh, hallo, Liebling.«
»Es geht schon wieder los.«
»Nein, Liebling«, sagte Dax, »es sind keine Mädchen hier. Nur ein paar Jungens.« Er deckte die Sprechmuschel mit der Hand zu. »Seid doch einen Moment still!«
»Da geht das Wochenende zum Teufel«, sagte Robert.
»Kann nichts Besonderes sein. Wahrscheinlich ein Radcliffe-Mädchen.«
»Mir egal, was für ein Mädchen«, sagte Jeremy. »Ich wollte bloß, daß sie mich anrufen würde.«

»Mach Dir Freunde«, hatte *el Presidente* in einem seiner Briefe geschrieben. »Komm mit so vielen Leuten wie möglich zusammen. Eines Tages werden die *gringos* wieder mit Corteguay Fühlung aufnehmen wollen, und dann hast Du die Kontakte, die ihnen das erleichtern. Das ist sehr wichtig, mein Junge, wichtiger noch als Dein Studium. Auf diese Weise wirst Du unserem geliebten Corteguay am meisten helfen.«
Daran dachte Dax auf seinem Weg zum Mittagessen mit dem alten Hadley. Er hatte getan, was *el Presidente* verlangte, aber es wäre auch kaum möglich gewesen, etwas anderes zu tun. Seit er angekommen war, hatten die Amerikaner seine Gesellschaft gesucht. Er war für sie eine neue Art von Berühmtheit. Seine europäischen Manieren und die Tatsache, daß er in einem Land wilder Gewalttaten geboren war, in dem das Leben nicht viel Wert hatte, schienen ihm eine seltsame Anziehungskraft zu geben.
Besonders für amerikanische Mädchen. Nach einiger Zeit wußte er es: fast jede Einladung bedeutete, daß ein Mädchen ausprobieren

wollte, ob er im Bett wirklich ein Primitiver, ein »Wilder« war. Es gab Zeiten, da wunderte er sich über diesen merkwürdigen Hang zur sexuellen Herausforderung. In mancher Hinsicht machten diese Gefechte das Bett tatsächlich eher zu einem Schlachtfeld als zu einem Ort romantischer Liebe. Die Hauptsache dabei war offensichtlich, die traditionelle männliche Überlegenheit zu beweisen. Und wenn das dann geschah, schien es immer so etwas wie Verstimmung zu geben. In den meisten Fällen sah er das Mädchen nie wieder. Mit jeder Eroberung wuchs indessen sein Ruf als Casanova. Er selbst hielt sich nicht dafür und nahm es mit Humor.

Aber daß es sein Studium behinderte, war klar. Seine Zensuren reichten gerade aus, und wenn seine Anwesenheit in Harvard nicht gewisse diplomatische Hintergründe gehabt hätte, wäre er vielleicht nicht durchgekommen. Es fehlte ihm eben immer an Zeit fürs Studium.

In diesem Sommer, im zweiten, den er in den Staaten verbrachte, hatte er für die Maedowbrook-Mannschaft Polo gespielt. Am Ende der Saison hatte ihn der große Tommy Hitchcock persönlich beglückwünscht. Aber dann hatte auch er sich über Dax' Ruf lustig gemacht.

Als sie nach dem letzten Spiel nebeneinander unter der Dusche standen, meinte er: »Sie könnten einer der größten Polospieler der Welt sein, wenn Sie nicht Ihr ganzes Training im Bett absolvierten.«

Dax hatte bloß gelacht. Obgleich er die ganze Saison mit Hitchcock gespielt hatte, war er in dessen Gegenwart noch zu befangen, um zu protestieren.

Als das Taxi die Boylston Street überquert hatte, begann es zu schneien. »Jetzt ist er da, der erste richtige Wintersturm«, sagte der Fahrer.

Dax zog den Mantelkragen enger um den Hals, während er das Taxi zahlte. Er liebte den Schnee fast ebensowenig wie Fat Cat. Dann sah er an dem Gebäude hoch, in dem er mit James Hadley den Lunch nehmen sollte. Merkwürdige Leute, die Amerikaner. Sie hielten zu Mittag geschäftliche Besprechungen ab, statt sich zu erholen und ihr Essen zu genießen.

»Dad wollte dich schon lange kennenlernen«, hatte Jim jun. am Telefon gesagt. »Er meinte, es wäre nett, wenn du morgen mittag mit ihm im Klub essen könntest.«

Dax brauchte nicht nach dem Klub zu fragen. Für die einflußreichen Leute in Boston gab es nur einen, und irgendwo anders zu essen wäre geradezu frevelhaft gewesen.
Ein Diener in grauer Livree empfing ihn an der Tür und nahm ihm den Mantel ab. »Mr. Xenos?«
Dax nickte.
»Mr. Hadley ist bereits an seinem Tisch. Bitte folgen Sie mir.« Er führte Dax in den großen Speisesaal, vorbei an der Bar, an der zahlreiche Herren noch beim Aperitif verweilten.
In dem dichtbesetzten Raum erkannte Dax viele wichtige Leute der Stadt. Jim Curley, der frühere Gouverneur, der jetzt wieder Bürgermeister war, saß an einem großen Tisch genau in der Mitte des Saales, wo die Leute leicht auf ein Wort vorbeikommen konnten. Wie gewöhnlich saß auch ein Priester dort, mindestens ein Bischof oder ein Kardinal, dachte Dax. An einem anderen Tisch erkannte er den Politiker James »Honey Fitz« Fitzgerald, zusammen mit einem von Bostons führenden Geschäftsleuten, Joseph Kennedy.
Dann waren sie bei Mr. Hadleys Tisch angekommen. Jim jun. stand auf. »Dax, ich möchte dich meinem Vater vorstellen.«
»Es ist mir ein Vergnügen«, sagte Dax.
Aber es war nicht Mr. Hadley, den er anstarrte. Der andere Mann am Tisch war Marcel Campion.

23

»Nun, ich muß zurück ins Büro«, sagte James Hadley und stand auf. Er winkte ab. »Nein, bleiben Sie doch. Sie brauchen sich doch nicht so zu beeilen, Dax. Ich bin sicher, daß Sie und Mr. Campion noch vieles zu bereden haben, ganz abgesehen von dem Geschäft, über das wir eben sprachen.«
Jim jun. erhob sich gleichfalls. »Ich habe eine Vorlesung, ich muß auch gehen.«
Als sie fort waren, schwiegen die beiden. Dax betrachtete Marcel. Er hatte sich verändert. Er war nicht mehr der kleine Angestellte, an den sich Dax erinnerte. Es war etwas Selbstbewußtes und Selbstsicheres an ihm. Vielleicht war es der tadellose englische Maßanzug, aber es lag wohl mehr an seinem Blick: es war der zuversichtliche Blick eines Mannes, der wußte, was er wollte und wie er es bekam.
Marcel sprach als erster. »Es ist lange her, Dax, fast zwei Jahre.«

»Ja.«
»Was halten Sie von ihm?« fragte Marcel mit einer Geste, die zeigte, daß er ihren Gastgeber meinte.
»Er ist genauso, wie man ihn mir geschildert hat«, antwortete Dax offen. »Wie sind Sie an ihn gekommen?«
»Ganz einfach. Er hatte Schiffe zu verkaufen, und ich wollte sie haben.«
»Aber wieso haben Sie sich für Schiffe interessiert? Ich dachte, Sie gingen nach Macao, um das Kasino zu leiten.«
»Das stimmt, aber ich fand bald heraus, daß Schiffe zu haben waren.«
»Wie haben Sie denn Schiffe bekommen, während de Coyne keine kriegt?«
»De Coyne ist ein Narr«, sagte Marcel mit Nachdruck. »Er überläßt alles diesem englischen Vetter, der offenbar nur ein Ziel hat, nämlich keine Linie aufkommen zu lassen, die seine eigene bedrohen könnte. Ich bin überzeugt, daß er sich an dem Geschäft nur beteiligt hat, um es zu sabotieren.«
Marcel rückte näher und senkte die Stimme. »Als ich das erfuhr, erinnerte ich mich daran, wie Ihr Vater von dem Bedarf an Schiffen sprach. Ich borgte mir Geld von chinesischen Freunden und konnte auf diese Weise zwanzig Schiffe kaufen. Dann suchte ich noch weitere. Da tauchte Hadley auf, der fünfzig zu verkaufen hatte. Natürlich ging ich zu ihm. Aber er ist auch nicht dumm. Er erriet sofort meine Gedanken. Ich glaube, daß er seinen übereilten Entschluß, gemeinsam mit den Briten Ihr Land zu boykottieren, bereits bedauert hatte.«
»Sie meinen, er bedauerte den Geldverlust.«
»Das kommt am Ende aufs gleiche hinaus. Jedenfalls war er bereit, mir die Schiffe zu verkaufen, aber nur unter der Bedingung, daß seine Gesellschaft in der ganzen Welt ihr Frachtagent bleiben würde. Es war mir klar, daß ich eine feste Zusage von Corteguay brauchte, bevor ich mich darauf einlassen konnte. Ohne sie wären die Schiffe für mich nutzlos.«
Dax sah ihn an. »Ich weiß nicht, was *el Presidente* davon hält, mit einem Amerikaner Geschäfte zu machen.«
»Ihr Präsident ist ein praktischer Mann«, sagte Marcel. »Er muß inzwischen gemerkt haben, daß er von de Coyne nichts mehr zu erwarten hat.«
»Da sind aber immer noch die fünf Millionen Dollar, die für die

Konzession bezahlt wurden«, bemerkte Dax, »und die läuft zwanzig Jahre.«
Marcel nahm eine dünne Zigarre aus seiner Tasche und zündete sie an. »Machen Sie nicht denselben Fehler wie Ihr Vater«, sagte er ruhig. »Ihr Präsident ist nicht so charakterfest, wie der es war. Wissen Sie, was mit den fünf Millionen Dollar geschehen ist? Glauben Sie wirklich, sie sind in die Staatskasse Ihres Landes geflossen?«
Dax antwortete nicht.
»Ich kann Ihnen sagen, was damit geschehen ist. Sie liegen auf einem Bankkonto in der Schweiz, das auf *el Presidentes* Namen lautet.«
Dax war entsetzt. Wenn Marcel es wußte, dann mußte es sein Vater auch gewußt haben. »Hat mein Vater . . .«
»Ihr Vater wußte es.«
»Warum hat er dann nicht –«
Marcel ließ ihn die Frage nicht beenden. »Was hätte er tun können? Seinen Posten aufgeben? Das hätte Corteguay nicht geholfen. Mehr Schiffe, das hätte geholfen. Also schwieg er, obwohl ich glaube, daß auch das seinen Tod beschleunigt hat.«
Dax schüttelte den Kopf. Es schnürte ihm die Kehle zu. Sein armer Vater.
Marcel nützte sein langes Schweigen. »Warum, glauben Sie, sind wir bereit, wiederum fünf Millionen für eine Konzession zu bezahlen? Weil wir sicher sind, daß *el Presidente* darauf eingeht. Dax, es ist Zeit, daß Sie erwachsen werden, daß Sie Realist werden. Wenn das Geschäft zustande kommt, ist auch für Sie reichlich gesorgt. Es ist Zeit, daß Sie anfangen an sich selbst zu denken.«
»Ich weiß nicht«, sagte Dax zögernd. »Ich kann einfach kaum glauben –«
Wieder unterbrach ihn Marcel. »Was können Sie kaum glauben? Sehen Sie denn nicht, daß Ihr Präsident Sie eben aus diesem Grunde hierhergeschickt hat? Um den Vereinigten Staaten die Wiederaufnahme der Beziehungen zu Corteguay zu erleichtern?«
Dax schwieg.
»Wenn ich davon nicht so überzeugt wäre, würde ich dann wohl die Staatsbürgerschaft von Corteguay annehmen wollen?«
Dax starrte Marcel an. »Sie meinen, Sie wollen in Corteguay leben und Ihre französische Staatsbürgerschaft aufgeben?«
Marcel lachte. »Wer hat etwas davon gesagt, daß ich dort leben will? Ich habe bloß von der Staatsbürgerschaft gesprochen.« Er sah sich

im Saal um, der jetzt fast leer war. »Mir gefallen die Vereinigten Staaten, besonders New York. Dort geht's ums Geschäft, und ich habe die Absicht, dort zu leben.«
Am Abend drang die metallische Stimme von *el Presidente* über die Fernkabel an Dax' Ohr.
Nur einen Einwand hatte er gegen das Angebot, das Dax ihm vortrug. Nach seiner Auffassung sollte der Betrag für die Konzession, der in Wirklichkeit eine Wiedergutmachung für das durch den Boykott verursachte Elend sei, nicht fünf, sondern zehn Millionen Dollar betragen.
Als Dax schließlich den Hörer auflegte, wußte er, daß seine Arbeit hier getan war.
Es war Zeit, heimzufahren.

Dax betrachtete die kleine Tischgesellschaft. Es waren Robert und Caroline, Jim und Jeremy Hadley und zwei Hadley-Schwestern. Es war nett von ihnen, daß sie ihm an seinem letzten Abend in den Staaten dieses kleine Diner im Ritz Carlton gaben. Er mußte lächeln. Was würden die Leute sagen, wenn sie wüßten, daß Dax Xenos, der Casanova, allein, ohne Partnerin, bei seinem Abschiedsdiner saß.
Der Kaffee kam, Jim räusperte sich und stand auf. Erwartungsvolles Schweigen herrschte am Tisch.
»Dax«, sagte Jim mit seiner ruhigen Stimme und dem ganz leichten Bostoner Akzent, »wir, deine Freunde, bedauern es, daß du uns verlassen mußt, aber wir erkennen deine Überzeugung an, daß du deinem Land besser nützen kannst, wenn du heimkehrst.
Wir wollen dich aber nicht ohne ein kleines Andenken gehen lassen, etwas, das dich immer und überall daran erinnert, daß du zu uns gehörst. Einmal ein Harvardmann, immer ein Harvardmann. Wir glauben daher, daß die kleine Gabe, die du von uns bekommst, am besten diesen Zweck erfüllt.«
Dax öffnete das kleine Lederetui. Der Goldring mit dem karminroten Stein funkelte ihm entgegen. Es war sein Klassenring, Jahrgang 39. Er wußte, wie schwierig es für sie gewesen war, ihn machen zu lassen. Normalerweise bekam keiner einen solchen Ring vor Abschluß des Studiums. Und davon trennten ihn noch mehr als zwei Jahre.
Dax steckte den Ring an den Finger. Er paßte genau. »Ich danke euch«, sagte er. »Ich werde ihn immer tragen. Und ich werde mich immer an euch erinnern.«

Dann trat Caroline zu ihm, und als er aufstand, um sie auf die Wange zu küssen, sah er zu seiner Überraschung, daß sie weinte.

Er stand mit Fat Cat an der Reling, als die Berge von Corteguay hinter der Stadt Curatu im Morgennebel auftauchten.
»Die Heimat!« sagte Fat Cat aufgeregt, seine Hand lag plötzlich auf Dax' Schulter.
Jetzt konnten sie das Grün, das herrliche Dunkelgrün des Winters erkennen, der in Corteguay in Wirklichkeit ein Sommer ist.
Plötzlich vernahm Dax die Stimme seines Vaters, als stünde er neben ihm. »Wenn du wiederkommst, bist du kein Kind mehr, sondern ein Mann.«
Dax spürte, daß Tränen über seine Wangen rollten. »Ja, Vater«, flüsterte er.
Aber keiner von ihnen beiden hatte gewußt, daß das Erwachsenwerden ein so schmerzlicher, einsamer Vorgang sein würde.

Drittes Buch
Geld und Heirat

1

Banken riechen auf der ganzen Welt gleich, dachte Sergei und nahm in einem Ledersessel Platz. Die beiden Bankiers hinter dem großen Doppelschreibtisch sahen ihn an. Der Kleine mit der Glatze sprach zuerst.
»Ich heiße Bernstein«, sagte er in hartem Französisch mit deutschem Akzent. »Das ist mein Teilhaber, Monsieur Kastele.«
Bernstein ging sofort zum Angriff über. »Sie sind kein Fürst«, sagte er, und seine Augen hinter der goldgeränderten Brille blickten anklagend.
Sergei lächelte und zuckte die Achseln. »Ja, und?« antwortete er freundlich. »Das weiß sie.«
»Das weiß sie«, echote Bernstein erstaunt.
Kastele sprang seinem Partner bei. »Sie sind nicht einmal Graf«, sagte er mißbilligend. »Nur Ihr Vater ist Graf. Er ist in der deutschen Armee.«
Plötzlich war Sergei verärgert. »Es war mir nicht klar, daß wir zusammengekommen sind, um über meine Familie zu diskutieren.« Er stand auf. »Es ist mir ziemlich gleichgültig, ob ich das Mädchen heirate oder nicht. Schließlich ist es ihre Idee.« Als er zur Tür ging, kam Bernstein hinter dem großen Schreibtisch hervor. »*Un instant*, Monsieur Nikowitsch!«
Sergei bemerkte die Schweißperlen auf der Glatze des kleinen Mannes. »Ich hatte nicht die Absicht, Sie zu beleidigen, Graf Nikowitsch.«
Sergei griff stumm nach dem Türgriff.
Jetzt gab Kastele ebenfalls klein bei. Groß und leichendürr, erhob er sich hinter dem Schreibtisch. »Ganz richtig, Hoheit«, sagte er mit salbungsvoller Stimme. »Wir dachten nicht daran, Sie zu beleidigen. Bitte nehmen Sie doch Platz, Fürst Nikowitsch. Ich bin sicher, daß wir die Angelegenheit des Ehevertrags als Gentlemen besprechen können.«
Zögernd ließ sich Sergei wieder zu seinem Stuhl führen. Er hatte Oberwasser, und er wußte es. Ein Wort von Sue Ann zu ihrem Vater, und die Bankiers würden in Zukunft keinerlei Verbindung mit dem Daley-Vermögen mehr haben.
Bernstein ging um den Schreibtisch und setzte sich. In dem Blick, den er mit seinem Teilhaber wechselte, lag sichtliche Erleichterung. Er zwang sich zu einem Lächeln, als er sich an Sergei wandte. »Es

freut uns, Ihnen mitteilen zu können, daß Mr. Daley gegen Ihre Heirat mit seiner Tochter nichts einzuwenden hat.«
Sergei nickte schweigend. Das klang schon besser.
»Wir haben jedoch den Auftrag, dafür zu sorgen, daß Miß Daleys Interessen gewahrt werden. Sie wissen, daß sie die Erbin eines großen Vermögens ist, das unwiderruflich an die Zukunft des Familienunternehmens gebunden bleibt. Es ist unsere Aufgabe, einen Vertrag auszuarbeiten, der alle Beteiligten entsprechend schützt.«
»Sie selbst natürlich auch«, fügte Kastele hastig hinzu.
Jetzt gestattete sich Sergei den Luxus einer Antwort. »Selbstverständlich«, sagte er.
Bernsteins Stimme war nun ganz freundlich. »Als Gegenleistung für die Verzichterklärung auf die Erbrechte und alle sonstigen Ansprüche auf das Vermögen Ihrer zukünftigen Frau hat uns Mr. Daley ermächtigt, Ihnen eine Mitgift von 25000 Dollar und nach der Hochzeit ein monatliches Taschengeld von fünfhundert Dollar vorzuschlagen. Selbstverständlich werden alle Ihre Ausgaben für den Lebensunterhalt von Mr. Daley bestritten. Er wünscht, daß Sie glücklich sind, in der Überzeugung, daß es dann auch seine Tochter ist.«
Sergei sah den Bankier nachdenklich an. »Ich fürchte, daß ich seine Tochter angesichts einer so kümmerlichen Vereinbarung nicht sehr glücklich machen kann. Ich bin sicher, daß Mr. Daley sich darüber im klaren ist.«
Kastele sah ihn verschmitzt an. »Wieviel müßten Sie nach Ihrer Ansicht bekommen?«
Sergei zuckte die Achseln. »Wie soll man das wissen? Wenn die Frau eines Mannes Erbin von fünfzig Millionen Dollar ist, kann er nicht mit ein paar Penny in der Tasche umherlaufen. Was würde das für einen Eindruck machen?«
»Würden fünfzigtausend und tausend monatlich einen besseren Eindruck machen?«
»Ein klein wenig besser schon.« Sergei zog die goldene Zigarettendose heraus, die Sue Ann ihm geschenkt hatte, und entnahm ihr eine Zigarette. Er zündete sie mit einem goldenen Feuerzeug an. »Aber noch nicht gut genug.«
Kasteles Augen hafteten an der goldenen Dose und dem goldenen Feuerzeug, die Sergei nachlässig auf dem Tisch liegengelassen hatte. »Weshalb glauben Sie, daß Sie berechtigt sind, einen besseren Eindruck zu machen?«

Sergei zog an der Zigarette und ließ den Rauch langsam ausströmen. »Ich will es Ihnen ganz klar sagen, meine Herren. Nicht ich glaube es, sondern Miß Daley.«
»Dafür haben wir nur Ihr Wort«, sagte Bernstein rasch.
»Nein, Sie haben auch Miß Daleys Wort.« Sergei öffnete die Zigarettendose und schob sie den Bankiers hin. »Lesen Sie die Inschrift.«
Bernstein nahm die Dose, und Kastele beugte sich über seine Schulter. Sergei las von ihren Gesichtern ab, daß sie kapituliert hatten. Er hatte gewonnen.

Für meinen Sergei –
Ein Verlobungsgeschenk
für der Welt größten Degenfechter
von seiner dankbarsten Scheide
Dein für immer
Sue Ann

Sie einigten sich schließlich auf eine Mitgift von hunderttausend Dollar und ein monatliches Taschengeld von 2500. Es gab noch eine Klausel, die in beiderseitigem Einverständnis hinzugefügt wurde. Wenn Sue Ann eine Scheidung wünschte, würde Sergei einen Anspruch auf fünfzigtausend Dollar für jedes Jahr ihrer Ehe bis zu fünf Jahren haben – 250000 Dollar.

Es hatte vor kaum mehr als drei Monaten, gegen Ende Januar, in St. Moritz begonnen, an einem jener grauen Tage, wo die Wolken und der fallende Schnee die Berge einhüllen und alle Leute zu Hause bleiben. Es war nachmittags gegen vier. In dem kleinen Häuschen, das er für die Saison gemietet hatte, lag Sergei ausgestreckt auf der Couch vor dem knisternden Feuer. Plötzlich klopfte es an der Eingangstür.
Wer, zum Teufel, konnte bei diesem blödsinnigen Wetter draußen sein? Langsam stand er auf, um zu öffnen.
»Ah, du bist's«, sagte er, als er den schneebedeckten Mann erkannte. »Ich hätte mir denken können, daß nur ein Schwachsinniger bei solchem Wetter hier heraufkommt.«
Kurt Wilhelma, der Skimeister in Suvretta, klopfte sich den Schnee von Kleidern und Schuhen und folgte ihm ins Haus. »Bist du allein?«

»Natürlich bin ich allein. Hast du gedacht, du würdest Greta Garbo hier finden?«
»Mich würde gar nichts wundern«, sagte Kurt. »Mein Gott, draußen ist es schauderhaft. Hast du was zu trinken?«
»Auf der Anrichte steht eine Flasche Wodka.« Sergei warf sich wieder auf die Couch und sah zu, wie Kurt sich ein Glas einschenkte.
»Ich glaub', diesmal hab' ich das Richtige für dich.«
»Ganz bestimmt«, sagt Sergei voller Sarkasmus, »so eine wie die letzte, bei der sich dann herausstellte, daß sie ein englisches Revuegirl war, die selbst etwas Sicheres suchte. Schön blöd sind wir beide uns vorgekommen. Erst haben wir uns halb zu Tode gevögelt, und dann mußten wir feststellen, daß wir beide auf derselben Seite der Straße arbeiten.«
»Jeder kann sich mal irren. Aber diese ist richtig. Ich hab's nachgeprüft.«
»Wie denn?«
»Sie wohnt drüben im Fürstenappartement, dem großen mit den drei Schlafzimmern, und hat zwei Mädchen bei sich zu Gast. Das Quartier ist vom Crédit Suisse bestellt, und die Rechnung wird auch von dort bezahlt.« Kurt trank seinen Drink in einem Zug. »Und du kennst den Crédit Suisse. Die arbeiten nur für die ganz Reichen.«
Sergei nickte. Er dachte einen Augenblick nach. »Vielleicht ist es ein Trio, das sich gegenseitig liebt.«
»Nein«, sagte Kurt, »sie waren noch keine zehn Minuten im Hotel, da bändelten sie schon mit einigen meiner Jungens an. Ich habe denen gesagt, daß sie die Blonde in Ruhe lassen sollten, bis ich mit dir gesprochen habe.«
»Blond? Wie sieht sie aus?«
»Ganz gut. Lange Beine. Große Titten. Zuviel Schminke, wie die meisten Amerikanerinnen, aber sonst nicht schlecht. Guckt mit Schlafzimmeraugen gleich unter die Gürtellinie. Man sieht direkt, wie sie Maß nimmt.«
»Amerikanerin, sagst du? Und die anderen?«
»Auch Amerikanerinnen.«
»Wie heißt sie denn?«
»Sue Ann Daley.«
»Sue Ann Daley?« wiederholte Sergei langsam. »Laß mich nachdenken.«
Kurt goß sich noch einen Wodka ein. Sergeis Stirn furchte sich, während er sich zu erinnern suchte. Dann stand er auf und ging zum

Schreibtisch. Er blätterte ein Bündel Briefe durch, zog einen heraus und überflog ihn. »Ich wußte doch, daß ich den Namen schon gehört habe.«
»Tatsächlich?« fragte Kurt neugierig.
Sergei trat lächelnd auf den Skimeister zu. »Ich glaube, mein Lieber, diesmal hast du wirklich die Richtige.«
»Weißt du etwas über sie?«
Sergei nickte. »Ein Freund hat mir vor ungefähr einem Jahr von ihr geschrieben. Da kam sie zum erstenmal in die Schweiz. Aber ich hatte damals zuviel um die Ohren.«
Sergei ging wieder zum Schreibtisch und holte das Briefpapier mit der Krone und dem Aufdruck »Fürst Sergei Nikowitsch« heraus. Er kritzelte schnell ein paar Worte auf das Blatt, faltete es und steckte es in einen Umschlag. In steiler Schrift schrieb er ihren Namen darauf.
»Schick ihr das mit einem Dutzend Rosen aufs Zimmer. Ich komme gegen neun und führe sie und die beiden Freundinnen zum Abendessen. Und sag Emile, ich möchte meinen gewohnten Tisch in der Ecke haben, mit Blumen und Kerzen, an jedem Platz ein Ansteckbukett und eine Magnum Piper '21.«
Kurt hatte keinen Zweifel, daß die Mädchen zum Abendessen kommen würden. Nur eines machte ihm Sorgen. »Wie ist das mit dem Geld für die Blumen?«
Sergei lachte. »Leg es aus. Zum Teufel noch mal, du kannst es dir doch leisten, bei einer Beteiligung von fünfundzwanzig Prozent.«

2

Sue Ann stopfte sich noch ein Schokoladebonbon in den Mund und erhob sich von der Chaiselongue. Sie stellte sich vor den mannshohen Spiegel und ließ ihr Negligé fallen. Mißbilligend starrte sie auf ihr nacktes Spiegelbild. »Mein Gott! Ich habe mindestens fünfzehn Pfund zugenommen, seit ich in der Schweiz bin.«
»So schlimm ist es gar nicht«, sagte Maggie.
»Das ist diese verdammte Schokolade«, sagte Joan, »die ist dran schuld.«
Sue Ann drehte sich um und betrachtete ihre Freundinnen, die auf der Couch saßen. »Wie macht ihr das bloß? Jetzt seid ihr zwei Jahre hier und seid beide noch so dünn wie vorher.«

»Im ersten Jahr ging es uns genauso«, sagte Joan. »Aber dann nimmt man wieder ab.«
»Es liegt an dieser verdammten Schule«, meinte Sue Ann. »Das ist das reine Gefängnis. Man kann nichts anderes tun als essen. Ich konnte die Ferien kaum noch erwarten.«
»Aber jetzt sind wir ja hier.«
»Und ich kann in keines meiner Abendkleider mehr hinein«, sagte Sue Ann. »Was, zum Teufel, soll ich denn heute abend zum Diner anziehen?«
Maggie grinste. »Warum gehst du nicht so, wie du bist? Das würde eine Menge Zeit sparen.«
Sue nahm sich noch ein Bonbon. »Glaub bloß nicht, daß ich das nicht am liebsten täte. Ich bin so geil, mir kommt's wahrscheinlich schon, wenn er mir die Hand küßt.«

»Sind Sie mit dem Tisch zufrieden, Hoheit?« fragte Emile respektvoll.
»Ausgezeichnet, Emile«, sagte Sergei. »Manchmal wundere ich mich, daß Sie nicht im Ritz in Paris sind. Sie sollten dort arbeiten, wo man Ihre Talente richtig würdigt.«
Emile verbeugte sich. »Sie sind zu freundlich, Hoheit. Den üblichen Aperitif?«
Sergei nickte, und Emile verschwand. Die neugierigen Blicke der anderen Gäste waren Sergei nicht entgangen, als er durch den Saal ging. Er wußte, wie er aussah. Der Abendanzug ließ ihn noch größer erscheinen, und die weiße Hemdbrust stand in reizvollem Gegensatz zur dunklen Winterbräune seines Gesichts.
Er nickte höflich mehreren Leuten zu, die er kannte, dann nahm er den Drink, den der Kellner unauffällig hingestellt hatte. Er schlürfte ihn langsam. Seine Gäste mußten jeden Augenblick kommen. Er hatte seine Karte zu ihnen hinaufgeschickt, bevor er den Speisesaal betrat.
Mein Gott, dachte er, als die drei Mädchen hereinkamen, sie trägt überhaupt nichts unter ihrem Kleid!
Sue Ann war schwer, aber sie war so groß, daß sie sich das leisten konnte. Sie ging hoch aufgerichtet. Ihr Körper war unter der Seide, die ihn umhüllte, gleichsam in fließender Bewegung. Der dünne Stoff über ihrer Brust spannte. Sie blieb vor Sergei stehen und reichte ihm die Hand. »Dax hat oft von Ihnen gesprochen.«
Sergei lächelte. Er führte ihre Hand an die Lippen. Die anderen

Mädchen kicherten. Es war tröstlich, daß sie wenigstens nicht kicherte.
»Und wie sollen wir Sie anreden?« fragte Sue Ann, nachdem sie sich gesetzt hatten. »Es wäre schrecklich, wenn wir den ganzen Abend ›Hoheit‹ sagen müßten.«
»Warum nennen Sie mich nicht einfach Sergei? Ich bin gar kein wirklicher Fürst, wissen Sie. Mein Vater ist bloß Graf.«
»Sie treiben gern Wintersport?« fragte er gleich darauf höflich.
»O ja«, sagten die beiden anderen fast gleichzeitig.
»Ich nicht«, erklärte Sue Ann. »Ich bin aus dem Süden, ich kann Schnee und Kälte nicht ausstehen.«
Er sah sie ein wenig überrascht an. »Warum sind Sie dann hierhergekommen?«
»Um mich zu unterhalten. Um etwas Spaß zu haben.«
»Spaß?«
»Nun ja, wissen Sie, an Dingen, die man in einem Mädchenpensionat nicht tun kann.«
»Ich glaube, ich weiß, was Sie meinen.« Er lächelte. »Ich muß sagen, da bin ich ganz Ihrer Meinung. Ski- und Eislaufen sind bloße Zeitvergeudung.«
Die Kapelle begann zu spielen. Er stand auf. »Ich hoffe, Ihre Abneigung gegen Sport erstreckt sich nicht aufs Tanzen.«
Sue Ann lachte und schüttelte den Kopf. »O nein, ich tanze schrecklich gern.«
Es war ein Tango. Er spürte ihre Weichheit und Wärme durch das dünne Seidenkleid, als er sie an sich drückte. Er führte sie geschmeidig, so daß beide in fließender Bewegung zu verschmelzen schienen.
Er spürte den Druck ihrer großen warmen Brüste. Ihre Augen waren fast geschlossen und ihre Lippen geöffnet. Sie ist bereit, dachte er. Und seine Kraft strömte in die Lenden.
Sie starrte ihn mit großen Augen an.
»Tut mir leid, ich konnte nichts dagegen tun.«
Sie lächelte. »Entschuldigen Sie sich nicht. Ich hab' das sehr gern.«
Sie drückte sich fester an ihn, bis der Tanz zu Ende war. Sergei führte sie an den Tisch zurück. Dann tanzte er die Pflichttänze mit den anderen. Aber keine der beiden hatte diese verlangende, drängende Sinnlichkeit von Sue Ann, obgleich sie auf ihre Art anziehender waren.
Als er sich wieder setzte, rückte er seinen Stuhl unauffällig so, daß

sich ihre Beine berührten. Später nahm er unter dem Tisch ihre Hand und legte sie auf seine harte Stelle. Und die ganze Zeit über machte er leichte Konversation, als ob nichts wäre.
Nach dem Hauptgang begann die Kapelle wieder, einen Tango zu spielen. Er sah sie an. »Tanzen wir?«
Sie nickte und erhob sich. Plötzlich hielt sie inne und setzte sich wieder. »Verdammt!« sagte sie wütend.
»Was ist passiert?«
Sie sah die anderen Mädchen an, dann ihn. »Ich wußte es ja, ich hätte ein Höschen anziehen sollen. Ich bin ganz naß, und es ist durchs Kleid gegangen. Jeder wird es sehen.«
»Was machen wir da?« fragte Maggie.
»Wir könnten sitzen blieben, bis sie schließen«, meinte Joan.
»Red doch keinen Unsinn, das Restaurant schließt um zwei Uhr früh.«
»Keine Sorge«, sagte Sergei, »laß mich nur machen.«
Er beugte sich zu ihr. Wie zufällig stieß er ein Glas Champagner um. Der Inhalt floß auf ihren Schoß.
»Oh, das tut mir schrecklich leid!« rief er so laut, daß man es an den Tischen ringsum hören konnte. Er stand auf und tupfte sie mit der Serviette ab. »Ich bitte tausendmal um Entschuldigung für meine Ungeschicklichkeit!«
Sue Ann lächelte, während die Kellner hilfreich herbeieilten. Sie erhob sich. »Sie kommen doch zu Kaffee und Dessert auf mein Appartement, nicht wahr?«
»Gern.«
Er blieb stehen, bis die Mädchen aus dem Saal waren, dann verlangte er die Rechnung. Er unterschrieb sie mit einem Schnörkel. Als er durch die Halle zum Aufzug ging, trat Kurt zu ihm. »Nun?«
»Keine Sorge, die wird die Miete bezahlen.«
Joan öffnete ihm die Tür. Sue Ann saß in einem Negligé auf der Couch. »Ist alles wieder in Ordnung?« fragte er lächelnd.
Sie nickte.
»Ich habe mir erlaubt, Kaffee und Süßigkeiten zu bestellen. Und Kaviar und weiteren Champagner.«
»Kaviar und Champagner?«
»Das ist sehr gut für eine lange schöne Nacht.«
Maggie stand auf. »Wir gehen auf unsere Zimmer.«
»Weshalb? Ich dachte, wir wollten eine Party machen?« sagte Sergei.

»Aber es sind ja bloß Sie da.«
»Warum habe ich wohl Kaviar und Champagner bestellt?«
Sue Ann lachte. Das war die Sprache, die sie verstand. »Sie trauen sich viel zu.«
Er sah sie lächelnd an. »Ich traue mir alles zu.«
»Alle drei also?«
»Ich bin ein sehr simpler Mensch. Und das ist der einzige Sport, den ich treibe. Alles andere ist Zeitvergeudung.«
Sue Ann wandte sich zu den anderen Mädchen. »Kinder, was meint ihr? Ich bin einverstanden.«
Maggie und Joan sahen sich unschlüssig an.
»Los, worauf wartet ihr noch?« Sergei lachte. »Ich gebe eine bessere Vorstellung, wenn ich Publikum habe.«

»Ich bin hungrig«, sagte Sergei.
»Ich auch.«
»Macht nur weiter, ihr beiden«, sagte Maggie schläfrig. »Ich kann meine Augen nicht mehr offenhalten.«
»Was ist mit –« Sergei beendete seine Frage nicht, denn Joan schlief fest. Er grinste. »Sieht so aus, als wären nur wir beide übrig.«
»So hätte es gleich sein können«, sagte sie mit leichtem Sarkasmus, »wenn du kein solcher Angeber wärst.«
Er lachte wieder, stieg aus dem Bett und trottete nackt ins Wohnzimmer. Er setzte sich auf die Couch und bestrich eine dünne Scheibe Toast mit Butter. Dann bedeckte er sie mit einer dicken Schicht grobkörnigem Kaviar.
Er blickte auf, als Sue Ann eintrat und neben ihm stehenblieb. »Bediene dich«, sagte er mit vollem Mund.
»Du bist ein Schwein!«
Er antwortete nicht, sondern nahm noch eine Scheibe Toast.
»Ich dachte, ihr Europäer hieltet euch immer für Gentlemen.«
»Wenn du wie eine Lady behandelt werden willst, dann zieh dir was an«, sagte er.
Sie starrte ihn einen Augenblick an, dann holte sie zwei weiße Frotteemäntel aus dem Badezimmer. Sie warf ihm den einen zu und hüllte sich in den anderen. Dann sank sie in einen Sessel. Nach einer Weile sagte sie: »Ganz unter uns, was wolltest du eigentlich beweisen? Wolltest du mir zeigen, daß du ein besserer Mann bist als Dax?«
Er grinste. »Nein, du hast es schon selbst gesagt. Ich bin ein

Schwein. Ich hab' mir bloß gedacht, es wäre hübsch, wenn ich es mit allen dreien mache.«
Sie schüttelte den Kopf. »Das kauf' ich dir nicht ab. So dumm bist du nicht.«
»O. K.«, sagte er plötzlich wütend. »Ich wollte also beweisen, daß ich der bessere bin.«
»Du brauchst dich nicht aufzuregen.« Sie lächelte. »Du hast erreicht, was du wolltest. So was Männliches wie dich hab' ich noch nie gehabt.«
Plötzlich entspannte er sich.
»Ich hab' noch nie so etwas erlebt wie dich. Es ist mir die ganze Zeit gekommen. Sogar wenn du mit den anderen warst. Jedesmal, wenn es ihnen kam, kam's mir auch. Nach einiger Zeit wurde ich wütend. Ich wollte dich für mich allein haben. Das hast du gewußt, nicht wahr?«
»Ja.«
Sie starrte ihn an. »Und was soll nun geschehen?« Plötzlich stand er auf. »Komm, zieh dir was an.«
»Wo wollen wir hin?«
»Zu mir. Da sind wir allein.«
»Und was ist mit den beiden?«
»Zum Teufel«, sagte er, »sollen sie sich selbst jemanden suchen. Du bist die einzige, die ich will.«

3

Die Märzsonne, funkelnd und blendend vom Schnee reflektiert, kam durch das offene Fenster ins Zimmer, wo sie beim Frühstück saßen.
»Ich glaube, du wirst mich heiraten müssen, mein Junge.«
Sergei nahm sein Glas Orangensaft. »Warum?«
»Das übliche. Ich bin angebumst.«
Er schwieg.
»Damit hast du nie gerechnet, nicht wahr?«
»Ich habe daran gedacht«, sagte er, »aber ich habe geglaubt, du paßt auf.«
Sie lachte. »Wer hat dafür noch Zeit gehabt? Bist du böse?«
Er schüttelte den Kopf.
»Worüber denkst du nach?«

»Ich kenne einen Arzt. Der ist ausgezeichnet.«
Sue Ann schwieg. Dann sah er die Tränen in ihren Augen. »Gut, wenn du das willst.«
»Nein«, sagte er schroff. »Das will ich nicht. Aber begreifst du nicht, was sie mit dir machen werden?«
»Das ist mir egal. Ich bin nicht das erste Mädchen, das mit einem dicken Bauch zum Altar geht.«
»Das meine ich nicht. Schau, es ist ganz in Ordnung, wenn du dich mit einem falschen Fürsten amüsierst. Aber wenn du ihn heiratest, dann lachen sie dich bloß aus.«
»Mein Großvater hat mir fünfzig Millionen Dollar hinterlassen. Die bekomme ich entweder wenn ich fünfundzwanzig bin, oder wenn ich heirate. Mit einer solchen Summe können sie uns allemal sonstwo . . .«
Er sah sie an. »Genau das meine ich. Das macht die Sache so schlimm.«
Plötzlich war sie wütend. »Was, zum Teufel, bist du eigentlich für ein Gigolo? Ist mein Geld nicht ebenso gut wie das von irgend jemand sonst? Von dem alten Mann in Monte Carlo oder von dieser Frau, die dir ständig Schecks aus Paris schickt?«
»Du weißt das?«
»Selbstverständlich weiß ich's. Glaubst du, die Bankiers meines Vaters waren nicht sofort hinter mir her, als man herausgefunden hatte, daß ich nicht ins Pensionat zurückging, sondern mit dir zusammenlebte? Ich habe die ganze Akte eingesehen.«
Er schwieg. Nach einer Weile sagte er: »Und du willst mich immer noch heiraten?«
»Ja, genau das.«
»Warum? Ich verstehe das nicht.«
»Dann bist du ein Trottel. Du weißt, wie ich bin. Bis ich dich kennenlernte, hab' ich immer geglaubt, mit mir ist etwas nicht in Ordnung. Es hat Zeiten gegeben, da hatte ich's mit drei Männern an einem Tag, einem nach dem anderen. Dann fand ich dich.«
»Und das ist Grund genug, um zu heiraten?«
»Mir genügt es. Was für einen anderen Grund braucht man, wenn zwei Leute es so miteinander können wie wir?«
»Es gibt ja schließlich so was wie Liebe.«
»Jetzt redest du wie ein Idiot. Kannst du mir vielleicht erklären, was das ist, Liebe?«
Er antwortete nicht. Traurigkeit überkam ihn, und zugleich Mitleid

mit ihr. Dann sah er ihr in die Augen und erkannte die nackte Angst darin. Die Angst, daß er sie zurückweisen könnte. Und plötzlich verstand er es. Es würde bei ihr immer diese Angst vor sich selbst geben, wenn nicht ein Mann da war, an den sie sich halten konnte.
Ein Lächeln flog über ihre Lippen. »Wir sind sehr ähnlich, du und ich. Wir tun's. Die anderen reden nur. Wenn das bei uns keine Liebe ist, so ist es jedenfalls das nächstbeste, das wir beide überhaupt je erreichen können.«
Sein Mitleid war stärker als die Vernunft. Er konnte sich nicht entschließen, ihr zu sagen, daß genau das ihre Beziehung zerstören würde. Er wußte, daß keiner von ihnen davon abzuhalten wäre, eines Tages Befriedigung bei anderen zu suchen.
»In Ordnung«, sagte er und fragte sich, wer als erster der Versuchung erliegen würde. »Wir heiraten.«

Geplant war eine stille Hochzeit in einer kleinen Kirche außerhalb von St. Moritz. Es wurde aber doch etwas ganz anderes daraus. Das Daley-Vermögen erforderte einfach eine entsprechende Feierlichkeit. Daher war die Trauung in der Kathedrale, mit hundert Gästen und Schwärmen von Reportern.
»Du siehst nicht glücklich aus«, sagte Robert, während sie in der Sakristei warteten.
Sergei trat von der Tür zurück, durch die er in die überfüllte Kirche geschaut hatte.
»Einen glücklichen Bräutigam möchte ich erst noch mal sehen.«
Robert lachte. »Du wirst dich anders fühlen, sobald wir erst durchs Seitenschiff zum Altar schreiten.«
»Ich weiß. Darüber mache ich mir auch keine Sorgen. Sondern wegen nachher.«
Robert antwortete nicht. Er hatte auch seine Zweifel.
Sergei wandte sich wieder zur Tür. »Dax müßte hier sein. Ihn hätte das alles bestimmt amüsiert. Ich möchte wissen, ob er die Einladung überhaupt bekommen hat. Du hast auch nichts von ihm gehört, nicht wahr?«
»Kein Wort, seit er vor einem Jahr von Cambridge weggefahren ist. Ich habe ihm mehrmals geschrieben, aber er hat nie geantwortet.«
»Ich glaube, dieses Corteguay ist ein merkwürdiges, wildes Land. Hoffentlich ist ihm nichts zugestoßen.«
»Ihm? Bestimmt nicht. Uns kann viel mehr passieren.«
»Du glaubst immer noch, daß es Krieg gibt?«

»Ich wüßte nicht, wie man ihn vermeiden kann. Der Krieg in Spanien ist beinahe zu Ende. Die Deutschen sind mit ihrer Wiederaufrüstung fertig. Jetzt geht also Chamberlain nach München, um mit diesem Irrsinnigen zu sprechen. Ist alles nur vergeudete Zeit. Das nützt alles nichts.«
»Was sagt dein Vater?«
»Er transferiert soviel wie möglich von seinem Geld nach Amerika. Er will sogar, daß Caroline und ich wieder nach Amerika gehen.«
»Tust du das?«
Robert schüttelte den Kopf.
»Warum nicht?«
Robert zuckte die Achseln. »Aus zwei entscheidenden Gründen. Ich bin Jude, und ich bin Franzose.«
»Was kannst du tun? Du bist doch nicht einmal Soldat.«
»Es wird sich etwas finden«, sagte Robert. »Zumindest kann ich hierbleiben und kämpfen. Es gibt schon zu viele von uns, die vor diesem Ungeheuer fliehen.«
Der Klang der Orgel drang in den Raum. Robert spähte aus der Tür, dann wandte er sich um. »*Allons, mon enfant.* Sei ein Mann!«
Die Reporter der Presseagenturen standen hinten in der Kirche, während das Paar vor dem Altar kniete. »Überleg mal«, sagte der *AP*-Mann. »In zehn Minuten geht er hier weg, und statt pleite zu sein, hat er fünfzig Millionen Dollar.«
»Klingt ja, als wärst du neidisch.«
»Bin ich auch, verdammt noch mal. Es hätte doch wenigstens ein amerikanischer Boy sein können. Was stimmt denn nicht mit den guten amerikanischen Jungen?«
»Ich weiß nicht«, flüsterte Irma Anderson von der *Cosmo-World* boshaft. »Aber wie ich gehört habe, hat sie alle ausprobiert und alle für unzureichend befunden.«
»Aber, aber.«
»Ich wünschte, ich könnte mir diese Kraftdiät mit Kaviar und Champagner leisten«, sagte der Mann von *INS*. »Daran muß es liegen.«
»Nun bleib mal auf dem Teppich. Wir armen Leute müssen uns an Austern halten.«
Der *AP*-Mann lächelte. »Sehr gut. Aber was machen wir dann den ganzen Sommer über?«

4

Das Rascheln fallender Blätter weckte ihn aus dem Schlaf. Er griff nach dem Gewehr, das neben ihm auf der Decke lag. Mit einem Seitenblick sah er, daß Fat Cat lautlos zwischen den Bäumen verschwand. Er lud das Gewehr durch, wobei er das Geräusch mit der Decke dämpfte.

Dann hörte er leises Stimmengemurmel, und das beruhigte ihn. Wenn Gefahr gewesen wäre, dann hätte es keine Unterhaltung gegeben. Dann gäbe es nur die Geräusche des Todes.

Schritte näherten sich. Dax hob den Kopf und blickte aus der kleinen Höhle, in der er lag, den Pfad entlang. Vorsichtshalber hob er das Gewehr und richtete es auf die Biegung des Weges.

Die helle, rot-blaue Uniform des Soldaten erschien zuerst. Hinter ihm kam Fat Cat, den Revolver noch in der Hand. Dax wartete, bis sie fast vor ihm standen, dann erhob er sich.

Der Soldat fuhr erschrocken zurück. Er war noch blaß von seiner Begegnung mit Fat Cat. Dann riß er sich zusammen und grüßte. »Korporal Ortiz, *Capitán*. Ich komme mit Depeschen von *el Presidente*.«

»Setzten Sie sich, Korporal.« Dax hockte sich nieder. »Wir sind hier nicht so förmlich. Außerdem geben Sie in Ihrer Uniform ein zu gutes Ziel ab.«

Mit einem Seufzer der Erleichterung setzte sich der Soldat auf den Boden. »Ich habe fast einen Monat versucht, Sie zu finden.«

»Sie haben Glück gehabt. In einer Stunde wären wir fort gewesen.« Er sah Fat Cat an. »Wie wär's mit etwas Kaffee?«

Fat Cat brachte ein kleines Feuer in Gang, dessen Rauch der Wind verwehte, bevor er in die Luft steigen konnte. Er sah neugierig zu, wie der Soldat seinen Rucksack öffnete und Dax eine Anzahl Briefe überreichte, die mit einer Schnur zusammengebunden waren.

Dax setzte sich mit dem Rücken gegen den Felsen und öffnete den ersten Umschlag. Er nahm eine gravierte Karte heraus, betrachtete sie einen Moment und fing an zu lachen. Er hielt sie Fat Cat hin. »*Mira!* Wir sind zu einer Hochzeit eingeladen!«

Fat Cat sah ihn über den Kaffeetopf hinweg an. »*Bueno*, ich habe nichts lieber als eine gute *fiesta*. Essen und Musik und hübsche Mädchen. Wer heiratet?«

»Sergei. Er heiratet Sue Ann Daley.«

»Die Blonde?«

Dax nickte.
»Sie wird ihn zu Tode vögeln. Kann man ihn noch warnen?«
Dax sah den Soldaten an. »Welches Datum haben wir?«
»Den 12. April.«
»Zu spät. Die Hochzeit war vor zwei Tagen. In der Schweiz.«
Fat Cat schüttelte traurig den Kopf. »Schade.«
Sie sahen sich an und mußten beide lachen. Dann öffnete Dax die übrigen Briefe. Einer nach dem anderen verschwand im Feuer. Den offiziellen mit dem Siegel des Präsidenten hob er bis zuletzt auf. Als er auch diesen gelesen hatte, sah er hoch. »*El Presidente* wünscht, daß wir hinunterkommen.«
»Warum?« Fat Cat goß dampfenden schwarzen Kaffee in eine winzige Tasse und gab sie Dax, dann füllte er zwei andere für Ortiz und sich selbst.
»Das sagt er nicht.« Dax musterte Ortiz. »Wissen Sie es?«
»Nein, *Capitán*«, antwortete Ortiz schnell. »Ich bin nur ein einfacher Soldat. Ich weiß nichts.«
Fat Cat fluchte. »Seit drei Monaten leben wir wie die Tiere in diesen Bergen, und jetzt, wo wir unseren Auftrag fast beendet haben, befiehlt man uns, herunterzukommen. Warum konntest du nicht noch zwei Tage warten, bis du uns gefunden hast?«
Der Soldat erbleichte, als er den Zorn in Fat Cats Stimme hörte. »Ich –«
»Vielleicht ist es nicht so schlimm«, sagte Dax beruhigend. »Die Tage geraten hier in den Bergen leicht durcheinander. Der gute Korporal hat uns erst am 14. gefunden, nicht wahr, Korporal?«
Ortiz blickte vom einen zum anderen. Er wußte nicht, wer von den beiden der Verrücktere war. Der Junge mit seinem von der Sonne fast schwarz gebrannten Gesicht, oder der Dicke, der so lautlos wie ein Puma über ihn gekommen war. Aber wenn sie sagten, daß er sie erst am 14. gefunden habe, dann war es so. Das wußte er. Welchen Unterschied machten schon zwei Tage hier draußen im Urwald? Besonders wenn es eine Frage von Leben und Tod war, wenn es um sein eigenes Leben ging.
Er räusperte sich. »Selbstverständlich, *Capitán*. Am 14.«
Dax lächelte. Er erhob sich. »Dann wollen wir aufbrechen. Wir haben noch einen schweren Marsch vor uns bis zu dem Ort, wo wir *el Condor* treffen.«
El Condor! Ortiz spürte einen Krampf in seinen Eingeweiden. Also das hatten sie vor! *El Condor*, der *bandolero*, der seit fünf Jahren

in den Bergen eine Schreckensherrschaft führte und der geschworen hatte, jeden umzubringen, der in seine Hände fiel und die Uniform der Armee trug. »Ich glaube, ich gehe jetzt lieber zurück«, sagte er und stand auf.

»Lieber nicht«, sagte Dax ruhig. »Bei uns sind Sie sicherer.«

»Ja«, meinte Fat Cat, »besonders mit dieser Uniform. Es ist nicht gut, in diesem Affendreß in den Bergen 'rumzulaufen.«

»Haben wir nicht eine andere Hose für ihn?«

Fat Cat nickte. »Ich habe eine in Reserve, sie wird ein bißchen zu groß sein, aber –«

»Er wird sich wohler drin fühlen.«

Das war Ortiz sehr lieb. Er strampelte, so rasch er konnte, aus seiner Uniform.

Dax blickte ins Tal. »Siehst du?« Ortiz und Fat Cat folgten seinem Finger. Im Tal stieg eine schwache Rauchfahne hoch.

»Sie sind schon da und warten«, sagte Dax befriedigt.

»Genau wie *el Condor* versprochen hat.«

»Was meinst du, wie ihre Antwort lautet?«

Dax hob die Schultern. »Das weiß der liebe Gott.«

»Ihre Antwort?« fragte Ortiz.

Fat Cat sah ihn an. »*El Presidente* hat uns mit einem Amnestieangebot geschickt. Wenn *el Condor* die Waffen niederlegt und nach Curatu kommt, wird alles vergeben und vergessen.«

»Amnestie für *el Condor?«* Ortiz bekreuzigte sich. »Meinen Sie denn, daß er Ihnen vertraut?«

»Er hat meinen Vater gekannt«, sagte Dax. »Er weiß, daß ich mich nie auf etwas einlassen würde, wo es nicht ehrlich zugeht. Vorige Woche hat er uns gesagt, daß wir in sieben Tagen seine Antwort bekämen. Wir werden die Nacht hier verbringen und morgen früh hinuntergehen.«

»Glaubt ihr wirklich, daß *el Condor* kommen wird?« flüsterte Ortiz Fat Cat zu, als sie ihre Decken ausbreiteten.

»Morgen abend werden wir mehr wissen«, sagte Fat Cat. »Wenn wir dann noch am Leben sind.«

Dax streckte sich bäuchlings auf seine Decke, sein Kinn lag auf den gekreuzten Unterarmen. Er sah ins Tal hinunter. Allmählich ging der Tag in abendliches Purpur über. Die schwache Rauchfahne aus dem Lager der *bandoleros* war nicht mehr zu sehen. Bewegungslos lag er dort, im sicheren Schutz der nächtlichen Dunkelheit. Alles war anders, als er erwartet hatte.

Als er nach Hause gekommen war, hatte er den Eindruck gehabt, nichts von dem, was sein Vater erhofft hatte, sei verwirklicht worden. Immer noch gab es nicht genug Schulen, und die wenigen, die es gab, waren von den höheren und niedrigeren Funktionären für ihre eigenen Kinder mit Beschlag belegt. Das galt für Curatu. In den kleinen Dörfern und auf dem Land gab es überhaupt keine Schulen. Zwar bestand rings um die Hauptstadt ein Netz asphaltierter Straßen, aber sie führten nirgends hin, sie endeten unvermittelt in Sümpfen und Urwäldern, ein paar Kilometer außerhalb der Vororte. In den Bergen und Tälern des Hinterlandes verbreiteten die *bandoleros* immer noch Schrecken in den Herzen der *campesinos.*

In jenen ersten Wochen daheim war Dax zum Hafen hinuntergegangen und hatte zugesehen, wie die Schiffe ein und aus liefen und die Fischer mit ihrem Fang heimkehrten. In den frühen Morgenstunden war er über den Marktplatz gewandert und hatte auf die Rufe der Verkäufer gehorcht. Und überall sah er die kleinen Büsten von *el Presidente* – an Straßenecken, an jedem neuen Gebäude, an jedem Pier im Hafen und am Zugang zum Marktplatz. Und überall die rot-blauen Uniformen der Soldaten.

Erst nach einer Woche war ihm aufgefallen, daß ihm Soldaten folgten. Und noch ein paar Tage später erst bemerkte er, daß ihn die Leute wie einen Fremden ansahen, daß seine Sprache einen anderen Akzent hatte, daß der Schnitt seiner Anzüge aus einer anderen Welt war.

Ein Gefühl der Einsamkeit und Isolierung überkam ihn. Plötzlich erstickte ihn die Atmosphäre der Stadt. Erst da wurde ihm klar, daß er ein anderer geworden war. Was er war, wußte er nicht. Instinktiv verließ er die Stadt und ging auf die *hacienda* in den Bergen, auf der er geboren war.

Dort, wo Himmel und Erde sich unendlich vor ihm auszudehnen schienen und die Berge ihre spitzen purpurnen Felsfinger der Sonne und den Sternen entgegenreckten, hoffte er, das Gefühl der Freiheit wiederzufinden, das er verloren hatte. Den Sinn seines Daseins.

5

Eines Nachmittags saß er im Patio und sah zu den Bergen hinauf. Da kam Fat Cat aus dem Haus und setzte sich neben ihn. »Ist es nicht mehr so, wie es war?«

Dax zündete sich eine dünne Zigarre an, bevor er antwortete. »Nein«, sagte er mit unbewegter Stimme.
»Ich habe bestimmt geglaubt, *el Presidente* würde –«
»Würde was?« unterbrach Dax.
Der Ärger in Fat Cats Stimme war nicht zu überhören. »Etwas für dich zu tun haben.«
Dax lächelte. »Zum Beispiel?«
Fat Cat antwortete nicht.
»*El Presidente* hat auch noch an anderes zu denken.«
Fat Cat blickte zu den Bergen. Nach einer Weile sagte er: »Männer auf Pferden kommen.« Er horchte wieder. »Soldaten.«
Dax stand von seinem Stuhl auf und ging zum Geländer. Er konnte nichts sehen oder hören. »Woher weißt du das?«
»Nur die Pferde von Soldaten gehen im Gleichschritt.« Er sah Dax an. »Erwartest du jemanden?«
Dax schüttelte den Kopf. Jetzt vernahm er gedämpften Hufschlag. Fat Cat kontrollierte seinen Revolver. »Du hast doch gesagt, es wären Soldaten.«
Fat Cat steckte den Revolver in den Gürtel. »Es sind Soldaten. Aber nur, wenn man kein Risiko eingeht, überlebt man.«
Die ersten rot-blauen Uniformen kamen in Sicht. »Sie werden erhitzt und durstig sein. Ich kümmere mich um Erfrischungen«, sagte Fat Cat.
Dax beobachtete die herankommenden Soldaten. Es schien ein ganzer Zug zu sein, etwa vierzehn Mann auf drahtigen braunen Mustangs, wie die Armee sie bevorzugte. Ein Hauptmann führte sie. Es war noch ein zweiter, junger Offizier dabei, der aber keine Rangabzeichen an seiner Uniform trug. Der Hauptmann hob die Hand, und die Abteilung hielt vor dem Tor.
Erst als die beiden Offiziere den Weg zum Hause heraufkamen, erkannte Dax den jungen Offizier. Die engsitzende Uniform unterstrich die weiblichen Formen des schlanken Körpers. In ihrem Gesicht erschien das vertraute Lachen, als sie auf ihn zulief.
Er eilte die Stufen hinunter ihr entgegen. Plötzlich blieb sie stehen und sah zu ihm auf.
»Dax?« Ihre Stimme war heiser. Fast atemlos.
»Amparo.«
Immer noch stand sie vor ihm und sah ihn prüfend an. Sie schien etwas sagen zu wollen, aber sie brachte kein Wort über die Lippen. Schließlich brach er das Schweigen. »Nimm deinen Hut ab.«

»Warum?«
Er lächelte. »Damit ich weiß, ob ich dich küssen darf oder vor dir salutieren muß.«
Sie warf den Hut mit einer Handbewegung durch den Hof. Ihr blondes Haar fiel ihr fast bis auf die Schultern.
»Dax, Dax, ich habe beinahe meinen Augen nicht getraut. Du bist so – so groß!« Dann stürzte sie sich in seine Arme.
Er hielt sie fest und fühlte ihren warmen weiblichen Körper. »Du bist auch ein wenig gewachsen, *Princesa.*«
Sie sah ihm ins Gesicht. »Wie konntest du Curatu verlassen, ohne mich zu besuchen?«
»Du warst in Panama«, sagte er. »Niemand wußte offenbar, wann du zurückkommen würdest.«
»Daddy wußte es.«
Dax' Gesicht umwölkte sich. »Ich habe *el Presidente* nur einmal gesehen«, sagte er. »Und da auch nur gerade für ein paar Minuten. Er war beschäftigt.«
»Daddy ist immer sehr beschäftigt.«
Der Hauptmann hinter ihnen räusperte sich. Verlegen wandte sich Amparo um. »Capitán de Ortega. Señor Xenos.«
Der Offizier salutierte, dann trat er vor und schüttelte Dax die Hand. »Exzellenz.«
»Willkommen in meinem Hause«, sagte Dax.
Schritte erklangen auf der Veranda. Amparo wirbelte herum. »Fat Cat«, rief sie, »du hast dich überhaupt nicht verändert.«

Amparo erschien zum Abendessen in einem weißen Kleid. Ein Halsband mit Brillanten und Smaragden und passende Ohrklips unterstrichen den Glanz ihrer blonden Haare. Das Kerzenlicht gab ihrer gebräunten Haut einen warmen Elfenbeinton.
Dax lächelte ihr über den Kaffee hinweg zu. »Du bist mein erster Gast seit meiner Rückkehr. Du mußt ein paar Tage hierbleiben. Wir haben viel nachzuholen.«
»Das würde ich gern tun«, sagte sie, dann sah sie Hauptmann de Ortega an.
»Ich habe Ihrem Vater versprochen, daß wir morgen wieder zurück sind.«
Dax betrachtete das ausdruckslose Gesicht des Hauptmanns.
»Ich fürchte, der Hauptmann hat recht«, sagte Amparo widerstrebend.

Dax drängte nicht. »Komm, wir wollen auf der *galería* einen Likör trinken.«
Der Offizier stand auf. »Ich muß nach meinen Leuten sehen, Exzellenz. Und dann, wenn Sie gestatten, gehe ich schlafen. Wir müssen früh aufbrechen.«
Dax nickte. »Selbstverständlich, Hauptmann.«
Als der Soldat den Raum verlassen hatte, saßen sie einige Minuten schweigend. Dann nahm Dax eine von seinen dünnen schwarzen Zigarren.
»Kann ich eine Zigarette haben?«
»Entschuldige.« Dax schob ihr die Schachtel hin und gab ihr Feuer. Amparo sog den Rauch tief ein und lehnte sich zurück. »Nun?«
»Vieles hat sich geändert«, antwortete er nachdenklich. »Es ist viel Zeit vergangen.«
»Zehn Jahre sind keine so lange Zeit. Ich habe mich nicht geändert.«
Er schüttelte den Kopf. »Du hast dich geändert, und ich habe mich auch geändert. Alles ist anders.«
»Manches ändert sich nie.«
Sie blickten in die Nacht hinaus. Die Sterne funkelten hell auf dem blauen Samthimmel, und die Feuer der Soldaten auf dem Feld hinter der Straße strahlten wie Glühwürmchen.
»Reist du immer mit einer Soldateneskorte?«
»Ja.«
»Warum?«
»Vater besteht darauf. Gefahren gibt es immer und überall. Diebe. *Bandoleros*.«
Sein Gesicht verzog sich zu einem Lächeln. »Immer noch?«
Sie nickte ernst. »Es gibt immer noch ein paar, die gegen meinen Vater sind. Sie wollen das Gute nicht sehen.« Plötzlich wurde ihr klar, was er dachte. »Du bist enttäuscht, nicht wahr? Du hast erwartet, daß alles anders wird.«
»In gewissem Sinne, ja.«
»So leicht ist das nicht«, sagte sie rasch. »Ich weiß, was du denkst. Ich habe ebenso gedacht, als ich nach fünf Universitätsjahren in Mexiko zurückkam. Aber dann fing ich an, es zu verstehen.«
»Wirklich?«
»Ja. Du bist noch länger fortgewesen, Dax, du hast vergessen, wie es ist. Die meisten von unseren Leuten wollen sich gar nicht ändern. Sie wollen, daß man ihnen alles schenkt, sie wollen nicht dafür ar-

beiten. Es ist ihnen sogar zuviel, ihre Kinder in die Schulen zu schikken.«
»Weil für sie kein Platz ist und nur die Kinder von Funktionären in die Schulen kommen.«
»Anfangs war das nicht so. Aber nach einiger Zeit haben sie die Kinder einfach nicht mehr hingeschickt.«
Dax antwortete nicht.
»Vaters wichtigste Aufgabe ist, für den Krieg bereit zu sein.«
Er sah sie fragend an.
»Du bist drüben gewesen. Du weißt, daß es Krieg gibt.«
»Was haben wir damit zu tun?« fragte er. »Corteguay steht außerhalb dieser Konflikte.«
»*El Presidente* meint, daß er uns eine große Chance bietet, wirtschaftlich unabhängig zu werden. Einer muß ihnen ja Nahrungsmittel liefern.«
»Kriege werden nicht mit Bananen und Kaffee geführt.«
»Das weiß er auch. Deshalb ist er vor drei Jahren an argentinische Viehzüchter herangetreten. Er hat ihnen besondere Konzessionen gemacht, damit sie hier arbeiten. Bis zum nächsten Jahr haben wir eine Million Pfund Rindfleisch für den Export.«
Dax ahnte, welche Konzessionen der Präsident gemacht hatte. Er fragte sich, wieviel Geld wohl in seine eigenen Taschen geflossen war.
»Und wieviel Fleisch gibt es für die *campesinos?*«
»Du bist wirklich lange fortgewesen«, sagte Amparo. »Hast du vergessen, daß die *campesinos* kein Rindfleisch essen? Sie ziehen ihre eigene Nahrung vor. Gemüse. Hühner. Schweinefleisch.«
»Vielleicht, weil Rindfleisch für sie immer zu teuer war.«
Plötzlich wurde sie ärgerlich. »Mein Vater hat recht – du bist genau wie dein Vater!«
»Hat *el Presidente* das gesagt?« – Sie nickte.
»Das ist das Netteste, was er je gesagt hat«, erwiderte Dax lächelnd.
Sie legte ihm die Hand auf den Arm. »Dax, ich bin nicht hergekommen, um mit dir zu streiten.«
»Das wollen wir auch nicht, das verspreche ich.«
»Was willst du denn nun machen? Du kannst doch nicht hier in den Bergen sitzen und nichts tun.«
»Ich wüßte nicht, was ich tun könnte«, sagte er. »Ich bin fast drei Wochen in Curatu gewesen. Niemand hat mir irgendeinen Vorschlag gemacht. Da bin ich eben heimgefahren.«

»*El Presidente* ist sehr gekränkt, daß du nicht zu ihm gekommen bist, ehe du fortgingst.«
»Das konnte ich ja gar nicht. Immer, wenn ich das wollte, war er zu beschäftigt.«
»Woher sollte er wissen, daß du weg wolltest?«
»Hätte ich denn ewig da herumlungern sollen wie ein Hund, der auf einen Knochen wartet?«
»Komm mit mir zurück nach Curatu und sprich mit ihm.«
Er sah sie an. »Ist das deine Idee oder seine?«
Sie zögerte ein wenig. »Meine. Er würde nie zugeben, daß er verletzt ist und daß er sich danach sehnt, dich zu sehen.«
Dax schüttelte den Kopf. »Nein, ich werde doch hierbleiben. Wenn dein Vater mich braucht, wird er mich schon holen.«

Das war vor fast einem Jahr gewesen, und Dax war noch beinahe neun Monate auf der *hacienda* geblieben, bevor *el Presidente* ihn hatte kommen lassen.
Als er in das Büro geführt wurde, umarmte ihn *el Presidente* und begrüßte ihn, als hätten sie sich erst gestern zuletzt gesehen.
»Das Streben deines Vaters«, sagte er zu Dax, »war es, das Land unter einer Regierung, die das ganze Volk vertritt, zu sehen. Das ist beinahe erreicht. Aber in Asiento leistet *el Condor*, der alte *bandolero*, immer noch Widerstand. *El Condor* hat deinen Vater gekannt und verehrt. Wenn du mit einem Amnestieangebot zu ihm gingest, würde er dich anhören. Seiner Beteiligung an der Regierung würde dann nichts mehr im Wege stehen.«

6

»Ich bin kein *político*«, sagte der alte *bandolero*, »ich bin nur ein einfacher Mörder, daher verstehe ich vieles nicht von dem, was du sagst. Aber das eine weiß ich. Ich möchte, daß mein Sohn zur Schule geht, daß er lesen und schreiben lernt und daß er lernt, so glatt zu reden wie du. Ich möchte nicht, daß er sein ganzes Leben hier in den Bergen im bloßen Kampf ums Dasein verbringt.«
Dax betrachtete übers Feuer hinweg *el Condor*. Der alte Mann saß auf dem Boden, die Beine nach Indianerart gekreuzt, die dünne Zigarre zwischen den Lippen in dem hageren Falkengesicht. Er sah die anderen an. Die Leutnants des *bandolero* gaben ihm den Blick unbe-

wegt zurück. Die Morgensonne glänzte auf ihren Messern und Revolvern. Hinter dem Alten stand der Sohn, von dem er sprach. Er war vierzehn Jahre. In seinem Blick lag eine animalische Wachsamkeit. Wie die Älteren trug er Messer und Revolver im Gürtel.

Dax wandte sich wieder an *el Condor*. »Wollen Sie also das Angebot von *el Presidente* annehmen?«

»Ich bin ein alter Mann«, erwiderte der *bandolero*, »und es macht nichts, wenn ich sterbe. Aber ich möchte nicht, daß mein Sohn mit mir stirbt.«

»Keinem wird etwas geschehen. Dafür verbürgt sich *el Presidente* persönlich.«

»Ich will nicht Gouverneur von Asiento werden«, fuhr *el Condor* fort, als habe er nicht gehört. »Was verstehe ich vom Regieren? Ich möchte nur nicht, daß mein Sohn stirbt.« Er nahm die Zigarre aus dem Mund und sah sie an, dann holte er Glut aus dem Feuer und entzündete sie wieder. »Ich habe acht Söhne und drei Töchter gehabt. Sie sind alle tot, außer diesem.«

»Niemand wird sterben«, wiederholte Dax. »*El Presidente* selbst verbürgt sich dafür.«

Der Alte stieß das Stück Glut mit dem Fuß zurück ins Feuer. »Diablo Rojo ist ein Narr. Guiterrez wird uns alle umbringen.«

Das Gesicht des Alten war unbewegt, nur das schwache Funkeln in seinen kohlschwarzen Augen verriet das indianische Erbe. Dax fragte sich, wie er einem Mann, für den die Zeit nicht existierte, erklären sollte, daß es Guiterrez längst nicht mehr gab. Daß es aber inzwischen eine neue Regierung gab, obwohl die Soldaten die gleiche Uniform trugen. Daß es viele Jahre her war, seit *el Presidente* nicht mehr Diablo Rojo war, ein *bandolero* in den Bergen, und daß er selbst gesehen hatte, wie Guiterrez gefangengenommen und zum Tode geführt worden war. Bevor er noch eine Antwort gefunden hatte, sprach wieder der Alte.

»Wenn du für das Leben meines Sohnes bürgst, du persönlich, wenn du das bei der Seele deines verblichenen Vaters schwörst, den wir alle liebten und verehrten, dann bin ich bereit, Diablo Rojos Angebot anzunehmen.«

»Ich schwöre es.«

El Condor seufzte leise. »*Bueno*.« Steif stand er auf. »Dann geh zu Diablo Rojo und sage ihm, daß ich ihn im Dorf Asiento am letzten Tag dieses Monats erwarte. Es soll kein Krieg mehr zwischen uns sein.«

El Presidente wartete, bis sich die Tür hinter dem Sekretär geschlossen hatte. »Du hast in den Bergen gute Arbeit geleistet.«
Dax antwortete nicht. Es wurde auch keine Antwort erwartet. Er betrachtete *el Presidente*. Der Mann schien sich nie zu ändern. Abgesehen von den leicht ergrauenden Haaren sah er noch genauso aus wie damals, als Dax ihm zum erstenmal begegnet war. Er trug die Uniform eines Generals, aber ohne Orden, Abzeichen und Rangstreifen. Damit zeigte er, wie er glaubte, daß er ein Mann des Volkes war.
»Jetzt wird Frieden sein. *El Condor* war der letzte wichtige Gegner. Die anderen können wir erledigen wie die Fliegen.«
»Vielleicht kann man mit ihnen die gleiche Abmachung treffen? Wenn sie sehen, wie *el Condor* aufgenommen wird, werden sie dazu bereit sein.«
El Presidente tat den Vorschlag mit einer Handbewegung ab. »Sie sind die Mühe nicht wert. Wir werden sie erledigen.« Er faltete die Hände auf dem Schreibtisch und beugte sich vor. »Auf jeden Fall brauchst du dich um solche Probleme nicht zu kümmern. Du gehst wieder nach Europa.«
»Nach Europa?«
El Presidente öffnete die Hände. »Der Krieg in Spanien geht zu Ende. Es ist Zeit für uns, mit der neuen Regierung unter Francisco Franco Beziehungen aufzunehmen.«
»Aber was ist mit General Mola?« fragte Dax. »Ich dachte, er würde Präsident?«
El Presidente schüttelte den Kopf. »Mola redet zuviel. Das wurde mir klar, als ich vor der Belagerung von Madrid seine Behauptung über die fünfte Kolonne hörte. Mit diesen Worten verlor er seine Macht, denn Madrid ist nicht sofort gefallen. Das erste, was ein Führer lernen muß, ist, den Mund zu halten. Er darf nie jemanden, ob Freund oder Feind, wissen lassen, was er denkt oder plant. Spanien wird Nahrung brauchen und Lieferungen für den Wiederaufbau. Die *gringos* wird ihre Dummheit davon abhalten, mit Franco Geschäfte zu machen. Wir können alles, was gebraucht wird, von ihnen bekommen und nach Spanien verschiffen.«
Dax sah den Älteren mit steigendem Respekt an. Plötzlich begriff er, was ihn von den ungezählten anderen *bandoleros* unterschied, die von den Bergen gekommen waren. Nun wußte er, was seinen Vater angezogen hatte. Ob richtig oder falsch, selbstsüchtig oder nicht, *el Presidente* plante immer im voraus. Und wenn auch noch

soviel in seinen eigenen Taschen verschwand, so hatte doch auch Corteguay immer seinen Vorteil dabei.
»Du wirst zu Franco gehen«, fuhr *el Presidente* fort, »und ein Abkommen mit ihm treffen. Wir werden die Agenten Spaniens auf den Weltmärkten sein.«
»Und wenn Franco kein Interesse hat?«
El Presidente lächelte. »Franco wird Interesse haben. Ich kenne den Mann. Er ist wie ich – ein Realist. Er weiß, daß er, wenn der Krieg vorbei ist, nicht länger auf seine Verbündeten, Deutschland und Italien, zählen kann. Die haben bald ihren eigenen Krieg.«
»Wann wünschen Sie, daß ich fahre?«
»Am dritten des nächsten Monats fährt ein Schiff nach Frankreich. Du wirst an Bord sein.« Er stand auf und ging um den Schreibtisch herum zu Dax. »Und jetzt wäre da noch eine andere Sache, die wir besprechen müssen.«
El Presidente schob einen Stuhl neben Dax und setzte sich. Seine Stimme bekam einen anderen Klang. »Du weißt, daß ich dich schon seit langem als meinen Sohn betrachte. Ich denke oft daran, wie meine beiden Söhne starben und du mit Amparo aus den Bergen gekommen bist.«
Plötzlich wußte Dax, was kommen würde. Er hob abwehrend die Hand. »Damals waren wir Kinder.«
Aber *el Presidente* ließ sich nicht aufhalten. »Ich erinnere mich, wie gut ihr zusammen ausgesehen habt. Sie so hell und blond und du so dunkel und so leidenschaftlich bemüht, sie zu schützen. Damals habe ich zu deinem Vater gesagt: ›Eines Tages.‹«
Dax stand auf. »Nein, Exzellenz, nein. Es ist viel zu früh, um über solche Dinge zu sprechen.«
»Zu früh? Ist es zu früh für mich, sich einen Sohn zu wünschen, der meinen Platz einnehmen kann? Ich werde nicht jünger. Eines Tages möchte ich die Bürde dieses Amtes niederlegen und mich auf eine kleine Farm zurückziehen, im Bewußtsein, daß die Führung des Landes in den Händen meines Sohnes ist.«
El Presidentes Blick war warm und aufrichtig. Einen Moment war Dax überzeugt, daß er es ehrlich meinte. Aber schon die nächsten Worte zerstörten diese Illusion. »Eure Heirat wird das Land wirklich einen. Der verehrte Name deines Vaters, mit dem meinen verbunden, wird die Leute in den Bergen davon überzeugen, daß unsere Bemühungen ehrlich sind.«
Dax antwortete nicht.

»Amparo ist großartig«, fuhr *el Presidente* fort. »Aber was ich brauche, ist ein Sohn. Dich. Du sollst mein rechter Arm sein.«
Dax sank in den Stuhl zurück. »Haben Sie schon mit Amparo gesprochen?«
El Presidente sah ihn überrascht an. »Aus welchem Grund?«
»Vielleicht will sie mich gar nicht heiraten?«
»Amparo wird tun, was ich wünsche. Sie wird alles tun, was für Corteguay von Nutzen ist.«
»Ich meine aber, sie sollte sich ihren Mann selbst wählen können.«
»Selbstverständlich. Dann wirst du sie also fragen?«
Dax nickte. Er würde sie fragen. Vielleicht im nächsten Jahr, wenn er aus Europa zurückkam. Bis dahin mochten sich die Dinge geändert haben.
»Ausgezeichnet.« *El Presidente* ging wieder hinter seinen Schreibtisch.
»Es wäre mir lieb, wenn du noch mit Amparo sprichst, bevor du abreist.«
»Muß das so schnell gehen?« Dax kam der Verdacht, daß er bereits ausmanövriert war.
»Ja, es muß sein.« Der Präsident lächelte.
»Ich habe die Nachricht von eurer Verlobung bereits bekanntgegeben. Sie wird morgen früh in allen Zeitungen erscheinen.«

7

Dax glaubte Tränenspuren in Amparos Augen zu sehen. »Hast du geweint?«
Sie schüttelte den Kopf. »Hast du meinen Vater gesprochen?«
Er nickte. »Meine Glückwünsche, wir sind verlobt.«
Sie wandte sich zum Fenster. Dann sagte sie so leise, daß er sie kaum hörte: »Ich habe ihm gesagt, daß er es nicht tun soll.«
Er antwortete nicht.
Sie drehte sich um und sah ihn an. »Du glaubst mir doch, nicht wahr?«
»Ja.«
»*El Presidente* bringt die Dinge immer auf seine eigene Weise in Gang. Ich habe ihm gesagt, daß er dir die Möglichkeit lassen müßte, dich selbst zu entscheiden.«
»Wie ist es denn mit dir? Ich bin ja nicht der einzige Beteiligte.«

Eine Weile antwortete sie nicht, dann sagte sie: »Ich habe mich schon vor langer Zeit entschlossen.« Sie lächelte. »Hast du das vergessen?«
»Ich habe es nicht vergessen, aber damals warst du ein Kind.«
»Das habe ich auch gedacht. Aber als ich dich in den Bergen wiedersah, wußte ich, daß sich in diesem Punkt nichts geändert hat.«
»Warum hast du nichts gesagt?«
»Und warum du nicht?« gab sie zurück. »Warst du so blind, daß du's nicht gesehen hast?«
»Tut mir leid. Ich hätte es nicht für möglich gehalten.«
Plötzlich blitzte wieder das Temperament des Kindes auf. »Ach, geh doch, geh! Du bist dumm wie alle Männer.«
Er wollte sie an sich ziehen. »Amparo!«
Wütend schüttelte sie seine Hand ab. »Du brauchst mich nicht zu heiraten! Niemand braucht mich zu heiraten! Ich habe es nicht nötig, jemanden darum zu bitten!«
Sie lief aus dem Zimmer. Dax hörte, wie sie wütend die Treppe hinunterrannte. In dem Augenblick, als er das Zimmer verlassen wollte, trat *el Presidente* ein.
»Was ist los?« sagte der Präsident verschmitzt. »Die Verliebten streiten?«

El Presidente betrat das Zimmer seiner Tochter.
»Ich hoffe, du hast keine Dummheit gemacht.«
Sie schüttelte den Kopf.
»Du hast ihm nichts gesagt?«
Wieder schüttelte sie den Kopf.
»Gut«, sagte er zufrieden. »De Ortega ist fort. Er wird uns keine Schwierigkeiten machen. Ich habe ihn auf eine Station im Süden geschickt.« Das war gelogen. *El Presidente* war der Meinung gewesen, daß eine Kugel durch den Kopf Schwierigkeiten besser aus der Welt schaffte.
»Es war nicht seine Schuld.«
Zorn stieg in ihm auf. »Wessen Schuld war es denn? Ich habe dich ihm anvertraut. Er sollte dich beschützen. Beschützen, nicht vergewaltigen!«
»Er hat mich nicht vergewaltigt.«
»Um so schlimmer«, sagte er müde. »Ich verstehe dich nicht. Ich schicke dich für fünf Jahre nach Mexiko auf die Universität. Damit du eine Dame wirst. Damit du eine Erziehung bekommst. Und dann

steigst du mit dem ersten besten *caballero*, der gut aussieht, ins Bett, wie jede gewöhnliche *puta* von der Straße?«
Sie antwortete nicht.
»Nun, das ist Gott sei Dank vorbei.« Er seufzte. »Dax wird dir ein guter Ehemann sein. Ihr werdet Kinder haben, und dann ist es aus mit den Flausen.«
Sie sah ihrem Vater gerade in die Augen. »Ich werde ihn nicht heiraten.«
»Warum nicht?«
»Ich bekomme ein Kind.«
Sein Mund blieb offen. »Bist du sicher?«
»Ich bin bald im dritten Monat.« Sie nahm eine Zigarette vom Frisiertisch. »Ich werde ihn nicht heiraten. Er würde es sofort merken.«
El Presidente schien für einen Moment gelähmt. Dann brach er los. Er schlug sie heftig ins Gesicht. Sie fiel nach hinten aufs Bett.
»*Puta!* Hure!« schrie er. »Genügt es nicht, daß ich mich gegen meine Feinde verteidigen muß? Muß ich auch noch ertragen, daß mich mein eigenes Fleisch und Blut verrät?«

»Bitte noch eine Aufnahme, Exzellenz«, sagte der Fotograf.
»Selbstverständlich.« *El Presidente* war ein ganz stolzer Vater. Er trat näher an Amparo heran und stellte sich auf die Zehen. So wirkte er immerhin größer als sie, wenn auch nicht so groß wie Dax an ihrer anderen Seite.
Das Blitzlicht flammte auf. »Vielen Dank, Exzellenz.« Der Fotograf verbeugte sich und ging.
Amparo sah blaß und angespannt aus. »Fühlst du dich nicht gut?« fragte Dax.
»Ich bin nur müde.«
»Es ist zuviel«, sagte er. »Gestern haben wir uns verlobt. Und heute –«
Er wies auf den Raum. Der große Empfangssaal im Präsidentenpalast war überfüllt. Zum erstenmal fiel ihm auf, daß sich eine ganz neue Gesellschaft gebildet hatte, während er fortgewesen war. Es gab so viele Leute, deren Namen er nicht kannte. Neue Leute, die Einfluß gewonnen hatten. Auch Angehörige der alten Familien waren noch da, aber gleichsam nur als Dekoration. Die wirkliche Macht besaßen die Neuen.
»Du brauchst Ferien, Amparo.«

»Es wird schon wieder in Ordnung kommen, Dax.«
»Du bist eine Assistentin deines Vaters geworden. Die Frauenliga. Der Arbeiterverband. Der Kinderverein. Es ist zuviel.«
»Jemand muß es tun. Das kann mein Vater nicht auch noch machen. Regieren bringt Verantwortung mit sich.«
»Die Verantwortung trägt dein Vater.«
»Aber ich auch«, sagte Amparo. »Sie kommen zu mir mit den kleinen Dingen, die sie ihm nicht vorzulegen wagen.«
Dax sah sich im Saal um. So vieles hatte sich geändert. Die neue Gesellschaft war aus den unteren und mittleren Klassen hervorgegangen, und Sprache und Manieren verrieten noch die grobe Ungeschliffenheit der *campesinos*.
Und ihre Kleidung. Er lächelte beim Gedanken an die Frauen in Europa und den Vereinigten Staaten. Die corteguayanischen Vorstellungen von Mode äußerten sich hauptsächlich in kunstvollen Spitzen und Rüschen und Falbeln, die ihn an alte Fotos erinnerten.
Dann sah er sich die Männer an, die *el Presidente* umringten. Die Männer hatten sich nicht sehr verändert. Es waren Speichellecker mit dem eingewurzelten Respekt vor der Macht. Sie krochen vor den Höhergestellten auf dem Bauch und spuckten auf alles, was unter ihnen stand.
Plötzlich war er froh, wieder nach Europa zu gehen. Irgendwie war er dort mehr daheim als hier. Er war Corteguayaner. Aber er kam sich fast als Außenseiter vor unter diesem primitiven Volk.
Amparo kam auf ihn zu.
»Worüber denkst du nach?« fragte sie.
»Wie nett es wäre, wenn wir beide in die Berge auf meine *hacienda* gehen könnten. Allein.«
»Das würde Vater nicht mögen. Er will mich bei sich haben.«
Dax zuckte die Achseln. »Dein Vater wird sich daran gewöhnen müssen, daß du ihm nicht mehr auf jeden Wink zur Verfügung stehst, wenn wir verheiratet sind.«
Amparo kannte ihren Vater. Die Dinge würden sich mit ihrer Heirat nicht ändern. Auch Dax würde dann zu dem Kreis gehören, der sich ständig um *el Presidente* bewegte.
Er deutete ihr Schweigen als Einverständnis. »Heute nacht, wenn alle fort sind, werden wir still verschwinden. Niemand wird uns vermissen.«
Plötzlich tat er ihr fast leid. In mancher Hinsicht war er viel erfahrener und klüger als sie alle, aber in anderer wieder viel naiver. Er ver-

stand die Forderungen der Macht noch nicht. Er sah noch nicht, wie sehr ihr Vater die Leute, die um ihn waren, beherrschte, wie völlig er ihr Leben bestimmte. Aber er würde es schon merken. Für den Augenblick konnte man ihm seine Illusion noch lassen.
»Wunderbare Idee. Wir könnten heute nacht nach dem Bankett abreisen.«

8

Dax saß auf der *galería*, die gewohnte Zigarre im Mund, als Amparo aus dem Haus kam. »Wie hast du geschlafen?«
Ihr Blick ging über die Felder zu den Bergen. »Sehr gut. Es ist so ruhig hier. Wenn es nur immer so sein könnte.«
Fat Cat kam mit dem Kaffee. Sie goß sich eine Tasse ein. Der Kaffee war heiß und stark, und die Wärme tat ihr wohl. »Es wird Zeit, daß wir einmal miteinander sprechen.«
»Meinst du?«
»Es muß doch komisch für dich sein, wenn du nach so langer Zeit im Ausland zurückkommst und dann plötzlich verlobt bist.« Sie zögerte und wartete auf seine Antwort.
Als er schwieg, fuhr sie fort. »Für mich war das nicht so. Irgendwie habe ich immer gewußt, daß mein Vater den Zeitpunkt meiner Heirat bestimmen würde.«
»Und das hat dir gar nichts ausgemacht?«
»Nein. Siehst du, mir wurde von Kind auf der Begriff der Pflicht eingedrillt. Ich wünschte nur, daß man dir mehr Zeit gelassen hätte. Vielleicht hätten wir auch so den Weg zueinander gefunden. Wie damals, als wir Kinder waren.«
Er nahm die Zigarre aus dem Mund und sah sie an. »Das wäre besser gewesen, aber ...«
Sie war erstaunt. »Du empfindest genauso?«
»Ich weiß nicht«, gestand er. »Aber ein ganz schwerer Schock ist es für mich auch nicht gewesen.« Er lächelte. »Ich fürchte, ich bin nicht sehr romantisch.«
»Das sind wir beide nicht.« Sie wurde verlegen. »Aber ich bin froh, daß du nun mein Mann bist.«
Zum erstenmal streckte er die Hand aus. Sie beugte sich vor, und er küßte sie. Plötzlich überkam sie eine tiefe Traurigkeit. Ihr traten die Tränen in die Augen.

»Was ist los?«
Sie schüttelte heftig den Kopf. Dann stand sie auf und lief ins Haus. Ein paar Minuten später kam sie wieder. »Entschuldige, Dax.«
»Du brauchst dich nicht zu entschuldigen.«
»Ich glaube, es ist besser, du bringst mich nach Hause.«
Er sah sie fragend an.
»Ich hätte nicht herkommen sollen. Die Leute werden reden.«
»Das ist nicht der Grund.«
»Egal, warum«, sagte sie in einem Ausbruch schlechter Laune, »ich will nach Hause. Bringst du mich hin, oder soll ich allein gehen?«
Er stand auf. »Ich bringe dich hin.«
Als sie auf der Rückfahrt waren, meinte er: »Früher oder später wirst du mir sagen müssen, was dich bedrückt. Ich habe das Gefühl, je früher du es tust, desto besser ist es für uns beide.«
Sie fragte sich, wieviel er wußte oder erraten hatte. Aber sein Gesicht verriet nichts. Und sie konnte sich nicht entschließen, es ihm zu sagen. Noch nicht.

Das Städtchen Asiento war festlich mit den blau-grünen Fahnen von Corteguay geschmückt. Die Türen und Fenster der kleinen Läden an der staubigen Hauptstraße waren mit Flaggentuch drapiert. In jedem zweiten Fenster sah man ein Foto von *el Presidente*.
Dax stand auf der *galería* des einzigen kleinen Hotels und blickte auf die Menge hinunter, die die Straßen säumte und die Ankunft von *el Presidente* erwartete. Überall herrschte eine aufgeregte Atmosphäre. Händler boten Süßigkeiten feil, und Knaben mit kleinen Flaggen in den schmutzigen Fingern liefen in der Menge umher. Der Lärm schwoll an, als die Spitze des Reiterzuges mit dem Präsidenten um die Biegung kam.
Zuerst erschien eine Kompanie Kavallerie auf dunkelbraunen Pferden. In tadellosem Gleichschritt, zu viert nebeneinander, kamen sie die schmale Straße herunter. Die rot-blauen Uniformen leuchteten hell und fröhlich in der Sonne. Dahinter kam der erste Wagen. Im Rücksitz saßen zwei Offiziere, zwischen ihnen *el Presidente* in schlichter Khakiuniform. Schon diese Einfachheit unterschied ihn deutlich von den anderen. Die Menge rief:
»*Viva el Presidente! Viva!*«
El Presidente nahm die Mütze ab und schwenkte sie lachend zum Gruß. Wieder schrie die Menge ihm begeistert zu. Dahinter kam ein zweiter Wagen. Zwischen den Offizieren im Rücksitz saß Amparo,

ihr unbedecktes blondes Haar schimmerte in der Sonne. Diesmal lag echte Zuneigung in den Hochrufen.
»*Viva la princesa! Viva la rubia!*«
Dax wandte sich zu Fat Cat. »Das ist wirklich ein großartiger Empfang!«
Fat Cat blinzelte, von der Sonne geblendet. »Mir gefällt er nicht«, sagte er. »Zu viele Soldaten.«
»Du hast doch nicht erwartet, daß *el Presidente* allein kommt?«
»Nein, aber er braucht nicht diese ganze beschissene Armee mitzubringen.«
Die Wagen hielten auf dem Platz. Der *alcalde* kam die Stufen des Rathauses herunter, um *el Presidente* zu begrüßen. Seine Stimme klang über den Platz. »Die Stadt Asiento ist stolz darauf, *el Presidente* und seine bezaubernde Tochter in Ergebenheit und Verehrung empfangen zu dürfen.«
Dax wandte sich an Fat Cat. »Komm, trinken wir was.«
»Ich glaube nicht, daß er kommt«, sagte Fat Cat, als sie in der dunklen Bar das kühle Bier tranken.
»*El Condor* ist ein Mann, der sein Wort hält. Er wird kommen.«
Fat Cat schüttelte düster den Kopf. »Wenn er klug ist, kommt er nicht.« Er nahm sein Glas und sah hinein. »Merk dir, was ich dir sage: wenn er kommt, fließt Blut.«
Hinter ihnen erklangen Schritte. Es war Ortiz, der kleine Soldat, der sie in den Bergen gefunden hatte. Er salutierte stramm. »Señor Xenos?«
Dax nickte. »Ja, Ortiz.«
»Seine Exzellenz wünscht, daß Sie zu ihm und *la princesa* in den Garten des *alcalde* kommen.«
Dax trank sein Bier aus und stand auf. Er sah Fat Cat an. »Kommst du mit?«
Fat Cat schüttelte den Kopf. »*Con su permiso* bleibe ich lieber hier. Das Bier ist schön kalt.«

Dax sah auf die Uhr. »Jetzt ist es gleich soweit«, sagte er zu Amparo, die neben ihm an dem langen Tisch im Garten des *alcalde* saß.
»Vier Uhr?«
Er nickte. Der Tisch wurde schon abgeräumt. *El Presidente* erhob sich, die anderen standen ebenfalls auf. Sie folgten dem *alcalde* durch den Garten zur *galería* des Gebäudes, die auf den Platz hinausging.

El Presidente winkte Amparo zu sich. Sie trat neben ihn ans Geländer. »Du auch, mein Sohn«, sagte er zu Dax.
Dax trat an Amparos andere Seite. Die Soldaten hatten sich in zwei Reihen vor dem Gebäude aufgestellt. Die Menge hinter den Soldaten war plötzlich ruhig geworden. Auf der anderen Seite des Platzes sah Dax Fat Cat aus dem Hotel kommen.
»Sie kommen! Sie kommen!« schrie ein kleiner Junge.
El Condor ritt einen großen braunen Hengst. Er blickte weder rechts noch links, sein breitkrempiger Hut war tief ins Gesicht gezogen. Unter seiner Begleitung erkannte Dax den Sohn des *bandolero*. Der Junge sah jedem Neugierigen herausfordernd ins Gesicht.
Von der Menge kam immer noch kein Laut, als der *bandolero* durch die Reihen der Soldaten ritt. Der alte Mann zügelte sein Pferd und nahm den Hut ab. Das dichte schwarze Haar fiel ihm fast bis auf die Schultern. Er blickte zu *el Presidente* hinauf. »Ich bin Ihrem Wunsche gefolgt und hierhergekommen, Exzellenz«, sagte er mit lauter, klarer Stimme. »Ich nehme das Amnestieangebot an. Es möge Friede zwischen uns sein.«
El Presidente kam schnell die Stufen herunter. Steif stieg der *bandolero* vom Pferd.
»Im Namen unseres geliebten Vaterlandes«, sagte *el Presidente*, »heiße ich Sie willkommen. Zu lange hat Uneinigkeit geherrscht.« Er trat vor und umarmte den alten Mann.
Ein Jubelschrei erhob sich. Das war das Ende des Terrors, der schlaflosen Nächte, der Angst, daß jeden Augenblick *bandoleros* oder *soldados* die Stadt in ein Schlachtfeld verwandeln könnten. Endlich war das vorbei.
Dax blickte über die Köpfe der Menge hinweg. Fat Cat war nirgends zu sehen. Wahrscheinlich war er in die Bar zurückgegangen, enttäuscht, daß seine Voraussagen falsch gewesen waren.
El Presidente führte den alten Mann die Stufen hinauf. Dann stellten sich beide den Reportern und Fotografen.
Plötzlich spürte Dax eine Hand an seinem Arm. Es war *el Condor*.
»Ich habe mein Wort gehalten«, sagte der alte Mann. »Ich habe meinen Sohn mitgebracht und übergebe ihn nun Ihrer Obhut. Werden Sie dafür sorgen, daß er, wie versprochen, die Schule besucht?«
»Ich werde mein Wort halten.«
Der Alte winkte, und der Junge kam näher. »Du wirst mit Señor Xenos gehen und ihm ebenso gehorchen wie mir.«
Der Junge nickte schweigend.

»Eines Tages wirst du in die Berge zurückkehren, mit dem Wissen und der Sprache, die dir für immer Freiheit verbürgt.« Er streckte die Hand aus und berührte leicht die Wange des Jungen. »Du wirst mir nie Grund geben, mich für dich zu schämen.«
Fast grob schob der Alte den Jungen zu Dax hin. »Er heißt José. Sie können ihn schlagen, wenn er nicht tut, was Sie sagen.«
El Presidente trat neben den alten Mann. »Komm jetzt ins Haus auf ein Glas Wein«, sagte er. »Wir haben vieles zu besprechen.«
Der *bandolero* lachte. »Trinken und reden. Die Jahre haben dich überhaupt nicht verändert!«

9

»Wir brauchen die ganze Nacht, um nach Curatu zu kommen«, sagte Dax. »Wir könnten in wenigen Stunden auf meiner *hacienda* sein. Warum bleiben wir die Nacht nicht da und fahren morgen weiter?«
Amparo sah ihren Vater fragend an.
El Presidente nickte. »Das ist ein guter Vorschlag. Du hast es da bestimmt angenehmer. Wir sehen uns dann morgen in Curatu.«
»*Bueno*. Ich hole Fat Cat.«
Aber Fat Cat war nirgends zu finden. Der Barmann im Hotel erinnerte sich, daß er kurz nach dem Eintreffen *el Condors* mit einem Soldaten fortgegangen war. Dax zuckte die Achseln. Wahrscheinlich hatte Fat Cat eine Frau gefunden und würde am nächsten Morgen nachgezottelt kommen.
Dax ging zum Stall des Hotels und holte Fat Cats Pferd und sein eigenes. Fat Cat würde wütend sein, aber das war seine eigene Schuld. Er führte die Pferde auf die Straße. Es begann eben dunkel zu werden. Als er hinter dem Haus hervorkam, sah er den Jungen mit seinem Pferd vor sich. Er hatte ihn fast vergessen.
»Brechen wir jetzt auf, *señor*?« fragte der Junge leise.
»*Sí*.«
Sie blieben vor dem Haus des *alcalde* stehen. Dax sah den Jungen an. »Willst du deinem Vater Lebewohl sagen?«
Josés Augen waren ausdruckslos. »Ich habe meinem Vater schon Lebewohl gesagt.«
Die Nacht war hell und klar. Im Mondlicht konnten sie dem Pfad so leicht folgen wie am Tag. Sie ritten hintereinander, Dax als erster,

dann Amparo, und der Junge als letzter. Auf dem Kamm des Berges hielt Dax an und sah zurück auf den Ort. Die Häuser waren hell erleuchtet, und durch die stille Nachtluft drang Musik herauf.
Dax lachte. »Heute nacht wird man in Asiento nicht viel schlafen.«
»Wahrscheinlich nicht.«
Im Norden des Dorfes fielen ihm einige Feuer auf. »Ich möchte wissen, was das für Feuer sind.«
Amparo schwieg.
»Es sind Lagerfeuer der *soldados*«, sagte José.
»Woher weißt du das?«
»Wir haben sie gesehen, als wir ankamen. Darauf hat mein Vater die meisten seiner Leute in die Berge zurückgeschickt.«
Dax wandte sich an Amparo. »Was bedeutet das?«
Sie zuckte die Achseln. »Vater reist nie ohne persönliche Eskorte.«
»Aber die ist doch mit ihm in die Stadt eingezogen?«
»Ich bin müde«, sagte Amparo plötzlich. »Wollen wir die ganze Nacht hier sitzen und reden?« Sie wendete ihr Pferd und begann den Pfad hinabzureiten.
Dax sah auf Asiento zurück, dann wandte er sich an den Jungen. »Vorwärts.«
José folgte ihm schweigend. Es war fast Mitternacht, als sie auf Dax' *hacienda* ankamen. Sie hatten auf dem ganzen Weg nicht mehr als ein Dutzend Worte gewechselt.
Dax geleitete Amparo auf ihr Zimmer. Ihr Gesicht war blaß und angespannt, und plötzlich tat sie ihm leid. Die Tochter von *el Presidente* zu sein war bestimmt keine leichte Aufgabe.
Er überließ José das Zimmer, das er als Junge bewohnt hatte, und ging wieder nach unten. Er zündete sich einen dünnen *cigarro* an und paffte langsam vor sich hin. Es gab da Fragen, die ihn beschäftigten, Dinge, die wohl Amparo beantworten mußte. Aber dafür würde morgen noch Zeit sein. Dieser Tag war vorbei. Doch darin irrte er.
Dax hatte erst ein paar Stunden geschlafen, als ihn der Hufschlag von Pferden weckte. Zuerst dachte er, Fat Cat mache unnötigen Lärm. Aber dann sprang er aus dem Bett und ging ans Fenster. Zwei Reiter kamen durch das Haupttor. Er erkannte die schwere Gestalt von Fat Cat. Den anderen Reiter konnte er nicht erkennen. Er saß zusammengesunken auf dem Pferd, hielt sich am Sattelknopf fest und konnte sich kaum im Sitz halten.
Dax zog schnell seine Hose über und lief hinunter. Fat Cat stieg vom

Pferd. Der andere hob sein Gesicht, als Dax die Stufen von der *galería* hinuntersprang. Es war blaß und verzerrt und von getrocknetem Blut verkrustet. Dax starrte *el Condor* an.

»Hilf mir ihn ins Haus bringen«, sagte Fat Cat barsch. »Die Soldaten können nicht weit hinter uns sein.«

Automatisch streckte Dax die Hand nach dem alten Mann aus. Es war erstaunlich, wie leicht und zerbrechlich der alte *bandolero* geworden war. »Was ist passiert?«

»Ich habe dir ja gesagt, es waren zu viele Soldaten da«, sagte Fat Cat. »Außerhalb von Asiento waren noch viel mehr.«

Der alte *bandolero* hustete, und ein blasiger Blutfleck erschien auf seinem Mund, während sie ihn neben der Treppe auf die Bank legten. Die *hacienda* begann zu erwachen. Eine der Frauen kam aus den Räumen hinter der Küche.

»Hol Wasser und Handtücher!« befahl Dax. Er wandte sich zu Fat Cat. »Schick jemanden nach einem Arzt.«

Fat Cat rannte aus dem Haus.

El Condor hustete und verzog das Gesicht vor Schmerzen. Dax nahm ein feuchtes Tuch, das ihm eine der Frauen reichte, und wischte ihm das Gesicht ab. »Sprechen Sie jetzt nicht. Wir rufen einen Arzt.«

»Wozu?« flüsterte *el Condor* heiser. »Ich bin ein toter Mann.«

»Sie werden nicht sterben.«

»Ich habe Ihnen gesagt, daß Guiterrez uns alle töten wird.«

»Das war nicht Guiterrez.«

»Es war Guiterrez.« Fat Cats Stimme kam von der Tür. »Wir waren blöde. Der Alte hatte recht. Guiterrez ist jetzt der Leiter von *el Presidentes* Geheimpolizei.«

Dax starrte ihn an. Von der Treppe her kamen Schritte. Es war Amparo. Ihr Gesicht war weiß und verzerrt. Sie kam schweigend die Stufen herab.

»Sie haben sich in einen Hinterhalt gelegt, als die *bandoleros* auf ihrem Rückweg in die Berge aus der Stadt kamen«, sagte Fat Cat.

Dax sah Amparo an. »Du hast es gewußt.«

Amparo antwortete nicht. Sie blickte auf den alten Mann hinunter. Ihre Augen waren ohne Ausdruck. »Ist er tot?«

Das Kinn des alten Mannes hing herab, die Augen waren starr. »Er ist tot«, sagte Dax.

Ein Schrei kam von der Treppe. José stürzte sich auf Amparo. Die blanke Klinge seines Messers blitzte. Instinktiv riß Dax sie zur Seite

und fiel dem Jungen in den Arm. Dax stürzte unter dem Anprall auf die Knie, aber das Messer klirrte zu Boden. Er stieß es mit dem Fuß außer Reichweite und sprang auf.
Der Junge kauerte noch auf Händen und Knien. Er sah zu Dax hoch, das Gesicht tränenüberströmt. »Du hast gelogen! Du hast es die ganze Zeit gewußt.«
»Ich habe es nicht gewußt«, sagte Dax und ging zu ihm, um ihm auf die Beine zu helfen. »Glaub mir, ich habe es nicht gewußt.«
»Rühr micht nicht an!« schluchzte José und schüttelte ihn ab. »Lügner! Verräter!« Er drehte sich um und lief zur Tür. »Eines Tages bringe ich dich dafür um!« Er verschwand in der Nacht. Kurz darauf hörte man ein Pferd in die Finsternis davonjagen.
Fat Cat wollte ihm nach. »Er reitet zurück in die Berge!«
»Laß ihn«, sagte Dax. Dann wandte er sich zu Amparo, die noch am Boden lag. »Komm, ich helfe dir auf.«
»Faß mich nicht an«, schrie sie. »Siehst du nicht, daß ich blute?«
Da erst bemerkte er, daß der untere Teil ihres Nachtgewandes und des Morgenrocks blutbefleckt war.
»Was ist passiert?«
Sie sah ihn mit einer seltsamen Mischung von Zorn und Schmerz an. »Du Idiot! Siehst du es nicht? Ich verliere mein Kind!«
Er richtete sich auf. Übelkeit überkam ihn. Er mußte ihnen allen wirklich wie ein Idiot erschienen sein. Mit all seinem Wissen, seiner Erfahrung, mit allem, was er in der Welt draußen gelernt hatte, mußte er ihnen wie ein kleines Kind vorgekommen sein. Keiner, der ihn nicht belogen und ausgenutzt hatte. Sogar Amparo.
Draußen klapperten die Hufe vieler Pferde, dann erklangen schwere Schritte auf der *galería*. Die Soldaten drängten durch den Eingang. Ihre rot-blauen Uniformen füllten die Halle.
Dann bahnte sich Guiterrez einen Weg durch die Menge, die Silbertressen glänzten auf seiner Uniform. Der Blick seiner kleinen Augen schweifte über die Gruppe vor ihm. Man brauchte ihm nicht zu sagen, daß der *bandolero* tot war. »Wo ist der Junge?«
»Er ist fort«, sagte Dax.
»Ich glaube Ihnen nicht.« Guiterrez zeigte auf Fat Cat. »Nehmt diesen Mann fest!«
Das laute Nein von Dax hielt die Soldaten zurück.
Guiterrez' Augen glänzten gefährlich. »*El Presidente* wird nicht erfreut sein, *señor*. Dieser Mann hat versucht, dem *bandolero* zur Flucht zu verhelfen.«

»Mir ist verdammt egal, ob *el Presidente* erfreut ist.«
Ein eisiges Lächeln trat auf Guiterrez' Lippen. »Mit diesen Worten haben Sie sich selbst verraten.« Er riß den Revolver aus der Halfter und richtete ihn auf Dax. »Nehmt sie beide fest!«
Aber bevor die Soldaten Dax ergreifen konnten, riß er das Messer hoch, das der Junge hatte auf den Boden fallen lassen.
Guiterrez sprang rückwärts zur Wand. Er starrte Dax in die Augen. »Darauf habe ich lange gewartet«, sagte er leise und hob mit einem verzerrten Lächeln den Revolver.
»Ich auch!«
Den Bruchteil einer Sekunde später stak das Messer in Guiterrez' Kehle. Der Revolver fiel ihm aus der schlaffen Hand. Dann sank er zu Boden.
Dax wurde von den Soldaten ergriffen und grob nach hinten gerissen. Er versuchte vergeblich, sich loszureißen.
»Laßt ihn los!« *El Presidentes* Stimme erklang scharf vom Eingang her.
Ohne einen Blick auf die am Boden liegenden Männer zu werfen, ging er zu seiner Tochter hin und kniete neben ihr nieder. Sie flüsterten miteinander, zu schnell, als daß Dax es hätte verstehen können. Dann stand *el Presidente* langsam auf und wandte sich zu ihm.
»Du hast richtig gehandelt, mein Sohn«, sagte er. Seine hellgrauen Augen waren unbewegt. »Ich war selbst gekommen, um Guiterrez wegen der Verletzung des Waffenfriedens zu töten!«

10

Die Büros der Hadley Shipping Company in New York lagen oberhalb von Battery Park, am Rande des Banken- und Geschäftszentrums, im 19. Stock eines alten Gebäudes, dessen Dachgeschoß man zu Mr. Hadleys Privatbüro umgewandelt hatte. Man hatte von dort eine unbegrenzte Aussicht. Im Süden lagen die Freiheitsstatue und der Hafen, im Norden und Osten ragten das Empire State Building, das Rockefeller Center und die Nadel des eben vollendeten Chrysler Building hoch.
Marcel wandte sich vom Fenster ab, als Hadley ins Büro trat.
»Tut mir leid, daß Sie so lange warten mußten«, entschuldigte sich der Ältere. »Die Vorstandssitzung hat länger gedauert als vorgesehen.«

»Das macht nichts, Mr. Hadley. Ich habe inzwischen die Aussicht genossen.«
»Sie ist schön«, antwortete Hadley in einem Ton, daß Marcel sich fragte, ob der Alte überhaupt je aus dem Fenster blickte.
Hadley kam sofort zur Sache. »Nach meinen Informationen ist der Ausbruch des Krieges in Europa nur noch eine Frage von Monaten, wenn nicht von Wochen.«
Marcel nickte.
»Die Vertretung Amerikas in Europa wird schwierig werden«, fuhr Hadley fort. »Besonders, da die Sympathien des Präsidenten bei England und Frankreich liegen. Er hat ihnen jeden Beistand mit Ausnahme einer direkten Beteiligung am Krieg zugesichert.«
Marcel nickte wieder. Er ahnte, was kommen würde.
»Wie viele Schiffe haben wir noch im Zuckerhandel laufen?« fragte Hadley plötzlich.
Marcel dachte einen Augenblick nach. Neun waren auf See, aber vier beförderten Ladungen, die für seine eigenen Lagerhäuser in Brooklyn bestimmt waren. »Fünf. Sie werden bis Ende des Monats in New York sein.«
»Gut. Sobald die entladen sind, sollten wir alle Schiffe, die wir haben, nach Corteguay schicken. Wenn der Krieg ausbricht, ist jede Schiffsladung von hier nach Europa Freiwild für die deutschen Unterseeboote.« Er nahm ein Papier von seinem Schreibtisch und betrachtete es. »Haben Sie vielleicht in letzter Zeit etwas über Dax gehört?«
»*El Presidente* teilte mir mit, daß er noch in Spanien ist. Die Verträge mit Franco sind beinahe unter Dach.«
»Er sollte die Verträge sobald wie möglich abschließen. Ich habe mich entschieden, ihn zu unserem Vertreter in Europa zu machen, wenn es zum Krieg kommt.«
»Woher wissen Sie, daß Dax das übernimmt? Schließlich arbeitet er nicht für uns.«
Ein ärgerlicher Ausdruck erschien auf Hadleys Gesicht. »Das weiß ich, und das ist gerade das Gute dabei. Dax vertritt ein neutrales Land. Er wird in Europa nicht behelligt werden, ganz gleich, wie der Krieg verläuft.«
Marcel schwieg. Er begann die Amerikaner zu verstehen. Jetzt wußte er, wie die großen Vermögen zustande kamen. Krieg oder nicht, für das Geldverdienen gab es keine Unterbrechung. »Haben Sie mit *el Presidente* darüber gesprochen?«

»Noch nicht. Das überlasse ich Ihnen. Schließlich ist er Ihr Partner, nicht meiner.«
Es war noch früh, als Marcel Hadleys Büro verließ. Vom Gehsteig aus winkte er ein Taxi heran. »Station Bush in Brooklyn.«
Träge sah er aus dem Fenster, während das Taxi zur Brooklyn Bridge fuhr. Wie anders doch die Amerikaner waren. Selbstzufrieden, abgesichert hinter ihren Meeren. Wenn es zum Krieg kam, so berührte es sie nicht.
Es war etwas, wovon man in den Zeitungen las und im Rundfunk zwischen zwei Unterhaltungssendungen hörte, wovon man Szenen in Wochenschauen vor dem letzten Clark-Gable-Film sah. Die Drohungen, das Geschrei und das Toben Hitlers drang nie wirklich bis zu ihnen. Europa lag auf der anderen Seite der Welt.
Langsam kämpfte sich das Taxi, nachdem es die Brücke überquert hatte, durch den Verkehr im Zentrum Brooklyns. Dann bog es in die Vierte Avenue in Richtung Bay Ridge ein.
Als Marcel eintrat, legte der Wächter die Zeitung weg. »Guten Morgen, Mr. Campion.«
»Guten Morgen, Frank. Alles in Ordnung?«
»In bester Ordnung, Mr. Campion«, antwortete der Wächter und stand auf. Er war jetzt schon an diese Besuche gewöhnt. Marcel tauchte zu allen möglichen Zeiten auf, manchmal sogar mitten in der Nacht. Sie gingen zusammen in das Lagerhaus. Das Gebäude erstreckte sich über einen ganzen Häuserblock, und die Leinwandsäcke voll Zucker reichten fast bis zu den Leitungen der Feuerschutzanlage unter dem hohen Trägerdach.
Marcel sah sich befriedigt um. Vor mehr als einem Jahr war er auf die Idee gekommen. Wenn am 3. September seine vier Schiffe am Dock vor den Lagerhäusern anlegten, würde das letzte Lagerhaus voll werden. Dann brauchte man nur noch abzuwarten. Der Krieg in Europa würde alles Weitere besorgen.
Zucker. Alles in Amerika war süß. Limonade, Pralinen, Brötchen und Kuchen, sogar das Brot. Alle verbrauchten Zucker in reichlichen Mengen. Ob Krieg oder nicht, Zucker mußten sie haben. Und sie würden gern dafür zahlen.
Jetzt waren vier solcher Lagerhäuser mit Zucker gefüllt. Marcel war vielleicht der einzige, der das hatte durchführen können. Er kontrollierte die Schiffe. Er konnte gefälschte Konnossemente besorgen, um die Aufmerksamkeit der Zollbeamten zu täuschen, die jedes im Hafen einlaufende Schiff untersuchten.

Aber dazu brauchte man Geld. Eine Menge Geld. Mehr als Marcel besaß. Es sah fast aus, als hätten die Zuckerproduzenten erkannt, was er vorhatte. Er mußte eine Prämie von zwanzig Cent pro Hundertpfundsack bezahlen, um sicher zu sein, daß sie nur an ihn verkauften. Weitere Zahlungen gingen an die Schiffsoffiziere, die wußten, woraus die Ladung tatsächlich bestand. Sogar die Miete der Lagerhäuser über einen Strohmann kostete ihn Tausende von Dollars.
Fast acht Millionen Dollar lagen in diesem Projekt fest. Der größte Teil war geborgtes Geld. Und wenn nicht Amos Abidijan gewesen wäre, hätte Marcel es nie bekommen.
Marcel machte sich keine Illusionen darüber, warum Abidijan ihm das Geld geliehen hatte. Amos war nur an einem interessiert: seine älteste Tochter an den Mann zu bringen.
Amos hatte fünf Töchter, und bevor nicht die älteste verheiratet war, konnte keine der anderen heiraten. Es sah so aus, als kämen sie nie dazu, denn niemand schien sich für Anna zu interessieren, trotz der Mitgift, die dabei zu erwarten war. Es lag daran, daß Anna am meisten ihrem Vater nachgeraten war: klein und dunkel, mit einem leichten Anflug von Schnurrbart, den keine Elektrolyse gänzlich hatte beseitigen können. Und auch der teuerste Schneider konnte die Formen ihres vierschrötigen Bauernkörpers nicht verbergen. Sie hatte beschlossen, daß Männer nichts für sie waren. Sie interessierte sich nur für das Geschäft ihres Vaters und begann in seinem Büro zu arbeiten. Dort hatte Marcel sie kennengelernt.
Er hatte eine Verabredung mit ihrem Vater gehabt, mußte aber warten. Die Empfangsdame hatte ihn in Abidijans Vorzimmer geführt. Er hatte gerade Platz genommen, als Anna hereinkam.
»Entschuldigen Sie, Mr. Campion«, sagte sie mit ihrer tiefen, fast männlichen Stimme, »mein Vater wird sich ein wenig verspäten.«
Bis das englische »Mein Vater« Marcels Gehirn erreicht hatte und in *»Mon père«* übersetzt worden war, saß sie schon hinter ihrem Schreibtisch, Marcel stand auf. Das war der richtige Augenblick für die echte gallische Höflichkeit.
Aber die arme unerfahrene Anna, an keinerlei Aufmerksamkeiten des anderen Geschlechts gewöhnt, hielt die bloße gallische Höflichkeit für romantische Liebe, und ehe Marcel sich's versah, war er eingewickelt. Mittagessen, dann Diners, schließlich Abende in Amos' Heim. Und dann übers Wochenende in ihrem Landhaus. Das war jetzt fast zwei Jahre her, und man hatte mehr oder weniger als Tat-

sache anerkannt, daß sie miteinander »gingen«, obgleich Marcel nie irgend etwas in diesem Sinne geäußert hatte.
So war der Stand der Dinge, als Marcel vor etwas mehr als einem Jahr wegen der Anleihe zu ihrem Vater gegangen war.
»Ich brauche vier Millionen Dollar«, sagte Marcel zu Amos. »Zwei kann ich vielleicht selbst aufbringen –«
»Sag nichts weiter«, hatte Amos geantwortet, die Hand gehoben und nach dem Scheckbuch gegriffen.
Marcel sah ihn erstaunt an. »Interessiert es dich nicht, wofür das Geld ist?«
Lächelnd schüttelte Amos den Kopf. »Das will ich gar nicht wissen. Schließlich bleibt es doch in der Familie, nicht?«
Marcels Mund blieb offen. Dann faßte er sich. »Aber vielleicht brauche ich bald noch mehr.«
Amos riß den Scheck schwungvoll ab und reichte ihn Marcel. »Wenn du mehr brauchst, dann komm zu mir und sag Bescheid.«
Noch zweimal hatte Marcel Geld verlangt. Jedesmal wurde der Scheck überreicht, und nie wurden Fragen gestellt. Und jetzt würde es kaum noch nötig sein.
Noch eine kurze Weile, und dann war Marcel imstande, die Anleihen zurückzuzahlen. Dann würde er ihnen allen seinen Standpunkt klarmachen.
Es war nur noch eine Frage der Zeit.

11

Das Abendessen bei Abidijan war lang, langweilig und ermüdend wie stets. Nach dem Essen gingen sie zu Kaffee und Kognak in die Bibliothek.
Amos glitt in seinen Lieblingsstuhl und sah zu Marcel hinüber. »Du bist mit Baron de Coyne bekannt?« fragte er in seinem fremdartig klingenden Englisch.
Marcel nickte. »Ich habe mit ihm zusammengearbeitet«, sagte er, indem er die Wahrheit notwendigerweise ein wenig korrigierte.
Amos dachte eine Weile nach, bevor er fortfuhr. »Vielleicht kannst du mir helfen. Es gibt gewisse Gesellschaften, an deren Übernahme er und ich interessiert sind. Wir haben beide Angebote gemacht, und jetzt spielen sie uns gegeneinander aus und treiben auf diese Art die Preise in die Höhe.«

Marcel hatte zwar gehört, daß de Coyne den größten Teil seiner Vermögenswerte nach den Staaten transferierte, aber er hatte nicht gewußt, daß der Baron die Absicht hatte, aktiv ins amerikanische Geschäftsleben einzusteigen.
»Wie kann ich dir helfen?«
»Vielleicht können Coyne und ich eine Abmachung treffen, bevor der Preis so hoch steigt, daß das Geschäft für keinen von uns mehr interessant ist.«
»Das ist ein vernünftiger Vorschlag. Ich bin sicher, daß der Baron nicht abgeneigt ist.«
»Das habe ich mir eben auch gedacht. Es gibt offenbar keinen Weg für mich, an ihn heranzukommen. Die Anwälte, die ihn hier vertreten, lehnen Besprechungen ab.«
»Ich will mir die Sache überlegen«, sagte Marcel. »Mal sehen, ob mir etwas einfällt.«
»Sehr gut.« Amos ging zum Fenster und blickte auf den East River hinaus. Nach einiger Zeit sah er auf die Uhr. »Sie hat Verspätung.«
»Wer hat Verspätung?« fragte Marcel erstaunt.
»Die *Shooting Star*. Sie soll um neun Uhr zwanzig vorbeikommen.«
Marcel betrachtete ihn verwundert. Abidijan besaß oder kontrollierte eine der größten Flotten der Welt, und doch wußte er, wann ein bestimmter Tanker fällig war.
Amos kam vom Fenster zurück und sank wieder in seinen Stuhl. »Manchmal habe ich Lust, mich zurückzuziehen«, sagte er, »aber dann denke ich an all die Leute, die von mir abhängen. Bloß, ich werde auch nicht jünger.«
»Du bist noch längst nicht alt. Ich wünschte, ich hätte deine Energie.«
»Nein, nein«, antwortete Amos schnell, »du bist ein junger Mann. Deshalb kannst du so etwas sagen.« Er zog an seiner Zigarre und seufzte. »Wenn ich Söhne hätte, auch nur einen Sohn, würde ich mir keine Sorgen machen. Wenn ich einen Sohn hätte, könnte ich ihm das Geschäft übergeben.«
Marcel lächelte. »Bei fünf Mädchen wirst du eine Menge Enkel haben.«
»Ja, wenn ich einen Sohn hätte wie dich«, sagte Amos, ohne Marcels Einwurf zu beachten. »Dann könnte ich das Geschäft in seine Hände legen.«
Marcel wollte nicht anbeißen. Amos würde nichts verschenken. Er

würde immer alles kontrollieren. Bis zu seinem Tode und – wie Marcel ihn einschätzte – noch darüber hinaus. Anna ersparte ihm die Antwort.
»Vater«, rief sie aufgeregt aus dem Wohnzimmer, »die *Shooting Star* kommt.«
Marcel sah sie in der Tür stehen. Ihn schauderte. Einen Moment hatte ihre Stimme geklungen wie die des Alten.
Abidijan ging zum Fenster. »Es ist die *Shooting Star«*, sagte er und sah auf seine Uhr. »Fünfzehn Minuten zu spät.« Er sah Anna an. »Erinnere mich morgen früh daran, daß ich dem Kapitän eine Notiz schicke. Unsere Fahrpläne sind dazu da, eingehalten zu werden.«
Marcel ging bald nach zehn. Er schützte Kopfschmerzen vor. Anna begleitete ihn zur Tür. »Ruh dich aus«, sagte sie besorgt. »Du siehst sehr müde aus.«
Die Tür des Hauses auf dem Sutton Place schloß sich hinter ihm. Er stand in der Nacht und atmete tief. Nach der Tageshitze schien die Brise, die vom Fluß kam, kühl und frisch, wenngleich die Hitze sofort wieder da war, wenn man sich stadtwärts wandte. Nachdem er einen Block weit gegangen war, spürte er, wie ihm der Schweiß über die Brust rann. Er sah auf die Uhr. Es gab nur zwei Lokale, in die man um diese Zeit gehen konnte. El Morocco oder den Stork. Er entschloß sich für das El Morocco. Bis dort war es nur ein kurzer Spaziergang.
Der klimatisierte Raum ließ die feuchte Hitze, die draußen herrschte, vergessen. Marcel bestellte eine kleine Flasche Champagner. Verschiedene Leute, die er kannte, kamen vorbei. Er nickte ihnen höflich zu. Nach und nach füllte sich das Restaurant.
Die Stimme einer jungen Frau erklang hinter ihm. »Marcel?«
Automatisch stand er auf, ehe er sich umwandte. »Mademoiselle de Coyne!«
Sie reichte ihm die Hand. »Ich hoffte, ich würde Sie treffen.«
»Ich freue mich außerordentlich.« Es verging eine Weile, bevor er merkte, daß sie französisch sprachen. »Wollen Sie nicht Platz nehmen?«
»Nur einen Augenblick«, sagte sie. »Ich bin mit anderen Leuten hier.«
Er zog einen Stuhl heran, und ein Kellner kam eilig mit einem zweiten Glas. »*A votre santé*. Wie geht es Ihrem Vater?«
»Danke, gut. Aber zu Hause steht es nicht gut.«
»Ich weiß.«

Sie sah sich im Restaurant um. »Hier spielt das aber offenbar keine Rolle.«
»Die wissen hier gar nicht, wie gut sie es haben.«
Marcel stellte sein Glas nieder. »Ich habe gehört, daß Ihr Vater die Absicht hat herzukommen.«
»Ich weiß nicht, ob er kommt«, sagte Caroline. »Im Augenblick herrscht allgemeines Durcheinander. Ich fahre morgen mit der *Normandie* zurück.«
»Übermitteln Sie Ihrem Vater meine besten Grüße. Und bitte sagen Sie ihm, wenn ich irgend etwas hier für ihn tun kann, so braucht er nur über mich zu verfügen.«
»Vielen Dank.« Plötzlich blickte sie ihm direkt in die Augen. »Ich habe mich überall ohne Erfolg erkundigt. Wissen Sie vielleicht, wo Dax ist?«
Er hätte es sich denken können, daß sie nicht bloß gekommen war, um ihn zu begrüßen. In ihren Augen würde er immer nur der kleine Angestellte sein. Sein unbewegtes Gesicht verbarg seine Enttäuschung. »Dax ist in Europa. Wußten Sie das nicht?«
Sie schüttelte den Kopf. »Nein.«
»Er ist schon fast ein Jahr dort.«
»Wir haben nie etwas von ihm gehört. Er hat uns nie besucht.«
Plötzlich tat sie ihm leid. »Er ist mit einem Auftrag seiner Regierung nach Spanien gegangen. Ich habe übrigens gehört, daß er bald nach Frankreich kommen soll. Vielleicht wird er Sie dann aufsuchen.«
»Können Sie ihm etwas ausrichten lassen? Es ist sehr wichtig. Mein Vater möchte ihn dringend sprechen.«
»Ich will es versuchen.« Jetzt begannen die Dinge klarer zu werden. Deshalb wollte Hadley, daß Dax nach Frankreich ging. Nicht bloß aus dem vagen Grund, den er angegeben hatte. Wahrscheinlich betraf es de Coyne. Wieder fügte sich ein Steinchen ins Mosaik. Mit Hadley mußte er über Abidijans Probleme sprechen. Die Anwälte waren bloße Strohmänner. Er beschloß, sie am nächsten Morgen auszuschalten.
»Bitte versuchen Sie, ihn zu erreichen.« Caroline erhob sich. »Ich wäre Ihnen außerordentlich dankbar.«
Er küßte ihr die Hand. »Es wird mir ein Vergnügen sein, Ihnen zu helfen.«
Er blieb stehen, während sie zu ihrem Tisch zurückging. Er sah sie mit dem Mann zu ihrer Rechten sprechen und bemerkte das Lächeln der anderen an ihrem Tisch.

Es war die alte Geschichte. Er hatte es fast vergessen. Europa war immer noch Europa.
Die bloße Tatsache, daß sie ihm nicht angeboten hatte, ihn mit den anderen bekannt zu machen, bewies hinlänglich, daß sie ihn nicht als ihresgleichen ansahen. Es würde der Alten Welt recht geschehen, wenn sie sich selbst vernichtete.

12

Als Robert de Coyne zum Frühstück hinunterkam, saß sein Vater schon am Tisch. Ein offenes Telegramm lag neben seinem Teller. Schweigend reichte sein Vater es ihm hinüber.

ABIDIJAN BIETET ZWÖLF MILLIONEN MASTER PRODUCTS STOP WIE HOCH SOLL ICH GEHEN STOP HADLEY.

Robert warf das Telegramm ärgerlich auf den Tisch. »Das gefällt mir nicht. Sie wollen uns ausnehmen.«
»Was sollen wir machen?« Der Baron zog die Schultern hoch. »Diese Gesellschaft ist der Schlüssel zu unserem ganzen Amerika-Geschäft. Wir werden auf fünfzehn Millionen gehen müssen.«
»Das ist dreimal soviel, wie das Ganze wert ist.«
Der Baron lächelte. »Bettler können sich's nicht aussuchen. Und auf dem amerikanischen Markt sind wir Bettler.«
In diesem Augenblick trat der Butler ins Zimmer. »Ein Monsieur Campion wünscht Eure Exzellenz zu sprechen.«
»Marcel Campion?« sagte Robert überrascht.
»Ich glaube, so war der Name, Monsieur.«
Robert sah seinen Vater an. »Ich dachte, Marcel sei noch in New York.«
»Lassen Sie ihn in der Bibliothek warten«, sagte der Baron. »Wenn ich mit dem Frühstück fertig bin, komme ich.«
Marcel döste in einem Stuhl, als sie eine halbe Stunde später ins Zimmer traten. Er stand auf. »Ich bitte um Entschuldigung, aber ich bin eben aus Lissabon gekommen, nachdem ich von New York herübergeflogen bin.«
»Schon gut«, antwortete der Baron, bot ihm aber nicht die Hand. Er ging um den Schreibtisch herum und setzte sich. »Sie kennen meinen Sohn Robert?«

Marcel verbeugte sich. »Monsieur Robert.«
Robert nickte nachlässig. »Marcel.«
Marcel erwartete, zum Sitzen aufgefordert zu werden. Aber der Baron fragte nur beiläufig, fast herablassend: »Was ist der Grund für diesen ungewöhnlichen Besuch?«
Marcel fühlte die Müdigkeit der langen Reise in sich. Plötzlich schien er die Stimme verloren zu haben.
Das Gesicht des Barons wurde ärgerlich. »Nun, sprechen Sie. Was wünschen Sie? Ich habe einen sehr anstrengenden Tag vor mir.«
Unwillen stieg in Marcel hoch. Nichts hatte sich geändert, nichts würde sich je ändern. Diese Leute waren zu sehr daran gewöhnt, daß man ihnen devot begegnete. In Amerika war das anders. Dort zählte, was man war, nicht, aus welcher Familie man kam.
Was tat er hier? Er brauchte den Baron nicht mehr. Auch nicht sein Geld. Oder seine Freundschaft. In Amerika akzeptierte man ihn um seiner selbst willen. Zum Teufel mit dem Alten. Sollte er sich doch allein in Amerika zurechtfinden. Der ganze ausgeklügelte Plan, den er gemacht hatte, flog zum Fenster hinaus. Warum sollte er de Coyne auf seinem Rücken reiten lassen?
Aber dann fand er seine Stimme wieder. »Mein guter Freund, Amos Abidijan, schlug mir vor, Sie aufzusuchen, und zwar wegen Ihrer beiderseitigen Interessen an gewissen Gesellschaften.«
Der Baron warf Robert einen Blick zu.
»Vielleicht könnte man diese Interessen aufeinander abstimmen«, fuhr Marcel fort. »Das könnte beträchtliche finanzielle Vorteile für beide bringen.«
Der Baron sah ihn listig an. »Und wo stehen Sie in dieser Sache?«
Plötzlich mußte Marcel lachen. Zum erstenmal merkte er, daß er englisch dachte und sprach.
»Einen dreckigen Furz hab' ich damit zu tun. Ich bin nur auf meiner Reise hier mal vorbeigekommen.«
Er bedauerte diesen Ausbruch nie. Nicht einmal, als er zwei Tage, nachdem Hitlers Truppen in Polen einmarschiert waren, in Amos' Büro stand und um vier Millionen Dollar ersuchte, um nicht Bankrott zu machen.
Der Zucker war schuld. Sein Plan, der ihn reicher machen sollte, als er es sich in seinen kühnsten Träumen vorgestellt hatte. Am Tage nach der Kriegserklärung in Europa hatte Roosevelt einen Höchstpreis für Zucker festgesetzt. Vier Dollar fünfundsechzig Cent pro hundert Pfund. Marcel hatte 4.85 bezahlt. Das war ein Verlust von

zwanzig Cent auf den Zentner. Vier Millionen Dollar. Und seine Gläubiger hatten keine Lust, auf ihr Geld zu warten.
Wortlos schrieb der Armenier den Scheck aus.
»Vielen Dank«, sagte Marcel kleinlaut.
»Spekulieren ist ein gefährliches Geschäft. Ich habe im letzten Krieg schwer daran glauben müssen.«
Marcel sah Amos überrascht an. Er hatte also von dem Zucker gewußt. »Aber die Idee ist nicht schlecht«, verteidigte er sich.
»Ja, wenn du den Zucker herausbekommst, bevor die Regierung die Lagerhäuser beschlagnahmt.«
»Glaubst du, daß sie das tun?«
Abidijan nickte. »Sie müssen. Roosevelt hat versprochen, die Alliierten zu beliefern. Alle Lagerhäuser in der Ufergegend wird man beschlagnahmen.«
»Wo soll ich denn genügend Platz finden für all den Zucker?«
Amos lachte. »Du bist ein gescheiter junger Mann, aber du hast noch viel zu lernen. Du darfst nicht alles an einem Ort lagern. Das fällt nur auf. Du mußt es verteilen. Verstecken. An Orten, die sie nie kontrollieren. In kleinen Mengen, wie es die Alkoholschmuggler mit dem Whisky gemacht haben.«
»Solche Orte finde ich nicht mehr zeitig genug.«
»Ich habe einen Freund«, sagte Amos, »einen früheren Alkoholschmuggler. Der verfügt noch über eine ganze Reihe von seinen alten Verstecken. Ich habe schon mit ihm gesprochen. Er wird sich um die Sache kümmern.«
Marcel sah ihn an. »Du bist mein Lebensretter.«
Amos lachte. »Ich tue nicht mehr für dich, als du für mich getan hast.«
»Für dich?«
»Vor zwei Wochen habe ich einen Brief bekommen. Von Baron de Coyne. Er schrieb mir, daß du ihn mit meinem Vorschlag aufgesucht hast.«
»Ach, das. Das war doch gar nichts.«
»Nichts?« schrie Amos. »Du fliegst in einer von diesen verrückten Maschinen nach Europa, nur, weil ich dich um etwas bitte, und du sagst, es ist gar nichts? Nicht einmal für meinen eigenen Vater würde ich in eine solche Teufelskiste steigen.« Er erhob sich. »Der Baron und ich haben eben die Master Products Company gekauft. Für drei Millionen Dollar weniger, als mein eigenes Angebot lautete.«

Der Baron war also doch nicht so stolz. Geld war der große Gleichmacher.
Amos legte seine Hand auf Marcels Schulter. »Nun haben wir genug vom Geschäft geredet. Sprechen wir von wichtigeren Dingen. Ich denke, Oktober ist ein guter Monat für eine Hochzeit, nicht wahr?«

13

Sue Ann legte den Hörer auf. »Vater will, daß wir heimkommen.«
Sergei hob den Kopf von der Zeitung. »Du weißt, daß das Baby in der Klinik bleiben muß.«
Sue Ann stand ärgerlich auf. Wenn sie sich schnell bewegte, sah sie noch schwerer aus. Nach dem Kind hatte sie keinen Versuch gemacht, wieder ihre alte Figur zu bekommen. Es schien fast, als wäre sie froh, nicht mehr auf ihr Äußeres achten zu müssen. Nun konnte sie so viel Kuchen und Pralinen essen, wie sie wollte. Sie konnte trinken und sich mit allen Leckerbissen vollstopfen, die sie sich früher versagt hatte. Unverändert war nur ihr geschlechtlicher Appetit.
»Das weiß ich. Aber dem Kind macht es nichts aus, ob wir heimfahren oder nicht. Wir tun ihm nichts Gutes, wenn wir hierbleiben. Die einzigen, die es wirklich kennt, sind die Schwestern in der Klinik.«
»Es ist doch unser Kind. Wir können nicht einfach fortfahren und es hierlassen.«
»Du willst die Hoffnung nicht aufgeben, nicht wahr? Du willst nicht zugeben, daß sie immer so bleiben wird, wie sie ist?«
»Die Ärzte sagen, daß Hoffnung besteht.«
»Die Ärzte?« Sie schnaufte verächtlich. »Die sagen alles mögliche. Damit verdienen sie ihr Geld.«
Sergei stand auf und ging zur Tür.
»Wo gehst du hin?«
»In die Klinik. Willst du mitkommen?«
»Wozu? Nur um dazustehen und sie anzuschauen?«
Er zuckte die Achseln.
Sie ging zur Hausbar und nahm eine Flasche Scotch heraus. »Ich buche die Überfahrt in die Staaten für nächste Woche.«
»Wenn du das tust«, sagte er ruhig, »dann mußt du leider allein fahren.«

Sue Ann tat Eis in ihr Glas und goß Whisky darüber. Sie schwenkte das Glas ein wenig, dann drehte sie sich zu ihm um. »Du hast eine andere. Diese Kinderschwester im Krankenhaus. Die Engländerin.«
»Du bist verrückt.«
»Meine Freunde haben sie in deinem Wagen gesehen.«
»Ich habe sie nur zufällig auf dem Heimweg getroffen und sie nach Hause gefahren.«
»Ja?« sagte Sue Ann skeptisch. »Meine Freunde erzählen das etwas anders.«
»Was erzählen denn deine Freunde?«
»Sie haben dich von ihrem Balkon aus im Wagen gesehen. Deine Hose war offen, und sie hatte dein Ding draußen.«
»Am hellichten Tag?« sagte er spöttisch. »Und das glaubst du?«
»Ich kenne dich«, sagte sie, trank ihren Whisky aus und goß noch einen nach. »Du kannst nicht Auto fahren, ohne dein Werkzeug zu gebrauchen. Eines Tages bringst du dich damit noch um.«
Sergei lachte rauh. »Auch ein schöner Tod. Immerhin werde ich nicht daran zugrunde gehen, daß ich mich vollstopfe wie ein Schwein.«
Ihr Gesicht verfinsterte sich. »Versuch nicht, das Thema zu wechseln. Ich bin nicht mehr so dumm wie damals, als ich dich geheiratet habe. Jetzt kenne ich dich.«
»Du bist sehr gescheit«, antwortete er sarkastisch. »Aber weißt du was? Du warst viel anziehender, als du dumm warst.«
Die Tür schlug hinter ihm zu. Einen Augenblick stand Sue Ann unbeweglich da, dann warf sie ihr Glas wütend gegen die Tür. Die Scherben sprangen über den Teppich. »Scheißkerl!«
Dann rannte sie zum offenen Fenster und sah hinunter in den Hof. Er stieg eben in den Wagen. »Du kannst mich ...! Du kannst mich ...!« schrie sie wie ein Fischweib. Sie schrie immer noch, als der Wagen heulend aus dem Hof auf die Straße jagte.

Sergeis Hände krampften sich um das Steuer. Er spürte das Pochen des schweren Motors unter der Haube des Mercedes. Es war ein Irrtum gewesen. Er hatte es gewußt. Aber das war kein Trost. Sie waren einander zu ähnlich. Und doch viel zu verschieden. Jetzt war es vorbei, nur in einer Beziehung würde es nie vorbei sein. Nicht für ihn. Das Kind war da. Immer würde die Kleine dasein. Und auch wenn sie älter wurde, Anastasia würde immer ein Kind sein.

»*Elle est retardée.*« Er konnte noch die Stimme des Arztes hören, professionell und doch voller Mitleid.
Sue Anns Gesicht war ohne Ausdruck gewesen. Zuerst hatte er gedacht, sie habe es nicht verstanden, weil der Arzt französisch gesprochen hatte. »Er sagt, sie ist zurückgeblieben.«
»Ich habe es gehört«, antwortete sie mit unbewegter Stimme. »Schon als sie geboren wurde, habe ich mir gedacht, daß etwas nicht in Ordnung ist. Sie hat nie geschrien.«
Anastasia hatte still in ihrem Bettchen gelegen. Ihre dunklen Augen waren offen, aber ohne wache Anteilnahme. Sie war drei Monate alt, sie hätte schon längst Zeichen des Erkennens geben müssen. Er kämpfte gegen die Tränen. »Kann man gar nichts machen? Vielleicht eine Operation?«
Der Arzt betrachtete das Baby. »Jetzt nicht. Vielleicht später, wenn sie größer ist. In solchen Fällen kann man kaum etwas sagen. Manchmal kommt es ganz von selbst in Ordnung.«
»Was können wir denn tun?« fragte er verzweifelt. »Sie ist so winzig, so hilflos.«
Sue Ann wandte dem Bettchen den Rücken zu und ging zum Fenster. Es war, als distanzierte sie sich von allem, was in dem Raum hinter ihr vorging.
»Lassen Sie sie hier«, schlug der Arzt vor, »sie braucht besondere Pflege. Sie ist in vieler Beziehung zu zart, als daß man sie anderswo hinbringen könnte. Das ist alles, was wir im Augenblick tun können.«
»Bringen Sie sie um!« schrie Sue Ann mit brutaler Wildheit. »Das können Sie tun! Ihr Blut ist schlecht. Papa hat mich vor den alten europäischen Familien gewarnt. Aus ihr wird nie etwas. Sie wird immer schwachsinnig bleiben.«
Der Arzt konnte seine Erschütterung kaum verbergen. »Nein, Madame, sie ist nicht schwachsinnig. Sie ist bloß ein wenig zurück. Vielleicht ein wenig langsam, aber sie wird trotzdem ein liebenswertes Kind sein.«
Sue Ann starrte die beiden an, dann ging sie aus dem Zimmer und schlug die Tür hinter sich zu. Gleich darauf begann die Kleine zu weinen. Der Arzt beugte sich über das Bettchen. »Sehen Sie, sie reagiert. Ein bißchen langsam, wie ich gesagt habe. Aber sie reagiert. Was sie braucht, ist Pflege und Liebe.«
Der Arzt richtete sich auf. »Ihre Frau ist ein wenig durcheinander. Das Kind hat sich fast mit der Nabelschnur erwürgt. Es ist zu gewis-

sen Gehirnschädigungen gekommen, bevor wir Sauerstoff geben konnten. Aber sehr oft kommen diese Dinge von selbst im Laufe der Zeit in Ordnung.«
Sergei sagte immer noch nichts.
»Sie dürfen sich keine Vorwürfe machen, mein Freund«, sagte der Arzt sanft.
Aber irgendwie tat er es doch.

Sergei parkte den Wagen in der Klinikeinfahrt. Er blickte über den grünen Rasen. Die Schwester saß auf einer kleinen Bank, den Kinderwagen vor sich. Als sie ihn kommen hörte, sah sie auf.
Das Baby war wach. Es guckte ihn teilnahmslos an. »Wie geht es ihr heute?«
»Gut. Es war so schön und warm, da wollte ich sie ein wenig an die Luft bringen.«
Er senkte die Stimme. »Wo warst du gestern abend? Ich habe bis neun Uhr im Gasthof auf dich gewartet.«
»Ich konnte nicht fort. Die Oberin hat mich so lange in ihrem Büro festgehalten. Dann konnte ich keinen Bus mehr bekommen und mußte hier schlafen.«
Er sah sie an. In ihrem Gesicht waren Furchen der Ermüdung. »Ist etwas nicht in Ordnung?«
»Ich habe nicht besonders gut geschlafen. Die Oberin hat mich entlassen.«
»Entlassen?« fragte er überrascht. »Weshalb denn? Es hat doch keine Klagen über deine Arbeit gegeben.«
Eine leichte Bitterkeit kam in ihre Stimme. »O doch, es hat welche gegeben. Die Oberin hat es mir gesagt.«
Plötzlich erwachte ein Verdacht in ihm. »Hat sie gesagt, von wem?«
»Nein, das würde die Oberin nie tun. Aber nach der Art der Beschwerde konnte ich es erraten.«
»Meine Frau?« fragte er.
Sie nickte.
»Das kann sie doch nicht tun! Sie weiß, wie sehr Anastasia dich braucht.«
»Sie hat es trotzdem getan«, sagte sie Schwester. »Es kann niemand anders gewesen sein. Man hat sich nicht über meine Arbeit beschwert, sondern über mein Betragen.«
Wütend stand Sergei auf. »Ich gehe zur Oberin.«

»Nein«, sagte sie bestimmt. »Tu das nicht. Das würde es nur noch verschlimmern.«
»Was willst du jetzt machen? Hast du irgendwelche Pläne?«
Sie schüttelte den Kopf. »Ich muß mir hier etwas suchen. Ich kann jetzt, wo die Deutschen Frankreich besetzt haben, nicht nach England zurückgehen.« Sie sah zum Himmel. »Es bewölkt sich.«
Sergei ging mit ihr ins Zimmer zurück und stand dabei, als sie das Kind wickelte und wieder ins Bettchen legte. Es war etwas Rührendes in der sanften Art, wie die Schwester das Kind behandelte. Wenn Sue Ann nur einmal gesehen hätte, wie sehr die Kleine sie brauchte, vielleicht wäre alles anders gekommen.
»Sie ist wirklich ein sehr braves Kind«, sagte die Schwester.
Sergei beugte sich über das Bettchen. »Guten Morgen, Anastasia.«
Die Kleine sah zu ihm auf, dann leuchteten ihre Augen, und die Lippen verzogen sich zu einem Lächeln.
»Sie lächelt mich an«, sagte Sergei. »Schau, sie erkennt mich.«
»Ich habe dir ja gesagt, daß sie Fortschritte macht. In ein paar Monaten wirst du sie nicht wiedererkennen.«
Sergei wandte sich wieder dem Bettchen zu. »Es ist dein Daddy, Anastasia«, sagte er glücklich. »Dein Daddy, der dich liebhat.«
Aber das Lächeln war fort, und das Kind sah ihn wieder mit stumpfem Blick an.

14

Plötzlich begann es Sue Ann leid zu tun, Sergeis und auch ihrer selbst wegen. Zwischen ihnen war es vorbei. In gewissem Sinn war es schon lang vorbei. Wenn sie nur nicht schwanger geworden wäre. Oder wenn sie keine Angst vor einem Abortus gehabt hätte. Wenn sie besser auf den Kalender achtgegeben hätte. Wenn – es gab so viele Wenns, aber jetzt nützten sie nichts mehr. Am meisten tat es ihr um das Baby leid.
Sie hatte die Kleine liebhaben wollen. Sie hatte für sie sorgen wollen und sie verhätscheln und mit ihr spielen. Aber als sie das Kind gesehen hatte, das mit seinem verfärbten Gesicht beinahe aussah, als wäre es erstickt, war ihr übel geworden. Schweigend hatte sie das Kind weggeschoben, und die Schwester hatte es in den Brutkasten zurückgelegt.
Sue Ann lehnte ihren Kopf gegen die Couch und schloß die Augen.

Es ging weit zurück. Weit, weit bis in die Zeit, als sie ein kleines Mädchen war. Ihr Vater war nie daheim gewesen. Vielleicht zu Weihnachten und an anderen Feiertagen, aber sonst war er offenbar immer geschäftlich unterwegs. Immer waren es die Läden. Sie konnte die gelbblauen Schilder vor sich sehen: DALEYPENNYSPARER. Die Läden waren Daddys Leben, so wie sie es auch für seinen Vater gewesen waren.

Ihre Mutter war eine der Schönheiten von Atlanta gewesen. Oft hatte sie ihre Bemerkungen darüber gemacht, daß Sue Ann dem Vater nachgeriet, der groß und schwer war, und daß sie nichts von der Schönheit der Mädchen in der mütterlichen Familie hatte.

Mit vierzehn war Sue Ann größer als die meisten Jungen in ihrer Klasse. Sie kämpfte bereits erfolglos um ihr Gewicht, und mit dem Einsetzen der Menses bekam sie eine chronische Jugendakne.

Sie erinnerte sich, wie die meisten Jungen gelacht hatten, wenn sie sie mit ihrem pickeligen Gesicht sahen, auf dem gewöhnlich noch Reste der Heilsalbe klebten. Nach einiger Zeit begann sie, die Jungen wegen ihrer Grausamkeit zu hassen. Trotzdem war ihre geschlechtliche Reaktion schon damals so stark, daß sie, sosehr sie sich auch zu beherrschen versuchte, bald triefnaß war. Und immer hatte sie Angst, man würde es bemerken.

Sie wußte nicht mehr genau, wann oder wie sie begonnen hatte, sich selbst zu befriedigen. Aber sie erinnerte sich, welche Erleichterung es ihr gebracht hatte, und an die Ruhe und Müdigkeit, die sie danach überkam. Es war angenehm gewesen, am Morgen, nachdem sie es getan hatte, einfach im Bett zu liegen, die Augen zu schließen und davon zu träumen, wie schön sie geworden sei. Und dann war ihre Mutter ins Zimmer gekommen und hatte sie erwischt.

Sie sah noch den erschrockenen Ausdruck im Gesicht ihrer Mutter. Noch ehe sie aufhören konnte, hatte ihre Mutter die Tür zugeschlagen, einen Ledergürtel vom Ankleidetisch gerissen und auf sie eingeschlagen.

Der erste Schlag auf das nackte Fleisch brannte mit einem fast köstlichen Schmerz. Sie schrie, dann rollte sie sich auf den Bauch, um den wütenden Schlägen zu entgehen. Sie spürte die brennenden Striemen auf ihrem Rücken, ihrem Hintern und den Beinen. Glühende Hitze durchströmte sie, und plötzlich schrie und wand sie sich in den Wehen des ersten wirklichen Orgasmus, den sie erlebte.

Aber trotzdem hörte sie das wütende Geschimpf ihrer Mutter. »Du dreckige Göre! Willst du, daß deine Kinder Idioten werden?« Idio-

ten, Idioten, Idioten. – Wieder und wieder erklangen diese Worte und vermischten sich mit ihrem Schmerz und ihren Tränen.
Was sie aus diesem Erlebnis lernte, war, ihre Schlafzimmertür abzuschließen. So konnte nichts mehr die Beschäftigung mit dem eigenen Körper stören. Sie führte es fort bis zu ihrer ersten wirklichen Erfahrung, die sie mit sechzehn hatte.
Es geschah nach einem Schultanzabend auf dem Rücksitz eines im Dunkeln geparkten Kabrioletts. Bevor es dem Jungen überhaupt klar wurde, waren die Dinge so weit gediehen, daß er sich nicht mehr zurückziehen konnte. Und doch zögerte er im letzten Augenblick.
»Worauf wartest du?« fragte sie wütend.
»Ich weiß nicht, Sue Ann. Glaubst du wirklich, wir sollten?«
»Himmel noch mal, soll ich es dir denn immer nur mit der Hand machen?« fuhr sie ihn an.
Sie selbst führte ihn zu sich ein. Aber als ihn ihr Hymen hemmte, hielt er inne. »Ich komm' nicht weiter«, flüsterte er.
Da war sie schon halb verrückt. Der Gedanke, sie sei so nahe daran und es könnte zu nichts kommen, war zuviel für sie. Sie grub ihre Nägel in seine Hinterbacken. »Stoß doch fester, verdammt!«
Der Junge stieß noch einmal krampfhaft nach, und es war geschehen. Gleich darauf hatte er seinen Orgasmus und zog sich zurück.
»Was tust du?« fragte sie.
»Du blutest«, sagte er. »Ich möchte dir nicht weh tun.«
»Du tust mir nicht weh.«
»Ganz bestimmt nicht?« fragte er zweifelnd.
»Komm, mach's mir noch mal. Beeil dich, verdammt. Schnell!«
Fast über Nacht verschwand die Akne, und sie brauchte ihre Schlafzimmertür nicht mehr abzuschließen. Es gab Jungen genug und Autos genug, und zum erstenmal tat sich ihr eine neue, wunderbare Welt auf. Die Prügel und die Reden ihrer Mutter waren vergessen.
Bis zu der Nacht, als ihr Kind geboren wurde.
Sie kämpfte sich aus einem Nebel hoch. Das helle Licht schien ihr in die Augen. Sie lag auf dem Tisch im Entbindungszimmer.
Der Arzt und zwei Schwestern standen über einen Tisch in der Ecke gebeugt. Sie überlegte, was sie dort machten. Dann fiel es ihr ein.
»Mein Baby!« schrie sie und versuchte aufzustehen, aber die Gurte hinderten sie daran.
Eine Schwester kam. »Bleiben Sie liegen und ruhen Sie sich aus.«
»Was ist mit meinem Kind?«
»Nichts. Ruhen Sie sich nur aus. Alles ist in Ordnung.«

»Herr Doktor«, schrie sie, »was ist mit meinem Kind?«
Der Arzt kam herüber.
»Mein Kind ist tot!«
»Dem Kind geht es gut. Wir hatten nur eine kleine Schwierigkeit.«
»Was für eine Schwierigkeit?«
»Die Nabelschnur hatte sich um den Hals des Kindes gewickelt.«
Jetzt sah sie, daß das Gesicht des Kindes mit einer Sauerstoffmaske bedeckt war. »Was passiert da?«
»Wir geben dem Kind Sauerstoff. Versuchen Sie jetzt, sich auszuruhen.«
Sie stieß seine Hand fort. »Warum tun Sie das?«
»Für den Fall, daß das Baby Schaden gelitten hat. Sauerstoff hilft in solchen Fällen. Wir wollen doch kein Risiko eingehen, nicht?«
Plötzlich wußte sie es. »Sie ist mißgestaltet, nicht wahr? Oder ist es das Gehirn?«
Der Arzt sah sie an. »Das weiß man in solchen Fällen nie genau«, sagte er widerstrebend.
Sie wußte es. Sie erinnerte sich plötzlich an die Worte ihrer Mutter. »Willst du, daß deine Kinder Idioten werden?«
In jähem Schmerz schloß sie die Augen. Mutter hat recht gehabt, dachte sie. Ihre Mutter hatte immer recht. »Herr Doktor?«
»Ja?«
»Können Sie etwas tun, daß ich keine Kinder mehr bekomme?«
»Das kann ich. Aber das müssen Sie erst mit Ihrem Mann besprechen.«
»Nein!«
»Dies war ein unglücklicher Zufall«, sagte er, »wahrscheinlich passiert es nie wieder. Es geschieht in einem von tausend Fällen. Aber wenn Ihre Tuben einmal abgebunden sind, kann man es nicht wieder rückgängig machen. Und wenn Sie dann doch noch ein Kind wollen?«
»Dann werde ich eins adoptieren. Dann weiß ich jedenfalls, was ich bekomme!«
Der Arzt gab der Schwester ein Zeichen. Die Maske senkte sich auf ihr Gesicht. Sie atmete tief.
Als sie die Augen schloß, merkte sie, wie ihr die Tränen kamen. Dann begann der Raum um sie zu entschwinden. Sie spürte, wie sie gleichsam inwendig weinte und daß sie auch geweint hätte, wenn sie wach gewesen wäre. Warum mußte ihre Mutter immer recht behalten?

15

Sue Anne drehte sich plötzlich zu ihm um, während ihr erster Koffer zur Limousine gebracht wurde. »Ich will keine Scheidung.«
Sergei antwortete nicht.
»Die Bank wird dir regelmäßig deinen Monatsscheck senden, und ich werde selbstverständlich für die Pflege des Kindes aufkommen.«
»Das brauchst du nicht«, sagte Sergei brüsk. »Ich kann für sie sorgen.«
»Ich möchte es aber.«
Er schwieg.
»Ich komme wieder«, sagte sie, »ich möchte nur für eine Weile nach Hause fahren. Bis ich mich besser fühle.«
»Ja, gewiß.« Aber sie wußten beide, daß sie nie wiederkommen würde.
»Hier ist alles so anders. Die Sprache, die Leute. Ich habe mich hier nie wirklich wohl gefühlt.«
»Ich weiß. Das ist auch ganz natürlich. Jeder fühlt sich zu Hause am wohlsten.«
Die letzten Koffer wurden herausgebracht. »Also«, sagte sie verlegen, »leb wohl.«
»Leb wohl, Sue Ann.« Sergei küßte sie nach der Art der Franzosen auf beide Wangen.
Plötzlich traten ihr Tränen in die Augen. »Es tut mir leid«, flüsterte sie, dann drehte sie sich um und lief hinaus. Die Tür ließ sie offen.
Sergei ging ins Wohnzimmer, goß sich einen Whisky ein und trank ihn pur. Er fühlte sich müde und sank in einen Stuhl. Es hatte immer schon Abschiede mit Frauen gegeben, aber dieser war anders. Keine war wie Sue Ann gewesen. Keine war seine Frau gewesen.
Und doch hatte er es erwartet. Jedenfalls seit sie aus dem Hospital gekommen war und ihm von dem Eingriff erzählt hatte.
»Du bist verrückt«, hatte er geschrien. »Nur eine Verrückte macht so etwas.«
Ihr Gesicht war bleich und verstockt. »Ich will keine Kinder mehr. Ein Kind wie Anastasia reicht mir.«
»Die nächsten hätten ganz normal sein können.«
»Ich will aber nichts riskieren. Ich habe genug über euch mit euren alten europäischen Familien gehört.«

»In meiner Familie hat es nie etwas Derartiges gegeben. Es war ein unglücklicher Zufall.«
»In meiner Familie auch nicht«, erklärte sie entschieden. »Ich will jedenfalls keine Kinder mehr.«
Ein verlegenes Schweigen trat ein.
»Wir haben es wirklich gründlich verpatzt, nicht wahr?«
Er antwortete nicht.
Nach einer Weile sagte sie: »Ich glaube, ich gehe ins Bett.«
Immer noch sagte er nichts.
Sie ging zur Treppe. »Kommst du mit?«
»Bald.«
Er blieb, bis das Feuer im Kamin heruntergebrannt war. Als er ins Schlafzimmer kam, wartete sie im Bett auf ihn. Aber es war nicht wie früher. Es würde nie wieder so sein. Zu viele Wände waren plötzlich zwischen ihnen aufgerichtet.
Auch sie merkte es. Plötzlich hatte sie den Willen, wieder zu einem normalen Leben zurückzukehren, nicht mehr. Sie gab ihre Diät und ihre Turnübungen auf. Sie kümmerte sich nicht um ihr Äußeres und um ihr Gewicht. Einmal deutete er an, daß es nicht schaden würde, wenn sie zum Friseur ginge und wenn sie sich ein paar neue Kleider kaufte.
»Wozu?« fragte sie. »Wir kommen ja doch nirgends mehr hin.«
Das stimmte. Der Krieg hatte ihre Bewegungsfreiheit eingeschränkt. Das Reisen in Europa war unmöglich geworden. Man konnte nicht mehr zum Schwimmen an die Riviera und auf einen Sprung nach Paris fahren. Es war, als sei man auf eine Insel verschlagen.
Etwa einen Monat später war Sergei zufällig im Büro der Bank. Bernstein fragte ihn: »Ihr Vater ist Oberst in der deutschen Armee?«
Sergei wurde neugierig. Sie wußten das so gut wie er. »Warum?«
»Wir müßten mit gewissen Kunden Verbindung aufnehmen«, hatte der Bankier geantwortet, »aber wir haben leider keinerlei Möglichkeit dazu.«
»Warum suchen Sie sie nicht einfach auf?« schlug Sergei vor. »Sie sind beide Schweizer. Man wird Ihnen keine Unannehmlichkeiten machen.«
»Das können wir nicht«, antwortete Kastele schnell. »Die Schweizer Regierung würde es nicht zulassen. Es könnte von den Deutschen als feindlicher Akt angesehen werden.«

Plötzlich verstand Sergei, worum es ging. Diese Kunden waren Juden. Er sagte nichts.
»Wenn Ihr Vater Ihnen die Erlaubnis verschaffen könnte«, sagte Kastele, »würden wir für Sie sicherlich einen Schweizer Paß bekommen.«
Sergei war von dem Gedanken fasziniert. »Sie meinen, ich würde Schweizer Staatsbürger werden?«
Die Bankiers tauschten Blicke. »Das ließe sich wohl machen.«
Sergei überlegte. Im Augenblick war er weder Franzose noch Russe. Er war bloß einer der vielen, die seit dem letzten Krieg in Europa umherzogen, man nannte sie Staatenlose. Aber sie hatten das Recht, sich irgendwo niederzulassen, und die meisten Weißrussen hatten sich in Frankreich seßhaft gemacht. Die Schweizer Staatsbürgerschaft konnte für ihn eines Tages sehr nützlich sein.
»Was soll ich für Sie tun?«
»Versuchen, unsere Kunden zu finden und Instruktionen wegen der Guthaben zu bekommen.«
»Und wenn sie nicht auffindbar sind?«
»Versuchen, festzustellen, ob sie noch am Leben sind. Wir brauchen diese Information, um ihre Konten klarzustellen.«
Sergei fragte sich, ob das, was er gehört hatte, stimmte, daß nämlich die Konten, über die nicht verfügt wurde, zu gleichen Teilen zwischen den Banken und der Schweizer Regierung aufgeteilt wurden. Wenn es so war, dann konnte er verstehen, warum die Bankiers an den Ereignissen so großen Anteil nahmen. »Und was würde ich dafür bekommen?«
»Ich bin sicher, daß wir uns darüber einigen«, sagte Bernstein. »Wir sind doch immer miteinander ausgekommen, nicht wahr?«
Sergei hatte eingewilligt, seinem Vater zu schreiben. Die Antwort seines Vaters war an diesem Morgen eingetroffen, am Tage von Sue Anns Abreise.
Sein Vater war in Paris. Er bewohnte ein Appartement in demselben Hotel, in dem er als Portier gearbeitet hatte. Man könne schon etwas unternehmen, schrieb sein Vater. Er würde sich freuen, ihn wiederzusehen.
Sergei stellte das leere Whiskyglas ab. Er hatte sich entschlossen, das Angebot der Bankiers anzunehmen. Am Nachmittag würde er ihnen seinen Entschluß mitteilen. Aber vorher hatte er noch etwas anderes zu erledigen. Er hob den Hörer ab und gab dem Telefonfräulein eine Nummer.

Eine Frauenstimme meldete sich.
»Peggy«, sagte er schnell, »hier ist Sergei.«
»Ja«, sagte die lebhafte Stimme auf englisch.
»Sue Ann ist fort. Wie lange dauert es, bis du die Kleine fertiggemacht hast?«
Ihre Stimme klang glücklich. »Das Kind ist schon längst fertig. Ich habe nur noch auf deinen Anruf gewartet.«
»In zehn Minuten bin ich da.«

16

Das einzige Geräusch auf der Avenue George V war der Klang seiner eigenen Schritte.
Dax blickte die Straße entlang zu den Champs-Elysées. Er konnte sich einfach nicht daran gewöhnen: Paris um Mitternacht, völlig verlassen.
Die Straßen waren leer. Die Franzosen saßen in ihren Wohnungen hinter verschlossenen Türen. Fouquet's an der Ecke war geschlossen, ebenso die Cafés, vor denen die Tische und Stühle noch im Freien standen. Vor den Geschäften waren die Rolläden heruntergelassen. Paris im Sommer 1940, ohne Liebespaare, die sich unter den vollbelaubten Kastanien küßten.
Ein Mädchen mit scharfen. hungrigen Zügen trat aus dem Schatten einer Toreinfahrt.
»Wohin gehen Sie, mein Herr?« flüsterte sie. Ihr unbeholfenes Deutsch klang fremd in der Pariser Nacht.
Er schüttelte den Kopf und antwortete in französisch. Sie huschte in den Schatten zurück, aus dem sie gekommen war. Er ging weiter. Sogar die Huren machten den Eindruck von Besiegten.
Da war es bei der Party, die er eben verlassen hatte, anders gewesen. Da hatten die Lichter hinter den schweren geschlossenen Vorhängen hell gebrannt. Es gab Musik, Lachen, Champagner, schöne Frauen. Die Deutschen waren da und die Franzosen, die sich mit ihnen einließen. Die Franzosen waren zu eifrig, die Deutschen zu herablassend. Er war gegangen und hatte sich nach Giselle umgesehen.
Er fand sie inmitten einer Gruppe von Deutschen. Ihr kleiner französischer Manager umkreiste die Gruppe und beobachtete Giselle aufmerksam. Ihr keckes, lebhaftes Gesicht strahlte. Giselle war Schauspielerin, sie liebte Publikum.

Er lächelte vor sich hin. Es hatte keinen Sinn, sie zum Gehen aufzufordern. Sie unterhielt sich zu gut. Lautlos zog er sich zurück und verschwand. Am nächsten Morgen würde sie ihn anrufen. »Warum bist du ohne mich weggegangen?« würde sie vorwurfsvoll fragen.
»Du hast dich zu gut unterhalten.«
»Stimmt gar nicht. Ich fand sie alle gräßlich. Die deutschen Männer sind so aufgeblasen. Aber ich mußte. Georges wollte es. Aus geschäftlichen Gründen.«
Das sagte Georges immer. Georges mochte Dax nicht. Dax konnte ihm kein Filmmaterial für seine Kameras besorgen und auch keine Erlaubnis, Filme zu drehen. Dax konnte nur Giselle verrückt machen. Und Giselle war Georges' Spitzendarstellerin. Ohne sie war er ein Produzent wie jeder andere.
»Kommst du zum Mittagessen?« würde sie fragen.
»Ich will es versuchen.«
»Also dann bis später«, würde sie mit ihrer schläfrigen, heiseren Stimme sagen, und Dax würde an seinen Schreibtisch zurückkehren. Dax hatte sie vor etwa einem Jahr kennengelernt. Zum erstenmal hatte er sie auf dem Bahnhof in Barcelona gesehen. Am Eingang drängte sich eine Menschenmenge.
»Was ist da los?« fragte er einen Freund, ein Mitglied der spanischen Einkaufsmission.
»Der Filmstar Giselle d'Arcy ist gerade aus Hollywood gekommen und fährt nach Paris weiter.«
Der Name sagte ihm nichts, aber als er sie inmitten der Menge vorübergehen sah, erkannte er sie sofort. Ihr Foto war in der ganzen Welt auf Plakaten und in Zeitungen zu sehen.
Die Fotos wurden ihr nicht gerecht. Ihre Brüste waren nicht so groß, wie sie auf den Bildern aussahen, ihre Hüften nicht so rund und ihre Beine nicht so lang. Und was auf den Fotos nicht zur Geltung kam, war ihre Lebendigkeit, ihre heitere Vitalität.
Dax sah sie an. Es war lange her, seit er eine Frau begehrt hatte. Und plötzlich brannte er lichterloh. Er mußte sie haben.
Sie fing seinen Blick auf. Automatisch schaute sie zuerst fort, dann richteten sich ihre Augen, wie von einem Magnet gezogen, wieder auf ihn. Er sah sie erbleichen, dann wurde sie durch irgend etwas abgelenkt. Sie verschwand durch die Sperre. Er folgte ihr.
Nach der Abfahrt des Zuges wartete er noch eine halbe Stunde. Dann ging er sie suchen. Er fand sie allein in ihrem Abteil. Georges war auf die Toilette gegangen. Sie beobachtete ihn schweigend, als

er die Tür öffnete. Er schloß sie hinter sich und lehnte sich daran. Nach einem Augenblick sagte er: »Ich muß Sie haben.«
»Ja«, sagte sie. »Ja, ich weiß.« Sie spürte die animalische Kraft in ihm, eine Energie, die jeden Augenblick wie ein Pulverfaß in die Luft gehen konnte.
Er ergriff ihre Hand. Sie zitterte leicht. »Ich kenne Sie«, sagte sie leise, »obwohl wir uns noch nie begegnet sind.«
»Aber jetzt ist es geschehen. Heute, hier, an diesem Tag.«
Als Georges zurückkam, waren die Vorhänge zugezogen und die Tür des Abteils verschlossen. Erschrocken klopfte er an.
»Giselle, Giselle«, rief er, »was ist los?«
»Verschwinde.« Ihre Stimme klang heiser.
Er kannte diesen Klang, er hatte ihn schon früher gehört. Er ging zur Bar, bestellte sich einen Drink und betrachtete philosophisch die vorbeiziehende Landschaft. Er fragte sich, mit wem sie wohl zusammen sein mochte. Sonst konnte er es meist im voraus sagen. Morgen würden sie jedenfalls wieder in Paris sein. In Paris hatte er sie unter Kontrolle.
Das war vor mehr als einem Jahr gewesen. Die Deutschen überrannten inzwischen den Kontinent. Frankreich wurde unter den Marschstiefeln der Nazis zertrampelt. Es gab eine neue Regierung in Vichy. Georges versuchte verzweifelt, an der Illusion festzuhalten, daß er frei und unabhängig sei.
Aber das war gar nicht so leicht. Die Deutschen hatten bei allem das letzte Wort. Jetzt sah es so aus, als dürften einige Studios die Produktion wiederaufnehmen, und Georges wollte unter den ersten sein. Sorgfältig pflegte er Beziehungen zu allen wichtigen Leuten, zu den Deutschen und zu den französischen Kollaborateuren. Und alle ließen sich von Giselle beeindrucken.
Das einzige, was Georges Sorgen machte, war Giselles Liebe zu Dax. Sie dauerte wesentlich länger, als er erwartet hatte. Er konnte es nicht verstehen. Dax konnte nichts für sie tun. Dax sprach nie von Heirat, aber sie überschüttete ihn mit Geschenken, mit Kragen- und Manschettenknöpfen aus Gold und Brillanten.
Georges würde es nie verstehen. Es war alles verkehrt. Sonst war es Giselle, die Geschenke bekam. Es war das alte Vorrecht der Schauspielerin. Einmal war er mit einem Antrag eines einflußreichen deutschen Offiziers zu ihr gekommen. Giselle hatte bloß gelacht und gesagt, er solle verschwinden.
»Aber er kann uns helfen.«

»Dir helfen«, hatte sie mit dem ihr eigenen Scharfsinn gesgt. »So wie es ist, bin ich glücklich.«
»Willst du nicht wieder arbeiten?«
»Doch, aber jetzt lieber nicht. Man redet ein bißchen viel über Kollaboration.«
»Die Schwachköpfe«, schnaubte Georges. »Der Krieg ist vorbei, wir sind geschlagen.«
»Es gibt in Afrika noch Franzosen, die kämpfen.«
»Es ist genau wie 1870. Diesmal sind die Deutschen am Zug, das nächste Mal sind wir es wieder.«
Sie wußte, wie gern er wieder arbeiten wollte, wie sehr er es brauchte. Ohne Arbeit war er nichts. »Wenn wir diesmal nicht gewinnen«, sagte sie, »haben wir vielleicht nie wieder die Chance.«
Aber sie ging zu Partys und Gesellschaften, wie er es wünschte, immer jedoch mit Dax, nie mit ihm allein oder einem anderen Franzosen, geschweige denn mit einem Deutschen. Es sollte kein Gerede geben, daß sie eine Kollaborateurin sei. Sie vermied alles, was politisch ausgedeutet werden konnte. Die Folge war, daß die kleinen Leute auf der Straße sie weiterhin lächelnd grüßten. Für sie war Giselle immer noch ein Star, ob sie nun zur Zeit filmte oder nicht.
Als sie und Dax einmal in ihrer Wohnung, die auf den Bois de Boulogne hinausging, zu Mittag aßen, hatten sie Marschtritte gehört. Sie ging ans Fenster. Draußen marschierte deutsches Militär vorbei.
»Meinst du, daß die je wieder von hier verschwinden?« hatte sie gefragt.
»Erst wenn man sie dazu zwingt.«
»Und wird das je passieren?« – Dax antwortete nicht.
Plötzlich war sie wütend. »Dir ist das alles gleichgültig, nicht wahr? Du bist kein Franzose, du bist Ausländer. Außerdem machst du mit ihnen Geschäfte. Du würdest mit jedem Geschäfte machen!«
»Es ist mir nicht gleichgültig«, antwortete er ruhig. »Ich habe Freunde, die Franzosen und Juden sind. Es paßt mir gar nicht, was man mit ihnen macht. Aber ich kann mich nicht einmischen. Ich bin ein Vertreter meiner Regierung.«
Sie starrte ihn an. Es war das erste Mal, daß er über den Krieg gesprochen hatte. Und sie hörte aus seiner ruhigen Stimme die Empörung heraus. Reumütig ging sie zu ihm und drückte ihre Wange an seine. »Entschuldige, Liebling, ich hätte es wissen müssen. Für dich ist es auch nicht leicht.«
»Für mich ist es leichter als für euch Franzosen«, sagte er.

17

Dax öffnete die Tür seines Büros. Zwei deutsche Offiziere sprangen aus den Sesseln hoch. »Heil Hitler!«
»Meine Herren.« Dax ging hinter seinen Schreibtisch und setzte sich. »Ich glaube nicht, daß wir uns kennen.«
Der ältere der beiden stand stramm. »Gestatten, Exzellenz.« Er schlug die Hacken zusammen und verbeugte sich militärisch. »Oberstleutnant Reiss. Mein Adjutant, Oberleutnant Kron.«
Dax nickte und nahm eine dünne Zigarre aus der Schachtel auf dem Tisch. Er zündete sie an, ohne ihnen eine anzubieten. »Es ist spät, und ich bin müde. Bitte erklären Sie mir den Zweck Ihres Besuches.«
Die Deutschen tauschten Blicke. Sie waren offenbar nicht gewohnt, so empfangen zu werden. Sie waren gewohnt, Angst einzuflößen, wo sie erschienen. Innerlich lächelte er. Zum Teufel mit ihnen. Sie brauchten ihn nötiger als er sie.
Es war mit den Deutschen über das corteguayanische Rindfleisch noch zu keiner Einigung gekommen, aber die Verhandlungen liefen weiter. Für den nächsten Tag war eine weitere Besprechung angesetzt. Er wußte, daß Spanien ihnen einen beträchtlichen Anteil der Lieferungen schickte, die es aus Corteguay bekam. Das gehörte zum Preis, den Franco für den Beistand im Bürgerkrieg zu zahlen hatte.
Der Oberst zog ein Blatt Papier aus seinem Uniformrock und sah es an. Er sprach Französisch mit starkem Akzent. »Sie kennen einen gewissen Robert de Coyne?«
Dax nickte. »Ja, wir sind miteinander zur Schule gegangen. Ich bin mit ihm befreundet.«
»Sie wissen selbstverständlich, daß er Jude ist?« Die Stimme des Obersten war voller Verachtung.
Dax' Stimme klang nicht weniger verächtlich. »Ich habe sogar einige Freunde, die Deutsche sind.«
Der Oberst ignorierte den Sarkasmus. »Haben Sie ihn in letzter Zeit gesehen?«
»Nein.«
»Wo waren Sie heute abend?« fragte der jüngere Offizier plötzlich.
Dax musterte ihn. »Das geht Sie nichts an.«
»Ich erinnere Sie daran, Monsieur«, sagte der Oberst steif, »daß wir hier als Repräsentanten des Dritten Reiches sind.«
»Und ich darf Sie daran erinnern«, entgegnete Dax, »daß Sie sich

hier in der Gesandtschaft von Corteguay befinden.« Er erhob sich. »Bitte gehen Sie jetzt.«
Wie durch einen Zauber öffnete sich die Tür hinter ihnen. Die Offiziere standen verlegen da. »Darüber wird General Foelder nicht erfreut sein«, sagte der jüngere Offizier.
Dax' Stimme war kalt. »Informieren Sie Ihren Vorgesetzten, daß er sich, wenn er mich nach diesem Vorfall noch zu sprechen wünscht, des offiziellen diplomatischen Weges bedienen möge. Ihr Außenministerium kann das in die Wege leiten.«
Er drehte ihnen den Rücken zu, als sie das Zimmer verließen. Kurz darauf erschien Fat Cat. »Was wollten die?«
Dax lächelte. »Das weißt du genau, weshalb fragst du? Oder bist du so fett geworden, daß du dich nicht mehr bis zum Schüsselloch bükken kannst?«
»Hast du von Robert etwas gehört?«
»Nein.« Ein besorgter Ausdruck kam in Dax' Gesicht. »In den letzten Wochen auch von seiner Schwester nicht.« Er machte sich Vorwürfe, daß er nicht früher daran gedacht hatte. Er hatte sonst Caroline mindestens einmal in der Woche angerufen.
Caroline ging nicht mehr oft aus. Er war immer noch der Meinung, daß sie besser daran getan hätte, mit ihrem Vater nach Amerika zu fahren, als die Deutschen in Frankreich einfielen. Aber sie hatte es abgelehnt.
In dieser Beziehung war sie ihrem Bruder ähnlich. Auch sie hielt nichts davon, wegzulaufen.
»Ich werde sie doch lieber einmal anrufen«, sagte Dax und griff nach dem Telefon. Er ließ es mehrere Minuten läuten. Aber nichts rührte sich.
Als er das Telefon auflegte, war sein Blick voller Besorgnis. Jemand hätte sich melden müssen. Es waren immer ein oder zwei Dienstboten im Haus.
»Was hältst du davon?« fragte Fat Cat.
Dax atmete tief. »Ich fürchte, unsere Freunde haben Unannehmlichkeiten.«

Caroline saß auf der Kante des Stuhls und starrte das läutende Telefon an. Ein Deutscher saß ihr gegenüber, bequem zurückgelehnt, in einem gewöhnlichen grauen Straßenanzug. »Warum melden Sie sich nicht?« fragte er. »Vielleicht ist es Ihr Bruder. Er kann verletzt und in Schwierigkeiten sein.«

Caroline riß ihre Augen vom Telefon los. Es war fast eine Erleichterung, wenn sie es nicht sah. »Ich habe seit Monaten von meinem Bruder nichts gehört. Warum sollte er jetzt anrufen?«
»Ich habe es Ihnen gesagt«, wiederholte der Deutsche geduldig, »man hat am Güterbahnhof einen Sabotageversuch gemacht. Selbstverständlich ist er mißlungen. Wir haben alle umgelegt, bis auf einen, der entkommen konnte. Er wurde verwundet. Wir glauben, daß es Ihr Bruder war.«
»Welche Beweise haben Sie dafür?« gab Caroline zurück. Das Telefon hörte endlich zu läuten auf. Sie atmete erleichtert auf. »Nach seiner Gefangennahme an der Maginotlinie befand er sich in einem Kriegsgefangenenlager. Das ist das letzte, was ich von ihm gehört habe.«
»Er ist entflohen. Ich habe Ihnen doch gesagt, daß er entflohen ist.« Zum erstenmal klang die Stimme des Deutschen ungeduldig. »Außerdem hat einer der Saboteure vor seinem Tod gestanden, daß es Ihr Bruder war.«
»Von solchen Geständnissen habe ich gehört«, sagte Caroline verächtlich.
Die Stimme wurde härter. »Es war Ihr Bruder. Er ist verletzt und hält sich irgendwo in Paris auf. Wahrscheinlich nicht weit von hier. Vielleicht liegt er im Sterben. Wenn wir ihn finden, besteht eine Chance, daß sein Leben gerettet wird.«
»Von wem?« fragte Caroline sarkastisch. »Und wozu? Damit er gefoltert und dann an die Wand gestellt und erschossen wird?«
»So schlimm sind wir nicht. Sie dürfen nicht alle Feindpropaganda glauben.«
Caroline antwortete nicht. Sie nahm eine Zigarette aus der Schachtel, die vor ihr auf dem Tisch stand. Der Deutsche beugte sich vor und reichte ihr Feuer.
»Warum wollen Sie nicht vernünftig sein? Sie müssen doch verstehen. Sie waren einmal Deutsche. Zumindest kam Ihre Familie von dort.«
Caroline atmete den Rauch tief ein. »Das ist fast hundert Jahre her, und wir sind fortgegangen, weil wir Juden waren. Die Dinge haben sich nicht so sehr verändert, daß wir es vergessen hätten.«
Der Deutsche sank in seinen Stuhl zurück. »Trotz allem, was Sie gehört haben, sind wir nicht rücksichtslos. Einmal ein Deutscher, immer ein Deutscher. Wir könnten sogar vergessen, daß Sie einmal Juden waren.«

Caroline sah ihm in die Augen. »Sie vielleicht. Aber können wir es vergessen?«
Der Deutsche preßte die Lippen zusammen. Er riß ihr die Zigarette aus dem Mund. Alle Höflichkeit schwand aus seiner Stimme. »Judenluder! Wenn das Telefon das nächste Mal läutet, wirst du antworten!«
»Und wenn ich es nicht tue?«
Er schlug sie mit dem Handrücken quer übers Gesicht. Sie fiel zu Boden und starrte zu ihm hoch. Er stand auf und beugte sich über sie, in seinen Augen eiskalter Haß. »Wenn du es nicht tust«, sagte er langsam, »wirst du wünschen, du hättest es getan.«

Robert drückte sich in den Torgang auf der anderen Straßenseite. Er preßte die Hand gegen die Schulter. Das warme, klebrige Blut sikkerte ihm zwischen den Fingern durch. Er blickte hinüber zu dem Haus. Es war beinahe Morgen, und immer noch drang aus der Bibliothek schwacher Lichtschein. Der deutsche Militärwagen mit den zwei Soldaten parkte auf der Straße vor dem Haus.
Plötzlich öffnete sich die Eingangstür, die beiden Soldaten sprangen aus dem Wagen und standen stramm. Caroline und ein Mann in gewöhnlichem Straßenanzug kamen heraus. Einer der Soldaten öffnete die Wagentür, und Caroline stieg ein, während der Mann kurz mit ihm sprach.
Robert konnte sein strammes »Jawoll« in der kühlen Morgenluft hören. Dann stieg der Mann neben Caroline in den Wagen und schloß die Tür. Der Fahrer nahm seinen Platz ein und ließ den Motor an. Der andere Soldat sah einen Augenblick dem davonfahrenden Wagen nach, dann wandte er sich um und ging ins Haus.
Robert wartete, bis sich die Tür hinter dem Soldaten geschlossen hatte, dann kam er aus seinem Versteck hervor. Unentschlossen stand er auf der Straße. Im Augenblick war die Tatsache, daß sie Caroline verhaftet hatten, wichtiger als seine Verletzung. Irgend etwas mußte geschehen.
Er dachte kurz daran, sich zu ergeben, aber dann siegte die Vernunft. Es würde nichts nützen; die Nazis hätten sie dann beide in der Hand. Er spürte einen scharfen Schmerz in der Schulter. Durch die rasche Bewegung hatte die Wunde wieder zu bluten begonnen. Er fühlte sich schwach. Tränen der Verzweiflung stiegen in ihm hoch.
Er ging ziellos durch die frühmorgendlichen Straßen. Nirgends konnte er sich verbergen. Die anderen waren tot, und das Versteck

war von Nazis umstellt. Er fühlte sich schwach und schwindlig vom Blutverlust. Wenn er nicht bald Hilfe fand, brauchte er sich nicht länger vor den Deutschen zu verstecken. Sie würden ihn finden, sie würden ihn auf der Straße liegend finden.

18

Die Frauenstimme am Telefon klang vorsichtig gedämpft. »Monsieur Xenos, hier Madame Blanchette. Erinnern Sie sich?«
»Aber natürlich.« Seit jener ersten Nacht, die Dax in Paris verbracht hatte, war er fast jeden Tag an ihrem Haus vorübergegangen. »Wie geht es Ihnen, Madame Blanchette?«
»Sehr gut, danke. Aber ich bin enttäuscht. Sie sind seit Ihrer Rückkehr nicht mehr zu uns gekommen.«
Einen Augenblick war Dax verwirrt. Er hatte nie zu den Kunden ihres Hauses gehört. Aber dann entsann er sich. Der Baron. »Tut mir leid, Madame, ich war sehr beschäftigt.«
»Ein Mann sollte nie so beschäftigt sein, daß er nicht dann und wann einmal ausspannt«, sagte Madame Blanchette vorwurfsvoll. »Nur wenn ein Mann sich gelegentlich von der Arbeit erholt, kann er auch wirklich seine Tatkraft bewahren.«
»Ich bitte um Entschuldigung, Madame.«
»Ich habe mir erlaubt, Sie anzurufen, weil ich hoffe, daß Sie uns heute abend besuchen. Ich gebe eine ganz besondere *soirée*. Es könnte recht amüsant werden. Ich glaube, Sie werden sie sehr ungewöhnlich finden.«
Dax blickte auf seinen Tischkalender. »Ich habe leider eine andere Verabredung.«
»Wir wären sehr enttäuscht, wenn Sie nicht kommen, Monsieur Xenos«, unterbrach sie ihn. »Die ganze *soirée* ist gewissermaßen für Sie geplant.«
In ihrer Stimme lag eine merkwürdige Beharrlichkeit. »Gut, ich komme. Aber es wird spät werden.«
»Wie spät etwa?«
»Ein Uhr.«
Er spürte die Erleichterung in ihrer Stimme: »Das ist zeitig genug, vorher wird noch nicht viel los sein.«
Als Dax das Telefon auflegte, kam Fat Cat herein. »Nun, was hast du herausgekriegt?«

»Sie ist tatsächlich fort. Keine der Angestellten will etwas sagen. Zwei Deutsche treiben sich im Haus herum.«
»Hast du dich in der Nachbarschaft umgetan?«
Fat Cat nickte. »Überall dasselbe. Niemand weiß etwas. Oder keiner wagt, etwas zu sagen.«
Das Telefon läutete wieder. »Guten Morgen, Liebling«, sagte eine vertraute Stimme. Es war Giselle. »Warum bist du gestern abend fortgegangen und hast mich auf dieser scheußlichen Party allein gelassen?«
Dax sah auf die Uhr. Es war fast Mittag. »Du hast dich doch gut unterhalten.«
»Aber, Liebling, bloß, weil ich mit dir zusammen war.«
»Und mit sechs anderen Männern. Ich konnte nicht einmal an dich heran.«
Sie lachte. »Aber heute abend bin ich allein. Da kommst du doch zum Essen?«
»Ja, aber um Mitternacht muß ich weg. Ich habe noch eine Verabredung.«
»Um Mitternacht?«
»Ja.«
In ihrer Stimme war eine Spur Eifersucht. »Eine andere Frau?«
»Nein. Was denkst du denn? Du hast mir ja nie genug Zeit gelassen, eine andere zu finden.«
»Du wirst gar nicht genug Kräfte für eine andere Frau mehr haben, wenn du heute abend hier weggehst!«
»Ist das eine Drohung oder ein Versprechen?«
»Nimm mich nicht auf den Arm. Ich bin eine sehr eifersüchtige Frau.«
»Ausgezeichnet. Das sind die besten.«

Sergei stand vor dem Royal Palace Hotel. Seit die Deutschen es übernommen hatten, sah es merkwürdig schäbig aus. Er ging durch die Türen zur Halle und dann zur Rezeption. Dabei bemerkte er, daß die Farbe von den Wänden blätterte.
Der deutsche Unteroffizier betrachtete respektvoll Sergeis elegante Kleidung. »Bitte, mein Herr?«
»Ich möchte zum Oberst Graf Nikowitsch.«
»Sind Sie verabredet? Der Herr Oberst ist sehr beschäftigt.«
»Sagen Sie ihm nur, daß sein Sohn hier ist.«
Sergei wurde in ein Büro im zweiten Stock geführt. Sein Vater kam

hinter dem Schreibtisch hervor und umarmte ihn. Dabei zerdrückte er ihn fast an seiner mächtigen Brust.
»Sergei, Sergei«, sagte er immer wieder, und die Tränen strömten ihm aus den Augen. »Sergei!«
Das Gesicht seines Vaters hatte Falten, die neu waren, und das einst kohlschwarze Haar war jetzt grau durchzogen. »Wie geht es dir, Papa?«
»Jetzt geht es mir gut«, sagte der Graf mit seiner rauhen, kräftigen Stimme. Er ging zum Schreibtisch und zündete sich eine lange russische Zigarette an. »Du siehst gut aus. Was macht deine Frau?«
»Sie ist wieder nach Amerika gefahren.«
Der alte Mann blickte ihn scharf an. »Hat sie Anastasia mitgenommen?«
Sergei schüttelte den Kopf. »Nein, Anastasia ist bei mir.«
»Wie geht es der Kleinen?«
»Sie macht Fortschritte. Aber es braucht seine Zeit.«
»Kommt deine Frau zurück?« fragte der Graf geradeheraus.
»Ich glaube nicht.«
Einen Augenblick herrschte verlegene Stille. Sergei sah sich um. »Hübsches Büro.«
»Ich gehöre nicht in ein Büro«, sagte sein Vater. »Aber der Generalstab hält mich für einen Parisexperten. Darum sitze ich hier.«
Sergei lachte. »Und du bist aus Paris weggegangen, weil du geglaubt hast, die Deutschen würden dich nach Moskau schicken.«
Sein Vater lächelte nicht. »Das ist überall beim Militär dasselbe. Aber wir marschieren doch noch nach Rußland.«
»Aber es gibt doch jetzt den Nichtangriffspakt mit Stalin.«
Der Graf senkte die Stimme. »Der Führer hat viele Pakte geschlossen. Und keinen hat er gehalten. Er ist viel zu schlau, um sich auf einen Zweifrontenkrieg einzulassen. Wenn wir erst einmal mit den Engländern fertig sind, wirst du's schon sehen.«
»Du glaubst wirklich daran, nicht wahr?«
Sein Vater sah ihn ruhig an. »Der Mensch muß an etwas glauben.« Er drückte seine Zigarette in der Aschenschale aus. »Nachdem ich Rußland verlassen hatte, gab es nichts mehr, woran man glauben konnte. Unsere ganze Welt verschwand über Nacht, in den Dreck getreten von den Füßen der Bolschewiki.«
»Warum, glaubst du, daß Hitler diese Welt wieder aufrichtet? Er hat bereits mehr Macht, als irgendein Zar je hatte. Weshalb soll er etwas davon wieder abgeben? Es würde immer nur die Welt Hitlers sein.«

Sein Vater sah schweigend aus dem Fenster.
Nach einer Weile sagte er: »Als ich noch ein Junge war, nahm mich dein Großvater einmal im Jahr nach Paris mit. Ich erinnere mich, wie wir nebeneinander an einem Fenster eben dieses Hotels standen und auf die Straßen hinunterblickten, auf die hübschen Kokotten, die schönen Pferde und Karossen. Und dann die großen Abendgesellschaften.« Er schwieg einen Augenblick, dann fuhr er fort.
»Als ich dann nach der Revolution hierherkam, war der Besitzer, der meinen Vater sehr geschätzt hatte, so freundlich, mich als Türhüter anzustellen. Wir sprachen oft von der guten alten Zeit. Manchmal sah ich zu den Fenstern hinauf und fragte mich, ob ich je wieder drinnen sein würde, statt draußen in der Kälte, in Schnee und Regen. Jetzt hat sich das Blatt gewendet. Jetzt bin ich wieder drinnen.«
»Und der Besitzer? Was ist aus ihm geworden – war er Jude?«
»Ich weiß es nicht«, sagte sein Vater nach kurzem Schweigen. »Ich bin Soldat, kein Politiker. Ich kümmere mich nicht um Dinge, die mich nichts angehen.«
»Aber der Mann hat dir geholfen, als du Hilfe brauchtest. Das hast du selbst gesagt.«
Sein Vater sah ihn an. »Seit wann kümmerst du dich so um die Juden?«
»Nicht um die Juden. Paris macht mir Kummer. Irgendwie ist hier alle Fröhlichkeit verschwunden. Vielleicht haben die Juden sie fortgenommen.«
»Was führt dich her?«
»Ich bin geschäftlich hier, als Vertreter des Crédit Suisse. Ich versuche mit verschiedenen Klienten der Bank Kontakt aufzunehmen.«
»Juden?«
»Einige davon sind Juden, ja.«
Der Graf schwieg eine Zeitlang. Dann sagte er: »Ich hätte es mir denken können. Zum erstenmal in deinem Leben hast du eine anständige Arbeit, und dann läßt du dich mit den falschen Leuten ein.«

•

Caroline fror. Nie in ihrem Leben hatte sie so gefroren. Sie ging zur Zellentür und schlug gegen die Stäbe. Die Wärterin, die draußen im Vorraum saß, schaute auf.
»Wann kriege ich meine Kleider wieder? Ich friere.«
Die Wärterin blickte sie verständnislos an, und Caroline merkte, daß

sie kein Französisch verstand. Stockend wiederholte sie ihre Frage auf deutsch.
»Ich weiß nicht.«
Schritte erklangen auf dem Korridor.
Die Wärterin öffnete die Stahltür. Caroline flüchtete in die Ecke des winzigen Raumes, als ein Mann die Zelle betrat.
Er mußte sich bücken, um durch die kleine Tür zu kommen. Langsam richtete er sich auf und schlug die Tür mit dem Fuß zu. Ein leichtes Lächeln flog über seine Lippen, als er sah, wie Caroline versuchte, sich mit den Händen zu bedecken. »Das braucht Sie nicht in Verlegenheit zu bringen«, sagte er auf französisch. »Denken Sie, ich sei Ihr Arzt.«
»Wer sind Sie?«
Wieder lächelte er, der Unterton von Angst in Carolines Stimme schien ihm Vergnügen zu bereiten. »Oder denken Sie lieber, ich sei Priester. Sehen Sie, ich bin gewissermaßen Ihr Beichtvater. Sie werden mir alle Ihre Geheimnisse anvertrauen, alle die kleinen Dinge, die Sie niemandem sonst erzählen.«
Sie zitterte. Aber jetzt war es nicht mehr die Kälte. Es war Angst.
»Ich habe keine Geheimnisse«, flüsterte sie. »Ich habe die reine Wahrheit gesagt. Ich weiß nichts von meinem Bruder.«
Ungläubig schüttelte er den Kopf.
»Bitte, bitte, Sie müssen mir glauben.« Sie blickte an sich hinunter. Ihre Nacktheit kam ihr plötzlich zum Bewußtsein, und sie begann zu weinen. Sie sank zu Boden und bedeckte das Gesicht mit den Händen. »O Gott, was soll ich denn tun, damit Sie mir glauben?«
Durch ihre Finger sah sie die glänzenden braunen Schuhe näher kommen. Die Stimme war jetzt direkt über ihr.
»Sag mir die Wahrheit.«
»Aber ich sage doch die –« Die Worte blieben ihr in der Kehle stekken, als sie aufsah. Sie erstarrte.
Er packte sie brutal bei den Haaren und zog sie an sich. »Los, du Judenhure . . .«

19

»Du tust sehr geheimnisvoll«, sagte Giselle, als Dax vom Tisch aufstand. »Wo gehst du hin?«
Er wandte sich lächelnd vom Spiegel ab, vor dem er seine Krawatte

gerichtet hatte. »Du wirst es nicht glauben, aber ich besuche alte Freunde.«
»Alte Freunde?« wiederholte sie skeptisch. »Nachts um diese Zeit? Wo willst du sie treffen? Die einzigen Lokale, die noch offen sind, sind die Bordelle.«
»Du hast es erraten.«
»In einem Bordell?« Sie wurde ärgerlich. »Und das soll ich glauben?«
»Ich habe ja gesagt, du würdest es nicht glauben.«
»Und du willst nur mit einem alten Freund reden? Sonst nichts?«
»Es ist kein Er, sondern eine Sie.«
»Wenn das stimmt, bring' ich dich um!«
Er lachte und küßte sie auf die Wange. »Eifersucht steht dir gut. Sie macht dich noch schöner.«
»Geh!« sagte sie wütend. »Geh nur in dein Hurenhaus. Hoffentlich holst du dir einen Tripper.«
Er ging zur Tür, aber ihre Stimme hielt ihn auf. »Kommst du wieder, wenn du fertig bist?«
»Es kann spät werden. Vielleicht dauert es die ganze Nacht.«
»Das macht nichts. Aber geh nicht nach Hause, komm wieder!«
Er sah sie an, dann nickte er.
»Und du wirst vorsichtig sein, Dax, ja?«
Er lächelte. »Bestimmt.«
Er ging die Treppe hinab. Die schläfrige *concierge* ließ ihn hinaus. Auf der Straße wartete Fat Cat. »Was tust du denn hier?«
Fat Cat grinste. »Du glaubst doch nicht, daß ich dich allein zu Madame Blanchette gehen lasse? Sie hat schon immer die schönsten Mädchen von Paris gehabt, und die kann ich mir für gewöhnlich nicht leisten.«

Madame Blanchette empfing sie persönlich. »Monsieur Xenos, wie reizend von Ihnen, daß Sie gekommen sind. Kommen Sie doch bitte in die *grande salle*.« Sie nahm ihn am Arm. »Wir haben heute ein ganz besonderes Programm. Sie werden sehen, was Ihnen alles entgeht, wenn Sie uns nicht besuchen.« Sie senkte ihre Stimme zu einem Flüstern. »Nach der Vorführung gehen Sie mit dem eurasischen Mädchen, mit keiner anderen.«
Sie betraten die *grande salle*. In der Ecke spielte ein Trio.
Die Unterhaltung stockte einen Augenblick, und Dax spürte, daß sich viele Augen auf ihn richteten. Von den etwa zwanzig Männern

im Raum hielt Dax fünfzehn für Deutsche, obwohl keiner Uniform trug. Madame Blanchette führte ihn zu einem kleinen Sofa in der Nähe des Tanzparketts. Die gedämpften Gespräche wurden wieder aufgenommen. Der Kellner eilte herbei und füllte ihre Gläser mit Champagner. »*A votre santé, madame.*«

»*Merci, monsieur. A la votre.*«

»Es sind viele Deutsche hier«, sagte Dax leise, »aber keiner in Uniform.«

»Ich gestatte keine Uniformen. *C'est une maison du plaisir.* Der Krieg muß draußen bleiben.«

Die Unterhaltung verstummte, als die Mädchen hereinkamen. Hakken wurden zusammengeschlagen, es gab Verbeugungen und Handküsse. Die Deutschen bemühten sich, höflich und weltmännisch zu erscheinen, aber sie waren zu steif, zu militärisch. Sie nahmen ihre Siegerrolle zu wichtig, als daß sie erfolgreich den *galant* hätten spielen können.

Dax stand auf, als das Mädchen an den Tisch kam. Sie war klein und hatte erstaunlich gelbgrüne Augen und leicht javanische Züge. Langes schwarzes Haar umrahmte das goldgetönte Gesicht.

»Mademoiselle Denisonde, Monsieur Xenos.«

Das Mädchen streckte die Hand aus. »*Enchantée, m'sieur.*«

Dax küßte ihr die Hand. »Mademoiselle Denisonde.«

Das Mädchen setzte sich neben ihn auf das Sofa. Madame Blanchette klatschte kurz in die Hände, und die Lichter verloschen. Einen Augenblick war alles finster, dann leuchtete der große Kronleuchter in der Mitte des Saales auf.

Auf dem Tanzparkett waren zwei Männer und drei Mädchen zu sehen – nackt, erstarrt in einem lebenden Bild seltsam verschlungener Arme und Beine. Zunächst wurde ihm nur die Schönheit der schlanken geschmeidigen Körper bewußt, dann plötzlich merkte er, daß sie alle miteinander in geschlechtlicher Umarmung verbunden waren. Keiner war ohne Partner. Aus der Ecke kam der langsame, hartnäkkige Schlag einer Trommel, dann schloß sich das Hämmern eines Schlagbasses an und verstärkte den pulsierenden Rhythmus, während das Bild allmählich zum Leben erwachte.

Wider Willen sah Dax fasziniert hin. Ob die dargestellte Leidenschaft echt oder vorgetäuscht war, spielte keine Rolle. Die pure Sexualität des Aktes war wohl das Erregendste, was er je gesehen hatte. Er spürte die Spannung in seinen Lenden unerträglich steigen. Die Hand des Mädchens suchte und fand ihn, aber er war sich ihrer Be-

rührung kaum bewußt. Sein ganzes Interesse gehörte dem lebenden Bild in der Mitte des Tanzparketts.
Als die Erregung bis an die Grenze des Erträglichen gestiegen war, wurde der Raum wieder dunkel. Einen Augenblick herrschte völlige Stille. Jäh zog das Mädchen ihre Hand zurück, als die Lichter aufflammten.
Die Männer im Saal kehrten wieder aus ihrer eigenen geheimen Welt zurück. Sie vermeiden es, sich anzusehen, bis sie wieder Herr ihrer selbst waren.
Madame Blanchette stand auf. »Meine Herren«, sagte sie lächelnd, »ich bin sicher, daß unsere kleine Vorführung Ihnen gefallen hat.« Sie wartete, bis sich der Applaus gelegt hatte. »Jetzt überlasse ich Sie Ihrem eigenen Vergnügen.«
Hoheitsvoll wie eine Königin, die von ihren Untertanen Abschied nimmt, verließ sie den Raum. Die Unterhaltung kam langsam wieder in Gang.
Dax sah das Mädchen an. »Jetzt?«
Sie nickte.
Er stand auf, und das Mädchen nahm seinen Arm. Als sie gerade den Saal verlassen wollten, hielt ihn eine Stimme zurück. »Herr Xenos.«
Dax drehte sich um. »General Foelder.«
Der General lächelte. »Ich wußte nicht, daß Sie dieses Etablissement kennen.«
»Es befindet sich immerhin in derselben Straße wie die Gesandtschaft«, sagte Dax. »Da muß ich es wohl kennen.«
»Trinken Sie doch ein Glas mit uns.«
»Vielen Dank, ein andermal.«
»Ah«, sagte der General, »ihr heißblütigen Südamerikaner. Ihr könnt es nicht erwarten.«
Dax antwortete nicht.
Die Stimme des Offiziers wurde leiser. »Das soll kein Vorwurf sein. Diese dekadenten Franzosen wissen, wie man die Sinnlichkeit reizt, nicht wahr?«
Dax nickte.
»Übrigens«, fuhr General Foelder fort, »ich möchte mich entschuldigen, wenn meine Untergebenen Ihnen neulich Unannehmlichkeiten verursacht haben. Übereifrige junge Leute, wissen Sie. Ich habe ihnen einen scharfen Verweis erteilt.«
»Ich war überzeugt, daß Sie das tun würden, Herr General. Deshalb

habe ich Sie auch gar nicht angerufen. Mir ist bekannt, wie beschäftigt Sie sind.«
»Die Angelegenheit ist bereits geregelt.« Der General blickte die Eurasierin an. »Ich muß sagen – ein interessantes Exemplar, das Sie da haben. Sie muß neu sein.« Er wandte sich an seinen Adjutanten. »Treffen Sie bitte eine Verabredung für mich.« Er sprach, als ob das Mädchen gar nicht existierte. »Sie wissen, wie sehr ich die Exotik schätze.«
Wieder sah er das Mädchen an, dann Dax. »Ich beneide Sie, mein Lieber. Ich will Sie auch nicht länger aufhalten.«
Dax verbeugte sich. »Auf Wiedersehen, Herr General.«
Das Mädchen nickte, und sie verließen den Raum. Madame Blanchette wandte sich von dem Guckloch in der Mauer ab, und zum erstenmal sah Dax sie wütend.
»Dieses Nazischwein! Die dekadenten Franzosen, jawohl! Bis die Deutschen kamen, hat man in meinem Lokal nie solchen Zirkus nötig gehabt. Aber sie werden schließlich nicht ewig hier sein. Und dann wird es bei uns wieder alles wie früher.«
Dax folgte dem Mädchen in den zweiten Stock. Vor einer Tür blieb sie stehen und zog einen Schlüssel hervor. Mit einem raschen Blick vergewisserte sie sich, daß niemand sonst auf dem Korridor war. Dann schloß sie eilig auf und schob Dax hinein. Erst als sie die Tür wieder hinter sich versperrt hatte, drehte sie das Licht an.
Das Zimmer war mit großem Aufwand eingerichtet, ein Himmelbett stand auf einer erhöhten Plattform. Die Vorhänge waren zugezogen. Er schob den Vorhang zurück. Das Bett war leer. Das Mädchen schüttelte den Kopf. »Nein, folgen Sie mir.«
Sie führte ihn in eine kleine Kammer. In dem engen Raum roch er ihr Moschusparfüm und fühlte die Wärme ihres Körpers. Ihre Finger suchten an der Wand. Plötzlich glitt die Rückwand der Kammer zur Seite, und er befand sich in einem kleinen, fensterlosen Raum. Gleich darauf schloß sich die Wand hinter ihnen, und sie knipste eine Lampe an.
Auf einem schmalen Feldbett an der nackten Mauer lag ein Mann.
»Denisonde?«
Sogleich war Dax neben dem Bett und kniete neben seinem Freund nieder. »Robert?«
Robert bewegte sich wieder und stöhnte. Dax sah die Wunde an seiner Schulter.
»Was ist passiert? Wie kommt er hierher?« fragte er.

Das Gesicht des Mädchens war unbewegt. »Wir haben uns einmal geliebt, jetzt sind wir Freunde. Er konnte sonst nirgends hin.«
Beim Klang ihrer Stimme öffnete Robert die Augen. »Denisonde«, flüsterte er, »hol Dax. Wir müssen Caroline helfen!«
»Robert, ich bin hier. Ich bin es, Dax.«
Es war, als wenn Robert weder sehen noch hören konnte. Wieder stöhnte er. »Denisonde, ich habe gesehen, wie sie Caroline mitgenommen haben. Hol Dax.«

20

»Wir werden uns um ihn kümmern«, sagte Madame Blanchette. »Aber für Mademoiselle müssen Sie etwas tun.«
»Aber Robert braucht einen Arzt.«
»Der Arzt kommt jeden Morgen zu ihm, wenn er die Mädchen untersucht. Sobald Monsieur de Coyne wiederhergestellt ist, werden wir ihn nach England bringen.«
Dax blickte zu Fat Cat, dann zu dem Mädchen, das neben dem Feldbett kniete. Bei den vielen Menschen in dem winzigen Raum konnte man sich kaum umdrehen. »Ich glaube, wir sollten lieber gehen.«
Madame Blanchette nickte. Fat Cat und Dax folgten ihr durch die Kammer in das andere Zimmer.
»Wegen Caroline – Mademoiselle de Coyne«, sagte Dax, »können Sie mir da irgendwie helfen?«
Die Frau zuckte die Achseln. »Wir haben ein paar Anhaltspunkte. Sie wurde von General Foelders Stab verhaftet. Wir nehmen also an, daß sie sich in seinem Hauptquartier befindet.«
»Foelders Hauptquartier ist aber doch im Royal Palace Hotel.«
»Man hat im zweiten Keller ein Haftgefängnis eingerichtet. Wenn sie dort ist, führt der Weg zu ihr nur durch das Hotel selbst.«
»Könnte sie noch irgendwo anders sein?«
»Vielleicht noch im Gefängnis der Geheimpolizei. Aber das glaube ich nicht. Himmler und Foelder stehen keineswegs gut miteinander. In Paris steht alles unter Foelders Befehl. Aber vielleicht wissen wir morgen mehr. Der General verbringt die Nacht hier.«
Dax dachte einen Augenblick nach. »Ich glaube nicht, daß wir so lange zu warten brauchen. Ich sprach mit dem General, als wir die *grande salle* verließen. Er sagte mir, die Sache sei erledigt. Da er Robert nicht gefunden hat, kann es nur Caroline sein, die er festhält.«

»Das ist einleuchtend, Monsieur.«
»Aber es muß Möglichkeiten geben, das genau zu erfahren.«
Plötzlich meldete sich Fat Cat. »Ich habe vergessen, dir zu sagen, daß dein Freund Sergei heute abend aus dem Büro seines Vaters angerufen hat. Er wollte morgen früh wieder anrufen.«
Dax überlegte. Sergeis Vater hatte sein Büro im Palace Hotel. Er mußte über Caroline Bescheid wissen, und wenn er auch Dax vielleicht nichts darüber sagen würde, so doch sicher Sergei. Aber wäre Sergei bereit zu helfen?

Sergei betrachtete Dax. »Du hast dich verändert.«
»Du dich auch«, gab Dax zurück. »Nur die Toten ändern sich nicht.«
Er griff nach einer seiner dünnen langen Zigarren.
»Was gibt es bei dir Neues?« fragte Sergei. »Während deines Aufenthalts in Corteguay sprach man davon, daß du *el Presidentes* Tochter heiraten solltest. Jetzt redet man von dir und Giselle d'Arcy.«
»Gerede.« Dax lächelte. »Die Leute müssen immer über etwas reden.«
»Das stimmt. Wir müßten uns mal wieder ausführlich über alles unterhalten. Aber wahrscheinlich hast du mich heute aus einem bestimmten Grund hergebeten.«
»Ja.« Sorgfältig legte Dax seine Zigarre in die Aschenschale. »Ich will es kurz machen. Die Deutschen haben offenbar vorgestern Caroline de Coyne verhaftet. Ich vermute, daß sie im Keller des Royal Palace Hotels festgehalten wird. Ich habe vor, sie dort herauszuholen.«
Sergei stieß einen langen Pfiff aus. »Du verlangst nicht viel, wie? Was erwartest du dabei von mir?«
Dax ließ sich Zeit. Er griff wieder nach seiner Zigarre. Die bloße Tatsache, daß sein Freund nicht nein gesagt hatte, beruhigte ihn. »Das Hauptquartier deines Vaters befindet sich im selben Hotel. Ich muß wissen, wo sie ist. Genau. Und was ich tun muß, um sie herauszubekommen.«
»Und wenn es mein Vater nun nicht weiß oder mir nicht sagen will?«
Dax zuckte die Achseln. »Dann müssen wir einen anderen Weg finden.«
Sergei dachte einen Augenblick nach. »Schön. Ich will sehen, was ich tun kann.«

»Danke.«
Sergei stand lächelnd auf. »Keine Ursache. Die de Coynes sind auch meine Freunde.«
Zwei Stunden später war er wieder in Dax' Büro. »Warum hast du mir nicht gesagt, daß man sie verdächtigt, mit Robert an einem Sabotagering beteiligt zu sein?«
»Das wußte ich nicht.«
»Eine verdammt böse Sache«, meinte Sergei.
»Haben sie ihr etwas nachgewiesen?«
»Nein. Sie verhören sie noch.«
»Um Himmels willen. Wenn sie sie eine Woche lang auf die übliche Art verhören, wird sie gestehen, daß sie den Reichstag angezündet hat.« Dax sank in seinem Stuhl zusammen. »Ich nehme also an, daß dir dein Vater nicht gesagt hat, wo sie ist?«
»Mein Vater hat mir genau gesagt, wo sie ist. Er hat mir auch den Mann genannt, der ihren Fall bearbeitet. Und er hat mir die einzige Möglichkeit genannt, wie wir sie herausbringen können.«
»Das versteh' ich nicht. Warum tut er das?«
»Weißt du nicht, wem das Royal Palace Hotel gehört hat?«
Dax schüttelte den Kopf.
»Baron de Coyne. Er war der einzige Mensch in Paris, der meinem Vater eine Stellung gab, als wir aus Rußland kamen.«
Dax schwieg einen Augenblick. Vorsichtig legte er seine Zigarre nieder. »Also, wie bringen wir sie heraus?«
»Ganz einfach, mein Lieber. Der Schlüssel dazu bist du.«
»Ich?« sagte Dax verwundert.
Sergei nickte. »Die Deutschen wollen unbedingt dieses Rindfleischgeschäft mit dir abschließen. Sie haben die Anweisung bekommen, sich um dich zu bemühen.«
Sergei nahm einen Briefumschlag aus der Tasche und legte ihn auf den Tisch. »In diesem Umschlag sind vier Passierscheine zum Besuch Carolines. Du brauchst nur mit einem Priester und zwei Leuten hinzugehen, die als Zeugen fungieren. Du heiratest sie, dann gehst du hinauf ins Büro meines Vaters und verlangst, daß deine Frau freigelassen wird. Er wird die Haftentlassung unterschreiben.«
»Und was ist mit General Foelder? Muß er das nicht auch bestätigen?«
»Foelder ist heute früh nach Berlin gefahren. Da ist irgendeine Sache mit Himmler, die er in Ordnung bringen muß. Bis zu seiner Rückkehr ist mein Vater Kommandant.«

»Ich brauche zwei Zeugen«, sagte Dax nachdenklich. »Der eine kann Fat Cat sein, aber der andere?«
Sergei stand auf. »Mich brauchst du nicht anzusehen. Das solltest du wissen.«
Dax nickte. Sergei kam wegen seines Vaters nicht in Frage. Die Verbindung wäre zu offensichtlich gewesen. »Ich denke dabei gar nicht an dich.«
»Du wirst schon jemanden finden«, sagte Sergei. »Du weißt doch, die Franzosen lieben Hochzeiten.« Er lächelte. »Und darf ich dir als erster gratulieren?«

»Geh zum Teufel!« schrie Giselle.
Dax stand ruhig da, während sie im Zimmer auf und ab ging. »Was bist du bloß für ein Mensch?« sagte sie. »Du verlangst von mir, daß ich bei deiner Hochzeit Trauzeuge sein soll. Glaubst du, ich habe gar keine Gefühle?«
»Wenn ich das glaubte, hätte ich dich nicht darum gebeten. Aber du bist die einzige, der ich es vorzuschlagen wage.«
»Fabelhaft«, sagte sie sarkastisch. »Würdest du dich freuen, wenn ich dich bäte, mein Trauzeuge zu sein?«
»Nein, durchaus nicht. Aber darum geht es in Wirklichkeit auch gar nicht. Ich bitte dich, einem Mädchen das Leben zu retten.«
»Wie komme ich dazu?« sagte Giselle. »Was kümmert sie mich? Ich kenne sie nicht einmal.«
»Sie ist Französin. Und die Deutschen halten sie fest. Ist das nicht Grund genug?« – Giselle antwortete nicht.
»Oder hat dich Georges schließlich doch auf die andere Seite gezogen?«
Sie sah ihn an. »Ich liebe dich. Hast du das gewußt?«
Er nickte stumm.
»Hast du nie daran gedacht, daß ich dich heiraten möchte? Warum hast du mich nie gefragt, Dax?«
Er hielt ihrem Blick stand. »Ich weiß es nicht«, sagte er. »Ich hatte das Gefühl, wir hätten noch soviel Zeit. Ich wünschte, ich hätte dich gefragt.«
Die Tränen traten ihr in die Augen. »Meinst du das ehrlich?«
Er nickte. »Ich habe dich nie belogen. Und ich fange auch jetzt nicht damit an.«
Sie begrub ihr Gesicht an seiner Brust. »Dax, Dax«, rief sie, »was soll jetzt mit uns werden?«

Er streichelte sanft ihr Haar. »Nichts. Dies ist bald vorbei. Dann ist alles wieder wie früher.«
»Nein«, flüsterte sie. »Nichts ist so, wie es war, wenn man wiederkommt.«

Sie standen auf, als die Wärterin die Tür öffnete und Caroline in das kleine Zimmer führte. »Sie haben fünfzehn Minuten Zeit«, sagte sie kurz auf deutsch, dann schloß sie hinter sich die Tür.
Caroline stand zitternd vor ihnen. »Ich weiß nichts«, flüsterte sie. »Ich lüge nicht. Bitte mißhandeln Sie mich nicht mehr.«
Dax trat zu ihr und streckte seine Hand aus, aber sie schrak zurück. »Caroline, ich bin es, Dax. Ich mißhandle dich nicht.«
Sie schüttelte heftig den Kopf, blinzelte, versuchte klarer zu sehen. »Ich glaube Ihnen nicht. Es ist ein Trick.«
Sie begann zu weinen. Dax nahm sie sanft bei den Schultern und drehte sie zu sich. »Es ist kein Trick, Caroline.«
Er war entsetzt über ihr Aussehen. Sie hatte geschwollene schwarze und blaue Stellen im Gesicht. Ihre Kleider hingen lose an ihr herunter. Dann zog er sie an sich. Schluchzend barg sie ihr Gesicht an seiner Schulter, und er versuchte vergeblich, es zu heben.
»Sieh mich nicht an«, schrie sie. »Sie haben so schreckliche Dinge getan. Ich spüre noch den Schmutz an meinem Gesicht.«
»Caroline«, sagte er ganz langsam, »ich bin gekommen, um dich zu heiraten. Es ist die einzige Möglichkeit, dich hier wegzubringen. Verstehst du?«
Sie schüttelte den Kopf. »Ich kann dich nicht heiraten«, sagte sie. »Nicht nach dem, was sie getan haben, nach dem, wozu sie mich gezwungen haben.«
»Das spielt jetzt keine Rolle. Du mußt auf mich hören.«
»Nein!« Sie riß sich aus seinen Armen, lief zur Tür und preßte sich mit abgewandtem Gesicht dagegen. »Du nähmst mich nicht, wenn du wüßtest, was sie getan haben. Niemand würde mich mehr nehmen.« Es klang fast hysterisch, als es aus ihr hervorbrach: »Wenn du wüßtest, was ich getan habe, nur damit sie aufhörten, mir weh zu tun. Sie ließen mich –«
»Seien Sie still!« Giselles Stimme tönte laut durch den kleinen Raum.
Caroline blieben die Worte in der Kehle stecken. Zum erstenmal hob sie ihr Gesicht. Giselles Stimme klang hart und bestimmt. »Hören Sie auf, sich zu bemitleiden! Sie leben, das ist das einzig Wichtige!«

Sie nahm Caroline bei der Schulter und schob sie energisch zu Dax hin. »Jetzt seien Sie still und tun Sie, was er sagt, bevor man uns alle Ihretwegen umbringt!«
Giselle sah zu Dax hin. Ihre Blicke trafen sich. Sie wandte sich an den Priester. »Fangen Sie an!«
Der Priester öffnete das schwarze Büchlein und wies Caroline und Dax an, sich vor ihn zu stellen. Fat Cat und Giselle nahmen ihre Plätze dahinter ein. Der Priester begann mit sanfter Stimme zu lesen:
»Wir haben uns hier zu dieser einfachen Zeremonie versammelt, um vor Gottes und der Menschen Augen diesen Mann und diese Frau im Bund der heiligen Ehe zu vereinen –«
Es war sehr rasch vorbei. Caroline hatte ihr Gesicht immer noch an Dax' Schulter vergraben, als Giselle auf sie zukam. Dax sah sie an. »Ich danke dir.«
Plötzlich schossen ihr die Tränen in die Augen. Sie beugte sich vor und küßte ihn, zuerst auf eine Wange, dann auf die andere. Dann legte sie ihren Arm um Caroline und zog sie zärtlich an sich. »Kommen Sie, mein Kind«, sagte sie, »ich habe einen Lippenstift. So darf eine Braut an ihrem Hochzeitstag nicht aussehen.«
Giselle spürte den Blick von Dax. »Es hat nichts zu sagen«, sagte sie. »Ich weine immer bei Hochzeiten.«

Viertes Buch
Heirat und Mode

1

Der Rauch hing schwer in der Luft des spärlich erleuchteten Kellerlokals. Die kleine Combo in der hinteren Ecke machte durch Lautstärke wett, was ihr an Qualität mangelte. Denisonde bahnte sich an den vollbesetzten Tischen vorbei ihren Weg zu Robert. Er stand nicht auf, als sie neben ihm stehenblieb. Er nahm nicht einmal Notiz von ihr, sondern blickte auf seinen *pastis* hinunter.
»Bobby?«
Er sah immer noch nicht auf.
»Komm, es ist Zeit, nach Hause zu gehen.«
»Machst du Schluß für heute?«
»Ja.«
Er blickte auf die Uhr. »Es ist erst zwei.«
»Heute ist nichts los. Kein Geschäft.«
Zum erstenmal sah er sie an. Er deutete auf die besetzten Tische. »Hier ist das Geschäft aber gut im Gange.«
»Die Straßen draußen sind leer.«
Er langte über den Tisch nach ihrem Abendtäschchen, öffnete es und entleerte den Inhalt auf die Platte. Ein Lippenstift, Puderdose, Spiegel und ein paar zerknitterte Banknoten lagen vor ihm. Er nahm die Scheine und zählte sie. »Bloß sechstausend Francs?«
»Ich habe dir ja gesagt, daß heute kein Geschäft war.«
Zornig warf er die Scheine wieder auf den Tisch. »Während ich hier auf dich gewartet habe, hab' ich mehr ausgegeben.«
»Tut mir leid.«
Er griff nach den Scheinen und stopfte sie in die Tasche. Die restlichen Gegenstände schob er ihr hin. »Ich geh' noch nicht.«
Denisonde stopfte alles wieder in ihre Handtasche. »Darf ich mich zu dir setzen?« fragte sie zaghaft. »Ich bin müde.«
Er sah sie nicht an. »Nein, setz dich anderswohin. Ich will dich nicht hierhaben.«
Sie wandte sich um und ging an den Tischen vorbei zur Bar. Sie kletterte auf einen Hocker, und der Barmann stellte einen *pastis* vor sie hin. »Spinnt er wieder?«
Sie nickte.
»Die ganze Nacht hat er so dagesessen. Er spricht mit niemandem.«
Sie antwortete nicht.
»Ich verstehe nicht, warum Sie sich mit ihm abgeben«, sagte der Barmann. Er beugte sich vertraulich vor. »Ein Mädchen wie Sie. Sie

sollten einen Mann haben, der weiß, was er an Ihnen hat, einen, der Ihnen draußen beim Geschäft hilft. Er müßte Ihnen Kunden besorgen und nicht einfach dasitzen und Ihnen alle Arbeit allein überlassen.«

»Er ist ein Gentleman.«

»Ein Gentleman!« Er schnaubte verächtlich. »Wenn das ein Gentleman ist, dann ist mir ein richtiggehender Zuhälter aber lieber.« Er beugte sich über die Bar.

»Sie machen sich kaputt. Jagen Sie ihn fort, und ich biete Ihnen etwas wirklich Gutes. Dann brauchen Sie nicht mehr bei jedem Wetter die Straßen abzuklappern.«

Sie lachte. »Ich will in kein Haus. Ich arbeite gern auf eigene Rechnung.«

»Kein Haus. Ich habe eben die Zustimmung vom Chef gekriegt. Schaff ein paar erstklassige Mädchen heran, hat er gesagt. Da hab' ich gleich an Sie gedacht. Denisonde, hab' ich gedacht, die ist richtig für so ein Lokal. Wirklich Klasse.«

Bevor sie antworten konnte, war er am anderen Ende der Bar, um jemand zu bedienen. Die Combo hatte aufgehört zu spielen, und das Trio verließ das Podium. Der schlanke Neger, der Schlagzeuger, blieb neben ihr stehen. Er nahm eine Zigarette aus einem zerdrückten Paket und steckte sie in den Mund.

»Hallo, Denisonde.«

»Jean-Claude.«

Er lehnte sich mit dem Rücken an die Bar, so daß er gleichzeitig sie und den Saal sehen konnte. »Bobby hat den ganzen Abend kein Wort gesprochen.«

»Es hat doch keine Scherereien gegeben?« fragte sie besorgt.

Jean-Claude schüttelte den Kopf. »Nein, wir sind ja nun schon an Bobby gewöhnt. Alle machen einen Bogen um ihn.«

»Gut.« Sie blickte über ihre Schulter. Robert starrte immer noch in sein Glas. »Ich wollte, er ginge nach Hause. Er hat starke Schmerzen.«

»Woher weißt du das?«

»Ich merkte es ihm an. Ich wußte es gleich, als wir heute abend herkamen. Ich konnte deswegen auch nicht richtig arbeiten. Darum bin ich so früh zurückgekommen.«

»Du hast viel für ihn übrig, oder nicht?«

»Er ist allein, er braucht jemanden.«

»Ich habe gehört, daß er gar nicht allein zu sein brauchte.«

»Was hast du gehört?«
»Der Mann war gestern wieder da. Du weißt schon. Der nach Bobby gefragt hat.«
»Hat Robert mit ihm gesprochen?«
»Nein. Der Mann sagt, Bobbys Papa will, daß er nach Hause kommt.«
Denisonde antwortete nicht.
»Der Junge ist einfach verkorkst«, sagte Jean-Claude. »Er braucht doch sein Leben nicht in einem solchen Lokal zu verbringen.«
»Der Krieg hat manchen aus der Bahn geworfen.«
»Ich war auch im Krieg, und ich hab's überstanden.«
Denisonde sah ihn aus ihren leicht geschlitzten Augen an. »Da hast du Glück gehabt.«
Der Barmann trat zu ihnen. »Ich hab' da einen prima Herrn für dich, Denisonde«, flüsterte er, »dort unten am Ende der Bar. Fünftausend Francs.«
Denisonde drehte sich langsam um. Ein kleiner Mann, in unauffälligem, grauen Anzug, blickte zu ihr herüber.
»Das ist der Mann, von dem ich dir erzählt habe«, sagte Jean-Claude hinter ihr, »mit dem Bobby nicht reden wollte. Er muß gerade gekommen sein.«
»*D'accord*«, sagte Denisonde zum Barmann. Rasch nahm sie ihre Tasche und sah über die Schulter zu Robert. Er starrte immer noch in sein Glas. Sie stand auf und ging hinaus.
Sie erschauerte in der kalten Nachtluft und zog den Mantel enger um sich. Sie ging bis zur Ecke und trat in einen Torgang. Kurz darauf kam der Mann heraus und ging in die gleiche Richtung.
»Hier bin ich«, flüsterte sie aus dem Eingang.
Der Mann trat aus der Dunkelheit auf sie zu. »Mademoiselle«, sagte er höflich.
»Fünftausend, hat der Barmann gesagt.«
Wortlos griff er in die Tasche und zog einige Geldscheine heraus.
»Zu mir oder zu Ihnen?« fragte sie.
»Zu Ihnen.«
Sie standen schweigend im Korridor, während sie die Wohnungstür aufschloß.
»Das Schlafzimmer ist dort drüben«, sagte sie und ging voran. Sie warf den Mantel über einen Stuhl und begann aus dem Kleid zu schlüpfen. Da bemerkte sie, daß er sich immer noch nicht rührte. Sie brachte ihr Kleid wieder in Ordnung.

»Warum so eilig?« fragte er. »Ich hab' die fünffache Taxe gezahlt. Wir können uns doch zuerst einmal unterhalten.«
Sie zuckte die Achseln und setzte sich auf den Bettrand. »Wenn Sie wollen.«
Er zog seinen Mantel aus und nahm auf dem Rand des Stuhles ihr gegenüber Platz.
»Sein Vater möchte, daß er heimkommt«, sagte er.
»Warum sagen Sie das mir? Reden Sie doch mit Robert.«
»Er will mich nicht anhören.«
Sie hob die Hände. »Ich halte ihn hier nicht gefangen. Robert kann jederzeit fort, wenn er will.«
»Sein Vater zahlt Ihnen eine Million Francs, wenn Sie ihn dazu bringen, daß er nach Hause kommt.«
»Sein Vater braucht mir nichts zu zahlen. Wenn Robert will, kann er gehen.«
»Sehr klug ist das nicht von Ihnen. Eine Million Francs ist eine Menge Geld. Sie brauchten nicht so weiterzuleben wie jetzt. Sie könnten tun, was Ihnen gefällt.«
»Ich kann auch jetzt tun, was mir gefällt. Robert macht mir genausowenig Vorschriften wie ich ihm.« Sie stand auf. »Sagen Sie seinem Vater, daß er wohl selbst herkommen und mit ihm sprechen müßte, wenn er ihn wirklich zurückhaben will.«
»Der Vater hat auch seinen Stolz, das tut er nicht.«
»Das ist Sache des Herrn Barons. Es ist schließlich sein Sohn. Ich kann nichts dazu tun.«
Er schwieg eine Weile. »Der Baron ist als Feind gefährlich«, sagte er dann.
»Der Baron ist aber auch ein vernünftiger Mann. Er weiß, daß Robert bei mir sicher ist. Daß ich auf ihn aufpasse.«
Der Mann antwortete nicht.
»Sonst noch etwas?« fragte sie gleichsam abschließend.
»Ja«, sagte er und stand auf. Er begann sein Hemd auszuziehen. »Fünftausend Francs nur für eine Unterhaltung ist ein bißchen viel Geld.«

Robert saß noch an seinem Platz, als sie in den Kellerklub zurückkam. Wortlos warf sie das Geld auf den Tisch. Ohne es anzusehen, stopfte er es in die Tasche. Er stand auf. »Komm. Wir gehen nach Hause.«
Schweigend folgte sie ihm auf die Straße und zu ihrer Wohnung.

Denisonde verriegelte die Tür, während er ins Schlafzimmer ging. Gleich darauf kam er wieder. Unvermutet holte er aus und schlug sie quer übers Gesicht. Völlig überrascht fiel sie auf einen Stuhl. Seine Züge waren wutverzerrt. »Wie oft hab' ich dir gesagt, du sollst das Bettzeug wechseln, wenn du mit der Arbeit fertig bist?«

2

Der scharfe Schmerz durchfuhr ihn wie mit einem Messer. Robert stöhnte leise im Schlaf. Undeutlich spürte er, wie sie seine Wange streichelte. »Denisonde«, flüsterte er, dann fiel er wieder in beklemmende Träume. Immer noch hörte er die Schreie in den feuchten Steingängen, die schweren Schritte der Soldatenstiefel auf dem Betonboden vor seiner Zelle.
Wieder stöhnte er, dann setzte er sich plötzlich auf. Er streckte die Hand aus. Er war allein. »Denisonde!« schrie er, von jäher Furcht gepackt. »Denisonde!«
Die Schlafzimmertür öffnete sich. »Hier bin ich, Robert.« Sie reichte ihm ein Glas. »Trink das.«
Dankbar nahm er das Glas und schlürfte die warme Flüssigkeit. Sie war süß und beruhigend. »Ich dachte, du seist weggegangen«, sagte er heiser.
»Du weißt, daß ich das nicht tu.« Sie nahm das leere Glas. »Versuch jetzt wieder zu schlafen.«
Er streckte sich aus. Das Opiat wirkte bereits. Er schloß die Augen. »Ich weiß nicht, was ich ohne dich täte.«
Als er eingeschlafen war, ging sie ins Nebenzimmer. Es war fast Mittag. Sie hob den Telefonhörer ab und wählte. Eine Frauenstimme meldete sich.
»Yvette?«
»*Oui.*«
»Bist du angezogen?«
»*Oui.*«
»Ich hab' eine Verabredung, die ich nicht einhalten kann.«
»Wieviel?«
»2500 Francs.«
»Das lohnt nicht«, sagte Yvette. »Wenn ich dir die Hälfte gebe, bleibt mir so gut wie nichts.«
»Du brauchst mir nicht die Hälfte zu geben. Fünfhundert Francs.«

»*D'accord.* Wo treffe ich ihn, und wie soll ich ihn erkennen?«
Als Denisonde aufgelegt hatte, starrte sie auf das Telefon. Solche Dinge geschahen jetzt zu oft. Sie hatte in letzter Zeit viele Kunden verloren, aber sie konnte nichts dagegen tun. Sie konnte Robert nicht allein lassen, wenn er so krank war.
In den letzten Monaten war sie, um den Lebensunterhalt für sich und Robert bestreiten zu können, wieder wie eine Anfängerin auf die Straße gegangen. Zweimal war sie schon von den *flics* aufgegriffen worden, aber glücklicherweise hatte sie sich herausreden können.
Etwas mußte geschehen. Bald. Aber was, wußte sie nicht. Das wußte nur der Mann, der dort hinter der Tür schlief. Nur er hätte eine Antwort geben können.
Der Krieg war seit fast einem Jahr vorbei. Sie hatten sich eine Weile aus den Augen verloren. Sein Vater war aus Amerika zurückgekehrt, und Robert hatte angefangen, in der Bank zu arbeiten. Er hatte sie ein einziges Mal besucht und sie in ein Café eingeladen. Sonst nichts.
Sie hatte über den Tisch hinweg sein mageres, angespanntes Gesicht betrachtet. »Hast du immer noch Schmerzen?«
»Ein bißchen. Aber die Ärzte versichern, daß es mit der Zeit besser wird.«
»Und deiner Schwester geht es gut? Ich habe gehört, daß sie diesen Südamerikaner geheiratet hat.«
»Dax? Ja, sie ist mit ihm in den Staaten.«
Sie erinnerte sich an das dunkle, kräftige Gesicht. »Ich hoffe, sie ist glücklich.«
Er sah sie scharf an. »Warum sagst du das?«
»Ich weiß nicht.«
»Der Krieg hat für meine Schwester und mich vieles verändert. Ich weiß nicht, ob wir je wieder glücklich sind.«
»Du wirst wieder glücklich sein. Mit der Zeit wird der Krieg an Bedeutung verlieren. Sieh dich doch um. Die Leute fangen schon an, ihn zu vergessen. Auch du wirst ihn vergessen.«
Robert hatte sich in der vollbesetzten Teestube umgesehen. Plötzlich hatte er die Lippen zusammengepreßt und war aufgestanden. Er warf einen Geldschein auf den Tisch. »Komm, gehen wir hier weg.«
Als sie auf der Straße waren, sagte er: »Ich bringe dich nach Hause.«

»Das ist nicht nötig. Du hast sicher viel zu tun.«
Er verzog den Mund. »Das hab' ich. Mein Vater hat sich den meistbeschäftigten Laufjungen der Welt angeschafft.«
»Er hat bestimmt seine Pläne mit dir.«
»Wenn er sie hat, so hält er sie jedenfalls geheim.« Er ergriff ihren Arm. »Gehen wir.«
»Du bist verärgert. Bin ich daran schuld?«
»Nein. Bestimmt nicht.«
Als sie angelangt waren, hatte sie gesagt: »Willst du mit hinaufkommen?«
Er hatte den Kopf geschüttelt.
Sie schwieg einen Augenblick, dann reichte sie ihm die Hand. »Vielen Dank für die Einladung«, hatte sie ein wenig förmlich gesagt. »Es war sehr nett.«
»Denisonde?« Er hielt ihre Hand fest.
»Ja, Robert?«
»Gibt es etwas, was du gern möchtest? Kann ich etwas für dich tun?«
Sie lachte und schüttelte den Kopf. »Danke. Ich habe alles, was ich brauche. Ich komme sehr gut zurecht.«
»Du ja.«
»Robert, was ist los?«
»Nichts.« Dann war seine Stimme bitter geworden. »Mit mir ist eben nichts los. Ich komme durchaus nicht zurecht.«
Sie hatte ihm nachgesehen, wie er um die Ecke bog. Schon damals hatte sie das Gefühl gehabt, er werde wiederkommen. Wie, wann oder warum, wußte sie nicht. Aber eines wußte sie: wenn er wiederkam, würde es für keinen von ihnen gut sein.

Noch am selben Nachmittag saß Robert an seinem Schreibtisch und studierte die Papiere, die vor ihm lagen. Die Überschrift auf dem ersten Blatt faszinierte ihn:

KUPPEN-FARBEN-GESELLSCHAFT

Dann kamen fünfzig weitere Seiten mit Einzelheiten und Bilanzen der verschiedenen Gesellschaften, aus denen der größte Industriekonzern Deutschlands bestanden hatte. Während des Krieges waren die Werkanlagen dieses Konzerns das Hauptziel alliierter Bomber gewesen.

Die Privatsekretärin seines Vaters hatte ihm die Unterlagen vor mehreren Tagen gebracht. Mit einer kurzen Notiz von der Hand des Barons: »Sieh es Dir durch und komm Freitag früh zu mir.«
Als er die Mappe öffnete, fragte er sich, was seinen Vater an der Kuppen-Gesellschaft interessierte. Erst vor einer Woche hatte er in den Zeitungen gelesen, daß eine alliierte Kommission eingesetzt war, um Pläne zur Auflösung des Konzerns auszuarbeiten. Man war der Meinung, daß Kuppen – wie Krupp – ein zu starker Faktor der Rüstung war.
Flugzeuge, Unterseeboote, die Kuppen-V4-Bomben hatten mitgeholfen, einen Hagel der Vernichtung über England auszuschütten. Und das Kuppengewehr hatte zur Standardausrüstung der Naziheere gehört. Es mußte eine Wonne sein, einen solchen Konzern zu zerschmettern.
Das Telefon auf seinem Tisch läutete. Es war die Sekretärin seines Vaters. »Der Herr Baron erwartet Sie.«
»Ich komme sofort.«
Sein Vater sah auf, als Robert sein Büro betrat. »Hast du dir die Berichte angesehen?«
»Ja, Vater.«
»Du weißt ja, daß Baron von Kuppen vor einem Monat wegen Beteiligung an Kriegsverbrechen zu fünf Jahren Gefängnis verurteilt wurde.«
Robert nickte.
»Und daß vorige Woche eine Kommission eingesetzt wurde, um den Konzern aufzulösen?«
»Das hätte man schon nach dem Ersten Weltkrieg tun sollen«, sagte Robert. »Vielleicht wären die Nazis dann nie an die Macht gekommen.«
Der Baron sah ihn ruhig an. »Glaubst du, daß ich dir deshalb die Berichte gegeben habe?«
»Warum sonst? Offenbar hat dich die Kommission um deinen fachmännischen Rat ersucht.«
Sein Vater schwieg eine Weile. »Entweder bist du ein vollkommener Idiot oder ein naiver Narr.«
Robert war verwirrt. »Ich verstehe dich nicht.«
»Hast du gelesen, wer an dem Konzern beteiligt ist?«
Robert nickte.
»Dann hast du vielleicht bemerkt, daß der größte Aktionär nach der Familie Kuppen der Crédit Zurich International ist.«

»Ja. Mit dreißig Prozent.« Plötzlich fiel es ihm wie Schuppen von den Augen. »C.Z.I.!«
»Richtig, C.Z.I. Unsere Bank in der Schweiz.«
»Das ist doch absurd. Das heißt, uns gehören dreißig Prozent von den Kuppen Farben?«
»Genau. Und deshalb können wir nicht zulassen, daß die Gesellschaft aufgelöst wird.«
»Dann haben wir gegen uns selbst Krieg geführt? Und zugleich daran verdient?«
»Red nicht so idiotisch. Wir haben am Krieg nicht verdient. Unsere Beteiligung wurde von Hitler konfisziert.«
»Und wieso glaubst du, daß wir sie jetzt zurückkriegen?«
»Baron von Kuppen ist ein Gentleman. Wir besitzen eine Zessionsurkunde von ihm, die besagt, daß er die Verfügung der Nazis nicht anerkannt hat. Er wird seinen Verpflichtungen nachkommen.«
»Natürlich«, sagte Robert voller Ironie. »Was hat er denn zu verlieren? Die siebzig Prozent von dem, was wir ihm vielleicht retten können, sind verdammt viel mehr wert als hundert Prozent gar nichts, wenn die Kommission die Gesellschaft auflöst.«
»Du sprichst wie ein Kind.«
»Wirklich?« Robert stand auf. »Vielleicht hast du schon alles vergessen. Das sind die Leute, die deine Tochter ins Gefängnis gesteckt und sie vergewaltigt und mißhandelt haben. Es sind die Männer, die mich gefoltert haben, damit ich meine Landsleute verraten sollte. Hast du das alles vergessen, Vater?«
Sein Vater sah ihm ruhig in die Augen. »Ich habe nichts vergessen. Aber was hat das eine mit dem anderen zu tun? Der Krieg ist vorbei.«
»Tatsächlich?« Wütend zog Robert seine Jacke aus und rollte seinen Hemdsärmel hoch. Er beugte sich über den Schreibtisch seines Vaters. »Ist der Krieg vorbei, Vater? Schau meinen Arm an, und dann sag mir, ob du das immer noch glaubst.«
Der Baron blickte auf den Arm seines Sohnes. »Ich verstehe nicht, was du meinst.«
»Dann werd ich's dir erklären. Siehst du diese kleinen Stiche? Dafür kannst du dich bei deinen Nazifreunden bedanken. Weil sie etwas aus mir herausbringen wollten, haben sie mich Tag für Tag mit Heroin vollgespritzt. Dann haben sie eines Morgens plötzlich damit aufgehört. Hast du eine Ahnung, was das heißt, Vater? Willst du immer noch behaupten, daß der Krieg für mich vorbei ist?«

»Robert.« Die Stimme seines Vaters zitterte. »Das habe ich nicht gewußt. Wir werden Ärzte konsultieren. Du wirst geheilt werden.«
Roberts Stimme brach plötzlich. »Ich habe es versucht, Papa. Es hat keinen Sinn. Ich habe genug Schmerzen. Mehr kann ich nicht ertragen.«
»Du mußt fort und dich erholen. Ich werde eine andere Möglichkeit finden, um die Sache mit Kuppen Farben zu erledigen.«
»Gib deine Zustimmung, daß man sie auflöst. Wir brauchen sie nicht.«
Sein Vater sah ihn an. »Das kann ich nicht. Es gibt noch andere Beteiligte, unsere Vettern in England und Amerika. Ich bin auch ihnen gegenüber verantwortlich.«
»Dann sag ihnen, wie wir darüber denken. Sie werden bestimmt der gleichen Meinung sein.«
Sein Vater schwieg.
Langsam rollte Robert seinen Ärmel hinunter und nahm seine Jacke. Er ging zur Tür. »Tut mir leid, Vater.«
Der Baron sah zu ihm auf. »Wo gehst du hin?«
»Fort«, sagte Robert. »Du hast doch gesagt, daß ich fort sollte, nicht wahr?«

3

Es klopfte. Denisonde stand vom Tisch auf. »*Monsieur le baron!*«
Baron de Coyne zögerte. »Ist mein Sohn hier?«
Sie nickte. »Aber er schläft, *m'sier*.«
»Ach.«
Der Baron folgte ihr verlegen in die Wohnung.
Sie schloß die Tür und musterte ihn. Der Baron war alt geworden. Sein Gesicht war mager und faltig, das Haar ergraut und gelichtet.
»Sie erinnern sich nicht an mich, *m'sieur?*«
Der Baron schüttelte den Kopf.
»Wir sind uns einmal vor dem Krieg begegnet. Bei Madame Blanchette.«
»Ah, ja.« Aber sie merkte, daß er sich nicht mehr entsann. »Sie müssen damals ein Kind gewesen sein.«
Sie lächelte. »Ich darf Ihnen doch eine Tasse Kaffee anbieten? Dann will ich sehen, ob Robert wach ist.«

Als sie die Tasse vor ihn hinstellte, sagte er: »Wenn er schläft, stören Sie ihn nicht. Ich kann warten.«
»*Oui, m'sieur.*«
Robert war wach und saß auf dem Bettrand. »Wer ist da?« fragte er argwöhnisch. »Ich habe dir doch gesagt, daß du keine Besuche empfangen sollst, bevor ich weggegangen bin.«
»Dein Vater ist da.«
Zuerst sagte er nichts, aber plötzlich fuhr er hoch. »Sag ihm, er soll gehen. Ich will ihn nicht sehen.«
Sie rührte sich nicht.
»Hast du nicht gehört?« schrie er plötzlich wütend.
Sie rührte sich immer noch nicht.
Er starrte sie zornig an. »Also gut«, sagte er dann. Er schwang ein Bein aus dem Bett. »Ich werde mit ihm reden. Hilf mir beim Anziehen.«

Der Baron nahm eine Zigarette aus seiner flachen goldenen Dose. Nichts war mehr, wie es sein sollte. Der Krieg schien die alten Ordnungen zerstört zu haben.
Er spürte es, wenn er durch die Büros der Bank ging. Es zeigte sich in der Art, wie die jungen Leute die älteren betrachteten. Es war, als wüßten sie die Antworten, ehe man sie gefragt hatte.
Mehr als einmal hatte er den skeptischen, herausfordernden Blick in ihren Gesichtern wahrgenommen, wenn er ihnen Aufträge erteilte. Wieso glauben Sie, daß Sie recht haben? schienen sie zu fragen. Meinen Sie wirklich, daß Sie soviel wissen? Er hatte es von den Gesichtern seiner eigenen Kinder ablesen können, als der Krieg ausbrach und er sie nach Amerika holen wollte. Sie hatten es vorgezogen zu bleiben, wie die Leute von der Straße, die es sich nicht aussuchen konnten. Sie hatten keinen Begriff von ihrer gesellschaftlichen Stellung und davon, daß die Stellung sie über die Gewöhnlichkeit dieses internationalen Konfliktes hinaushob.
Stimmen drangen durch die dünne Wand aus dem Schlafzimmer. Er sah aus dem Fenster. Eine Frau und ein Mann traten aus dem gegenüberliegenden Torgang. Die Frau lächelte und öffnete ihre Handtasche. Sie gab ihm ein paar Geldscheine, küßte ihn auf die Wange und ging in ihrem eindeutigen Wiegegang in Richtung Pigalle. Er verschwand in einer *brasserie*.
Ein Gefühl der Scham durchfuhr den Baron. Dieser Mann hätte sein eigener Sohn sein können. Robert war um nichts besser. Welcher

innere Dämon hatte ihn in diese Tiefen gezogen? Wenn er aus Stolz fortgegangen war, wie vereinbarte sich das mit seinem jetzigen Leben? Er erinnerte sich, wie er davon erfahren hatte.

Ein Telefonanruf von Madame Blanchette: »Ihr Sohn, Monsieur, ist mit einem meiner Mädchen auf und davon gegangen.«

Der Baron hatte gelacht. »Die Jugend! Keine Sorge, Madame. Ich werde Ihnen den Ausfall vergüten.«

»Nein, Monsieur, Sie haben mich nicht verstanden. Sie ist mit ihm gegangen. Sie haben am Pigalle eine Wohnung genommen. Sie will selbständig arbeiten.«

Er hatte es immer noch nicht begriffen. »Aber was will Robert machen?«

Madame Blanchette antwortete nicht.

Plötzlich wurde der Baron ärgerlich. »Die dumme Gans! Kapiert sie das denn nicht? Die kriegt keinen Sou von mir zu sehen.«

»Das weiß sie, Monsieur.«

»Warum ist sie denn mit ihm gegangen?« fragte er verblüfft.

»Ich nehme an, sie liebt ihn.«

»Huren verlieben sich nicht«, antwortete er grob.

Madame Blanchettes Stimme änderte sich fast unmerklich. »Sie ist auch eine Frau, *m'sieur*, und Frauen tun es.«

Er hatte den Hörer wütend auf die Gabel gelegt. Der Junge wird schon zurückkommen, dachte er. Warten wir ab, bis er merkt, daß er kein Geld hat.

Aber Wochen waren vergangen. Und dann war eines Tages seine Sekretärin mit einem merkwürdigen Gesichtsausdruck hereingekommen. »Ein Herr von der Polizei wünscht Sie zu sprechen. Ein Inspektor Leboq.«

Der Baron zögerte einen Augenblick. »Führen Sie ihn herein.«

Der Detektiv war ein kleiner Mann in grauem Anzug mit fast unterwürfigem Benehmen.

»Sie wollten mich sprechen?« fragte der Baron brüsk. Er wußte, wie man mit kleinen Beamten umging.

»*Oui*, Monsieur.« Inspektor Leboqs Stimme klang, als wolle er sich entschuldigen. »Wir haben heute nacht bei einer Razzia ein paar Mädchen mit ihren Zuhältern aufgegriffen. Einer von ihnen bezeichnete sich als Ihr Sohn. Dieser hier.« Er reichte dem Baron ein Foto.

Roberts Augen waren hart und herausfordernd. Er ist so mager, dachte der Baron, sicher ißt er nicht genug.

»Ist das Ihr Sohn?« fragte der Beamte.
»Ja.« Der Baron blickte wieder auf das Foto. »Was wird ihm vorgeworfen?«
Verlegen sagte der Polizist: »Vom Ertrag der Prostitution zu leben.«
Der Baron schwieg. Plötzlich fühlte er sich sehr alt. »Was wird mit ihm geschehen?«
»Er kommt ins Gefängnis. Das heißt, wenn er nicht die Geldstrafe bezahlt. Er erklärt, kein Geld zu haben.«
»Hat er Sie zu mir geschickt?«
Der Detektiv schüttelte den Kopf. »Nein, Monsieur. Er hat Sie überhaupt nicht erwähnt. Ich bin nur gekommen, um seine Identität zu überprüfen.« Er stand auf und steckte das Foto wieder ein. »Vielen Dank für Ihre Hilfe, Monsieur.«
»Wie hoch ist die Geldstrafe? Ich werde sie bezahlen.«
Der Polizist schüttelte den Kopf. »Ich darf mich nicht in diese Dinge einschalten, Monsieur.« Er sah den Baron prüfend an. »Aber mein Bruder ist Privatdetektiv und *avocat*, sehr diskret. Er kann die Sache bestimmt ohne Aufsehen in Ordnung bringen.«
Noch am selben Nachmittag kam der Bruder des Polizisten in das Büro des Barons. Er war eine fast getreue Kopie des Inspektors. Als er fortging, war alles geregelt. Es würde keine weiteren Unannehmlichkeiten für Robert oder das Mädchen geben. Schließlich war sein Bruder Leiter der Sittenpolizei in diesem Arrondissement.
Das war nun schon fast zwei Jahre her. Seitdem erschien jede Woche der kleine Privatdetektiv mit einem Bericht über Robert, und wenn er fortging, war seine Tasche voller Banknoten. Vor drei Wochen hatte der Baron erfahren, daß Robert in die *clinique publique* gebracht worden war. Aber bevor er noch etwas unternehmen konnte, hatte Robert das Krankenhaus auf eigenen Wunsch bereits wieder verlassen. Aus dem ärztlichen Bericht wurde deutlich, daß sich Robert langsam, aber sicher zugrunde richtete. Da hatte der Baron beschlossen zu handeln.
Und nun öffnete sich die Tür des Schlafzimmers. Robert stand ihm schweigend gegenüber.
Es war Robert, und doch war er es nicht. Seine Magerkeit, die blasse dünne Haut, die sich über die Backenknochen spannte, die dunklen Augen, die tief in den Höhlen lagen – war das wirklich sein Sohn?
»Robert!«
Robert rührte sich nicht von der Tür weg. Seine Stimme klang

merkwürdig rauh. Es war nicht die Stimme, die sein Vater kannte.
»Hat man dir nicht ausgerichtet, daß ich dich nicht sehen will?«
»Aber ich wollte dich sehen.«
»Warum?« fragte Robert bitter. »Gibt es noch mehr Nazis, denen ich helfen soll?«
»Robert, ich möchte, daß du nach Hause kommst.«
Robert lächelte. Zumindest sollte es ein Lächeln sein, wenn es auch mehr einer Grimasse glich. »Ich bin zu Hause.«
»Ich meine –« Der Baron fühlte sich hilflos. »Du bist krank, Robert, du brauchst Pflege. Du gehst zugrunde, wenn du auf diese Weise weitermachst.«
»Es ist mein Leben«, sagte Robert. »Und das ist nicht wichtig. Ich hätte im Krieg sterben sollen.«
Der Baron wurde zornig. »Aber du bist nicht gestorben! Und sich auf diese Weise selbst umzubringen, ist reiner Irrsinn. Willst du mich damit bestrafen? In der kindischen Vorstellung, daß ich an deinem Grab weinen werde?«
Robert wollte etwas sagen, aber der Baron ließ ihn nicht zu Wort kommen. »Ich werde weinen, aber nicht um dich. Um meinen Sohn. Um das, was er hätte sein können. Es gibt so viel zu tun auf dieser Welt, so viele Dinge, die du tun könntest, wenn du nur wolltest. Und du willst dein Leben fortwerfen? Du bist bloß ein verzogenes Kind, das in den Hungerstreik tritt, weil sein Daddy nicht nach seiner Pfeife tanzen will.«
Er sah Robert fest an. »Du magst nicht einverstanden sein mit dem, was ich tue. Aber ich handle zumindest so, wie ich es für gut und richtig halte. Ich arbeite. Ich laufe nicht davon und verstecke mich, wenn etwas einmal nicht so geht, wie ich es gern möchte.«
Er ging zur Tür. »Ich habe mir Sorgen um meinen Sohn gemacht«, sagte er kalt. »Jetzt mache ich mir keine mehr. Ich habe keinen Sohn. Ich kann keinen Sohn haben, der ein Feigling ist.«
Er öffnete die Tür. »Papa!«
Der Baron wandte sich um.
»Mach die Tür zu«, sagte Robert. »Es gibt etwas, was ich tun möchte.«
Der Baron lehnte sich an den Türrahmen. Er fühlte eine Schwäche in den Beinen. Schweigend blickte er Robert an.
»Ich möchte nach Israel gehen, Papa. Ich glaube, da kann ich so etwas wie einen Daseinszweck finden.«
Der Baron nickte, ohne zu sprechen.

»Aber zuerst möchte ich noch etwas anderes tun.« Robert wandte sich an das Mädchen. »Denisonde, willst du mich heiraten?«
Das Mädchen sah ihn fest an. Nach kurzer Überlegung antwortete sie mit ruhiger klarer Stimme: »Nein.«
Da lächelte der Baron. Nun war sein Sohn heimgekehrt. »Unsinn«, sagte er. Er fühlte, wie seine alte Kraft wiederkehrte. »Sie wird dich heiraten, mein Sohn.«

4

Dax stieg aus der Brandung an Land und ging den Strand hinauf zur Badehütte. Der Sand unter seinen bloßen Füßen war schon warm, und die heiße Floridasonne glitzerte in den Wassertropfen an seinem Körper. Er blickte den Strand entlang und dann über das Bassin hinweg zu dem großen, weißen Winterhaus der Hadleys.
Nichts regte sich so früh am Morgen. Er hatte fast zwei Stunden Alleinsein vor sich. Bei den Hadleys kam nie jemand vor elf Uhr ins Freie. Er ging in die Hütte, um ein Handtuch zu holen.
Im Eingang blieb er stehen, um seine Augen an das Dämmerlicht zu gewöhnen. Dann sah er sie auf der Couch liegen. Zuerst sah er nur das hellblonde Haar, dann setzte sie sich plötzlich auf, und er merkte, daß sie völlig nackt war.
»Ich dachte schon, du kämst überhaupt nicht mehr aus dem Wasser.«
Er nahm ein Handtuch vom Halter und warf es ihr zu. »Du bist verrückt, Sue Ann.«
Sie machte keine Bewegung, um das Handtuch aufzufangen. Es fiel neben der Couch zu Boden. »Alle schlafen noch.«
Er nahm ein anderes Handtuch und ging hinaus. Er breitete es auf dem Sand aus und ließ sich darauffallen. Dann wälzte er sich auf den Bauch und legte sein Gesicht auf die Arme. Kurz darauf spürte er, wie sich der Sand neben ihm bewegte.
Sie hatte einen weißen Badeanzug angezogen, der nur wenig von ihrem üppigen Körper verhüllte. »Was ist los mit dir?« fragte sie ärgerlich. »Und erzähl mir nicht den Quatsch wegen Caroline. Da weiß ich besser Bescheid. Ganz New York hat über dich und Mady Schneider geredet.«
Er antwortete nicht. Statt dessen packte er sie am Knöchel und stieß sie in den Sand.

»Du bist wohl nicht bei Trost?« sagte sie wütend. Dann sah sie seine weißen Zähne in dem dunklen Gesicht. »Oh, Dax!«
Er rollte ein wenig zur Seite. »Schau mal zum Haus hinauf. Aber unauffällig. Die großen Fenster an der Ecke im zweiten Stock.«
»Das ist James Hadleys Zimmer«, sagte sie. »Er beobachtet uns.«
Dax lächelte. »Und auch noch mit einem Feldstecher.« Er drehte sich auf den Rücken und blickte zum Himmel. »Du siehst, wir sind nicht die einzigen, die wach sind.«
»Der alte Bock!« Sie kicherte. »Also auf diese Art unterhält er sich.«
»Da wird er wohl was Besseres haben. Nein, er möchte bloß wissen, was vorgeht.«
»Kein Wunder, daß die Jungen alle so geil sind. Das haben sie vom Alten.«
Dax lachte und stand auf. »Es wird heiß. Ich geh' wieder ins Wasser.«
Als er aus der leichten Brandung hochkam, schwamm Sue Ann mit langen Zügen an ihm vorbei. Er setzte ihr nach und griff nach ihr. Wortlos holte sie Luft und tauchte. Sie packte seine Hose, zog daran, und dann war ihre Hand drinnen und hielt ihn fest.
Ihr Kopf tauchte vor ihm aus dem Wasser. »Ergibst du dich?«
Er spürte die Wärme in seinen Lenden steigen und sah über die Schulter zurück. Das Licht im Eckfenster war noch an. Hadley sah ihnen immer noch zu. Zum Teufel mit ihm, dachte er, es gibt noch keine Feldstecher, mit denen man ins Wasser sehen kann. Er wandte sich zu Sue Ann. »Ein Corteguayaner ergibt sich nie!«
»Nein?« Ihr Griff wurde fester.
Er lachte. Dann faßte er unter Wasser mit den Händen hinter sie und tastete nach dem Saum im Zwickel des seidenen Badeanzugs. Mit einer schnellen Bewegung riß er den leichten Stoff auf und steckte zwei Finger in sie.
Er lachte über die plötzliche Überraschung in ihrem Gesicht. Sie wand sich und versuchte ihn wegzustoßen, aber er hielt sie fest. Dann fanden seine Füße Boden, und sie konnte sich überhaupt nicht mehr rühren. »Du erreichst bestenfalls ein Unentschieden.«
»Laß los«, sagte sie und stieß ihn weg. »Der Alte beobachtet uns!«
»Soll er. Er kann ja nicht sehen, was unter Wasser passiert.«
Plötzlich gab sie nach. »O Gott! O Gott!« Ungestüm kletterte sie an ihm hoch. »Tu ihn rein«, schrie sie wild. »Hinein mit ihm!«
Er spreizte die Beine und drang in sie ein. »Streck die Arme aus und

komm mit deinem Oberkörper nicht so nah«, sagte er heiser. »Dann fällt es nicht auf.«
Sie legte sich im Wasser zurück, die Arme ausgestreckt, die Beine um seine Hüften geschlungen, so, als triebe sie auf dem Wasser. »O Gott«, stöhnte sie, dann wurde sie in seinen Armen schlaff, als sie den Höhepunkt erreichte.
Sie sah lächelnd zu ihm auf. »Das hab' ich gebraucht«, keuchte sie. »Es ist so lange her.« Sie blickte über seine Schulter zum Haus. »Laß mich jetzt lieber los, er schaut immer noch herüber.«
Dax schüttelte den Kopf und gab sie nicht frei.
Sie sah ihn erstaunt an. »Er ist immer noch steif«, rief sie. Sie warf mit einem erstickten Schrei den Kopf zurück, als er nochmals in sie eindrang. »O Gott!« schrie sie. »Ogottogott!«

Hadley war nicht der einzige, der zugesehen hatte. Caroline wandte sich vom Fenster ab, als sie aus dem Wasser auf den Strand kamen. Etwas war zwischen ihnen vorgegangen. Dessen war sie sicher, auch wenn sie nicht hatte sehen können, was und wie. Sie kannte Sue Ann so gut, daß sie es schon an der Art, wie sie ging, erkannte.
Sie trat zurück in das Halbdunkel des Zimmers und legte sich ins Bett. Trotz der Hitze zitterte sie und zog die Bettdecke über sich. Was ist los mit mir, dachte sie. Ich bin nicht einmal eifersüchtig.
Als sie leise Schritte hörte, schloß sie die Augen und tat, als schliefe sie. Als Dax ans Bett kam, schaute sie auf, als sei sie eben erwacht.
»Guten Morgen«, sagte er.
Sie zwang sich zu einem schläfrigen Lächeln. »Wie spät ist es?«
»Kurz nach zehn.« Er betrachtete sie besorgt. »Ist dir nicht gut?«
»Doch. Ich bin nur müde.« Sie setzte sich im Bett auf. »Wie ist es draußen?«
»Herrlich. Ich war im Wasser. Es ist wunderbar warm.« Er ging zum Toilettentisch und schlüpfte aus der Badehose. »Übrigens«, sagte er, als fiele es ihm jetzt ein, »Sue Ann war auch am Strand.«
Sie blickte auf den weißen Streifen um seine Hüften. Es war unglaublich, wie braun er wurde. Sie kannte niemanden, der die Sonne so aufnahm wie er. Er streifte die Armbanduhr ab und trat wieder an ihr Bett.
»Ich denke, wir werden nach Hollywood fahren. Ich habe eine Einladung von Speidel. Er möchte, daß ich Polo spiele.«
Ein kräftiger männlicher Geruch ging von ihm aus. Etwas war ge-

wesen mit Sue Ann, jetzt war sie ganz sicher. »Ist Giselle auch in Hollywood?«
Er zückte die Achseln. »Ich nehme an. Sie hat einen neuen Film.«
Joe Speidel leitete eines der großen Studios. Er war auch Produzent und hielt sich für einen glänzenden Polospieler. Er hatte eine Mannschaft zusammengestellt, die seiner Eitelkeit schmeichelte, und liebte es, hervorragende Spieler einzuladen. Dax war sein Star, der ihm mehr bedeutete als die Oscars auf dem Kamin in seinem Studio.
»Ich gehe duschen«, sagte Dax. In der Tür drehte er sich um. »Was meinst du?« fragte er. »Sollen wir fahren?«
»Ist das irgendwie von Belang?« Dann, als er nicht antwortete, sagte sie: »Meinetwegen. Warum nicht?«
Die Badezimmertür schloß sich.
Caroline stand auf und ging ans Fenster. Sue Ann lag wohlig ausgestreckt wie eine Katze in der Sonne. Ein Tier, dachte sie. Er ist ein Tier. Er würde sich mit allen paaren.

5

Anfangs hatte Caroline in seiner Gegenwart nur Dankbarkeit und Geborgenheit empfunden. Sogar während der langen Wochen in Paris, als sie darauf gewartet hatte, daß die Deutschen das Ausreisevisum bewilligten, hatte sie sich im Konsulat sicher gefühlt. Endlich hatten sie die Bewilligung erhalten. Die Deutschen mußten sie gehenlassen. Sie wagten nicht, die Beziehungen zu Corteguay aufs Spiel zu setzen, solange eine Chance bestand, corteguayanisches Rindfleisch zu bekommen.
Sie fuhren in einem klapprigen alten Zug nach Lissabon und warteten dort auf ein corteguayanisches Schiff, das sie über den Atlantik bringen würde. Auch damals hatte sie sich verhältnismäßig sicher gefühlt. Sie hatte etwas zugenommen, und die Alpträume, die ihr den Schlaf zur Qual gemacht hatten, ließen nach. Bis sie den Mann sah, als sie im Restaurant zu Abend aßen.
Dax merkte, daß sie ganz plötzlich erbleichte. »Was ist los?«
»Dieser Mann dort!« flüsterte sie heiser. »Er will mich zurückholen!«
»Unsinn!« sagte Dax scharf. »Niemand kann dich zurückholen.«
»Er kann es«, beharrte sie. Eisige Furcht krampfte ihr den Magen

zusammen. »Er ist meinetwegen hier. Er weiß, daß er mich dazu bringen kann, alles zu tun, was er will.«
Dax sah sich um. Der Mann trug einen gewöhnlichen grauen Anzug und blickte kein einziges Mal in ihre Richtung. Sein kurzgeschorener blonder Kopf war über den Teller gebegt.
»Bitte, Dax, bring mich nach oben.«
Er stand sofort auf. Er merkte, daß sie einem hysterischen Anfall nahe war. »Komm«, sagte er und nahm ihren Arm.
Sie zitterte, als sie an dem Deutschen vorbeigingen. Sobald sich die Zimmertür hinter ihnen geschlossen hatte, brach sie in Tränen aus.
Er drückte sie an sich. »Hab' keine Angst«, flüsterte er. »Ich werde nicht zulassen, daß er dir etwas tut.«
»Er hat mich zu gräßlichen Dingen gezwungen«, schluchzte sie. »Und die ganze Zeit hat er über mich gelacht, weil er genau wußte, daß ich alles tun würde.«
»Denk nicht mehr daran«, sagte er. Seine Stimme wurde hart. »Ich verspreche dir, daß er dich nie wieder belästigt.«
Am Morgen war sie, noch halb betäubt von drei Schlaftabletten, aufgestanden. Sie zog sich einen Morgenrock an und ging ins Nebenzimmer. Dax saß am Kaffeetisch und rauchte eine seiner dünnen schwarzen Zigarren.
Sie blickte auf die Zeitung neben seinem Teller. Von der Titelseite sprang ihr das Foto des Deutschen entgegen, darunter die fette Schlagzeile:

O ALEMAO ASSASSINADO

Sie sah Dax an. »Er ist tot!«
»Ja«, sagte er. Seine Augen waren von einem Rauchschleier verhüllt. »Ich habe dir versprochen, daß er dich nie wieder belästigen würde.«
Sie hätte beruhigt sein müssen, aber die sachliche Art, in der er gesprochen hatte, ließ ihn plötzlich in einem anderen Licht erscheinen. Und das erschreckte sie fast noch mehr. Es bedurfte also nur eines Wortes, um den Wilden, der sich unter dem zivilisierten Äußeren verbarg, wieder zur Gewalt greifen zu lassen.
Die Alpträume kamen wieder, und erst viele Wochen später, als sie beinahe New York erreicht hatten, begannen sie langsam nachzulassen. Nun konnten sie und Dax sich näherkommen. Eine gewisse Wärme entstand zwischen ihnen, eine Art Liebe. Es war nicht ein

Gefühl, das ihren früheren Vorstellungen von Liebe entsprach, eher die Empfindung, daß er sie beschützen und für sie sorgen würde.
Der Baron hatte sie am Kai abgeholt. Auch der corteguayanische Konsul und Reporter waren erschienen. Es hatte allerlei Aufregung und Verwirrung gegeben, und schließlich saß sie mit ihrem Vater allein in der Limousine, als sie die Park Avenue hinauffuhren. Dax fuhr mit dem Konsul in einem anderen Wagen direkt ins Konsulat. Aber er würde zum Abendessen nachkommen.
Der Baron lehnte sich in seinem Sitz zurück und betrachtete sie mit einem merkwürdig versonnenen Blick.
»Was ist, Daddy?«
Plötzlich traten ihm Tränen in die Augen. »Mein kleines Mädchen. Mein Baby.«
Dann hatte sie ebenfalls zu weinen begonnen. Vielleicht war es die Art, wie er es gesagt hatte, oder die Erkenntnis, daß sie nie wieder sein kleines Mädchen sein würde.
»Nun bist du verheiratet«, sagte der Baron. »Liebst du deinen Mann?«
Caroline sah ihn erstaunt an. Es war, als dächte sie selbst zum erstenmal darüber nach. »Natürlich.«
Der Baron schwieg einen Moment, dann sagte er ruhig: »Er ist ein sehr starker Mann. Und du –«
»Er ist auch sehr liebevoll, Papa.«
»Aber du bist so zart. Ich meine –«
»Es ist alles in Ordnung, Papa. Dax hat Verständnis. Und jetzt, da ich bei dir bin, werde ich auch wieder zu Kräften kommen. Vielleicht sind bald Enkel da, mit denen du spielen kannst –«
»Nein«, sagte der Baron gequält. »Das darf nicht sein.«
»Papa!«
»Verstehst du nicht?« sagte er ungehalten. »Sie könnten kleine Schwarze werden. Es dürfen keine Kinder kommen.«

Sie war gerade aus ihrem leichten Schlaf aufgewacht, als Dax ins Zimmer trat. »Da muß etwas falsch gelaufen sein«, sagte er. »Mein Zimmer liegt auf der anderen Seite der Diele.«
Sie konnte ihm nicht in die Augen sehen. »Papa meinte, es sei vielleicht für eine Weile besser so. Nur solange ich so schwach bin.«
»Ist das auch dein Wunsch?«
»Ich weiß nicht –«
»Für diese eine Nacht spielt es keine Rolle«, sagte er verärgert.

»Aber wenn ich wiederkomme, mußt du wissen, was du willst.« Er ging zur Tür.
»Dax!« rief sie in plötzlicher Angst. »Wo gehst du hin?«
Er wandte sich um. »Ich habe im Konsulat erfahren, daß ich morgen heimfahren muß. Von dort fahre ich wieder nach Europa.«
»Aber wir sind doch eben erst hier angekommen. Du kannst doch nicht schon wieder wegfahren!«
»Nein?« Ein ironisches Lächeln lag auf seinem Gesicht. »Sagt dein Vater das auch?«
Die Tür schloß sich hinter ihm. Langsam traten ihr die Tränen in die Augen. Es war nicht in Ordnung. Nichts war mehr in Ordnung. Wenn sie nur wieder die gewesen wäre, die sie vor dem Kriege war.

Er saß im Morgenrock an dem kleinen Schreibtisch, als sie in der Nacht in sein Zimmer kam. Vor ihm lagen Papiere ausgebreitet. Er sah auf die Uhr. »Es ist fast eins. Du solltest schlafen.«
»Ich konnte nicht schlafen. Was machst du da?«
»Ich lese Berichte. Ich bin mit meiner Arbeit sehr im Rückstand.«
Irgendwie hatte sie ihn nie mit Arbeit in Verbindung gebracht, wenigstens nicht mit langweiliger Routinearbeit. »Ich störe dich sicher«, sagte sie.
Er griff nach einer Zigarette. »Das macht nichts. Eine Ablenkung tut mir ganz gut.«
»Mußt du wirklich wieder nach Europa?«
Er lächelte. »Ich muß dahin, wo mein Präsident mich hinschickt. Das ist mein Leben.«
»Aber der Krieg. Die Gefahren.«
»Mein Heimatland ist neutral. Ich bin neutral.«
»Wie lange noch? Früher oder später treten die USA in den Krieg ein. Und dann auch ganz Südamerika, und dein Land auch.«
»Wenn das der Fall ist, komme ich zurück.«
»Du meinst, wenn dich die Nazis zurücklassen«, sagte sie düster.
»Solche Dinge unterstehen internationalem Recht.«
»Ich weiß, was die Nazis von internationalem Recht halten.«
»Aber es ist mein Beruf. Ich habe gar keine andere Wahl.«
»Du kannst deinen Posten aufgeben.«
Er lachte. »Und was soll ich dann machen?«
»Mein Vater würde sich freuen, wenn du in die Bank gehst.«
»Nein, danke. Ich fürchte, ich wäre kein guter Bankier. Dafür bin ich nicht der Richtige.«

»Aber es gibt doch bestimmt irgend etwas, was du tun kannst.«
»Natürlich.« Er lächelte wieder. »Aber als professioneller Polospieler verdient man nicht sehr viel.«
»Du behandelst mich wie ein Kind«, sagte sie verdrossen. »Ich bin kein Kind mehr.«
»Ich weiß.«
Er blickte sie an. Sie wurde rot und sah zu Boden. »Ich war auch keine Frau für dich, nicht wahr?«
»Du hast sehr viel durchgemacht. Es dauert seine Zeit, bis man das überwunden hat.«
Sie sah ihn immer noch nicht an. »Ich möchte dir eine gute Frau sein. Ich danke dir sehr für das, was du für mich getan hast.«
Er drückte seine Zigarette aus und stand auf. »Bedanke dich nicht. Ich habe dich geheiratet, weil ich es wollte.«
»Aber du hast mich nicht geliebt.« Es war mehr eine Feststellung als eine Frage. »Da war doch diese Giselle.«
»Ich bin ein Mann«, sagte er. »Es hat immer Frauen für mich gegeben.«
»Sie war nicht einfach irgendeine«, beharrte Caroline. »Ihr habt euch geliebt. Das habe ich sogar gemerkt.«
»Und wennschon. Ich habe dich geheiratet.«
»Warum hast du mich geheiratet? Weil es die einzige Möglichkeit war, mich den Nazis aus den Händen zu reißen?«
Er antwortete nicht.
»Möchtest du, daß wir uns scheiden lassen?«
Er schüttelte den Kopf. »Nein. Möchtest du das?«
»Nein. Kann ich eine Zigarette haben?«
Schweigend reichte er ihr die Dose. »Ich wollte dich heiraten«, sagte sie. »Schon vor dem Krieg hatte ich mir das überlegt. Aber –«
»Aber –?«
»Im Gefängnis.« Ihr stiegen die Tränen in die Augen. »Du weißt nicht, was ich empfunden habe. Ich war nicht rein. Was sie mit mir taten. Manchmal möchte ich wissen, ob ich mich je wieder rein fühlen werde.«
Jetzt weinte sie und konnte nicht aufhören. Er bettete ihren Kopf in seinen Schoß. »Hör auf«, sagte er sanft. »Du mußt aufhören, dich selbst anzuklagen. Ich weiß, wozu einen die Angst treiben kann. Als Kind habe ich meinem eigenen Großvater eine Kugel ins Herz geschossen, um nicht selber umgebracht zu werden.«
Sie sah ihm ins Gesicht. Es waren Furchen darin, die sie noch nie

bemerkt hatte, Furchen der Not und Sorge. Plötzlich erwachte ihr Mitgefühl. »Entschuldige«, flüsterte sie. »Es war dumm von mir, nur an mich zu denken.«
Sein Blick war liebevoll. »Komm, es ist Zeit für dich, wieder ins Bett zu gehen.«
Sie schob seine Hand zurück. »Ich möchte die Nacht mit dir verbringen. Es ist Zeit, daß ich deine Frau werde, statt bloß das Mädchen zu sein, das du geheiratet hast.«
Und sie versuchte es. Sie bemühte sich wirklich. Als aber der Augenblick kam und er in sie eindrang, empfand sie nichts als Panik. Sie konnte nur an das Gefängnis denken und an die langen Sonden, die sie benutzt hatten, um sie zu foltern.
Sie schrie und tobte und drückte ihn von sich weg. Dann barg sie ihr Gesicht in den Kissen und weinte. Nach einer Weile schlief sie ein. Als sie am Morgen erwachte, war Dax bereits abgereist.

6

Der Satz war in Carolines Gedächtnis haftengeblieben: »Ich bin ein Mann. Es hat immer Frauen für mich gegeben.« Krieg und Nachkriegszeit hatten vieles verändert, aber das nicht. Immer gab es Frauen für ihn, wo er auch war.
Einmal, gegen Ende des Krieges, hatte ein besonders auffälliger Skandal den Zeitungen Schlagzeilen geliefert. Damals war ihr Vater wütend zu ihr gekommen. »Was gedenkst du zu unternehmen?«
Die Überschrift auf der Titelseite des New Yorker Boulevardblattes lautete:

INTERNATIONALER PLAYBOY UND DIPLOMAT ALS MITSCHULDIGER BEI EHEBRUCH

In Rom, wo Dax unter diplomatischer Immunität lebte, war er beschuldigt worden, ein Verhältnis mit der Frau eines italienischen Grafen zu haben. »Dax wird sich freuen«, sagte Caroline trocken. »Sie haben wenigstens ›Diplomat‹ geschrieben.«
»Ist das alles, was du dazu zu sagen hast?« fragte ihr Vater.
»Was soll ich sonst dazu sagen?«
»Er macht dich lächerlich. Und mich. Unsere Familie. Die ganze Welt lacht uns aus.«

»Wenn ein Mann von zu Hause fort ist, kann man kaum erwarten, daß er sich nicht mit Frauen einläßt.«
»Was heißt Mann«, gab ihr Vater wütend zurück. »Er ist ein Tier.«
»Papa, warum regst du dich so auf? Schließlich ist er mein Mann.«
»Freut dich diese Art von Berühmtheit?«
»Nein. Aber ich kann nichts gegen die Schlagzeilen machen. Was soll ich denn nach deiner Meinung tun?«
»Laß dich scheiden.«
»Nein.«
»Ich verstehe dich nicht.«
»Richtig, Papa. Du verstehst mich nicht. Du verstehst auch Dax nicht.«
»Und du verstehst ihn?«
»In gewisser Weise, ja«, sagte Caroline nachdenklich. »Wenn eine Frau den Mann, mit dem sie verheiratet ist, überhaupt je verstehen kann. Vielleicht hast du recht, Dax reagiert tatsächlich wie ein Tier. Auf Haß und Gefahr mit Gewalt; wenn er Mitleid fühlt, mit Freundlichkeit und Verständnis; auf eine Frau –« Sie zögerte. »Auf eine Frau reagiert er als Mann.«
Nach einer Weile sagte ihr Vater: »Du willst also nichts unternehmen?«
»Nein. Sieh mal, Dax wußte das alles, und er hat mich trotzdem geheiratet. Es war die einzige Möglichkeit, mir zu helfen. Aus diesem Grunde würde ich nie die Scheidung von ihm verlangen. Wenn er sie will, werde ich mich nicht weigern. Aber bis dahin will wenigstens ich meinerseits den Vertrag einhalten.«
Doch das wurde mit der Zeit immer schwieriger. Dax' Rückkehr hatte die Dinge für sie nicht einfacher gemacht. Es war etwas anderes, nur davon zu hören, was in dreitausend Meilen Entfernung geschah, als tagtäglich damit zu leben.
Da war zum Beispiel diese Geschichte mit Mady Schneider in New York. Dieses dumme Stück hatte ihren Mann verlassen, sich im Hotel einquartiert und allen ihren Freunden erzählt, daß sie und Dax heiraten würden.
Die Zeitungen hatten davon Wind bekommen, und einer der Reporter war bei ihnen aufgekreuzt, als sie gerade im Begriff waren, nach Palm Beach zu fahren.
Dax hatte gelächelt, als der Reporter seine Fragen stellte. »Ich fürchte, Sie sind falsch informiert. Mrs. Schneider und ich sind gute Freunde, nichts weiter. Das ist eine völlig klare Sache.« Er wies auf

das Gepäck. »Wie Sie sehen, reisen meine Frau und ich nach Palm Beach, um Freunde zu besuchen.«
Auf dem Weg zum Flugplatz hatte Dax gesagt: »Es tut mir leid, daß man dich damit behelligt.«
»Entschuldige dich nicht. Ich habe mich allmählich daran gewöhnt.«
Sie waren schon fast am Flugplatz, als er sich an den Brief in seiner Tasche erinnerte. »Der ist heute morgen für dich gekommen. Entschuldige. Ich hatte ihn ganz vergessen.«
Sie nahm wortlos den Brief. Er war von ihrem Vater.
»Robert hat geheiratet!«
»Ich weiß.«
Sie blickte Dax erstaunt an. »Woher? Warum hast du es mir nicht gesagt?«
»Es stand im diplomatischen Fernschreiben aus Paris. Ich dachte, du würdest es lieber von Robert oder deinem Vater erfahren.«
»Was ist das für ein Mädchen? Der Name sagt mir nichts.«
»Denisonde. Mit der hat Robert es bestimmt gut getroffen.«
»Kennst du sie?«
Dax nickte. »Sie war mit ihm in der Widerstandsbewegung. Sie hat ihm damals das Leben gerettet.«
»Dann ist es also die, mit der er zusammengelebt hat.«
Offenbar wußte Caroline Bescheid. »Ja, die ist es.«
Plötzlich füllten sich ihre Augen mit Tränen. Armer Papa, dachte sie. Er hat nicht viel Freude mit seinen beiden Kindern.

Als Caroline herunterkam, saß nur James Hadley auf der Terrasse. Er stand auf und rückte ihr einen Stuhl zurecht. »Guten Morgen, meine Liebe.«
»*Bonjour,* Monsieur Hadley.« Sie lächelte. »Komme ich zu spät?«
»Nein, meine Liebe. Die anderen sind zu früh gekommen. Sie sind segeln gegangen. Immer müssen sie irgend etwas unternehmen. Sie können nicht stillsitzen.«
»Heute ist ein schöner Tag zum Segeln«, sagte sie.
»Ja. Aber ich werde ihre Abwesenheit benutzen, um mich an den Strand zu legen. Einen Tag für sich allein hat man hier nur sehr selten.«
Caroline lächelte. »Ich hatte vor, in Palm Beach ein paar Einkäufe zu erledigen.«
Wie zufällig legte er seine Hand auf die ihre. »Können Ihre Einkäufe

nicht warten? Warum nutzen Sie nicht auch einen ruhigen Tag am Strand aus?«
Sie blickte auf seine Hand hinunter; sie war braungebrannt, kräftig und erstaunlich jugendlich. »Wenn Sie meinen, daß ich Sie nicht störe?«
Sie spürte seinen anerkennenden Blick, als sie aus der Badehütte kam. »Sie sehen ganz entzückend aus.«
Sie errötete. »Sie übertreiben. Ihre amerikanischen Mädchen, die sind wirklich reizend. Groß, langbeinig. Ich bin zu klein.«
»Ich mag kleine Frauen«, sagte er. »Ein Mann fühlt sich größer neben einer kleinen Frau.«
Sie rieb sich mit Sonnencreme ein. »Ich bekomme leicht einen Sonnenbrand. Etwas Schatten wäre mir lieber.«
»Im Badehaus ist ein Sonnenschirm«, sagte er. »Ich hole ihn.«
Er stand auf und ging zur Badehütte. Sie wußte, daß er in den Endfünfzigern war, fast so alt wie ihr Vater. Aber er sah viel jünger aus.
Kurz darauf kam er mit dem Sonnenschirm wieder. »Ist es so besser?«
»Viel besser.« Sie lächelte und reichte ihm die Sonnencreme. »Ich hätte noch eine Bitte. Würden Sie mir meinen Rücken einreiben?«
Seine Finger waren zart, und Caroline schloß für einen Moment die Augen. Als er die Frage stellte, war sie nicht im geringsten verwundert. »Lieben Sie ihn eigentlich?«
Zuerst war sie um eine Antwort verlegen. »Wen?« fragte sie, ein wenig töricht.
»Dax«, antwortete er schroff. »Ihren Mann.«
Sie schwieg einen Augenblick und sagte dann vorwurfsvoll: »Sie hatten die Absicht, mit mir allein zu sein. Deshalb sind Sie nicht mit den anderen segeln gegangen.«
»Natürlich«, sagte er, ohne zu zögern. »Aber Sie haben meine Frage nicht beantwortet.«
»Auf diese Frage habe ich keine Antwort.«
Wieder legte Hadley seine Hand auf die ihre. »Das ist Antwort genug.« Er blickte ihr ruhig in die Augen. »Und wie lange soll es noch so weitergehen?«
»Bis es vorbei ist«, flüsterte sie.
»Es ist schon längst vorbei. Aber keiner von euch ist erwachsen genug, um es zuzugeben.«
»Es ist nicht seine Schuld«, sagte Caroline schnell, »sondern meine. Etwas ist mit mir nicht in Ordnung.«

»Alles ist in Ordnung.«
»Nein. Während des Krieges – die Nazis haben mir etwas angetan . . . Ich bin keine Frau mehr.«
»Sie meinen, Sie sind keine Frau für ihn. Das heißt nicht, daß Sie nicht für den richtigen Mann eine Frau sein könnten.«
Ihr rannen die Tränen über die Wangen. »Ich habe versucht, eine Frau für ihn zu sein. Wirklich, ich habe es versucht. Aber ich konnte nicht.« Sie wandte ihr Gesicht ab. »Ich fürchte, ich könnte es bei keinem Mann.«
»Woher wissen Sie das? Haben Sie es je versucht?«
Carolines Tränen waren versiegt. Irgendwie fühlte sie sich wie ein ganz junges Mädchen. Als ob er in ihren Kopf und in ihr Herz sehen könnte, als ob es kein Geheimnis vor ihm gäbe.
»Müssen Sie diese blödsinnige Hollywoodreise mit ihm machen?« fragte er.
»Ich – ich habe es versprochen.«
»Müssen Sie?« wiederholte er.
»Was wollen Sie von mir?«
»Morgen fahre ich wieder nach dem Norden. Ich möchte, daß wir uns dort treffen.«
Caroline holte tief Atem. »Wenn Sie ein Abenteuer mit mir suchen, werden Sie, fürchte ich, enttäuscht sein.«
Er sagte nichts.
»Und wenn Sie mich als Geliebte haben wollen, so würde das ebenfalls nicht gutgehen. Heimlichkeiten liegen mir nicht.«
»Da müßte ich Ihnen zuerst beweisen, daß Sie eine Frau sind.«
Er nahm ihr Gesicht und küßte sie. In ihr war eine Wärme, wie sie sie seit langem nicht gespürt hatte. Als Hadley sie losließ, sah er ihren verwirrten Blick. »Ich weiß nicht –«
Aber sie wußte es. An diesem Abend sagte sie Dax, daß sie nach New York zurückkehren werde. Er müsse allein an die Westküste fahren.

7

»Ich habe schon genug Schiffe«, sagte Abidijan. »Wenn du glaubst, daß du ein so gutes Geschäft damit machst, dann kauf sie. Aber wegen des Geldes komm bitte nicht zu mir. Schließlich habe ich dich schon aus dem Zuckergeschäft herauskaufen müssen.«

Marcel stand auf. »Du hast keinen Verlust dabei gehabt«, sagte er verkniffen. Das stimmte. Sie hatten schließlich beide eine Menge Geld damit verdient.
Plötzlich lächelte Abidijan. »Wenn ich dir einen Rat geben soll, warum wendest du dich nicht an deinen Teilhaber, Hadley? Er kann deine Pläne doch mit den Gewinnen finanzieren, die du für ihn aus der corteguayanischen Konzession erzielt hast. Ich habe nichts dagegen, wenn du ihm zu einem kleinen Aderlaß verhilfst.«
Marcel lächelte wider Willen. Hadley war Amos' größter Konkurrent. Sein Schwiegervater hatte zwar mit den Griechen eine Frachtvereinbarung getroffen, aber Hadley störte das nicht im geringsten. Er unterbot sie unaufhörlich.
Abidijan stand auf und kam hinter dem Schreibtisch hervor. »Ich spreche mit dir wie ein Vater. Wozu brauchst du mehr Geld? Du hast Geld genug. Du hast eine Frau, drei schöne Kinder. Und eines Tages, wenn ich nicht mehr bin, gehört dir das alles hier.« Seine Geste umschloß das ganze Büro.
Gewiß, dachte Marcel, alles gehört mir. Aber in Wirklichkeit wird es Anna und ihren Schwestern gehören. Auch meinen Kindern. Nur nicht mir.
Marcel verließ seinen Schwiegervater und ging in sein eigenes Büro.
»Mr. Rainey hat angerufen, während Sie fort waren. Ich habe seine Telefonnummer in Dallas notiert«, sagte seine Sekretärin.
»Rufen Sie zurück.« Marcel sank in den Schreibtischstuhl und betrachtete nachdenklich die Papiere. »Regierungs-Überschußgüter«, lautete die Überschrift. Und unter dem, was die Regierung zum Verkauf anbot, befanden sich einhundertfünfunddreißig Tanker. Es war schon das dritte Angebot. Wenn die Tanker auch dieses Mal nicht verkauft wurden, würde man sie verschrotten.
Ärgerlich legte Marcel die Papiere zurück. Sein Schwiegervater war ein Narr. Ebenso die Griechen. Sie interessierten sich nur für Frachter. Tanker hatten sie genug. Jetzt, da der Krieg vorbei war, gab es weit gewinnbringendere Frachten als Öl.
Das Telefon läutete. Marcel meldete sich.
»Cal Rainey.« In dem gedehnten Texanisch spürte man einen Unterton der Erregung. »Sie haben recht gehabt. Es ist mir gelungen, die geologischen Gutachten zu bekommen. Vor Venezuela gibt es Ölvorkommen, und es scheint, daß sie den ganzen Kontinent entlanglaufen.«
»Auch vor Corteguay?«

»Höchstwahrscheinlich.«
»Wie steht's mit der anderen Sache?«
»Man hat Interesse«, sagte Rainey, »will aber erst verhandeln, wenn man sicher ist, daß Sie den Transport garantieren können. Abidijan und die Griechen haben ihnen erklärt, daß die Kosten zu hoch wären!«
»Ich verstehe.« Marcel holte tief Atem. Wieder einmal stand er im Spielsaal von Macao und sah zu, wie die Karten umgedreht wurden, eine nach der anderen. Das Glück hing von jeder einzelnen ab, und man wußte nie, ob einen die nächste nicht ruinieren würde. Aber das Zauber lag gerade darin; es war die Faszination der Gefahr, die ihn anzog wie ein Magnet.
Vielleicht hatte sein Schwiegervater recht. Er brauchte das Geld nicht. Aber er konnte nicht aufhören. »Sagen Sie ihnen, daß ich den Transport garantiere.«
»Aber man wird wissen wollen, wie Sie das garantieren können.«
»Ich bringe eine Liste der vorhandenen Schiffe mit, wenn ich übermorgen komme.« Er legte auf.
Marcel wartete einen Augenblick, dann drückte er auf den Knopf für seine Sekretärin. »Verbinden Sie mich mit dem Kriegsüberschuß-Beauftragten«, sagte er.
»Jawohl, Mr. Campion.«
»Einen Augenblick. Vorher geben Sie mir noch das corteguayanische Konsulat. Ich möchte Mr. Xenos sprechen.«
Kurz darauf summte sein Telefon. »Mr. Xenos befindet sich nicht in New York. Man weiß nicht, wo er sich gegenwärtig aufhält.«
Marcel überlegte einen Augenblick. Dax mußte irgendwo in der Nähe sein. Er hatte erst am vergangenen Abend Caroline mit einer Gruppe von Leuten, darunter James Hadley, in El Morocco gesehen.
»Ich werde versuchen, ihn über den anderen Apprat zu erreichen.«
Er griff nach dem zweiten Telefon und wählte die Nummer von Dax' Wohnung im Stadthaus der de Coynes. Ein Diener meldete sich.
»Ist Mr. Xenos zu Hause?«
»Nein, Sir.«
»Dann Madame Xenos.«
»Madame Xenos ist gestern nach Boston gefahren, Sir.«
»Zusammen mit Mr. Xenos?«
»Nein, Sir, Mr. Xenos ist in Hollywood. Mrs. Xenos ist in Boston im Ritz zu erreichen.« Er wählte das Ritz in Boston. »Mrs. Xenos, bitte.«

Eine Männerstimme meldete sich.
»Mrs. Xenos, bitte.«
»Wer ist am Apparat?«
»Mr. Campion.«
Marcel hörte, daß der Hörer niedergelegt wurde. Dann vernahm er im Hintergrund eine Männer- und eine Frauenstimme.
»*Allô*, Marcel?« Carolines Stimme klang nervös.
Marcel ging auf französisch über. »Es tut mir leid, daß ich Sie störe, aber ich muß mit Dax sprechen. Können Sie mir sagen, wo er ist?«
»Er ist bei Monsieur Speidel in Beverly Hills, Marcel. Ist irgend etwas los?« Ihre Stimme klang immer noch nervös.
»Nur geschäftlich. Aber ich muß ihn sprechen.«
Sie wechselten noch ein paar höfliche Worte, dann hängte sie ein.
Erst zehn Minuten später, mitten in seinem Gespräch mit dem Kriegsüberschuß-Büro, fiel es ihm ein. Einen Augenblick war er so überrascht, daß ihm fast der Faden seines eigenen Gesprächs entglitt. Die Stimme des Mannes. Kein Zweifel. Niemand sonst hatte diese irisch gefärbte Bostonaussprache. Niemand außer James Hadley.
Ein paar Minuten später hatte er einen Privatdetektiv am Telefon, der schon früher Aufträge für ihn ausgeführt hatte. Abends um sechs wußte er die ganze Geschichte.
Sie mußten verrückt sein. Sie hatten kaum den Versuch gemacht, ihre Spuren zu verwischen. Sie wohnten sogar in dem Appartement, das für Hadleys Gesellschaft in dem Hotel zur Verfügung gehalten wurde.
Aber das war nicht alles, was Marcel in der Hand hatte. Er besaß nun einhundertdreißig Liberty-Schiffe, Öltanker Klasse zwei. Zu einem Durchschnittspreis von hunderttausend Dollar. Und er benötigte bis morgen abend mindestens fünfzig Prozent des Kaufpreises, sechseinhalb Millionen Dollar.
Am nächsten Morgen wartete Marcel bereits in James Hadleys Büro in Boston, als Hadley hereinkam. Hadley tat nicht überrascht. »Ich habe Sie halb und halb erwartet.«
An dem Mann war etwas, was Marcel bewunderte. Plötzlich wurde es ihm klar. Hadley war eine Spielernatur wie er selbst. »Wirklich? Wieso?«
»Mrs. Xenos ist gestern abend nach New York zurückgefahren.«
»Sie meinen, heute morgen«, sagte Marcel, der den Bluff durchschaute. Er war durch und durch Franzose. Er wußte Bescheid über

Liebesaffären und daß nichts einen solchen Abend zu stören vermochte.
Hadley setzte sich hinter seinen Schreibtisch. Eine merkwürdige Blässe überzog sein sonnenverbranntes Gesicht. »Sie ist noch im Hotel.«
»Das ist Ihre Angelegenheit«, sagte Marcel ruhig. »Ich bin gekommen, um meine zu diskutieren.«

8

Cal Rainey wartete auf dem Flughafen, als Marcel durch die Sperre kam. Der magere Texaner kam mit ausgestreckter Hand auf ihn zu. »Willkommen in Dallas, Mr. Campion.«
Marcel lächelte. »Freut mich, Sie wiederzusehen, Mr. Rainey. Entschuldigen Sie, daß ich so spät komme, aber leider wurde ich in Boston aufgehalten.«
»Macht nichts, Mr. Campion. Alle Vorbereitungen sind getroffen. Sobald Sie Ihr Gepäck haben, fliegen wir zur Ranch. Mr. Horgan hat uns sein Privatflugzeug zur Verfügung gestellt.«
Marcel sah ihn erstaunt an. »Ich dachte, wir wollten uns hier in Dallas treffen? Ich habe einen Freund gebeten, von Los Angeles herüberzufliegen.«
»Kein Problem, Mr. Campion. Alle Ihre Freunde sind auf der Ranch willkommen. Wann erwarten Sie ihn?«
»Gegen Mitternacht. Das sind nur noch zwei Stunden.«
»Gut, Mr. Campion. Dann gehen wir so lange in die Bar.« Als der Kellner die Drinks gebracht hatte, sagte Rainey: »Mr. Horgan war der Meinung, daß die Besprechungen am besten über das Wochenende auf seiner Ranch stattfinden sollten. Dallas ist in gewisser Weise immer noch eine Kleinstadt. Es könnte Gerede geben.«
Marcel lächelte. Vorsicht konnte nicht schaden. Je weniger Leute davon wußten, desto besser. Er sah sich im Raum um. »Gibt es hier ein Telefon? Ich möchte zu Hause anrufen.«
»Im Vorraum sind Telefonzellen.«
Anna war aufgeregt, als er sie erreichte. »Was machst du in Dallas? Ich dachte, du seist in Boston.«
»Es hat bestimmte Gründe. Ich hatte keine Zeit mehr, dich anzurufen, bevor ich abflog.« Er konnte Anna nichts über seine Pläne sagen. Sie würde es sofort Amos hinterbringen.

»Wie geht es den Kindern?«
»Den Zwillingen geht es gut, aber ich glaube, der kleine Amos bekommt eine Erkältung.«
»Hast du den Arzt geholt?«
»Wozu? Es ist doch bloß ein Schnupfen.«
Anna war in persönlichen Dingen ebenso knauserig wie Amos.
»Wenn er Fieber hat, ruf den Doktor.«
»Er hat kein Fieber«, sagte Anna bockig, »und ich halte ihn von den Mädchen fern.«
»Na gut.« Marcel wußte nicht, was er sonst noch mit ihr reden sollte. »Wie ist das Wetter?«
»Es regnet. Wann kommst du zurück?«
»Ungefähr Mitte der Woche.«
»Wo bist du zu erreichen, falls Daddy mit dir sprechen will?«
Marcel schwieg einen Moment. »Ich bin unterwegs. Sag Amos, ich werde ihn anrufen.« Er zögerte. »Ich melde mich dann auch bei dir.«
Nachdenklich ging Marcel in die Bar zurück. Er zweifelte keinen Augenblick, daß Anna in diesem Moment bereits mit Amos telefonierte. Es war gut, daß er nicht in Dallas blieb. Nun würde der Alte beträchtlich länger brauchen, um herauszufinden, was er machte. Und inzwischen wäre es für Amos zu spät, um in dieser Sache noch etwas zu unternehmen.

»Da unten liegt die Ranch«, sagte der Pilot der sechssitzigen Bonanza. »Die Landebahn liegt etwa eineinhalb Meilen dahinter.«
Marcel blickte aus dem Fenster. Es war eine dunkle Nacht, und er konnte nicht viel sehen. Bloß ein paar Lichter und die Umrisse eines Hauses.
Im Sitz neben ihm schlief Fat Cat. Vor ihm saß Dax mit Giselle D'Arcy, neben dem Piloten Rainey.
Vielleicht war es ganz gut, daß Dax die Schauspielerin mitgebracht hatte. Wenn Giselle dabei war, würden nur wenige Leute den wahren Zweck des Besuches erraten. Es würde eher wie ein geselliges Wochenende aussehen.
Der Pilot drückte auf einen Knopf des Armaturenbretts. Auf dem Flugfeld gingen die Lichter an. »Funksignal«, sagte er lakonisch. »Schaltet die Landelichter ein. Erspart einen Mann, der die ganze Nacht Dienst machen muß. Alles angeschnallt?«
Als sie aus dem Flugzeug stiegen, wartete bereits ein Kombiwagen.

Der Fahrer, ein schlanker Mann in Cowboytracht, stieg aus. »Willkommen auf der Horgan-Ranch, meine Herrschaften«, rief er fröhlich. »Steigen Sie schon ein und nehmen Sie einen Drink. Ich hole inzwischen Ihr Gepäck.«
Gleich hinter dem Fahrersitz befand sich eine komplett eingerichtete kleine Bar. Rainey goß bereits die Gläser voll.
»Einen solchen Wagen habe ich nicht einmal in Hollywood gesehen«, sagte Giselle.
»Sie werden ihn auch nirgends sonst zu sehen bekommen, Madam«, lächelte Rainey. »Er wurde speziell für Mr. Horgan von den Cadillac-Leuten gebaut.«
Giselle blickte Marcel an und lächelte. »Diese Amerikaner«, sagte sie auf französisch. »Sie setzen einen immer wieder in Erstaunen.«

Marcel hörte ein leises Klopfen an der Tür. Auf sein »Herein« erschien Dax.
»Ich dachte, wir beide sollten erst einmal miteinander reden. Was ist das für eine mysteriöse Angelegenheit, die so wichtig ist, daß ich herkommen mußte?«
Marcels Stimmte senkte sich zu einem Flüstern. »Öl vor der Küste.«
Dax sah ihn verblüfft an. »Öl?«
»Im Golf von Mexiko. Vor der Küste von Texas und Louisiana. Man hat am Meeresgrund Öl gefunden.«
»Was haben wir damit zu tun?«
»Horgan war daraufgekommen, aber die anderen haben ihn aus dem Geschäft gedrängt. Er war wütend und hat ein Team von Geologen nach Venezuela geschickt. Und nun haben sie dort ein Vorkommen entdeckt, das nach ihrer Meinung noch größer ist.«
»In den Zeitungen stand kein Wort davon. Woher hast du es erfahren?«
»Von dem Kapitän eines meiner Trampschiffe. Er versuchte dort unten Fracht aufzutreiben, und man bot ihm eine Charterung an. Die Bezahlung war gut, also hat er zugegriffen. Sie waren recht gerissen, aber er ist auch nicht dumm. Er hat nicht lange gebraucht, um herauszufinden, was man vorhatte. Als ich davon hörte, habe ich Cal Rainey losgeschickt. Nach zwei Tagen hat er es mir bestätigt. Deshalb sind wir hier.«
»Warum ich?«
»Begreifst du nicht? Das Ölvorkommen läuft wahrscheinlich die

ganze Küste entlang. Das einzige Land in Südamerika, das keinen Aufschließungsvertrag mit den Ölgesellschaften hat, ist Corteguay.«
»Das ist es also. Du willst die Konzession für die Bohrrechte?«
»Was soll ich damit?« sagte Marcel. »Ich bin nicht im Ölgeschäft. Das interessiert Horgan und seine Teilhaber. Was ich will, ist der Transport, und zwar nicht nur von diesem Öl, sondern von allen ihren Ölquellen in der ganzen Welt. Ich denke, soviel müßten ihnen die Aufschließungsrechte für Corteguay wert sein.«
»*El Presidente* wird genau wissen, was diese Rechte wert sind.«
»Er wird von Horgan nicht weniger bekommen als von jedem anderen. Außerdem hat er, wenn er sich an mich hält, einen zusätzlichen Vorteil: eine Schiffahrtslinie, die sich ausschließlich im corteguayanischem Besitz befindet. Keine fremden Teilhaber. Kein Hadley, kein Abidijan, keine de Coynes, keine Griechen. Nur wir drei.«
Dax war aus dem Alter längst heraus, in dem man sich Illusionen macht. Sein Weltbild war völlig anders als das seines Vaters. Trotz aller Korruption ging es dem Volk schließlich besser als je zuvor. An der ganzen Idee gab es nur eine schwache Stelle. »Woher sollen die Schiffe kommen?«
»Gestern habe ich einhundertdreißig Tanker aus dem Überschußangebot der Amerikaner erworben.«
Dax pfiff durch die Zähne. Er konnte die Kosten abschätzen. »Und was machst du, wenn dieses Geschäft nicht zustande kommt?«
Marcel zündete sich eine Zigarette an, ehe er antwortete. Er schwenkte das Streichholz, bis es erlosch. »Dann bring' ich mich um«, sagte er ruhig. »Wenn das Geschäft nicht zustande kommt, kann ich die Tanker nicht bezahlen.«

9

Es war kurz nach sieben. Dax trug ein altes Hemd und eine verschossene Arbeitshose. Er ging durch das leere Speisezimmer in die Küche. Von den Gästen war noch niemand erschienen.
Fat Cat blickte auf, als er in die Tür trat. »Komm rein«, sagte er mit vollem Mund kauend. »Die kann kochen.«
Die Mexikanerin lächelte einfältig.
»Später«, sagte Dax. »Ich dachte, wir könnten vor dem Frühstück ein paar ihrer berühmten Pferde ausprobieren.«

Sie gingen durch die Küchentür in die helle Morgensonne hinaus. Fat Cat blinzelte zu dem klaren blauen Himmel hoch. »Heute wird es heiß.«
Dax antwortete nicht. Er ging voran zu den Ställen. Drei Stallknechte waren im Korral und versuchten, einer ungebärdigen jungen Stute den Sattel aufzulegen. Die beiden lehnten sich über den Zaun. Jedesmal, wenn sich einer der Stallburschen dem Tier näherte, drehte es sich, die Ohren flach am Kopf, die Zähne gebleckt.
»Die Stute ist sehr nervös, wie?« rief Fat Cat freundlich.
Die Männer sagten nichts. Einer ging auf die Stute zu, aber sie sprang zur Seite.
»Warum bedecken Sie ihr nicht die Augen?«
Wieder schwiegen die Stallknechte.
»Ich dachte, wir könnten ein paar Pferde haben«, rief Dax.
Diesmal hielten alle in ihren Beschäftigungen inne und blickten Dax an. Sie betrachteten das alte Hemd und die abgenützten Arbeitshosen, ehe einer von ihnen antwortete. »Mistah Horgan erlaubt keinem dreckigen Mexikaner, seine Pferde zu reiten.«
Dax' Gesicht verriet nicht, was er dachte; nur seine Augen waren plötzlich dunkel und drohend. »Nicht mal dieses Pferd hier?«
Die drei Männer begannen zu grinsen. Der eine, der geantwortet hatte, wandte sich an Dax. »Wenn du ihr den Sattel auflegst, kannste sie reiten.«
»Danke«, sagte Dax höflich. Er legte beide Hände auf den Zaun und sprang hinüber.
Fat Cat bückte sich, um durchzukriechen, aber er war zu dick. Als er sich aufrichtete, sah er das Grinsen auf ihren Gesichtern. Ärgerlich stellte er einen Fuß auf die unterste Stange, um hinüberzuklettern. Aber die Stange brach unter seinem Gewicht.
Ihr brüllendes Gelächter dröhnte ihm in den Ohren. Aber er lächelte freundlich. »Ich glaube, ich gehe lieber durch den Eingang.«
Er öffnete das Tor und betrat den Korral. »Eure Zäune sind nicht für das Gewicht von Männern gebaut. Sie sind wohl eher für kleine Jungen.«
»Nicht für Männer wie dich, Mex«, sagte der Jüngste von ihnen.
»Ich bin kein Mexikaner, *señor*«, sagte Fat Cat würdevoll. »Ich bin Corteguayaner.«
»Egal«, sagte der Mann, der den Sattel in der Hand hatte. »Sind alles Dreckländer.«
»Nimm den Sattel«, rief Dax, ehe Fat Cat antworten konnte.

Wortlos nahm Fat Cat den Sattel. Der Mann, der bis dahin den Sattel gehalten hatte, ergriff einen Lasso und begann ihn müßig zu wirbeln. Dax nahm das Leitseil der Stute. »Geht zurück zum Zaun, Leute«, sagte er freundlich. »Ihr macht sie nervös.«
Schweigend zogen sich die Männer an den Zaun zurück. Dax flüsterte dem Tier leise spanische Worte zu. »Du bist die schönste aller Stuten.« Pferde und Frauen – sie waren gleich; sie liebten Schmeicheleien. Er redete weiter leise auf sie ein, bis sie schließlich zuließ, daß er ihren Kopf an seine Brust nahm und ihr mit dem Arm die Augen abschirmte. Er nickte Fat Cat zu.
Im Handumdrehen war der Sattel aufgelegt und festgezogen. Ehe die Stute Zeit gehabt hatte zu reagieren, saß Dax bereits oben, seine Schenkel fest in ihre Seiten gepreßt. Die Stute ging kerzengerade in die Luft und kam steifbeinig zu Boden.
Dax fing den Stoß mit den Beinen ab, während er die ganze Zeit leise auf die Stute einsprach. Plötzlich ging sie los, bockte und schüttelte sich, aber es gelang ihr nicht, den Reiter abzuwerfen. Dann war sie mit ihrer Kraft am Ende und blieb mit keuchenden Flanken stehen.
Dax zog die Zügel an und begann, sie durch den Korral zu reiten. Vor den Stallknechten am Zaun wendete er sie, bis ihr Hinterteil ihnen zugekehrt war, dann glitt er geschickt aus dem Sattel. »Jetzt braucht ihr keine Angst mehr vor ihr zu haben.«
Sie starrten ihn an. Er streichelte immer noch den Hals der Stute.
»Hast du Angst gesagt?« Die Stimme des Mannes war heiser, der Lasso kreiste immer noch in seiner Hand.
Dax sah ihn verächtlich an, dann wandte er sich, ohne zu antworten, wieder dem Pferd zu. Gleich darauf fiel der Lasso um seine Schulten und riß ihn von dem Pferd weg. Er stolperte rückwärts, aber dann gewann er das Gleichgewicht wieder und wandte sich um.
Der Mann, der den Lasso hielt, lächelte. »Hast du mich und meine Freunde Feiglinge genannt, du dreckiger Mexikaner?«
Dax sah, daß Fat Cat sich in Bewegung setzte. Mit einer raschen Geste hielt er ihn zurück. Der Stallknecht nahm die Geste für ein Zeichen von Angst und zog an dem Seil. Dax stolperte, ging in die Knie und fiel mit dem Gesicht voran auf den Boden. In diesem Augenblick erschienen Marcel, Horgan und mehrere andere.
Marcel reagierte sofort, als er sah, was vorging. Er dachte an die Gewalttätigkeiten in Ventimiglia. »Halten Sie Ihre Leute zurück, Mr. Horgan. Denen wird das sonst schlecht bekommen.«
Horgan kicherte belustigt. Er war ein großer, starker Mann. Und

dies war seine texanische Art von Humor. »Meine Boys können sich schon selber helfen. Die machen nur Spaß. Sie veräppeln Neulinge gern.«
Fat Cat lehnte am Zaun. Die Stallknechte standen über Dax gebeugt. Der Mann mit dem Lasso zog scharf an. Sein Grinsen erstarrte zu einem Ausdruck des Staunens, als plötzlich der Lasso nicht mehr in seinen Händen war. Dann schrie er vor Schmerz.
Dax hatte ihn mit der flachen Hand in die Kniekehle geschlagen. Der Mann ging zu Boden, während Dax hochkam und dem zweiten mit gestrecktem Arm gegen die Brust schlug. Horgan und die anderen konnten das Knacken der zerbrechenden Rippen hören.
Inzwischen hatte Fat Cat dem dritten den Lasso, der zu Boden gefallen war, um den Hals geschlungen und schüttelte ihn wie ein Terrier eine Ratte.
»Fat Cat!« rief Dax in schneidendem Ton.
Fat Cat drehte sich zu ihm.
»Basta!«
Fat Cat ließ den Mann los. Der Stallknecht sank in die Knie und rang nach Atem. Sein Gesicht war puterrot.
»In meinem Land, *señores*«, sagte Fat Cat verächtlich, »können sich sogar die Kinder besser verteidigen. Ihr würdet im Dschungel keinen Tag überleben.«
Dax streichelte der Stute, die noch mit keuchenden Flanken und zitternden Beinen dastand, beruhigend den Hals. »Hol Wasser für die Stute, Fat Cat«, sagte er. »Sie muß sehr durstig sein.«
Fat Cats rundes Gesicht veränderte sich nicht, als Horgan und die anderen in den Korral eilten. »*Buenos dias, señores*«, sagte er höflich.

Marcel trat ins Zimmer. Er trug eine Mappe mit Papieren unter dem Arm. »Ich hoffe, ich habe Sie nicht warten lassen, meine Herren?«
»Nein, Mr. Campion«, sagte Horgan. »Wenn Sie bereit sind, können wir anfangen.«
Marcel nickte. Außer ihm waren noch fünf Männer anwesend: Dax, Cal Rainey, Horgan und seine beiden Teilhaber, Davis und Landing, beides bekannte Ölleute. Ihre Gesichter waren ausdruckslos. Sie waren sich ihrer Position bewußt und warteten nun darauf, daß Marcel seine eigene klarstellte. Marcel holte tief Atem.
»Ich werde offen sprechen, meine Herren. Sie möchten sicher gern wissen, wieso ich von Ihren Gutachten erfahren habe. Es ist ganz

einfach. Das Schiff, das Sie in Südamerika gechartert haben, gehört zufällig mir.«
Horgan blickte seine Partner an. »Zum Teufel, hat das niemand überprüft?«
Marcel lächelte. »Das hätte nichts genützt. Das Schiff ist auf den Namen seines Kapitäns eingetragen. Am Tage, nachdem ich von der Existenz Ihrer Gutachten gehört hatte, setzte ich mich mit Mr. Rainey in Verbindung. Gleichzeitig ließ ich durch meine Anwälte in Washington feststellen, welche südamerikanischen Länder schon Verträge für Ölbohrungen vor ihrer Küste abgeschlossen haben. Ich erfuhr, daß sich die Rechte bereits überwiegend in den Händen der großen Gesellschaften befinden. Der Rest wird von Leuten wie Hunt, Richardson, Getty und Murchison kontrolliert.«
Marcel machte eine Pause, um sich eine Zigarette anzuzünden.
»Meine Anwälte teilen mir mit, daß Corteguay das einzige Land ist, das bisher noch keinen Aufschließungsvertrag für Vorkommen vor seiner Küste unterzeichnet hat. Mr. Rainey bestätigt mir, daß Ihr Gutachten mit größter Wahrscheinlichkeit Ölvorkommen in diesem Gebiet vermutet. Meine Handelsabteilung hat mir eine genaue Aufstellung Ihres Tonnagebedarfs in der ganzen Welt geliefert. Darauf bat ich Mr. Rainey, sich mit meinem Vorschlag direkt an Sie zu wenden.« Ein leichtes Lächeln spielte um Marcels Lippen. »Das, meine Herren, ist alles. Es gibt keine weiteren Geheimnisse.«
Horgan schwieg einen Augenblick. »Danke, Mr. Campion.« Er blickte seine Partner an. »Wenn Sie erlauben, werde ich ebenso offen sprechen. Ich sehe nicht ganz, was Sie damit zu tun haben. Was hindert uns daran, ohne Ihre Hilfe mit Corteguay einen Vertrag auszuhandeln?«
»Nichts hindert Sie«, sagte Marcel. »Jeder kann verhandeln. Aber es ist nicht das gleiche, ob Sie auf der von mir vorgeschlagenen Basis verhandeln oder ob Sie auf dem offenen Markt konkurrieren.«
»Wollen Sie damit andeuten, daß wir billiger wegkommen, wenn wir mit Ihnen verhandeln?«
Dax sah Marcel an. »Ich glaube, darauf sollte ich antworten.«
Marcel nickte.
Dax wandte sich an Horgan. »Sie werden ebensoviel zahlen müssen, vielleicht sogar ein wenig mehr. Aber Sie werden die Konzession bekommen.«
Horgan lächelte. »Dann sehe ich keinen Vorteil. Sie und Mr. Campion scheinen die einfache Tatsache vergessen zu haben, daß es dort

vielleicht gar kein Öl gibt. In diesem Fall verlieren wir nicht nur unsere Investition, sondern wir haben auch noch die Kosten gehabt, die durch die Änderung unserer Seefrachtverträge zugunsten von Mr. Campion entstehen.«
»Schiffe brauchen Sie auf jeden Fall, Mr. Horgan«, sagte Marcel, »und ich werde Ihr Öl um vier Prozent billiger transportieren als es in irgendeinem Ihrer laufenden Kontrakte vereinbart ist.«
»Mag sein«, sagte Horgan. »Aber wenn wir nicht billiger abschließen können, sind wir meiner Ansicht nach auf dem offenen Markt besser dran. Wir nehmen dann einfach unsere Chancen wahr.«
Dax sah Marcel an. Marcels Gesicht war unbewegt, aber Dax kannte ihn gut genug, um die leichte Blässe wahrzunehmen. Dax stand plötzlich auf. Er hatte es satt, mit diesen reichen egozentrischen Männern das Spiel fortzuführen. »Sie werden keine Chancen wahrzunehmen haben, Mr. Horgan.«
Der Texaner sah zu ihm auf. »Wie meinen Sie das, Mr. Xenos?«
»Auf dem offenen Markt bekommen Sie den Vertrag nie.«
Horgan stand auf. »Soll ich das so verstehen, Sir, daß Sie sich uns in den Weg stellen?«
»Das habe ich gar nicht nötig.« Dax lächelte, aber seine Stimme war eisig. »Sobald wir wieder zu Hause sind, habe ich keine Möglichkeit mehr, meinen Freund am Reden zu hindern. Und Sie glauben doch nicht im Ernst, daß mein Land mit Ihnen einen Vertrag schließt, wenn Fat Cat die Geschichte von heute morgen erzählt? Wie Sie ruhig dabeistanden, als Ihre Leute uns dreckige Mexikaner genannt und uns angegriffen haben?«
»Aber das war doch nur Spaß«, protestierte Horgan.
»Wirklich?«
Horgan setzte sich wieder. Er schwieg. Dann sah er seine Teilhaber an, und schließlich wandte er sich an Marcel. »O. K., Mr. Campion, Sie bekommen Ihren Vertrag.«
Marcel bemerkte das befriedigte Blinzeln von Dax. Plötzlich erkannte er, daß alles nur Bluff gewesen war. Er blickte auf den Tisch nieder, damit die anderen ihm nicht ansahen, wie erleichtert er war.
»Danke, meine Herren.«
Das war der Beginn der Campion-Linie, die in weniger als zehn Jahren die größte private Schiffahrtslinie der Welt werden sollte.

10

»Dann ist es also aus zwischen euch?« sagte Sergei.
»*Oui.*« Giselles Blick wurde nachdenklich. »Es ist merkwürdig, wenn man nach so vielen Jahren feststellt, daß das, was man geliebt hat, in dem geliebten Mann nicht mehr vorhanden ist.« Ihre Hände griffen ruhelos nach den Zigaretten. »Dax hat sich verändert.«
Sergei winkte dem Kellner, ihnen noch zwei Drinks zu bringen. »Jeder ändert sich. Es gibt niemanden, der sich immer gleichbleibt.«
»Ich bin ihm in Texas weggelaufen«, sagte Giselle, als habe sie ihn nicht gehört. »Plötzlich konnte ich's nicht mehr länger ertragen. Ich mußte heim, nach Paris. Ich bin fertig mit Amerika. Ich gehe nie wieder hin.«
»Auch nicht nach Hollywood?«
»Bestimmt nicht. Hier bin ich eine Schauspielerin, dort bin ich nichts als ein französisches Sexidol. Wie die Postkarten, die die Amerikaner vom Pigalle mit nach Hause nehmen.«
»Was hat Dax gesagt, als du weggegangen bist?«
»Nichts. Was sollte er sagen?« Ihre dunklen Augen betrachteten ihn prüfend. »*C'est la fin.* Aber ich hatte das Gefühl, daß es ihn nicht mehr berührte. Vielleicht war das das schlimmste, daß es gar nichts mehr ausmachte.«
Giselle schlürfte ihren Drink. »Er war mit allen diesen schrecklichen Männern zusammen. Sie sprachen nur von Geld und Öl und Schiffen. Ich war überhaupt nicht mehr vorhanden. Eines Abends kam ich ins Zimmer, und Dax sah nicht einmal hoch. Er redete unbekümmert mit diesen Männern weiter. Es war, als sähe ich Dax zum erstenmal. Ich dachte an die Kinder, die wir hätten haben können, und an das Leben, das wir nie haben würden. Plötzlich wollte ich diese Kinder und dieses Leben, das wir nie gehabt hatten.«
Tränen traten ihr in die Augen. Ihre Stimme war sehr leise. »Als ich Dax zum erstenmal traf, dachte ich, nach dem Krieg, wenn dieser ganze Schlamassel vorbei wäre, würde uns dieses Leben gelingen. Und ich glaubte, daß er der gleichen Meinung sei. Aber an jenem Abend erkannte ich, daß es ein Irrtum gewesen war. Alles, was er je von mir wollte, hatte er, und alles, was er je hatte geben wollen, hatte er gegeben.«
Nach einer Weile sagte Giselle: »Es ist nicht zu spät für mich, nicht wahr, Sergei? Ich bin noch jung genug, um zu lieben und um Kinder zu haben und einen Mann?«

Sergei brachte sie zu einem Taxi. Er selbst beschloß, zu Fuß zu seiner Wohnung zu gehen. Es war ein Weg von nur fünfzehn Minuten.
Die drückende Augusthitze stieg vom Pflaster hoch. Die Pariser Straßen waren fast leer. Jeder Franzose, der auf sich hielt, vom leitenden Direktor bis zum kleinen Angestellten, machte Ferien. Man war entweder in den Bergen oder an der See oder einfach zu Hause hinter geschlossenen Fensterläden, die die drückende Hitze abhalten sollten. Die kleinen Schilder an den Türen und Schaufenstern der Läden bewiesen es. *Fermeture Annuelle*.
Sergei fragte sich, was er eigentlich hier tat. Er kannte die Antwort. Es war immer dieselbe. Er litt an Geldmangel.
Bernstein, der Schweizer Bankier, hatte es sogar noch prägnanter ausgedrückt. »Sie haben keine Ader fürs Geld, junger Mann«, hatte er gesagt. »Wenn Sie statt der fünfzigtausend Dollar ein Einkommen von fünfzigtausend Pfund im Jahr hätten, wäre es für Sie immer noch zuwenig.«
Das war vor ein paar Wochen gewesen. Sergei hatte sich bereits auf die Zahlungen Sue Anns, die in den nächsten zwei Jahren fällig waren, Geld geborgt.
»Was soll ich tun?«
Die Stimme des Bankiers klang scharf. »Als erstes würde ich mich von einigen Ihrer törichten Investitionen lösen. Dieser *couturier* zum Beispiel. Seit Sie Geld in sein Geschäft gesteckt haben, müssen Sie jedes Jahr weitere zwanzigtausend Dollar zuschießen, bloß, um ihn vorm Konkurs zu retten!«
»Die Sache kann ich nicht aufgeben«, sagte Sergei entrüstet.
»Warum nicht? Sind Sie in den kleinen Schwulen verliebt?«
»Quatsch. Aber er hat viel Talent. Und er wird sich eines Tages durchsetzen. Er ist bloß seiner Zeit weit voraus.«
»Bis dahin sind Sie bankrott.«
»Was er braucht, ist eine Frau mit großem Namen, die ihn lanciert.«
»Das haben Sie schon vor einem Jahr gesagt. Damals haben Sie Giselle d'Arcy dazu überredet, daß sie sich ihre Garderobe bei ihm machen ließ. Aber es hat gar nichts genützt.«
»Ich meine eine Amerikanerin. Die Amerikanerinnen sind es, die wirklich die Mode bestimmen. Was sie akzeptieren, geht, was sie ablehnen, geht nicht.«
»Warum sprechen Sie nicht mit Ihrer Ex-Gattin darüber?« fragte der Bankier. Er schien es ernst zu meinen.

»Sue Ann? Nein, es muß jemand sein, den die Amerikaner bereits als maßgebend in Modedingen anerkannt haben.«
»Lassen Sie die Sache fallen«, drängte der Bankier. »So jemanden gibt es nicht. Und wenn, dann ist eine solche Frau bereits bei Dior, Balmain, Balanciaga, Chanel oder Maggy Rouff Kundin. Die würde nie zu einem Unbekannten gehen. Wo man kauft, ist schließlich eine Prestigefrage.«
Sergei sprang erregt auf. »Fürst Nikowitsch! Das ist es! Damit muß es klappen.«
»Wieso?«
»Die Amerikaner lieben Titel. Sie können nicht alle einen Titel heiraten, aber sie können sich von einem Titel kleiden lassen.«
»Lächerlich«, sagte Bernstein.
»Keineswegs. Wir müssen nur zeigen, daß wir von prominenten Französinnen akzeptiert werden. Dann kommen auch die Amerikanerinnen.«
»Welche einflußreiche Französin wollen Sie dafür gewinnen?«
»Caroline de Coyne – Madame Xenos«, sagte Sergei. »Caroline täte es für mich.«
»Aber sie ist in Amerika.«
»Man könnte sie dazu bringen, daß sie herkommt.«
»Aber es ist bereits Juli«, sagte der Bankier. »Die Vorführungen sind alle vorbei. Da wird niemand mehr kommen.«
»Wenn Caroline nach Paris kommt, kommen die anderen auch, und sei es bloß, um zu sehen, was sie hier macht. Wir werden unsere Premiere für den 1. September festsetzen. Und wir werden sie als einzige wirkliche Herbstmodenschau ankündigen.«
»Vielleicht gelingt es«, sagte Bernstein. »Aber wo wollen Sie das Geld hernehmen?«
Sergei lächelte. »Das werden Sie mir geben.«
»Sind Sie wahnsinnig? Ich habe Ihnen doch gesagt, daß Sie am Rande des Bankrotts stehen.«
»Madame Bernstein wäre bestimmt sehr unglücklich, wenn sie entdeckt, daß sie zur Premiere einer Pariser Herbstkollektion keine Einladung bekommt, bloß wegen Ihrer Knickrigkeit.« Die Spur eines Lächelns erschien auf Bernsteins Gesicht. »Sie sind ein völlig skrupelloser Gauner!«
Sergei lachte. »Finden Sie?«
»Also gut. Ich werde Ihnen das Geld borgen. Unter zwei Bedingungen.«

»Und zwar?«
Bernstein lehnte sich in seinen Stuhl zurück. »Erstens, daß Sie mir ein schriftliches Einverständnis von Madame Xenos vorweisen. Zweitens, daß Sie in Paris in der *maison de couture* bleiben, bis die Modenschau auf die Beine gestellt ist.«
»Einverstanden«, sagte Sergei und griff nach dem Telefon.
»Was haben Sie vor?« fragte der Bankier nervös.
»Das ist der schnellste Weg, um Madame Xenos zu erreichen. Sie glauben doch nicht etwa, daß ich Ihnen Zeit gebe, Ihre Meinung zu ändern?«

11

Irma Andersen war eine stämmige Frau Mitte Fünfzig mit einem schwammigen, ziemlich breiten Gesicht unter ihrer schweren, schwarzgefaßten Brille. Sie streckte Sergei die Hand entgegen. »Wie nett von Ihnen, Hoheit, daß Sie gekommen sind!«
Sergei küßte ihr die Hand. »Wer könnte dem Ruf einer so prominenten Gastgeberin widerstehen?«
Irma lachte. Ihre Stimme war überraschend tief, aber doch sehr weiblich. »Sergei, Sie Schwindler.« Sie kicherte. »Zumindest sind Sie so ehrlich, mich nicht auch noch als schön zu bezeichnen.« Sie steckte eine Zigarette in eine lange dünne Spitze und wartete, bis er ihr Feuer gegeben hatte. »Es ist lange her«, sagte sie und ließ den Rauch durch die Nase ausströmen wie ein Mann.
»Seit meiner Hochzeit.«
»Sie erinnern sich?«
Er nickte. »Sie haben damals einen Artikel für *Cosmo-World* geschrieben.«
Irma nickte. »Ich nehme an, Sie möchten wissen, warum ich Sie angerufen habe?«
»Das wüßte ich wirklich gern.«
»Ich habe von meiner New Yorker Zeitung ein Telegramm erhalten. Wie man hört, will Caroline Xenos mit einer Gruppe von Freunden eigens zur Eröffnung Ihres neuen Salons herüberkommen. Man hat mich aufgefordert, mir ihn anzusehen.«
»Aha.«
»Wollen Sie das eigentlich geheimhalten?« fragte sie. »Warum haben Sie sich nicht gleich mit mir in Verbindung gesetzt?«

So mußte es sein, dachte er. Der Anstoß mußte aus den Staaten kommen. »Ich habe es nicht gewagt«, antwortete er bescheiden. »Der Anlaß war für jemanden wie Sie nicht bedeutend genug.«
»Alles, was mit Mode und Gesellschaft zu tun hat, ist für mich von Bedeutung, Sergei.«
»Auch wenn bloß ein neuer *couturier* unter vielen in Erscheinung tritt?«
»Sergei, tun Sie nicht so. Nicht jeden Tag eröffnet ein Fürst eine *maison de couture*.«
Er grinste. »Sie wissen, daß ich gar kein Fürst bin.«
»Sie sind ehrlich.« Irma lachte laut. »Ich weiß es, und Sie wissen es. Aber für die Leute sind Sie ein Fürst. Jeder, der einmal mit Sue Ann Daley verheiratet war, sollte mindestens ein Fürst sein. Übrigens hat sie einen Neuen, einen gutaussehenden Mexikaner. Sie hat ihn in Acapulco entdeckt. Er gehört zu denen, die da immer oben vom Felsen ins Meer springen. Er muß ganze siebzehn sein.«
Sergei lächelte. »Das ist genau das Richtige für sie. Jedenfalls ist er jung genug.«
»Sie laden mich doch wohl zu der Modenschau ein?«
Sergei zögerte berechnend. »Wir hatten nicht die Absicht, die Presse dazu zu bitten.«
»Es ist mir egal, wie Sie es mit den anderen halten. Aber ich komme.«
Er schwieg.
»Ich kann Ihnen sehr helfen«, sagte sie. »Das wissen Sie.«
Er nickte.
»Erst heute morgen habe ich mit Lady Corrigan in London telefoniert. Zufällig erwähnte ich, daß ich Sie kenne. Sie schien sehr daran interessiert, mit mir zur Vorführung zu kommen.«
Ein Gefühl des Triumphes überkam Sergei. Lady Corrigan war eine der reichsten Erbinnen in Großbritannien. Auch hatte sie in den letzten zwei Jahren auf der Liste der zehn bestgekleideten Frauen gestanden.
»Es gibt noch verschiedene andere, deren Interesse ich wachrufen könnte«, fuhr Irma fort. »Namen, die Ihnen zu rascher Anerkennung verhelfen. Das heißt, wenn Sie etwas zu zeigen haben, um das es sich lohnt. Sie haben doch keine Angst vor einem kritischen Publikum, nicht wahr?«
»Nein«, antwortete er zögernd.
»Also, dann?«

Er hob die Hände in gespielter Resignation. »Schön, Sie sind eingeladen. Aber es ist Ihnen klar, daß ich dann die übrige Presse auch einladen muß?«

»Das ist mir egal. Aber sorgen Sie dafür, daß ich in der ersten Reihe sitze.«

»Selbstverständlich«, sagte Sergei. »Das hätte ich ohnehin veranlaßt.«

»Ich habe noch eine Idee. Weshalb soll ich nicht für Sie nach der Kollektion ein Diner geben? Im kleinen Kreis. Nur fünfzig oder sechzig der wichtigsten Leute.«

»Eine herrliche Idee. Aber es gibt da eine Schwierigkeit, wenn ich offen sein darf.«

»Mir gegenüber können Sie immer offen sein.«

»Geld«, sagte er. »Ich habe alles in diese Kollektion gesteckt.«

»Was reden Sie da? Ich habe mich erkundigt. Bernsteins Bank in der Schweiz steht hinter der Vorführung.«

»Ich habe drei von Sue Anns Jahreszahlungen im voraus beliehen. Weiter werden die nicht gehen.«

»Diese Idioten!« sagte Irma heftig, und nun war sie ganz auf Sergeis Seite. »Aber wir sollten die Party doch machen.«

»Woher soll ich denn das Geld nehmen?«

»Überlassen Sie das mir. Das ist meine Investition bei Ihnen. Ich habe das Gefühl, daß Sie allerlei Geld verdienen werden.«

»Hoffentlich haben Sie recht. Morgen früh werde ich mir also erlauben, Ihnen, sagen wir, fünf Prozent meiner Aktien zu überschreiben.«

»Zehn.«

»Gut«, sagte er, »zehn Prozent.«

Irma reichte ihm wie ein Mann die Hand über den Tisch. Er schüttelte sie feierlich.

»Und jetzt«, sagte sie, »möchte ich alles über Ihre Kollektion hören. Es soll in meinen nächsten Sonntagsartikel.«

Sergei wartete, bis sie ein Blatt in die Schreibmaschine gespannt hatte. »Was möchten Sie wissen?«

»Zuerst: wie sind Sie darauf gekommen, sich für Frauenkleider zu interessieren?«

Er lachte. »Das ist ganz einfach. Wie Sie wissen, habe ich mich immer für Frauen interessiert.«

Irma fiel in sein Lachen ein. »Das weiß ich, aber bedeutet es nicht eine Umstellung für Sie, wenn Sie sie nun an- statt ausziehen?«

Dann wurde sie wieder ernst. »Das ist amüsant, aber nicht das, was ich für eine Familienzeitschrift brauche.«
Sergei dachte nach. »Wie wär's mit dem New Look? Man hat offenbar allgemein Angst, etwas Kritisches darüber zu sagen.«
»Das wäre etwas.« Sie nickte. »Und was haben Sie dazu zu sagen?«
»Der New Look wurde entworfen, um unschöne Menschen zu bekleiden, mit dem Ergebnis, daß alle Frauen darin gleich aussehen. Alle gleich häßlich. Meine Kollektion ist ganz anderer Art. Sie ist in erster Linie für schöne Menschen bestimmt. Die –«
»Einen Augenblick«, unterbrach Irma. »Das ist das richtige.« Hastig flogen ihre Finger über die Tasten der Schreibmaschine.
Sergei zündete sich eine Zigarette an und wartete, bis sie fertig war. »Na, was ist dabei herausgekommen?«
»›Die schönen Menschen!‹ Seit dem Beginn meiner täglichen Rubrik habe ich nach einem solchen Slogan gesucht. Hören Sie zu.

Die Überschrift, die an diesem Sonntag über meinem Artikel steht, ›Die Schönen Menschen‹, verdanke ich einer der interessantesten Persönlichkeiten in der heutigen Modewelt, Fürst Sergei Nikowitsch, einem Angehörigen des früheren russischen Herrscherhauses. Fürst Sergei bezeichnet damit jene, für die er seine Kollektion entworfen hat, jene Menschen, die uns alle am meisten interessieren, die überall die ersten Plätze einnehmen: in der Gesellschaft, der Politik, im Theater- und Kunstleben, in der Diplomatie. Die ›Schönen Menschen‹ sind überall die Führenden. Und der geheime Nachrichtendienst, der sie unsichtbar verbindet, hat nun wieder einmal die Parole ausgegeben. Aus der ganzen Welt strömen sie am 1. September in Paris zusammen, um Fürst Nikowitschs Kollektion zu sehen. Aus den Vereinigten Staaten kommt Caroline Xenos, die frühere Caroline de Coyne, mit einer Gruppe von Freunden; aus London Lady Margaret (Peggy) Corrigan, die zu den bestangezogenen Frauen der Welt gehört; aus Südamerika, aus Europa, von überall kommen die ›Schönen Menschen‹.«

Irma sah hoch. »Na, wie ist das als Anfang?«
Sergei lächelte. »Ich kann nur hoffen, daß meine Kollektion ebensogut ist.«

Die Spannung lag ihm wie ein Stück Blei im Magen. Sergei spähte durch den Vorhang in den großen Saal. Die Stühle waren in Huf-

eisenform aufgestellt, um den Modellen ein ausreichendes Defilé zu gestatten. Alle Stühle waren besetzt, und die Menge füllte auch noch den Gang.
Irma Andersen hatte Wort gehalten. Die erste Reihe sah aus wie der Tout-va-Tisch in Monte Carlo während der Saison. Links von Irma saß Caroline, neben ihr James Hadley, der ehemalige amerikanische Botschafter in Italien. Rechts von Irma war Lady Corrigan mit ihrem Mann.
Die Klänge des Streichquartetts drangen in Sergeis Ohren, als er vom Vorhang zurück wieder in den Arbeitsraum trat. Lärm und Tumult waren hier ärger, als er es je erlebt hatte. Alle schienen plötzlich irrsinnig geworden zu sein.
Jean-Jacques, der kleine *couturier*, kam hinter ihm aus dem Salon gerannt. »Fertigmachen, Mädels!«
Die Stille, die plötzlich im Raum entstand, störte Sergeis Ohren noch mehr als der Lärm. Die Kapelle intonierte die Musik für die erste Nummer. Ein mageres Mannequin, bleich unter einer Schicht Schminke, blieb vor den beiden stehen und drehte sich langsam um sich selbst.
»Schön, wunderschön!« rief Jean-Jacques begeistert. Er küßte das Mädchen auf beide Wangen. Sie blickte Sergei fragend an. Er neigte sich ebenfalls zu ihr und küßte sie. »Nur Mut, *ma petite*.«
Sie lächelte scheu und verließ den Arbeitsraum. Hinter sich konnte Sergei den anschwellenden Beifall hören, der sie begrüßte.
»Wo ist Charles?« fragte Jean-Jacques hysterisch. »Wo bleibt er nur? Er hat versprochen, hier zu sein. Er weiß doch, daß ich eine Premiere ohne ihn nicht durchstehen kann.«
Plötzlich wurde Sergei wütend. Sechs Wochen lang hatte er es mitangesehen, jetzt hatte er genug. »Er ist oben im Büro und vögelt gerade ein Mädchen!«
Jean-Jacques starrte ihn an. Er wurde weiß und hob die Hand an die Stirn. »Ich fühle mich schwach, ich werde ohnmächtig!«
Er taumelte rückwärts in die Hände seiner beiden Assistentinnen. Gleich darauf eilte ein junger Mann mit einem Glas Wasser herbei. »Trink das, Liebling.«
Jean-Jacques trank das Wasser. Die Farbe kehrte in seine Wangen zurück. Er erhob sich und trat zu Sergei. »Sag niemals wieder so etwas; das war sehr häßlich von dir«, erklärte er vorwurfsvoll. »Es hat mich einfach umgeworfen. Du weißt, daß Charles und ich einander treu sind.«

Hinter ihnen begann die Musik wieder, und das nächste Modell ging hinaus. »Du kommst hier schon allein zurecht«, sagte Sergei zu Jean-Jacques. »Ich gehe auf einen Drink in mein Büro.«
Sergei goß sich einen ausgiebigen Wodka ein. Er setzte sich, den Wodka in der Hand, und betrachtete das Bild des kleinen Mädchens auf dem Schreibtisch.
Anastasia war etwa sieben gewesen, als das Bild aufgenommen wurde. Das blaue Kleid mit der weißen Einfassung stand ihr reizend zu dem hellblonden Haar und den blauen Augen. Er hob sein Glas. »Ich bete zu Gott, daß es klappt, Kleines«, sagte er. »Dein Daddy möchte endlich einmal zur Ruhe kommen.«
In diesem Augenblick öffnete sich die Tür. Erstaunt sah er auf. »Ich habe mir gedacht, daß ich dich hier finden würde«, sagte Giselle. »Eigentlich sollte niemand eine Premierennacht allein verbringen.«

12

Irma Andersen gab Partys, weil sie Partys liebte. Sie liebte alles daran. Was man sah, hörte, roch – und die ganze Aufregung. Schöngekleidete Menschen, die so lebten, wie sie es sich als Kind nicht einmal erträumt hatte. Im Hinterzimmer des kleinen Delikatessenladens in Akron, Ohio, in dem sie aufgewachsen war, hatte sie bloß Leberwurst für zehn Cent, Kartoffelsalat und Roggenbrot gekannt. Seitdem haßte Irma Leberwurst und Kartoffelsalat. Bei ihren Menüs gab es statt dessen *pâté de foie gras* und Avocadobirnen, in Stücke geschnitten und mit wundervoller Mayonnaise angerichtet.
Aber es gab noch einen Grund, warum Irma gern Partys gab: sie waren die beste Informationsquelle. An diesem Abend hatte sie schon wieder einige besonders gepfefferte Tratschgeschichten aufgeschnappt.
Die Affäre zwischen Caroline Xenos und James Hadley. Seltsam, aber ergötzlich. Einmal der Altersunterschied. Hadley hätte ihr Vater sein können. Außerdem hatte Carolines Mann den Ruf, einer der größten Liebhaber und Playboys der Welt zu sein.
Aber bei diesen Leuten wußte man nie, was sie wirklich wollten. Und offensichtlich wollte Caroline etwas anderes als einen Playboy.
Irma nahm sich vor, Sergei darüber zu befragen. Schließlich war er

ein intimer Freund von Dax gewesen. Er müßte es wissen. Aber sie würde nie in ihren Artikeln darüber schreiben. Diese Leute waren ihre Freunde. Sie würde nie etwas tun, was sie kränken könnte. Auf eine merkwürdige Art liebte Irma sie alle. Trotz ihrer Launen, ihrer amoralisch-egoistischen Einstellung blickte Irma zu ihnen auf. Diese Menschen hatten nie gewußt, was es heißt, Leberwurst und Kartoffelsalat zu essen. Sie waren wirklich die »Schönen Menschen«. Und wenn sie mit ihnen zusammen war, fühlte sie sich gleichfalls schön.

Es war fast Mitternacht, als sie die Party verließen. Während sie warteten, bis der Portier den Chauffeur gefunden hatte, sagte Caroline: »Ich freue mich für Sergei.«
»Glaubst du, daß er es geschafft hat?« fragte James Hadley. »Oder täuscht der Glanz der Premiere?«
»Er hat's geschafft. Einiges war sehr gut, manches ganz außerordentlich. Morgen wird er die Polizei brauchen, um die Menge im Zaum zu halten.«
Der Wagen fuhr vor, und der Portier hielt den Schlag auf.
»Sag bitte dem Chauffeur, daß er mich beim Haus meines Vaters absetzen möchte.«
Hadley war erstaunt. »Solltest du mit dem Besuch nicht lieber bis morgen warten?«
Caroline schüttelte den Kopf. »Ich habe Papa versprochen, daß ich nach dem Diner komme.«
»Hat er gesagt, warum er dich sehen will?«
»Er ist schließlich mein Vater. Ich bin schon fast eine Woche hier und habe ihn nicht angerufen. Da hat Papa eben mich angerufen.«
»Aber er muß doch gesagt haben, was er will.«
»Das brauchte er nicht. Ich weiß, was er will.« Sie sah ihn ruhig an. »Er möchte das wissen, was du auch gern wissen würdest, wenn eine deiner Töchter mit ihm ein Verhältnis hätte. Wohin das führen soll.«
Hadley schwieg. Er sah eine Weile aus dem Fenster, aber er konnte seine Gedanken nicht für sich behalten. »Und du weißt, was du ihm sagen willst?«
Caroline nickte. »Ich weiß es genau.«
Hadley fragte nicht weiter. Instinktiv ahnte er, wie sie sich entschieden hatte. Aber er wollte es nicht hören.

Er stieg aus dem Wagen, als sie vor dem Stadthaus des Barons hielten. »Soll ich dir den Wagen wieder herschicken?«
»Danke, nein«, sagte sie. »Wir sehen uns dann morgen zum Mittagessen.« Sie hielt ihm die Wange zum Gutenachtkuß hin. »*Bonne nuit, mon cher.*«
Als er sie küßte, wußte Hadley, daß es aus war. Er hatte das Gefühl, daß er irgend etwas sagen müßte, etwas Verständnisvolles, aber die Worte kamen ihm nicht auf die Lippen. In ihm war nur eine grenzenlose Leere, als sie die Stufen zum Eingang hinauflief.

Der Baron wartete in der Bibliothek. Als sie eintrat, stand er auf. Er wirkte müde, und sein Haar war stärker ergraut, als sie es in Erinnerung hatte. Ein warmes Lächeln kam auf seine Lippen, als er sie erblickte.
»Papa!« rief sie. Ihre Augen füllten sich mit Tränen. Sie lief in seine Arme. »Papa!«
»*Caroline, ma petite, mon bébé.*« Der Baron umarmte sie. »Du mußt nicht weinen. Es wird schon alles wieder gutwerden.«
»Ich war so dumm«, flüsterte sie an seiner Brust. »Ich habe so vieles falsch gemacht.«
»Du hast nichts falsch gemacht, und du bist auch nicht dumm«, sagte ihr Vater sanft. »Du bist nur jung, und du bist eine Frau. Und beides genügt durchaus, um Irrtümer zu begehen.«
Sie sah ihn an. »Was soll nun werden?«
»Die Sache mit Hadley ist vorbei?«
Sie nickte wortlos.
»Dann ist also Dax das Problem?«
»Ja.«
Der Baron ging zur Anrichte und schenkte ihr einen Sherry ein. »Trink das. Dann wird dir wohler.«
Er wartete, bis sie den Wein getrunken hatte. »Was hast du für Absichten?«
»Ich will mich scheiden lassen. Ich war die ganzen Jahre über unfair gegen ihn. Ich weiß das jetzt. Ich habe so getan, als könnte ich wirklich eine Frau für ihn sein. Und das war von vornherein aussichtslos. Nun muß ich es ihm sagen, aber ich weiß nicht, ob er es versteht.«
»Ich glaube, Dax hat es schon verstanden.«
Etwas in seiner Stimme ließ Caroline aufblicken. »Wie kommst du darauf?«
»Dax ist bereits die ganze Woche in Paris.«

»In Paris? Ich habe nichts von ihm gehört und bin ihm auch nirgendwo begegnet. Er hat auch nicht angerufen.«
Ihr Vater nickte. »Das zeigt, daß Dax es verstanden hat. Er ist die ganze Woche im Konsulat gewesen, ohne den Fuß vor die Tür zu setzen. Er wollte dich nicht in Verlegenheit bringen.« Der Baron ergriff ihre Hand. »Eigentlich ist das auch der Grund, warum ich dich gerufen habe.«
Caroline war völlig verwirrt.
»Dax fliegt morgen früh nach Corteguay. Ich habe gedacht, ihr solltet euch vorher noch sehen. Er wartet im Salon.«
Dax' Begrüßungslächeln war warm und aufrichtig. Er nahm ihre Hand. »Setz dich doch.«
Sie ließ sich in den Sessel fallen. »Ich weiß nicht, was ich sagen soll. Es tut mir leid.«
»Du brauchst dich nicht zu entschuldigen. Ich bin kein so guter Ehemann gewesen, daß du dich entschuldigen müßtest.«
»Was sagt man denn in einem solchen Augenblick?«
Dax reichte ihr ein Taschentuch und wartete, bis sie sich die Tränen fortgewischt hatte. »Sagen wir folgendes: Aufgrund besonderer Umstände waren zwei Freunde plötzlich miteinander verheiratet, und dann stellten sie fest, daß sie wirkliche Freunde waren, denn als die Ehe vorbei war, hatte sie die Freundschaft nicht zerstört.«
»Gibt es so etwas?«
»Doch, wenn es wirklich so war, dann gibt es das.«
Ein Stein fiel Caroline vom Herzen. Zum erstenmal lächelte sie. »Du bist ein seltsamer Mensch, Dax. So viele Leute glauben, sie kennen dich, aber das stimmt überhaupt nicht. Auch ich habe dich bis heute ganz falsch gesehen.«
»Und was siehst du jetzt in mir?«
Caroline nahm seine Hand. »Ich sehe in dir einen sehr gütigen und vornehmen Menschen und einen sehr, sehr guten Freund.«

13

Das Flugzeug rollte zu dem neuen Flughafengebäude. »Ich komme lieber per Schiff an«, sagte Fat Cat.
»Weshalb?« fragte Dax.
»Von der See her sieht Corteguay aus wie ein großes Land. Aus der Luft sieht man, wie klein es in Wirklichkeit ist.«

Dax lachte. »Wir sind kein großes Land.«
»*Sí*, ich weiß. Aber ich stelle mir gern vor, daß wir groß und bedeutend sind.«
Das Flugzeug rollte aus.
Die grelle Sonne Corteguays schmerzte in den Augen, als sie ausstiegen. Am Fuß der Landetreppe stand ein Offizier und grüßte stramm. »Señor Xenos?«
»*Sí.*«
»Capitán Maroz, *a su servicio. El Presidente* wünscht, daß ich Sie sofort zu ihm bringe.«
»*Gracias, Capitán.*«
Sie passierten den Zoll und gingen direkt in den großen Wartesaal. Er sah, wie Dax die großen Wandmosaike musterte. »Schön, nicht wahr?«
Dax nickte. »Sehr eindrucksvoll.«
Der Hauptmann lächelte. »*El Presidente* hält es der *turistas* wegen für wichtig. Schon der Flughafen soll ihnen Eindruck machen.«
Im Wartesaal waren nur wenig Leute. Und von ihnen waren die meisten in Uniform. »Wie viele Flugzeuge landen hier täglich?«
Hauptmann Maroz machte ein verlegenes Gesicht. »Wir haben nur zwei internationale Flüge in der Woche, einen aus den Vereinigten Staaten, den anderen aus Mexiko. Sie machen hier eine Zwischenlandung auf dem Flug nach Süden. Aber es werden bald mehr sein. *El Presidente* will nächstes Jahr eine eigene Fluglinie gründen.«
Hauptmann Maroz öffnete die Tür der großen Limousine. Dax stieg ein, und der Hauptmann setzte sich neben ihn. Fat Cat ließ sich vorn neben dem Fahrer nieder.
Der Wagen wendete und fuhr nun über eine riesige sechsspurige Autobahn. Über ihren Köpfen verkündete ein Mammutschild: BOULEVARD DEL PRESIDENTE.
»Ebenfalls neu«, erklärte Hauptmann Maroz. »Was nützt ein Flughafen ohne Zufahrt?«
»Wo führt die Autostraße hin?«
»Zur Stadt und dann zum neuen Ministerpalais von *el Presidente* in den Bergen.«
Hupend überholte der Wagen einen von Maultieren gezogenen Düngerkarren. Dax drehte sich um und sah nach hinten. Der *campesino* döste auf seinem Sitz und schaute nicht einmal auf, als sie vorbeifuhren. Dax konnte bis zum Flughafen zurücksehen. Kein anderer Wagen war in Sicht.

»Eigentlich ist es den *campesinos* verboten, diese Straße zu benutzen«, sagte der Hauptmann, »aber man kann die blöden Kerle einfach nicht fernhalten.«
Schweigend lehnte sich Dax in seinem Sitz zurück. Auf den Feldern, an denen sie vorüberbrausten, sahen ein paar *campesinos* hoch, aber die meisten kümmerten sich nicht um den Wagen. Dann wurde die Fahrt plötzlich langsamer. Sie näherten sich der Stadt.

»Diese Texaner sind Narren«, erklärte *el Presidente*, »wenn sie meinen, daß es hier Öl gibt. Aber lassen wir sie in ihrem Glauben. Es wird fünf bis sieben Jahre dauern, bevor sie sich vom Gegenteil überzeugt haben.«
Dax sah ihn erstaunt an. »Aber die Gutachten?«
El Presidente grinste. »Auch Geologen kann man kaufen.«
»Aber –«
El Presidente lächelte. »Es stimmt schon, das Ölfeld setzt sich entlang unserer Küste fort. Aber es liegt mehr als dreihundert Meilen weit draußen und gute dreitausend Meter tief. Ich bezweifle, daß selbst die Yankees mit ihrer Erfindungsgabe dieses Öl aufschließen können. Aber in den fünf Jahren werden sie bei uns viele Dollar ausgeben. Das bringt unserer Wirtschaft einen großen Aufschwung. Und es wird auch die amerikanischen *turistas* auf uns aufmerksam machen.«
Er ging zu einem der Fenster und sah hinaus. Dann winkte er Dax heran. »Dort drüben auf dem Hügel der Liebenden – das ist ein guter Platz für ein Hotel, nicht wahr?«
»Aber es gibt noch keine Touristen.«
El Presidente lächelte. »Sie werden kommen. Pan American Airlines sind bereits an mich herangetreten. Sie meinen, daß die Aussicht von dort *magnífico* ist.«
»Und sie werden es auch finanzieren?«
El Presidente nickte. »Selbstverständlich.«
»Und wer stellt das Terrain zur Verfügung?«
El Presidente zuckte die Achseln, dann ging er zurück an den Schreibtisch. »Zunächst wird man es kaufen, und dann werden wir es ihnen verpachten.«
»Wem gehört das Land?«
El Presidente lächelte. »Amparo.«
Dax setzte sich wieder. »Exzellenz haben an alles gedacht. Ich verstehe nicht, warum Sie mich geholt haben.«

»Du spielst eine wichtige Rolle in unseren Plänen. Als einzigen von uns kennt man dich im Ausland. Ich ernenne dich zum Leiter der Planungskommission für den Fremdenverkehr.«
Dax schwieg.
»Ich weiß, was du denkst – daß ich ein skrupelloser alter Mann bin. Und vielleicht hast du recht. Aber alles, was ich getan habe, bringt uns Geld und hilft, den Lebensstandard in Corteguay zu heben.«
Dax mußte lächeln, als er an alle die gescheiten Männer dachte, die dieser alte *bandolero* hereingelegt hatte. Die reichen, geldgierigen Texaner. Marcel. Aber was machte es schließlich aus?
Für die Texaner war es wieder einmal ein Feld, das nichts ergab; sie würden von ihren anderen Quellen weiter profitieren. Marcel hatte seine Flotte. Sie würde unter corteguayanischer Flagge fahren und Abgaben einbringen. Den Nutzen von allem hatten Corteguay und *el Presidente*.
»Exzellenz setzen mich immer wieder in Erstaunen.«
El Presidente lächelte. »Jetzt müssen wir uns überlegen, wie wir den amerikanischen *turista* anlocken. Er muß überzeugt werden, daß Corteguay ein anziehendes und romantisches Land ist.«
»Es gibt in den Vereinigten Staaten sogenannte Public-Relations-Firmen. Die machen das. Ich werde mich mit ihnen in Verbindung setzen, und wir wollen sehen, was ihnen einfällt.«
»Eine ausgezeichnete Idee.« *El Presidente* drückte auf den Summer. Die Besprechung war vorbei. »Ich erwarte dich heute abend zum Essen. Wir können dann weiterreden.«
Hauptmann Maroz wartete im Vorzimmer. »Ich habe noch eine Einladung für Sie, Exzellenz«, sagte er respektvoll.
»Ja?«
»Von ihrer Exzellenz, der Tochter von *el Presidente*. Sie möchte, daß Sie sich um fünf in ihrer Wohnung zum Tee einfinden.«
Dax sah auf die Uhr. Es war kurz nach drei. Zeit genug, um eine Siesta zu halten, sich zu duschen und umzukleiden. »Sagen Sie Ihrer Exzellenz, ich freue mich darauf, sie wiederzusehen.«

14

Jeremy Hadley drückte den Gashebel ganz durch. Der große Wagen erreichte mit einem mächtigen Satz den höchsten Punkt des Hügels. Einen Augenblick schien er zu schweben, die ganze Riviera, von

Monte Carlo bis Antibes, lag ihm zu Füßen, dann sauste er hinab, den blauen Fluten des Mittelmeeres entgegen.
Die Frau rückte näher, und plötzlich spürte er ihre Hand an der Innenseite seines Oberschenkels. Ihre Lippen waren halb offen. »Ihr Amerikaner und eure Autos!« schrie sie durch das Dröhnen von Wind und Motor.
Er grinste. Das funktionierte immer. Egal, wie verfeinert sie waren, egal, wie erhaben über alles Amerikanische sie sich fühlten. Man brauchte sie nur neben sich auf den Vordersitz zu kriegen. Was es auch war – die Geschwindigkeit, das Gefühl der Kraft, der männliche Geruch frischen Leders –, die Wirkung stellte sich prompt ein.
Es gab da einen Platz gleich neben der Straße hinter der nächsten Kurve. Und ohne Zweifel war sie jetzt soweit. Er hatte kaum Zeit, den Motor abzustellen, da fiel sie schon über ihn her, ihre Finger rissen fieberhaft an den Knöpfen, die es gar nicht gab. Er zog den Reißverschluß auf. Sie keuchte, als seine lebendige Jugend sich frei machte. Dann bedeckte ihn ihr feuchter Mund.
Hinter Antibes ging die Sonne unter, als der große Wagen auf die Straße zurückfuhr. Sie brachte vor dem Spiegel der Sonnenblende ihr Make-up in Ordnung. »Du brauchst nicht zu glauben, was ich jetzt sage: Ich war meinem Mann bisher nie untreu.«
Jeremy schwieg. Eine Antwort erübrigte sich. Wenn es wirklich das erste Mal war, so konnte man jedenfalls annehmen, daß es nicht das letzte Mal gewesen wäre.
»Du glaubst mir nicht?«
Er lächelte. »Ich glaube dir.«
Sie nahm ihm die Zigarette aus dem Mund und tat einen Zug. Dann blies sie langsam den Rauch aus. »Ich verstehe es selbst nicht. Ich weiß nicht, was in mich gefahren ist.«
Er lachte laut. »Ich weiß es. Ich bin in dich gefahren.«
Wider Willen mußte sie lachen. »Mach keine Witze. Es ist ernst.«
Sie sah auf das Armaturenbrett. »Wann sind wir da?«
»Ich weiß es nicht.« Er zuckte die Achseln. »Es hängt davon ab, wie lange man uns beim Zoll aufhält. Vielleicht in zwei Stunden.«
»In zwei Stunden?« Ihre Stimme klang entsetzt.
»Ist das so schlimm? Niemand wird danach fragen.«
»Doch, mein Mann. Er war nicht gerade entzückt, daß ich allein mit dir fuhr.«
»Ich habe ihn eingeladen, mitzukommen. Aber er wollte lieber mit der Jacht fahren.«

»Aber er wird trotzdem fragen, warum wir so lange gebraucht haben.«
»Sag ihm, uns sei das Benzin ausgegangen.«
Deutsche Frauen waren merkwürdig, dachte er. Und Marlene von Kuppen war noch merkwürdiger als die meisten.
Aber vielleicht am merkwürdigsten war ihr Mann. Fritz von Kuppen war der zweite Sohn des alten Barons. Gleich zu Beginn des Krieges war er als Offizier der deutschen Luftwaffe abgeschossen und danach ausgemustert worden. Als sie sich kennengelernt hatten, war Jeremy beinahe sicher gewesen, daß von Kuppen homosexuell war. Er schloß es aus der Art, wie der Mann sich auf dem Tennisplatz bewegte. Er hatte Jeremy mühelos geschlagen und ihn dann zu einem Drink ins Klubhaus eingeladen.
Dort hatte er Marlene kennengelernt. Sie hatte mit einer anderen Dame auf der Terrasse gesessen.
»Meine Frau, Mr. Hadley«, sagte von Kuppen. »Mr. Hadley spielt ein sehr scharfes Tennis.«
Jeremy hatte gelächelt und ihre ausgestreckte Hand ergriffen. »Aber trotz allem nicht scharf genug. Ihr Gatte hat mich mit Leichtigkeit geschlagen.«
Marlene lächelte. »Tennis ist das einzige auf der Welt, was Fritz wirklich ernst nimmt.«
Er hatte die Ohren gespitzt und sich gefragt, ob hinter dieser Feststellung etwas Besonderes stecke. Im Lauf der Unterhaltung hatte er erfahren, daß die von Kuppens auf ihrem Weg an die Côte d'Azur in Italien haltgemacht hatten und in den nächsten Tagen weiterfahren wollten. Bald darauf erschien sein jüngerer Bruder Thomas. Jeremy stellte ihn vor und ließ ihm einen Drink bringen. »Wie steht's mit dem Boot?«
»Der Kapitän sagt, wir könnten am Morgen nach Antibes aufbrechen.«
»Da wird Dad sich freuen. Fahr du mit der Jacht, ich nehme den Wagen.«
»Ist das die neue Jacht, die ich im Hafen gesehen habe?«
Jeremy nickte.
»Ich habe sie aus der Ferne bewundert. Es ist ja ein wunderschönes Schiff.«
»Sie wollen doch auch an die Côte d'Azur? Warum fahren Sie nicht mit meinem Bruder? Sie haben dann Gelegenheit, die Jacht ganz genau kennenzulernen.«

»Ich würde es mit dem größten Vergnügen, aber –« Herr von Kuppen sah Marlene zögernd an.
»Ich bin für meinen Mann eine große Enttäuschung. Schiffe sind seine zweite Liebe, und ich werde immer seekrank.«
»Ich könnte Sie im Wagen mitnehmen, wenn Sie wollen«, schlug er vor. »Bis zum Abend sind wir drüben.«
Sie schüttelte den Kopf. »Nein, danke, Mr. Hadley. . Ich möchte Ihnen keine Umstände machen.«
Aber überraschenderweise hatte sich von Kuppen eingemischt. »Ich finde, das ist ein ausgezeichneter Vorschlag, meine Liebe. Ich würde sehr gern einen Tag auf dem Wasser verbringen.« Er wandte sich an Jeremy. »Vielen Dank, Mr. Hadley. Wir nehmen Ihre Einladung sehr gern an.«
Als sie fort waren, hatte Tommy gegrinst. »Hast du was mit der Frau?«
Jeremy lachte. »Ich habe sie erst zehn Minuten bevor du kamst kennengelernt.«
Tommy schüttelte den Kopf. »Manche haben eben das Glück gepachtet.«
Jeremy raufte seinem Bruder liebevoll die Haare. »Hör auf zu mekkern, Tommy. Du hattest es auch nicht gerade schlecht getroffen, während der letzten paar Wochen in der Schweiz.«
»Aber so etwas wie du diesmal hab' ich nie aufgegabelt«, beschwerte sich Tommy.
»Nütz es aus, so gut du kannst, Brüderchen«, sagte Jeremy plötzlich ernst. »Ich habe das Gefühl, die Freudentage werden bald vorbei sein.«
»Wieso?«
»Jim und Dad kommen wohl zum Wochenende zurück. Und du weißt ja, warum sie nach Boston geflogen sind.»
Glaubst du wirklich, daß man Jim für den Kongreß aufstellt?«
»Dad wird sie schon überzeugen. Gewöhnlich gelingt ihm das.«
»Aber warum, zum Teufel, soll uns das stören? Bis zu den Wahlen ist noch mehr als ein Jahr Zeit.«
»Du machst dir was vor; das weißt du genau. Wenn Dad sich dazu entschlossen hat, dann hat der Wahlkampf auch schon begonnen. Und wir werden alle mit heranmüssen. Wie Dad die Sache sieht, ist es nicht Jim allein, der kandidiert, sondern die ganze Familie.«
Tommy und von Kuppen saßen auf der Veranda, als sie vor der Villa vorfuhren.«

»Schöne Fahrt gehabt?« rief von Kuppen.
»Wunderschön«, sagte Marlene, »aber das Benzin ist uns ausgegangen.«
»Verdammt nachlässig von mir«, fügte Jeremy hinzu, »ich hätte volltanken sollen, ehe wir wegfuhren.«
»Das kann passieren«, sagte von Kuppen. Er stand auf. »Du mußt todmüde sein, Liebling. Komm, ich zeige dir dein Zimmer.«
Marlene wandte sich an Jeremy. »Vielen Dank fürs Mitnehmen.«
»Es war mir ein Vergnügen.«
Nachdem von Kuppens ins Haus gegangen waren, setzte Tommy sich zu seinem Bruder in den Wagen. Er stieß einen Seufzer der Erleichterung aus, während Jeremy den Wagen zum Parkplatz fuhr.
»Mensch, war ich froh, als du auftauchtest! Die Sache wurde ein bißchen heikel.«
»Wieso?«
»Von Kuppen gefiel das Ganze gar nicht. Und doch hatte ich das Gefühl, daß er genau das erwartet hatte. Vielleicht hat er es sogar gewollt. Ziemlich übel, die Geschichte.«
»Tja«, sagte Jeremy nachdenklich. Wahrscheinlich war seine Annahme richtig gewesen. Die Ehe konnte eine Tarnung sein. Das war nicht ungewöhnlich. Er fuhr den Wagen in die Parklücke und stellte den Motor ab.
»Zum Teufel, das ist seine Sache.« Plötzlich ärgerte er sich, weil er da in etwas hineingeraten war, was er nicht vorausgesehen hatte. »Komm, wir wollen noch was trinken.«

Beim Abendessen waren sie nur zu dritt. Gegen Ende der Mahlzeit fragte Tommy seinen Bruder: »Brauchst du heute abend den Wagen?«
Jeremy schüttelte den Kopf.
»Ich möchte nach Juan-les-Pins hinüber. Mal sehen, was dort los ist.«
»Fahr ruhig hin. Ich gehe heute früh schlafen.«
Von Kuppen wandte sich an Tommy. »Würde es Ihnen etwas ausmachen, wenn ich mitkomme?«
»Ich würde mich sehr freuen.«
»Danke.« Von Kuppen stand auf. »Ich sage nur Marlene, daß sie nicht auf mich warten soll.«
»Wie findest du das?« fragte Tommy. »Ich wäre jede Wette eingegangen, daß er euch beide nicht wieder allein läßt.«

»Wir sind nicht unbedingt allein.« Jeremy wies auf das Mädchen und den Butler, die den Tisch abräumten.
»Du weißt genau, was ich meine.«
»Darüber mache ich mir keine Sorgen. Ich gehe jedenfalls gleich schlafen.«

Zwei Tage nach dem Sieg in Europa hatten sich Jim und Jeremy Hadley in der Villa in Cap d'Antibes getroffen, die schon so lange Jahre ihrem Vater gehörte und wo sie so viele vergnügte Sommer zusammen verbracht hatten.
Der alte François, der Verwalter, und seine Frau hatten sie willkommen geheißen. »Sehen Sie, Messieurs«, sagte der Alte stolz, »wir haben die *boches* nicht hereingelassen.«
Lächelnd hatten sie genickt und etwas Zustimmendes gemurmelt. Aber es war doch traurig zu sehen, in welchem Zustand sich das Haus befand, die Fensterläden vernagelt und die Möbel zugedeckt.
Als sie dann allein waren, hatten die Brüder sich gegenseitig kritisch betrachtet. Jim war nur um vier Jahre älter, aber sein Haar war schon grau, und sein Gesicht durchzogen tiefe Furchen. Die Strapazen von mehr als tausend Flugstunden im Kriege hatten ihre Spuren hinterlassen. Jeremy schien dagegen beinahe unverändert. Er war nach einer Verwundung lange im Hospital gewesen und dann zum Generalstab versetzt worden.
»Irgendwie bist du angeschlagen«, sagte Jeremy. »Ich habe Glück gehabt. Aber du bist nicht so leicht davongekommen.«
»Du hattest tatsächlich Glück«, sagte Jim mit plötzlicher Bitterkeit. »Du mußtest nur gegen Soldaten kämpfen. Aber wenn ich eines von diesen schweren Dingern abwarf, wußte ich nie, wen es traf. Du hättest Köln sehen sollen. Und Berlin. Immer, wenn wir wiederkamen, brauchten wir nur dem Geruch der brennenden Häuser zu folgen, der drei Meilen hoch in den Himmel stieg.«
»Moment mal, Jim. Die Deutschen tun dir doch wohl nicht etwa leid?«
»Verdammt, sie tun mir leid. Nicht alle sind Nazis gewesen. Was glaubst du, wie viele Frauen und Kinder ich getötet habe?«
»Nicht wir haben die Spielregeln in diesem Krieg aufgestellt«, sagte Jeremy, »sondern sie. In Holland, Polen, Frankreich, England. Sie hat es nicht gekümmert, wohin die Bomben fielen oder wen sie trafen. Es war ihnen scheißegal, denn die Überlebenden waren ja doch nur für Dachau oder Auschwitz bestimmt.«

»War das, was wir taten, darum in Ordnung?«
»Nein. Aber wenn es zum Krieg kommt, hat man keine Wahl. Entweder man wehrt sich, oder man wird umgebracht. Und heutzutage stellt der Angreifer die Regeln auf, nach denen Krieg geführt wird.« Er nahm sich eine Zigarette. »Wenn du daran zweifelst, dann mach mal einen Spaziergang durch Coventry.«
Jim blickte plötzlich mit Respekt auf seinen jüngeren Bruder. »Vielleicht hast du recht. Und ich bin nur müde.«
In diesem Augenblick hatte der alte François das Abendessen gemeldet. Er trug seine alte Butleruniform.
Schweigend folgten sie ihm ins Speisezimmer.
François hatte kaum den Wein für den ersten Gang eingeschenkt, als sie auf dem Kies der Einfahrt ein Auto hörten. Sie sprangen gleichzeitig auf und gingen zur Haustür.
Ihr Vater stieg aus einem alten Citroën-Taxi, das ihn vom Bahnhof gebracht hatte.
»Ich wußte, wo ich euch finden würde«, rief er fröhlich und winkte ihnen zu.
Dann schrien sie alle durcheinander und stellten tausend Fragen. Während des ganzen Abendessens betrachteten sie sich immer wieder und sahen sich auch die Fotos der übrigen Familienmitglieder an, die ihr Vater mitgebracht hatte. Nach einer Weile war es fast, als wäre nie Krieg gewesen.
Aber erst in diesem Jahr wurde die Villa wieder richtig bewohnt. Es hatte nicht lange gedauert, sie zu restaurieren, aber die Familie war aus anderen Gründen ferngeblieben. Jim hatte einen Monat nach seiner Heimkehr, im Juni 1945, geheiratet, und besaß nun zwei Kinder, beides Jungen. Hadley senior nahm Jim zu sich ins Büro und überließ es ihm nach und nach, seine umfangreichen Geschäfte zu führen.
Jeremy bekam inzwischen in Harvard sein Diplom.
Als sein Vater in die Reparationskommission berufen wurde, nahm er Jeremy als persönlichen Assistenten mit. So war Jeremy zwei Jahre lang in den Regierungsämtern jedes größeren europäischen Landes ein und aus gegangen. Sein gutes Aussehen, sein liebenswürdiges Benehmen machten ihn überall, wohin er kam, beliebt.
Seine Stellung und seine gesellschaftliche Position nutzte er weidlich aus. Die europäischen Frauen waren bedeutend erfahrener als die Amerikanerinnen. Wenn er sich mit irgendeiner allzusehr einließ, regelte sich der Fall durch die Art seiner Tätigkeit von selbst.

Er blieb selten so lange an einem Ort, daß Probleme auftauchen konnten.
Danach kehrte er in die Staaten zurück und arbeitete in Washington ein Jahr lang an einem Bericht über die Tätigkeit der Kommission. Im April war er damit fertig. Als er nach Boston heimkam, brachte er ein Angebot des State Department mit.
Wieder wußte sein Vater genau, was zu geschehen hatte. »Mach lieber ein Jahr Urlaub. Fahr nach Europa und genieße die Zeit.«
»Ich muß mich aber jetzt entscheiden, was ich mit meinem Leben anfangen soll, Dad.«
»Das hat keine Eile. Außerdem wird es Zeit, daß auch Tommy nach Europa fährt. Er braucht jemanden, der ihm da zur Seite steht.«
Tommy war soeben in Harvard fertig geworden. Da er erst zweiundzwanzig war, hatte er den Krieg nicht mehr mitgemacht. Aber im übrigen hatte sich Tommy nur wenig entgehen lassen. Die Mütter in Boston sperrten ihre Töchter ein, sobald er nur in die Nähe kam.
Im Grunde hatte es Jeremy Freude gemacht, seinem jüngeren Bruder Europa zu zeigen. Und doch schien der sechs Jahre jüngere Tommy einer anderen Generation anzugehören. Es war der Krieg. Die Naivität und Unbefangenheit waren für immer verloren. Die Bombe hatte den Tod zum ständigen Begleiter für jeden gemacht.
Jeremy nahm den Pyjama aus dem Koffer und schlüpfte hinein. Er dachte an seinen Bruder und an von Kuppen, die nach Juan gefahren waren, um den Rummel dort mitzumachen. Er lächelte. Sie hatten es alle eilig. Zum erstenmal glaubte er, seinen Vater zu verstehen, der gesagt hatte, es habe keine Eile. Jeremy war noch jung. Erst achtundzwanzig.
Er legte sich ins Bett, drehte das Licht ab und beobachtete die Schatten, die an den Fenstervorhängen vorbeizogen. Plötzlich bemerkte er, daß ein Schatten sich ganz verkehrt benahm. Er bewegte sich nicht mit den anderen.
Eine Zeitlang beobachtete er das, dann war mit einemmal der Schatten verschwunden. Er sprang aus dem Bett und riß die Glastür zur Veranda auf. Es war niemand da. Erst am nächsten Morgen stellte er fest, daß ihm seine Einbildung keinen Streich gespielt hatte. Denn beim Frühstück entdeckte er, daß die von Kuppens fortgefahren waren.

15

Auf dem Frühstückstisch lag eine Nachricht von dem Deutschen. Er bedankte sich für die Gastfreundschaft und bat um Entschuldigung, weil er so früh habe wegfahren müssen. François brachte den Kaffee.
»Sind sie tatsächlich fort?«
»*Oui.* Ich habe um sieben ein Taxi für sie kommen lassen. Sie sind ins Negresco nach Nizza gefahren.«
Nachdenklich griff Jeremy nach seiner Tasse. Eine Stunde später hätte er sie selbst hinüberfahren können.
»Schinken mit Ei, Monsieur?«
Jeremy nickte.
»Für mich auch«, sagte Tommy, der gerade ins Zimmer kam. Er ließ sich auf seinen Stuhl fallen. »Oh, mein Kopf!«
Jeremy lächelte. »Du mußt dich ja gestern nacht gut amüsiert haben. Es ist mir ein Rätsel, wie von Kuppen so früh wieder auf den Beinen sein konnte.«
»Der war doch gar nicht dabei«, sagte Tommy. »Sind sie schon weg?«
Jeremy gab ihm den Zettel. »Ist er denn nicht mitgefahren?«
»Doch, aber als wir bei der Einfahrt waren, hatte er es sich anders überlegt. Er stieg aus, und ich bin weitergefahren.«
Da fiel es Jeremy wieder ein. Der Schatten auf der Terrasse. Konnte das von Kuppen gewesen sein?
Er überlegte, ob Marlene geahnt hatte, daß von Kuppen ihnen eine Falle stellen wollte. Dann erschien François mit dem Frühstück, und er dachte nicht weiter daran. Die von Kuppens waren fort. Er hatte Glück gehabt.
Bis zum Nachmittag hatte er das Ganze vergessen. Wie gewöhnlich brachten seine Mutter und die Schwestern Gäste aus Paris mit. Sergei Nikowitsch, der dieses Jahr ihre Garderobe entwarf, und Giselle d'Arcy, die Schauspielerin. Man munkelte, daß sie heiraten wollten; sie waren schon seit einigen Jahren liiert. Jims Frau, Angela, und die Kinder kamen am Nachmittag.
Während des Abendessens beugte sich François zu Jeremy: »Sie werden am Telefon verlangt, Monsieur.«
Er ging ins Arbeitszimmer und nahm den Hörer auf. »Hallo.«
»Jeremy?«
Obgleich die Stimme nur flüsterte, erkannte er sie sofort. »Ja, Marlene?«

»Ich muß dich sprechen.« Das Flüstern klang beschwörend. »Er wird mich umbringen.«
»Das ist doch lächerlich.«
»Er tut es bestimmt«, unterbrach sie ihn. »Du kennst ihn nicht. Du weißt nicht, wozu er fähig ist. Er ist verrückt. Ich bin gestern abend nicht zum Essen hinuntergekommen, weil er mich braun und blau geschlagen hat. Darum sind wir heute auch so früh weggefahren.«
Er schwieg einen Augenblick. »Ich verstehe das nicht. Er hat doch gar keinen Grund. Außer du hast es ihm erzählt.«
»Ich habe nichts gesagt. Aber er will mich so lange schlagen, bis ich ihm die Wahrheit sage.«
»Warum verläßt du ihn nicht?«
»Ich kann nicht. Wenn er mich allein läßt, schließt er mich mit Handschellen am Bett an.«
»Handschellen?«
»Ja.« Sie begann zu weinen. »Das macht er, seit wir verheiratet sind. Immer, wenn er weggeht.«
»Wie wollen wir uns dann treffen?«
»Er geht gegen elf ins Kasino. Ich habe gehört, daß er einen Platz am Tout-va-Tisch bestellt hat. Komm um Mitternacht. Der Portier wird dich zu mir bringen.«
»Aber –«
»Komm!« sagte sie drängend. »Ich höre ihn. Ich muß auflegen.«
Dann war die Leitung stumm. Das Ganze gefiel ihm gar nicht, aber ihre Angst klang echt.
Ein paar Minuten nach Mitternacht hielt er vor dem Hotel Negresco. Er stieg aus, zögerte und ging dann die Promenade des Anglais hinunter, in Richtung zum Casino de la Méditerranée. Er kaufte sich eine Eintrittskarte und betrat das Kasino.
Die Roulett-Tische waren alle besetzt. Er ging an den Tischen vorüber, wo *trente-et-quarante* und *chemin de fer* gespielt wurde. Etwas abgesondert am Ende des Saales stand der Tout-va-Tisch. Bakkarat ohne Einsatzbegrenzung.
Die Zuschauermenge beobachtete fasziniert das Spiel um die hohen Einsätze. Jeremy hielt sich ganz im Hintergrund. Sie hatte die Wahrheit gesagt. Von Kuppen saß links vom Bankhalter und sah mit grimmiger Entschlossenheit auf den Tisch. Er blickte nicht einmal auf, als der Geber zwei Karten vor ihn legte.
Jeremy ging zum Hotel zurück und rief Marlene über das Haustelefon an.

Sie antwortete flüsternd: »Zimmer 406.«
»Ich komme gleich.«
Im vierten Stock stieg er aus und trat an den Tisch des Etagenportiers. Dieser stand wortlos auf und führte ihn den Gang entlang. Vor Zimmer 406 zog er einen Schlüssel heraus und öffnete die Tür.
»*Merci.*« Jeremy drückte ihm eine Münze in die Hand.
Marlene hatte nicht gelogen. Ihr Fußgelenk war mit einer Handschelle an den Bettpfosten gebunden.
Sie lag auf dem Bett, die Decke bis ans Kinn hochgezogen. »Ich sehe entsetzlich aus«, sagte sie und begann zu weinen.
»Hör auf«, sagte er streng. »Ich bringe dich hier weg.«
Er untersuchte die Handschelle. »Ich muß etwas haben, um das Schloß zu öffnen.«
Er ging ins Nebenzimmer. Hinter der kleinen Bar fand er einen Eispfriem.
Es dauerte fast eine Stunde. Dann war das Schloß plötzlich offen. Er besah sich ihren Knöchel. Er war aufgeschürft und blutete.
»Kannst du aufstehen?«
»Ich will es versuchen.« Marlene griff nach seiner Hand und erhob sich schwankend.
Sie wies auf den Wandschrank. »Meine Kleider sind da drin.«
Er kam mit einem Kleid und einem Mantel zurück. Marlene lehnte am Bett. »Büstenhalter und Höschen sind in der obersten Lade.«
Als er sie brachte, blickte sie ihn mit einem müden Lächeln an. »Du mußt mir helfen.«
»Setz dich lieber hin. Dann geht's leichter.«
Marlene sank mit einem Seufzer der Erleichterung aufs Bett und streckte die Hand nach dem Büstenhalter aus. Er starrte sie entsetzt an. Ihre vollen Brüste waren voller dunkler Flecken, und auf Bauch und Rücken waren häßliche rote Striemen zu sehen. »Du hast es mir nicht geglaubt. Keiner glaubt es.«
Sie drehte sich um. Über ihre Hinterbacken lief eine Reihe blutiger Blasen. »Das hat er mit einer Zigarre gemacht.«
»Gestern nacht?« fragte er ungläubig.
»Gestern nacht.«
»Aber wir haben gar nichts gehört.«
»Er hat mir einen Knebel in den Mund gesteckt.«
»Steh auf«, sagte er rauh. »Ich bringe dich hier weg.«
Plötzlich war sein ganzer Deutschenhaß aus der Kriegszeit wieder wach.

Sie sprach erst, als sie im Wagen saßen und er wie selbstverständlich zur Villa zurückfuhr.
»Wo fahren wir hin?«
»Ich bringe dich zu mir nach Hause.«
Plötzliche Angst war in ihrer Stimme. »Nein, das geht nicht. Dort wird er mich zuerst suchen.«
»Wo kann ich dich denn sonst hinbringen? Du mußt in ärztliche Behandlung.«
»Irgendwohin, nur nicht in eure Villa.«
»Ein anderes Hotel kommt nicht in Frage. Er hat deinen Paß.« Er schaute auf die Uhr am Armaturenbrett. Es war fast halb drei. »Wie lange bleibt er im Kasino?«
»Im allgemeinen, bis die Spieltische geschlossen werden.«
»Dann bleiben uns noch höchstens zwei Stunden. Das ist nicht viel Zeit, um zu einem Entschluß zu kommen.«
Er fuhr eine Zeitlang schweigend weiter, dann hatte er plötzlich eine Idee. Irgendwo hatte er gelesen, daß Dax für den Sommer in St. Tropez eine Villa gemietet hatte.
Er fuhr an der Abzweigung nach Antibes vorbei und weiter die Küstenstraße entlang. Er hoffte inständig, daß Dax da war. Er hatte ihn zuletzt vor mehr als einem Jahr in Palm Beach gesehen, kurz bevor Dax und Caroline geschieden wurden.

16

Es gelang ihm, bei der *gendarmerie* zu erfahren, wo die Villa von Dax war. Sie lag draußen am Ende der Halbinsel, an einer alten schmalen Straße, die er langsam und vorsichtig entlangfuhr. Marlene schien zu schlafen, sie hatte die Augen geschlossen. Erleichtert stellte Jeremy fest, daß in der Villa Licht war. Gesprächsfetzen drangen nach draußen.
Jeremy ging zur Eingangstür und zog an der altmodischen Türschelle. Ihr lauter Klang echote durch die Nacht.
Die Tür wurde geöffnet, und Fat Cat schaute heraus. »*Quén es?*«
»Ich bin es, Fat Cat. Ist Mr. Xenos da?«
Fat Cat erkannte ihn. »Señor Hadley. Kommen Sie herein.«
Im Inneren des Hauses hörte man Gelächter. Jeremy zögerte, dann trat er zur Seite, damit Fat Cat die Frau im Wagen sah. »Könnten Sie Mr. Xenos bitten, herauszukommen?«

Fat Cat nickte verständnisvoll. »*De seguro, señor.*«
»Jeremy.« Dax reichte ihm die Hand. »Warum kommst du nicht herein?«
»Ich komme mit einer schwierigen Sache.«
Dann sah auch Dax die Frau im Wagen. »Fahr den Wagen auf die andere Seite des Hauses«, sagte er. »Fat Cat und ich kommen gleich hin.«
Mit einem Gefühl der Erleichterung kehrte Jeremy zum Wagen zurück. Er lächelte Marlene zu. »Keine Sorge, jetzt ist alles in Ordnung.« Und zum erstenmal in dieser Nacht war er wirklich davon überzeugt.

Es war fast fünf Uhr morgens, als Jeremy den kleinen roten MG zur Villa in Cap d'Antibes hinauffuhr. »Nimm meinen Wagen«, hatte Dax gesagt. »Ich bringe dir deinen gegen Mittag zurück. Möglich, daß die Polizei heute nacht nach ihm sucht.«
Die Sonne schien durchs Fenster, als Jeremy von Tommy wach gerüttelt wurde.
Er setzte sich auf und rieb sich die Augen. »Wie spät ist es?«
»Beinahe mittag«, sagte sein Bruder. »Mach dich lieber fertig. Von Kuppen ist unten, mit zwei Gendarmen. Er behauptet, du hättest gestern nacht seine Frau entführt. Dad ist schon völlig aus dem Häuschen.«
»Vater ist auch schon da?«
»Seit einer halben Stunde. Sie sind beide fast gleichzeitig gekommen.«
Jeremy wankte aus dem Bett und ins Badezimmer unter die Dusche. Der eisige Strahl aus dem Kaltwasserhahn machte ihn wieder munter. »Gib mir doch bitte ein Handtuch.«
Tommy warf ihm eines zu. »Du nimmst es ja sehr ruhig auf.«
»Na, und?« fragte Jeremy, während er sich abrieb.
»Wenn ich jemandem die Frau entführt hätte, wäre ich schon einigermaßen beunruhigt.«
»Vielleicht war ich's gar nicht.«
»Nett, daß du ›vielleicht‹ sagst. Spricht für deine Ehrlichkeit.«
Von Kuppen stürzte sich sofort auf ihn, als er ins Zimmer kam. »Was haben Sie mit meiner Frau gemacht?«
Jeremy sah ihn kühl an. »Ich weiß nicht, wovon Sie sprechen.«
Sein Vater schaltete sich ein. »Mr. von Kuppen behauptet, du hättest seine Frau gestern nacht aus dem Hotel entführt.«

Jeremy wandte sich an seinen Vater. »Hat er mich mit ihr gesehen?«
Wütend sagte von Kuppen zu den Gendarmen: »Das war gar nicht nötig. Der Nachtportier hat gesehen, wie Sie in ein Cadillac-Kabriolett stiegen. Es *war* sein Wagen – es gibt hier nicht so viele Cadillacs.«
»Hat er mich in den Wagen steigen sehen?«
»Das spielt gar keine Rolle. Er hat meine Frau erkannt. Das genügt.«
Jeremy lächelte. »Das genügt nicht ganz. Sehen Sie, ich habe gestern nacht den Cadillac gar nicht gefahren.«
Jeremy wandte sich an die Gendarmen. »Kommen Sie mit. Ich kann es beweisen.«
Jeremy blieb vor dem kleinen roten MG-Kabriolett stehen. »Hier ist der Wagen, mit dem ich gestern nacht gefahren bin.«
»Das ist ein fauler Trick«, schrie von Kuppen. Er sah sich auf dem Parkplatz um. Es stand nur noch der Citroën da. »Wo ist der Cadillac?«
Jeremy gab keine Antwort.
Der ranghöhere Polizist fragte: »Wo ist der Cadillac, Monsieur?«
Jeremy zuckte die Achseln. »Ich weiß es nicht.«
»Sie wissen es nicht?« sagte der *gendarme* ungläubig.
»Nein. Ich habe gestern abend vor dem Casino de la Méditerranée einen Freund getroffen. Er wollte gern einmal den Cadillac einen Abend lang ausprobieren. So haben wir eben die Wagen getauscht.«
»Um welche Zeit war das, Monsieur?«
Jeremy zog die Schultern hoch. »Genau kann ich es nicht sagen. Halb elf, elf Uhr.«
»Er lügt!« schrie von Kuppen wütend. »Merken Sie nicht, daß er nur Zeit gewinnen will?«
Jeremys Stimme war voller Verachtung. »Sie sind ja krank. Sie müssen mal zu einem Psychiater.«
Von Kuppen wurde rot und machte einen drohenden Schritt auf ihn zu. Unauffällig trat der *gendarme* zwischen die beiden. »Würden Sie uns den Namen des Herrn angeben, dem Sie Ihren Wagen überlassen haben?«
Über die Schulter des Polizisten hinweg sah Jeremy den Cadillac in die Einfahrt einbiegen. »Gewiß«, sagte er. »Hier kommt er übrigens. Monsieur Xenos. Vielleicht haben Sie von ihm gehört.«

»Monsieur Xenos kennen wir«, sagte der *gendarme.*
Jeremy ging zu dem Cadillac. »Na, wie gefällt er dir, Dax?«
»Wunderbar. Bloß ein bißchen groß für die Straßen hier.«
Von Kuppen tobte. »Das ist ein abgekartetes Spiel«, brüllte er. »Merken Sie nicht, daß die beiden das untereinander abgemacht haben?«
Dax drehte sich nach ihm um.
»Wer ist dieser Mann?«
»Er heißt von Kuppen«, sagte Jeremy. »Er glaubt, daß –«
»Von Kuppen?« unterbrach Dax. »Das erspart mir einige Mühe. Ich wollte ihn gerade aufsuchen.«
Er stieg aus dem Cadillac.
»Ich habe eine Nachricht von Ihrer Frau für Sie.«
»Sehen Sie?« Von Kuppen bekam fast einen hysterischen Anfall. »Ich habe Ihnen ja gesagt, daß es eine abgekartete Sache ist.«
»Abgekartet?« fragte Dax belustigt. »Was ist abgekartet?«
»Von Kuppen behauptet, ich hätte gestern nacht seine Frau aus dem Hotel entführt.«
Dax lachte und wandte sich an die *gendarmes.* »Frau von Kuppen wurde nicht entführt. Sie ist aus freien Stücken mit mir gekommen. Sie sagt, sie habe genug von ihrem Ehemann, sie wolle fort. Nachdem sie mit mir telefoniert hatte, habe ich sie abgeholt.«
»Er lügt!« schrie von Kuppen.
Dax zog einen Briefumschlag aus der Tasche. »Bevor Sie Anklagen erheben, die eine Verleumdungsklage zur Folge hätten, schlage ich vor, daß Sie diese Nachricht von Ihrer Frau lesen.«
Von Kuppen riß den Briefumschlag auf. Sein Gesicht wurde weiß. »Ich verstehe das nicht. Ich verlange sie zu sehen. Ich muß mit ihr sprechen.«
»Sie will Sie nicht sehen«, sagte Dax. »Sie erwartet, daß Sie ihr sofort ihren Paß aushändigen.«
»Aber ich muß sie sehen«, sagte von Kuppen. »Das können Sie mir nicht verwehren.«
»Ich kann es, und ich werde es. Sie ist in meiner Villa, und – nur zu Ihrer Information – ich bin Sonderbotschafter der Republik Corteguay. Ich bin in diplomatischer Mission in Frankreich. Mein Haus ist durch die diplomatische Immunität geschützt.« Er wandte sich an den diensthöheren *gendarme.* »Ist das richtig, Monsieur?«
Der Polizist nickte. »Wenn es sich um eine diplomatische Angelegenheit handelt«, sagte er, »so bin ich dafür natürlich nicht zustän-

dig.« Er war sichtlich erleichtert, einer so schwierigen Situation zu entgehen.
Dax wandte sich wieder an von Kuppen. »Vom Inhalt des Briefumschlages besitze ich Kopien. Außerdem existiert auch eine vor einem Notar abgegebene eidesstattliche Erklärung Ihrer Frau. Und eine weitere von ihrem Arzt. Ich denke, es wird nicht nötig sein, diese Erklärungen dem Gericht vorzulegen, damit Sie den Paß herausgeben.«
Von Kuppen wandte sich an Jeremy. »Was haben Sie mit ihr gemacht?« sagte er bitter. »Bevor Sie kamen, gab es nie irgendwelche Schwierigkeiten.«
»Sie sind wirklich krank, wenn Sie das glauben.« Jeremy wandte ihm den Rücken und sagte zu seinem Vater: »Gehen wir hinein, Dad. Ich habe ein gutes Frühstück nötig.«
Schweigend gingen sie zum Haus zurück. Ein paar Minuten später hörten sie einen Wagen abfahren.
»Es waren Fotos, nicht wahr?« sagte Jeremy.
Dax nickte und holte die Kopien aus der Tasche. Wortlos reichte sie Jeremy seinem Vater.
»Ein Glück, daß Dax hier war und uns aus der Patsche geholfen hat«, sagte Hadley senior. »Es hätte einen fürchterlichen Skandal geben können.«
»Ich habe daran gedacht«, sagte Jeremy. »Glaubst du wirklich, mir hätte es Spaß gemacht, Jims Chancen für den Kongreß zu gefährden?«
»Jims Chancen? Ich dachte, du hättest inzwischen begriffen.«
»Was begriffen?«
»Warum ich dir riet, den Posten im State Department auszuschlagen. Nicht Jim wird für den Kongreß kandidieren, sondern du!«

17

Robert las die Zeitung, als Denisonde die kleine Wohnung betrat, eine fast leere Einkaufstasche in der Hand. Mühevoll übersetzte er das Hebräische ins Französische. Schließlich war er mit dem Satz fertig und sah auf. »Es gab im Büro nichts zu tun. Man hat mir den Nachmittag freigegeben.«
Denisonde schloß die Tür. »Mit der Post ist ein neuer *France-Soir* gekommen. Ich habe ihn auf den Tisch neben deinem Bett gelegt.«

»Danke. Wie ist es dir heute ergangen?«
Sie zuckte die Achseln. »Wie gewöhnlich. Ich bin sicher, der Fleischer versteht Französisch, aber er ließ mich hebräisch sprechen, und als alle über mich gelacht hatten, erklärte er, er habe sowieso kein Fleisch.«
»Aber die neuen Fleischmarken gelten ab heute.«
»Das habe ich dem Fleischer auch gesagt. Er meinte, das wüßte er, aber man habe vergessen, es dem Ochsen zu sagen.«
»Was hast du bekommen?«
»Kartoffeln und ein Stück fettes Hammelfleisch.«
»Warst du wieder auf dem schwarzen Markt?«
»Hast du etwa Lust, immer nur Pellkartoffeln zu essen?«
Roberts Stimme klang bitter. »Die Araber wollen uns zwar nicht hier haben, aber sie werden an uns reich.«
»Die Araber sind nicht die einzigen, die uns nicht hier haben wollen.«
»Das wird jetzt anders, nachdem die Engländer weg sind.«
»Das höre ich schon seit Monaten.« Denisonde strich sich ihr Haar aus der Stirn. »Außerdem habe ich nicht die Engländer gemeint.«
Er schwieg und ging ins Schlafzimmer. Gleich darauf kam er mit der Zeitung zurück. »Hast du auf der Titelseite die Bilder und die Geschichte über Dax gesehen?«
»Nein. Was schreiben sie über ihn?«
Er las, dann lächelte er. »Dax bleibt doch immer der alte. Er hat offenbar die Frau eines reichen Deutschen aus einem Hotel in Nizza entführt. Als der Deutsche seine Frau zurückholen wollte, berief sich Dax auf seine diplomatische Immunität.«
»Steht da, wie sie heißt?«
Robert schüttelte den Kopf.
»Da sind auch zwei ganze Seiten über die neue Mode«, sagte er dann. »Willst du sie lesen?«
»Bitte, ja.« Sie setzte sich und betrachtete die erste Seite. Die Überschrift lautete:

LA PREMIERE PRESENTATION DE LA SAISON

CHANEL, BALMAIN, DIOR, FÜRST SERGEI NIKOWITSCH

Gierig studierte sie auf den Bildern die Posen der Fotomodelle, die ihr hochmütig entgegenblickten. Sie schloß die Augen. Paris. Die Zeit der Kollektionen.

Gleichgültig, wer man war, Prinzessin oder Fleischersfrau, man sprach von nichts anderem als von der neuen Mode. Die Nummern von *L'Officiel* gingen von Hand zu Hand, begleitet von Ahs und Ohs über jedes Detail der neuen Linie. Jede Frau hatte ihre eigene Meinung darüber, ob sich der neue Stil durchsetzen würde oder nicht. Und die Nachbarinnen hörten zu, als stünde man auf der Liste der zehn bestgekleideten Frauen der Welt.
Paris um diese Zeit war wirklich aufregend. Die Einkäufer kamen aus der ganzen Welt, aus Nord- und Südamerika, aus Deutschland, England, Italien, ja, sogar aus dem Fernen Osten. Restaurants, Theater und Klubs waren überfüllt.
Wie lange war es her, daß sie selbst zu diesen fröhlichen, vergnügten Leuten gehört hatte? Die Israelis hatten keinen Sinn für Humor. Sie waren ein verbissenes Volk. Nicht daß Denisonde es ihnen übelnahm. Eine Nation aufzubauen war nicht leicht. Es gab dabei nicht viel zu lachen.
Auch Denisonde hatte einmal den Ehrgeiz gehabt, Mannequin zu werden. Aber die Haute-Couture-Häuser konnten sie nicht brauchen. Ihre Büste war zu stark, die Kleider fielen nicht richtig. Schließlich war es ihr gelungen, ein Engagement bei einer Wäschefirma zu bekommen. Die Bezahlung war gering. Es gab zwei Vorführungen am Tag, dazu eine weitere abends.
Damals war Denisonde sehr naiv gewesen. Es machte ihr nichts aus, nur mit Büstenhalter und Höschen bekleidet, vor den Einkäufern durch den Raum zu spazieren. Und wenn gelegentlich die Hand eines Käufers, wie es oft geschah, liebkosend auf ihren Brüsten verweilte, betrachtete sie das als normales Geschäftsrisiko.
Eines Tages, als sie fast eine Woche dort gearbeitet hatte, war der Chef ins Ankleidezimmer gekommen.
»Morgen bekommen Sie Ihr erstes Gehalt.«
Sie nickte. Aber irgend etwas in seiner Stimme irritierte sie. »Sind Sie mit meiner Arbeit zufrieden?«
»Soweit, ja. Aber es wird Zeit, daß Sie sich auch um den anderen Teil Ihrer Arbeit kümmern. Heute ist ein wichtiger Käufer da. Er möchte, daß Sie mit ihm ausgehen.«
»Mit ihm ausgehen?«
»Sie wissen genau, was ich meine«, sagte er. Seine Stimme klang plötzlich scharf. Dann wurde sie sanfter. »Nicht umsonst, natürlich. Sie bekommen hundert Francs extra und fünf Prozent Provision auf seine Bestellung.«

Denisonde war weder schockiert noch beleidigt. Sie dachte realistisch, und Sex war nichts Neues für sie. Aber bis jetzt hatte sie ihre Wahl immer selbst getroffen. Sie war nur überrascht, weil nichts davon erwähnt worden war, als sie die Arbeit angenommen hatte.
»Und wenn ich nicht mit ihm gehen will?«
»Dann brauchen Sie morgen gar nicht mehr zu kommen. Ich kann mir kein Mädchen leisten, das seine Arbeit nicht ganz macht.«
Einen Augenblick schwieg Denisonde. Dann sagte sie: »Wenn das so ist, werde ich lieber gleich eine Kokotte. Dabei verdiene ich mehr Geld.«
»Sie brauchen dafür aber eine Polizeikarte, und Sie wissen, was das heißt. Sie würden nie wieder eine vernünftige Anstellung bekommen.«
Denisonde antwortete nicht, sie nahm bloß ihren Rock vom Stuhl und zog ihn über.
»Sie sind sehr unklug«, sagte der Chef.
Sie lächelte und griff nach ihrer Bluse. »Sie meinen, ich *war* sehr unklug.«
Danach hatte Denisonde nicht lange gebraucht, um mit Madame Blanchette in Verbindung zu kommen. Ein Polizeiinspektor hatte sie dem Etablissement empfohlen. Er ließ sie zu sich rufen, nachdem sie aus dem Gefängnis entlassen war.
»Für ein junges Mädchen ist es gefährlich, so spät nachts auf der Straße zu sein«, hatte er gesagt. »Man weiß nie, wem man begegnet. Ich werde für dich ein nettes Haus suchen, in dem du arbeiten kannst.«
Der Geruch von verbranntem Fleisch riß sie aus ihren Träumereien. Sie sprang erschrocken hoch und lief zum Herd. Rasch zog sie den Topf fort, verbrannte sich die Finger daran und ließ ihn in den Ausguß fallen. Er stürzte um, das angebrannte Fleisch und die Kartoffeln rollten heraus.
Entsetzt starrte sie auf die Bescherung. Plötzlich konnte sie sich nicht mehr beherrschen. »*Merde!*« Sie begann verzweifelt zu weinen.
»Was ist passiert?« Robert stand neben ihr und blickte in den Ausguß. »Du hast das Abendessen anbrennen lassen«, sagte er anklagend.
Sie lief wütend ins Schlafzimmer. »Ja«, schrie sie, »ich habe das verdammte Abendessen anbrennen lassen.«

Sie warf sich schluchzend aufs Bett. Robert setzte sich neben sie und legte ihr die Hand auf die Schulter.
Sie kam in seine Arme und begrub ihr Gesicht an seiner Brust. »O Robert, ich will nach Hause!«
Er schwieg, seine Arme schlossen sich enger um sie.
»Begreifst du es denn nicht? Dieses Land ist nicht mein Land, diese Menschen sind nicht wie ich. Ich bin Französin, ich gehöre nicht hierher.«
Robert sagte immer noch nichts.
Sie schob ihn von sich weg. »Und du gehörst auch nicht hierher. Du bist kein Flüchtling, du bist auch Franzose. Sie wollen uns hier gar nicht. Wir nehmen anderen den Platz weg, die ihn viel eher brauchen als wir. Wir essen ihnen sogar ihr Brot weg.«
»Du bist müde«, sagte Robert sanft. »Ruh dich ein wenig aus, dann fühlst du dich wieder besser.«
»Nein! Was ich sage, stimmt. Das weißt du genau. Wenn man dich hier wirklich nötig hätte, gäbe man dir eine wichtigere Stellung als diesen Job als Gehilfe in einem Übersetzungsbüro. Weißt du, was die viel dringender brauchen als uns beide? Geld. Geld zum Bauen, Geld zum Einkauf von Lebensmitteln, von Kleidern. Du könntest in der Bank deines Vaters viel mehr für Israel tun als hier.«
»Ich kann nicht zurück.«
»Warum nicht?« fragte sie.
Er schwieg.
»Bin ich der Grund? Weil ich nicht in deine Welt passen würde?«
Er antwortete nicht.
»Darüber brauchst du dir keine Gedanken zu machen. Wir lassen uns scheiden. Du wirst dich meiner nicht zu schämen brauchen.«
Die Tränen traten ihr in die Augen. »Bitte, Robert. Ich halte es nicht mehr aus. Ich will nach Hause.«
Sie begann wieder zu weinen. Nach einiger Zeit hörte sie seine Stimme: »Ich liebe dich, Denisonde. Du mußt nicht weinen. Wir fahren nach Hause.«

18

Etwa ein halbes Jahr später stand Denisonde vor dem mannshohen dreiteiligen Spiegel in ihrem Zimmer im Stadthaus der de Coynes in Paris und betrachtete sich kritisch.

Der Entwerfer bei Fürst Nikowitsch hatte sich mit großer Geste vor die Stirn geschlagen und die Augen geschlossen. »Ich sehe es vor mir, ganz einfach gearbeitet, dunkelgrün, körpernah. Im Nacken hochgeschnitten, dann ein kühnes Dekolleté, halbmondförmig ausgeschnitten, um diese herrliche Büste richtig zur Geltung zu bringen. Und ein konischer Rock, vom Boden bis fast zum Knie geschlitzt *á la chinoise. Formidable!*«
Er öffnete die Augen und blickte sie an. »Was halten Sie davon?«
»Ich weiß nicht. Ich habe nie Grün getragen.«
Das Kleid wurde so, wie der Modeschöpfer erhofft hatte. Aber die Krönung des Ganzen kam von Robert: es war der weltberühmte Smaragd der de Coynes, ein Stein von fünfundfünfzig Karat, zu schimmernden Facetten geschliffen und in Herzform geschnitten, eingefaßt von winzigen rechteckigen Brillanten, an einer einfachen dünnen Platinkette. Sogar Denisondes lohfarbene Augen schienen. sein volles Grün zurückzustrahlen.
Denisonde wandte sich vom Spiegel ab zu ihrer Schwägerin, die auf dem kleinen Sofa saß. Die Geräusche der Party drangen leise herauf.
»Ich weiß nicht, was mit mir los ist. Plötzlich habe ich Angst hinunterzugehen.«
Caroline lächelte. »Du brauchst keine Angst zu haben. Sie werden dich nicht fressen.«
»Du verstehst mich nicht. Einige dieser Männer haben mich gehabt. Was soll ich sagen, wenn ich sie jetzt wieder treffe?«
»Zum Teufel«, sagte Caroline. »Ich könnte dir Dinge erzählen – da würdest du dir so ungefähr vorkommen wie ein unschuldiges Baby.«
»Aber Sie haben es nicht für Geld getan.«
Caroline trat zu ihr. »Schau in den Spiegel. Weißt du, was dieser Smaragd bedeutet?«
Denisonde schüttelte den Kopf.
»Meine Mutter hat ihn getragen und meine Großmutter, und vor ihr deren Mutter. Keine Frau hat ihn getragen, die nicht eine Baronin de Coyne war. Als mein Vater ihn Robert für dich gab, war das für uns das Ende deiner Vergangenheit. Und dort unten gibt es niemanden, der das nicht weiß.«
Denisonde kamen die Tränen.
»Ich werde gleich weinen.«
»Lieber nicht.« Caroline ergriff die Hand ihrer Schwägerin. »Es verdirbt das Make-up.«

Der Baron bahnte sich zwischen den Gästen hindurch den Weg zu Denisonde. Er nahm ihre Hand und führte sie an den Rand des kleinen Tanzparketts. Das Orchester begann einen langsamen Walzer. Der Baron lächelte und legte den Arm um sie. »Siehst du, sie sind gut geschult. Sie erweisen meinem Alter den gehörigen Respekt.« Er sah ihr in die Augen. »Macht dir die Party Spaß?«
»Es ist wie ein Traum. Ich habe nie gewußt, daß die Welt auch so sein kann.« Sie küßte ihn auf die Wange. »Vielen Dank, *mon père.*«
»Bedanke dich nicht bei mir, Denisonde. Das ist alles nur durch dich möglich geworden. Du hast mir meinen Sohn wiedergegeben.« Er zögerte.
»Ist Robert ganz wieder in Ordnung?«
»Du sprichst vom Rauschgift?«
Er nickte.
»Ja«, sagte sie. »Das ist vorbei. Es war nicht leicht für Robert, aber jetzt ist es vorbei.«
»Ich bin sehr froh. Auch dafür muß ich dir danken.«
»Nicht mir, den Israelis. Sie verstehen keinen Spaß in solchen Dingen. Es blieb ihm nichts übrig, als gesund zu werden.«
Sie waren beim Eingang der Bibliothek angelangt. Der Baron führte sie vom Parkett. »Komm, ich will dir etwas zeigen.«
Im Kamin brannte ein Feuer. Er öffnete eine Lade im Schreibtisch, nahm einige Papiere heraus und reichte sie ihr.
»Das gehört dir.«
Denisonde sah sie sich an. Es war alles da – die Polizeikarten, die ärztlichen Zeugnisse, die Liste ihrer Verhaftungen. Erstaunt schaute sie auf. »Wie hast du das bekommen?«
»Ich habe es gekauft«, sagte er.
»Aber warum?« fragte sie. »Es muß sehr viel gekostet haben.«
Er nahm ihr die Papiere aus der Hand und warf sie in die Flammen des Kamins. Sie brannten lichterloh.
»Ich wollte, daß du das mit ansiehst«, sagte er. »Diese Denisonde gibt es nicht mehr.«
»Und wer ist übriggeblieben? Wer bin ich?«
»Meine Schwiegertochter«, sagte er. »Roberts Frau, auf die ich stolz bin.«

»Israel wird nie imstande sein, eine Bewässerungs-Pipeline durch die Wüste zu bezahlen«, sagte Robert de Coyne. »Nicht in hundert

Jahren. Ich weiß es. Ich habe dort gelebt. Wir werden nie zu unserem Geld kommen.«
Ein merkwürdiger Ausdruck erschien auf dem Gesicht seines Vaters. »Aber du gibst zu, daß ein solches Projekt durchführbar ist?«
»*Oui.*«
»Und notwendig?«
»Selbstverständlich, das bestreite ich gar nicht. Ich bezweifle nur die Rentabilität.«
»Manchmal muß ein Bankier investieren, auch wenn sich kein sofortiger Gewinn ergibt«, erwiderte der Baron. »Das ist eine der Verpflichtungen des Reichtums. Dafür zu sorgen, daß allen daraus Nutzen erwächst.«
Robert sah seinen Vater überrascht an. »Hast du nicht deine Ansichten ganz entscheidend geändert?«
Sein Vater lächelte. »Wahrscheinlich. Aber das Geld, das wir bei der Rettung der Kuppen-Werke verdient haben, macht nun dieses Projekt möglich.«
»Aber du hättest doch nichts gegen einen Profit einzuwenden, wenn ich dir einen entsprechenden Vorschlag mache?«
»Natürlich nicht. Und was ist das für ein Vorschlag?«
»Es handelt sich um die Campion-Israeli-Schiffahrtsgesellschaft. Wir sind im Begriff, das Angebot einer Beteiligung abzulehnen, weil Marcel allen Gewinn selbst einstecken will. Wenn aber die Gewinne aus der Israelilinie nicht in Marcels andere Gesellschaften fließen, würde das nicht genügen, um das Defizit der Pipeline auszugleichen?«
Sein Vater betrachtete ihn nachdenklich. »Es wäre möglich, obgleich der Überschuß wahrscheinlich sehr gering ist.«
»Wenn wir nun aus den beiden Projekten ein einziges machten und Israel das Geld zu – sagen wir – einem halben Prozent leihen anstelle der üblichen fünf, sechs oder sieben, wäre es dann nicht möglich, beide Projekte durchzuführen?«
»Ich glaube schon.«
Robert lächelte.
»Wenn aber Marcel nicht einverstanden ist, was dann?«
»Wir können ihn jedenfalls fragen«, sagte Robert.
»Marcel ist in New York. Vielleicht kannst du hinüberfahren und mit ihm sprechen.«
»Ausgezeichnet. Denisonde wird sich freuen. Sie war noch nie drüben.«

19

Die Sonne schimmerte hell auf dem Gold ihrer Haare, als Amparo ausstieg.
Die Menge tobte: »*La princesa! La princesa!*«
Ein kleines Mädchen lief auf Amparo zu und überreichte ihr einen Blumenstrauß. Sie beugte sich nieder und küßte das Kind, ihre Lippen bewegten sich kaum in einem gemurmelten »*Mil gracias*«.
Dann wurde sie auf die Plattform vor die Mikrophone geführt. Sie wartete geduldig, bis die Fotografen fertig waren und die Schreie der Menge verstummten. Dann begann sie zu sprechen. Ihre Stimme war leise, weich und warm, als flüstere sie es jedem einzelnen zu:
»Meine Kinder. *Campesinos.*«
Wieder begannen die Rufe der Begeisterung. War sie nicht eine von ihnen? War nicht ihr Vater von den Bergen gekommen? Und kümmerte sie sich nicht ständig um das Wohl der Bauern und Arbeiter, des einfachen Volkes? Sie sorgte dafür, daß es Schulen gab und Hospitäler und Nahrung für die, die nicht mehr arbeiten konnten.
Und jetzt stand sie vor dem herrlichen, weißschimmernden Gebäude, dessen Bau so vielen von ihnen Arbeit gegeben hatte und das vielen auch weiterhin den Lebensunterhalt bot. Und das Land, auf dem sich dieses prächtige neue Hotel erhob, hatte sie ihnen geschenkt. Es war nicht zuviel Ehre für sie, die soviel Gutes getan hatte, wenn das Hotel nach ihr benannt war. La Princesa.
Amparo hob die Hand; der Jubel verstummte. Die Mikrophone verstärkten ihre leise, heisere Stimme.
»Dies ist ein Tag, auf den wir alle stolz sein können. Ein Tag, auf den ganz Corteguay stolz sein kann. Ein Tag, an dem das stete Gedeihen unseres geliebten Landes wiederum sichtbar wird.«
Erneut begann der beifällige Jubel.
»Ich stehe hier vor euch nur als Symbol der Demut und Bescheidenheit meines geliebten Vaters, dessen Mühe und Sorge für sein Volk ihm keine Unterbrechung seiner Arbeit erlaubt.«
Diesmal ließ sie sie schreien.
»*El Presidente! El Presidente! El Presidente!*«
Als es ruhig wurde, fuhr sie fort:
»Morgen wird dieses Hotel eröffnet. Morgen werden drei große Flugzeuge aus den Vereinigten Staaten auf unserem Flugplatz landen, und ein großes Schiff wird in unserem Hafen Anker werfen. Viele Besucher aus den Ländern des Nordens werden kommen und

sich an den Schönheiten unserer Heimat erfreuen. Es ist an uns, ihnen zuzurufen: *Bienvenido!* Seid willkommen.
Diese *turistas* bringen ihren Wohlstand zu uns. So sollen sie sich hier auch glücklich fühlen. Wir wollen, daß sie die Botschaft von der Schönheit unseres geliebten Landes und der Liebenswürdigkeit seiner Bewohner mit heimnehmen und weitertragen.«
Die Menge begann wieder zu jubeln. Amparo lächelte und hob die Hand. »Morgen wird dieses Hotel für die Touristen eröffnet. Aber heute gehört es uns. Heute können wir alle, könnt ihr alle die Wunder besichtigen, die ihr selbst möglich gemacht habt, weil mein Vater an euch geglaubt und euch vertraut hat.«
Sie drehte sich zu dem glitzernden Band um, das hinter ihr quer über den Eingang gespannt war. Jemand reichte ihr eine Schere. Sie glänzte in der Sonne, als sie sie hochhielt. Dann fiel plötzlich das Band flatternd zu Boden. Schreiend schob sich die Menge vorwärts. Es gab eine Gedränge im Hoteleingang, und die Soldaten hatten Mühe, die Masse zu einer geordneten Schlange zu formieren.
Dax wartete, bis die Würdenträger und offiziellen Persönlichkeiten mit ihren Dankesworten fertig waren.
»Das war ausgezeichnet«, sagte er.
Ein rasches, höfliches Lächeln trat auf ihre Lippen. Dann erkannte sie ihn, und das Lächeln wurde warm und herzlich. »Dax! Ich wußte gar nicht, daß du hier bist.«
Er küßte ihr die Hand. »Ich bin gestern abend angekommen. Du hast deine Sache glänzend gemacht.«
»Ich habe ja allmählich auch genug Übung.«
»Gehst du nicht mit ins Hotel?«
»Mit diesem Pöbel?« sagte sie. »Ich bin doch nicht verrückt. Ich kann diese Menschen nicht ertragen. Es ist gut, daß die Soldaten da sind, sonst würde das Haus restlos verwüstet.«
»Du hast dich nicht geändert«, sagte er. »Du bist wenigstens ehrlich.«
»Warum sollte ich mich geändert haben? Änderst du dich denn?«
»Ich will es hoffen. Ich werde älter. Klüger.«
»Niemand ändert sich«, sagte sie. »Das glaubt man nur. Wir sind immer noch dieselben, die damals von den Bergen gekommen sind.«
»Das klingt bitter.«
»Nicht bitter. Aber ich bin eine Realistin. Frauen sind nüchterner

als Männer. Neue Flugplätze, Straßen und Gebäude machen uns keinen Eindruck.«
»Was macht dir denn Eindruck?«
»Du.«
»Ich?« fragte er verdutzt.
»Ja. Du bist alldem entronnen. Für dich besteht nicht die ganze Welt bloß aus Corteguay.« Sie zog die Stirn in Falten. »Ich möchte etwas trinken. Ich kriege Kopfschmerzen, wenn ich in diese verdammte Sonne schaue.«
»Die Bar im Hotel ist geöffnet.«
»Nein, komm mit in den Palast. Da ist es gemütlicher.« Sie zögerte. »Falls du nicht etwas Besseres vorhast.«
»Nein, *Princesa*.« Er lächelte. »Ich habe nichts Besseres vor.«
Im Wagen war es heiß. Er beugte sich zum Fenster, um es herunterzukurbeln. Sie hielt ihn zurück. »Nein. Wir wollen erst die Menge hinter uns lassen. Wir sind immer noch von Wölfen umgeben.«
Nachdenklich lehnte sich Dax zurück. Vielleicht hatte sie recht. Die Menschen änderten sich nicht.

Der schlanke junge Mann, der sich an die Rednertribüne lehnte, sah zu, wie die Limousine wendete und dann langsam durch die Menge fuhr.
Ich hätte sie töten können, dachte er. Jetzt eben, als sie an mir vorbeigingen. Ich hätte sie genauso töten können, wie sie meinen Vater getötet haben. Erbarmungslos. Aus dem Hinterhalt.
Er griff unter seine Jacke und spürte den Revolver in seinem Gürtel. Das tat ihm wohl. Dann mischte er sich unter die Menge, die sich ins Hotel drängte.
Aber was hätte es genützt, wenn ich sie getötet hätte? Gar nichts, dachte er. *El Presidente* würde weiterhin herrschen. Nicht dafür bin ich im Ausland in die Schule gegangen.
Bevor er das Hotel betrat, blickte er zurück auf die Berge. Morgen beginne ich meine Heimreise, ins Land meines Vaters, zu den Leuten meines Vaters. Sie werden meine Botschaft hören. Sie werden erkennen, daß sie nicht allein sind, daß wir nicht allein sind. Wenn wir erst die Waffen haben, ist es für die Mörder meines Vaters noch früh genug zu sterben. Dann werden sie wissen, daß es *el Condors* Sohn ist, der sie richtet.
Er war so in Gedanken vertieft, daß er die beiden Männer, die ihm

folgten, nicht bemerkte. Als er sie bemerkte, war es zu spät. Da hatten sie ihn schon.

»Die *communistas*!« *El Presidente* spie auf den Marmorboden. »Sie stehen hinter diesen neuen Unruhen in den Bergen. Sie schicken Waffen, Geld und *guerrilleros*. Es vergeht keine Nacht, in der nicht einer von ihnen sich über unsere Grenzen hereinschleicht. Erst heute nachmittag hat meine Polizei einen jungen Mann festgenommen, der eine Schule in Rußland besucht hat und jetzt zurückgekommen ist. Er stand knapp einen Meter von Amparo entfernt, als sie ihre Rede hielt. Man fand einen Revolver bei ihm. Er wurde hergeschickt, um sie zu ermorden.«
»Er hat aber nicht geschossen«, sagte Dax. »Warum nicht?«
»Wer kann das wissen? Vielleicht bekam er es mit der Angst.«
»Was passiert mit dem jungen Mann?«
»Er kommt vor Gericht«, sagte *el Presidente*. »Wenn er mit uns zusammen arbeitet und uns Informationen gibt, bleibt er am Leben. Andernfalls –«
Er ging zurück an seinen Schreibtisch. »In drei Wochen wird über unsern Antrag auf Aufnahme in die Vereinten Nationen erneut abgestimmt. Diesmal wird er durchkommen. Die Westmächte können es uns schließlich nicht ewig nachtragen, daß wir im Krieg neutral geblieben sind. Jetzt haben wir einen gemeinsamen Feind.«
»Aber Rußland hat immer noch sein Vetorecht.«
»Wenn es in Korea zum Krieg kommt«, sagte *el Presidente*, »wird Rußland nicht wagen, sein Vetorecht auszuüben. Die Weltmeinung wird es an diesem Schritt hindern. Für diesen Fall müssen wir bereit sein. Du läßt die Vereinten Nationen wissen, daß wir gewillt sind, ihnen drei Bataillone zur Verfügung zu stellen.« Er nahm ein Blatt Papier vom Tisch und reichte es Dax. »Übrigens – hier ist deine Ernennung zum *coronel* in der Armee.«
»Wozu das?«
El Presidente lächelte. »Ich schicke Amparo zu einem Besuch in die Vereinigten Staaten. Es ist – wie nennt man das? – eine Goodwill-Mission. Du wirst sie begleiten.«
»Ich sehe immer noch keinen Grund für diese Ernennung.«
Ein schlaues Grinsen erschien auf dem Gesicht des alten Mannes. »Neben einer Uniform wirkt eine Frau noch viel weiblicher und zerbrechlicher.«

Dax ließ das heiße Wasser aus der Dusche über seinen Körper strömen. Langsam ließ die Spannung nach. Mit dem Kongreßabgeordneten aus dem Süden, der im Außenpolitischen Ausschuß soviel Einfluß besaß, war es nicht gerade leicht gewesen. Ohne Jeremy Hadleys Hilfe hätte er möglicherweise gar nichts erreicht.
Aber Jeremy verfügte über eine Art treuherziger Offenheit, die zu seiner politischen Verschlagenheit in völligem Gegensatz stand. Ganz vorsichtig hatte er dem Abgeordneten zu verstehen gegeben, daß die Privilegien, die das Texas-Ölsyndikat in Corteguay genoß, leicht widerrufen werden konnten. Er war selbstverständlich überzeugt, daß es nicht dazu kommen würde, aber niemand konnte das mit absoluter Sicherheit sagen. Corteguay war das einzige Land in Südamerika, das die Vereinigten Staaten nicht um Entwicklungshilfe ersucht hatte. Es hatte aus eigener Kraft Fortschritte erzielt, und deshalb war es völlig unabhängig.
Der Mann aus dem Süden war nicht dumm. Er hatte begriffen. Außerdem gefiel ihm, daß Corteguay keine Ansprüche an die Vereinigten Staaten stellte. Es sei sehr erfreulich, sagte er, wenn ein Land der großen Tradition der amerikanischen Länder folge und auf eigenen Füßen stehen wolle. Jedenfalls war die Unterredung zu einem sehr befriedigenden Abschluß gekommen. Der Abgeordnete würde dem State Department dringend raten, den Antrag Corteguays zu befürworten.
Dax war so in Gedanken versunken, daß er nicht hörte, wie sich die Badezimmertür öffnete. Er bemerkte Amparos Anwesenheit erst, als er sie sprechen hörte.
»Was machst du denn da?« fragte sie ärgerlich.
»Ich dusche«, rief er. »Was soll ich denn wohl sonst hier machen?«
»Mitten am Nachmittag?«
»Warum nicht?«
»Du warst bei einer Frau«, sagte sie anklagend. »Bei dieser Deutschen.«
»Sei nicht albern.«
»Ich habe gesehen, wie sie dich beim Mittagessen angeschaut hat.«
Verärgert drehte er das Wasser ab. Es hatte keinen Sinn, Amparo zu erklären, daß Marlene in Wirklichkeit mit Jeremy Hadley liiert war. »Du benimmst dich wie ein eifersüchtiger *campesino*. Es gibt noch andere Gründe als den Geschlechtsverkehr, um nachmittags

unter die Dusche zu gehen. Wir sind in den Staaten; hier gibt es Wasser genug.«
Sie schwieg. Dann sagte sie: »Ich möchte etwas trinken.«
»Sag es Fat Cat. Er mixt dir jeden Drink, den du willst.«
»Was war das für ein Cocktail heute vor dem Mittagessen?« fragte sie. »Der hat mir geschmeckt.«
»Ein trockener Martini.«
»Diese *gringos* können wirklich gute Drinks mixen. Sie saufen nicht bloß reinen Rum.«
»Paß bloß auf. Diese Drinks sind sehr stark. Die steigen dir zu Kopf, vernebeln dein Gehirn und lösen dir die Zunge.«
»Ich habe vor dem Essen drei davon getrunken«, sagte sie. »Ich habe mich danach sehr wohl gefühlt.«
Amparo wandte sich um und ging hinaus. Dax trocknete sich ab, dann zog er einen Morgenrock über und ging durchs Badezimmer in den Salon. Amparo stand neben dem Fenster, einen Martini in der Hand, und blickte auf die Park Avenue hinunter. »Es gibt so viele Menschen hier.«
Er nickte. »Diese Stadt allein hat dreimal soviel Einwohner wie ganz Corteguay.«
»Sie leben und arbeiten miteinander. Hier gibt es keinen Bürgerkrieg, keine *bandoleros* in den Bergen. Und jeder hat ein Auto, auch der ärmste.« Sie trank ihr Glas aus. »Nicht einmal in Mexiko, das ich für sehr reich hielt, war das der Fall. Es ist ein unglaublich wohlhabendes Land. Ich verstehe jetzt meinen Vater, wenn er sagt, daß wir noch einen weiten Weg vor uns haben.«
Dax antwortete nicht.
»Kann ich noch einen Martini haben?«
»Trink nicht so viel. Wir haben heute abend ein wichtiges Diner. Es macht bestimmt keinen guten Eindruck, wenn du mittendrin einschläfst.«
»Ich werde nicht einschlafen«, sagte sie ärgerlich. Ihr Gesicht war leicht gerötet.
»Ich werde jetzt eine kleine Siesta halten. Ich würde dir das auch raten. Es wird eine lange Nacht werden.«
»Ich bin nicht schläfrig.«
»Wie du willst. Wenn Ihre Hoheit mich entschuldigen.«
»Du brauchst nicht ironisch zu werden«, sagte sie und folgte ihm ins Schlafzimmer. Er setzte sich auf den Bettrand. »Ich bin nicht ironisch. Ich bin nur müde.«

Er legte sich aufs Bett. Sie nippte wieder an ihrem Drink. »Du warst heute nachmittag mit dieser Deutschen zusammen!«
Er lächelte. »Siehst du? Ich habe dich wegen der Drinks gewarnt. Du redest bereits Unsinn.«
»Ich rede keinen Unsinn!« Sie stand neben seinem Bett. »Ich kenne dich. Wenn du nicht schon mit einer Frau zusammen gewesen wärest, würdest du mich hier nicht so stehenlassen!«
Er verschränkte die Arme hinter dem Kopf. »Woher kennst du mich so gut?«
»Du vergißt, daß ich alle ausländischen Zeitungen bekomme. Sie sind nicht wie die Zeitungen in Corteguay, die nichts Nachteiliges über dich drucken dürfen. Du hast dauernd mit Frauen zu tun.«
»Na, und?«
»Bin ich keine Frau?« sagte sie wütend.
Er lachte laut. »Und ob du eine Frau bist! Aber –«
»Aber was?«
»Dein Vater hat dich meiner Obhut anvertraut. Was würde er denken, wenn er erführe, daß ich dieses Vertrauen mißbraucht habe?«
»Meinst du das im Ernst? Wozu hat er uns wohl zusammen losgeschickt? Er hofft, daß wir miteinander schlafen.«
Dax dachte darüber nach. Wahrscheinlich hatte der verschlagene alte *bandolero* wirklich damit gerechnet.
»Zwischen uns ist es vorbei«, sagte Dax. »Das weiß er.«
»Du hast mir nie verziehen, was geschehen ist, nicht wahr?«
»Es gab nichts zu verzeihen.«
»Ich wollte dich nicht täuschen – mein Vater bestand darauf. Ich wollte es dir sagen.«
»Das ist nicht wichtig.«
»Doch, es ist wichtig«, beharrte sie. »Jetzt ist es wichtig.« Sie trank ihr Glas aus. »Damals war ich jung, und du warst nie da. So habe ich mich in einen Mann verliebt, der mich an dich erinnerte. Und dann ließ mein Vater ihn ermorden. Als du dann fortgegangen warst, hat es niemanden mehr gegeben. Als ich von deiner Hochzeit hörte, habe ich die ganze Nacht geweint.«
»Du brauchst mir das nicht alles zu erzählen.«
»Ich muß es dir erzählen«, sagte sie heiser. »Wie lange soll ich bestraft werden? Wie lange muß ich darunter leiden, daß du glaubst, ich hätte dich hinters Licht geführt?«
Er antwortete nicht.
Sie sank neben dem Bett auf die Knie. Sie stellte das leere Cocktail-

glas auf den Boden und zog seinen Morgenrock auseinander. Er spürte ihre winzigen heißen Küsse auf seinem Unterleib, und die Kraft flutete in seine Lenden.
Plötzlich vergrub er seine Hände in ihrem Haar und drehte ihr Gesicht zu sich empor. »Amparo«, seine Stimme klang heiser, »ist es nicht bloß dieser Schnaps?«
»Nein«, sagte sie leise. »Ich möchte es.«
Er hielt sie immer noch fest und zwang sie, ihn anzusehen. Er wollte die Wahrheit wissen.
»Vor wenigen Minuten hast du gesagt, es sei zwischen uns vorbei«, flüsterte sie. »Aber das stimmt nicht. Es hat nie begonnen.« Sie nahm seine Hand von ihrer Wange und grub ihre Lippen in seine Handfläche. »Jetzt beginnt es.«

21

Marcel verließ das Haus durch den privaten Seiteneingang, wo sein Chauffeur mit dem Wagen wartete. Er blieb stehen und blickte voller Stolz auf das graue Gebäude zurück. Dies war einer der letzten annehmbaren Stadtwohnsitze in der Park Avenue. Und auch noch ein Eckhaus.
Glücklicherweise war es nicht groß genug für eine Gesandtschaft, sonst wäre der Preis unerschwinglich gewesen. Aber für ihn genügte es. Dreizehn Zimmer. Der Agent hatte verlegen gelacht. »Manche Leute meinen, das sei eine Unglückszahl.«
Auch Marcel hatte gelacht und sich an alle die Spieler erinnert, die abergläubisch an einer Zahl hingen. Für ihn war eine Zahl so gut wie die andere. Das Kasino verdiente an allen. »Mich stört das nicht. Ich bin nicht abergläubisch.«
Marcel war eingezogen, ehe noch die Handwerker mit der Renovierung fertig waren. Er konnte es kaum erwarten, aus dem Hotel auszuziehen, in dem er seit der Trennung von seiner Frau wohnte. Er hatte das Gefühl, daß zuviel von seinen privaten Angelegenheiten zu ihr und ihrem Vater durchsickerte. Hotelangestellte konnte man leicht bestechen.
Was ihm ebenfalls sehr gefiel, war der Privateingang, durch den er direkt in sein Appartement gelangen konnte. So vermied er, daß seine Dienerschaft wußte, wann er kam und ging und was für Gäste er mitbrachte.

Anna, ihr Vater und ihre Rechtsberater erwarteten ihn bereits, als er im Büro seines Anwalts eintraf. »Guten Morgen«, sagte er freundlich.
Anna saß mit finsterem Gesicht da und antwortete nicht. Amos Abidijan brummte etwas Unverständliches. Die Anwälte gaben sich die Hand, und Marcel nahm Platz.
Schacter, sein Anwalt, räusperte sich. »Ich hielt es für besser, zu warten, bis Sie da wären.«
Marcel nickte. »Danke.«
»Dann fangen wir also an.« Schacter wandte sich an die anderen. Für ihn war es eine reine Routinesache. Reiche Leute und ihre Scheidungen. Was die Sache komplizierte, war immer das Geld. Egal, wieviel sie besaßen, es war nie genug für zwei. Immer wollte der eine den Löwenanteil. Schacter wartete einen Augenblick, dann sagte er: »Es handelt sich für uns darum, eine Abmachung zwischen den Parteien zu treffen, die für die Kinder möglichst keine negativen Auswirkungen hat. Mein Mandant ist bereit, jeder vernünftigen Regelung zuzustimmen.«
Amos Abidijan konnte nicht länger stillbleiben. »Was ist mit dem Geld, das er mir schuldet?«
»Welches Geld? Soviel mir bekannt ist, schuldet Ihnen mein Mandant kein Geld.«
»Er hat sein Geschäft mit meinem Geld gegründet.«
»Das stimmt nicht«, sagte Marcel rasch. »Du weißt genau, daß du meinen Vorschlag abgelehnt hast. Du hast gesagt, ich solle mich wegen der Finanzierung an jemand anders wenden. Du wolltest nichts damit zu tun haben.«
»Meine Herren.« Schacter hob die Hände. »Eins nach dem anderen. Dieses Thema steht im Augenblick nicht zur Diskussion.«
»Das kann man gar nicht voneinander trennen«, sagte Abidijan wütend. »Er hat meine Tochter und mich für seine Absichten benutzt. Jetzt, wo er hat, was er wollte, glaubt er, daß er sie im Stich lassen kann. Wir sind mit gar nichts einverstanden, solange diese Frage nicht geregelt ist.«
»Mit anderen Worten, Mr. Abidijan«, sagte Schacter katzenfreundlich, »die Scheidung hängt völlig von dem finanziellen Übereinkommen mit Ihnen ab?«
»Das habe ich nicht gesagt! Ich bin nur daran interessiert, daß die Rechte meiner Tochter und meiner Enkelkinder gewahrt werden. Ich will nichts für mich selbst.«

»Dann hätten Sie nichts dagegen, wenn ein Vergleich ausschließlich zu deren Gunsten abgeschlossen würde?«
»Dagegen habe ich keine Einwände«, antwortete Abidijan steif.
»Wir auch nicht«, sagte Schacter schnell. »Da wir nun im Prinzip einig sind, können wir zu den Details übergehen. Haben Sie uns einen Vorschlag zu machen, was Sie als gerechten Vergleich ansehen würden?«
»Das ist ganz einfach«, sagte Abidijan, ehe noch seine Anwälte zu Wort kamen. »Fünf Millionen Dollar zur Deckung früherer Schulden, und die Aufteilung des restlichen Vermögens fünfzig zu fünfzig.«
Marcel stand auf. Die Forderung überraschte ihn keineswegs. Aber sie war unsinnig, und Amos hätte es wissen müssen. Er konnte eine solche Summe nicht flüssigmachen, und auch wenn er es gekonnt hätte, wäre er damit niemals einverstanden gewesen. Er sah seinen Schwiegervater an. »Amos«, sagte er ruhig, »du bist schon vollkommen senil.« Er wandte sich an Anna. »Ich schlage vor, daß du für deinen Vater einen Kurator einsetzen läßt, bevor wir uns das nächste Mal treffen.«
»Nicht mein Vater ist verrückt geworden«, sagte Anna, »sondern du mit deiner Gier nach Geld und Macht. Was wollen denn alle diese Weiber, mit denen du dich umgibst? So schön bist du wirklich nicht.«
Marcel wandte sich an seinen Anwalt. »Ich sagte Ihnen ja, eine Unterredung würde zu nichts führen. Ich werde die Scheidungsklage in Corteguay einbringen.«
»Diese Scheidung würde hier nicht anerkannt werden«, sagte einer der anderen Anwälte.
»Ich denke, doch«, erwiderte Schacter. »Sehen Sie, mein Mandant ist corteguayanischer Staatsbürger, und nach corteguayanischem Gesetz sind es auch seine Frau und die Kinder. Unsere eigenen Gesetze sind in diesem Punkt völlig eindeutig. Jede Scheidung ist hier gültig, wenn sie in der Heimat der Beteiligten gültig ist.«
»Mrs. Campion hat die amerikanische Staatsbürgerschaft.«
»Nicht nach dem corteguayanischen Gesetz«, entgegnete Schacter. »Ich bin bereit, das vor Gericht mit Ihnen auszufechten.«
Abidijan sah seine Anwälte an. Darauf waren sie nicht gefaßt gewesen. »Ich möchte mit meinen Rechtsberatern sprechen.«
Schacter erhob sich. »Bleiben Sie hier«, sagte er. »Mein Mandant und ich werden uns einstweilen zurückziehen.«

Als sich die Tür hinter ihnen geschlossen hatte, fragte Marcel: »Was halten Sie davon?«
Schacter nickte zuversichtlich. »Wir haben sie. Ich hoffe nur, daß die Information, die Sie mir über das corteguayanische Gesetz gegeben haben, stimmt.«
Marcel lächelte. »Wenn nicht«, sagte er, »kann ich bestimmt für die nötige Gesetzgebung sorgen. Es würde weniger kosten, als Amos verlangt.«

22

»Mein Brautkleid lasse ich mir in Paris machen«, sagte Amparo, »und von dort werden Dax und ich eine große Europareise antreten.«
»Du bleibst hier«, sagte *el Presidente* ruhig. »Dein Kleid wird hier geschneidert, wie das deiner Mutter.«
Amparo trat vor seinen Schreibtisch. »Welches Kleid meiner Mutter?« fragte sie voller Ironie. »Ihr wart nie verheiratet.«
»Das hat damit nichts zu tun. Deine Mutter ist nie wegen eines Kleides nach Paris gefahren.«
»Wie hätte sie das auch machen sollen?« gab Amparo zurück. »Du hast sie ja nicht einmal aus dem Haus gelassen, aus Angst, sie könnte weglaufen.«
El Presidente stand auf. »Du bleibst hier. Es gibt viel für dich zu tun –«
»Ich habe schon genug getan! Jetzt möchte ich sehen, wie die übrige Welt aussieht. Ich will nicht ewig hier mit den *campesinos* zusammen im Dreck leben.«
»Vergiß nicht, daß du den *campesinos* deine Stellung verdankst«, brüllte der alte Mann. »Wer hat dir den Namen *la princesa* gegeben? Wer hat dich als Vorbild für alle Frauen Corteguays hingestellt? Die *campesinos*.«
»Und nun muß ich ihnen für den Rest meines Lebens dankbar sein?«
»Genau. Du gehörst nicht dir selbst, du gehörst dem Volk.«
»Da könnte ich ebensogut im Gefängnis sitzen.« Plötzlich kam ihr eine neue Idee. »Du meinst, ich soll hierbleiben, während mein Mann sich flirtend in der Welt herumtreibt?«
El Presidente nickte. »Er hat seine Arbeit zu tun wie du die deine.«

Amparo lachte. »Du bist nicht ganz bei Trost. Du weißt doch, wie die Frauen ihm nachlaufen. Von zwölf Frauen bei einer Party in New York hat er mit elf geschlafen.«
»Und was war mit der zwölften?« fragte *el Presidente* mit einem neugierigen Lächeln.«
»Zu alt, viel zu alt«, sagte Amparo.
El Presidente überlegte einen Moment. »Wir werden es doch anders machen. Ihr heiratet noch in dieser Woche, und Dax fährt nicht nach Paris. Ich werde ihn mit den Bataillonen, die ich den Vereinten Nationen versprochen habe, nach Korea schicken.«
Wütend sprang Amparo auf. »Man wird ihn umbringen. Er ist kein Soldat.«
»Gar nichts wird ihm geschehen«, entgegnete *el Presidente*. »Obersten werden nicht umgebracht. Sie sitzen im Hauptquartier hinter den Linien. Dann brauchst du dir keine Sorgen mehr zu machen. Dort gibt es keine hübschen Frauen.«
»Wenn es welche gibt, wird er sie finden«, sagte Amparo verdrossen. Dann bemerkte sie seinen Gesichtsausdruck. »Du hättest gar nichts dagegen, wenn er umkäme, nicht wahr? Er ist schon zu beliebt geworden.«
El Presidente sah ihr ruhig in die Augen. »Wie kannst du so etwas sagen? Dax ist für mich wie mein eigener Sohn.«
»Dann bist du ein Rabenvater«, sagte sie sarkastisch.
El Presidente tat, als habe er es nicht gehört. Er sah auf die Uhr. »Komm, es ist Zeit, uns umzuziehen. Die Feierlichkeiten beginnen um drei Uhr.«
»Natürlich, das Volk muß sehen, wie wichtig wir für die Vereinten Nationen sind.«
»Das sind wir auch. Der Generalsekretär besucht nicht jede Nation, die aufgenommen wird.«
»Es ist bloß sein Stellvertreter.«
»Was macht das schon?« gab er zurück. »Die *campesinos* werden den Unterschied nicht merken.«
Amparo stand auf. »Ich brauche einen Drink, ich habe einen schlechten Geschmack im Mund.«
»Zum Trinken ist es noch zu früh.«
»Dann werde ich keinen Rum trinken«, sagte sie, »sondern einen Martini. Das ist ein Drink der *norteamericanos*. In New York ist es ein Uhr.«
Sie ging zur Tür. »Amparo?«

»Ja, Vater?«
Er sah ihr in die Augen. »Hab' Vertrauen zu mir.«
Amparo legte den Kopf zurück, als denke sie darüber nach. Ihre Antwort klang hoffnungslos. »Wie kann ich das, wenn ich nicht einmal wage, mir selbst zu vertrauen?«

Ein Mann schlich die überfüllten Straßen entlang. Sein abgetragener dunkler Anzug hing lose um den abgezehrten Körper. Er hielt den Kopf gesenkt. Seine Augen waren die helle Sonne noch nicht gewohnt, nach all den Monaten in der winzigen finsteren Zelle. Er bewegte sich schwerfällig wie ein alter Mann, denn sein gebrochenes Bein war nicht richtig ausgeheilt. Die rechte Hand hielt er in der Tasche, um die häßlich verdrehten, gebrochenen Finger zu verbergen.
Ein Passant stieß ihn an. Er entschuldigte sich, und man sah, daß sein Mund zahnlos war. Die Wachen hatten ihm die Zähne mit dem Gewehrkolben ausgeschlagen. Er nahm den Ausdruck im Gesicht des Passanten wahr und wandte sich schnell wieder ab. Er ließ sich ziellos vom Menschenstrom treiben.
Er war frei, obgleich er es noch nicht ganz glauben konnte. Alles war so plötzlich, so unerwartet gekommen. Am Morgen erst hatte sich die schwere Stahltür seiner Zelle geöffnet. Dumpf hatte er sich gefragt, was sie nun wieder mit ihm tun würden.
Ein kleines Bündel war neben ihm auf den Boden gefallen. »Da sind deine Kleider. Zieh sie an.«
Er rührte sich nicht. Brutal stieß ihn der Wärter mit dem Fuß. »Hast du nicht gehört? Zieh dich an.«
Langsam kroch er auf Händen und Knien zu dem Bündel. Er konnte mit seiner verstümmelten Hand den Knoten der Schnur nicht lösen. Der Wärter fluchte und beugte sich nieder. Ein Messer blitzte auf, und das Bündel fiel auseinander.
Zitternd nahm er die Hose. Es war nicht seine. Sein Anzug war neu gewesen, als sie ihn hierhergebracht hatten. Diese Hose war alt, verblichen, schmutzig und zerfetzt.
»Beeil dich. Ich habe nicht den ganzen Tag Zeit.«
So rasch er konnte, zog er sich an. Schließlich war er fertig. Der Wärter packte ihn an der Schulter und stieß ihn zur Tür. »'raus!«
Er stolperte in den Gang hinaus.
Bewußt dachte er an gar nichts, bis sie an der Treppe vorüber waren, die zu den unterirdischen Verhörräumen führte. Erst dann begann er zu überlegen, wo sie ihn wohl hinbrächten. Offenbar würde es

diesmal keine Folterung geben. Die Möglichkeit, daß sie ihn vielleicht zur Exekution führten, beunruhigte ihn nicht. Es schien immer noch besser, als wieder in die Räume dort unten zu müssen.
Sie gingen durch die Stahltür am Ende der Zellenreihe, dann bogen sie in einen Korridor ein. Schweigend folgte er dem Wärter in das Büro des Aufsehers.
Ein beleibter Wachtmeister blickte auf, als sie eintraten. »Ist das der letzte?«
»*Sí.*«
»*Bueno.*« Der Wachtmeister besah sich das Papier auf seinem Schreibtisch. »Sie sind der Gefangene 10614, mit dem Namen José Montez?«
»*Sí, excelencia*«, murmelte er.
»Unterschreiben Sie hier.«
Er versuchte die Feder in die Hand zu nehmen, aber er konnte die Finger der rechten Hand nicht gebrauchen. Fragend blickte er den Wachtmeister an.
»Mach ein Kreuz mit der Linken. Wahrscheinlich kannst du sowieso nicht schreiben.«
José nahm die Feder und unterzeichnete mit einem Kreuz. Der Wachtmeister griff nach dem Papier und räusperte sich. Die kurze Rede klang, als habe er sie auswendig gelernt.
»Dank der Güte unseres Präsidenten werden Sie aus Anlaß unserer heutigen Aufnahme in die Vereinten Nationen der Amnestie für politische Verbrechen teilhaftig. Sie werden hiermit gegen Ehrenwort und nach Unterzeichnung eines schriftlichen Treuegelöbnisses für die Regierung entlassen. Sie schwören hiermit feierlich, sich jeder weiteren Tätigkeit gegen die Regierung zu enthalten, widrigenfalls Sie Ihr Leben verwirkt haben.«
Der Wachtmeister wandte sich an den Wärter. »Bringen Sie ihn zum Tor.«
Allmählich konnte er es fassen. Man ließ ihn frei. »*Gracias, excelencia.*« Ihm traten die Tränen in die Augen. »*Gracias.*«
Sie überquerten den Hof und blieben vor dem stählernen Tor stehen. »Das ist der letzte«, rief der Wärter dem Mann im Turm zu.
Langsam und mit lautem Knarren hob sich das Tor in den Turm. Aber auch als es ganz offen war, rührte José sich nicht.
Der Wärter stieß ihn an. »*Vete!*«
Aber José rührte sich immer noch nicht. Der Wärter lachte. »Er will nicht gehen. Er hat uns gern«, rief er zum Turm hinauf.

Auch der Mann im Turm lachte. Der Wärter versetzte José noch einen Stoß und schleuderte ihn durch den Ausgang. »*Vete!* Ich hab' nicht den ganzen Tag Zeit.«
Nun stand er draußen und sah zu, wie sich das große Tor senkte. Schließlich rastete es mit einem klauten Klirren im Boden ein.
Plötzlich wandte sich José um und begann ungeschickt zu laufen. Er rannte, bis sein Atem rasselnd ging. Dann sank er am Fuße eines Gebäudes in den Schatten. Nur das geängstigte Klopfen seines Herzens dröhnte in seinen Ohren. Er schloß die Augen und ruhte sich aus. Nach einer Weile stand er auf und ging weiter.
Die Stadt sah nach fröhlicher *fiesta* aus. Überall wehten Fahnen, die Fahne von Corteguay und das Banner der Vereinten Nationen. Und in jedem zweiten Fenster hing ein Bild von *el Presidente*. José ließ sich von der Menge mitreißen. Bald waren sie auf dem großen Platz in der Stadtmitte angelangt, vor dem *Palacio del Presidente*.
Die Leute schrien. Er kam nicht mehr weiter. Er fand kaum noch Platz, um sich zu rühren. Er blickte hinauf, und jäh stieg gallenbitterer Haß in seiner Kehle hoch. Auf dem Balkon vor ihm standen sie, alle beide.
El Presidente – seine Orden glitzerten in der Sonne – und sein Hurenstück von Tochter. Neben ihr stand ein Mann, den er nicht kannte, ein Neger, aber nach dem Schnitt seiner Kleidung ein *gringo*. Neben dem Neger stand lächelnd Amparos hinterhältiger Verlobter, noch etwas unsicher in der neuen Uniform eines Obersten.
Ich hätte sie töten sollen, als ich die Möglichkeit hatte, dachte er bitter. Wenn ich jetzt einen Revolver hätte, was würde er mir nützen? Die Hand, die keine Feder halten kann, vermag auch keinen Revolver zu halten, geschweige denn zu zielen und abzudrücken.
Er wandte sich ab und bahnte sich einen Weg durch die Menge. Eines Tages würde er sie trotz allem töten. Er würde lernen, seine Linke zu gebrauchen. Zu schreiben. Und einen Revolver abzuschießen. Aber zuerst mußte er heim in die Berge. Dort konnte er Obdach finden und wieder zu Kräften kommen. Dort gab es Freunde und Gleichgesinnte.
Dann durchfuhr es ihn eiskalt. Jetzt mußten sie bereits von seinem Verrat wissen. Daß er ihre Namen geschrien hatte, als man seine Finger in der Presse zerquetschte. Er hatte versucht standhaft zu bleiben, aber der Schmerz hatte seine Zunge gelöst.
Er lehnte sich gegen eine Hausmauer. Er zitterte, aber nach einer

Weile gewann er die Selbstbeherrschung zurück. Sie wußten nichts von seinem Verrat. Sie mußten alle tot sein. Wäre auch nur noch einer von ihnen am Leben, so hätte man ihn bestimmt nicht aus dem Gefängnis entlassen.
Langsam ging er weiter. Ein Gefühl der Erleichterung überkam ihn. Es war am besten, wenn sie alle tot waren. Dann würde es niemand wissen. Er würde noch eine Chance haben. Und diesmal würde er sie wahrnehmen.

Fünftes Buch
Mode und Politik

1

Als Dax aus dem Tor des amerikanischen Oberkommandos in Tokio trat, lief gerade ein Junge vorbei, der die letzte Ausgabe von *Stars and Stripes* austrug. Die Schlagzeile verkündete eine neue große Schlacht in Korea. Dax blickte über die belebte Straße hinweg zum Kaiserpalast. Fat Cat kam heran.

»Wir fahren wieder nach Hause?« fragte er.

Dax nickte geistesabwesend. »Wir fahren nach Hause. Sie brauchen uns nicht mehr.«

»Sie haben uns nie gebraucht. Sie wollten uns von Anfang an nicht haben.«

»*El Presidente* hat ihnen ein Bataillon versprochen. Vielleicht, wenn er sein Versprechen gehalten hätte –«

»*El Presidente* verspricht viel. Jetzt ist der Krieg in Korea beinahe vorbei. Der neue amerikanische Präsident wird Frieden schließen, und wir werden immer noch nicht gekämpft haben.«

»Hast du noch nicht genug Kriege erlebt?«

Fat Cat zuckte die Achseln. »Was soll ein Mann sonst tun? Vögeln und kämpfen. Eines stärkt ihn für das andere.«

Dax sah wieder zum Palast hinüber. »Ich möchte wissen, was der dort drinnen denkt. Es muß für ihn mehr ein Gefängnis als ein Palast sein.«

»Er hat Glück, man hat ihn am Leben gelassen. Aber wahrscheinlich bedauert er immer noch, daß er nicht gesiegt hat.« Fat Cat drehte sich eine Zigarette. »Jetzt ist er nur noch ein Gott für seine Blumen und Schmetterlinge.«

»Komm, laß uns ins Hotel gehen. Ich möchte 'raus aus dieser Uniform. Ich habe es satt, in einer Armee, die nicht existiert, Soldat zu spielen.«

Die Armee existierte. Das war Dax am Tage seiner Hochzeit klargeworden. Aber sie war nicht für den Export bestimmt.

Soldaten hatten die Straßen vor seinem Haus gesäumt; die Straßen, die zur Kathedrale führten, in der die Trauung stattfand; die Straßen, durch die sie in dem großen schwarzen, gepanzerten Wagen *el Presidentes* zum Palast fuhren, wo der Empfang war. Soldaten standen auch längs der neuen Autobahn bis hinaus zum Flugplatz, ja sogar noch vor der eigens für die Hochzeitsreise gecharterten amerikanischen Maschine.

Der Raum erster Klasse war als Salon eingerichtet. Es gab mehrere bequeme Sessel, und an der Wand, die sie von den anderen Passagieren trennte, zwei als Betten benutzbare Sitzbänke. Eine eingebaute Bar war vorhanden und, durch einen Vorhang abgeteilt, ein kleiner Ankleideraum mit Frisiertisch und eigenem Eingang zur Toilette.
Als sie sich auf fünftausend Meter befanden, betrat die Hosteß in ihrer kleidsamen blauen Uniform das Abteil. »Wir werden in etwa vier Stunden in Mexico City sein. Bitte, läuten Sie, falls Sie Wünsche haben.«
»Wollen Sie bitte meine Zofe kommen lassen?«
»Gewiß.«
Amparo wandte sich an Dax. »Ich fühle mich gräßlich nach dieser Hitze. Ich muß die Kleider wechseln. Sie kleben wie Leim.«
Dax stand auf. »Während du dich umziehst, werde ich dem Kapitän meine Aufwartung machen.«
Als er eine halbe Stunde später zurückkam, war der Raum verdunkelt, die Vorhänge waren zugezogen. Im Dämmerlicht lag Amparo in einem Seidenmantel auf einer der Bänke. Neben ihr stand eine halbgeleerte Flasche Champagner in einem Eiskübel.
Die Seide zeichnete ihren Körper nach; offenbar hatte sie darunter nichts an. Leise nahm er seine Jacke und legte sie auf einen Stuhl, löste die Krawatte und öffnete sein Hemd. Dann bemerkte er, daß ihre Augen offen waren und sie ihn ansah.
»Ich habe mir schon überlegt, ob du überhaupt noch einmal wiederkommst. Ich dachte, ich müßte allein nach Mexico City fliegen.«
Plötzlich merkte er, daß sich ihre Hand sacht unter dem Mantel zwischen ihren Beinen bewegte. »Was machst du da?«
Amparo lächelte und rekelte sich. »Ich mache mich für dich bereit.«
Ärgerlich stieß er ihre Hand fort und führte zwei Finger hinein. »Hast du noch nicht begriffen, daß ich dich bereitmache, wenn ich dich haben will?«
Ein erstickter Schmerzensschrei kam aus ihrer Kehle. Sie warf sich ihm heftig entgegen. Er hielt sie mit der anderen Hand nieder.
»Bei mir bist du nicht *la princesa*«, sagte er rauh, »du bist meine Frau.«
»Ja, ja«, sagte Amparo schnell. »Du bist mein Mann, und ich bin deine Sklavin. Ohne dich bin ich nichts, nicht einmal eine Frau.«
Er stand unbeweglich da und sah sie forschend an. »Vergiß das nie.«

»Nein«, schrie sie wild, »ich vergesse es nicht. Jetzt komm endlich zu mir, sonst sterbe ich noch an der Entfernung zwischen uns!«

Mexico City, Miami, New York, Rom, London, Paris, Lissabon. Drei Monate lang war es die meistbeachtete Hochzeitsreise des Jahres. Wohin sie kamen, wurden sie von Reportern umlagert. Es gab kaum eine Zeitung oder Illustrierte auf der Welt, in der ihre Bilder nicht erschienen.
Aus Rom kam das berühmte Foto Amparos, auf dem sie kniend den Ring des Papstes küßte. Ihr blondes Haar fiel unter dem schwarzen Spitzenschleier nach vorn, während er milde auf sie herablächelte.
Aber wirklich in ihrem Element war Amparo in Paris. Alle anderen Städte waren interessant, aber es waren männliche Städte. Paris war eine Stadt der Frauen. Schon die Luft dieser Stadt schien Parfüm zu enthalten, das auch der Gestank der Automobile nicht austilgen konnte. Die Grazie, die Schönheit, der Stil, selbst das Tempo waren weiblich.
Amparo entdeckte Paris, und Paris entdeckte sie. Sie war der Typ Frau, der dorthin gehörte – arrogant, selbstherrlich, gebieterisch, mit den großen, erregten Augen einer *jeune fille* und dem verlangenden, sinnlichen Mund einer *femme du monde.* Wo immer sie ging, stand sie im Mittelpunkt der Aufmerksamkeit. Beim Diner. Im Theater. Sogar bei den alteingesessenen, hochmütigen *couturiers.*
Bei einem der Empfänge hörte Dax hinter sich eine vertraute Stimme: »Sie ist sehr schön.«
Er wandte sich lächelnd um. Es war Giselle. Er küßte sie auf beide Wangen. »Danke. Du siehst selbst ganz reizend aus.«
Giselle schüttelte leicht den Kopf. »Nicht wie sie. Ich habe schon Falten um Mund und Augen.«
»Unsinn, du bist so schön wie eh und je.«
Giselle sah zu Amparo hinüber. »Bist du glücklich mit ihr, Dax? Ist sie die, die du dir immer gewünscht hast?«
»Ich bin glücklich.«
»Du hast meine Frage nicht vollständig beantwortet.«
Er schwieg.
»Na schön«, sagte sie nach einer Pause. »Ich habe kein Recht zu fragen.«
Ein Kellner trug ein Tablett mit Champagnergläsern vorbei. Dax nahm zwei und reichte ihr das eine. »Auf die, die uns lieben.«
Sie leerte schnell das Glas und stellte es weg. »Ich muß gehen.«

»Du bist doch eben erst gekommen?«
»Ich habe noch eine andere Verabredung«, sagte sie. Sie wandte sich zum Gehen, dann drehte sie sich plötzlich um. In ihren Augen waren Spuren von Tränen. »Bevor du Paris verläßt, möchte ich dich noch einmal sehen.«
Dax wollte antworten, aber sie hob die Hand.
»In meiner Wohnung. Ich weiß, daß du abends nicht abkommen kannst, aber ich habe immer noch dieselbe Wohnung. Seinerzeit kanntest du den Weg dahin recht gut, auch am Morgen.«
Dann war sie fort.
Später kam Amparo zu ihm. »Wer war diese Frau, mit der du gesprochen hast?«
»Giselle d'Arcy, der Filmstar.«
»Das weiß ich«, sagte sie ungehalten. »Ich meine, was war sie für dich?«
Er zögerte: »Während des Krieges war sie meine Geliebte.«
»Du hast doch nicht im Sinn, sie wiederzusehen, oder?«
Er lächelte. »Nicht ernstlich. Aber da du gerade davon sprichst – eigentlich wäre das keine schlechte Idee.«
»Wenn du das tust, bring' ich dich um«, flüsterte sie wütend. »Sie ist auch jetzt noch in dich verliebt.«
Er lachte laut. Aber als sie Paris verließen, hatte er Giselle nicht aufgesucht.
Drei Tage nachdem sie nach Corteguay zurückgekehrt waren überschritten die Nordkoreaner den 38. Breitengrad.

2

Amparo stürmte in das Büro ihres Vaters. Sie ging geradewegs auf *el Presidentes* Schreibtisch zu. »Du schickst ihn nach New York!« sagte sie wütend.
El Presidente zuckte die Achseln. »Er muß nach New York, bevor er nach Korea geht. Ich habe dir das erklärt.«
»Allein?«
Er nickte.
»Ich habe dir gesagt, daß ich ihn nicht allein gehen lasse!«
»Er hat seine Arbeit zu leisten.«
»Du weißt, was passiert.« Sie begann zu schreien. »Ich habe dir gesagt, was er für ein Mann ist.«

»So?« Die Stimme ihres Vaters klang uninteressiert. »Das ist deine Sache, nicht meine.«
»Ich fahre mit!«
Zum erstenmal, seit Amparo ins Zimmer getreten war, reagierte *el Presidente*. Er erhob sich und ging auf sie zu. »Du wirst hierbleiben und deine Arbeit tun.«
»Das werde ich nicht! Du willst meine Ehe zerstören, wie du alles andere in meinem Leben zerstört hast! Wenn er morgen fährt, fahre ich mit!«
Er bewegte sich schnell. Unversehens ergriff er mit einer Hand ihren Arm und drehte sie herum, mit der anderen schlug er sie blitzschnell auf die Wange, und sie stürzte zu Boden. Sie wollte sich erheben, aber er setzte ihr den schweren Stiefel auf die Brust, die Spitze an ihrem Hals.
Seine Stimme war ganz kalt. »Hör zu, *puta*, du wirst tun, was ich dir sage. Ich habe all das nicht erreicht, damit nun ein dummes Ding mit einem heißen Unterleib meine Pläne durchkreuzt. Es würde mir überhaupt nichts ausmachen, dich für den Rest deines Lebens ins Gefängnis zu stecken.«
»Das wagst du nicht«, flüsterte sie, aber aus ihren Worten klang die Angst. »Ich bin deine Tochter.«
El Presidentes Zähne glänzten; er lächelte. »Wirklich? Wer hat das gesagt? Ich, ich allein. Alle wissen, daß deine Mutter nur eine *puta* war. Ich brauche bloß zu sagen, es sei ein Irrtum gewesen.«
Amparo starrte ihn schweigend an. Nach einer Weile hob er langsam seinen Fuß von ihrer Brust und ging wieder an seinen Schreibtisch. Sie stand auf. Dann drehte sie sich um und ging zur Tür. Seine scharfe Stimme hielt sie zurück. »Wasch dir zuerst das Gesicht. Draußen sind Leute.«
Wortlos ging Amparo ins Badezimmer. Nach wenigen Minuten kam sie heraus. *El Presidente* musterte sie und nickte.
»Geh jetzt«, sagte er, »und bereite deinem Mann einen Abschied, wie er einem Helden zusteht. Er bleibt vielleicht lange fort.« Er ließ sie zur Tür gehen. Erst als sie sie öffnete, sprach er wieder: »Vielleicht kannst du es einrichten, daß du schwanger wirst. Das wird dich beschäftigen, wenn er fort ist.«
Zum erstenmal lächelte Amparo. »Das ist das einzige, was du durch keinen Befehl erzwingen kannst.«
»Ist mit deinem Mann etwas nicht in Ordnung?«
Amparo schüttelte den Kopf. »Doch; aber mit mir nicht. Denk an

das Baby, das ich verloren habe, das Kind von Ortega, den du ermorden ließest. Ortega hat sich gerächt. Ich bin unfruchtbar, steril. Du wirst nie Enkelkinder haben, die auf deinen Knien spielen.«

»Ich weiß nicht, Oberst Xenos«, sagte der Militärattaché beim Generalsekretär der Vereinten Nationen in seinem norwegisch gefärbten Englisch. »Es ist sehr schwer, darauf sofort eine Antwort zu geben. Die Amerikaner zögern lange, ehe sie jemandem neue Waffen anvertrauen.«

»Sie meinen, MacArthur hat kein Vertrauen zu seinen Verbündeten.«

»Das habe ich nicht gesagt.«

»Selbstverständlich nicht«, erwiderte Dax gewandt, »aber allmählich macht es den Anschein. Es sieht so aus, als sei dies sein ganz persönlicher Krieg. Nächstens wird das sogar der amerikanische Präsident merken.«

Der General schwieg.

»Wenn ich dem Hauptquartier in Tokio zugeteilt würde, könnte ich MacArthur vielleicht umstimmen.«

»Vielleicht«, sagte der Attaché, dann schwieg er wieder.

»Ich habe achthundert Mann zur Verfügung«, fuhr Dax fort, »geübte Dschungelkämpfer. Binnen kurzem werden es zweitausend sein. Sie nützen aber gar nichts, wenn ihnen nicht jemand den Gebrauch der neuen Waffen beibringt. *El Presidente* wünscht die Sache der Vereinten Nationen zu unterstützen, aber er möchte keine schlechtausgerüstete Truppe schicken.«

Der Attaché blickte aus dem Fenster. Die Nacht war schnell hereingebrochen. Er seufzte. »Auf der anderen Seite des Erdballs fechten Männer einen kleinen Krieg aus, um einen größeren zu verhindern. Ich möchte wissen, wie viele kleine Kriege wir noch auszufechten haben, bevor es Frieden gibt.«

Dax antwortete nicht.

»Achthundert Mann, sagten Sie?«

Dax nickte.

Der Attaché dachte nach. »Vielleicht ließe sich etwas machen. Ich werde Sie meinem Stab zuteilen und Sie nach Tokio schicken. Inzwischen werde ich sehen, was ich tun kann, um die neuen Waffen für Ihre Leute zu bekommen.«

»Besten Dank, Sir.«

»Falls Sie Freunde haben, die auf die Regierung der Vereinigten

Staaten Einfluß nehmen können, sollten Sie sich ihre Unterstützung sichern.«
»Ich verstehe.« Dax wußte, daß dem General genau bekannt war, um welche Freunde es sich handelte.
Der Attaché erhob sich; die Besprechung war zu Ende. »Sie sind sich selbstverständlich darüber im klaren, daß ich nichts weiter tun kann, wenn es Ihnen nicht gelingt, MacArthur zu überzeugen.«
Dax stand gleichfalls auf. »Das verstehe ich vollkommen.«
»Schön.« Der Attaché nickte. »Ich werde die Befehle für Sie ausfertigen lassen. Sie werden sie vor Ende der Woche erhalten.«

Marcel senkte die Stimme. Er sah sich in dem vollbesetzten Speisesaal des El Morocco um. Dann beugte er sich zu Dax vor. »Hast du von meinen Schwierigkeiten mit der Musterungskommission gehört? Sie wollen mich einziehen, mich, eine Schlüsselfigur in ihrem Verteidigungsprogramm, einen Vater von drei Kindern.«
»Das geht doch gar nicht. Du bist ja nicht einmal Amerikaner.«
»Ich bin ortsansässiger Ausländer, daher kann ich zum Wehrdienst eingezogen werden. Oder zumindest behaupten sie das. Ich habe selbstverständlich Anwälte in Bewegung gesetzt und einflußreiche Leute, die sich der Sache annehmen. Aber man bleibt stur, man behauptet, es sei nichts zu machen. Dahinter stecken Elemente, die mich zur Strecke bringen wollen.«
»Hast du eine Ahnung, wer es sein kann?«
»Ich weiß es nicht sicher, ich kann nur raten.« Marcel flüsterte jetzt. »Vielleicht Horgan und seine Gruppe. Sie haben mir die Ölspekulation mit Corteguay nie verziehen. Besonders nachdem sich herausstellte, daß es dort kein Öl gibt.«
»Aber ihr steht doch noch immer in Geschäftsverbindung?«
»Sie brauchen meine Schiffe, nicht mich«, antwortete Marcel. »Und sie haben einen Vertrag.«
»Kann es nicht dein ehemaliger Schwiegervater sein? Er steht vermutlich nicht gerade auf deiner Seite.«
»Nein, Abidijan nicht«, sagte Marcel verächtlich. »Der ist zu geldgierig. Meine Kinder sind meine Erben, und das sind seine Enkelkinder. Nein, Amos würde das nicht tun.« Seine Stimme wurde noch leiser. »Ich weiß nicht, wer es ist. Aber ich werde es herausfinden, ich habe Mittel und Wege. Und dann wird es ihnen leid tun daß sie je versucht haben, mir zu schaden.«
In Marcels Stimme lag etwas Krankhaftes, das Dax früher nie aufge-

fallen war. Sein Gesicht hatte einen geradezu psychopathischen Ausdruck. Dax zwang sich zu einem leichten Ton, nach dem ihm nicht zumute war. »Es wird vorübergehen, Marcel. Du wirst sehen, alles kommt wieder in Ordnung.«
»Das wäre gut, denn ich habe nicht die Absicht, allein unterzugehen. Es gibt viele, die ich mitnehmen würde.« Plötzlich wich der grimmige Ausdruck auf seinem Gesicht, und er lächelte. Er erhob sich. Dax stand ebenfalls auf. Eine große, dunkelhaarige junge Frau wurde vom Oberkellner an ihren Tisch geleitet. An den Tischen, an denen sie vorbeiging, verstummte das Gespräch.
Marcel beugte sich über ihre ausgestreckte Hand. »Du kennst doch Dax?«
»Gewiß.«
Sie richtete ihre dunklen Augen auf Dax, lächelte und reichte ihm die Hand. Dax küßte sie ebenfalls. Ihre Finger waren eiskalt. »Madame Farkas.«
»Und wie war die Aufführung?«
Dania machte eine müde Geste. »Wie gewöhnlich. Ich war fabelhaft. Aber dieser Tenor. Ich habe Bing gesagt, nie wieder! Entweder er geht oder ich.«
In der Mitte des großen Raumes schmetterte das Orchester. Das Tanzparkett war überfüllt. Ein leichter Nebel von Rauch, den auch die Klimaanlage nicht beseitigen konnte, hing über dem schwachbeleuchteten Saal. Eine große, blonde Frau blieb plötzlich vor Dax stehen. Er lächelte und stand auf. »Sue Ann.«
»Du bist es tatsächlich, Dax. Was, in aller Welt, machst du in dieser Uniform?«
Er lächelte wieder. »Man hat mich einberufen.«
»Bist du allein?«
»Nein, ich bin mit Marcel Campion und Dania Farkas hier.«
»Du bist also allein«, erklärte Sue Ann kategorisch. »Ich setze mich zu dir.«
»Und dein Begleiter?«
»Ein langweiliger Kerl. Einer von Daddys Konzernanwälten. Ich hatte niemand besseren zur Hand.«
Auf ihren Wink kam ihr Begleiter heran. »Ja, Miß Daley?«
»Ich habe einen alten Freund getroffen«, sagte sie. »Ich hoffe, Sie haben nichts dagegen, wenn ich mich zu ihm setze.«
»Nicht im mindesten«, antwortete er, fast zu schnell. »Dann darf ich mich also verabschieden.«

Sue Ann betrachtete Dax wohlgefällig. »Du siehst in dieser Uniform fabelhaft aus. Sie sitzt wie angegossen. Mich wundert, daß niemand früher daran gedacht hat.«
Dax lachte. »*El Presidente* war der Meinung, daß eine Uniform in Kriegszeiten einfach dazugehört.«
»Was bist du – General?«
»Ich bin bloß Oberst. In unserer Armee gibt es nur einen General – *el Presidente* selbst.«
»Und deine Frau? Ist sie mitgekommen?«
»Nein, sie hat zu Hause sehr viel zu tun. Und was macht dein neuer Ehemann?«
Sue Ann zuckte die Achseln. »Ein dummes Bürschchen. Wir sind vor einem Monat geschieden worden. Ich habe offenbar mit Ehemännern kein Glück. Wie kommt es eigentlich, daß du mich nie heiraten wolltest?«
Er lachte. »Du hast mich nie gefragt.«
»Ist das der einzige Grund?«
»Ja. Ich will dir ein Geheimnis anvertrauen. Ich bin schüchtern.«
»Und ich bin albern. Diese Antwort habe ich verdient. Aber das nächste Mal werde ich fragen.«
»Woher weißt du, daß es ein nächstes Mal geben wird?«
»Ich kenne dich, und ich kenne die Frauen. Mir ist es zweimal fast gekommen, seit ich hier neben dir sitze und bloß mein Bein an deines lehne. Wenn deine Frau es über sich bringt, dich allein wegzulassen, dann wird es ein nächstes Mal geben.«
»Du bist völlig auf dem Holzweg«, sagte er, immer noch lächelnd.
»O nein, das bin ich nicht. Ich kann warten. Du wirst mein nächster Ehemann.« Plötzlich lächelte sie boshaft. »Da jetzt alles geregelt ist und wir in aller Form verlobt sind, laß uns bloß hier weggehen und irgendwohin zum Vögeln!«

Über Marcels Schulter hinweg hatte Dania gesehen, wie Sue Ann an den Tisch trat und sich neben Dax setzte. Ein Gefühl der Abneigung gegen Sue Ann überkam sie. Das blonde Haar, die blauen Augen, die helle Haut. Die ungezwungene Sinnlichkeit und das Bewußtsein ihrer Wichtigkeit. Überall gab es diese Mädchen. Mädchen, die nichts zu tun brauchten, um all das zu erreichen, worum Dania sich verzweifelt hatte bemühen müssen.
Dania war immer die Dunkle gewesen, die Griechin mit dem Akzent, das große, magere, unhübsche Mädchen mit dem fremdartigen

Aussehen. Die Blonden aber waren die Göttinnen, denen die Jungen nachliefen. Und dann eines Tages, als sie etwa zwölf war, hatte sich etwas ereignet.
Plötzlich nach dem Einsetzen der ersten Blutungen hatte ihre Stimme einen besonderen Klang erhalten. Sie drang wunderschön und reich aus ihrer Kehle und ließ alle anderen in der Klasse verstummen.
Ungläubig sah die Lehrerin sie an. Welches Wunder war mit diesem häßlichen Mädchen geschehen? »Du kommst nach der Schule mit deiner Mutter zu mir.«
Damit hatte es begonnen. Die Jahre des Ringens. Das Studium und die Selbstverleugnung. Als sie siebzehn war, wurde es Dania klar, daß sie nie schön sein würde. Aber sie lernte es, das Schönste an ihr, die großen, dunklen Augen, zu betonen. Sie zog ihr Haar über die Stirn nach vorn, um weniger groß zu wirken, und schminkte Schatten auf die Backenknochen, die zu hoch und zu kräftig waren. Ein blasser Lippenstift ließ ihren Mund kleiner aussehen.
Zuerst gab es viele Männer, denn Dania wußte, daß ihre Mutter niemals das Geld aufbringen konnte, um ihre musikalische Erziehung zu beenden. Aber es berührte sie nicht weiter. Später gab es einen einzigen, und es spielte keine Rolle, daß er dreißig Jahre älter war. Er war fünfundfünfzig und reich genug, um alles bestreiten zu können, was noch zu bestreiten war. Und er besaß genügend Verbindungen, um ihr den endgültigen Aufstieg zu ermöglichen. Sie war zwanzig, als sie heirateten.
Auf ihre Weise war Dania ehrlich mit ihm gewesen. Es sollte nichts zwischen ihnen geben als die Musik, nichts, was sie in ihrer Karriere stören oder von ihr ablenken konnte. In den zehn Jahren ihrer Ehe hatten sie nicht ein einziges Mal miteinander geschlafen.
Es gab andere Männer, und er wußte es. Zum Beispiel den Tenor, der ihr die Carmen an der Scala verschafft hatte. Oder den berühmten Komponisten und Dirigenten, der sie nach New York an die Metropolitan gebracht hatte. Jetzt war Dania dreißig und brauchte niemanden mehr, auch ihn nicht, und sogar das nahm er hin. Er war zufrieden, daß sie seinen Namen trug und daß er sich in der Sonne ihres Ruhmes wärmen konnte.
Aber Dania selbst war plötzlich nicht mehr zufrieden. Sie glaubte die ersten Anzeichen zu entdecken, daß ihre Stimme nachließ. Und sie hatte Angst, daß sie den Rest ihres Lebens in braver Vornehmheit mit einem alten Mann verbringen müßte.

Da hatte sie Marcel getroffen. In ihm, dem Reichen und Mächtigen, hatte Dania Züge ihrer selbst entdeckt. Die gleichen selbstsüchtigen Begierden und Wünsche. Daß er verheiratet war und Kinder hatte, spielte keine Rolle; als Künstlerin stand sie über solchen Dingen. Von Bedeutung war nur, daß ihn wie alle anderen ihr Talent faszinierte und daß er ihre Leidenschaft auf der Bühne auch für Liebesfähigkeit im wirklichen Leben hielt.
Marcels Ehe wurde geschieden. Aber dann liefen die Dinge nicht so, wie sie gedacht hatte. Er machte ihr nicht den Vorschlag, sich auch scheiden zu lassen und ihn zu heiraten, sondern schien mit dem jetzigen Zustand durchaus zufrieden. Dania wartete aufmerksam ab. Sie zweifelte nicht daran, daß er sie zu gegebener Zeit heiraten werde. Inzwischen war nichts verloren, denn sie hatte ja noch ihren Ehemann in Reserve.

3

James Hadley lehnte sich in seinen Stuhl zurück. »Haben Sie schon mit Jeremy darüber gesprochen?«
Dax nickte. »Er sagte, er wolle mir gern helfen. Aber er meinte, Sie könnten vielleicht noch mehr tun. Deshalb bin ich zu Ihnen gekommen.«
Hadley blickte aus dem Fenster in den Regen, dann wieder auf Dax. »Vielleicht kann ich es.« Er beugte sich vor. »Hat Ihnen Jeremy gesagt, daß er die politische Laufbahn aufgibt?«
»Nein«, sagte Dax erstaunt. »Davon hat er mir nichts gesagt.«
»Ja, das hat er vor. Jedenfalls, soweit sie mit Wahlen zu tun hat. Er möchte lieber ins Außenministerium gehen. Die Brutalität der Wahlkämpfe behagt ihm nicht.«
»Aber das ist doch sicher nicht der einzige Grund.«
Hadley lächelte trübe. »Nein. Jeremy hat sich entschlossen, diese Deutsche zu heiraten. Und er weiß, daß die Wähler niemals einen Kongreßabgeordneten mit einer ausländischen und noch dazu geschiedenen Frau akzeptieren – schon gar nicht im katholischen Boston.«
Dax antwortete nicht. Nach einer Pause fuhr Hadley fort: »Jeremy hat Jack Kennedy seine Unterstützung zugesagt. Kennedy wird 52 für den Senat kandidieren, 56 für die Vizepräsidentschaft und 60 als Präsident. Jeremy hat versprochen, ihm dabei zu helfen.«

Dax hatte Mitleid mit dem alten Mann. Es mußte eine bittere Pille für ihn sein. Genau das waren die Pläne für seinen eigenen Sohn gewesen. Jetzt war ein anderer an seine Stelle getreten.
»Das also meinte Jeremy, als er sagte, Sie könnten vielleicht etwas für mich tun«, sagte er leise. »Sie kennen die Kennedys?«
Hadley nickte. »Sie haben einen Besitz in Palm Beach, nicht weit von unserem. Es ist eine große Familie.«
Dax mußte lächeln, denn Hadleys Familie war auch nicht gerade klein. »Glauben Sie, daß sie bereit wären, mir zu helfen?«
»Es wäre möglich«, meinte Hadley. »Gewiß wird Jeremy mit Jack sprechen, und ich werde sehen, was ich bei seinem Vater erreichen kann. Soviel ich weiß, sind sie sehr daran interessiert, daß die südamerikanischen Staaten innerhalb der Vereinten Nationen aktiver in Erscheinung treten.«
Plötzlich änderte er das Thema. »Haben Sie Marcel getroffen, als Sie in New York waren?«
»Ich habe gestern mit ihm zu Abend gegessen.« Dax griff nach einer Zigarette. »Er scheint sich wegen seiner Einberufung übertriebene Sorgen zu machen.«
»Marcel ist ein Narr. Was erwartet er denn, wenn er sich vor allen Leuten derart aufspielt? Das müssen sie ihm ja übelnehmen. Ich habe ihm geraten, sich etwas zurückzuziehen und sich eine Weile aus den Nachtlokalen und Schlagzeilen herauszuhalten. Aber er wollte nichts davon hören.«
»Was kann man ihm denn empfehlen?«
»Ich gab ihm den Rat, ruhig zum Militär zu gehen. In seinem Alter bekommt er ohnehin bloß einen Schreibtischposten. Wenn er dabei ist, kann man für ihn schon die Entlassung durchdrücken. Aber Marcel weigert sich. Er will auf niemanden hören.«
»Was wird nun geschehen?«
»Wenn Marcel so weitermacht, richtet er sich zugrunde. Die öffentliche Meinung sieht ihn bereits als Dienstverweigerer.«
Dax stand auf. »Sie haben gewiß viel zu tun. Ich möchte Ihnen nicht noch mehr von Ihrer Zeit rauben.«
Hadley führte ihn zur Tür. »Dax?«
»Ja?«
»Sie sind ein merkwürdiger Mensch, Dax. Wir haben viel von Geschäften gesprochen, aber kein einziges Mal haben Sie Caroline erwähnt.«
Dax zuckte die Achseln. »Was gibt es da zu sagen?«

Hadley begegnete ruhig seinem Blick. »Auf meine Art, wissen Sie, habe ich sie geliebt.«
»Ich auch«, erwiderte Dax. »Auch auf meine Art.«
»Sie war nichts für Sie und selbstverständlich auch nichts für mich.«
Dax sagte nichts.
»Haben Sie sie gesehen oder von ihr gehört?«
Dax schüttelte den Kopf. »Nein. Sie soll immer noch mit ihrem Vater in Paris leben.«
»Ich habe sie auch nicht mehr gesehen«, sagte Hadley, und seine Stimme war seltsam traurig. »Ist es zu spät, um mich für das, was ich getan habe, zu entschuldigen.«
Dax blickte ihn einen Augenblick an, ehe er antwortete. »Sie haben keine Ursache, sich zu entschuldigen. Vielleicht sollten wir beide uns bei Caroline entschuldigen.« Als Dax das Zimmer verlassen hatte, griff James Hadley nach dem Telefonhörer. Alles ist eine Sache der Perspektive, dachte er. Jeremys Entschluß, die Politik aufzugeben, Marcels Kampf gegen die Musterungskommission. Sogar Dax' Standpunkt bezüglich Caroline.
Die Stimme seiner Sekretärin unterbrach seine Gedanken. »Ja, Mr. Hadley?«
Wozu hatte er den Hörer abgehoben? Dann erinnerte er sich. »Verbinden Sie mich mit Joe Kennedy.«

Als Dax vom Flugplatz kam, traf er Sue Ann und Dania in seiner Wohnung im Konsulat an. »Was tut ihr denn hier?«
»Wir beide wollten dich zum Abendessen abholen«, erklärte Sue Ann.
»Tut mir leid.« Dax ging durch den Salon zu seinem Schlafzimmer. »Heute abend bleibe ich zu Hause und gehe früh ins Bett. Morgen fliege ich nach Japan.«
Sue Ann lachte. »Dann bleiben wir hier und essen bei dir. Du glaubst doch nicht, daß wir dich die letzte Nacht, bevor du in den Krieg gehst, allein lassen?«
»Ich habe noch eine Menge zu tun. Mit Unterlagen und Papieren und dergleichen.«
»Laß dich nicht aufhalten«, sagte Sue Ann. »Wir machen's uns inzwischen bequem. Ich rufe ein Restaurant an, das uns ein wundervolles Abendessen herschicken wird.«
»Was hast du eigentlich vor in deinem unanständigen kleinen Hirn?«

»Unanständigkeiten, was sonst?« Sue Anns Ausdruck ging plötzlich in gespieltes Entsetzen über. »Weißt du, was ich letzte Nacht herausgefunden habe?«
»Nein.«
»Dania ist siebenundzwanzig Jahre alt. Sie hat mit mehr als einem Dutzend Männern geschlafen und noch nie einen Orgasmus gehabt. Ist das nicht entsetzlich?«
»Das kommt darauf an.« Dax musterte Dania. »Was sagt sie selbst dazu?«
Dania begegnete seinem Blick mit unbewegtem Gesicht.
»Also, ich finde es schrecklich. Als ich es erfuhr, wußte ich sofort, was ich zu tun hatte. Einmal, nur ein einziges Mal, muß sie einen richtigen Mann kennenlernen.«
»Vielleicht ist sie lesbisch«, sagte Dax, ohne den Blick von Dania abzuwenden.
»Ausgeschlossen. Ich bin mit genug Lesbierinnen zusammengewesen, um das zu wissen.«
Dax wandte sich wieder an Sue Ann. »Und wo gedenkst du zu bleiben, während die Sache vor sich geht?«
»Natürlich hier, Liebling.« Sie grinste. »Ich möchte das um alles in der Welt nicht versäumen. Und ich bin nicht selbstsüchtig. Es ist mehr als genug für uns beide da.«

»Sie schläft«, sagte Dax.
»Das täte ich auch, wenn ich siebenundzwanzig Jahre auf meinen Orgasmus gewartet hätte.« Sue Ann schnitt eine Grimasse. »Ich weiß wirklich nicht, warum sie so lange gebraucht hat. Du hast sie über eine Stunde gebügelt. Mir ist es beim bloßen Zuschauen dreimal gekommen. Ich dachte schon, du würdest sie nie über den Berg bringen.«
Sie griff mit der Hand nach unten. Ihr Ausdruck wechselte jäh, und ihr Blick wurde gierig. »Er steht dir immer noch!«
Plötzlich läutete Dax' Privattelefon.
»Wer, zum Teufel, ist denn das?« sagte Sue Ann ärgerlich.
Dax griff nach dem Hörer. »Wir werden sehen.«
»Wer ist es?« flüsterte Sue Ann.
Dax verdeckte die Sprechmuschel mit der Hand. »Marcel.« Er nahm die Hand fort. »Ja?«
»Ist Dania bei dir?«
»Nein.«

»Sie ist bei dir!« rief Marcel anklagend. »Ich habe es überall versucht. Sie muß bei dir sein. Ich habe sie eben flüstern hören.«
Sue Ann nahm Dax den Hörer aus der Hand. »Marcel, hier spricht Sue Ann. Seien Sie kein Idiot und hören Sie bitte auf, uns zu belästigen. Wir liegen im Bett.«
»Das sollte ihm genügen«, sagte sie befriedigt. Sie blickte auf die schlafende Dania. »Ich weiß wirklich nicht, was sie an diesem geldgierigen kleinen Scheißkerl findet.« – Sie griff wieder nach ihm. »Du bist einfach toll. Dich kann wohl überhaupt nichts ablenken, wie?«
Er schüttelte den Kopf.
Sie legte sich in die Kissen zurück. »Weißt du, irgendwie bin ich froh, daß wir sozusagen allein sind. Ich dachte, es würde aufregend sein, verstehst du, wir drei zusammen. Aber dann stellte ich fest, daß ich eifersüchtig wurde.«
»Es war deine Idee«, sagte er und schob sich auf sie.

4

Dax hätte in Korea auf tausend Arten sterben können, bloß nicht im Kampf. Sein Weg an die Front endete im Offiziersklub von Seoul, wo man sich einmal wöchentlich traf, um sich die aus Tokio herübergeflogenen Wochenschauen über den Krieg anzusehen. Fünfzehn Monate saß er an einem Schreibtisch im Obersten Hauptquartier als Verbindungsoffizier für die lateinamerikanischen Streitkräfte. Aber er hatte sehr wenig zu tun. Es gab keine lateinamerikanischen Truppen.
Zuerst meldete er sich prompt um acht Uhr und verbrachte den Tag damit, auf einem gelben Schreibblock Männchen zu malen. Um fünf Uhr legte er den Block ordentlich in die leere Schreibtischlade und verschloß sie. Dann ging er auf einen Drink in den Offiziersklub und hörte dabei den neuesten Klatsch. Um sieben ging er zum Abendessen, und um zehn lag er meist im Bett.
Einmal wöchentlich erschien er beim Adjutanten des Stabschefs und fragte, ob es wegen der Verwendung seiner Truppen etwas Neues gäbe, und jede Woche erhielt er die gleiche Antwort. Nach einiger Zeit erschien er nicht mehr jeden Tag an seinem Schreibtisch. Einmal in der Woche genügte. Und wenn er die eine oder andere Woche nicht kam, kümmerte es auch niemanden.

Er zog aus dem Offiziersquartier aus und mietete in der Nähe des Klubs ein kleines Haus.
Jetzt fand er sich jeden Vor- und Nachmittag auf dem Golfplatz ein. In drei Monaten hatte er sein Spiel bis in die unteren Siebziger verbessert.
Als er fast sechs Monate in dem neuen Haus wohnte, kam er eines Nachmittags unerwartet heim. Er hörte Stimmen hinter dem Gebäude und ging ihnen neugierig nach.
Fat Cat stand mit gelangweiltem Gesichtsausdruck inmitten einer Gruppe von Frauen, die alle gleichzeitig plapperten.
»Was geht hier vor?«
Fat Cat fuhr zusammen, als er Dax' Stimme hörte. Die Frauen verstummten sofort und versteckten sich hinter ihm.
Fat Cat verfiel in den einschmeichelnden Ton, den er immer gebrauchte, wenn er sich in etwas eingelassen hatte, was Dax nicht erfahren sollte. Er machte die unschuldigste Miene der Welt. »Kennst du sie denn nicht, Exzellenz?«
»Nein. Was sind das für Frauen?«
»Es sind unsere Dienerinnen.«
»Alle?«
»Jawohl, Exzellenz.«
Dax zählte sie. »Aber es sind ja acht!« Das Haus hatte bloß vier Räume – sein und Fat Cats Schlafzimmer, ein kombiniertes Wohn- und Speisezimmer und eine Küche. »Wo sind die denn untergebracht?«
»Hier, Exzellenz.«
Fat Cat führte ihn um die Ecke des Hauses.
An die Hausmauer war eine Art Schuppen angebaut. Das Dach war mit Stroh gedeckt, und an der offenen Seite hingen aus alten Hanfsäcken hergestellte Vorhänge. Dax blickte hinein. Auf dem Boden befanden sich sieben säuberlich gemachte Strohlager. Er ließ den Sackvorhang fallen und richtete sich auf. »Das sind aber nur sieben Lager.«
Fat Cat sah ganz unglücklich aus.
»Mehr brauchen sie nicht.«
Dax kannte die Antwort, bevor er die Frage stellte. »Und wo schläft die achte?«
Fat Cat wurde rot vor Verlegenheit.
»Nun?« fragte Dax. Fat Cat sollte nicht so leicht davonkommen.
»Siehst du, Exzellenz, darüber haben wir eben gesprochen.«

»Vielleichst wirst du mal etwas deutlicher.«
»Also –« Fat Cat holte tief Atem, »sie haben darüber gestritten, wer an der Reihe ist, im Hause zu schlafen.«
»Bei dir?« fragte Dax.
»Jawohl, Exzellenz. Verstehst du, drei von ihnen sind schon schwanger. Die anderen meinen, es ist ungerecht, wenn ich sie nicht der Reihe nach drannehme.«
»Ich glaube, ich brauche einen Drink«, sagte Dax und ging ins Haus zurück.
Kurz darauf erschien Fat Cat. »Einen schönen, großen, kühlen Gin und Tonic, Exzellenz«, sagte er begütigend. Er stellte das Glas auf den Tisch und wollte rasch wieder in Richtung Küche verschwinden.
Dax' Stimme hielt ihn zurück. »Wirf sie hinaus!«
»Alle, Exzellenz?« sagte Fat Cat in gekränktem Ton.
»Alle!«
»Könnte ich nicht nur die Schwangeren wegschicken?«
»Alle!«
»Könnte ich wenigstens die zwei besten behalten?« schmeichelte Fat Cat. »Es ist ungesund für einen Mann, in diesem Klima allein zu leben.«
»Nein«, sagte Dax schroff. »Falls du es nicht weißt; wir sind einer fremden Militärmacht zugeteilt. Wir können beide vor ein Kriegsgericht gestellt und erschossen werden. Kein Mensch wird glauben, daß du vor meiner Nase einen Harem halten konntest, ohne daß ich davon wußte.«
Er nahm einen Schluck aus seinem Glas. »Ich kann es selbst nicht glauben.«
Erst sieben Monate später, 1952, nachdem MacArthur bereits nach Hause zurückgerufen war, wurde Dax in das Büro des neuen Stabschefs beordert. Das Wetter im Inchontal war eiskalt gewesen, und ein neuer Angriff der Nordkoreaner und Chinesen hatte hohe Verluste gebracht.
Der Adjutant des Stabschefs lächelte ihm zu. »Herr Oberst, ich glaube, ich habe zur Abwechslung einmal gute Nachrichten für Sie. Der Oberbefehlshaber wünscht Ihre Bestätigung, daß Ihre Truppe, die bisher in Reserve gehalten wurde, nun im Gebrauch und in der Wartung der neuen Waffen ausgebildet ist.«
»Das kann ich bestätigen, Sir. Ich habe erst vergangene Woche eine Depesche meines Präsidenten erhalten, wonach zweitausend unse-

rer Soldaten im Gebrauch der neuen Waffen geschult sind und zum Abruf bereitstehen.«
»Sehr gut. Ich werde es dem Oberbefehlshaber melden. Er wird um sofortige Verschiffung Ihrer Truppen ersuchen.«
»Mit Ihrer Erlaubnis, Sir, möchte ich meinem Präsidenten persönlich eine diplomatische Depesche schicken, um ihn darauf vorzubereiten.«
»Gut. Ich hatte gehofft, daß Sie das tun würden. Es wird die Abwicklung beschleunigen. Ihre Leute sollten schon zur Verschiffung bereit sein, sowie die Order eintrifft.«
Zwei Tage später reichte Dax wortlos, mit kalkweißem Gesicht, dem Adjutanten ein Telegramm von *el Presidente*.

ÜBERMITTLE OBERBEFEHLSHABER MEIN AUFRICHTIGES BEDAUERN STOP WEGEN ABLAUF DIENSTZEIT JETZT WENIGER ALS FÜNFZIG OFFIZIERE UND MANNSCHAFTEN IM GEBRAUCH NEUER STANDARDWAFFEN GESCHULT STOP UNTERNEHMEN SOFORT SCHRITTE ZUR SCHULUNG NEUER REKRUTEN STOP DU WIRST VERSTÄNDIGT SOBALD KONTINGENT AUFGEFÜLLT.

EL PRESIDENTE

Der Adjutant blickte Dax an. »Sieht aus, als habe jemand über Ihren Kopf hinweg Politik gemacht, Herr Oberst.«
Dax antwortete nicht.
»Erlauben Sie, daß ich das dem Herrn Oberbefehlshaber zeige?«
»Gewiß, Sir. Und darf ich den Herrn Oberbefehlshaber um einen Gefallen ersuchen, Sir?«
»Worum geht es?«
»Ich glaube, daß ich hier nicht weiter von Nutzen sein kann. Ich ersuche um meine Enthebung vom Dienst.«
»Ich nehme an, das wäre das beste«, sagte der Adjutant nachdenklich. »Sie erhalten die Bestätigung morgen früh.« Er reichte Dax die Hand. »Tut mir leid, Herr Oberst.«
»Mir auch, Sir.«

Es war ein Krieg ohne Geheimnisse, und binnen weniger Stunden wußte ganz Seoul die Neuigkeit. Sogar der nordkoreanische Rundfunk teilte mit, daß der Präsident von Corteguay es abgelehnt habe, Truppen für einen imperialistischen Angriffskrieg in den Kampf zu schicken.
Am nächsten Tag war Dax in Tokio. Und kaum einen Monat später

befand er sich auf dem Weg nach New York. Es waren fast zwei Jahre vergangen seit dem Tag, wo ihn *el Presidente* als Führer einer Armee ausgeschickt hatte, die nicht existierte.

5

Sergei saß nachdenklich hinter seinem Schreibtisch, seine Hand spielte mit dem goldenen Brieföffner. Er blickte Irma Andersen an, dann den Mann neben ihr. »Ich weiß nicht«, sagte er nach einer Pause. »Wir kommen hier sehr gut zurecht. Ich möchte das nicht aufs Spiel setzen.«
Irma schnaubte verächtlich. Sie sprach so schnell französisch, daß der Amerikaner neben ihr nicht folgen konnte. »Du bist ein Idiot, Sergei! Du machst im Jahr zweihunderttausend brutto, davon bleiben dir netto vielleicht siebzehntausend. Das nennst du gut? Lakow bietet dir Millionen!«
»Aber im hiesigen Geschäft wissen wir Bescheid«, sagte Sergei. »In Amerika ist alles anders. Klügere und gerissenere Leute als ich haben auf dem Massenmarkt ihr letztes Hemd verloren. Und wie kann ich wissen, welche Rückwirkungen es auf unser Pariser Geschäft hätte? Es würde sich plötzlich alles völlig ändern, wenn wir direkt in das Zwanzig-bis-fünfzig-Dollar-Geschäft einstiegen.«
»Es handelt sich nicht bloß um die Kleider«, erläuterte Harvey Lakow, »sondern auch um alle anderen einschlägigen Artikel. Der Name Fürst Nikowitsch wird einen ganz neuen Lebensstil der amerikanischen Frau prägen. Kosmetik, Parfüms, Wäsche, Sportkleidung vom Bikini bis zum Skianzug. Auch an die Ehemänner ist gedacht: Toilettenartikel, Krawatten, Sporthemden. Ich glaube, Sie sind sich nicht ganz im klaren, was das bedeuten kann. Wir werden mehr als fünf Millionen investieren, bevor wir den ersten Verkauf tätigen.«
Amalgamated-Federal war die größte Vereinigung von Warenhäusern und Damenmodegeschäften auf der Welt. Allein in den Vereinigten Staaten gab es mehr als tausend Verkaufsstellen.
Sergei zögerte immer noch. »Wenn die Idee so gut ist, warum ist dann keines der anderen Häuser darauf eingegangen?«
Harvey Lakow lächelte. »Weil wir sie nicht gefragt haben. Wir haben uns an Sie gewandt. Die alteingesessenen Häuser haben wir gar nicht erst in Betracht gezogen. Die kommen doch aus ihren einge-

fahrenen Gleisen nicht heraus. Wir suchten einen Namen, den jede amerikanische Frau sofort mit der Pariser *couture* in Verbindung bringt. Deshalb haben wir uns für Sie entschieden. Merkwürdigerweise war es meine Frau, die Ihren Namen erwähnte. Und ich verlasse mich gern auf ihr Urteil. Obwohl Sie ein verhältnismäßig junges Haus seien, hätten Sie sich immerhin schon mehr als fünf Jahre gehalten, meinte sie. Und dank der Artikel, die Miß Andersen und andere über Sie geschrieben haben, kennt man Sie heute schon besser als die meisten anderen Häuser. Außerdem erzählte mir meine Frau, sie habe Sie einmal kennengelernt, und sie hielt Sie für einen klugen, fähigen jungen Mann.«
»Ihre Frau?« Sergei furchte die Stirn.
Harvey Lakow lächelte. »Sie meinte, Sie würden sich wahrscheinlich nicht mehr an sie erinnern. Es war vor dem Krieg; sie verbrachte einen Urlaub in Paris. Ich konnte aus geschäftlichen Gründen nicht mitkommen. Sie waren damals Student und sind ihr eine große Hilfe gewesen. In Ihrer Freizeit waren Sie ihr Fremdenführer.«
»Tut mir leid«, sagte Sergei. »Ich kann mich im Moment wirklich nicht an sie erinnern.«
»Das ist auch nicht wichtig. Wichtig ist, daß Sie ein Haus repräsentieren, das einigen Erfolg aufzuweisen hat. Für die Amerikanerinnen sind Sie eine Persönlichkeit, die man von den Fotos in den Zeitungen und Illustrierten kennt. Und man kennt Sie durch Ihre Ehe mit Sue Ann Daley und durch die ausführlichen Berichte von Miß Andersen. Wenn Sie mit uns abschließen und nach Amerika kommen, können wir dort in kürzester Zeit den gesamten Modesektor praktisch beherrschen.«
Harvey Lakow stand auf. »Ich weiß, das alles kommt für Sie sehr plötzlich. Ich kann mir vorstellen, daß Sie Zeit brauchen, um darüber nachzudenken. Ich fahre morgen nach Rom, bin aber am Sonnabend wieder hier. Würden Sie mich dann in meinem Hotel anrufen und mir Ihre Antwort geben?«
Als Lakow gegangen war, schwiegen sie eine Weile. »Was hältst du davon?« fragte Sergei schließlich.
»Er hat recht«, sagte Irma. »Hier wirst du nie eine Spitzenfirma werden. Die fünfzehn Prozent, die sie dir bieten, sind zwanzigmal mehr wert als dein ganzes Geschäft hier.«
»Ich habe so viel über Amerika gehört. Ich wollte immer schon einmal hin. Und doch . . . ich habe Angst.«
Irma lächelte. »Du brauchst dir keine Sorgen zu machen. Die ameri-

kanischen Frauen sind nicht anders als alle anderen. Das solltest du eigentlich schon wissen. Sie lieben das, was ein Mann in der Hose hat.«
Sergei zündete sich eine Zigarette an.
»Aber etwas möchte ich noch wissen«, verlangte Irma plötzlich.
»Was denn?«
»Hast du dich wirklich nicht an Lakows Frau erinnert?«
»Doch.« Sergeis Augen blickten freundlich und irgendwie traurig. »Ich erinnere mich ganz genau an sie.«
»Das dachte ich mir«, sagte Irma befriedigt. »Du gehörst nicht zu den Männern, die *jemals* eine Frau vergessen.«

»Ich müßte von dem Plan begeistert sein«, sagte Sergei, »aber ich bin es nicht.«
Giselle schwieg.
»Ich bin fünfunddreißig, und zum erstenmal in meinem Leben habe ich das Gefühl, am richtigen Platz zu sein. Ich möchte nicht riskieren, daß ich ihn verliere. Vielleicht, weil er so angenehm ist. Oder werde ich alt?«
Giselle lächelte. »Du bist noch jung.«
Sergei blickte sie düster an. »Ich fühle mich alt. Manchmal, wenn ich an meine Tochter denke – sie ist jetzt dreizehn –, wird mir bewußt, wie die Zeit vergeht.«
»Wie geht es Anastasia?«
»So gut, wie man es nur hoffen konnte. Aber das ist das zweite Problem. Ich möchte sie nicht gern allein lassen. Andererseits habe ich Angst, sie in eine neue, fremde Umgebung zu bringen. Sie hat es ohnehin schwer genug. Neue Gesichter, eine neue Sprache – das wäre zuviel für Sie.«
»In Amerika gibt es bessere Schulen für sie als hier.«
»Das klingt, als wärst du dafür, daß ich nach drüben gehe. Ich dachte immer, du magst Amerika nicht.«
»Beruflich war Amerika nichts für mich. Aber für dich könnte es wirklich eine neue Welt sein.«
»Möchtest du jemals wieder nach drüben?«
»Als Künstlerin nicht. Aber wenn ich du wäre – noch jung und auf der Suche nach einer Welt, die man erobern kann –, würde ich nicht zögern.«
Sergei überlegte eine Weile. »Nein, es geht nicht. Ich kann Anastasia nicht allein lassen.«

»Geh nach Amerika«, drängte Giselle. »Versuch es für ein Jahr. Wenn es dir nicht gefällt, kannst du ja immer wieder zurückkommen. Ich kümmere mich um deine Tochter, wenn du weg bist.«

Lakow legte den Hörer auf und kam an den Frühstückstisch zurück.
»Also«, erklärte er befriedigt, »er hat zugesagt.«
»Das freut mich«, erwiderte seine Frau lächelnd.
»Wenn erst die Allied Stores davon hören«, sagte Harvey triumphierend, »macht es sie fertig. Ein Glück, daß du an Nikowitsch gedacht hast. Alle anderen haben uns schief angeguckt, als wir ihnen den Vorschlag machten. Als sei ihnen unser Geld nicht gut genug.«
»Laß nur, Harvey. Die werden es noch bereuen.«
Er setzte sich und trank seinen Kaffee.
»Komisch«, sagte Harvey. »Er hat sich nicht an dich erinnert. Wie kommt das?«
»Das ist gar nicht komisch«, erwiderte sie. »Wahrscheinlich war ich nur eine von vielen Amerikanerinnen, die er geführt hat. Und er war damals so jung und schüchtern.«
»*Ich* hätte dich nie vergessen.«
Sie beugte sich über den Tisch und drückte ihre Lippen auf seine Wange. »Weil du eben du bist«, flüsterte sie, »und weil ich dich liebe.«

6

Das schwere Dröhnen der Motoren ließ nach, als die gecharterte DC-7 die Reiseflughöhe erreicht hatte und der Pilot die Propellerdrehzahl änderte. Mißmutig drückte Sergei auf einen Knopf und verstellte die Rücklehne seines Sitzes. Dann zündete er sich eine Zigarette an und blickte zum Fenster hinaus. Unten flimmerten die Lichter von New Orleans und blieben hinter ihnen zurück, als sie in einem weiten Bogen über den Golf von Mexiko die Halbinsel Florida ansteuerten.
»Mr. Nikowitsch?« Norman Berry, der magere, bleichgesichtige Public-Relations-Mann glitt in den Sitz neben ihm, das übliche Bündel Papiere in der Hand, den gewohnten sorgenvollen Ausdruck im Gesicht. »Ich dachte, wir könnten einmal kurz die Pläne für morgen durchgehen.«
»Später, Norman. Ich will versuchen, mich ein wenig auszuruhen.«

Berrys Gesichtsausdruck wurde noch düsterer. »Lassen Sie die Papiere da. Ich werde sie durchsehen, und Sie rufen, wenn ich soweit bin.«
Berry stand auf und ließ die Papiere auf dem Sitz liegen. Er ging zur vorderen Kabine. Die Stimmen der aufgeregt schnatternden Mannequins drangen herüber, als er die Tür öffnete.
Träge sah Sergei auf die Papiere. Die Überschrift auf dem blau-rot bedruckten Vervielfältigungsblatt lautete:

WERBETOURNEE FÜRST NIKOWITSCH. 19. SEPTEMBER 1951, MIAMI, FLORIDA. EMPFANG AUF DEM FLUGPLATZ 9 UHR. EMPFANGSKOMITEE: DER BÜRGERMEISTER; MITGLIEDER DES STADTRATES; HANDELSKAMMER VON MIAMI; BARTLETT'S (A-F MIAMI) KAUFHAUS; REPORTER; FOTOGRAFEN; WOCHENSCHAU- UND FERNSEHPERSONAL.

Alles war auf Minuten genau eingeteilt wie ein Eisenbahnfahrplan. Nichts war vergessen. So ging es den ganzen Tag weiter bis Mitternacht. Dann würde das Flugzeug zum Rückflug nach New York starten. Sergei legte das Blatt weg und blickte den Gang entlang.
Irma Andersen schlief bereits, ihr Mund war leicht geöffnet. Sergei wunderte sich. Er war jünger als sie, bedeutend jünger, und doch fühlte er sich erschöpft. Wo nahm sie bloß den Schwung und die Energie her, Tag für Tag? Zehn Tage dauerte das nun schon. In New York hatte es begonnen. Dann folgten San Franzisko, Chikago, Los Angeles, Dallas, New Orleans. Nachts flogen sie. Und jeden Tag kam eine andere große Stadt an die Reihe.
Und es war nicht diese Rundreise allein. Das ganze vergangene Jahr war hektisch gewesen. Erst jetzt begann er die gewaltige Stoßkraft zu verstehen, die im Geschäftsleben der Staaten wirksam war. Kein Wunder, daß die amerikanischen Geschäftsleute die Welt eroberten und jung starben. Sie kannten keine Pause.
Zwei Monate nach seiner ersten Begegnung mit Lakow in Paris hatte es begonnen. Erst war es nur eine schwarzgedruckte Zeile. Aber plötzlich tauchte sie in Tausenden und aber Tausenden von Anzeigen auf, die die A-F-Läden im ganzen Land erscheinen ließen.
Kleider – Hüte, Schuhe oder was immer – aus der Kollektion Fürst Nikowitsch.
Make-up von Fürst Nikowitsch – der fürstliche Schönheits-Look.
Und das meiste war noch gar nicht in der Produktion, so daß es Sergei immer vorkam wie ein erbarmungsloses Rennen gegen die Zeit.

Und alles spielte sich gleichzeitig in den Dachgeschoßbüros im siebzigsten Stockwerk des A-F-Gebäudes in New York ab.
Neben seinem Büro lagen drei Konferenzräume, und es gab Zeiten, wo auch diese drei nicht ausreichten. Er jagte von einem in den anderen. Alles war unterteilt und spezialisiert und doch auf eine Weise koordiniert, wie es offenbar bloß die Amerikaner fertigbrachten. Und zwischen all den geschäftlichen Besprechungen gab es die Presse, die Publicity, die jeden Augenblick ihr Recht verlangte.
Sergei selbst war das Symbol, der Name, das Kernstück der ganzen Kampagne. Fotos von ihm wurden bei jeder bedeutenden Broadway-Premiere geschossen, in der Oper, bei Wohltätigkeitsbällen, bei jedem wichtigen gesellschaftlichen Ereignis. Irma Andersen achtete darauf, wie sie auch dafür sorgte, daß sein Name in allen führenden Zeitungen mindestens zweimal wöchentlich genannt wurde. Es verging kein Tag, an dem nicht irgendwo in den Vereinigten Staaten wenigstens ein Interview erschien. Keine Woche, in der nicht seine Stimme im Rundfunk zu hören war und er in einem der vielen Fernsehprogramme, die speziell für das weibliche Publikum bestimmt waren, auftauchte.
Vor wenigen Wochen war Norman Berry aufgeregt in sein Büro gekommen, ein Exemplar des *Advertising Age* schwenkend. »Wir haben's geschafft! Wir haben's geschafft!«
Sergei hatte von seinem Tisch aufgesehen. »Was geschafft?«
»*Advertising Age* sagt, Sie wären der Mann, der in Amerika durch die Werbung am bekanntesten geworden sei. Sogar bekannter als der Commander Dingsda!«
»Commander Dingsda?«
»Sie wissen doch, Commander Whitehead. Der Schweppes-Limonaden-Mann.«
»Wirklich?« Sergei zog ironisch die Brauen hoch. »Meinen Sie nicht, daß wir vielleicht noch etwas ausgelassen haben? Vielleicht sollten wir noch einen Wodka herausbringen. Wodka Fürst Nikowitsch.«
»Verdammt gute Idee! Eine sichere Sache!« Norman war begeistert, dann hielt er plötzlich inne. »Sie wollen mich auf den Arm nehmen.«
Der Start war am 10. September in New York. Die Kollektion sollte genau wie in Paris vorgeführt werden. Air France flog sogar die Mannequins aus Paris herüber. Und dann ging die Kollektion zehn Tage durch zehn Städte.

Lakow hatte recht gehabt. Sergei griff nach dem Exemplar von *Women's Wear Daily*, das auf dem Nebensitz lag. Die große schwarze Schlagzeile schrie ihm entgegen:

NIKOWITSCH! ZWANZIG MILLIONEN IM ERSTEN JAHR?

Harvey Lakow war selbst auf dem Flugplatz, als die große Maschine am nächsten Morgen in New York landete. Er kam ins Flugzeug, bevor noch jemand hatte aussteigen können. »Ich mußte Sie sehen, bevor die Reporter Sie erwischen.«
»Die Reporter?« fragte Sergei. »Was wollen denn die noch? Die Reise war gestern zu Ende.«
Lakow lächelte. »Sie wollen mit Ihnen sprechen. Sie stehen im Scheinwerferlicht. Seit hundert Jahren hat es so etwas wie Sie in der amerikanischen Mode nicht gegeben.«
»Du lieber Himmel!« Sergei sank in seinen Sitz zurück. »Ich möchte nichts anderes, als mich ins Bett legen und drei Tage durchschlafen.«
»Zum Schlafen werden Sie nur sehr wenig Gelegenheit haben, mein Junge. Wir müssen am Ball bleiben. Es wird Zeit, mit den Plänen für den Frühling zu beginnen.«
Sergei blickte ihn schweigend an.
»Übrigens«, fügte Lakow hinzu, »geben die Direktoren und Angestellten der A-F heute abend für Sie im ›21‹ ein kleines Diner. Als Ausdruck der Dankbarkeit für Ihre fabelhafte Arbeit.«
Es zeigte sich, daß der Tag kaum ausreichte. Sergei fand gerade noch Zeit, in seinen Smoking zu schlüpfen und ins Restaurant zu fahren. Als das gegenseitige Vorstellen und Bekanntmachen vorbei war, war er einen Augenblick mit Myra Lakow allein. Sie hatte sich nur wenig verändert. Ihre Augen waren so dunkelblau wie je. »Vielen Dank, daß du dich an mich erinnert hast«, sagte Sergei leise.
Auch ihr Lächeln war noch das gleiche. »Vielen Dank, daß du dich nicht an mich erinnert hast.« Das Lächeln verschwand. »Damals wollte ich mich jung fühlen. Und frei.«
»Und jetzt?«
»Jetzt?« Sie sah mit einem zärtlichen Blick zu ihrem Mann am anderen Ende des Raumes hinüber. »Jetzt bin ich zufrieden und glücklich, daß ich so alt sein darf, wie ich bin.«

7

Sergei betrachtete das Mannequin. Die Bluse saß richtig. Sie fiel glatt herab, ohne an der Taille unschöne Falten zu bilden. Aber durch den dünnen Chiffon sah man deutlich den Büstenhalter, und eben darin lag das Problem.
In Frankreich hätte das keine Rolle gespielt. Die französischen Frauen rechneten damit, daß man den Büstenhalter durch die Bluse hindurch sehen konnte. Darum trugen sie auch so interessante Modelle – mit Spitzen und Rüschen in lebhaften Farben. Die Amerikanerinnen dachten anders darüber. Sie hielten es für unschicklich, wenn ihr Büstenhalter zu sehen war. Sie trugen Hemden darüber, und daher fielen Chiffonblusen nie richtig, egal, wie gut sie gearbeitet waren.
Sergei blickte den Entwerfer an und schüttelte den Kopf. »Ich fürchte, so geht es nicht.«
Der Entwerfer entließ das Mannequin und wandte sich wieder an Sergei.
»Was sollen wir tun? Diese Blusen sind ein wesentlicher Teil unserer Frühjahrskollektion.«
»Sie sind nicht schuld«, sagte Sergei. »Schuld ist die amerikanische Frau. Obgleich jeder weiß, daß sie einen Büstenhalter trägt, scheut sie sich, die Illusion zu zerstören.«
»Ich werde es noch einmal versuchen.«
»Tun Sie das, aber versprechen Sie sich nicht zuviel davon. Außer –«
»Ja?«
»Wäre es nicht möglich, einen Büstenhalter aus dem gleichen Chiffon anzufertigen?«
»Eigentlich nicht. Das Material hat nicht genügend Festigkeit.«
»Und wenn man den Büstenhalter mit Chiffon überzieht?«
»Das wäre möglich.« Das Gesicht des Entwerfers erhellte sich. »Das Muster müßte jedoch sehr sorgfältig ausgewählt werden. Die Blumen dürften keinesfalls zu groß sein.«
»Versuchen Sie es. Wenn es gelingt, haben wir vielleicht für die Frühlingskollektion etwas, das *sensass* ist.« Plötzlich lächelte er. »Wir könnten es tatsächlich Sensass taufen.«
»›Sensass‹?«
»Das ist der Argotausdruck für ›sensationell‹.«
Der Entwerfer lachte und verabschiedete sich.

Sergei hob den Hörer ab. »Würden Sie Mr. Berry bitten, herüberzukommen?«
Es war sechs Uhr. Überall begannen die Lichter New Yorks aufzuleuchten.
Als Norman eintraf, fragte Sergei: »Was steht heute abend für mich auf dem Programm?«
»Heute abend?«
»Jawohl.«
»Ich dachte, man habe es Ihnen schon gesagt. Für heute abend ist nichts vorgesehen.«
»Sie meinen, ich habe gar nichts zu tun?«
Norman hob die Hände.
»Das heißt, ich habe einen Abend ganz für mich?« fragte Sergei ironisch. »Ich kann mich ausleben, wenn ich will?«
»Mein Gott! Daran habe ich nicht gedacht.«
»Woran?«
»Weiber«, antwortete Norman. »Irgendwie hatte ich den Eindruck, Sie wären damit reichlich versorgt.«
Sergei lachte. »Wie denn wohl? Wann habe ich denn auch nur eine Minute für mich selbst gehabt?«
»Das werde ich sofort erledigen.« Norman ging zum Telefon.
»Bemühen Sie sich nicht, ich bin ohnehin zu müde. Ich möchte bloß nach Hause, ein heißes Bad nehmen und zu Abend essen. Um zehn Uhr lieg' ich im Bett.«
Als er das Bürohaus verließ, sprang der Fahrer aus dem schwarzgoldenen Rolls-Royce, den ihm die Gesellschaft zur Verfügung gestellt hatte.
»Nach Hause, Johnny«, sagte Sergei. »Den Rest des Abends haben Sie frei.«
»Fein, Chef. Das kann ich gut gebrauchen.«
Der Verkehr war ungewöhnlich stark, und die Gehsteige waren überfüllt. »Wieso sind heute so viele Leute auf der Straße? Ist etwas los, Johnny?«
»So wird's in den nächsten drei Wochen jeden Abend sein, Chef. Weihnachten. Deshalb freue ich mich, daß ich den Abend frei habe. Da kann ich für die Kinder und die alte Dame etwas besorgen.«
Sergei lehnte sich nachdenklich in seinen Sitz zurück. In drei Wochen Weihnachten. Fast fünfzehn Monate war es nun her, seit er Paris verlassen hatte.
Es war Viertel vor zehn. Sergei hatte sich das Abendessen herauf-

schicken lassen, saß nun vor den Resten und schaute sich das Fernsehprogramm an, als die Türglocke läutete. »Herein«, sagte er, in der Meinung, es sei der Kellner.
Kurz darauf klingelte es nochmals, er stand auf und ging zur Tür. Als er öffnete, sah er sich einem großen, schönen Mädchen gegenüber.
»Fürst Nikowitsch?«
Sergei nickte.
»Darf ich eintreten?« Ohne auf Antwort zu warten, ging sie an ihm vorbei in den Salon. »Ich heiße Jackie Cromwell. Norman Berry schickt mich, ich solle Ihnen das hier geben.«
Sergei nahm aus dem kleinen Umschlag eine Visitenkarte, auf der bloß zwei Worte standen: »Viel Vergnügen.«
Seltsamerweise war er verlegen. Er fühlte, wie er zum erstenmal seit seiner Schuljungenzeit errötete. »Ich fürchte, es handelt sich um einen Irrtum. Sehen Sie, ich habe soeben mein Diner beendet.« Er wies auf den Tisch. »Ich hatte nicht die Absicht auszugehen.«
»Schon gut.« Das Mädchen lächelte. »Ich auch nicht.« Sie nahm ihren Nerzmantel ab und warf ihn nachlässig über einen Stuhl. Offenbar kannte sie sich in dem Hotel aus, denn sie ging geradewegs ins Schlafzimmer.
Als Sergei zur Tür kam, war sie bereits aus dem Kleid geschlüpft und stand im Büstenhalter und Höschen da. Sie wollte gerade den Büstenhalter öffnen.
»Bitte nicht«, sagte er.
Sie zögerte einen Augenblick. »Du bist doch nicht etwa schwul? Das sehe ich sonst meist auf den ersten Blick.«
»Nein, schwul bin ich nicht. Bloß müde. Sehr müde.«
»Ach.« Sie lächelte wieder, während sie ihren Büstenhalter öffnete. »Schon gut. Norman sagte mir, du hättest viel gearbeitet. Aber keine Sorge, du brauchst überhaupt nichts zu tun. Leg dich nur hin und genieße es.«
Sergei starrte ihre Brüste an. Da erst wurde ihm klar, wie sehr er bereits amerikanisiert war. Sie waren fest, voll, mit kräftigen Brustwarzen, richtige Sexsymbole, und er spürte, wie ihm heiß wurde. Wie hypnotisiert ging er ins Schlafzimmer und stieß mit dem Fuß die Tür hinter sich zu.
Das Mädchen grinste. »Erstaunlich, wie schnell die meisten Männer ihre Müdigkeit vergessen, wenn sie erst mal 'nen Blick auf meine Titten geworfen haben.«

Am Morgen stand sie am Fußende des Bettes, den Nerzmantel um die Schultern gelegt. »Wie fühlst du dich?«
Faul verschränkte Sergei die Hände hinter seinem Kopf. »Ausgezeichnet.«
»Du würdest dich noch besser fühlen, wenn du nicht verliebt wärst.«
»Verliebt?« Sergei lachte. »Wie kommst du darauf?«
»Ich bin eine Professionelle. Ich weiß, ob ein Mann es nur so obenhin tut oder ob er ganz bei der Sache ist. Und du bist nicht ganz bei der Sache.«
Sie ging zur Tür. »Na, falls ich dich vorher nicht mehr sehe, frohe Weihnachten!«
»Frohe Weihnachten«, antwortete Sergei, aber sie war schon fort. Das hatte er gerade noch nötig gehabt. Frohe Weihnachten von einer Hure.
Eine Minute später hatte er Lakow in Palm Springs am Apparat. »Harvey, ich brauche Urlaub.«
Lakow war entsetzt. »Mein Gott, Mann, jetzt kannst du nicht weg. Man fängt gerade mit den neuen Schnitten an.«
»Seit fünfzehn Monaten bin ich nicht daheim gewesen«, schrie Sergei wütend. »Ich will Weihnachten nicht ohne meine Tochter verbringen!«
»Das ist kein Problem.« Harveys Stimme klang erleichtert. »Solltest du nicht allmählich merken, daß du jetzt in New York zu Hause bist? Laß sie mit dem Flugzeug herüberkommen.«

Sergei nahm den großen, flaumigen Pandabären und die Blumen in eine Hand und winkte. Giselle sah ihn zuerst und machte Anastasia auf ihn aufmerksam. Das Kind lief auf ihn zu. Ein Einwanderungsbeamter bemerkte es und wollte sie aufhalten. Aber dann erkannte er Sergei. Er lächelte und ließ Anastasia durch.
Kurz vor ihm blieb sie plötzlich schüchtern stehen. Er ließ sich auf ein Knie nieder und hielt ihr den Panda entgegen. Sie hatte tatsächlich Sue Anns goldblondes Haar und ihre blauen Augen. Aber in dem Kind war eine Sanftmut, die es nicht von seiner Mutter geerbt haben konnte. *»Bonjour,* Anastasia. *Joyeux Noël.«*
»Hello, Papa«, sagte Anastasia langsam, mit nur ganz schwachem Akzent. *»Merry Christmas!«*
Dann nahm sie den Panda und kam in seine Arme. Seine Augen waren feucht, als er sie küßte und an sich drückte. »Du sprichst

Englisch! Wie hast du denn das gelernt? Wer hat dir das beigebracht?«
Anastasia sprach langsam und sehr vorsichtig. »Tante Giselle hat mich unterrichtet.« Sie blickte erst ihn an, dann Giselle, und lächelte stolz.
Plötzlich wurde Sergei vieles klar. Ihm wurde klar, daß die Hure recht gehabt hatte. Langsam stand er auf.
Wortlos reichte er ihr die Blumen, und ebenso wortlos nahm Giselle sie in Empfang. Dann fiel sie in seine Arme. Ihre Lippen zitterten, als er sie küßte.
»Es ist wie ein Wunder«, flüsterte er. »Wie kann ich dir je danken?«
Giselle zog das Kind zärtlich in ihre Umarmung mit hinein. »Es ist durchaus kein Wunder. Was Anastasia wirklich gebraucht hat, war eine Mutter.«
Sie heirateten am Weihnachtsmorgen in Harvey Lakows Heim in Palm Beach.

8

»Marcel ist ein verdammter Spinner«, erklärte Jeremy. »Er glaubte, er hätte mehr zu sagen als die Regierung. Es konnte ihm nichts Dämlicheres einfallen, als die Sache vor Gericht zu bringen. Dort mußte er verlieren.«
»Sie haben ihn zu achtzehn Monaten verurteilt?« Der Baron nahm eine dünne Zigarre in die Hand. »Er konnte natürlich Berufung einlegen, nicht wahr?«
»Die Berufung wurde abgewiesen. Und Marcel machte deswegen einen solchen Stunk, daß dem Richter gar nichts anderes übrigblieb, als das Urteil zu bestätigen, obgleich er die Absicht hatte, es außer Kraft zu setzen.«
Der Baron betrachtete angelegentlich seine Zigarre. »Man soll eben nie zu viele Lügen erzählen. Früher oder später stolpert man darüber. Wird er bei guter Führung früher entlassen?«
»Ja. Nach sechs Monaten kann er bedingt entlassen werden. Das heißt, wenn er sechs Monate lang den Mund hält und sich einwandfrei benimmt.«
Langsam zündete der Baron die Zigarre an. »Was für Folgen, glauben Sie, wird das für ihn haben?«

»Geschäftlich?« Jeremy zuckte die Achseln. »Was er bereits besitzt, wird er kaum verlieren. Aber wenn er irgendwelche Zukunftspläne haben sollte, wird er sehr vorsichtig sein müssen. Die Öffentlichkeit wird ihm in nächster Zeit scharf auf die Finger sehen.«
Im Geiste hatte der Baron bereits beschlossen, Marcels Anteil an der Campion-Israeli-Linie nicht weiter zu finanzieren. Das würde Marcel zwingen, seine Beteiligung abzustoßen. Aber die Schiffahrtslinie war nun so ausreichend fundiert, daß die Israelis sie selbst übernehmen konnten. Natürlich unter Mithilfe der Bank. Er zog an der Zigarre. »Euer Präsident hat Mut bewiesen, als er MacArthur abberief.«
»Es blieb ihm gar nichts anderes übrig. Hätte er MacArthur gewähren lassen, stünden wir vielleicht wieder mitten in einem Krieg.«
»Was geht bloß in diesen Kommißköpfen vor?« sagte der Baron. »Euer MacArthur und unser de Gaulle. Sie sind sich sehr ähnlich, wissen Sie. Beide halten sich für den lieben Gott.«
Jeremy lachte. »Aber de Gaulles Partei hat doch gar keinen Einfluß.«
»Die R.P.F. ist ein Witz, in ein paar Jahren wird sie verschwinden. Aber de Gaulle nicht.«
»Was kann er denn unternehmen?«
»Er kann abwarten. Er weiß, daß wir Franzosen nicht so mit der Demokratie verheiratet sind wie ihr Amerikaner. Es gibt zu viele politische Parteien in Frankreich – manche Leute sagen, für jeden Franzosen eine –, und die Macht liegt immer in den Händen einer Koalition. Da es fast jeden Tag neue Koalitionen gibt, gibt es auch ständig neue Regierungen. Das weiß de Gaulle. Und er weiß auch, daß der dauernde Wechsel in der Regierung unweigerlich zur Katastrophe führen muß. Er wartet also ab. Und wenn die Zeit reif ist, taucht er wieder auf. Und das wird das Ende der Vierten Republik sein.«
»Das wird sich das Volk doch nicht gefallen lassen?«
»Das ist der übliche Denkfehler, den ihr Amerikaner macht. Ihr seid so erfüllt davon, euch selbst zu regieren, daß ihr vergeßt, wie wir Franzosen wirklich sind. Der Durchschnittsfranzose, der Durchschnittseuropäer überhaupt, wird sich immer noch einem Mann beugen, der die Macht hat. Napoleon ist wiedergekommen. Auch de Gaulle kann wiederkommen.«
Jeremy lachte. »Aber er hat doch wohl keine Ambitionen, König zu werden?«

»Wer weiß das?« Der Baron hob die Schultern. »De Gaulle weiß es. Und er spricht mit niemandem, nur mit sich selbst. Eines aber ist sicher – wenn er wiederkommt, dann will er nicht regieren, sondern herrschen.« Seine Stimme wurde nachdenklich. »Und vielleicht sogar mit Recht. Möglicherweise wird Frankreich Ruhm und Macht nur dann wiedergewinnen, wenn es an die Kandare genommen wird.«

Als Jeremy gegangen war, lehnte sich der Baron müde in seinem Stuhl zurück und schloß die Augen. Ein Jahr noch, dachte er, dann ist Robert soweit, und ich kann mich zurückziehen.

Er dachte über den jungen Mann nach, der ihn eben verlassen hatte. Er hatte Jeremy gern – seinen raschen Verstand, seine Offenheit, sogar seine merkwürdige Art von Idealismus. Solch einen Mann hätte Caroline heiraten sollen. Seltsam, daß sie sich in seinen Vater verliebt hatte. Oder vielleicht gar nicht so seltsam. In vieler Hinsicht waren sich Vater und Sohn sehr ähnlich.

Er fragte sich, ob Jeremy noch mit dieser Deutschen liiert war. Man hatte davon gesprochen, daß sie heiraten wollten, aber inzwischen war mehr als ein Jahr vergangen.

Plötzlich hatte er eine Idee. Er griff nach dem Telefon. Warum eigentlich nicht? Es wäre nicht das erste Mal, daß ein Sohn die Frau heiratete, die einmal die Geliebte seines Vaters gewesen war.

Denisonde meldete sich. Der Baron bat sie, am kommenden Sonnabend ein Diner zu geben und auf alle Fälle Jeremy Hadley dazu einzuladen.

Als sie in ihr Appartement zurückkamen, entlud sich Marlenes aufgestauter Zorn. »Zum Teufel mit ihnen!« sagte sie und warf ihre Abendtasche wütend durchs Zimmer. »Ich will sie nie wiedersehen, keinen von ihnen!«

»Was ist denn los? Ich fand es sehr nett heute abend.«

»Dann bist du noch dümmer, als ich dachte. Weißt du nicht, was der Baron vorhatte?«

»Nein«, erwiderte Jeremy stur. »Was denn?«

»Er hat sie dir aufgedrängt. Den ganzen Abend hieß es nur ›Caroline hier, Caroline da‹. Hast du das nicht gemerkt?«

»Nein. Keine Spur. Deine Phantasie geht mit dir durch.«

»Bestimmt nicht! Und es ist dir wohl auch nicht aufgefallen, wie man mich behandelt hat? Als wäre ich überhaupt nicht vorhanden. Du hast oben am Tisch Caroline gegenüber gesessen, gleich neben

dem Baron. Mich hat man zwischen zwei Nullen an das untere Ende plaziert.«
»Hör auf, Marlene«, sagte er ärgerlich. »Ich bin zu müde, um zu streiten. Außerdem ist das Ganze lächerlich. Ich bin seit Jahren mit Caroline befreundet.«
»Was ist daran lächerlich? Wenn Caroline für deinen Vater gut genug war, warum soll der Baron nicht der Meinung sein, daß sie auch für dich gut genug ist? Jeder weiß, daß sie die Geliebte deines Vaters war.«
Plötzlich wurde Jeremys Gesicht weiß. »Nun hör bitte auf«, sagte er wütend. »Du hast schon zuviel geredet.«
Aber sie war zu sehr in Fahrt. »Du brauchst mir gegenüber nicht den heiligen Hadley zu spielen! Ich bin nicht von gestern. Ich weiß alles über deine Familie. Daß dein Bruder Jim in dem ruhigen Häuschen in Brookline eine zweite Familie hat. Daß dein Vater immer noch diesen Stummfilmstar aushält. Daß dein Bruder Kevin mit den warmen Brüdern in New York herumläuft und daß deine Schwestern am Wochenende ihre Ehemänner zu tauschen pflegen –«
Er packte sie bei den Schultern und schüttelte sie heftig. »Hör auf! Hör auf! Hör auf!«
Ihr schwindelte, als er sie losließ. Sie stolperte in einen Stuhl. »Jetzt wirst du mich wohl auch schlagen wie Fritz«, sagte sie.
»Das könnte dir so passen, nicht wahr? Das würde dein deutsches Schuldgefühl befriedigen.«
Ihr Mund verzog sich zu einem häßlichen Strich. »Ich biete mich jedenfalls nicht zuerst dem Vater und dann dem Sohn an. Ich weiß, wie diese Französinnen sind. Soldaten haben mir erzählt, wie sie ihnen in den Straßen nachliefen und die Röcke hoben.«
Eisige Ruhe überkam Jeremy. »Und wie war es mit den deutschen Mädchen und den Amerikanern?«
»Das also ist deine Auffassung? Daß ich dir nachgelaufen bin?«
»Kann man es anders nennen?« Er lächelte kalt. »Vergiß nicht, daß du mich angerufen hast.«

9

Der Senator erwartete ihn, und Jeremy wurde sofort in sein Büro geführt. »Nun, Herr Abgeordneter?«
»Nun, Herr Senator?«

»Jeremy, man hat uns 'reingelegt. Es ist nichts mit deiner Ernennung.«
»Weißt du es genau?«
»Seit heute früh«, sagte der Senator, »direkt vom Weißen Haus. Der Alte selbst hat mich kommen lassen.«
»Ich frage mich, wer es vermasselt hat.«
»Ich frage mich gar nicht«, sagte der Senator. »Ich weiß es. Es war nicht der Alte und nicht das Außenministerium. Es war der Sekretär des Präsidenten.«
»Aber weshalb? Ich habe mich doch mit ihm immer ganz gut vertragen.«
»Ich glaube, er mag die Harvardleute einfach nicht.« Der Senator lächelte. »Der Armleuchter war in Yale, weißt du.« Das Lächeln verschwand. »Tut mir leid, Jeremy.«
Jeremy zuckte die Achseln. »Schon gut. War nett, daß du's versucht hast.«
»Was hast du jetzt für Pläne?«
»Ich weiß nicht. Ich habe noch nicht darüber nachgedacht.«
»Wir brauchen im Kongreß jede mögliche Hilfe. Es ist noch nicht zu spät, dich aufstellen zu lassen, das weißt du.«
Jeremy schüttelte den Kopf. »Besten Dank, nein. Ich bin reiner Amateur. Das überlasse ich euch Profis.«
»Falls die Republikaner gewinnen«, sagte der Senator, »bin ich vielleicht für lange Zeit außerstande, etwas für dich zu tun.«
»Das verstehe ich durchaus.«
Der Senator erhob sich. »Sobald du dich für etwas entschieden hast, sag es mir. Vielleicht kann ich dir dann nützlicher sein als diesmal.«
Jeremy stand ebenfalls auf. »Ich werde von mir hören lassen. Es wird mir bald etwas einfallen müssen, sonst hab' ich meinen Alten auf dem Hals.«
»Wem sagst du das?« Der Senator lachte. »Ich habe auch einen Vater.«

Das Angebot der Zeitung verdankte Jeremy in der Tat seinem Vater. Der Herausgeber erklärte es ihm beim Mittagessen im »21«. »Ich aß neulich mit Ihrem Vater zu Abend. Wir besprachen eine Detailfrage der französischen Politik, und um seine Ansicht zu erhärten, zeigte er mir eine Mappe mit Ihren Briefen aus der letzten Zeit. Der erste Brief fesselte mich so, daß ich noch einen zweiten und dritten las. Schließlich fragte ich Ihren Vater, ob ich die Mappe mitnehmen könnte. Am selben Abend habe ich bis drei Uhr nachts Ihre Briefe gelesen. Sie können wirklich schreiben. Und wenn Ihnen das so leichtfällt, ist es doch naheliegend, daß Sie täglich einen Artikel für die Zeitung schreiben. Hätten Sie dafür kein Interesse?«

»Ich weiß nicht. Jeden Tag einen Artikel? Ich bin kein Schriftsteller.«

»Wer ist das schon?« sagte der Herausgeber. »Eine Zeitlang schien die wichtigste Voraussetzung für einen Romanschriftsteller eine Vergangenheit als GI zu sein. Vorher waren Lastwagenfahrer populär. Meiner Meinung nach gibt es nur eine einzige Voraussetzung für einen Kolumnisten: er muß interessant schreiben und etwas zu sagen haben. Was Sie zu sagen haben, sagen Sie einfach und klar.«

Jeremy lachte. »Wenn Sie es einfach haben wollen, sind Sie an der richtigen Adresse.«

»Sie wollen sich's also überlegen?«

»Nun ja, wenn ich bloß wüßte, worüber, zum Teufel, ich schreiben soll.«

»Die Parteiversammlungen stehen bevor. Warum gehen Sie nicht hin? Sehen Sie zu, was bei beiden Parteien vor sich geht, und schikken Sie mir ein paar Spalten darüber. Nicht zur Veröffentlichung, verstehen Sie; nur um festzustellen, ob wir da einigermaßen auf den gleichen Nenner kommen.«

Jeremy war fasziniert. »Ich will's versuchen, aber wahrscheinlich werden wir nur feststellen, daß ich als Journalist absolut fehl am Platz bin.«

Aber schon sein erster Artikel bewies, daß er unrecht gehabt hatte. Es kam ein aufgeregter Anruf des Herausgebers, der um die Druckerlaubnis bat. Jeremy erteilte sie widerwillig und voller Befürchtungen. Der Artikel erschien am Tag der Eröffnung der Parteiversammlung überall im Land.

Die Überschrift lautete: »Ein fremdes Land.«

»In der ganzen Welt sind fremde Länder einander ziemlich ähnlich«, hieß es im ersten Absatz. »Der Durchschnittsmensch scheint sich zu freuen, wenn er Amerikaner sieht, und hat sie sehr gern. Nur die Politiker, Hotelangestellten und Taxifahrer scheinen uns nicht ausstehen zu können. Chikago ist wie irgendein fremdes Land.«

Innerhalb von einem Jahr erschien die Kolumne dreimal wöchentlich in mehr als zweihundert Zeitungen.

In Paris las der Baron den ersten Artikel in der europäischen Ausgabe der *New York Times* und schob ihn dann über den Frühstückstisch Caroline zu. »Hast du das gelesen?«
Caroline nickte. »Ja. Ich habe den Eindruck, das ist sehr vernünftig geschrieben.«
»Er ist ein außerordentlich gescheiter junger Mann.«
»Ja«, sagte sie. »Außerordentlich.«
»Wirklich merkwürdig«, sagte der Baron mit gefurchter Stirn. »Nach jener Abendgesellschaft haben wir nie wieder etwas von ihm gehört.«
»Denisonde bekam am nächsten Morgen einen wunderschönen Rosenstrauß und ein paar Dankeszeilen.«
»Dich hat er nie angerufen oder so?«
»Nein.« Caroline mußte lächeln. Sie konnte es sich nicht verkneifen, ihn ein wenig auf den Arm zu nehmen.
»Warum? Sollte er das?« fragte sie unschuldig.

10

Eine Hand schüttelte Amparo sanft an der Schulter. »*Perdón, Princesa.* Ihr Vater ist unten. Er wünscht Sie zu sehen.«
Amparo fühlte, wie der Druck um ihre Schläfen stärker wurde, als sie sich im Bett aufsetzte. Sie hatte noch einen üblen Geschmack im Mund. Schläfrig blickte sie in das ängstliche Gesicht der Zofe. »Mein Vater?«
»*Sí, Princesa.*« Die Zofe warf einen scheuen Blick auf den nackten jungen Mann, der neben Amparo im Bett lag. »Seine Exzellenz ist sehr in Eile!«
Irgend etwas mußte passiert sein, wenn ihr Vater so früh am Morgen kam. Das hatte er noch nie getan. »Sag ihm, ich komme sofort nach unten.«
»*Sí, Princesa*«, sagte die Zofe und eilte aus dem Zimmer.
Amparo wandte sich an den jungen Mann. »Bleib hier. Ich sag' dir Bescheid, wenn er weg ist.«
Er nickte stumm, während sie nach einem Negligé griff. Aber bevor sie es in der Hand hatte, ging die Tür auf, und *el Presidente* stürmte herein.
»Exzellenz!« schrie der junge Mann entsetzt, sprang aus dem Bett und nahm Haltung an.

El Presidente raste an ihm vorbei, als wäre er nicht vorhanden. Er blieb neben dem Bett stehen und sah Amparo an. »Ich muß sofort mit dir sprechen.«
Sie hielt sich das Negligé über die Brust und wandte sich an den jungen Mann. »Jorge, benimm dich nicht so idiotisch. Es gibt nichts Lächerlicheres als einen nackten Soldaten, der strammzustehen versucht. Verschwinde!«
Eilig raffte der junge Mann seine Kleider zusammen und floh. Als sich die Tür hinter ihm geschlossen hatte, wandte sich Amparo an ihren Vater. »Was ist passiert?«
»Ich weiß, daß es dich nicht sehr interessiert, was dein Mann tut«, sagte *el Presidente*, »aber du hättest mir mitteilen können, daß er heute ankommt.«
»Heute?« wiederholte sie ungläubig.
»Heute, jawohl.«
Ihre Lippen öffneten sich zu einem bitteren Lächeln. »Das wußte ich nicht. Es ist das erste Mal, daß dir deine Zensur die Fotokopie geschickt hat, bevor ich das Original gesehen habe.«
El Presidente ging zum Fenster und blickte hinaus. »Wenn ich es bloß gestern schon gewußt hätte. Dann hätte ich ihn noch aufhalten können.«
»Was hätte das genützt?« fragte Amparo und stand auf. »Früher oder später hätte er doch herausgekriegt, was du getan hast.«
»Aber ausgerechnet heute.« Ihr Vater zog eine zusammengefaltete Zeitung unter seinem Arm hervor und gab sie ihr. »*El Diario* verlangt im Leitartikel, daß ein Kriegsgerichtsverfahren gegen ihn eingeleitet wird, weil er seinen Posten in Korea feige aufgegeben hätte. Sie sagen, es sei eine Schande für ganz Corteguay.«
Amparo warf keinen Blick auf die Zeitung. »Ich nehme an, daß du auch davon nichts gewußt hast«, sagte sie spöttisch.
»Selbstverständlich wußte ich davon«, antwortete er ärgerlich, »aber ich wußte nicht, daß er heute kommen würde. Sonst hätte ich veranlaßt, daß man das erst später druckt.«
»Gib deinem idiotischen Geheimdienst die Schuld, nicht mir.« Amparo zog die Schelle. »Ich möchte Kaffee. Du auch?«
Er nickte.
»Ich werde zum Flugplatz fahren und ihn abholen. Ich werde ihm erklären –«
»Nichts wirst du erklären. Du wirst ihn gar nicht zu Gesicht bekommen.«

»Ich soll ihn gar nicht sehen? Aber ich bin doch schließlich seine Frau. Was werden die Leute denken, wenn ich ihn nicht einmal bei seiner Ankunft begrüße.«
»Was sie denken, ist mir völlig egal«, schrie er wütend. »Du bist auch die Tochter *el Presidentes.* Mit einem Mann, der des Verrates angeklagt ist, hast du nichts zu schaffen!«
»So soll sich das also abspielen.«
El Presidente antwortete nicht.
»Du hast also endlich einen Weg gefunden, um ihn loszuwerden«, sagte sie leise. »Ich habe es kommen sehen. Seit unseren Flitterwochen, als die Zeitungen offen darüber schrieben, daß er dein Nachfolger sein würde.«
»Aber du warst ihm gegenüber loyal, nicht wahr? Kaum war er weg, da bist du mit dem erstbesten Mann, der dir über den Weg lief, ins Bett gegangen.«
Amparo lächelte. »Du kannst mich nie davon überzeugen, daß ich nicht deine Tochter bin. Wir sind ein feines Paar, du und ich, wir sind einander wert.«
Die Zofe kam mit dem Kaffee und verließ dann eilig den Raum. »Ich freue mich, daß du endlich anfängst, vernünftig zu werden«, sagte *el Presidente.*
Amparo kam an den Tisch und goß ihre Tasse voll. Sie sank in einen Stuhl. »Ihn wirst du nicht umbringen wie die anderen«, sagte sie ruhig. »Ich werde dich daran hindern.«
»Wie willst du mich daran hindern?« fragte er.
Wieder lächelte Amparo. »Ein paar Tage nach Dax' Abreise habe ich einen langen Bericht geschrieben. Darin steht alles, was ich über dich weiß – was du getan hast, wo du das gestohlene Geld versteckt hast, alles. Dieser Bericht liegt in einem Banksafe irgendwo in den Vereinigten Staaten, mit der Anweisung, ihn aufzumachen und zu veröffentlichen, wenn mir oder Dax irgend etwas zustößt.«
»Das glaube ich dir nicht. Nichts von dir verläßt dieses Land, ohne daß ich davon weiß.«
Amparo trank ihren Kaffee. »Nein? Du weißt ja so viel von mir. Da ist dir doch sicher bekannt, daß ich wenige Tage nach Dax' Abreise mit einem Mann ins Bett gegangen bin. Entsinnst du dich zufällig, wer das war?«
Ihr Vater antwortete nicht.
»Es war ein Attaché der mexikanischen Gesandtschaft, der auf der Durchreise in die Vereinigten Staaten war. Und von Zeit zu Zeit hat

es weitere Ergänzungen zu diesem Bericht gegeben. Auch andere waren glücklich, der *princesa* als Erwiderung für ihre Gunst einen kleinen Gefallen zu erweisen.«

El Presidente schwieg immer noch. Dann seufzte er. »Was soll ich also nach deiner Meinung mit ihm machen?«

»Du wirst ihn fortschicken«, sagte sie. »Es gibt immer noch genug Möglichkeiten, wie er dir im Ausland nützlich sein kann. Sobald er außer Landes ist, werde ich mich scheiden lassen. Das wird den Leuten zeigen, daß er in Ungnade gefallen ist.«

»Und du wirst deinen Bericht zurückfordern?«

Amparo schüttelte den Kopf. »Nein. Der Bericht bleibt, wo er ist, als Versicherungspolice für sein und mein Leben.«

Schweigend blickte ihr Vater sie an, dann schoß seine Hand über den Tisch. Er packte ihre entblößte Brust und drückte sie brutal. Seine Finger drangen ihr ins Fleisch.

Sie wurde bleich, und der Schweiß trat ihr auf die Stirn. Aber der Ausdruck in ihren Augen änderte sich nicht.

Er ließ sie plötzlich los. Mit einem gewissen Respekt sagte er: »Du bist genau wie deine Mutter. Außen schön und innen verdorben.«

Die drei Soldaten standen stramm, als Dax und Fat Cat näher kamen. Der Leutnant salutierte. »Oberst Xenos?«

Dax nickte. »*Sí.*«

»*El Presidente* wünscht, daß ich Sie sofort zu ihm bringe. Hier entlang, bitte.« Er wandte sich zu einem kleinen Nebenausgang. Dax und Fat Cat folgten. Zwei Soldaten vertraten Fat Cat den Weg. »Sie bleiben hier«, sagte der Größere der beiden scharf.

Fat Cat griff nach dem Revolver in der Schulterhalfter. Mit einer Bewegung gebot Dax ihm Einhalt.

»Mir gefällt das nicht«, flüsterte Fat Cat.

Dax lächelte trübe. »Wovor sollen wir Angst haben«, sagte er auf englisch, dann sprach er spanisch weiter. »Wir sind jetzt daheim. Tu, was der Leutnant sagt. Warte hier auf mich.«

Der Leutnant öffnete höflich die Tür und ließ Dax vorangehen. Dax blinzelte, von der grellen Sonne geblendet, und wartete, bis der Leutnant ihn eingeholt hatte.

»Hier bitte«, sagte der Leutnant und führte ihn um das Gebäude herum.

Dort stand, profanen Blicken verborgen, *el Presidentes* kugelsichere Limousine. Der Leutnant öffnete die hintere Wagentür.

Die Stimme von *el Presidente* kam aus dem Wageninnern. »Komm herein, Dax.«
Dax stieg ein, und sogleich wurde die Tür hinter ihm zugeschlagen. Die Vorhänge waren vor die Fenster gezogen. In der Limousine war es kühl, und es dauerte einen Moment, bis ihm klar wurde, daß der Motor und die Klimaanlage liefen.
Aber trotz der Klimaanlage glänzte das Gesicht des alten Mannes von Schweiß. »Warum hast du mir nicht mitgeteilt, daß du kommst, mein Junge?« fragte er salbungsvoll. »Glücklicherweise erfuhr ich es von Amparo.«
»Ich hielt es nicht für so wichtig. Wo ist Amparo?«
El Presidente vermied seinen Blick. »Bei der Einweihung einer neuen Klinik.«
Durch die gläserne Trennwand hindurch wurden sie von dem Fahrer und dem Leutnant beobachtet; beide hielten automatische Pistolen in Bereitschaft. »Kümmere dich nicht um sie«, sagte *el Presidente*. »Sie können uns nicht hören.«
Dax lächelte.
»Darüber hab' ich mir keine Gedanken gemacht.«
El Presidente erwiderte das Lächeln. »Alles andere ist Routine. Sie sind sehr darauf bedacht, mich zu beschützen. Mein Junge, du hast eine sehr ungünstige Zeit für deine Rückkehr gewählt. Du hättest deinen Posten nicht aufgeben dürfen.«
»Mir blieb nichts anderes übrig, als Sie die versprochenen Truppen nicht schickten.«
»Es gab triftige Gründe dafür, Probleme, von denen du nichts weißt.«
»Aber Sie hatten Ihr Wort gegeben«, erwiderte Dax. »Und ich habe mein Wort gegeben. Ich habe meine Freunde eingespannt und meine Beziehungen spielen lassen. Ich habe mich dafür eingesetzt und darum gebettelt, daß wir die neuen Waffen bekamen. Sie glauben doch wohl nicht, daß man Ihnen die Lüge über den Ablauf der Dienstzeit abgenommen hat?«
»Was spielt es für eine Rolle, ob man es geglaubt hat oder nicht«, sagte der Präsident ärgerlich. »Es gab Unruhen in den Bergen. Die Soldaten waren hier wichtiger als in Korea.«
»Es war eine Lüge von Anfang an. Sie hatten nie die Absicht, Truppen nach Korea zu schicken. Sie wollten nur die neuen Waffen in die Hand bekommen.«
El Presidentes Gesicht wurde weiß vor Zorn. Er konnte seine

Stimme nur mit Mühe im Zaum halten. »Ich habe Männer erschießen lassen, die sich weniger erlaubten als du jetzt.«
Dax lehnte sich in seinem Sitz zurück und lächelte verkniffen. »Bitte sehr! Wenigstens werden meine Freunde dann merken, daß ich nichts mit dem Verrat zu tun hatte.«
El Presidente schwieg eine Weile. Dann hatte er seine Stimme wieder in der Gewalt. »Ich will diese Beleidigung vergessen, da sie im Zorn geäußert wurde. Aber merk dir das eine: meine erste und einzige Sorge gilt Corteguay. Alles andere ist für mich nur unter diesem Gesichtspunkt von Bedeutung. Hast du verstanden?«
Dax' Lippen verzogen sich schmerzlich. »Ich verstehe sehr wohl.«
»Du kannst es vielleicht nicht richtig einschätzen; Tatsache aber ist: indem ich dich hier abhole, habe ich dir das Leben gerettet.«
Dax schwieg.
»Die Zeitungen verlangen deinen Kopf. Sie wollen dich vor ein Kriegsgericht stellen, weil du mitten im Kampf deinen Posten verlassen hast.«
Dax blickte ihn an. »Sie haben kein Interesse daran, ihnen die Wahrheit zu sagen, nicht wahr?«
»Vielleicht, wenn sie darauf hören würden. Aber dazu ist es zu spät. Sie wollen nicht hören.«
»Warum haben Sie nicht von Anfang an eingegriffen?«
»Es ging alles zu schnell«, erwiderte *el Presidente* verschmitzt. »Ehe ich etwas tun konnte, war die Bevölkerung bereits aufgehetzt.«
Plötzlich fing Dax an zu lachen. »Sie kontrollieren jedes Wort, das in den Zeitungen gedruckt wird. Und jetzt erwarten Sie von mir, daß ich Ihnen diese schöne Geschichte glaube.«
El Presidente schwieg.
»Na schön. Sie wollen also, daß ich mit demselben Flugzeug zurückfliege, mit dem ich gerade angekommen bin.«
»Ja. Es gibt noch mehr als genug, was du drüben für uns tun kannst.«
»Nein«, sagte Dax, und es klang unwiderruflich. »Sie haben mich genügend ausgenützt, wie Sie auch meinen Vater ausgenützt haben. Suchen Sie sich einen anderen.«
»Du redest so, weil du verbittert bist. Aber du bist Corteguayaner. Es kommt der Tag, an dem du dich anders besinnen wirst.«
»Ich werde immer Corteguayaner bleiben, aber anders besinnen werde ich mich nie.«
El Presidente schwieg.

»Ich möchte mit Amparo sprechen, bevor ich das Land wieder verlasse«, sagte Dax.
»Amparo wünscht dich nicht zu sehen«, sagte der Präsident kalt. »Sie hat mich gebeten, dir zu sagen, daß sie die Scheidung einreichen will. Sie findet es unpassend, wenn sie als meine Tochter weiter mit dir verbunden bleibt.«
Dax zog den Vorhang zur Seite und blickte aus dem Wagenfenster. Die Berge in der Ferne flimmerten in der Hitze. Dann wandte er sich wieder zu *el Presidente.* »Also gut«, sagte er ruhig. »Ich bin bereit, abzureisen.«
Als Dax ausgestiegen war, hörte er hinter sich den Präsidenten.
»Vete con Dios, mi hijo.«
Er drehte sich um. *El Presidente* beugte sich aus der offenen Tür. Einen Augenblick sahen die beiden Männer sich an, der müde Alte, dessen Gesicht aus tausend Falten und Furchen zu bestehen schien, und der altgewordene Junge, der alle Illusionen verloren hatte.
»*Gracias,* Exzellenz«, sagte Dax ernst. »*Vaya con Dios.*«
El Presidente verschwand hinter den Vorhängen, während der Wagen, eine Staubwolke hinter sich lassend, quer über den Flugplatz zur Straße fuhr. Dax sah ihm nach, bis er verschwunden war. Dann ging er ins Flughafengebäude zurück.

Die große Maschine kurvte langsam über die See, dann flog sie wieder landeinwärts. Die Stewardeß kam den Gang entlang und blieb neben seinem Sitz stehen. »Señor Xenos? Dieses Schreiben sollte Ihnen erst nach dem Start übergeben werden.«
»Danke.«
Dax öffnete den Umschlag. Er hielt einen Zettel in der Hand.

Dax
Es tut mir leid. Bitte verzeih mir. Amparo.

Langsam zerriß er das Blatt in kleine Fetzen und steckte sie in den Aschenbecher. Er zündete sich eine Zigarette an und sah aus dem Fenster. Sie näherten sich den Bergen. Er spürte den leichten Druck, der ihn gegen den Sitz preßte, als das Flugzeug weiter stieg.
Die blauen, zackigen, schneebedeckten Berge von Corteguay. Plötzlich trübten Tränen seinen Blick. Er lehnte den Kopf erschöpft gegen den Sitz.
Er würde sie nie wiedersehen.

Sue Ann blickte auf das blaue Wasser hinaus. »Würdest du mir bitte den Rücken einreiben?«
»Gern.« Dax setzte sich auf, und sie wandte ihm den Rücken zu. Seine Finger fühlten sich kräftig an.
Die Segelboote waren an diesem Morgen schon früh draußen, und hinter den Absperrseilen des Bades brauste ein Rennboot mit zwei Wasserskiläufern im Schlepp vorbei. »Es ist verteufelt schwierig, dich zu erwischen.«
»Stimmt gar nicht«, erwiderte Dax. »Ich bin schon den ganzen Morgen am Strand.«
»Als ich in den Zeitungen von deiner Scheidung las, bin ich nach New York gefahren, aber du warst schon fort. Man sagte mir, du wärst in Paris. Also fuhr ich nach Paris. Aber da warst du schon nach Rom gereist. In Rom stellte ich fest, daß du nach Cannes gefahren warst. Ich hatte nicht geglaubt, dich hier zu finden. Ich dachte, du wärst inzwischen wieder in New York.«
Dax hörte auf, ihren Rücken zu bearbeiten. »Genug?«
»Ja, danke.« Sue Ann drehte sich um. »Wovor läufst du eigentlich davon?«
Er lächelte. »Vor gar nichts. Ich habe bloß nichts Besseres zu tun.«
»Wo ist denn deine Freundin, die Schauspielerin?«
Dax lachte. Seine Zähne waren schneeweiß in dem dunklen Gesicht. »Dee Dee? Für die ist es noch zu früh. Sie steht nie vor ein Uhr auf.«
»Was findest du eigentlich an ihr?« fragte Sue Ann. »Sie ist eine so schlechte Schauspielerin.«
»Sie ist lustig.«
»Das kann ich mir nicht vorstellen. Sie sieht so weich und schwammig aus. Ein guter steifer Schwanz würde ihr alle Luft herauslassen.«
Dax lachte. »Der Schein trügt. Sie ist eine bessere Schauspielerin, als du denkst. In Wirklichkeit ist sie nämlich recht tüchtig.«
»Möglich. Aber nicht tüchtig genug für einen Mann wie dich. Nicht so tüchtig wie ich.«
»So eine wie dich gibt es auch kein zweites Mal.«
»Im guten oder im schlechten?«
»In beidem.«
Die Antwort schien sie zu befriedigen. »Ihr Mann hat in New York

die Scheidungsklage eingereicht und dich als Beteiligten angegeben. Hast du die Absicht, sie zu heiraten?«
»Nein. Wir sind uns darüber einig, daß ich nicht reich genug bin, sie mir leisten zu können.«
Sie lächelte. »Man sagt, er hat euch im Bett überrascht. War das nicht ziemlich peinlich?«
»Eigentlich nicht.« Er lächelte. »Es verlief recht zivilisiert.«
Er erinnerte sich an die Nacht, als in ihrem Schlafzimmer plötzlich Licht gemacht wurde und ihr Mann in der Tür stand, zwinkernd, als er die beiden Nackten im Bett sah. »Oh, ich bitte vielmals um Entschuldigung.«
»Hugh!« hatte sie geschrien. »Was machst du hier? Ich habe dich erst morgen erwartet.«
Ihr Mann sah auf die Uhr. »Es ist morgen. Ich bin mit dem Mitternachtsflugzeug gekommen.«
»Diese verdammten Flugpläne! Ich finde mich nie darin zurecht.«
Dee Dee hatte Dax angesehen und dann wieder ihren Mann. »Übrigens, ihr kennt euch noch nicht. Hugh, das ist Dax.«
Ihr Mann hatte in der Tür eine etwas steife Verbeugung gemacht. »Guten Abend«, murmelte er höflich.
Dax nickte ernst. Er sagte nichts.
»Nun, ich denke, ich gehe lieber.«
Dee Dee machte eine besorgte Miene. »Aber wo willst du bleiben, jetzt, mitten in der Nacht?«
»Ich gehe in meinen Klub.«
Dee Dee nickte erleichtert. »Aber sieh zu, daß du ein Zimmer mit Klimaanlage bekommst. Es ist so verdammt heiß hier in New York.«
Zum erstenmal schien ihr Mann entsetzt. »Du weißt, ich hasse Klimaanlagen! Also, gute Nacht.«
»Hugh!« schrie sie plötzlich.
»Was ist los?«
»Ich bin so zerstreut. Fast hätte ich es vergessen.« Dee Dee wandte sich an Dax. »Gib mir das Kissen.«
Dax hatte das Kissen hinter sich genommen und ihr gereicht. »Das da?«
»Aber nein«, hatte Dee Dee ärgerlich geantwortet. »Nicht das. Das ist dein Kissen. Das andere daneben. Das von Hugh.«
Sie fuhr mit der Hand in den Kissenüberzug. Schließlich fand sie, was sie suchte: ein kleines Geschenkpäckchen. Dann sprang sie,

nackt wie sie war, aus dem Bett und lief zu ihrem Mann. »Dein Geburtstagsgeschenk!«
Er nahm das Päckchen und betrachtete es. »Vielen Dank.«
»Hoffentlich gefällt es dir.« Dee Dee lächelte, dann küßte sie ihn auf die Wange. »Alles Gute zum Geburtstag, Hugh!«
»Ach, ja.« Nach einer Pause sagte er mit ungewöhnlich sanfter Stimme: »Geh lieber wieder ins Bett, Liebste. Bei dieser Zugluft von der verdammten Klimaanlage holst du dir noch den Tod.«

»Was hast du denn seit deiner Rückkehr aus Korea getrieben?« fragte Sue Ann und brachte ihn wieder in die Gegenwart zurück.
»Nicht sehr viel«, sagte Dax. »Ich habe Flugstunden genommen. Gerade jetzt habe ich die Fluglizenz gekriegt.«
»Willst du dir ein Flugzeug anschaffen?«
Dax schüttelte den Kopf. »Nein. Die zweimotorige Cessna, die ich haben möchte, ist mir zu kostspielig. Die anderen fliegen nicht weit und nicht schnell genug.«
»Ich kauf' dir eine«, sagte Sue Ann plötzlich.
»Wozu denn das?«
»Einfach so.« Sue Ann schnippte mit den Fingern. »Ich kann's mir leisten.«
»Vielen Dank, aber so ein Flugzeug ist wie diese Jacht. Die Unterhaltskosten sind höher als die Anschaffung.«
Sue Ann schwieg eine Zeitlang. »Hast du irgendwelche Pläne?«
»Eigentlich nicht. Ich muß mich erst langsam daran gewöhnen, daß ich nichts zu tun habe. Nächsten Monat bin ich zu einer Safari nach Kenia eingeladen.«
»Und?«
»Ich weiß noch nicht recht, ob ich mitmache.«
»Was ist mit deiner Freundin?«
»Dee Dee geht nach Paris. Sie macht da in einem Film mit. Daher werde ich mich wahrscheinlich für die Safari entschließen. Der Gedanke, den heißen Sommer in Paris zu verbringen, reizt mich überhaupt nicht.«
Sue Ann war befriedigt. Wenn Dax so dachte, brauchte sie sich nicht zu beunruhigen. Am Strand hinter ihnen war irgend etwas los. Sie drehten sich um. Dee Dee kam die Stufen zur *plage* des Carlton herunter. Die Fotografen traten sich gegenseitig auf die Füße, um zu einem Bild zu kommen. Sie trug ein lose hängendes Sommerimprimé aus pastellfarbenem Chiffon; ein breitkrempiger, federnge-

schmückter Hut und ein Sonnenschirm aus dem gleichen Material wie das Kleid schützten ihr Gesicht vor der Sonne.
Sie kam über den Strand auf sie zu. Ihre hohen Absätze versanken im weichen Sand.
Dax erhob sich. »Dee Dee, das ist Sue Ann Daley. Sue Ann, Dee Dee Lester.«
»Miß Daley«, sagte die Schauspielerin leicht boshaft, »ich habe diese ganzen Jahre über soviel von Ihnen gehört. Ich freue mich, Sie kennenzulernen.«
Sue Ann lächelte und stand auf. »Und ich habe soeben alles über Sie gehört.« Sie blickte Dax an. »Nun muß ich aber gehen.«
»Oh, ich möchte nicht stören«, sagte Dee Dee schnell. »Ich kann sowieso nur einen Augenblick bleiben. Ich vertrage die Sonne nicht. Meine Haut ist so empfindlich, wissen Sie. Ich wollte nur sehen, wie es Dax geht.«
Sue Ann lächelte. »Dax geht es gut«, sagte sie honigsüß. Sie nahm ihre Strandtasche. »Sehr erfreut, Sie kennengelernt zu haben, Miß Lester.«
Dee Dee lächelte zurück. »Ganz meinerseits.«
»Behandeln Sie ihn gut«, sagte Sue Ann. »Wir haben immerhin vor zu heiraten.«
Dann drehte sie sich um und ging.

12

Die Gastgeberin war immer noch eine attraktive Frau, fand Jeremy. Sie war jetzt Mitte Vierzig, aber in ihrer Jugend, das war noch deutlich zu erkennen, mußte sie eine Schönheit gewesen sein. »Komm doch mit zu dieser Cocktailparty«, hatte Dax gedrängt. »Bei Madame Fontaine sind immer interessante Leute.« Und Dax hatte recht gehabt. Es war genau die richtige Mischung von Politikern, Diplomaten, Schriftstellern, Künstlern, Theaterleuten und solchen, die bloß reich waren. Aus der zwanglosen Art, in der alles vor sich ging, schloß Jeremy, daß die Hausfrau schon seit langer Zeit solche kleinen Empfänge gab.
Während ihn irgend jemand in ein Gespräch über die Stellung des amerikanischen Präsidenten verwickelte, beobachtete Jeremy, wie die Hausfrau von einer Zofe ans Telefon gerufen wurde.
Sein Partner ließ sich lang und breit über die Koreareise Eisenho-

wers aus. Aber Jeremys Interesse galt dem Telefongespräch, das die Gastgeberin führte. Wer der Gesprächspartner auch sein mochte, es bewegte sie offenbar sehr. Sie schien sichtbar zu altern.
»*A demain*«, sagte sie schließlich seufzend und legte auf. Einige Zeit stand sie still da, als versuchte sie, sich wieder zu sammeln. Dann trat sie an das große Erkerfenster, das auf den Garten hinausging, und blickte hinaus.
Jeremy reckte ein wenig den Hals, so daß auch er in den Garten sehen konnte. Wie gewöhnlich bei solchen Gesellschaften liefen dort alle möglichen Hunde, die von ihren Herrinnen draußen gelassen waren, kläffend umher. Unter ihnen war ein kleiner, lebhafter Pudel, der wild umherhüpfte und erst den einen, dann den anderen Hund bespringen wollte. Schließlich kam er an eine Hündin, die ihn nicht abschüttelte und der er sich mit sichtbarer Befriedigung widmete.
Die Hausfrau war fasziniert. Schweigend stand sie am Fenster. Offenbar hatte sie den Raum hinter sich vergessen. Als sie dann sprach, schien es, als ob Gedanken, die nur für sie selbst bestimmt waren, von ihren Lippen kämen. »Sieh nur die kleine Hündin, wie sie mit dem Schwänzchen glücklich ist, das sich in ihr bewegt. Wie stolz sie sich nach den anderen Hündinnen umblickt. Sie allein hat den Schwanz, und sie möchte, daß die anderen sie beneiden. Und der Hund, dieser verdammt blöde Bursche, glaubt, daß das alles sein Verdienst sei und sein großer Triumph. In seiner Borniertheit meint er, daß er sie erobert hat, aber letzten Endes ist es doch nur ihr Triumph.«
Jeremy wandte sich an Dax, der neben ihn getreten war. »Hörst du, was sie sagt?«
Dax nickte.
»Ich bin überzeugt, daß alle anderen es auch hören.« Jeremy sah sich um. Nach und nach waren die Gespräche leiser geworden, und alle lauschten, zuerst verstohlen, dann offener.
»Warum bringt sie niemand zum Schweigen?« flüsterte Jeremy entsetzt.
»Laß sie reden. Es tut ihr gut. Jahrelang war sie die Geliebte von Monsieur Basse, dem Minister. In diesem Salon hier hat sie für ihn um Sympathien geworben und seine Karriere gefördert. Jetzt spricht man davon, daß er eine jüngere Frau gefunden hat.« Dax ging zu ihr und blieb schweigend neben ihr am Erkerfenster stehen.

»Was weiß die kleine Hündin davon, was man mit dem stoßenden Schwanz tun kann oder mit dem Männchen, zu dem er gehört? Ich weiß, was ich tun würde. Ich würde ihn küssen und liebhaben. Und dann würde ich ihm in mir Platz machen und alle seine Kraft bis zum letzten erschöpfen.«
Dax nahm sanft ihren Arm. Sie wandte sich zu ihm mit einem erstaunten Ausdruck, als sei sie soeben aus tiefem Schlaf geweckt worden. Dann blickte sie auf die schweigenden Gäste. Ihr Gesicht unter der Schminke wurde blaß. »Er kommt nicht!« sagte sie plötzlich mit lauter klarer Stimme.
Sogleich setzten die Gespräche wieder dort ein, wo sie unterbrochen waren. Aber die Party war zu Ende, und die Besucher begannen aufzubrechen. Jeremy sah auf die Uhr. Dann wandte er sich an Dax. »Ich habe es eilig. Morgen früh beim Frühstück, ja?«
»Um zehn Uhr, bei mir.«
Jeremy sah sich nach der Gastgeberin um, um sich zu verabschieden, aber sie war nirgends zu finden.

Dax empfing Jeremy im Morgenrock. Er sah müde und abgespannt aus. In der Hand hatte er ein großes Glas Tomatensaft.
Er lächelte Jeremy zu. »Wahrscheinlich Amerikas größte Entdekkung, daß Tomatensaft mit Zitrone und Worcestersauce den Katzenjammer kuriert.«
»Mein Gott! Du siehst ja aus wie das Leiden Christi. Wo bist du denn gestern nacht noch gewesen?«
»Nirgendwo«, sagte Dax, trank einen Schluck von dem Saft und verzog das Gesicht. »Jetzt müßte man nur noch herausfinden, wie man das Zeug schmackhaft machen kann.«
»Du wolltest doch ins Theater gehen?«
»Das hab' ich mir anders überlegt. Ich bin bei Madame Fontaine geblieben, als die anderen gegangen waren.«
Plötzlich begriff Jeremy. »Soll das heißen, daß du sie gevögelt hast?«
»Anständigerweise mußte das geschehen«, sagte Dax. »Jemand mußte der armen Frau doch ihre Selbstachtung wiedergeben.«
Jeremy war sprachlos.
Dax lächelte. »Und ich will dir etwas sagen, sie war gar nicht schlecht. Es war genau, wie sie gesagt hatte, daß es sein müßte. Dieser Basse muß ein Idiot sein.« Er trank noch einen Schluck Tomatensaft. »Weißt du, ich glaube, ab und zu sollten wir uns auch mit

einer älteren Frau beschäftigen. Die wissen es jedenfalls zu schätzen. Es stärkt enorm das Selbstgefühl.«
»Mein lieber Schwan!« sagte Jeremy.
»Bist du anderer Meinung?«
»Ich habe gar keine Meinung – ich verstehe dich nicht.«
Dax lachte. »Ihr Amerikaner seid merkwürdig. Ihr glaubt, wenn er euch steht, dann ist er nur für die große Leidenschaft da. Man kann aber durchaus auch anderes damit ausdrücken. Dein Schwanz ist ein Teil von dir, wie deine Hände oder deine Füße. Denen würdest du auch nicht erlauben, sich selbständig zu machen. Und was ist denn am Penis anders – weshalb sollte sich nicht auch er vom Willen beeinflussen lassen?«
»Ich geb's auf«, sagte Jeremy und hob kapitulierend die Hände. »Für mich bist du entweder zu zivilisiert oder zu primitiv!«
Dax goß den Rest seines Tomatensaftes in einem Zug hinunter. »Apropos, ein französisches Frühstück mit Brioches und Kaffee ist mir heute morgen zu zivilisiert. Wie wär's mit primitivem amerikamischem *ham and eggs?*«
Jeremy lachte. »In diesem Punkt vermag ich zu folgen.«
Als sie gegessen hatten, meinte Jeremy: »Du machst einen irgendwie ruhelosen Eindruck. Du bist nicht mehr der alte Dax.«
Dax steckte sich seinen dünnen *cigarro* an. »Ein Leben als Playboy ist nicht so einfach, wie es in euren amerikanischen Zeitungen steht.«
»Das glaube ich gern«, sagte Jeremy. »Du mußt sogar Weiber vögeln, die du gar nicht magst.«
Dax lachte. »Sogar das.«
»Im Ernst, was willst du nun anfangen? Du bist nicht der Mann, der bloß herumsitzt, ohne etwas zu tun. Dazu bist du zu jung.«
Dax' Blick verschleierte sich. »Vielleicht bin ich zu alt«, sagte er ruhig. »Vielleicht gibt es wirklich nichts mehr, womit ich mich selber betrügen kann.«
Eine Zeitlang schwiegen beide, dann sagte Jeremy plötzlich: »Sue Ann erzählt allen Leuten, daß sie dich heiraten wird.«
Dax antwortete nicht.
»Wirst du sie heiraten?«
Dax hielt den *cigarro* von sich ab und betrachtete ihn kritisch. »Ich weiß nicht. Vielleicht, eines Tages, wenn ich mich genügend langweile.«
Dann sah er Jeremy an. Und Jeremy hatte das Gefühl, noch nie einen

Mann mit so traurigen Augen gesehen zu haben. »In vieler Hinsicht gleichen Sue Ann und ich uns. Keiner von uns hat noch irgendwelche Illusionen.«

13

Vor dem Tor standen die Reporter und Fotografen. »Gibt es keine andere Möglichkeit, hier 'rauszukommen?« fragte Marcel den Wärter.
»Doch«, sagte der Wärter mit grimmigem Humor, »aber ich bezweifle, daß diese Möglichkeit Ihnen gefallen würde.«
Marcel warf ihm einen vernichtenden Blick zu. Alle diese Leute in ihren Uniformen waren so schrecklich witzig. Wahrscheinlich gab es ihnen das Gefühl gewaltiger Macht, wenn sie einen Mann wie ihn kommandieren konnten. Der Wärter öffnete das Tor. Sofort umringten ihn die Reporter. Blitzlichter flammten vor seinem Gesicht auf. Er versuchte, sich zu der wartenden Limousine durchzudrängen.
»Wie fühlt man sich, wenn man wieder draußen ist, Mr. Campion?«
»Sie sehen aus, als hätten Sie abgenommen, Mr. Campion. Wieviel?«
»Hat Ihnen das Gefängnisessen geschmeckt?«
»Welche Pläne haben Sie für die Zukunft?«
»Wußten Sie, daß die Einwanderungsbehörde Ihre Ausweisung beantragt hat?«
»Haben Sie die Absicht, das Land zu verlassen?«
Während sich Marcel seinen Weg zum Wagen bahnte, gab er allen die gleiche Antwort: »Kein Kommentar. Kein Kommentar.«
Der Wagen fuhr an. Er lehnte sich zurück und schloß ermüdet die Augen. Da erst bemerkte er das leichte Moschusparfüm.
Dania blickte ihn an, ihre großen dunklen Augen leuchteten. »Du bist mager geworden, Marcel«, sagte sie leise.
Zuerst antwortete er nicht. Dann sagte er grob: »Warum bist du gekommen? Ich habe dir doch geschrieben, daß mich niemand abholen soll.«
»Ich dachte –« Plötzlich füllten sich ihre Augen mit Tränen.
»Was dachtest du?« fragte er. »Ich wäre jetzt so erledigt, daß ich dir in die Arme fallen würde?«

Dania schwieg.
»Ich brauche dich nicht. Ich brauche niemanden. Sie werden schon sehen. Alle mache ich sie fertig, alle, die mich ins Gefängnis gebracht haben. Jetzt bin ich an der Reihe.«
»Niemand hat dich ins Gefängnis gebracht, Marcel«, erwiderte Dania leise. »Du ganz allein warst schuld. Du wolltest auf keinen Menschen hören.«
»Das ist nicht wahr!« schrie er. »Es war ein Komplott. Sie hatten alle die Absicht, mich zu ruinieren.«
Danias Augen waren jetzt trocken. Ihre Stimme wurde hart. »Sie? Wer?«
»Abidijan. Horgan. Die anderen.« Ein verschlagener Blick erschien in Marcels Augen. »Sie haben gedacht, ich könnte nichts unternehmen, während ich im Gefängnis saß, aber sie haben sich geirrt.« Er lachte. »Wenn die erst entdecken, daß ich es war, der ihre Aktien auf dem freien Markt aufgekauft hat, und daß ich die Aktienmehrheit von Abidijan Shipping und Caribtex Oil Company besitze! Dann werden sie auf den Knien angekrochen kommen. Und weißt du, was ich dann tue?«
Sie schüttelte den Kopf.
»Ins Gesicht scheißen werd' ich ihnen!« Er lachte. »Das werd' ich tun! Ihnen ins Gesicht scheißen!«
Zum erstenmal wurde es Dania klar, wie krank Marcel war. Sie wartete, bis er zu lachen aufhörte, dann sagte sie: »Du bist müde, Marcel, und abgespannt. Bevor du etwas tust, solltest du Urlaub nehmen. Mach doch eine Kreuzfahrt. Ruh dich eine Weile aus.«
»So ist das also! Sie wissen es schon! Sie haben dich geschickt, um mich davon abzubringen!«
»Marcel!« rief sie entsetzt. »Ich habe nichts davon gewußt.«
»Das glaube ich dir nicht. Du steckst mit ihnen unter einer Decke. Ihr seid alle gegen mich.«
Sie sah ihn erschüttert an.
»Jetzt ist mir klar, warum du bei deinem klapprigen alten Mann bleibst. Die ganze Zeit hast du mich nur ausspioniert. In ihrem Auftrag!«
Er gab dem Fahrer durch das Glas ein Zeichen.
Erschrocken stieg der Chauffeur auf die Bremse und lenkte den Wagen an den Randstein. Marcel stieß die Tür auf. »Steig aus!«
Dania lächelte. Ihre Stimme war voller Verachtung. »Du bist wirklich krank. Ich soll aussteigen? Aus meinem eigenen Wagen?«

Marcel wurde blaß. Dann stand er schweigend auf und stieg an ihr vorbei durch die offene Tür. In seiner Hast blieb er mit dem Absatz hängen, taumelte nach vorn und stürzte in den Rinnstein.
Dania schloß die Tür. »Fahren Sie«, sagte sie zum Chauffeur.
Das Foto von Marcel, auf Händen und Knien im Rinnstein eines Vorortes von Atlanta, der abfahrenden Limousine nachstarrend, verdrängte am nächsten Tag den Koreakrieg von der Titelseite der meisten Zeitungen. Es war von einem hartnäckigen Reporter aufgenommen worden, der Danias Wagen gefolgt war.

Überall im Hause arbeiteten Elektriker.
»Was machen alle diese Leute?« fragte Schacter.
»Ich lasse eine elektrische Alarmanlage gegen Einbruch einbauen«, antwortete Marcel.
»Warum denn das? Sie wohnen hier an der Park Avenue in einem der bestbewachten Stadtteile. Wer soll denn hier einbrechen?«
»Man hat es schon zweimal versucht, seit ich wieder zu Hause bin«, sagte Marcel.
»Haben Sie die Polizei verständigt?«
»Ja. Ich habe um zusätzlichen Schutz ersucht, aber man hat mich ausgelacht. Ich habe den Verdacht, sie wollen mir eins auswischen.«
»Die Polizei?« Schacter lachte. »Das ist doch Unsinn.«
»Sie vergessen, daß ich im Gefängnis war«, sagte Marcel. »Das nimmt sie von vornherein gegen mich ein.«
Schacter antwortete nicht. Es gab Themen, über die man mit Marcel einfach nicht vernünftig reden konnte.
Er öffnete seine Aktentasche. »Ich habe Ihnen einige Papiere zur Unterschrift mitgebracht.«
»Was für Papiere?«
Schacter legte das erste Paket auf den Tisch. »Das ist die Vereinbarung mit General Mutual Trust über den Ankauf Ihrer Beteiligung an der Caribtex zu elfeinhalb.«
»Ich sagte Ihnen, elf«, bemerkte Marcel mißtrauisch.
»Sie sagten, ich könnte bis zwölf gehen.« Das war typisch für Marcel. Auch wenn er sein Einverständnis bereits gegeben hatte, nörgelte er immer noch herum.
»Wieviel haben wir nun dazubekommen?«
»Weitere 421000 Aktien; etwa neun Prozent.«
»Ist das nun mehr, als Horgan und seine Gruppe haben?«

Schacter nickte. »Ungefähr 42 000 Aktien mehr. Ihnen gehören jetzt 26,1 Prozent, und den anderen 25,3 Prozent.«
»Sehr gut.« Marcel lächelte und unterzeichnete eilig die Vereinbarungen. Er schob die Papiere zurück. »Was noch?«
»Heute morgen sprach ich mit de Coyne in Paris. Sie erklären, sie könnten den Wechsel nicht prolongieren. Der Geldmarkt drüben ist sehr angespannt.«
Marcels Gesicht wurde plötzlich vor Ärger rot. Er schlug mit der Faust auf den Tisch. »Also auch die sind jetzt gegen mich.« Nach einer Pause: »Ich hätte Lust, hinzufahren. Ich würde ihnen schon den Kopf zurechtsetzen.«
»Sie wissen, daß Sie das nicht können, solange beim Einwanderungsamt ein Ausweisungsverfahren gegen Sie schwebt«, erwiderte der Anwalt.
»Sie hätten mich ebensogut im Gefängnis behalten können.«
Schacter schwieg. Er dachte an die Stahlgitter, die in der vergangenen Woche an allen Fenstern in Marcels Haus angebracht worden waren. Und jetzt die Einbruchsalarmanlage.
»Haben Sie mit den Bostoner Banken wegen Übernahme des Wechsels gesprochen?«
»Ja. Sie haben kein Interesse.«
»Ich habe die Israeli-Linie begründet. Ich war der einzige, der bereit war, das Risiko einzugehen. Die de Coynes haben sich geradezu umgebracht, mir das Geld zu leihen. Jetzt, wo diese Juden eine Möglichkeit sehen, mehr zu verdienen, werde ich hinausgedrängt.«
Schacter gab seinen Blick ruhig zurück. »Ich glaube nicht, daß das etwas damit zu tun hat, daß sie Juden sind«, sagte er beherrscht. »Die de Coynes sind Bankiers. Die wissen genau, wie überbeansprucht Sie durch Ihre anderen Transaktionen sind. Sie können doch nicht alles haben.«
»Warum nicht?« fragte Marcel. »Hat ein anderer mehr Recht darauf?«

14

Es war spät. Die Party ging zu Ende. Nur Dax und Marcel und einige Mädchen waren noch übrig.
»Wie gefällt es dir?« fragte Marcel.
»Ausgezeichnet«, antwortete Dax. »Aber es ist spät. Ich habe ver-

sprochen, morgen früh auf Jakobsens Jacht mitzufahren. Es ist besser, wenn ich nun gehe.«

»Aber der beste Teil des Abends liegt noch vor uns«, sagte Marcel.

»Der beste Teil? Aber es sind doch schon alle weg.«

Marcel lächelte geheimnisvoll. »Die Mädchen sind noch hier. Sie sind alle bei mir angestellt.«

»Sie arbeiten in deinem Büro?« fragte Dax ungläubig. »Sie sahen nicht danach aus.«

»Natürlich nicht.« In Marcels Stimme lag ein gewisser Triumph. »Aber sie sind bei mir beschäftigt. Die Steuer schränkt die Spesen so ein, daß es billiger wird, wenn man ihnen ein Gehalt zahlt. Auf diese Weise kann man sie steuerlich absetzen.«

»Ach so.«

»Jetzt, wo die anderen weg sind, können wir in meine Wohnung hinaufgehen«, fuhr Marcel fort. »Du wirst dich bestimmt nicht langweilen.« Er wandte sich an die Mädchen. »*Allons, mes enfants.*«

Schweigend folgte ihm Dax die Treppe hinauf in den zweiten Stock. Marcel blieb vor einer Tür stehen, zog einen Schlüssel aus der Tasche und steckte ihn ins Schlüsselloch. Kurz darauf kam ein leises Summen von oben.

»Der einzige Zugang zu meiner Wohnung ist durch den Lift«, erklärte er. »Ich habe die Treppen herausreißen lassen.« Er öffnete die Tür. »Wir fahren zuerst mit zwei Mädchen hinauf. Dann schicke ich den Lift wieder hinunter für die anderen.«

»Aber das Personal? Wie kommen die Leute in ihre Zimmer?«

»Es gibt eine Hintertreppe. Aber ich habe den Zugang zu meinen Privaträumen vermauern lassen.« Sie verließen den Lift. Marcel drückte auf einen Knopf an der Wand. »Ich habe in jedem Zimmer hier oben einen solchen Knopf. Niemand kann herein, wenn ich nicht den Lift freigebe.«

Kurz darauf kamen die drei anderen Mädchen aus dem Aufzug, und Marcel führte sie alle in ein großes Wohnzimmer. Auf einem Tisch standen Hors d'œuvres, Kaviar und eine Pastete. Mehrere Flaschen Champagner standen in Kübeln bereit, und in der Ecke gab es eine vollständig eingerichtete Bar.

Die Mädchen schienen zu wissen, was von ihnen erwartet wurde, und verschwanden durch eine Tür im Hintergrund. »Das ist das Gästezimmer«, sagte Marcel. »Meines liegt auf der anderen Seite. Wie wär's mit einem Drink?«

»Ich habe schon genug getrunken.«
»Komm nur«, drängte Marcel und ergriff Dax beim Arm.
Marcel drückte auf einen Knopf unter der Bar. Die Täfelung, die einen Fernsehschirm verdeckt hatte, glitt zur Seite. Auf dem Schirm erschien das Gästezimmer mit den Mädchen. Ihre Stimmen kamen aus dem Lautsprecher.
Eine von ihnen zog ihr Kleid aus. »Das ist vielleicht langweilig«, sagte sie angewidert.
Marcel lächelte. »Das Neueste – internes Betriebsfernsehen. Sie wissen natürlich nicht, daß wir zusehen. Ich möchte in jedem Zimmer eine solche Anlage installieren. Auf diese Weise kann ich kontrollieren, was im Haus vorgeht.«
Die meisten Mädchen waren jetzt entkleidet. Eine ging an einen Schrank und schob die Schiebetür auf. »Na, Kinder, was soll's denn heute sein?«
»Ich weiß nicht«, sagte eine andere. »Was haben wir letztesmal getragen?«
»Die weißen Brautkleider.«
»Wie wär's denn mit den enganliegenden schwarzen? Die haben wir schon lang nicht angehabt.«
Eine der anderen war zum Schrank gegangen. Sie hatte den Büstenhalter geöffnet, und ihre ziemlich großen Brüste waren nackt.
»Die kennt einen phantastischen Trick.« Marcel flüsterte, als könnten sie ihn hören. »Aber sie lügt wie gedruckt. Sie ahnt nicht, daß ich alles über ihren Liebhaber weiß, der sie immer in ihrer Wohnung besucht. Manchmal hätte ich Lust, sie hinauszuwerfen, aber sie sind ja alle gleich. Man kann keiner trauen.«
»Woher weißt du, daß sie einen Liebhaber hat?«
Marcel lächelte geheimnisvoll. »Ich weiß alles. Ihre Telefone sind angezapft, ich habe sogar Mikrophone in ihren Betten einbauen lassen.« Er lachte und wandte sich wieder dem Bildschirm zu. »Du solltest mal einige dieser Tonbänder hören!«
Die Mädchen hatten sich angezogen und trugen alle das gleiche Kostüm. Schwarze Spitzenbüstenhalter und Strumpfgürtel mit langen schwarzen Netzstrümpfen. Eines der Mädchen wandte sich der Kamera zu, und plötzlich wurde der Schirm dunkel. Automatisch schloß sich die Täfelung wieder.
»Unter dem Teppich vor der Tür befindet sich ein Schalter. Er schaltet den Apparat automatisch aus, sobald jemand den Raum verläßt.«
»Ich glaube, jetzt möchte ich wirklich einen Drink«, sagte Dax.

Es war vier Uhr, als Dax endlich aufbrach. Marcel saß zwischen zwei Mädchen auf der Couch. Er war ziemlich betrunken. Wie die meisten Franzosen vertrug er keinen konzentrierten Alkohol, und er hatte sich die ganze Nacht vor allem an Whisky gehalten. Er kam mühsam auf die Beine. »Ich gehe mit dir hinunter. Ich möchte noch etwas mit dir besprechen.«
Im Lift fragte Marcel: »Was hältst du von meinen kleinen Angestellten?«
Dax lachte. »Ich muß sagen, sie sind sehr sachkundig. Aber wahrscheinlich auch ziemlich kostspielig.«
»Sachkenntnis muß man immer bezahlen. Aber das spielt keine Rolle. Ich kann's mir leisten.«
Sie stiegen aus und gingen in Marcels Büro. Marcel schloß die Tür der Bibliothek. Er kam gleich zur Sache.
»Hast du eigentlich jemals mit dem Gedanken gespielt, Geschäftsmann zu werden? Indirekt und für andere hast du bereits eine Menge Geld verdient. Willst du es nicht allmählich mal auf eigene Rechnung versuchen?«
»Ich habe nie das Bedürfnis gehabt.«
»Du bist ganz wie dein Vater«, sagte Marcel. »Er hat auch nie an sich gedacht. Ich weiß noch, wie erstaunt ich war, als ich anfing für ihn zu arbeiten. Ich hatte noch nie einen solchen Mann gekannt.«
»So einen gibt es auch nicht noch einmal.«
»Aber darum ist er auch arm gestorben.«
»Vielleicht. Aber den Toten nützt der Reichtum nichts.«
»Das sagt sich alles leicht, Dax, aber die Welt denkt anders. Die einzig wichtigen Dinge sind Geld und Macht.«
»Dann bin ich ein glücklicher Mensch.« Dax lächelte. »Ich habe eine Möglichkeit gefunden, ohne sie auszukommen.«
»Schade«, meinte Marcel nach einer Weile. »Ich hatte gehofft, ich könnte dich für eine Zusammenarbeit mit mir interessieren. Du weißt, ich habe Feinde, die nur darauf aus sind, mir zu schaden. Wenn du mitmachst, kann ich nach und nach etwas in den Hintergrund treten. Für dich würde es sich lohnen.«
Dax antwortete nicht.
»Du bist der einzige, dem ich einen solchen Vorschlag machen würde«, sagte Marcel. »Zu niemandem sonst hätte ich dieses Vertrauen.«
Dax wußte, daß Marcel die Wahrheit sagte. Er traute wirklich niemandem. Der Fernsehapparat, die angezapften Telefone, die Mikro-

phone unter den Betten. Aber wie lange würde es dauern, bis Marcel auch ihn bespitzelte? Es war schon zu weit gekommen mit Marcel. Auf die Dauer würde er zu keinem Menschen mehr Vertrauen haben.

»Danke, Marcel, aber ich muß ablehnen. Wenn ich glaubte, ich könnte dir wirklich nützen, würde ich es vielleicht erwägen. Aber ich kenne mich. Ich bin kein Geschäftsmann. Nach einiger Zeit wäre ich ein Passivposten, glaube mir. Aber dein Angebot ehrt mich.«

Marcel mied Dax' Blick. »Alle sind gegen mich.«

»Ich nicht. Wenn das der Fall wäre, hätte ich deinen Vorschlag angenommen. Ich könnte deinen Geschäften von innenher mehr schaden als von außen.«

Marcel schien zu überlegen, was Dax gesagt hatte. »Das stimmt.« Er lächelte plötzlich wieder fröhlich. »Ich kenne dich, du alter Gauner. Du hast eine einfachere Methode, zu Geld zu kommen.«

»Meinst du?«

»Ich habe gehört, was man über dich und Sue Ann redet«, sagte Marcel. »Nun ja, ich kann dich verstehen. Es ist leichter, Geld zu erheiraten, als es zu erarbeiten.«

Dax lächelte. Sollte Marcel es nur glauben. Er stand auf.

»Ich lasse dich hinaus.«

Von der Fifth Avenue kam ein großer schwarzer Wagen auf sie zu. Marcel beobachtete ihn nervös. »Ich glaube, ich gehe lieber wieder hinein. Es ist kühl hier draußen.«

»Gute Nacht, Marcel.«

»Gute Nacht, mein Freund«, sagte Marcel. »Ruf mich an, wenn du in die Stadt kommst.«

Dax vernahm das Klicken eines elektrischen Schalters und wußte, daß Marcel die Alarmanlage wieder eingeschaltet hatte. Er wandte sich um und ging die Straße hinunter.

Wenn das der Preis war, den man für Geld und Macht zu zahlen hatte, dann wollte er kein Geld und keine Macht.

15

Marcel saß an seinem Schreibtisch, als Schacter eintrat. Er hob den Kopf. »Nun?«

»Abidijan sagt, Sie sollen zum Teufel gehen. Er wollte mich gar nicht anhören.«

Marcels Gesicht wurde weiß. Er konnte sich vor Wut kaum halten. »Aber er rechnet nicht damit, daß wir mit einer Aktionärsklage vor Gericht gehen, wobei er der Beklagte ist, nicht wahr?«
Der Anwalt schüttelte den Kopf. »Nein. Damit rechnet er bestimmt nicht.«
Marcel lächelte kalt. »Dann werden wir genau das tun. Wir besitzen genug Material gegen ihn, um das Gericht zu zwingen, daß ein Treuhänder für die Gesellschaft eingesetzt wird. Vielleicht sogar genug, um ihn ins Gefängnis zu bringen, wie er es mit mir gemacht hat.«
»Aber was hat das für einen Sinn? Das Gericht wird niemals Ihnen die Gesellschaft übergeben.«
»Darauf kommt es gar nicht an«, sagte Marcel. »Hauptsache ist, daß Amos ausgeschaltet wird.«
»Aber haben Sie an Ihre Kinder gedacht?« fragte der Anwalt. »Was würde das für ihr Erbe bedeuten? Das Vermögen besteht im wesentlichen aus Abidijans Aktien. Unter einem Treuhänder sind sie vielleicht völlig wertlos. Auch die Aktien, die Sie besitzen, werden das Papier kaum wert sein, auf dem sie gedruckt sind.«
»Das ist mir egal«, schrie Marcel. »Ich kann selbst für meine Kinder sorgen. Gehen Sie vor Gericht!«
Der Anwalt blickte ihn ruhig an. »Nein, Marcel, das werde ich nicht tun. In den meisten Dingen bin ich Ihnen gefolgt, aber hier nicht. Das hat überhaupt keinen Sinn. Sie wollen nur vernichten.«
»Sie wollen es nicht? Sie sagen, Sie wollen es nicht?«
Marcel stand auf und beugte sich über den Schreibtisch. Einen Augenblick dachte Schacter, er werde ihn schlagen. Dann stürzten die Worte aus Marcels Mund. »Sie haben mich verkauft! Sie haben mich an sie verkauft!«
»Darauf gebe ich Ihnen überhaupt keine Antwort«, sagte Schacter kühl.
»Das ist Ihre letzte Chance!« schrie Marcel. »Entweder Sie gehen vor Gericht, oder ich nehme mir einen anderen Anwalt.«
Schacter stand auf. »Das ist Ihr gutes Recht.«
Schreiend rannte Marcel um den Schreibtisch. »Ich lasse Sie von der Anwaltsliste streichen! Sie können mich nicht einfach im Stich lassen! Sie können nicht auf die andere Seite überlaufen, bloß weil man Ihnen mehr Geld bietet!«
»Kein Mensch hat mir Geld geboten«, sagte Schacter. »Und wer käme auch auf die Idee, daß Sie so verrückt sind, das Haus über Ih-

rem eigenen Kopf einzureißen, nur um mit einem einzigen Mann abzurechnen?«
Marcel blickte ihn wild an. »Ihr Juden seid alle gleich! Käuflich für den, der am meisten bietet!«
Schacter geriet in Wut – zum erstenmal, seit er ein junger Mann gewesen war. Zu oft hatte er, privat und öffentlich, gegen solche Verleumdungen gekämpft. Er war ein kräftiger Mann, über einsachtzig groß. Er packte Marcel am Rockaufschlag. Einen Augenblick schien es, als wollte er ihn aufheben und durchs Zimmer schleudern. Dann gewann er seine Selbstbeherrschung wieder und ließ Marcel los.
Schweigend verließ Schacter das Zimmer.
Am nächsten Morgen meldete sich Marcel am Telefon, als sei nichts gewesen.
»Ich habe über das, was Sie gesagt haben, nachgedacht. Ich glaube, Sie haben recht. Es hat keinen Sinn, vor Gericht zu gehen. Abidijan ist alt, er wird nicht ewig leben. Wenn er tot ist, bin ich in der Lage, die Gesellschaft zu übernehmen. Ich bin immerhin der zweitgrößte Aktionär.«
»Aber gestern meinten Sie –«
»Das war gestern«, unterbrach ihn Marcel rasch. »Sie werden mir doch nicht nachtragen, was ich im Zorn gesagt habe? Dazu sind Sie ein zu einsichtiger Mann, Schacter. Sie wissen, unter welch schrecklichen Belastungen ich gestanden habe.«
Am Ende der Besprechung war Schacter wieder Marcels Anwalt. Aber es war nicht mehr wie früher. Irgendwie hatte sich ihr Verhältnis gewandelt.

Schacter spürte, wie die Spannung in dem kleinen Raum stieg. Er blickte aus dem Fenster auf die Innenstadt von Dallas.
Plötzlich war es in dem Raum hinter ihm still. Die Additionsmaschinen hatten aufgehört. Es war vorbei. Aber Schacter brauchte sich die Endsummen nicht anzusehen. Er wußte, wer gewonnen hatte. Ein Blick auf Horgans Gesicht sagte ihm alles. Der Texaner war blaß unter seiner dunkelbraunen Haut.
Langsam las der Geschäftsführer von Caribtex die Endsummen vor. Seine Stimme zitterte. Und das mit Recht, denn er war seinen Posten los – er und die meisten anderen im Raum. Das Ergebnis lautete: für den Vorstand 1100021; für die Oppositionsgruppe 1500422. Stille herrschte im Raum, während Schacter den Tisch entlangging.

Der Geschäftsführer machte ihm Platz. Schacter blickte erst ihn an, dann die anderen. »Ich danke Ihnen, meine Herren.«
Die Rechnungsprüfer begannen die Aufzeichnungen einzusammeln. Es war eine glänzende Idee von Marcel gewesen, durch das Gericht eine Buchprüfungsfirma mit der Zählung der Vollmachten zu betreuen. Auf die Bücherrevisoren der Gesellschaft wäre kein Verlaß gewesen.
»Morgen früh um neun findet eine außerordentliche Sitzung des neuen Vorstandes zwecks Wahl der neuen Handlungsbevollmächtigten statt.«
Schacter erhob sich. Marcel erwartete seinen Anruf. Horgans Stimme hielt ihn auf. »Sagen Sie Ihrem schmierigen kleinen Freund, daß er sich hier bloß nie blicken läßt. Sonst würde ihn todsicher einer mit Blei vollpumpen.«
Schacter nickte feierlich und ging.

Marcel war betrunken. Er hatte den ganzen Nachmittag getrunken, während er auf den Anruf aus Dallas wartete. Jetzt, wo alles vorbei war, schien der Alkohol durch seinen Körper zu toben. Er hatte das Gefühl, daß er immer größer würde, bis er fast die Decke berührte. Er ging zur Couch, wo die Blonde mit den großen Brüsten saß. Schwankend blieb er vor ihr stehen. »Weißt du, wer ich bin?«
Sie blickte ihn an und schwieg.
»Du weißt es nicht.« Er langte nach dem Drink auf dem Tisch. Einen Teil kippte er auf die Jacke, den Rest goß er in sich hinein und warf das Glas über die Schulter. Es krachte gegen die Wand.
»Du weißt es nicht«, wiederholte er, »niemand weiß es.« Er senkte seine Stimme zu einem vertraulichen Flüstern. »Aber bald werden sie es merken, denn jetzt kann sich mir keiner mehr in den Weg stellen. Ich bin der Größte, den es je gegeben hat.«
»Mensch, bist du blau«, sagte sie.
Marcel beachtete sie nicht. Er riß an seinen Kleidern, denn plötzlich benahmen sie ihm den Atem. Schließlich lagen sie in einem Haufen auf dem Boden. Splitternackt stieg er auf die Couch und blickte auf sie hinunter.
»Bin ich nicht der Größte, den du je gesehen hast?«
»Komm lieber 'runter, bevor du dir noch das Genick brichst«, sagte sie und streckte die Hand nach ihm aus, um ihn zu stützen.
Marcel stieß die Hand fort. »Beantworte meine Frage.«
Sie nickte wortlos.

Er sah sie mißtrauisch an. »So groß wie Joe Karlo?«
Sie wurde bleich. »Du – du weißt von Joe?«
Er begann unbändig zu lachen. »Du blödes Stück!« schrie er. »Ich weiß alles über dich. Ich weiß alles über jeden. Ich kann dir sogar sagen, was ihr beide gestern nacht im Bett geredet habt!«
»Wieso – wieso weißt du das?«
»Ich weiß es – das ist das entscheidende. Und ich weiß auch etwas, was du nicht weißt.« Er sprang von der Couch, lief zu einem Wandschrank und nahm einige Fotos heraus. »Du glaubst, daß er dich heiratet? Du glaubst, er hat das ganze Geld, das du ihm gegeben hast, gespart, damit ihr beiden zusammen abhauen könnt? Du dämliche Gans! Soll ich dir zeigen, wofür er das Geld gebraucht hat? Da, guck es dir an!«
Sie starrte auf die Fotos. Ein Mann lächelte in die Kamera. Einen Arm hatte er um eine nettaussehende junge Frau gelegt, den anderen um drei lachende Kinder.
»Du hast nicht gewußt, daß er verheiratet ist, nicht wahr? Du hattest keine Ahnung, daß er mit dem Geld, das du ihm vorigen Monat gegeben hast, für die Familie einen Kombiwagen gekauft hat.«
Ihr wurde übel. »Ich muß gehen.«
Marcel schlug sie ins Gesicht, und sie fiel auf die Couch zurück. »Ich habe nicht gesagt, daß du gehen kannst.«
Er griff mit beiden Händen nach ihrem Kleid. Der Stoff zerriß mit einem unangenehmen Geräusch. Er fuhr mit der Hand in den Büstenhalter und zerrte ihre Brüste heraus. Die Angst in ihren Augen wuchs, während er wieder über ihr stand. Langsam ließ er sich nieder, bis er auf ihrer Brust saß.
Er lachte. »Jetzt sag es! Bin ich nicht der Größte, den du je gesehen hast?«
Trotz seines Gewichtes gelang es ihr zu nicken, aber sie war totenblaß.
»Ich bin der Größte auf der Welt!« Seine Augen wurden glasig. »Bald gehören mir –« Er versuchte weiterzusprechen, aber plötzlich sank er nach vorn und fiel schwer über sie.
Eine Weile lag sie still und wagte nicht, sich zu rühren. Dann drehte sie sich ein wenig und versuchte, sich unter ihm fortzuwinden. Langsam, beinahe sanft glitt er zu Boden und rollte auf den Rücken. Sein Mund war offen, und während sie ihn gebannt beobachtete, begann er laut zu schnarchen.
Sie setzte sich auf. »Du Scheißkerl!« Dann bemerkte sie die Fotos

neben ihm auf dem Boden, und die Tränen schossen ihr in die Augen. »Ihr Scheißkerle, alle miteinander!« schluchzte sie, während sie sich die Augen mit dem Handrücken abwischte.

16

Es war nach Mitternacht, und in der großen Villa war es still, als Robert auf der Suche nach Lesestoff in die Bibliothek hinunterging. Er öffnete die Tür von einem der vielen Bücherschränke, da hörte er hinter sich die Stimme seines Vaters. »Du bist noch wach?«
Der Baron saß in einem der tiefen Sessel. »Ich konnte nicht einschlafen«, sagte Robert. »Wahrscheinlich habe ich heute nachmittag zuviel geschlafen. Aber wieso bist du noch wach?«
»Ich bin alt«, antwortete sein Vater. »Wenn man alt ist, braucht man weniger Schlaf.«
Robert lächelte und nahm ein Buch vom Regal.
»Unser englischer Vetter meint, es wäre an der Zeit, unsere Banken zu fusionieren«, sagte der Baron plötzlich.
Robert blickte von seinem Buch auf. »Und wie denkst du darüber?«
»Vor vielen Jahren war das der Ehrgeiz meines Großvaters – eine Bank, die ganz Europa umspannen sollte. Damals war das schon keine schlechte Idee; vielleicht ist sie heute sogar noch besser. Die amerikanischen Banken werden täglich größer, und sogar die Morgan-Bank denkt an eine Fusionierung. Die amerikanischen Banken sind unsere stärksten Konkurrenten.«
»Ich bin nicht dafür«, sagte Robert.
»Hast du einen bestimmten Grund?« fragte der Baron neugierig.
»Das eigentlich nicht. Ich glaube nur, daß uns eine Fusion unsere Unabhängigkeit kostet. Wir könnten nicht mehr frei handeln wie jetzt.«
»Vielleicht wäre das ein Vorteil. Unser Vetter ist ja doch erfolgreich gewesen. Seine Bank ist doppelt so groß wie unsere.«
»Das ist kein Maßstab«, sagte Robert schnell. »Sir Robert hat von der Stabilität der englischen Regierung profitiert. Seit der Revolution hatte Frankreich unter Kriegen und Regierungswechseln zu leiden.«
»Das würde ebenfalls für eine Fusion sprechen. Kriege und wechselnde Regierungsformen würden uns nichts mehr anhaben, wenn sich die Zentrale unseres Geschäftes in London befindet.«

»Wenn es uns nur um Sicherheit zu tun ist, warum gehen wir dann nicht gleich nach New York?«
Der Baron sah ihn verschmitzt an. »Du liebst unseren Vetter nicht sonderlich, wie?«
»Nein, weiß Gott nicht.«
»Du glaubst, er möchte unsere Bank kontrollieren, nicht wahr?«
»Würde er das etwa nicht?« fragte Robert. »Du hast zugegeben, daß er zweimal so groß ist wie wir. Ist es nicht natürlich, daß der Haifisch die Sardinen frißt?«
»Vielleicht. Aber vergiß nicht, daß ich einen Sohn habe und Sir Robert nur Töchter. Die Statuten beider Banken stimmen in einem Punkt überein: nur Söhne können die Leitung übernehmen. Dafür hat unser Großvater gesorgt.«
»Aber die Söhne der Töchter können in diese Erbfolge eintreten«, erwiderte Robert. »Drei von seinen fünf Enkeln sind Söhne.«
»Söhne. Das war die geheime Stärke der Rothschilds. Sie hatten Söhne. Wir haben weniger Glück gehabt. Sir Robert und ich waren die einzigen in unserer Generation, du warst der einzige in eurer. Und du hast nur einen.« Plötzlich lächelte er Robert zu. »Worauf wartest du? Du mußt dich anstrengen.«
Robert lachte. »Ich tue, was ich kann, Papa.«

Robert sah sich das Blatt Papier an. »Es ist Ihnen hier kein Irrtum unterlaufen?« fragte er den Buchhalter.
Der Buchhalter schüttelte den Kopf. »Alles wurde geprüft, Monsieur.«
»Danke.«
Jemand hatte monatelang Aktien der Bank aufgekauft. Jetzt wußte er, wer es war. Er hätte früher erkennen müssen, daß Sir Robert nicht ohne eine Karte im Ärmel zu seinem Vater gehen würde. Plötzlich war alles klar, sogar, woher Campion das Geld bekommen hatte, um seinen Wechsel einzulösen.
Er ging mit dem Papier in der Hand ins Büro seines Vaters. »Wußtest du davon?« fragte er und legte dem Baron das Blatt vor.
»Ich dachte es mir, aber ich war nicht sicher.«
»Warum hast du ihn dann nicht davon abgehalten?« fragte Robert. »Willst du zulassen, daß er uns zu einer Fusion zwingt?«
»Ich fürchte, ich kann nicht allzuviel dagegen tun«, sagte der Baron. »Ich bin alt. Müde. Ich habe nicht mehr genug Kraft für einen Kampf mit unserem Vetter.«

Robert sah ihn wütend an. »Du vielleicht nicht, aber ich! Ich lasse nicht zu, daß du die Zukunft meiner Kinder aufs Spiel setzt, bloß weil deine vorbei ist. Ich werde unserem habgierigen Vetter die Suppe schon irgendwie versalzen.« Er stürmte aus dem Büro und knallte die Tür hinter sich zu.
Der Baron lächelte. Er hatte lange auf diesen Moment gewartet. Auf den Augenblick, wo Robert zugab, daß ihm genausoviel an der Bank lag wie seinem Vater.
Jetzt endlich konnte er sich mit ruhigem Gewissen zurückziehen.

17

Langsam wendete Robert die Seiten des geheimen Hauptbuches um, bis er fand, was er suchte. Dann studierte er die Zahlen. Das konnte die Lösung sein. Alles hing davon ab, wie habgierig Sir Robert tatsächlich war.
Vor vielen Jahren hatte sein Vater angefangen, kurzfristige Schuldscheine mit minimalem Diskont auszugeben, um das Betriebskapital zu vergrößern. Der Ruf der Bank war so gut, daß das Publikum die Schuldscheine ohne Zögern kaufte. In den fast hundert Jahren ihres Bestehens war es niemals vorgekommen, daß die Bank De Coyne eine Verbindlichkeit nicht eingelöst hätte. Bald bekamen diese Schuldscheine den Ruf, stabiler zu sein als manche europäische Währung.
Um zu verhindern, daß die Schuldscheine gehortet wurden, hatte der Baron ein Rückzahlungsprogramm aufgestellt. Zehn Prozent der ausgegebenen Scheine waren jedes Jahr gegen neue Scheine oder Bargeld einzulösen. Um ihre Einlösung sicherzustellen, wurden die Zinsen für die Scheine nur bis zu ihrem Einlösungsdatum ausbezahlt; danach gab es keine Zinsen mehr.
Es hatte immer gut funktioniert, bis vor fünf Jahren ein kleiner Prozentsatz der fälligen Scheine weder zum Umtausch noch zur Bareinlösung vorgelegt wurde. Man hatte automatisch Betriebskapital auf Reserve transferiert. Mit jedem Jahr war dann dieser Posten angestiegen, und nun lagen fast zwanzig Millionen Dollar untätig auf dem Reservekonto.
Robert rechnete rasch nach. Dieses Geld auf Reservekonto bedeutete für die Bank eine Nettoverringerung des möglichen Ertrages von nahezu drei Millionen Dollar, der Differenz zwischen dem, was

diese Summe hätte einbringen können, und den Zinsen, die die Bank auf die Scheine gezahlt hätte. Aber es beschränkte auch die Fähigkeit der Bank, in neue Geschäfte einzusteigen, und verschlechterte ihre Konkurrenzfähigkeit auf dem Geldmarkt.
Robert betrachtete das Blatt, das vor ihm lag. Hier lag der Ausweg, wenn es klappte. Die Investitionen in Corteguay, bei weitem die einträglichsten, die die Bank besaß. Sie war zwar nur zur Hälfte beteiligt, da Sir Roberts Bank in England die andere Hälfte besaß. Aber es war immerhin ein Anteil von fast neunzehn Millionen Dollar mit einem Gewinn von fast fünf Millionen Dollar im Jahr.
Robert spielte mit dem Bleistift. Es war ein bedeutender Gewinn, den er da aufgab. Fast zwei Drittel des Gesamtgewinnes der Bank nach Abzug der Betriebsspesen. Aber es war trotzdem ein gutes Geschäft, wenn man auf diese Weise die Schuldverschreibungen dem Griff des englischen Vetters entzog. Man müßte ganz schlau vorgehen. Sir Robert müßte den Köder schnappen, ohne je zu merken, wer die Leine in der Hand hielt. Robert griff nach dem Telefon.
»Versuchen Sie Mr. Xenos zu erreichen.« Und auf die Frage der Sekretärin: »Irgendwo auf der Welt. Ich muß ihn unbedingt sprechen.«

»Nehmen Sie bitte Platz«, sagte Sir Robert, nachdem er Dax mit seinen beiden Schwiegersöhnen bekannt gemacht hatte. »Sie werden sich fragen, warum ich Sie hergebeten habe.«
»Ich kann es mir beinahe denken«, antwortete Dax lächelnd. »Ich nehme an, es betrifft die corteguayanischen Anlagen.«
»Genau«, sagte Sir Robert. Er blickte seine Schwiegersöhne an, dann wieder Dax. »Wir haben gehört, daß Sie mit der Bank des Barons in Verhandlungen getreten sind wegen eines Erwerbs der Anteile in Corteguay.«
»Das stimmt«, gab Dax zu.
»Es war mir nicht bekannt, daß Sie sich noch mit Angelegenheiten Ihres Landes befassen.«
»Das tue ich auch nicht«, sagte Dax. »Ich vertrete eine Gruppe, die sich für den Ankauf interessiert.«
»Diese Gruppe, die Sie vertreten – ich nehme an, daß es Amerikaner sind?«
Dax lächelte. »Soviel kann ich sagen.«
»Aber Sie können uns nicht verraten, um wen es sich handelt?«

Dax schüttelte den Kopf. »Das dürfte ich auch Ihnen nicht mitteilen, Sir Robert.«
»Es ist Ihnen natürlich bekannt, daß wir Anteile im selben Wert in Corteguay haben und daß unser Einverständnis notwendig wäre, bevor der Baron seinen Anteil an Ihre Gruppe veräußern könnte.«
Dax nickte. »Robert erwähnte das, aber er meinte, daß er von Ihrer Seite keinerlei Schwierigkeiten erwarte.«
Sir Robert schwieg. Wenn der Baron einen solchen Verkauf in Betracht zog, mußte er in der Klemme sein. Die Investition in Corteguay war die gewinnbringendste, die die beiden Banken je gemacht hatten. Es war ihm auch klar, daß er sein Einverständnis nicht verweigern konnte, wenn der Baron es verlangte. Sonst würde der Baron nie einer Fusion zustimmen.
Er sah sich in einem schweren Dilemma. Stimmte er dem Verkauf zu, war der ganze Gewinn dahin. Verweigerte er seine Zustimmung, würde es zwischen ihm und dem Baron zum offenen Kampf kommen. Die Fusionspläne wären gescheitert. Wenn es nicht noch einen anderen Weg gab.
Es gab ihn. Es würde zwar bedeuten, daß die Fusion für eine Weile verschoben werden müßte. Aber selbst das war unwichtig im Vergleich zu dem, was er mit einer geringfügigen zusätzlichen Investition gewinnen konnte.
Er blickte Dax über den Schreibtisch an. Und er dachte an ihren Konflikt vor vielen Jahren. Aber er war überzeugt, daß die Handlungen der Menschen nur durch Geld bestimmt wurden. In raschen Worten legte er seinen Vorschlag dar.

»Du siehst, er hat's geschluckt«, sagte Robert triumphierend.
Dax lächelte. »Mit allem, was dran war: Haken, Leine und Senkgewicht.«
Der Baron blickte erstaunt von einem zum anderen. »Das müßt ihr mir erklären.«
Robert wandte sich an seinen Vater. »Als unser ehrenwerter Vetter hörte, daß die corteguayanischen Investitionen in andere Hände kommen könnten, entschloß er sich, sie selbst zu kaufen. Zunächst fand er Dax mit dem Doppelten von dem ab, was nach seiner Schätzung die sagenhafte Gruppe Dax geboten hatte. Dann bot er für die corteguayanischen Investitionen fünfundzwanzig Millionen Dollar unter der einzigen Voraussetzung, daß anstelle von Bargeld zwanzig Millionen in unseren eigenen Papieren gezahlt würden.«

Der Baron lächelte. »Und was hast du gemacht?«
Auch Robert lächelte. »Was sollte ich tun? Schließlich ist Blut dicker als Wasser, ich mußte also annehmen. Seine Schwiegersöhne sind soeben mit dem unterschriebenen Vertrag nach London zurückgefahren.«
Der Baron sah Dax an. »Das haben Sie gut gemacht.«
»Danke«, sagte Dax. »Obgleich ich in Wirklichkeit gar nichts gemacht habe. Ich war bloß der Botenjunge, das Ganze war Roberts Idee. Ich habe ein schlechtes Gewissen, weil ich Ihr Geld angenommen habe.«
»Das sollten Sie nicht; Sie haben es verdient.« Der Baron wandte sich an seinen Sohn. »Auch du hast es gut gemacht.«
Robert lächelte. Sein Vater lobte ihn sehr selten. Er öffnete seine Aktentasche und breitete die schön gedruckten Formulare auf dem Schreibtisch aus. »Die Papiere – im Wert von zwanzig Millionen.«
Der Baron nahm aus einer Schublade ein Schriftstück. Er schrieb eigenhändig das Datum darauf. »Und ich habe etwas für dich«, sagte er zu Robert.
Unter dem Datum stand in Maschinenschrift:

Die Bank De Coyne gibt bekannt, daß Herr Baron Henri Raphael Sylvestre de Coyne heute als Präsident der Bank zurücktritt, und sein Sohn, Herr Robert Raymond Samuel de Coyne, zu seinem Nachfolger gewählt wurde. Die Bank De Coyne erlaubt sich, darauf hinzuweisen, daß damit der Posten des Präsidenten in der vierten Generation vom Vater auf den Sohn übertragen wurde.

Tränen standen in den Augen des alten Mannes. »Es ist mein sehnlichster Wunsch«, sagte er leise, »daß du das eines Tages auch für deinen Sohn tun kannst.«
Robert beugte sich über den Stuhl seines Vaters und drückte seine Lippen erst auf die eine, dann auf die andere Wange. »Ich danke dir, Vater«, sagte er. »Das ist auch mein sehnlichster Wunsch.«

18

Dee Dee kam ins Schlafzimmer, eine Zeitung in der Hand. »Hast du den Artikel von Irma Andersen gelesen?«
Dax drehte sich im Bett um. »Du weißt, ich lese keine Klatschspalten.«

Dee Dee würde es nie verstehen. Als Schauspielerin war sie stets erpicht auf alle Artikel, in denen sie erwähnt wurde. Sie hatte ein Abonnement bei drei verschiedenen Zeitungsausschnittbüros, und wie sie nicht ohne Make-up ausgegangen wäre, wäre sie auch nicht ohne die morgendlichen Klatschspalten beim Frühstück erschienen.

Die Düsenmaschinen haben der Gesellschaft eine neue Freiheit verschafft. Freiheit von Langeweile. Man besteigt ein Düsenflugzeug, und schon morgen ist man irgendwo, wo es einem gefällt. In Paris, wo man die neueste Kollektion von Fürst Nikowitsch begutachtet, bei deren Vorführung Robert de Coyne, der junge Chef des Bankhauses De Coyne, und seine reizende Gattin Denisonde sowie seine charmante Schwester Caroline anwesend sind. Oder im Claridge in London, wo am Nebentisch vielleicht der Earl von Buckingham mit Jeremy Hadley sitzt, zusammen mit ein oder zwei auf Besuch weilenden amerikanischen Kongreßabgeordneten. London steht in diesem Jahr politisch sehr im Vordergrund. Oder auf der Via Veneto in Rom, Seite an Seite mit Dee Dee Lester oder einem anderen beliebten Hollywoodstar, der sich hier eingefunden hat. Viele meinen, Rom werde bald die neue Metropole des Films sein. Oder man liegt im Sand der Côte d'Azur in der Sonne, ohne zu ahnen, daß der so herrlich braungebrannte Mann neben einem der berühmte südamerikanische Playboy Dax Xenos ist und das schöne Mädchen in dem knappen Bikini neben ihm Sue Ann Daley, wahrscheinlich die reichste Erbin der Welt. Auch Sie können dem ›Jet Set‹ angehören. Sie brauchen nicht zu den obersten Vierhundert zu zählen oder Politiker oder Playboy zu sein. Sie brauchen nicht einmal reich zu sein. Sie brauchen nur eine Flugkarte. Die Düsenflugzeuge fliegen Tag und Nacht.«

Dee Dee senkte die Zeitung und sah Dax an. »Was sagst du dazu?«
»Die alte Eule hat einen neuen Kunden. Die Fluggesellschaften.«
»Du redest absichtlich Blödsinn.«
»Blödsinn? Zeig mir die Zeitung.« Dax nahm sie ihr aus der Hand. »Ich weiß nicht, worüber du dich beschwerst. Sie hat sogar deinen Namen richtig geschrieben.«
»Verdammt! Du weißt genau, was ich meine. Ich in Rom, du an der Côte d'Azur!«
»Beides falsch wie gewöhnlich«, sagte Dax. »Wir sind in New York. Miese Reporterarbeit.«

Dee Dee riß ihm die Zeitung aus der Hand und schlug sie ihm über den Kopf. »Mit Sue Ann Daley, das meine ich! Das alte Luder hat das absichtlich geschrieben. Sie wollte damit sagen, daß wir nicht zusammen waren.«
»Nun ja, das stimmt doch.«
»Dann gibst du zu, daß du Sue Ann an der Côte d'Azur getroffen hast?«
»Selbstverständlich. Du hast doch nicht von mir erwartet, daß ich bei dieser verfluchten Hitze in Rom bleibe, bis dein Film abgedreht ist, oder?«
»Du hast sie nach New York begleitet. Deshalb mußte ich herkommen, um dich hier zu suchen.«
Dax zuckte die Achseln. »Ich wäre auf jeden Fall nach New York geflogen.«
»Mir paßt das nicht«, sagte Dee Dee.
»Sei vorsichtig. Du tust, als wenn ich dir gehörte.«
Dee Dee sah ihn mit bekümmertem Blick an. »Ich glaube, ich fange an, mich in dich zu verlieben.«
»Tu das ja nicht! Dieses Jahr ist Liebe nicht ›in‹, nicht einmal beim ›Jet Set‹.«

Wie gewöhnlich war das »21« gesteckt voll. Dax nickte auf dem Weg zu seinem Ecktisch verschiedenen Leuten, die er kannte, freundlich zu.
»Entschuldige, ich habe mich verspätet«, sagte er zu Jeremy Hadley.
»Macht nichts. Ich bin auch eben erst gekommen.«
Beide setzten sich, und Dax bestellte eine Bloody Mary. Als der Kellner fort war, sahen die beiden sich an. »Nun?«
»Ich war überrascht«, meinte Jeremy, »daß du das ›21‹ wähltest statt des ›Colony‹.«
Dax lachte. »Ins ›Colony‹ gehe ich nur mit Damen.«
»Ich unterwerfe mich dem Anführer.«
»Wieso Anführer?«
»Wußtest du das nicht? So nennt man dich jetzt.«
Dax war ehrlich erstaunt. »Ich verstehe nicht, warum.«
»Ich nehme an, die Zeitungen haben es aufgebracht. Du bist der Liebling der Kolumnisten geworden.«
Dax grinste. »Das ist doch ein Haufen alter Weiber. Die wissen nicht, worüber sie sonst schreiben sollen.«

»Das stimmt nicht«, sagte Jeremy. »Sie suchen sich ihre Leute aus. Sie könnten über jede Berühmtheit schreiben. Aber sie schreiben über dich, weil du für sie den neuen Lebensstil verkörperst. Irgendwie tauchst du immer an den richtigen Orten auf, mit den richtigen Leuten, zur richtigen Zeit. Weißt du, wie oft in der Woche dein Name in den Klatschspalten steht?«
»Du meinst, ich bin ›in‹?«
»Mehr als das«, lächelte Jeremy. »Wenn es nach den Kolumnisten und ihren Millionen Lesern ginge, könnte Eisenhower statt im Weißen Haus in Topeka, Kansas, sitzen.«
Der Kellner brachte Dax' Drink.
»Darum habe ich auch vorgeschlagen, daß wir zusammen zu Mittag essen.«
»Willst du mich etwa interviewen?«
Jeremy lachte. »Das wäre keine schlechte Idee. Vielleicht kann ich damit meine Leser etwas aufputschen.«
»Du machst das doch schon ganz gut.«
»Ich hoffe es.« Jeremy wartete, bis Dax sein Glas absetzte. »Ganz unter uns«, sagte er und senkte seine Stimme, »mein Freund, der Senator, will heiraten.«
»Ich weiß, das Mädchen aus Back Bay. Sie ist sehr nett.«
Jeremy staunte. »Woher weißt du das? Man hat doch alles geheimgehalten. In den Zeitungen stand kein Wort davon.«
»Wenn ich ›in‹ bin, wie du behauptest, ist es doch ganz klar, daß mir verschiedene Dinge zu Ohren kommen.« Er lächelte. »Es ist in Wirklichkeit ganz einfach. Im vergangenen Monat bin ich in Capri mit einem Mädchen Wasserski gefahren, die für ihn das gewesen ist, was ihr Amerikaner *girlfriend* nennt. Ich muß sagen, sie nahm es ganz gelassen auf. Offenbar hat man gut für sie gesorgt.«
»Mein lieber Schwan! Vermutlich weißt du also auch, warum wir zusammen zu Mittag essen.«
»Noch nicht.«
»Du kennst ja das Mädchen, das er heiraten wird. Gute Familie, in den besten Schulen erzogen. Wirklich ein sehr nettes Mädchen, aber ein bißchen zurückhaltend, reserviert und kühl. Ein wenig versnobt, würde der Durchschnittsamerikaner meinen.« Er schwieg.
»Ich verstehe«, sagte Dax nachdenklich. »Nicht ganz das, was ein Mann mit der Ambition, Präsident zu werden, sich als ›Frau an seiner Seite‹ vorstellt.«
»Ungefähr so verhält es sich«, gab Jeremy zu.

»Aber was hat das mit mir zu tun?«
»Dazu komme ich noch. Ein Problem für sich sind ihre Kleider. Sie möchte sich ihre Ausstattung in Paris besorgen, aber er ist dagegen. Er befürchtet politische Rückwirkungen. Du weißt, was ich meine.«
Dax nickte. Er kannte die Schwierigkeiten in der amerikanischen Politik. Man mußte immer mit den Frauenvereinen rechnen.
»Der Senator bat mich um meinen freundschaftlichen Rat«, fuhr Jeremy fort, »und da fiel mir Fürst Nikowitsch ein. Sie hat voriges Jahr in Paris schon verschiedene Dinge bei ihm gekauft. Auch der Senator war einverstanden, weil der Fürst jetzt in Amerika etabliert ist.«
»Sergei wäre begeistert.«
»Gewiß. Aber der Senator meint, das Ganze wäre noch einfacher, wenn der Fürst seine Absicht bekanntgibt, Amerikaner zu werden, und zwar, bevor noch irgend etwas an die Öffentlichkeit gelangt. Auf diese Weise würde es kaum noch kritische Stimmen geben.«
»Das dürfte keine Schwierigkeiten machen. Ich bin sicher, daß Sergei damit einverstanden ist.«
»Würdest du in diesem Sinne mit Sergei sprechen?« fragte Jeremy.
»Ich kann es nicht; meine Verbindung mit dem Senator ist zu bekannt.«
»Mit Vergnügen. Das ist doch eine Kleinigkeit.«
»Ich hätte noch ein Anliegen.«
»Ja?«
»Ich fürchte, diese Sache ist heikler. Mein jüngster Bruder, Kevin, promoviert in diesem Jahr in Harvard.«
»Das Baby?«
Jeremy lachte. »Du solltest ihn sehen; er ist einssechsundachtzig. Jedenfalls gehen er und der Bruder des Senators, der in derselben Klasse ist, diesen Sommer allein nach Europa. Und wie ich die zwei kenne, gibt es Feuer im Dach, kaum sind sie aus dem Flugzeug gestiegen.«
»Klingt ja heiter.«
»Bei Kevin allein wäre es nicht so schlimm«, sagte Jeremy, »aber der Bruder des Senators lockt natürlich die Reporter an.«
»Das seh' ich ein«, meinte Dax. »Und was erwartest du nun von mir?«
»Ich möchte wissen, ob man die beiden sozusagen im Auge behalten kann, damit sie nicht in Schwierigkeiten geraten.«
»Das wird nicht leicht sein«, meinte Dax nachdenklich. »Junge Leute

bewegen sich ziemlich schnell. Aber vielleicht habe ich eine Möglichkeit. Ich werde mich mit einer alten Freundin in Verbindung setzen. Sie wird dafür sorgen, daß die zwei vom Augenblick ihrer Landung an beschäftigt sind.«
»Aber wie?«
Dax lächelte. »Du kennst Madame Blanchette nicht. Sie ist jetzt im Ruhestand, aber mir zuliebe tut sie es.«
»Sie dürfen nie erfahren, daß es eine abgekartete Sache ist.«
»Sie werden nicht wissen, wie ihnen geschieht.« Dax lachte. »Vielleicht wollen sie nie wieder heimkommen. Egal, wohin sie in Europa gehen, sie werden bis an die Ellbogen in Weiberfleisch stecken.«

19

Dee Dee erschien in Dax' Hotelappartement in Rom, während er frühstückte. »Wo warst du vergangene Nacht?«
»Aus.«
»Mit Sue Ann.« Sie warf eine Zeitung auf den Tisch. »Dein Bild ist auf der Titelseite.«
Dax sah es sich an. »Diese *papparazzi* bringen doch nie ein wirklich gutes Bild zustande.«
»Du hast mir nicht erzählt, daß Sue Ann hier ist.«
Dax beschäftigte sich weiter mit seinem Frühstück. »Ich wußte nicht, daß dir das so wichtig ist.«
»Aber wir wollten gestern abend zusammen essen.« Sie weinte fast.
»Das stimmt. Ich habe bis zehn auf dich gewartet, dann habe ich das Studio angerufen. Man sagte mir, du hättest bis Mitternacht zu tun, um den Film zu beenden. Ich nahm an, daß du nachher zu müde wärst, noch irgend etwas zu unternehmen.«
Dee Dee starrte ihn schweigend an.
Ruhig bestrich Dax ein weiteres Brötchen mit Butter. »Jetzt sei schön brav, geh wieder auf dein Zimmer und schlaf weiter. Du weißt, ich mag keinen Streit beim Frühstück.«
»Es macht mich krank, überall, wo wir sind, taucht Sue Ann auf.«
»Ich kann Sue Ann nicht vorschreiben, wo sie sich aufhalten darf.«
»Dir gefällt es natürlich, daß sie dir überallhin nachläuft.«
Dax lächelte. »Es ist meinem Selbstbewußtsein nicht gerade abträglich.«

Plötzlich war Dee Dee wirklich wütend. »Du mußt dich entscheiden. Ich lasse mir das nicht länger gefallen.«
»Treib es nicht zu weit«, sagte Dax. Seine Stimme war plötzlich eisig. »Ich hab's nicht gern, wenn man mich drängt.«
»Ich weiß nicht, was du an ihr findest. Sie ist ein Tier.«
»Das ist gerade das gute.« Seine Stimme war immer noch kalt. »Mit Sue Ann geht man aus, lacht ein bißchen, dann geht man ins Bett, und das ist alles. Kein blödes Gerede, keine Romanzen oder Lügen über Liebe, keine Versprechungen, keine Ansprüche. Außerdem erwartet sie nicht für jeden Furz Applaus.«
»Und du meinst, ich tue das?«
»Das hab' ich nicht gesagt. Du hast gefragt, was ich an Sue Ann finde, und ich hab' es dir erklärt.« Dax nahm noch ein Brötchen. »Und jetzt geh. Ich sagte schon, daß ich keine Diskussionen beim Frühstück mag.«
»Du egoistischer Schuft!« schrie Dee Dee und hob die Hand, als wolle sie ausholen.
Instinktiv schoß sein Arm in die Höhe, um den Schlag abzuwehren. Zufällig traf seine halbgeschlossene Faust ihre Wange. Erstaunt machte sie einen Schritt rückwärts.
»Du hast mich geschlagen!« sagte sie entsetzt. Sie drehte sich um und lief zum Spiegel. »Noch dazu ins Auge!« Sie betrachtete sich. »Es wird ganz blau!«
Dax stand neugierig auf. Er kannte ihren Hang, alles zu dramatisieren. »Laß mal sehen.«
Dee Dee wandte ihm ihr Gesicht zu.
»Es ist gar nichts«, sagte er. »Aber es sieht so aus, als ob du tatsächlich ein blaues Auge kriegst. Wart, ich hole dir etwas dafür.«
»Bleib mir vom Leibe, du Biest! Du willst mich nur wieder schlagen!«
»Hör doch auf, Dee Dee. Der Film wurde gestern abgedreht. Du brauchst nicht mehr Theater zu spielen.«
Sie wandte sich um und lief zur Tür. Er erwischte sie am Arm. Sie sah ihn durchdringend an. »Entschließe dich! Entweder sie oder ich!«
Dax versuchte sie ins Zimmer zurückzuziehen. Wütend riß sie sich los. »Du wirst mich nie wieder schlagen!« schrie sie und öffnete weit die Tür. Sie trat in den Korridor, als gerade das Blitzlicht aufflammte.
Das Bild war auf der ganzen Welt in allen Zeitungen.

Als sie am nächsten Tag in New York aus dem Flugzeug stieg, wurde sie wieder von Fotografen umringt. Zum erstenmal in ihrem Leben hatte Dee Dee so viel Publicity, wie sie sich nur je gewünscht hatte. Aber ihr wurde klar, was sie getan hatte, als ihr eine Woche später ein Reporter eine Zeitung entgegenhielt und sie fragte: »Was haben Sie dazu zu sagen, Miß Lester?«
»Kein Kommentar.« Dann drehte sie schnell ihr Gesicht zur Seite, damit der Reporter die Tränen nicht sehen konnte.
Dax und Sue Ann hatten an diesem Morgen in Schottland geheiratet.

»Es ist finster hier.«
»Ich finde es wohltuend.«
»Und es stinkt. Du hast wieder diese verdammten Zigaretten geraucht.« *El Presidente* zog die Vorhänge zurück und öffnete das Fenster. Einen Augenblick atmete er tief die angenehme, warme Luft ein, dann wandte er sich nach ihr um. »Ich verstehe nicht, was du an diesem Zeug findest.«
Amparo drückte langsam die Zigarette im Aschenbecher aus. »Es entspannt mich«, sagte sie ruhig. »Manchmal wächst mir alles über den Kopf. Wenn ich weder mich noch sonst jemanden mehr sehen kann, besänftigt mich dieses Zeug.«
»Es ist Rauschgift. Schlimmer als Whisky.«
»Nicht schlimmer und nicht besser. Nur anders.«
Er trat zu ihrem Stuhl. »Ich habe herausgefunden, woher die Waffen kommen.«
Amparo sah nicht hoch. Sie fragte ohne Neugierde: »Woher?«
»Von dem Amerikaner in Monte Carlo.«
»Ich dachte, es seien Waffen aus kommunistischen Ländern?«
»Sind es auch«, sagte *el Presidente.* »Der Amerikaner ist nur der Agent. Er verschifft sie und verkauft sie in der ganzen Welt. Die gleichen Waffen sind in Kuba und in Santo Domingo aufgetaucht.«
»Wirklich?«
»Man muß ihn dazu bringen, daß er damit aufhört.«
»Was würde das nützen?« fragte Amparo ohne wirkliche Teilnahme. »Andere werden an seine Stelle treten.«
»Dann werden wir uns auch mit den anderen befassen. Inzwischen gewinnen wir Zeit, uns vorzubereiten.«
»Uns vorzubereiten?« Zum erstenmal kam Ausdruck in Amparos Stimme. »Worauf – auf die Katastrophe?«

Ihr Vater antwortete nicht.
Amparo lachte vor sich hin.
»Worüber lachst du?«
»Über dich«, sagte sie nachdenklich. »Kuba und Santo Domingo. Batista, Trujillo, und jetzt du. Ihr Männer mit eurem Schwanz, euren Waffen, eurer Macht. Seht ihr denn nicht, daß eure Stunde geschlagen hat? Daß ihr in Wirklichkeit schon ausgestorben seid, wie die Dinosaurier?« Amparo schloß müde die Augen. »Warum könnt ihr nicht stillschweigend verschwinden?«
»Und wer soll unseren Platz einnehmen?«
Amparo antwortete nicht. Ihre Augen waren immer noch geschlossen.
»Die Kommunisten. Und wer garantiert, daß es unter ihnen besser sein wird? Keiner. Wahrscheinlich wird es bedeutend schlechter.«
Amparo öffnete die Augen, sah ihn aber nicht an. »Vielleicht müssen erst die Kommunisten kommen, damit das Volk endlich selbständig denken und handeln lernt, so wie es erst Nacht sein muß, ehe der Tag beginnt.«
»Wenn die Kommunisten kommen, wird die Nacht wahrscheinlich nie ein Ende nehmen.«
Amparos Augen leuchteten plötzlich auf. »Auch an den beiden Polen, an denen die Nächte ewig zu dauern scheinen, kommt der Tag. Die Welt hat vieles überlebt. Sie wird die Kommunisten genauso überleben, wie sie dich überleben wird.«
»Ich habe vor, Dax zu dem Amerikaner zu schicken, damit er mit ihm verhandelt«, sagte ihr Vater plötzlich.
Jetzt wurde Amparo neugierig. »Wie willst du das dem Volk erklären«, fragte sie, »nach allem, was man ihm vorher erzählt hat?«
»Dem Volk?« *El Presidente* lachte. »Das ist kein Problem. Das Volk glaubt, was ich ihm erzähle. Ich kann sehr großherzig sein. Ich werde befehlen, daß man Dax für die vielen guten Dienste, die er unserem Land geleistet hat, seinen einzigen Fehler verzeiht.«
»Und du glaubst, Dax ist dazu bereit?«
»Dax ist der Sohn seines Vaters«, erwiderte *el Presidente* ruhig, »und in gewissem Sinne auch meiner. Er ist mein Sohn gewesen, seit ich ihn in Fat Cats Obhut gab und in die Berge schickte.«
»Und wenn er ablehnt?«
»Er wird nicht ablehnen. Genausowenig wie sein Vater, selbst als meine Soldaten seine Frau und seine Tochter umbrachten. Corte-

guay zuliebe hat sein Vater sich mir angeschlossen, und Corteguay zuliebe wird Dax zurückkehren.«
»Bist du sicher? Und wenn er sich nun vielleicht in den zwei Jahren seiner Abwesenheit ein neues Leben aufgebaut hat?«
»Du weißt also, daß er geheiratet hat?«
»Ja«, sagte Amparo und nahm sich noch eine Zigarette. »Ich habe es im amerikanischen Rundfunk gehört.«
»Ich bin sicher, daß er es tut. Für Dax ändert sich durch eine Ehe gar nichts. Er war schon früher verheiratet. Eine Frau bedeutet ihm so wenig wie eine andere.«
»Warum hast du dir die Mühe gemacht, mir das zu erzählen?«
»Du bist meine Tochter«, sagte er lächelnd. »Und da du einmal seine Frau warst, solltest du die erste sein, die erfährt, daß er wieder in meiner Gunst steht.«
Als er von der Tür her zu ihr zurücksah, hielt Amparo ein Zündholz an ihre Zigarette. Der merkwürdig schwere Duft erfüllte wieder den Raum.

20

»O Gott! Hör auf! Du tust mir weh!« Sue Anns Stimme klang gebrochen vor Schmerz; plötzlich schlug sie ihn mit den Händen auf den Rücken. Sie stieß ihn weg, rollte auf die Seite und rang nach Luft. Die Matratze hob sich, als Dax sein Gewicht von ihr weg verlagerte.
Sue Ann hörte, daß er eine Zigarette anzündete. Dankbar nahm sie sie ihm aus den Fingern und machte einen tiefen Zug.
Dax saß auf dem Bettrand. Sein schlanker, muskulöser, dunkler Körper regte sich kaum, seine unergründlichen schwarzen Augen beobachteten sie. »Besser?«
»Viel besser, danke.« Sie hob den Kopf und legte das Kinn auf den Ellbogen. »Das ist mir noch nie passiert. Ich bin völlig ausgetrocknet.«
Dax' Zähne blitzten im Dämmerlicht des Zimmers. »Vielleicht warst du noch nie in den Flitterwochen.«
»Ich habe noch nie vier Tage im Bett zugebracht, ohne das Zimmer zu verlassen – falls du das meinst.«
»Und schon beklagst du dich. Also sind die Flitterwochen zu Ende.«
Dax zog die Vorhänge zurück. Das Sonnenlicht flutete ins Zimmer.

Er öffnete das Fenster und ließ die kalte schottische Seeluft hereinströmen. »Herrliches Wetter.«
Sue Ann vergrub sich tief unter den Decken. »Mach das Fenster zu, bevor ich mich auf den Tod erkälte!«
Dax schloß es.
»Was bist du bloß für ein Mann?«
Er antwortete nicht.
»Hat es so einen wie dich je gegeben!«
»Muß es gegeben haben«, sagte er lächelnd. »Adam hat schon vor langer Zeit damit begonnen.«
»Glaub' ich nicht. Entschuldige, Dax«, sagte sie plötzlich.
»Was soll ich entschuldigen?«
»Das ich dich fortgestoßen habe. Ich wollte nicht, daß du aufhörst, aber ich konnte es nicht mehr aushalten. Es tat mir zu weh.«
»Es ist meine Schuld. Es war gedankenlos von mir.«
»Ich weiß«, sagte sie leise. »Das ist eben das schöne bei dir. Du denkst nicht, du tust es einfach.«
Nach einer Pause sagte sie:
»Hast du je geglaubt, daß wir einmal verheiratet sein würden?«
Er schüttelte den Kopf. »Nie.«
»Ich schon, ein- oder zweimal. Ich habe versucht mir vorzustellen, wie das sein würde.«
»Jetzt weißt du es.«
»Ja.« Sue Ann drückte ihre Lippen leicht auf seine. »Jetzt weiß ich's, und ich frage mich, warum ich all diese Jahre vergeudet habe.«
Dax strich ihr sanft übers Haar. »Es gibt in jedem Leben Jahre, die auf irgendeine Weise vergeudet werden.«
Sue Ann drehte ihren Kopf ein wenig, so daß sie sein Gesicht sehen konnte. »Bist du glücklich mit mir?«
»Ja. Zum erstenmal in meinem Leben weiß ich genau, was von mir erwartet wird.«
Sie biß ihn liebkosend, dann entzog sie sich ihm jäh. »Ah, jaa? Nur langsam, mein Junge. Jetzt nehm ich erst mal eine heiße Dusche.«
Er packte sie im Duschraum, gerade als das Wasser zu strömen begann. Er hob sie hoch und hielt sie gegen die Wand. Die Seife fiel ihr aus der Hand. »Nun?« sagte er. »Jetzt bist du naß; welche Entschuldigung hast du nun noch?«
Sanft ließ er sie die Wand herunter auf sich zu gleiten. »Vorsicht! Du wirst auf der Seife ausrutschen!« Dann spürte sie ihn in sich,

schloß die Augen und klammerte sich ungestüm an ihn. »So! So! Ja, so!« keuchte sie zitternd vor Ekstase.
Als sie wieder rauchend auf dem Bett lagen, sagte sie: »Meine Familie kommt um vor Neugierde, dich kennenzulernen. Meine reizenden Vettern aus dem Süden werden den Verstand verlieren. Wenn die erst sehen, was in deiner Badehose drin ist, machen sie ihre Baumwollpflückerhosen voll.«
Das Telefon läutete. »Wer kann das sein?« fragte Sue Ann. »Hast du jemandem unsere Nummer gegeben?«
»Nur Fat Cat.« Er hob ab. »Hallo?«
»Es ist Fat Cat«, flüsterte er, die Sprechmuschel mit der Hand abdekkend.
Sue Ann zündete sich noch eine Zigarette an und lauschte seinem schnellen Spanisch, ohne ein Wort zu verstehen. Sie überschlug im Geiste die Sprachen, die er beherrschte. Spanisch, Englisch, Französisch, Italienisch, Deutsch. Plötzlich war sie sehr beeindruckt. Sie selbst war nie über ihr Schulfranzösisch hinausgekommen.
Dax legte den Hörer auf. »Unser Konsulat in Paris hat einen wichtigen Brief für mich von *el Presidente* bekommen.«
»Schickt man ihn dir her?«
Dax schüttelte den Kopf. »Sie haben Anweisung, ihn mir persönlich zu übergeben. Würde es dir etwas ausmachen, wenn wir hinüberfahren und ihn holen?«
»Natürlich nicht. Ich wollte mir ohnehin in Paris ein paar neue Kleider machen lassen.«
»Wenn wir uns beeilen, können wir noch das Spätflugzeug von Prestwick nach London erreichen.«
»Die Flitterwochen sind tatsächlich vorbei.«
Plötzlich hatte sie eine Idee. »Vielleicht doch nicht. Ich habe immer gehört, daß die Fahrt durch Frankreich so romantisch sein soll. Wir können doch in Paris den Brief und deinen Ferrari holen.«
»Ich fürchte, nein. Jeremy Hadleys jüngster Bruder und ein Freund haben ihn sich für eine Fahrt nach Italien ausgeborgt. Sie haben zwei Mädchen mit.«
»Mädchen?« fragte Sue Ann erstaunt. »Das ist ja wirklich ein tolles Ding.«
»Was ist daran so toll? Jungens tun so etwas, weißt du.«
»Ich weiß, aber solche Jungens nicht.« Sue Ann bemerkte den überraschten Ausdruck in seinem Gesicht. »Wußtest du das nicht?«
Dax schüttelte den Kopf.

»Der Kleine ist ein überzeugter Schwuler.«
Als Sue Ann ins Badezimmer gegangen war, blickte Dax unschlüssig auf das Telefon. Es war zu spät, um Madame Blanchette anzurufen. Sie mußte ihn für einen Idioten halten, weil er ihr nichts davon gesagt hatte.
Jeremy hätte ihn darauf aufmerksam machen sollen. Kein Wunder, daß er solche Angst vor einem Skandal hatte. Aber vielleicht hatte Sue Ann auch unrecht. Sie waren den ganzen Sommer in Europa gewesen, und Madame Blanchette hatte kein Wort verlauten lassen. Daher mußte eigentlich alles in Ordnung sein.

21

»Tut mir leid, aber ich sehe da keine Möglichkeit, etwas zu tun.«
Dax blickte den unschuldig aussehenden kleinen Mann mit den blauen Augen an. Er glich mehr einem Ladenbesitzer als einem Mann, der die Geschäfte Sir Peter Worilows nach dessen Tod übernommen hatte. An der Wand lehnten schweigend zwei Leibwächter.
Barry Baxter hatte alles übernommen. Auch Worilows altes Haus auf dem Hügel mit dem Blick auf Monaco: Stadt, Hafen und Meer. Er wandte sich wieder an den Amerikaner.
»Auch ich bedaure es zutiefst, Mr. Baxter. Viele Menschen werden weiterhin unnötig sterben müssen.«
»Dafür bin ich nicht verantwortlich. Ich bin Geschäftsmann, ich arbeite auf Cash-and-carry-Basis. Was mit meiner Ware weiter geschieht, geht mich nichts an.«
»Ich werde *el Presidente* von unserem Gespräch in Kenntnis setzen«, sagte Dax und stand auf.
Baxter erhob sich gleichfalls. »Sie verstehen meine Haltung? Wenn ich anfinge, mir die Kunden auszusuchen, würde ich Partei ergreifen. Das kann ich mir nicht leisten.«
Baxter begleitete Dax zur Tür. »Bitte teilen Sie Seiner Exzellenz mit, daß wir über ein vollständiges Sortiment von Waffen verfügen, die für die Bekämpfung von Aufständen und für einen Guerillakrieg vorzüglich geeignet sind. Alles in erstklassigem Zustand.«
Dax nickte schweigend. Wie auf ein unsichtbares Signal öffnete sich die Tür. Draußen standen wieder zwei Leibwächter. »Guten Tag, Mr. Baxter«, sagte Dax förmlich, ohne ihm die Hand zu geben.

»Auf Wiedersehen, Mr. Xenos. Wenn ich sonst etwas für Sie tun kann, bitte zögern Sie nicht, sich an mich zu wenden.«
Von Baxter war offensichtlich keine Hilfe zu erwarten. Dax hatte auch gar nicht damit gerechnet. Man würde die Waffenlieferungen auf andere Weise stoppen müssen. Möglichst ehe sie ins Land kamen. Und das war das Problem. Auf kleinen Schiffen kamen sie bestimmt nicht, dazu waren die Mengen zu groß. Irgendwie mußten die *bandoleros* einen Weg gefunden haben.
Dax ging zur Einfahrt. Sein Chauffeur öffnete respektvoll die Tür. Von Italien her waren plötzlich schwere dunkle Wolken die Küste heraufgezogen. Heute abend würde es heftige Regenschauer geben. Das übliche Wetter im späten September an der Riviera.
»Zurück ins Hotel, Monsieur?« fragte der Chauffeur.
»*Oui*«, antwortete Dax abwesend.
Langsam fuhr der Wagen durch das Tor. Dax blickte nach hinten auf die weißen Steinsäulen und richtete sich auf.
Es war Worilows in Stein gemeißeltes Wappen, das ihn an etwas erinnerte. Sergei hatte einmal erzählt, was er seinerzeit als Sir Peters Sekretär gehört hatte: daß Marcel als Agent des alten Herrn in Macao gearbeitet und damit das Geld für den Ankauf der japanischen Frachter verdient hatte.
Er blickte grübelnd auf das weiße Haus zurück. Marcel beklagte sich immer, daß seine Schiffe kaum beladen nach Corteguay zurückführen. Hatte er die Möglichkeit gefunden, seine Ladung zu vermehren? Für Marcel war es nicht schwierig, die Waffen einzuschmuggeln. Er genoß praktisch Freihafenrechte. Schließlich hatte seine Linie als einzige das Recht, Corteguay zu beliefern, und *el Presidente* war ihr größter Aktionär.

Es war fast Mitternacht, als sie ihr Abendessen beendeten. Der Regen prasselte gegen die Fenster des Speisesaales im Kasino.
»Ich spüre, daß ich heute Glück habe«, sagte Sue Ann. »Ich werde die Bank von Monte Carlo sprengen.«
Der Oberkellner näherte sich Dax. »Monsieur Xenos?«
Er sah hoch. »*Oui?*«
»Ein Telefongespräch für Sie.«
Dax folgte ihm durch den Raum zu der kleinen Zelle. Der Hörer lag auf dem Tisch. »Hallo?«
Eine amerikanische Stimme kam über die Leitung, etwas dünn und metallisch. »Mr. Xenos, hier Harry Baxter.«

»Bitte, Mr. Baxter«, sagte Dax förmlich.
»Besitzen Sie einen Ferrari mit Pariser Nummer?«
»Ja.«
Baxter zögerte einen Augenblick. »Es hat einen Unfall auf der Grande Corniche gegeben.«
»Schlimm?«
»Ziemlich schlimm. Zwei Tote.«
Dax überlief eine Gänsehaut. »Wissen Sie, wer es ist?«
»Noch nicht. Ich habe es eben erst über den Polizeifunk abgehört.«
»Wo ist es passiert? Ich fahre am besten sofort hin.«
»Bei diesem Regen finden Sie es nie. Ich bin in zehn Minuten bei Ihnen und nehme Sie mit.«
Langsam legte Dax den Hörer auf. Merkwürdige Leute, diese Amerikaner. Wo es sich ums Geschäft handelte, rührten sie keinen Finger, um einem zu helfen, aber sobald es sich um etwas Persönliches drehte, lagen die Dinge ganz anders. Er ging zurück an seinen Tisch und erzählte es Sue Ann.
»Ich komme mit«, sagte sie.
»Nein, ich möchte sowenig Aufsehen wie möglich erregen. Geh ins Kasino.«

Als der große Rolls-Royce die Straße zur Grande Corniche hinauffuhr, wandte sich Dax an Baxter. »Haben Sie sonst noch etwas gehört?«
»Nein«, sagte Baxter. »Aber sie werden keine Meldungen mehr durchgeben. Ich habe dem *chef de police* gesagt, daß wir auf dem Weg wären.«
Eines war sicher, dumm war Baxter nicht. Er hatte genau das getan, was Dax' Wünschen entsprach. Der große Wagen fuhr weiter bergauf. Schließlich erreichte er die Uferstraße und nahm die Richtung nach Nizza. Etwa sechzehn Kilometer hinter Monte Carlo bog er in eine kleine Straße ein, die zur See führte.
»Das ist die Abkürzung zur Moyenne Corniche«, erklärte Baxter. »Der Unfall ist gleich hinter der nächsten Kurve passiert.«
Hinter der Kurve sahen sie die Polizeifahrzeuge. Der *chef de police* kam sogleich an ihren Wagen. »Monsieur Baxter?« fragte er ehrerbietig.
Baxter wies auf Dax. »*C'est lui le patron de la Ferrari*, Monsieur Xenos.«

Der Polizeichef sah Dax düster an. »Ich fürchte, Monsieur, Ihr Wagen ist nur noch Schrott.«
»Um den Wagen mache ich mir keine Sorgen«, sagte Dax und ging in den Regen hinaus. Die Polizisten ließen ihn durch. Der Ferrari lag auf der Seite, er war frontal gegen einen Baum gefahren und vorn völlig zusammengeschoben. Dax ging langsam um ihn herum. Hinter dem Steuer hing ein Körper, seine Arme lagen ausgestreckt auf den Sitzen.
Hinter Dax leuchtete die Taschenlampe eines Polizisten auf. »*Il est mort.*«
Dax beugte sich vor. Es war Kevin, darüber bestand kein Zweifel. Das Gesicht war nicht verletzt, nur die Augen standen weit offen. Der Polizeichef blieb neben Dax stehen.
»Er scheint nicht einmal einen Kratzer zu haben«, sagte Dax. »Woran ist er gestorben?«
»*Regardez.*« Der Polizeichef deutete hin.
Die Leistengegend des Jungen unterhalb des Lenkrades war eine Lache von geronnenem Blut. Dax wandte sich an den Polizeichef. »Aber wie? Das Lenkrad ist heil.«
»Er ist verblutet.« Die Stimme des Polizeichefs war unbewegt. »Kommen Sie mit.«
Schweigend folgte ihm Dax zu einer kleinen Lichtung. Dort lag noch eine Leiche auf dem Gras. Der Regen hatte den zerrissenen Mantel und das Kleid durchweicht, das Gesicht war mit einem Taschentuch bedeckt. Der Polizist kniete nieder und hob es auf. Das Gesicht war das eines Mannes, vom Blutandrang dunkel gefärbt.
»Es ist kein Mädchen.« Die Stimme des Polizisten klang immer noch unbewegt. »*C'est un transvestit de Juan-les-Pins.* Sie müssen völlig verrückt gewesen sein, daß sie bei diesem Regen auf einer solchen Straße so was versuchten.«
Dax ging zurück zu Baxters Wagen. Baxter langte ins Auto und kam mit einer Flasche Whisky und einem Glas wieder hervor. »Sie sehen aus, als könnten Sie einen Drink gebrauchen.« Er schenkte ein und reichte Dax das Glas.
Dankbar schluckte Dax den Whisky. »Danke. Der Unfall ist tragisch genug. Ich wäre dankbar, wenn keine Einzelheiten bekannt würden.«
»Wir brauchen nicht hier im Regen zu stehen«, sagte Baxter. »Warum besprechen wir das Nötige nicht im Wagen?«
Der Polizeichef setzte sich auf den Klappsitz.

»Die Fotos wurden schon gemacht«, sagte er. »Das ist gesetzlich vorgeschrieben.«
»Ich verstehe«, sagte Baxter. »Aber leider hat niemand bemerkt, daß die Kamera nicht in Ordnung war.«
»Die Journalisten werden Fragen stellen«, antwortete der Polizist, »und meine Leute verdienen nicht sehr viel.«
»Selbstverständlich würden wir uns für ihre Mitarbeit erkenntlich zeigen«, sagte Dax.
Der Polizist dachte kurz nach, dann nickte er. »*Bien*, wir werden tun, was Sie wünschen. Es stimmt, das Unglück ist schon schlimm genug. Man sollte es nicht noch breittreten.«
Plötzlich erinnerte sich Dax an den Bruder des Senators. »Als sie von Paris losfuhren, waren noch ein anderer Junge und ein Mädchen dabei.«
»Es waren nur diese beiden im Wagen, Monsieur. Meine Leute haben die ganze Gegend abgesucht.«
»Ich muß ausfindig machen, wo der andere Junge steckt«, sagte Dax.
»Wir werden ihn für Sie finden, Monsieur.« Der Polizeichef stieg aus und ging zu seinem Streifenwagen hinüber. Er schaltete sich in den Sprechfunk ein und kam nach wenigen Minuten zu der Limousine zurück.
»Die Gendarmerie von Antibes berichtet, daß der Wagen bei Monsieur Hadleys Villa gesehen wurde. Er ist dort heute abend um zehn Uhr abgefahren. Es waren nur zwei Personen.«
Diesmal war Dax der französischen Polizei für ihre Tüchtigkeit dankbar. Er blickte Baxter an.
Baxter nickte. »Ich fahre Sie gern dorthin.«
»Ich bin Ihnen sehr verbunden.«
Dax wandte sich an den Polizisten. »*Merci*. Ich werde Sie aufsuchen, sobald ich mit der Familie des Jungen in den Vereinigten Staaten gesprochen habe.«
»Übermitteln Sie bitte Monsieur Hadley unser tiefstes Beileid.«
»Das werde ich tun. Besten Dank.«
Der große Wagen wendete und fuhr langsam die Straße zurück bis zur Grande Corniche. Dann fuhr er schneller in Richtung Nizza.
»Ich muß mich entschuldigen, daß ich nicht mit Ihnen an den Unfallort gegangen bin«, sagte Baxter plötzlich. »Es tut mir leid, aber ich kann kein Blut sehen.«

22

»Ich habe eine Überraschung für dich«, sagte Sue Ann, als Dax zum Frühstück auf die Terrasse kam.
»Noch eine?« fragte er. »Ich habe schon so viel Schmuck, daß ich mir wie ein Gigolo vorkomme.«
Sue Ann lachte. »Diesmal ist es kein Schmuck, sondern etwas, was du dir schon immer gewünscht hast.«
Der Lärm eines Schnellbootes war zu hören. Das Boot lief gerade mit einem Mädchen auf Wasserskiern im Schlepptau aus. »Wer ist denn da am frühen Morgen schon so aktiv?«
Sue Ann lächelte. »Kusine Mary Jane reagiert ihre Enttäuschung ab.«
»Was für eine Enttäuschung?«
»Sie ist scharf auf dich.«
»Du glaubst, daß jede auf mich scharf ist.«
»Stimmt auch. Ich kenne Mary Jane. Schon als kleines Mädchen wollte sie immer das haben, was ich hatte. Und Simple Sam läßt dich auch nicht aus den Augen. Man sollte doch meinen, daß sie mit dem genug hat, was bei ihr zu Hause herumläuft.«
Dax grinste. Simple Sam war ein Revuemädchen, das einen Limonadefabrikanten-Sprößling geheiratet hatte, dem der Nachbarbesitz gehörte. Er wandelte zumeist in einem Nebel der Trunkenheit umher, ohne zu erfassen, daß Simple Sam seinen Besitz mit ihren Liebhabern bevölkert hatte. Sie nahmen alle Stellungen ein, die zu vergeben waren, vom Strandwächter bis zum Butler.
Sue Ann störte es, daß Harry mit einer solchen kaltherzigen Berechnung betrogen wurde.
»Sie ist die einzige, bei der es mich wirklich ärgert«, sagte Sue Ann plötzlich.
»Wieso?«
»Die anderen kann ich verstehen. Das sind bloß kleine Luder, und ich würde im Falle eines Falles wahrscheinlich gar nicht richtig wütend werden. Sie tanzen doch ständig um dich herum.«
Dax lachte. »Sehr großzügig von dir.«
»Gar nicht mal. Sie wollen dich wenigstens nur für sich haben. Bei Simple Sam ist das anders. Sie will dich nur, damit sie erzählen kann, daß sie mich ebenso zum Narren gehalten hat wie Harry.«
»Und was ist nun mit der großen Überraschung?« fragte Dax.
»Wir nehmen den Wagen«, sagte Sue Ann. »Ich fahre dich hin.«

Dax starrte das glänzende zweimotorige Flugzeug an, das im hellen Sonnenlicht wie poliertes Silber strahlte.
»Na, ist das eine Überraschung?« sagte Sue Ann.
Dax brauchte die Überraschung nicht zu mimen. Sie war echt.

Dax lag, das Gesicht auf den Armen, bewegungslos in der heißen Sonne.
»Bist du wach?«
Dax' Kopf bewegte sich ein wenig. »Ja.«
»Ich dachte, du möchtest vielleicht etwas Kaltes trinken.«
Mary Jane stand neben ihm, in jeder Hand einen Drink. Er wälzte sich herum und setzte sich auf. »Danke. Sehr aufmerksam von dir.«
Dax nahm das Glas, während sie sich neben ihm niederließ. »Prost.«
Dann bemerkte er ihren Blick und lachte. Die Hitze des Sandes war bis in seine Lenden gedrungen.
»Ich finde das gar nicht komisch«, sagte Mary Jane gereizt. »Du könntest ebensogut nichts anhaben. Ich sehe alles.«
»Tu doch nicht so scheinheilig, Kusine. Du brauchst ja nicht hinzuschauen.«
»Jetzt wirst du ordinär.«
Mary Jane wandte jedoch ihren Blick nicht ab. Sie rutschte ein wenig im Sand herum, und ihre Hand näherte sich ihm, magnetisch angezogen. Dax griff ihr kräftig unters Kinn und zog ihr Gesicht nahe an seines heran. »Aber, aber, Kusine«, neckte er. »Gucken darfst du, aber nicht anrühren! Ich glaube nicht, daß Sue Ann das gern hat.«
Rot vor Wut zog Mary Jane ihre Hand zurück und stand auf. »Jetzt glaub' ich Sue Ann, daß du wirklich ein Tier bist!« sagte sie hochmütig und stolzierte davon.
Bald darauf kam Sue Ann und setzte sich neben ihn. »Warum ist Mary Jane so wütend? Sie behauptet, du habest einen Annäherungsversuch gemacht.«
»Behauptet sie das?« Dax lachte laut. »In Wirklichkeit ist sie bloß wütend, weil er mir stand, als sie kam, und sie ihn nicht anfassen durfte.«
Auch Sue Ann lachte. »Habe ich dir nicht gesagt, daß du sie alle verrückt machst? Wenn er dir stand, warum hast du mich nicht gerufen? Ist doch schade, ihn unbenutzt zu lassen.«

Dax rollte sich wieder auf den Rücken. »Nicht der Rede wert«, sagte er faul. »Es war kein besonderer Ständer.«

Das silbern glänzende Flugzeug ging in die Kurve und landete. Es kam fast unmittelbar vor dem Reporter zum Stehen. Dax kletterte aus der Kabine. »Ich bin Xenos«, sagte er. Seine weißen Zähne blitzten in dem sonnenverbrannten Gesicht.
»Stillwell, *Harper's Bazaar*«, sagte der Reporter. Sie schüttelten sich die Hand.
»Das Schnellboot erwartet uns beim Landungssteg am Ende des Flugplatzes«, sagte Dax.
Sue Ann winkte ihnen zu.
Dax sprang leichtfüßig ins Cockpit hinunter und küßte sie. »Das ist Mr. Stillwell.«
»Hallo. Auf der Bar stehen kalte Drinks.«
Sue Ann kletterte hinauf und löste fachmännisch die Bulin. Dann tat sie das gleiche mit der Heckleine. »Hinsetzen«, sagte sie und ging ans Steuer. »Wir sind bereit zur Abfahrt.« Sie drehte den Zündschlüssel, und der starke Motor sprang lärmend an.
»Mr. Xenos«, schrie der Reporter über den Lärm hinweg, »fühlen Sie sich als Ehemann der reichsten Frau der Welt nicht manchmal wie ein männliches Aschenbrödel?«
Dax starrte ihn einen Augenblick an, als traute er seinen Ohren nicht. Dann wurde sein Gesicht finster, und während das Boot ablegte, ging er zu dem Reporter hinüber. »Von allen blöden Fragen, die man mir je gestellt hat«, sagte er wütend, »ist das die blödeste.« Er hob den Reporter hoch, hielt ihn über die Reling und ließ ihn ins Wasser fallen.
Der Reporter schlug um sich, schrie und schwamm schließlich zum Kai zurück. Dann stand er oben und fuchtelte drohend mit den Armen in der Luft.
»Warum hast du das getan?« fragte Sue Ann.
»Hast du nicht gehört, was der verdammte Idiot gesagt hat?« schrie Dax und wiederholte es.
Sue Ann mußte plötzlich über sein wütendes Gesicht lachen. »Ich hatte mir schon überlegt, wann du an der Reihe bist. Danach haben sie nämlich noch jeden meiner Ehemänner gefragt.«

23

»Ist es dir recht, wenn ich heute mit dem Flugzeug nach Atlanta fliege?«
Sue Ann stand neben dem Bett, schon völlig angekleidet. »Gewiß«, sagte Dax schläfrig. »Willst du, daß ich dich hinfliege?«
»Das brauchst du nicht. Ich lasse Bill Grady kommen.«
Bill Grady war der Mann, den sie für die Wartung des Flugzeugs und als zweiten Piloten angestellt hatten.
»O. K.«, sagte Dax. Er setzte sich im Bett auf. »Was wollen sie denn diesmal?«
»Keine Ahnung«, sagte Sue Ann vage. »Ich weiß nie, was sie wollen. Aber sie behaupten, als Hauptaktionärin muß ich dasein, wenn wichtige Entscheidungen zu treffen sind.«
»Harte Sache, das Reichsein«, sagte Dax.
Als er nach dem morgendlichen Bad aus dem Wasser kam, wartete Fat Cat auf der Terrasse. »Die beiden Männer, die *el Presidente* geschickt hat, sind wieder da.«
»Warum?« fragte Dax. »Ich habe ihnen meine Antwort bereits gegeben. Die Sache in Monte Carlo war bloß eine Gefälligkeit.«
Fat Cat hob die Schultern.
Dax zögerte. »Na schön. Sobald ich angezogen bin, werde ich sie empfangen. Führ sie ins Frühstückszimmer.«
Als er etwas später ins Zimmer trat, erhoben sich die beiden und verbeugten sich förmlich. »Señor Xenos.«
»Señor Prieto. Señor Hoyos.« Dax erwiderte ihre Verbeugung. Er sprach spanisch. »Nehmen Sie bitte Platz. Möchten Sie einen Kaffee?«
»*Gracias.*«
Sie blieben schweigend sitzen, während Fat Cat ihre Tassen füllte und dann ging. Dax bemerkte, daß die Dienstbotentür nur leicht angelehnt war. Fat Cat war wieder bei seinen alten Tricks.
Der ältere der beiden sah zuerst seinen Kollegen an, dann Dax. »*El Presidente* hat Señor Hoyos und mich beauftragt, noch einmal herzukommen. Er möchte Sie bewegen, Ihren Entschluß zu ändern.«
»Ich verstehe. Sie haben *el Presidente* meine Stellungnahme übermittelt?«
»Das haben wir«, sagte der jüngere.
»Ja«, fuhr Prieto fort, »aber Seine Exzellenz meint, im Augenblick dürfe man solche rein persönlichen Gründe nicht gelten lassen. Wir

sollten Ihnen nochmals die Notlage in Corteguay vor Augen führen. Die *bandoleros* in den Bergen werden durch ausländische Kommunisten gelenkt. Wenn nicht bald etwas unternommen wird, bedeutet das für Corteguay einen neuen blutigen Bürgerkrieg. *El Presidente* ist bereit, Ihnen den Posten eines Sonderbotschafters zu geben und Sie außerdem zu unserem Vertreter bei den Vereinten Nationen zu ernennen. Er ist der Meinung, daß Sie allein die Katastrophe abwenden können, die unserem Lande droht.«

»*El Presidente* selbst ist der einzige, der sie verhindern kann«, sagte Dax ruhig. »Hätte er dem Volk die Freiheit gegeben, seine Vertreter selbst zu wählen, wie er es vor langer Zeit versprochen hat, dann wäre es vielleicht nie soweit gekommen.«

»*El Presidente* hat uns bevollmächtigt, Ihnen zu sagen, daß die Wahlen stattfinden werden, sobald Ruhe und Ordnung im Lande wiederhergestellt sind.«

»Das hat er meinem Vater schon vor fast dreißig Jahren versprochen.«

»Es wäre sehr unklug, heute Wahlen abzuhalten, *señor*. Die Kommunisten würden dann kampflos die Macht übernehmen.« Er warf einen Blick auf seinen Gefährten. »Ich bin auch Ihrer Meinung, *señor*, daß die Wahlen vor vielen Jahren hätten stattfinden sollen. Aber jetzt würde es der Sache der Freiheit nicht dienen.«

Dax sah auf seine Hände nieder. »Tut mir leid, meine Herren. Seit *el Presidente* mich vom Dienst an meinem Lande enthoben hat, ist es mir gelungen, mir ein neues Leben aufzubauen. Ich halte es nur für gerecht, wenn ich es zusammen mit meiner Frau fortsetze.«

»Ihr Vaterland steht über allen persönlichen oder sonstigen Erwägungen«, erwiderte Prieto rasch.

»Meine Liebe zu Corteguay hat sich nicht gewandelt. Ich wiederhole, daß meine Gründe persönlicher Natur sind.«

»In diesem Falle bleibt uns nichts anderes übrig«, sagte Hoyos. »Wir müssen Ihnen dies zu unserem allergrößten Bedauern übergeben.« Er griff in die Brusttasche.

Die Dienstbotentür ging auf. Fat Cat stand dort, einen Revolver in der Hand. Hoyos zog einen weißen Briefumschlag aus der Tasche. Dax nickte unmerklich. Die Tür schloß sich lautlos hinter Fat Cat. Dax riß den Umschlag auf. Eine Anzahl Kontaktfotos fielen heraus. Es waren etwa ein Dutzend Bilder, die Sue Ann mit einem anderen Mann nackt in obszönen Stellungen zeigten.

»Es tut mir leid, *señor*«, sagte Hoyos. »Die Aufnahmen wurden vo-

rige Woche in Atlanta mit einer Infrarotkamera gemacht. Offenbar hat Ihre Gattin nicht dieselbe strenge Auffassung von der Ehe wie Sie.«
Dax sah sich die Fotos wieder an. Sein Gesicht blieb unbewegt. »Auch mir tut es leid, meine Herren. Sie haben sich ganz nutzlos diese Mühe gemacht. Meine Haltung bleibt unverändert.«
»Wir bleiben bis zum Wochenende in unserem Hotel in Miami«, sagte Prieto. »Sollten Sie Ihre Meinung ändern, *señor*, rufen Sie uns bitte dort an.«
Sie verbeugten sich. Fat Cat kam ins Zimmer und begleitete sie hinaus. Dax warf den Umschlag in seinen kleinen Schreibtisch. Er verschloß die Lade und steckte den Schlüssel in die Tasche. Fat Cat trat ein.
»Frühstück?«
Dax schüttelte den Kopf. »Nein, danke. Ich habe keinen Hunger.«

Dax saß auf der Terrasse und beobachtete den Sonnenuntergang, als der Telefonanruf kam. Das Mädchen brachte das Telefon heraus und schloß es an die Steckdose.
»Hallo, Liebster?«
»Ja.«
»Tut mir schrecklich leid, Liebster«, sagte Sue Ann atemlos, »aber im letzten Augenblick ist etwas dazwischengekommen, und ich muß hierbleiben.«
»Das hab' ich mir gedacht«, sagte er trocken.
»Was sagst du?«
»Nichts.«
»Morgen zum Abendessen bin ich wieder da.«
»O. K.«
»Was ist los, Liebster? Das klingt so kühl. Was machst du denn gerade?«
»Ich sitze auf der Terrasse. Vielleicht gehe ich nachher in den Klub zum Abendessen.«
»Tu das«, sagte Sue Ann. »Das ist besser, als ganz allein in dem großen Kasten herumzusitzen. Also dann gute Nacht.«
»Leb wohl.« Dax ging hinein, um sich umzuziehen.

24

»Dax, alter Junge«, sagte Harry Owens fröhlich und schlug ihm auf die Schulter. »Was machst du hier?«
Dax lächelte. Er konnte Harry gut leiden. Harry gehörte zur gutmütig harmlosen Sorte von Trinkern. »Sue Ann ist in Atlanta, deshalb wollte ich hier zu Abend essen.«
»Großartig. Dann kannst du dich zu mir und Sam an den Tisch setzen.«
Simple Sam tauchte auf. Ihr langes rotes Haar fiel ihr fast bis auf die Schultern. »Dax ißt mit uns«, erklärte Harry, »Sue Ann ist in Atlanta.«
»Ah, fein. Mary Jane kommt auch zu uns. Ralph ist wieder in Washington.« Ralph war Mary Janes Mann, ein Steueranwalt, der die meiste Zeit nicht daheim war.
Als Mary Jane erschien, sagte Simple Sam: »Es ist mir gelungen, dir einen ganz tollen Tischherrn zu besorgen, Liebling.«
Mary Jane blickte Dax an. »Das ist aber eine Überraschung«, sagte sie spöttisch. »Wo ist denn Sue Ann?«
»In Atlanta.« Dax war die Frage allmählich leid.
Nach dem Essen tanzte Dax erst mit Simple Sam, dann mit Mary Jane. Als sie zur Tanzfläche gingen, begann das Orchester eine Samba. Mary Jane tanzte erstaunlich leichtfüßig.
»Du tanzt gut Samba.«
»Warum nicht?« lächelte Dax. »In meiner Heimat ist das beinahe ein Nationaltanz.«
»Was für ein Zufall, daß du gerade hierherkommst, wenn Sue Ann weg ist.«
»Wie meinst du das?«
»Du weißt genau, was ich meine«, sagte sie verächtlich. »Ich hab' doch gesehen, wie du Simple Sam angeschaut hast.«
Dax wurde ärgerlich. »Da gibt's auch allerlei zu sehen«, sagte er. Er wußte, daß er Mary Jane damit noch wütender machte.
»Du würdest jede Frau ansehen, die ein Kleid mit einem Ausschnitt bis zum Nabel trägt«, sagte Mary Jane eisig.
Dax blickte auf die kleinen Brüste unter ihrem Kleid. »Ich weiß nicht. Hängt ganz davon ab.«
Er fühlte, wie sie in seinen Armen steif wurde und einen Schritt verfehlte. »Ich glaube, du hast das Ganze bewußt geplant. Das wird auch Sue Ann denken, wenn ich es ihr erzähle.«

»Tu das. Sie wird es bestimmt genauso glauben wie die letzte Lüge, die du ihr erzählt hast.«
Wütend ließ sie ihn los und ging zum Tisch zurück. »Es ist spät. Ich gehe nach Hause.«
»So früh?« fragte Simple Sam. Sie hatte Mary Janes Ärger bemerkt. »Ich dachte, wir bleiben noch etwas und nehmen ein paar Drinks.«
»Nein, danke.«
»Nanu, was hat sie denn?« fragte Simple Sam neugierig.
»Sie –«
»Sag's mir nicht jetzt«, meinte Simple Sam und legte einen Finger auf seine Lippen. »Sag's mir auf der Tanzfläche. Du weißt, wie gern ich Rumba tanze.«
Sie drückte sich in seine Arme, ihr Körper bewegte sich sinnlich an dem seinen. Er hatte noch nie mit jemandem so aneinandergeschmiegt Rumba getanzt. Die Wärme ihres Körpers drang durch ihr dünnes Kleid. Er spürte den Druck ihrer Hüften und reagierte, ohne darüber nachzudenken.
Sie blickte mit einem halben Lächeln zu ihm hoch. »Ich dachte schon, alles, was man so über dich hört, sei gar nicht wahr.«
Dax erwiderte ihr Lächeln. Er hielt sie jetzt so, daß sie nicht von ihm wegkonnte, selbst wenn sie es gewollt hätte. »Und ich glaube, alles, was man so über dich hört, ist wirklich wahr.«
»Und was machen wir nun? Bloß darüber reden?«
Dax sah zu ihrem Tisch. Harry goß sich schon wieder ein Glas ein.
»Noch ein paar Minuten, dann kippt er um«, sagte sie herzlos.
»Dann fahre ich euch beide nach Hause.«
»Nein. Ich habe eine bessere Idee. In etwa einer halben Stunde treffen wir uns unten bei eurem Bootshaus.«
»Gut.«
Sie gingen an den Tisch zurück. »Komm, Harry«, sagte sie. »Es ist Zeit, nach Hause zu gehen.«

Sie lagen auf der riesigen Couch und rauchten, als sich die Tür öffnete. Mit einem Fluch setzte sich Dax auf, und Sam griff nach etwas, um sich zu bedecken, als sie das Licht der Taschenlampe traf.
Dax schirmte seine Augen mit der Hand ab und versuchte zu erkennnen, wer das Licht hielt.
»Wahrscheinlich soll ich immer noch glauben, daß ihr euch zufällig hier getroffen habt«, sagte Mary Jane von der Tür her.

»Benimm dich nicht so verdammt idiotisch«, sagte Dax grob. »Mach das Licht aus, bevor du die ganze Nachbarschaft aufweckst.«
Sie lachte. »Das würde euch recht geschehen. Meinst du, daß Sue Ann dies auch nicht glaubt?«
»Mach das Licht aus!« sagte er und ging auf sie zu.
Mary Jane wich zurück und senkte die Lampe. »Sieh mal an«, lachte sie höhnisch. »Jetzt sieht er gar nicht mehr so groß aus, wie?« Sie hielt noch den Lichtstrahl auf ihn gerichtet, als sie an der Wand war und nicht mehr weiterkonnte. Dax griff zu, nahm die Taschenlampe und warf sie in eine Ecke. Dann zog er Mary Jane von der Wand weg.
»Es gibt nur eines, was dich zufriedenstellen kann, nicht wahr?« sagte er wütend.
Plötzlich begann Mary Jane sich unter seinem Griff zu winden. Sie versuchte, ihm ins Gesicht zu schlagen. »Laß mich los!«
Dax packte ihre Hände und hielt sie fest. Mit einem schnellen Griff riß er ihr Kleid auf.
Ihre kleinen weißen Brüste waren nackt. Er stieß sie auf den Boden und setzte sich rittlings auf sie.
»Halt ihr die Hände fest«, befahl er Simple Sam scharf. »Ich weiß, was sie braucht, damit sie den Mund hält.«

Als sie zwei Tage später beim Frühstück saßen, kamen die Fotos. Der Umschlag war an Sue Ann adressiert. Sie öffnete ihn, warf einen Blick auf die Bilder und schleuderte sie wütend zu Dax hinüber. »So treibst du es also, sobald ich den Rücken kehre!«
Er sah die Fotos an. Da waren sie alle drei, Simple Sam, Mary Jane und er. Wahrscheinlich mit derselben Kamera aufgenommen. *El Presidente* hatte keine Mühe gescheut.
»Bevor du allzuviel Theater machst«, sagte Dax ruhig, »solltest du vielleicht einen Blick auf diese Bilder werfen.«
Er öffnete die Schreibtischschublade, nahm den Umschlag heraus und schüttete die Fotos vor ihr auf den Tisch.
Sue Ann betrachtete sie schweigend. Der Ärger verschwand aus ihrem Gesicht. »*Touché.* Wann hast du die bekommen?«
»Am Tag, als du nach Atlanta geflogen bist und nicht zurückkamst, an dem Tag, bevor diese hier aufgenommen wurden.«
»Ich wüßte gern, wer sie aufgenommen hat.«
»Ich weiß, wer es veranlaßte – *el Presidente.* Es ist ihm egal, was er in meinem Leben oder im Leben irgendeines anderen anrichtet, wenn ich nur zu ihm zurückkehre.«

»Ich verstehe«, sagte sie nachdenklich. »Als meine Fotos keinen Erfolg hatten, hat er es mit diesen versucht.«
»Richtig.«
Einen Augenblick schwieg Sue Ann. »Was willst du tun?«
»Ich gehe natürlich zurück.«
»Nach allem, was er dir angetan hat?«
»Nicht ihm zuliebe, sondern aus anderen Gründen. Meinem Land zuliebe; meiner Mutter wegen, meiner Schwester wegen, meines Vaters wegen. Damit sie nicht sinnlos gestorben sind.«
»Willst du die Scheidung einreichen?«
»Das kannst du machen. Ich habe keine Zeit dafür.«
»Meine Anwälte werden die üblichen Abmachungen treffen.«
»Ich will nichts haben. Ich brauche nichts.«
»Du sollst die Dinge behalten, die ich dir geschenkt habe. Ich möchte das.«
»Wie du wünschst.«
Schweigend sahen sie sich an. »Nun, ich denke, mehr ist nicht zu sagen.«
»Ich glaube nicht.« Dax ging zur Tür.
Ihre Stimme hielt ihn zurück. Sie hielt zwei der Fotos in der Hand.
»Weißt du«, sagte sie, »ich sehe auf den Bildern viel besser aus als die beiden anderen.«

Sechstes Buch
Politik und Gewalt

1

»Mir gefällt das nicht«, sagte ich, als ich den Wagen auf den schmalen Sandweg lenkte. »Wir müßten jetzt schon die Hunde hören.«
»Er hat Hunde?« fragte das Mädchen.
Ihr junges Gesicht war völlig ahnungslos. »Hunde, Katzen, Ziegen, Schweine, Hühner, alles mögliche. Wenn wir hier in Florida an der Autobahn wären, könnte er ein Schild anbringen mit der Aufschrift: Tierfarm.«
Das Haus lag noch hinter dem nächsten Hügel versteckt. »Vielleicht hat er keine Tiere mehr«, sagte sie. »Es ist schon lange her, seit du dort warst.«
Ich nickte. Es war lange her. Fünf oder sechs Jahre. »Nein, wenn es dort keine Hunde gibt, dann ist Martínez tot. Er hat mir den einzigen Hund geschenkt, den ich als Junge besaß. Einen kleinen schmutziggelben Köter.«
Wir waren auf dem Hügel angelangt. Das Haus lag in der schimmernden Hitze des kleinen Tales unter uns. »Schau«, sagte Fat Cat.
Ich folgte seinem Finger. Hoch am Himmel kreisten zwei Kondore träge über dem Haus, und eben erhob sich ein dritter ungeschickt vom Boden.
Ich sagte nichts, bis der Wagen vor dem Tor hielt. Ein Teil des Holzzauns war niedergerissen. Dahinter lag ein Hund mit eingeschlagenem Kopf, sein Gehirn war auf dem Boden verspritzt.
Ich stellte den Motor ab und blieb still sitzen. Die Luft roch nach Tod. Das war das einzige, was sich nicht geändert hatte und was sich nie ändern würde. Der eigentümliche Geruch, die Stille von La Violencia.
Ich blickte zu Fat Cat. Der Revolver lag schon in seiner Hand. Sein Gesicht war naß von Schweiß.
»Warte im Wagen«, sagte ich zu dem Mädchen. »Wir wollen mal nachsehen, was los ist.«
Ihr Gesicht war blaß unter der Sonnenbräune, aber sie schüttelte den Kopf. »Ich gehe mit«, sagte sie. »Hier bleib' ich nicht allein.«
Fat Cat stieg aus dem Wagen und öffnete dem Mädchen die Tür. Ich ging den Pfad entlang zur Hütte.
Die Tür war halb offen, die Angeln zerbrochen. Aus dem Hause kam kein Geräusch. Mit einem schnellen Fußtritt stieß Fat Cat die Tür ganz auf und rannte hinein. Ich lief hinter ihm her.
Als ich die Einraumhütte betreten hatte, wandte ich mich sofort

wieder um, damit das Mädchen nicht hereinkam. Aber es war zu spät. Sie stand im Eingang. Ihr Gesicht war weiß und starr vor Entsetzen. Sie blickte auf den kopflosen Körper von Martínez, dann auf den grinsenden, abgeschnittenen Kopf mitten auf dem kleinen Holztisch gegenüber der Tür.
Ich trat schnell vor sie und schob sie durch den Eingang zurück. Sie drehte sich um, ich fing sie auf, in der Meinung, sie würde ohnmächtig. Aber sie beugte sich bloß von mir weg und würgte.
»Schließ die Augen und atme tief«, sagte ich und hielt sie an den Schultern. Sie hatte Mut, dieses Mädchen. Es dauerte ein paar Minuten, dann hatte sie sich wieder gefaßt.
Fat Cat kam heraus und schwenkte ein Blatt Papier in der Hand. »Der Ofen ist noch warm. Sie waren heute morgen hier, ehe wir aufstanden.«
Ich nahm den Zettel und las das Bleistiftgekritzel:

DIESES SCHICKSAL TRIFFT ALLE, DIE DEN VERRÄTERN UNSERES VOLKES DIENEN

EL CONDOR

Ich faltete das Blatt Papier zusammen und steckte es in die Tasche. Ich erinnerte mich an den Jungen, der in der Nacht fortgelaufen war, als sein Vater getötet wurde. Jetzt hatte er den Namen, mit allem was dazu gehörte: Gewalt und Tod. Und er hatte noch etwas, was sein Vater nie gehabt hatte: Hilfe von außen. Er war geschult in der Taktik des politischen Kampfes und des Guerillakrieges.
Aber die Waffen waren dieselben wie immer: Gewalt, Terror und Tod. Seit meiner Rückkehr nach Corteguay hatte ich vieles gesehen, was sich verändert hatte, aber das schien sich nie zu ändern. *La violencia* gab es immer bei uns.
Ich sah das Mädchen an. »Besser?«
Sie nickte.
»Geh zurück zum Wagen und warte auf uns.«
Ich wandte mich an Fat Cat. »Ich möchte wissen, warum sie uns verschont haben? Wir waren weniger als zehn Meilen entfernt.«
Fat Cat sagte ruhig: »Vielleicht wußten sie nicht, daß wir dort waren.«
»Sie wußten es. Sie haben die Botschaft für uns dagelassen. Sie wußten, daß wir kommen, um nach Martínez zu sehen, wenn er nicht auftauchte.«

»Vielleicht haben sie gedacht, es sei eine Falle.«
Ich nickte. Das war möglich. Es war das erste Mal, daß ich ohne Eskorte zu meiner *hacienda* gekommen war. *El Presidente* bestand darauf, daß mich jedesmal Militär begleitete, wenn ich die Stadt verließ. »Wir wollen sehen, ob wir eine Schaufel finden«, sagte ich. »Wir müssen den alten Mann begraben, damit die Bussarde und Schakale nicht an ihn herankommen. Das ist das einzige, was wir für ihn noch tun können.«
Die Ziegen, Schafe, Schweine und Hühner hinter dem Haus waren alle in ihren Ställen umgebracht worden. Sogar das alte graue Maultier, das Martínez geritten hatte, lag tot in seinem Stall. Vor Jahren hätten die *bandoleros* die Tiere mitgenommen. Das war der Unterschied. Jetzt gab es nur noch Zerstörung.
Die Sonne ging schon unter, als wir mit dem Grab fertig waren. Ich warf eine letzte Schaufel Erde darauf und stampfte sie fest. Zehn oder zwölf der großen Vögel schwebten über unseren Köpfen in der Luft.
»Wir wollen lieber verschwinden«, sagte ich. »Ich möchte nicht nachts auf der Straße erwischt werden.«
Fat Cat nickte und warf seine Schaufel auf den Boden. »Ich bin bereit.« Er sah zum Haus hinüber. »Sollen wir es anzünden?«
»Nein. Sie würden den Rauch sehen und wüßten, daß wir hier sind. Das könnte sie anlocken.« Ich ließ meine Schaufel fallen. »Armer Alter. In Wirklichkeit ändert sich nichts, nicht wahr?«
Fat Cat schnitt eine Grimasse. »Nur die Welt der anderen.«
Ich wußte, was er meinte. Für die anderen waren Krieg und Frieden Diskussionsthemen. Nie drang die Seelenangst des Todes in ihre Verhandlungsräume, und auch sein Geruch nicht und sein Schrekken. Für sie gab es nur die reinlichen, aseptischen Worte, auf Tonbändern festgehalten und auf Papier aufgezeichnet.
Bis Curatu waren es etwa fünfhundert Kilometer. Ich spürte, wie das Mädchen neben mir in der plötzlichen Kühle der Dämmerung fröstelte. Ich legte ihr meine Jacke um die Schultern.
»Danke.«
Ich antwortete nicht.
»Fahren wir nicht zurück zu deiner *hacienda*?«
»Nein, nicht, wo die *bandoleros* jetzt in der Gegend sind.«
Sie schwieg einen Moment. »Ich habe mir nie vorgestellt, daß das hier wirklich so ist.«
Ich zündete mir einen *cigarrillo* an. »Das wissen die wenigsten.«

»Mein Vater sagt –«
Ich unterbrach sie ärgerlich: »Dein Vater! Was weiß der? Er ist nicht aus den Bergen gekommen. Er hat immer friedlich im Schutz der Universität gelebt. Für ihn ist das alles abstrakte Theorie. Was weiß er vom Gestank des Todes?«
Sie zog meine Jacke enger um sich. »Die Waffen«, sagte sie, mehr zu sich selbst, »dafür waren die Waffen nicht bestimmt.«
»Waffen sind zum Töten da«, sagte ich brutal. »Hat er gedacht, sie sollten als Wandschmuck dienen?«
»Er versteht nichts von solchen Dingen« beteuerte sie hartnäckig. »Man versprach ihm –«
»Man?« unterbrach ich wieder. »Wer? Die *bandoleros*? Die *comunistas*? Diese ehrenwerten Männer, auf deren Worte man seit Generationen vertraut? Dein Vater ist ein Schwachkopf, ein leichtgläubiger Gimpel!«
»*El Presidente* ist schuld!« sagte sie wütend. »Er hat als erster sein Wort gebrochen!«
»Dein Vater war in ein Komplott zur Ermordung von *el Presidente* verwickelt. Es mißlang, und er floh, um sein Leben zu retten. Jetzt, wo er in einem anderen Land in Sicherheit ist, schickt er Gewehre, damit das geschieht, was ihm nicht gelungen ist. Ihm ist es egal, wieviel Unschuldige wie Martínez dabei sterben.«
»Demokratie«, sagte sie. »Mein Vater glaubt an die Demokratie.«
»Das tun andere auch. Das Wort ist an ebensoviel Verbrechen schuld wie die Liebe.«
»Dann glaubst du also, daß *el Presidente* im Recht ist und daß man über die Korruption seines Regimes hinwegsehen kann?«
»Nein, das kann man nicht. Aber du bist zu jung, um dich daran zu erinnern, wie es vorher war. Er repräsentiert trotz allem einen Fortschritt. Es muß noch viel getan werden. Aber nicht auf diese Weise.«
Sie blickte zu dem ausgestorbenen Haus zurück.
»Du glaubst, wenn man mit den Waffenlieferungen aufhört, wird auch das hier aufhören?«
»Wenn die Waffenlieferungen aufhören, ist das immerhin ein Anfang.«
Ich sah, wie sich ihre Schultern unter der Jacke strafften. Sie suchte meinen Blick. »Kann ich dir vertrauen?«
Ich sagte nichts. Sie mußte die Antwort selbst finden.
»Du wirst meinen Vater nicht verraten? Oder mich?«

Darauf konnte ich ehrlich antworten. »Nein.«
Sie holte tief Atem. »Morgen früh, im Hafen von Curatu. Mit der Flut am Morgen wird ein Schiff hereinkommen –«
Das war die Gelegenheit, auf die ich während des ganzen Monats seit meiner Rückkehr gewartet hatte. Jetzt gab es vielleicht einen Ausweg aus dem Labyrinth von Lügen und Enttäuschungen, in das sie alle mich geführt haben – alle, mit denen ich zu tun gehabt hatte, von *el Presidente* abwärts.
Vielleicht fand ich jetzt die Wahrheit, die mein Vater vergeblich gesucht hatte.

2

Beatriz Elisabeth Guayanos. Das war ihr Name. Aber das hatte ich nicht gewußt, als ich sie auf dem Flugplatz in Miami zum erstenmal sah.
Ich wartete auf die Maschine, die mich heimbringen sollte, und sie stand vor dem Flugkartenschalter.
Es war die Art, wie sie den Kopf hielt, die mir zuerst auffiel. Für eine Lateinamerikanerin war sie groß, mit rabenschwarzem, zu einem Chignon hochfrisierten Haar. Für den amerikanischen Geschmack hatte sie vielleicht ein bißchen zuviel Busen, ein zu sehr gerundetes Bäuchlein über der schwellenden Kurve ihrer Hüften. Aber ihre Art von Schönheit galt bei uns seit Generationen als klassisch. Letzten Endes jedoch waren es ihre Augen, die mich fesselten. Es waren die grünsten Augen, die ich je gesehen hatte, umrahmt von dunklen geschwungenen Brauen und Wimpern.
Sie bemerkte, daß ich sie anstarrte, und wandte sich mit einer Miene der Verachtung ab, wie man sie nur in Jahren des Zusammenlebens mit einer *dueña* erwirbt.
Sie sagte etwas zu dem Mann neben dem Schalter. Er drehte sich nach mir um, und ich sah an dem Aufleuchten seiner Augen, daß er mich erkannte. Dann sprach er zu ihr. Jetzt war sie es, die mich ansah. Ich kannte den Blick. Ich hätte sagen können, was sie dachte: Worauf bildet der sich so viel ein? Er ist weder groß, noch sieht er besonders gut aus. Und dann alle die Frauen und die Dinge, die man über ihn erzählt. Wieso eigentlich?
Ich fühlte, wie mein Puls rascher wurde. Das war das Fieber, das ich seit der ersten Frau, die ich gekannt hatte, immer wieder verspürte,

die Herausforderung, der ich nie widerstehen konnte. Der Blick, der zu sagen schien: Bist du Manns genug?
Du siehst eine Frau. Du begehrst sie. An nichts in der Welt liegt dir noch etwas, bis du sie besitzt. Du kannst nicht essen, nicht schlafen. Du fühlst die Feuerqualen der Verdammten, bis du diese Qualen in den noch größeren Qualen des Fleisches gestillt hast.
Ich wollte auf sie zugehen, da spürte ich eine Hand auf meinem Arm und drehte mich um.
Vor mir standen Hoyos und Prieto. »*Buenos días, Señores*«, sagte ich höflich.
»Welch glücklicher Zufall, *Señor*«, sagte Hoyos. »Ich fliege mit demselben Flugzeug nach Corteguay zurück wie Sie.«
»Wirklich ein Zufall«, antwortete ich, aber der Spott kam bei ihm nicht an. Es war unnötig, daß *el Presidente* sich soviel Mühe machte. Ich hatte mein Wort gegeben, daß ich zurückkommen würde.
»Und ich fliege nach New York, um das Konsulat auf Ihre Ankunft vorzubereiten«, sagte Prieto, der jüngere der beiden.
Ein Fotograf mit einem Reporter erschien. Ein Blitzlicht blendete mich. »Señor Xenos«, fragte der Reporter, »welche Pläne haben Sie jetzt, da Miß Daley die Scheidung eingereicht hat?«
»Ich fahre auf einen kurzen Urlaub nach Hause.«
»Und nachher?«
»Nachher?« Ich lächelte bedauernd. »Ich habe wirklich noch nicht darüber nachgedacht. Ich denke, ich werde wieder arbeiten.«
Der Reporter grinste. »Das Leben ist hart.«
Ich lachte. »Leichter wird es nicht, das ist sicher.«
»Kommen Sie wieder nach Miami?«
»Ich hoffe es, Miami ist eine bezaubernde Stadt.«
»Besten Dank, Señor Xenos.«
Ich drehte mich um und suchte das Mädchen, aber sie war fort.
Der Lautsprecher sagte unseren Flug an. Ich winkte Fat Cat, der, an eine Säule gelehnt, zugesehen hatte, und wir gingen zur Abfertigung. Da sah ich sie wieder. Sie stand in der Schlange zur Touristenklasse. Als sie mich erblickte, wandte sie hochmütig den Kopf ab. Ich lächelte. Auch das gehörte dazu.
»Wir müssen uns hier für eine Weile verabschieden, *Señor*«, sagte Hoyos.
»Ich dachte, wir flögen mit derselben Maschine?«
»Das tun wir auch, *excelencia*, aber ein unbedeutender Mann wie ich reist *turista*.«

»Dann sehen wir uns also in Corteguay.«
»Mit Gottes Hilfe.«
Fat Cat und ich gingen zur Ersten Klasse hinüber. Ich zeigte dem Kontrolleur die Bordkarten, und er ließ uns durch. Als ich zu den anderen Wartenden trat, blickte ich über das Geländer auf die Fluggäste der Touristenklasse. Das Mädchen versteckte ihr Gesicht hinter einer Illustrierten, aber ich war sicher, daß sie meinen Blick bemerkte.
Hinter ihr stand Hoyos. Plötzlich winkte ich ihm.
Mit erstauntem Gesicht trat er an das Geländer, das uns trennte.
»Würden Sie so freundlich sein, Ihren Platz mit mir zu tauschen, *Señor?*« fragte ich.
»Aber warum, *excelencia? Turista* ist nicht halb so bequem wie die erste Klasse.«
Ich lächelte und sah zu dem Mädchen. Er warf mir einen verständnisvollen Blick zu. »Selbstverständlich, *excelencia*«, sagte er rasch.
Wir tauschten die Flugkarten. Ich machte keine Umstände und sprang einfach über das Geländer.
Das dürfen Sie nicht, Sir«, sagte ein Aufseher. »Hier ist Touristenklasse.«
»Es hat ein Mißverständnis gegeben.« Ich lächelte und schwenkte Hoyos' Karte.
Er kontrollierte sie und ließ mich weitergehen.
Ich stellte mich hinter dem Mädchen in die Schlange. Neugierig sah sie sich um.
»Fliegen Sie nach Curatu?« fragte ich.
Sie antwortete nicht.
»*Vous parlez français?*«
Sie schüttelte den Kopf.
»*Parla l'italiano?*«
»Nein.«
»Sprechen Sie Deutsch?«
Wieder schüttelte sie den Kopf, aber diesmal war ein Anflug von Lächeln auf ihren Lippen.
»Nun«, sagte ich schließlich in gespielter Verzweiflung auf spanisch, »wenn Sie nicht Spanisch sprechen, warte ich wahrscheinlich auf das falsche Flugzeug.«
Sie lachte. »Sie warten auf das richtige Flugzeug, Mr. Xenos.« Ihr Englisch war akzentfrei. »Sie sind nur nicht in der richtigen Klasse. Sie gehören nicht hierher zu den gewöhnlichen Leuten.«

Ich lächelte sie an. »Das ist höchst unfair von Ihnen. Sie kennen meinen Namen, und ich kenne Ihren nicht.«
»Guayanos«, sagte sie. »Beatriz Elisabeth Guayanos.«
Sie schien auf etwas zu warten. »Müßte ich Sie kennen?« fragte ich. »Sind wir uns schon einmal begegnet?«
Sie schüttelte den Kopf. »Sie kennen meinen Vater. Dr. José Guayanos.«

Es stimmte. Ihr Vater war Unterrichtsminister und später Sonderbeauftragter *el Presidentes* gewesen. Dann war er in ein Komplott zur Ermordung *el Presidentes* verwickelt, das fehlgeschlagen war. Er war als einziger der Gruppe entkommen. Alle anderen waren vor ein Exekutionskommando gestellt worden. Es gab Gerüchte, wonach Guayanos sich irgendwo in New York versteckt hielt und in einer Verschwörergruppe, die die Regierung von Corteguay stürzen wollte, aktiv war.
»Ja, ich kenne Ihren Vater«, sagte ich.
»Vielleicht wollen Sie jetzt doch lieber in die erste Klasse zurückgehen?«
»Warum?«
Sie deutete in Richtung des Geländers. »Der alte Fuchs.«
»Der alte Fuchs?« fragte ich. »Meinen Sie Hoyos?«
»Wir nennen ihn so«, sagte sie. »Er ist Chef der Geheimpolizei. Er wird *el Presidente* über uns informieren.«
»Das ist mir ganz egal«, sagte ich. »Die Innenpolitik geht mich nichts an, und selbst wenn sie mich etwas anginge, würde es auch nichts ändern.«
Die Farbe ihrer Augen wurde dunkel wie die reinen Smaragde, die man bei uns schürft. »Warum?«
»Ich mußte feststellen, ob Sie so wundervoll riechen, wie Sie aussehen«, sagte ich, »und das tun Sie.«

3

Überall war Polizei, als wir landeten. Denn *el Presidente* war selbst gekommen, um mich abzuholen. Die Stewardeß öffnete die Tür zwischen der ersten Klasse und der Touristenklasse und kam zu mir. »Señor Xenos, würden Sie bitte das Flugzeug durch den Ausgang der ersten Klasse verlassen?«

Ich nickte und wandte mich an Beatriz. »Wollen Sie mitkommen?«
»Nein«, sagte sie. »Das wäre für alle peinlich.«
»Werde ich Sie wiedersehen? Wo kann ich Sie erreichen?«
»Ich werde Sie anrufen.«
»Wann?«
»In ein, zwei Tagen«, sagte sie. »Sie werden viel zu tun haben.«
»Spätestens morgen«, erwiderte ich. »Soviel habe ich bestimmt nicht zu tun.«
»Dann also bis morgen.« Sie reichte mir die Hand. »*Vaya con Dios.*«
Ich küßte ihre Hand. »*Hasta mañana.*«
El Presidente kam mit offenen Armen auf mich zu. »Mein Sohn«, sagte er gerührt und umarmte mich. »Ich wußte, daß du mich nicht im Stich läßt.«
Ich erwiderte seine Umarmung, während um uns die Fotografen aus allen Winkeln Bilder schossen. Seine Gebrechlichkeit erschütterte mich. Plötzlich überkam mich tiefe Traurigkeit. Es schien mir, als hätte ich erst gestern Corteguay verlassen. Damals hatte er so jung gewirkt, so stark. Jetzt war er ein alter Mann.
»Komm in den Wagen«, sagte er und nahm mich beim Arm.
»Wir müssen vieles besprechen. Ich habe mir gedacht, wir könnten zusammen im Palast essen. Da stört uns niemand.«
»Ich stehe zu Ihrer Verfügung.«
Plötzlich lächelte er und legte eine Hand auf meinen Arm. »So förmlich brauchst du wirklich nicht zu sein. Das letzte Mal warst du es auch nicht.«
»Wenn ich mich recht entsinne, war keiner von uns beiden besonders förmlich.«
Er lachte. »Das ist vorbei und vergessen. Wir sind wieder beieinander. Das ist das entscheidende.«
Ich blickte aus dem Fenster, während wir zur Autobahn fuhren. So weit ich sehen konnte, stand Polizei, etwa alle dreißig Meter ein Mann. Jeder hielt eine Maschinenpistole in Bereitschaft.
»Wir stehen unter starkem Schutz.«
»Das ist auch nötig. Die *bandoleros* werden immer frecher. Dreimal haben sie im letzten Monat versucht mich zu erwischen.«
Ich schwieg.
Er wußte, was ich dachte. »Das sind nicht *bandoleros*, wie wir sie früher kannten«, sagte er. »Heute bilden sie eine richtige Armee,

befehligt von kommunistisch geschulten *guerrilleros* wie *el Condor.*«
»*El Condor*? Aber der ist –«
»Ja, der Alte ist tot«, sagte *el Presidente* schnell. »Es ist der Sohn. Er hat den Namen seines Vaters angenommen.«
»Sie meinen den Jungen –«
El Presidente nickte. »Er ist kein Junge mehr. Er wurde in Spezialschulen in Osteuropa ausgebildet. Einmal hat er hier im Gefängnis gesessen, aber bei der Amnestie an deinem und Amparos Hochzeitstag wurde er freigelassen. Nun hat er eine Guerilla-Armee aufgestellt, in der alle *bandoleros* lose vereinigt sind.«
»Das haben Sie doch auch getan.«
»Ja, aber er bekommt Hilfe von außen. Geld und Gewehre.«
»Die Zufuhr von Waffen wurde nicht unterbunden?«
»Nein. Das ist vielleicht das Wichtigste, was geschehen muß. Wenn er keine Waffen mehr bekommt, wird seine Armee sich von selbst auflösen.«
»Die Gewehre kommen über den Seeweg herein«, sagte ich.
»Mein eigener Vetter leitet die Zollbehörde im Hafen. Er schwört, daß das völlig unmöglich ist.«
Ich antwortete nicht. Wie gewöhnlich sagte niemand die Wahrheit.

»Du bist also wieder da?« Amparos Stimme klang spöttisch durch den schwacherleuchteten Raum.
»Ja, ich bin wieder da.«
»Genau wie er es prophezeit hat«, höhnte sie. »Wie ein junger Hund, der zu seinem Herrn zurückkriecht.«
Ihr blasses, mageres Gesicht sah aus, als sei sie seit Jahren nicht draußen in der Sonne gewesen. Ihr Mund verzog sich bitter: »Warum schaust du so?«
»Ich möchte dich ansehen. Es ist so lange her.«
Amparo wandte ihr Gesicht ab. »Du sollst mich nicht so ansehen. Ich mag es nicht.«
»Na schön.« Ich setzte mich neben sie. »Man hat mir erzählt, daß du krank warst.«
»Was hat man dir noch erzählt?«
»Nichts.«
»Nichts?« Ihre Stimme klang skeptisch.
»Nein.«

Nach kurzem Schweigen sagte sie: »Ich war nicht krank. Das ist nur die Geschichte, die er verbreitet. Er ist mit meiner Tätigkeit nicht einverstanden. Daher verbietet er, daß ich in der Öffentlichkeit erscheine.«
Ich sagte nichts.
»Ich hätte nicht gedacht, daß er dir erlaubt, mich zu besuchen.«
»Warum nicht?«
Ihre Stimme klang hohl: »Ich habe mich getäuscht. Er ist viel schlauer. Er wußte, daß es das beste wäre, dich herkommen zu lassen. Nachdem du mich gesehen hast, kann es nichts mehr zwischen uns geben.«
»Du siehst ganz normal aus, aber was es zwischen uns gegeben hat, ist längst vorbei. Es ging schon schief, als wir etwas wiederfinden wollten, was mit unserer Kindheit verschwunden war.«
Amparo griff nach einer Zigarette. Ich gab ihr Feuer. Der scharfe Geruch des Tabaks erfüllte den Raum. »Armer Dax, du hast kein Glück mit deinen Ehefrauen, nicht wahr?«
Ich antwortete nicht.
»Deshalb nicht, weil du dich heiraten ließest. Das nächste Mal mußt du selbst wählen.«
Ich sagte immer noch nichts.
»Aber nicht das Guayanos-Mädchen«, sagte sie plötzlich. »Sie wird dich umbringen lassen.«
»Wieso weißt du von ihr?«
Amparo lachte. »Jeder weiß alles, was du tust. In dieser Stadt gibt es keine Geheimnisse. Alle Leute werden von *el Presidente* überwacht.«
»Aber woher weißt du es?« beharrte ich.
»Ich habe Freunde bei der Geheimpolizei.« Sie lachte. »Gefällt dir dein Appartement im Hotel?«
»Ja. Es ist sehr luxuriös.«
»Das soll es wohl. Es ist speziell für die prominenten Gäste *el Presidentes* eingerichtet worden.«
Sie stand auf, ging zu einem Sekretär und öffnete eine Schublade. »Hör dir das an«, sagte sie und drückte auf einen Knopf.
Aus einem Lautsprecher ertönte Telefongeklingel. Dann ein Klicken und eine Männerstimme.
Es dauerte eine Sekunde, bis mir klar wurde, daß es meine eigene Stimme war. Dann hörte ich eine Frauenstimme.
»Señor Xenos?«

»Ja.«
»Beatriz Guayanos. Ich versprach anzurufen.«
»Ich habe den ganzen Morgen darauf gewartet.«
Amparo drückte auf den Schalter. Das Band blieb stehen. »Den Rest brauchst du nicht zu hören. Du kennst ihn ja.«
Sie ging zu ihrem Stuhl zurück. »Es sind nicht nur die Telefone. Wenn es eine Möglichkeit gäbe, deine Gedanken aufzuzeichnen, hätte er davon auch eine Kopie.«
»Aber das Band, wie hast du das bekommen?«
»Ganz einfach.« Sie lachte. »Er hat es mir gegeben. Um etwas zu beweisen, was mir schon längst klar war. Aber er wollte nichts riskieren.«
Ich sah sie nachdenklich an. »Warum erzählst du mir das alles?«
Amparo zerdrückte ihre Zigarette ärgerlich im Aschenbecher. »Weil du mir leid tust. Weil er dich genauso ausnutzen wird wie alle anderen. Und wenn er sein Ziel erreicht hat, wird er dich ganz einfach fortwerfen.«
»Das weiß ich.«
»Warum bist du dann zurückgekommen?«
»Ich wußte es schon, ehe mein Vater starb. Auch mein Vater wußte es, aber es spielte für ihn keine Rolle. Für meinen Vater war nur wichtig, wieviel Gutes er tun konnte. Menschen wie dein Vater erfüllen ihren Zweck, und mit der Zeit werden sie verschwinden und ihre Schlechtigkeit mit ihnen. Was bleibt, sind die positiven Dinge, die sie vollbracht haben.«
»Das glaubst du wirklich, nicht wahr?«
»Ja. Ich glaube auch, daß Corteguay eines Tages frei sein wird, wirklich frei.«
Amparo nahm noch eine Zigarette. »Wenn du wirklich Freiheit für Corteguay willst, gibt es nur einen Weg: du mußt ihn töten!«
Ihr Gesicht war ohne Ausdruck.
»Nein«, sagte ich, »das ist nicht der Weg in die Freiheit. Das Volk muß endlich selbst den Wunsch haben, frei zu sein.«
»Das Volk«, erwiderte Amparo verächtlich, »das Volk denkt, wie man es ihm vorschreibt.«
»Das wird nicht immer so sein. Ich habe genug von der Welt gesehen, um das zu wissen. Eines Tages ändert sich das auch hier.«
»Dann sind wir alle tot«, sagte sie. Sie ging zum Schrank und schloß die Schublade. »Mein Vater ausgenommen. Der wird ewig leben!«
Ich schwieg.

Amparo blies langsam den Rauch ihrer Zigarette aus. »*El Presidente* hat recht gehabt. Er hat immer recht. Du gleichst zu sehr deinem Vater.«

4

»Das ist Leutnant Giraldo«, sagte *el Presidente.* »Ich mache ihn persönlich für deine Sicherheit verantwortlich, solange du hier bist.«
Der junge Offizier grüßte stramm. »*A su servicio, excelencia.*«
»Danke, Herr Leutnant.« Ich wandte mich an *el Presidente.* »Ich komme mir ziemlich lächerlich vor. Ist das wirklich nötig?«
El Presidente lächelte. »Besonders, wenn du absolut zu deiner *hacienda* in den Bergen fahren willst. In dieser Gegend sind die *bandoleros* sehr aktiv.«
»Ich muß hinfahren. Es ist sehr lange her, daß ich die Gräber meiner Eltern besucht habe.«
»Dann werden Giraldo und seine Leute dich begleiten.« Sein Ton duldete keinen Widerspruch. Er wandte sich an den Offizier. »Sie werden Ihre Leute in Bereitschaft halten, Leutnant.«
Der Soldat salutierte stramm und ging.
»Du hast Amparo besucht?«
»Ja.«
Ich konnte mir seinen merkwürdigen Gesichtsausdruck nicht erklären. »Was hattest du für einen Eindruck?«
»Amparo hat sich verändert«, sagte ich vorsichtig.
Er nickte. »Amparo ist sehr krank.«
»Davon habe ich nichts bemerkt.«
»Nicht körperlich«, sagte er leise, »hier.« Er tippte mit dem Finger an die Stirn.
Ich sagte nichts.
»Sie hat dir wahrscheinlich vorgeschlagen, mich zu töten?« Sein Ton war ganz sachlich.
»Sie deutete so etwas Ähnliches an.«
»Ist das etwa kein Beweis, daß sie geistig krank ist?« Hinter seiner beherrschten Stimme spürte ich die Erregung. »Der Wunsch, ihren eigenen Vater umzubringen?«
»Nun ja.« Ich konnte keine andere Antwort geben. »Haben Sie daran gedacht, sie zu einem Arzt zu schicken?«

»Was kann ein Arzt dagegen tun?« fragte er bitter. »Sie verzehrt sich in Haß gegen mich.«
Unvermittelt wechselte er das Thema. »Hast du mit dem amerikanischen Konsul gesprochen?«
»Noch nicht. Ich habe heute nachmittag eine Verabredung mit ihm.«
»Sehr gut«, sagte er. »Sag mir dann Bescheid, wie er reagiert hat.«

»Zwanzig Millionen Dollar«, sagte er und lehnte sich in seinem Stuhl zurück.
»Warum sind Sie so entsetzt, George? Das ist gar nichts im Vergleich zu dem, was ihr anderen gegeben habt. Und es ist ein Darlehen, kein Geschenk. Genausoviel und mehr habt ihr für Trujillo und Batista aus dem Fenster geschmissen.«
»Ich weiß, ich weiß«, sagte George Baldwin. »Aber bei denen wußten wir genau, woran wir waren.«
»Die Situation ist zu ernst, um drumherumzureden«, sagte ich. »Ich behaupte nicht, daß alles, was der alte Herr getan hat, richtig ist. Aber er hat mehr für sein Land getan als die anderen. Und vergessen Sie nicht, er hat es ohne Hilfe der amerikanischen Regierung getan. Ob es euch paßt oder nicht, die Kommunisten haben nun einmal in Lateinamerika Fuß gefaßt. Und es wird nur eurer Ignoranz zu verdanken sein, wenn es ihnen gelingt, die Macht an sich zu reißen. Die amerikanische Unterstützung bedeutet Stabilität für jede lateinamerikanische Regierung. Entzieht oder versagt man ihr diese Unterstützung, so wird die Regierung fallen. In diesem Augenblick überlassen Sie das Land den Kommunisten.«
George Baldwin lächelte bitter. »Ihrer Ansicht nach müssen wir also weiterhin diese korrupten Diktatoren unterstützen, ob wir wollen oder nicht?«
»Ganz so ist es nicht«, erwiderte ich. »Es gibt wertvolle Zugeständnisse, die ihr für eure Hilfe erlangen könnt.«
»Wir haben Proben von den Zugeständnissen *el Presidentes* gehabt«, antwortete Baldwin klar und offen. »Er steht nicht gerade in dem Ruf, daß er seine Verpflichtungen einhält.«
»Dieses Mal muß er es tun. Er ist ein alter Mann, und er möchte sich seinen Nachruhm sichern.«
George sah nachdenklich aus.
»Ich bitte nicht um Hilfe für ihn«, sagte ich, »sondern für Corteguay.«

George holte tief Atem. »Ich werde es weitergeben. Ich kann aber nichts versprechen; das wissen Sie.«
»Ich weiß.« Ich stand auf. »Ich danke Ihnen, daß Sie mich angehört haben.«
Er gab mir die Hand. »Wenn Sie einen Abend frei sind, rufen Sie mich doch bitte an. Vielleicht kommen Sie einmal zum Essen?«
Aber als ich das kühle, klimatisierte Büro verlassen hatte und auf die backofenheiße Straße vor dem Gesandtschaftsgebäude trat, wußte ich, daß ich ihn nicht anrufen würde. Und ich wußte auch, daß von den Amerikanern keine Hilfe zu erwarten war.
Ich schlenderte müßig den Hügel zum Hafen hinunter, am Markt vorbei, wo die Händler eben begannen, ihre Waren für den Nachmittag auszulegen. Ich roch den Duft tropischer Früchte und hörte das Geschnatter der Frauen, die aus den Fenstern der schäbigen Spelunken ihre eindeutigen Aufforderungen riefen. Ich sah den Kindern zu, die barfuß und zerlumpt im Zickzack über die Linien ihrer selbstgezogenen Spielfelder hüpften. Ich kaufte ein Mangoeis und setzte mich, mit dem Blick auf den Hafen, auf die Steinstufen, wo ich das gleiche klebrige Zeug schon als Junge gegessen hatte. Nur zwei Schiffe lagen im Hafen, daneben rosteten die Öltürme, die vor nicht allzu langer Zeit stillgelegt worden waren.
Die Schatten wurden länger, und der Geruch von gebratenem Fisch stieg mir in die Nase. Die Fischer begannen zu kochen und zu essen, was sie nicht hatten verkaufen können. Curatu. Früher hatte ich geglaubt, es sei die herrlichste Stadt der Welt.
Ich stand auf und ging zur Stadt zurück. Da kreuzte ein Losverkäufer meinen Weg, die Schnur mit den Lotterielosen lässig in der Hand. Ein Streifen flatterte vor meinen Füßen zu Boden. Er ging weiter, ohne sich umzuschauen.
Ich lächelte. Nichts hatte sich geändert. Die Tricks, mit denen man die Lose verhökerte, waren dieselben wie damals, als ich ein Junge gewesen war. Wenn man den Mann auf das verlorene Los aufmerksam machte, behauptete er steif und fest, das sei ein Wink der Dame Fortuna. Es wären ganz offensichtlich die Gewinnlose, auf die man immer gewartet hätte. Er würde einen über ganze Häuserblocks verfolgen und darauf beharren, daß man die Chance seines Lebens verpasse.
Der Losverkäufer ging ein paar Schritte weiter, dann konnte er der Versuchung nicht widerstehen und blickte sich nach mir um. Ich grinste und stieg über die Lose. Sein Gesicht verfinsterte sich. Als

ich ihn eingeholt hatte, nahm er mich beim Arm und deutete schweigend auf den Boden.
»Na und?« Ich zuckte die Achseln. »Sie gehören dir.«
»Heb sie auf!« zischte er. »Es ist eine Nachricht für dich.«
Ich ging zurück und hob die Lose auf. Mit Bleistift war auf die Rückseite eines Loses geschrieben:

VERRÄTER! VERSCHWINDE SOFORT, BEVOR ES ZU SPÄT IST. IN CORTEGUAY WARTET NUR DER TOD AUF DEN VERRÄTER MEINES VATERS EL CONDOR

Ich drehte mich um, aber der Mann war schon in der Menge verschwunden, die den Markt füllte. Wütend zerknüllte ich die Lose und steckte sie in die Tasche. Plötzlich spürte ich sehr deutlich die Gefahr. Fast jeder in der Menge konnte ein Agent des *bandolero* sein.
Ich atmete tief und faßte den Entschluß, nie wieder ohne Fat Cat als Rückendeckung auszugehen. Sie hatten nicht lange gebraucht, um festzustellen, daß ich wieder im Lande war.
Ein leeres Taxi fuhr über den Marktplatz. Ich rief es an und stieg mit einem Gefühl der Erleichterung ein. Jetzt verstand ich, warum *el Presidente* solche Vorsichtsmaßnahmen traf. Es würde eine Wohltat sein, nach Hause zu fahren, zurück in die Berge. Dort oben brauchte man sich wenigstens nicht den Kopf darüber zu zerbrechen, wer wohl ein Agent *el Condors* war.

5

Ich blickte aus dem Wagenfenster. Über dem Schornstein schwebte eine schwache Rauchfahne.
»Wohnt jemand im Haus?« fragte Leutnant Giraldo.
Ich schüttelte den Kopf. »Nein. Seit ich Corteguay verlassen habe, war es immer geschlossen.«
»Halten Sie einen Augenblick an.«
Giraldo stieg aus und ging zu dem Jeep zurück, der uns gefolgt war. Ich sah im Rückspiegel, daß er mit den Soldaten sprach. Sie nahmen ihre Gewehre zur Hand. Dann kam er zurück und setzte sich wieder neben mich.
»Wahrscheinlich ist gar nichts los«, sagte ich.

»Möglich. Aber es hat keinen Sinn, etwas zu riskieren.«
Der Jeep fuhr voran. Wir bogen hinter ihm in den Hof ein. Vor der *galería* blieb ich stehen. Schweigend blickten wir auf die geschlossene Eingangstür.
Ich stieg aus. »Das ist doch lächerlich. Wenn *bandoleros* da wären, hätten sie längst auf uns geschossen.«
Als ich die Stufen hinaufstieg, ging die Eingangstür auf. Ich vernahm die raschen Bewegungen der Soldaten hinter mir, dann eilige Schritte auf der Treppe. Ohne mich umzusehen, wußte ich, daß Fat Cat hinter mir stand.
»Willkommen in Ihrem Haus, Señor Xenos.«
Die Stimme war mir vertraut.
»Martínez!«
Der Alte kam heraus, und wir umarmten uns. »Ah, *Señor*«, seufzte er, »es ist schön, Sie wiederzusehen!«
»Martínez!« wiederholte ich lächelnd. Der alte Mann wohnte am Rande unserer Besitzung, vielleicht fünfzehn Kilometer von der *hacienda* entfernt. Er nahm umherstreunende Tiere auf und aß nur Gemüse, weil er es nicht übers Herz brachte, seine Hühner zu töten. Er hatte mir das kleine Hündchen geschenkt, das ich als Knabe besaß.
»Als ich von Ihrer Rückkehr hörte, wußte ich, daß Sie bald heimkämen«, sagte er. »Ich wollte nicht, daß Sie ein kaltes, leeres Haus vorfänden. So habe ich Feuer gemacht und Ihnen ein paar Dinge zum Essen gebracht.«
Mir traten die Tränen in die Augen. »Ich danke dir, Martínez.«
Ich winkte den Leutnant heran. »Martínez ist ein alter Freund.«
»Ich habe geputzt und Ordnung gemacht, so gut ich konnte, *Señor*«, fuhr der Alte fort, während wir ins Haus gingen. »Sie hätten mir mehr Zeit lassen sollen, dann hätte ich eine Frau gefunden, die alles besorgt.«
»Du hast es sehr gut gemacht, alter Freund. Ich bin dir sehr dankbar.«
»Es ist wenig genug als Dank für alles, was Ihr Vater für mich getan hat.«
Vor Jahren hatte mein Vater Martínez eine alte Hütte am Rande der Zuckerrohrfelder überlassen. Er hatte erklärt, sie gehöre ihm, solange er sie haben wolle. Zum Dank dafür brachte Martínez uns jede Woche ein paar Hühner und gelegentlich ein Spanferkel.
»Wie ist es dir ergangen, mein Freund?«

»Mir geht es gut.«
»Hat es keine Schwierigkeiten gegeben?« fragte ich. »Ich habe von *bandoleros* gehört.«
»Was sollen die wohl bei mir holen?« sagte Martínez, seine Hände öffnend. »Ich habe nichts. Mich lassen sie in Ruhe.«
»Hast du welche gesehen?«
»Ich sehe nur meine Gefährten, die Tiere.«
Ich sah Leutnant Giraldo an. Sein Gesicht war unbewegt. Er wußte so gut wie ich, daß der alte Mann nichts sagen würde, auch wenn er die *bandoleros* vor zehn Minuten gesehen hätte.
»Sind Sie damit einverstanden, Señor, daß meine Leute ihr Zelt im Hof aufschlagen?« fragte Giraldo höflich.
»Selbstverständlich, Herr Leutnant.«
»Ich werde das Essen hereinbringen«, sagte Fat Cat. Martínez eilte ihm nach.
»Was meinen Sie, *excelencia*«, fragte Giraldo. »Hat der Alte sie gesehen?«
»Natürlich hat er sie gesehen, Herr Leutnant. Aber er hat gelernt, über alles, was er sieht, seinen Mund zu halten.«

Ich erwachte bei dem vertrauten Klang der Vogelrufe im Baum vor meinem Fenster. Halb wachend, halb träumend, fühlte ich mich wieder in meine Knabenzeit versetzt.
Ich blickte zur Decke. Sie war gelblich geworden und hatte Risse. Aber ich erinnerte mich an die Zeit, da sie schneeweiß gewesen war. Ich hatte im Bett gelegen und meinen Gedanken nachgehangen. In sehr heißen Nächten stellte ich mir vor, die Decke sei Schnee, der auf den Bergen glitzerte, dann hatte ich das Gefühl, es würde kühler, und dann konnte ich einschlafen. Ich vernahm die Geräusche des Hauses von damals. Das Flüstern der barfüßigen Mägde, die an der Tür vorbeigingen, die schrille Stimme La Perlas aus der Küche, das Quietschen der Wagen und das Wiehern der Pferde, dazwischen das Bellen und Japsen meines Hündchens.
Ich konnte wieder meine Schwester hören, das Plätschern des Wassers, das sie aus dem Krug ins Waschbecken goß, dann ihre weiche Stimme, die Lieder, die sie summte, während sie sich wusch. Und die leisen Schritte meiner Mutter, dann den schwereren Schritt meines Vaters. Jeden Augenblick erwartete ich, daß meine Mutter La Perla fragte: »Ist Dax schon heruntergekommen?« wie sie es immer tat, sobald sie die Küche betrat.

Und ich entsann mich des leichten Ärgers in ihrer Stimme, wenn sie erfuhr, daß ich noch nicht da war. »Dieser Kerl!« sagte sie dann zu meinem Vater. »Wenn er erst verheiratet ist und selbst Kinder hat, wird er schon merken, wie wichtig es ist, den Tag früh zu beginnen.«
Und dann das belustigte Lachen meines Vaters. »Er ist doch kaum mehr als ein Baby, und du siehst ihn schon verheiratet und mit Kindern!«
Wie schockiert meine Mutter gewesen wäre, wenn sie gewußt hätte, was wirklich aus mir geworden war! Mein Vater war anders gewesen. Er hatte eine echte Liebesfähigkeit besessen. Alle Menschen empfanden das, obgleich diese Liebe meiner Mutter allein galt. Für ihn hatte es nie eine andere Frau gegeben.
Ich dagegen war immer das Opfer meiner eigenen Triebe. Der Anblick einer Frau, ihr Duft, ihre Nähe genügten, um das, was vorher war, zu verdrängen. Irgendwie hatte ich nie die zarte, gütige Liebe empfunden, die mein Vater meiner Mutter entgegengebracht hatte.
Meine Liebe war von anderer Art. Sie war körperlich, drängend, fordernd. Ich konnte mit einer Frau zusammen sein und sie und mich bis zur völligen Erschöpfung glücklich machen, aber wenn alles vorbei war, war ich wieder allein. Und sie auch. Als wüßten wir beide, daß ich mehr nicht zu geben hatte.
Vielleicht war es eben dieses Mehr, das Caroline bei mir gesucht und nie gefunden hatte. Oder das Kind, das Giselle immer gewollt und das ich ihr nie geschenkt hatte. Und sogar bei den beiden, die mir am ähnlichsten waren, die auch nichts als den körperlichen Trieb kannten – Amparo und Sue Ann –, fehlte etwas. Oder waren wir uns zu ähnlich, indem wir nur das wollten, was wir uns zu bieten hatten?
Wir waren wie Fremde auf einer kurzen Reise. Wenn wir uns nachher ansahen, gab es kein Zeichen des Erkennens mehr. Die Nacht war vorbei, und wir waren wieder allein. Und wir wußten, daß wir im grellen Tageslicht nach einem anderen Fremden suchen würden, mit dem wir die nächste Nacht verbringen konnten, damit wir uns nicht in der Klarheit des kommenden Morgens sehen mußten.
Das Vogelgezwitscher im Baum war verstummt. Ich erhob mich und ging zum Fenster. Auf der gegenüberliegenden Seite des Hofes stand ein Soldat und urinierte gegen einen Pfosten, ein anderer kniete vor dem Zelt und machte Feuer.

Jemand klopfte an die Tür. »*Quién es?*«
»Ich.«
Ich öffnete die Tür. Fat Cat stand brummend draußen. »Ich habe Schinken, *tortillas* und Bohnen auf dem Herd. Ich habe schon mal geklopft, aber du hast mich nicht gehört.«
Ich lächelte. »Ich habe an das Haus, wie es früher war, gedacht.«
Fat Cat sah mich durchdringend an.
»Es ist zu lange leer gewesen. Es wartet darauf, daß du eine Frau heimbringst.«
Dann wandte er sich um und ging.
Vielleicht war es das. Ich hatte nie eine Frau heimgebracht, außer das eine Mal Amparo. Aber ich hatte auch noch nie eine kennengelernt, die das Haus so lieben würde wie ich.
Beatriz. Fast von dem Augenblick an, als ich sie zum erstenmal gesehen hatte, fühlte ich, daß wir der gleichen Welt angehörten, dem gleichen Raum, der gleichen Zeit. Bei keiner anderen hatte ich dieses Gefühl gehabt.
Vielleicht konnte es doch noch so werden, wie meine Mutter gehofft hatte.

6

»Ich gebe eine kleine Dinner-Party«, sagte *el Presidente.* »Du kannst jemanden mitbringen, wenn du willst.«
»Ich werde Amparo auffordern«, antwortete ich pflichtgemäß.
»Nein. Amparo wird nicht kommen.«
Ich hütete mich, nach dem Grund zu fragen. Wenn er es nicht wollte, würde sie nicht kommen.
»Bring die kleine Guayanos mit, wenn du willst«, sagte er überraschend.
»Ich dachte –«
Aber *el Presidente* unterbrach mich. »Ich kämpfe nicht gegen die Kinder. Es ist ihr Vater, mit dem ich im Streit liege.«
Ich sagte nichts. Alles war sehr merkwürdig. Ich hatte das Gefühl, er wollte Beatriz dabei haben.
»Ich habe gehört, daß du dich sehr oft mit ihr triffst. Das stimmt doch, nicht wahr?«
»Ja.«
»Dann bring sie mit.« Es klang wie ein Befehl.

El Presidente trug eine einfache blaue Uniform ohne jeden Ordensschmuck. Seine Augen und sein Gang waren so jung wie eh und je, als er durch den Raum auf uns zukam. Er nahm Beatriz' Hand und drückte sie an die Lippen, während sie sich verneigte. »Sie sind als Frau sogar noch reizender, als Sie es als Kind waren«, sagte er lächelnd.
»Danke, *excelencia.*«
In der Ecke des Raumes begann eine kleine Kapelle zu spielen. »Sie kommen gerade zur rechten Zeit«, sagte *el Presidente* und verbeugte sich mit altmodischer Höflichkeit gegen mich. »Darf ich um diesen einen Tanz mit Ihrer Dame bitten?«
Ich verbeugte mich, und er führte Beatriz zum Tanzparkett. Ich ging hinüber zur Bar. »Einen Whisky mit Soda, bitte.«
»Was ist los, Dax?« Ich wandte mich um. George Baldwin stand neben mir. »Ich traue meinen Augen kaum. Der alte Herr tanzt mit der Tochter seines ärgsten Feindes?«
Ich zuckte die Achseln. »Er hat Streit mit ihrem Vater, nicht mit ihr.«
»Das klingt wie ein Zitat«, meinte George hellhörig.
Ich hob das Glas. »Ist es auch.«
»Und was steckt dahinter?«
»Weiß ich nicht«, antwortete ich offen. »Vielleicht möchte er zeigen, daß er nicht das Ungeheuer ist, für das ihr ihn haltet.«
George lächelte. »Das glaube ich nicht. Es muß mehr dahinterstekken. Wann hat er sich je darum gekümmert, was die Leute über ihn denken?«

Als das Dinner beendet war, und wir den Kaffee tranken, erhob sich *el Presidente* und räusperte sich. Am Tisch wurde es still, und alle Blicke wandten sich ihm zu.
»Sie alle werden sich fragen, warum ich Sie zu diesem Dinner bat, nachdem ich so lange Zeit keine Gäste empfangen habe. Es geschah zu Ehren eines alten und bewährten Freundes, der der Sohn eines mir ebenso vertrauten Freundes und Patrioten ist. Ich habe die Freude, die sofort in Kraft tretende Ernennung von Seiner Exzellenz Señor Diogenes Alexander Xenos zum Außenminister und Vertreter bei den Vereinten Nationen bekanntzugeben.«
Ich fühlte den warmen Druck von Beatriz' Hand an meinem Arm, als die Gäste zu applaudieren begannen.
»In diesen für Corteguay und die Welt so unruhigen Zeiten möchten

wir unserem aufrichtigen Wunsch nach Frieden und Einigkeit innerhalb der eigenen Grenzen Ausdruck geben. Daher mache ich allen Gegnern unserer Politik folgendes Angebot: ich biete ihnen völlige und uneingeschränkte Amnestie. Ich lade sie alle ein, an den freien Wahlen teilzunehmen, die in nächster Zukunft stattfinden werden. Und um dies zu bekräftigen, lege ich hiermit mein Amt als Oberster Richter beim Gerichtshof für politische Verfahren nieder und übertrage es Seiner Exzellenz Señor Xenos.«
Als der Beifall abebbte, fuhr *el Presidente* fort: »Ich wiederhole meine Einladung an alle, die unser Land durch Reden oder mit Waffengewalt zu spalten versuchen, sei es hier im Lande oder im Ausland: Tretet hervor an die Öffentlichkeit. Laßt uns alle gemeinsam als wahre Patrioten für eine schönere Zukunft unseres geliebten Vaterlandes arbeiten.«
Dann setzte er sich, und diesmal war der Beifall ohrenbetäubend. Nach und nach wandten sich alle mir zu. *El Presidente* lächelte freundlich. Ich erhob mich, während sich um den Tisch erwartungsvolles Schweigen ausbreitete. Ich war mir bewußt, daß jedes meiner Worte morgen in der ganzen Welt zu hören oder zu lesen sein würde.
»Ich kann kaum mehr sagen, als daß ich durch diese unerwartete, außerordentliche Ehre überwältigt bin. Etwas möchte ich noch hinzufügen. Sie alle sind Zeugen des gegebenen Versprechens gewesen.« Ich machte eine Pause und blickte jeden einzelnen an. *El Presidentes* Gesicht war starr wie eine Maske, aber seine Augen leuchteten und um seine Lippen spielte so etwas wie Ironie. Nach einer Weile sagte ich: »Ich werde alles tun, was in meiner Macht steht, damit dieses Versprechen gehalten wird.«
Ich setzte mich wieder. Die Gäste waren offenbar zu überrascht, um zu applaudieren, bis *el Presidente* es als erster tat. Plötzlich begann im Nebenraum wieder die Musik zu spielen, und *el Presidente* erhob sich. Alle standen auf und folgten ihm in den Salon.
George Baldwin nahm mich beiseite und sah mich fragend an. »Ist es dem Alten Ernst damit?«
»Sie haben ihn gehört«, sagte ich zurückhaltend.
»Ich habe *Sie* gehört«, sagte er. »*Ihnen* war es Ernst.«
Ich antwortete nicht.
»Wenn er es nicht ernst gemeint hat, würde ich jetzt keine zwei Cent für Ihr Leben geben.«
Immer noch sagte ich nichts.

»Der alte Hurensohn«, fuhr George fort, und widerwillige Bewunderung mischte sich hinein, »er hat's wieder einmal geschafft. Bis heute abend hätte ich keinen löchrigen Penny für Corteguays Chancen, eine amerikanische Anleihe zu bekommen, gegeben. Aber ich bin sicher, daß Washington jetzt über die Sache anders denken wird.«

7

Wir saßen schweigend im Fond des Wagens, während Fat Cat uns durch die dunklen Straßen zu Beatriz' Haus fuhr. Ich zündete mir einen dünnen *cigarro* an und sah aus dem Fenster. In der Nähe der Universität, an der ihr Vater einmal Professor gewesen war, wirkten die Häuser gepflegter.
Sie wohnte noch dort, wo sie geboren war. Es war kein herrschaftliches Haus, aber es lag ein wenig abseits der Straße und war durch einen mit Blumen bewachsenen Holzzaun verdeckt.
Als der Wagen stand, stieg ich aus. Ich nahm Beatriz' Hand. »Ich bringe dich zur Tür.«
Beatriz sagte nichts, sondern eilte an mir vorbei. Ich folgte ihr die Stufen hinauf zu der kleinen Eingangstür, und sie drehte sich zu mir um. Ich ergriff ihre Hand und beugte mich über sie, um sie zu küssen.
Sie wandte ihr Gesicht ab. »Nein.«
In dem schwachen Licht, das aus dem Fenster hinter ihr kam, waren ihre Augen ganz dunkelgrün. »Ich kann dich nicht wiedersehen«, sagte sie. »Alles entwickelt sich so, wie sie gesagt haben. Du bist die Falle, die man mir und meinem Vater stellt.«
»Haben sie das gesagt?« fragte ich. »Wer?«
Beatriz sah mich nicht an. »Freunde.«
»Freunde? Vielleicht die, die dich und deinen Vater für ihre Pläne benützen wollen?«
»Das spielt keine Rolle. Ich will nicht mit dir über Politik diskutieren.«
»Sehr gut.« Ich ergriff sie bei den Armen und zog sie ungestüm an mich. Ich spürte, wie sie sich versteifte, aber sie wehrte sich nicht. »Was mich zu dir geführt hat, hat nichts mit politischen Diskussionen zu tun.«
»Laß mich los«, sagte sie, ihre Lippen bewegten sich kaum.

Ich küßte sie, und einen Augenblick dachte ich, ich könnte die Wärme in ihr hochsteigen fühlen, aber dann flüsterte sie wieder: »Laß mich los, ich bin nicht eine deiner Huren.«
Ich ließ sie los. Ihre Augen waren weit aufgerissen.
»Deine Freunde haben ganze Arbeit geleistet«, sagte ich böse. »Sie beherrschen nicht nur deine politischen Ansichten, sondern auch deine Liebe.«
»Meine Freunde wollen nur das Beste für mich«, sagte sie unsicher. »Jeder kennt dich. Sie wollen nicht, daß ich unglücklich werde.«
»*Excelencia!* Aufgepaßt!« Fat Cats Warnungsschrei kam aus dem Wagen.
Ich wirbelte herum, merkte, daß sich die Büsche neben dem Haus bewegten, und schlug Beatriz heftig zu Boden. Ich hörte das Husten eines Revolvers mit Schalldämpfer, dann das Geräusch verschwindender Schritte, während Fat Cat durch das Tor rannte.
Ich kam wieder auf die Beine und folgte Fat Cat in die Büsche. Er blieb stehen und wandte sich zu mir. »Es ist zwecklos. In dieser Finsternis finden wir sie nie.«
Ich blickte zum Feld hinter dem Haus hinüber.
»Wahrscheinlich hast du mir das Leben gerettet.«
»Das war aber schade«, sagte Fat Cat feierlich, »sie kamen gerade, als es anfing interessant zu werden.«
Ich ging zurück zu Beatriz und half ihr auf die Beine. Ihr schönes dunkles Kleid war verdorben. »Hast du dir etwas getan?«
»Ich – ich glaube nicht.« Sie sah mich an. »Wer war das?«
»Wer soll es wohl gewesen sein?« sagte ich. »Deine Freunde, die nur dein Bestes wollen, hatten vor, mich umzubringen. Falls du zufällig dabei auch zu Schaden gekommen wärst, hätte ihnen das natürlich schrecklich leid getan.«
Beatriz' Augen füllten sich mit Tränen. »Ich weiß nicht, was ich denken soll.«
Die Tür hinter uns öffnete sich, und eine Frau mit Umschlagtuch, offenbar eine Dienerin, sah heraus. »Was ist los? Was ist passiert?«
»Nichts. Ich komme sofort. Leg dich wieder schlafen.«
Die Tür schloß sich hinter ihr. »Dax«, sagte Beatriz und griff nach meiner Hand.
Plötzlich war ich wütend und zog meine Hand weg. »Tut mir leid. In meiner Welt wissen nur Kinder nicht, was sie denken sollen. Man muß es ihnen sagen. Aber Männer und Frauen können selbst denken.«

Ich ging zum Wagen zurück. Fat Cat saß schon hinter dem Steuer. »Rück hinüber«, sagte ich barsch und legte den Gang ein. Als wir um die Ecke bogen, hörte ich ihn kichern. »Was ist so komisch, du Idiot?«
»So habe ich dich noch nie gesehen.«
Ich sagte nichts. Statt dessen schnitt ich unter wildem Bremsenquietschen die nächste Kurve.
»Du bist wie ein Kind, dem man sein Bonbon weggenommen hat.«
»Halt den Mund!« schrie ich.
Fat Cat war einen Augenblick still, dann sagte er leiser, fast zu sich selbst: »Siehst du, sie ist die eine.«
»Was meinst du damit?«
Plötzlich war sein Blick ernst. »Sie ist die eine, die du nach Hause bringen wirst, weil deine *hacienda* zu lange leer gewesen ist.«

Um sieben am nächsten Morgen läutete das Telefon. Von überall in der Welt kamen die Anrufe. Die Zeitungen und Nachrichtenagenturen hatten nicht geschlafen. Der erste, der anrief, war Jeremy Hadley in New York.
»Dax, soll ich dir gratulieren oder dir mein Beileid ausdrücken? Was bedeutet das Ganze?«
»Genau das, was du darüber erfahren hast.«
»Es geht ein Gerücht, daß *el Presidente* seine Abdankung vorbereitet und dir die Regierung übergeben will.«
»Das stimmt nicht«, antwortete ich. »Darüber ist auch nichts gesagt. *El Presidente* hat lediglich für die nächste Zeit Wahlen angekündigt. Von seiner Nachfolge war nicht die Rede.«
»Es gibt auch Gerüchte, wonach Dr. Guayanos bereits in Corteguay ist.«
»Ich habe keine Ahnung, wo er sich aufhält. Meines Wissens befindet er sich noch im Exil.«
»Man spricht davon, daß du häufig mit seiner Tochter zu sehen bist und daß du zwischen Guayanos und *el Presidente* einen Waffenstillstand zustande gebracht hast.«
Gerüchte. Manchmal schien die ganze Welt nur aus Gerüchten zu bestehen.
»Ich bin gelegentlich einmal mit seiner Tochter zusammen gewesen«, sagte ich, »aber es gab keine politischen Diskussionen zwischen uns.«

»Hör mal, Dax«, sagte Jeremy, »du erwartest doch nicht, daß ich das glaube? Wie kannst du mit der Tochter eures prominentesten Gegners politische Gespräche vermeiden?«
»Ganz einfach, Jeremy. Gerade du müßtest das eigentlich verstehen. Habe ich je ein anderes Motiv gebraucht als die Schönheit einer Frau?«
Er lachte. »Allmählich wird mir etwas wohler bei der Sache, du alter Hund. Ich fürchtete schon, du wolltest ein ordentlicher Mensch werden. Viel Glück.«
Ich legte den Hörer auf, und sogleich läutete es wieder. Es war der Vizedirektor des Hotels. Seine Stimme klang besorgt. »Die Halle ist voll von Zeitungsleuten und Fotografen, Exzellenz. Was soll ich ihnen sagen?«
Ich dachte einen Augenblick nach. »Führen Sie sie alle in den Speisesaal und lassen Sie ihnen auf meine Rechnung ein Frühstück servieren. Und sagen Sie ihnen, daß ich gleich komme, sobald ich rasiert und angezogen bin.«
Ich legte auf, aber noch ehe ich den Hörer losgelassen hatte, läutete es wieder. »Ja?«
»Hier Marcel«, sagte eine wohlbekannte Stimme. »Gratuliere.«
»Danke sehr.«
»Ich weiß, dein Vater wäre in diesem Moment sehr stolz.«
»Besten Dank«, sagte ich und fragte mich, warum Marcel wohl anrief. Er war nicht der Mann, der seine Zeit mit Höflichkeiten vergeudete.
»Wann kommst du nach New York? Es gibt viele wichtige Dinge, die wir klären müssen.«
»Ich weiß es noch nicht. Gibt es etwas besonders Dringendes?«
»Nein«, meinte Marcel zögernd. »Du kennst doch das Fernsehding, das ich hier habe? Glaubst du, so etwas wird bei euch drüben gebraucht?«
Plötzlich begriff ich – er dachte, die Linien seien vermutlich angezapft. »Nein«, antwortete ich, »ich glaube nicht. Ich bin sicher, daß es hier etwas Ähnliches gibt.«
»Das dachte ich mir. Also gib mir Bescheid, wenn du nach New York kommst.«
»Wird gemacht.«
»Und richte bitte *el Presidente* meine Glückwünsche aus. Ich habe Achtung vor ihm, und er kann auf mich zählen.«
Ich legte auf, und es läutete sofort wieder. Ich beschloß, mich nicht

darum zu kümmern, und wollte eben ins Badezimmer gehen, als Fat Cat eintrat.
»Sag ihnen, daß ich im Augenblick kein Gespräch mehr annehme.«
Fat Cat nickte und ging ans Telefon. Ich war schon fast im Badezimmer, als er mich zurückrief. »*El Presidente.*«
Ich nahm den Hörer aus seiner Hand. »Ja, Exzellenz?«
Die Stimme des alten Mannes klang klar und gutgelaunt. »Hast du gut geschlafen?«
»Ja, Exzellenz.«
»Was machst du jetzt?«
»Ich wollte eben unter die Dusche«, sagte ich, »dann gehe ich zu den Zeitungsleuten hinunter. Das muß ich ja wohl.«
»Ja, das gehört zu den Plagen im Leben eines Staatsmannes. Man wird nie in Ruhe gelassen. Würdest du bitte in den Palast kommen, wenn du damit fertig bist? Ich möchte gern, daß du jemanden hier kennenlernst.«
»Ich komme sobald wie möglich, Exzellenz.«
Dann überwog meine Neugier. »Wer ist es denn? Jemand von Bedeutung?«
»Das ist Ansichtssache. An deiner Stelle würde ich ihn für recht bedeutend halten. Aber ich bin nicht du. Unsere Ansichten gehen über vieles auseinander. Jedenfalls wird mich deine Reaktion interessieren, wenn du ihn kennenlernst.«
»Ihn?«
Ein Kichern kam durch die Leitung. »Ja. Den Mann, der gestern nacht versucht hat, dich umzubringen. Wir haben ihn heute morgen verhaftet.«

8

Es war der Mann, den ich mit Beatriz auf dem Flugplatz von Miami am Flugkartenschalter gesehen hatte. Aber als er jetzt zwischen zwei Soldaten ins Zimmer stolperte, sah er nicht mehr so adrett und ordentlich aus. Seine Augen waren geschwollen, an seiner Wange und um seinen Mund waren Blutkrusten zu sehen.
»Kennst du ihn?« *El Presidente* blickte mich verschlagen an. »Hast du ihn schon einmal gesehen?«
Der Mann hob den Kopf und blickte mich an. In seinen Augen stand die Angst.

»Nein«, sagte ich. »Ich habe ihn noch nie gesehen.« Es hatte keinen Sinn, Beatriz in die Sache hineinzuziehen.
»Ich will dir sagen, wer es ist! Es ist der Onkel des Mädchens, Guayanos' Bruder.«
Plötzlich ging mir die Dummheit der ganzen Sache auf die Nerven. Ich trat auf den Mann zu. »Du Idiot«, sagte ich. »Was sollte das?«
Er antwortete nicht.
»Selbst wenn du mich umgebracht hättest, was hättest du erreicht?« schrie ich. »War dir nicht klar, daß jede der beiden Kugeln Beatriz hätte töten können?«
Fast unmerklich änderte sich sein Blick. »Ich habe daran gedacht«, sagte er mit leiser, müder Stimme, »und darum sind Sie auch noch am Leben. Im letzten Augenblick habe ich danebengezielt.«
El Presidente lachte. »Glaubst du das?«
Ich antwortete nicht.
»Wahrscheinlich war es ein abgekartetes Spiel zwischen ihm und dem Mädchen. Deshalb erzählt er jetzt diese Geschichte.«
»Nein! Beatriz wußte nichts davon! Sie wußte nicht einmal, daß ich wieder in Corteguay war!«
»Halt's Maul!« brüllte *el Presidente*. Er schlug Beatriz' Onkel heftig ins Gesicht. Sein Kopf schnellte nach hinten, und er fiel fast zu Boden. *El Presidente* schlug nochmals zu.
»Die Gewehre?« fragte er. »Wo werden die Gewehre an Land gebracht?«
»Ich weiß nichts von Gewehren.«
»Du lügst!« Diesmal stieß ihm *el Presidente* brutal das Knie in die Weichen.
Er klappte nach vorn, stürzte fast auf die Knie und schnappte vor Schmerz nach Luft. »Ich weiß nichts«, sagte er.
El Presidente ging zu seinem Schreibtisch zurück. Er drückte auf einen Knopf seiner Gegensprechanlage. »Schicken Sie Hoyos und Prieto her.«
»Ohne die beiden wäre uns dieser jämmerliche Tropf entwischt«, sagte er zu mir. »Sie haben ihn von dem Augenblick, als er an Land kam, beschattet.«
Die beiden kamen herein und blieben vor dem Tisch *el Presidentes* stehen. Ihre Gesichter waren ohne Ausdruck.
»Was habt ihr sonst noch herausgekriegt?«
Hoyos antwortete. »Nichts, Exzellenz. In dem kleinen Boot waren keine Waffen. Er ist allein gekommen.«

»Hat er sich mit dem Mädchen in Verbindung gesetzt?«
»Nein, Exzellenz. Als er hinkam, war sie nicht zu Hause. Er hat sich in den Büschen versteckt und auf ihre Rückkehr gewartet.«
»Warum habt ihr nicht gleich zugegriffen?« fragte ich.
»Wir dachten, er werde ihr eine Nachricht wegen der Waffen bringen. Wir haben nicht angenommen, daß er versuchen würde, Sie zu töten.«
Das Gesicht des Mannes war bleich und schmerzdurchfurcht. »Warum hast du das versucht?«
»Meine Nichte ist ein anständiges Mädchen. Ich merkte, was Sie mit ihr vorhatten.«
»Dann waren es also keine politischen Gründe?«
Er schüttelte den Kopf. »Nein, es war nur ihretwegen. Sie ist das einzige Kind meines Bruders. Ich habe sie vor Ihnen gewarnt, aber anscheinend hat sie nicht darauf gehört.«
»Das ist doch alles Unsinn!« brüllte *el Presidente*. »Zum letztenmal – wo werden die Waffen an Land gebracht?« Drohend stand er vor dem Unglückseligen.
»Ich habe Ihnen schon gesagt, ich weiß es nicht.«
»Lügner!« Die Stimme *el Presidentes* war heiser vor Zorn. »Warum bist du denn wieder hergekommen, wenn nicht wegen der Waffen?«
»Wo soll ich sonst hin? Corteguay ist meine Heimat.«
El Presidente blickte ihn einen Augenblick an, dann wandte er sich an Hoyos. »Bringt ihn ins Escobar. Ihr wißt, was ihr zu tun habt.«
»*Sí, excelencia.*« Hoyos wollte den Gefangenen hinausführen.
»Nein!«
Ich wußte, was Escobar bedeutete. Es war das Gefängnis für die zum Tode Verurteilten. Alle schauten mich neugierig an, am neugierigsten *el Presidente*.
»Laßt ihn frei!«
»Du bist ein Schwachkopf«, brüllte *el Presidente*. »Der wird es doch nur wieder versuchen. Ich kenne diese Sorte.«
Ich antwortete nicht.
»Du bist zu lange im Ausland gewesen. Du hast vergessen, wie es hier zugeht.«
Ich erinnerte mich, was *el Presidente* vor langer Zeit gesagt hatte, als ich ein Knabe war und einem Mörder an die Gurgel sprang. »Du brauchst nicht zu töten, mein Sohn«, hatte er gesagt, »du bist nicht mehr im Dschungel.«

»Sind wir doch wieder in den Dschungel zurückgekehrt?« fragte ich. *El Presidente* starrte mich an, aber ich merkte, daß er sich nicht erinnerte. »Gestern abend haben Sie mich zum Obersten Richter für politische Verfahren ernannt.«
Er nickte.
»Dann trage ich die Verantwortung. Ich habe mit ihm Wichtigeres vor, als ihn hinrichten zu lassen. Ich übergebe dir eine Botschaft für deinen Bruder«, sagte ich zu dem Gefangenen. Er sah mich mißtrauisch an.
»In den heutigen Zeitungen wirst du lesen, daß allen politischen Häftlingen und Flüchtlingen Amnestie gewährt wird. Ich habe alle, die mit uns nicht einverstanden sind, eingeladen zu kommen. Über die unterschiedlichen Meinungen soll in freier Wahl entschieden werden. Sag deinem Bruder, daß das für ihn ebenso gilt wie für jeden anderen Corteguayaner.«
Beatriz' Onkel lächelte höhnisch. »Das ist bloß ein neuer Trick. Wir wissen, was nach anderen Amnestien geschehen ist.«
»Dann ist es ein guter Trick. Denn er erlaubt dir, lebend und als freier Mann diesen Raum zu verlassen.«
Er blickte nervös von einem zum anderen, als wisse er nicht, was er glauben solle.
Schließlich sagte *el Presidente* verächtlich: »Werft den Wurm hinaus.«
Hoyos' Stimme klang geradezu entsetzt. »Sie meinen, wir sollen ihn einfach laufenlassen?«
»Sie haben gehört, was Seine Exzellenz gesagt hat«, erklärte *el Presidente*. »Der Gefangene ist frei.«
Wortlos drehte sich Hoyos um und stieß Beatriz' Onkel vor sich aus dem Raum. Prieto folgte ihnen.
El Presidente und ich sahen uns an. Schließlich lächelte er. Und dann brüllte er vor Lachen.
»Worüber lachen Sie?«
»Bis jetzt«, keuchte er, »war ich sicher, daß du sie gehabt hast. Jetzt weiß ich, daß du nicht mehr Erfolg gehabt hast als die anderen.«
Ich sagte nichts.
Sein Gelächter ging in ein Kichern über. »Wundervoll.«
»Was ist wundervoll?«
»Dein Plan. Hut ab vor deinem Plan.«
»Ja?« Ich wollte wissen, wieso ich so besonders intelligent gewesen war.

»Dadurch, daß du ihren Onkel laufenläßt, gewinnst du ihr Vertrauen und damit sie selbst. Wenn du mal bei ihr drin bist, wird sie uns ihren Vater in die Hände liefern.« Er sah mich verschlagen an. »Hast du je eine Frau gekannt, die imstande ist, den Mund zu halten, wenn sie gefickt wird?«

9

Zwei Wochen vergingen, und immer noch hatte ich von Beatriz nichts gehört. Mehrmals ertappte ich mich dabei, wie ich nach dem Telefon griff, aber jedesmal hielt ich mich zurück.
Eines Abends saß ich in meinem Büro und studierte einen ausführlichen Bericht über die Wirtschaftslage des Landes, den ich mir von den zuständigen Stellen hatte anfertigen lassen, als *el Presidente* eintrat. Er kam an meinen Schreibtisch und blickte mir über die Schulter.
»Was hältst du davon?«
Ich sah hoch. »Wenn diese Angaben der Wirtschaftsexperten stimmen, dann haben wir eine gute Chance.«
»Wir haben eine gute Chance, wenn wir eine Finanzhilfe bekommen. Hast du von unserem Freund noch keine Nachricht?«
Er meinte George Baldwin. »Nein.«
»Ich möchte wissen, worauf sie warten.«
»Ich weiß es auch nicht.«
»Vielleicht solltest du einmal nach New York fahren. Schließlich bist du der Leiter unserer Delegation bei den Vereinten Nationen. In New York kannst du dann auch bestimmt die Frage der Finanzhilfe wieder in Gang bringen.«
»Das ist keine schlechte Idee.«
»Es ist besser, als hier herumzusitzen. Wann willst du fahren?«
»Vielleicht Dienstag oder Mittwoch. Ich möchte übers Wochenende ein paar persönliche Dinge erledigen.«
Er lächelte. »Hast du von dem Mädchen noch nichts gehört?«
Ich schüttelte den Kopf.
El Presidente zuckte philosophisch die Achseln. »Von ihrem Vater auch nicht?«
»Nein.«
»Keiner von ihnen wird das Amnestieangebot annehmen«, sagte er verächtlich. »Das sind Würmer, die scheuen das Tageslicht.«

Ich antwortete nicht. Es war sinnlos darauf hinzuweisen, daß bei seinen beiden letzten Amnestien alle getötet wurden, die sich auf sie verlassen hatten. Warum sollten sie annehmen, daß es dieses Mal anders sei?
El Presidente legte mir die Hand auf die Schulter. »Du wirst es schon lernen. Du hättest den Onkel erledigen sollen, als du die Möglichkeit dazu hattest. Das ist die einzige Sprache, die sie verstehen.«
In der Tür drehte er sich um. »Viel Glück bei dem Mädchen.«
Ich nickte. Es hatte keinen Sinn, ihm zu sagen, daß meine Pläne gar nicht Beatriz betrafen. Ich hatte dieses Wochenende viel zu tun, und zwar allein.
Ich wollte diese Zeit auf meiner *hacienda* verbringen. Es würde mindestens zwei Tage dauern, den kleinen Friedhof in Ordnung zu bringen. Dann würde er endlich wieder so ordentlich aussehen, wie meine Mutter sich ihn gewünscht hätte.

Ich hörte den Wagen, bevor er um die Kurve auf der Höhe des Hügels kam. Ich legte die Schaufel weg, ging zu dem alten Eisenzaun und nahm das Gewehr, das dort lehnte. Ich ließ eine Patrone in die Kammer gleiten und wartete.
Martínez war vor fast einer Stunde zu seiner Hütte gegangen, und Fat Cat sollte erst morgen kommen. Wir waren Freitag zusammen heraufgekommen, aber ich hatte ihn sofort wieder in die Stadt geschickt. Wenn sich in meiner Wohnung niemand meldete, wäre man bald darauf gekommen, wohin ich gefahren war. Dann wären die Soldaten hier oben aufgetaucht, denn Leutnant Giraldo hatte keine Lust, wegen Nachlässigkeit sein Offizierspatent zu verlieren.
Der Wagen hielt oben auf dem Hügel. Die beiden Huptöne, die ich mit Fat Cat als Signal verabredet hatte, ertönten. Ich ging langsam, das Gewehr lose in der Armbeuge, zum Haus zurück. Meine Muskeln schmerzten bei jedem Schritt. Es war lange her, daß ich solche Arbeit getan hatte. Aber ich hatte ein gutes Gefühl, denn der winzige Friedhof sah jetzt allmählich wieder so aus, wie ich ihn in Erinnerung hatte.
Es mußte sich um etwas Wichtiges handeln, wenn Fat Cat einen Tag früher als vorgesehen erschien. Als der Wagen in den Hof einbog, sah ich, daß neben ihm noch jemand saß.
Der Wagen hielt vor mir, und Beatriz stieg aus. Ich sah vermutlich erschreckend aus – halbnackt bis zum Gürtel, mit Schmutz bedeckt, das Gewehr im Arm. Aber ehe ich selbst noch etwas sagen konnte,

sagte sie: »Sei nicht böse, ich habe Fat Cat überredet, mich herzubringen.«
Ich war zu erstaunt, um zu antworten.
»Ich habe in den Zeitungen gelesen, daß du am Dienstag nach New York fährst. Ich wollte dich unbedingt vorher noch sehen. Freitag rief ich zweimal im Hotel an, aber niemand war da. Heute morgen erreichte ich Fat Cat. Er wollte mich zuerst nicht herfahren, aber als ich ihm erklärte, daß ich auf jeden Fall zu dir wollte, erklärte er sich schließlich widerwilllig bereit.«
Ich rührte mich nicht.
»Du hättest warten können«, sagte ich. »Montag wäre ich wieder in Curatu gewesen.«
Ihre Augen waren so grün wie das Laub im Wald. »Ich weiß«, sagte sie und ihre Stimme zitterte, »aber ich konnte nicht länger warten. Ich habe schon fast zu lange gewartet.«
In den enggeschnittenen Sporthosen, dem Männerhemd mit dem offenen Kragen und den aufgerollten Ärmeln sah sie wie ein kleines Mädchen in den Kleidern des Bruders aus. Nur die herrliche Form ihrer Brüste widersprach dem. »Worauf hast du gewartet?«
Sie gab meinen Blick fast herausfordernd zurück. »Daß du mich anrufst«, sagte sie. »Und als du es nicht tatest, erinnerte ich mich an deine Worte. Nur Kindern muß man sagen, was sie denken sollen. Männer und Frauen können selbst denken.«
»Und was denkst du?«
Ich sah, wie sich ihr Gesicht zart rötete. »Ich glaube –« Sie zögerte. »Ich glaube, ich habe mich in dich verliebt.«
Dann lag sie in meinen Armen.

Beatriz lehnte am Geländer der *galería* und beobachtete den Nachthimmel. »Jetzt weiß ich, warum du dieses Haus so liebst. Es ist so schön hier, man glaubt, man sei der einzige Mensch auf der ganzen Welt.«
»Es ist mehr als das«, sagte ich. »Hier bin ich zu Hause. In dem Zimmer dort über der Treppe bin ich geboren. Meine Mutter, mein Vater und meine Schwester schlafen in der weichen Erde hinter dem Haus. Hier bin ich verwurzelt.«
Sie ergriff meine Hand. »Mein Vater kannte deinen Vater. Er sagte, er sei ein wirklich großer Mann gewesen.«
Ich blickte in die Nacht hinaus, man konnte die sanfte Brise im Feldgras hören. »Mein Vater«, sagte ich und hielt inne. Wie faßt man

Güte und Wärme und Liebe in Worte? »Mein Vater war wirklich ein Mensch. Er fand eine Entschuldigung für jeden auf der Welt, außer für sich selbst.«

»Du bist auch so.«

Nach einem Blick auf Beatriz erhob ich mich. »Es ist Schlafenszeit. Wir Landleute müssen bei Sonnenaufgang aufstehen.«

Beatriz erhob sich zögernd. Ich sah ihre Nervosität und lächelte. »Ich habe dir das Zimmer meiner Schwester gegeben«, sagte ich. »Fat Cat hat es für dich zurechtgemacht.«

Ich lag ausgestreckt im Dunkeln auf meinem Bett und hörte sie vor sich hin summen, während sie das Wasser aus dem Krug in die Schüssel goß. Dieses Mal war das Geräusch im Nebenzimmer kein Traum.

Ich lächelte vor mich hin, drehte mich auf die Seite und schloß die Augen. Nach einiger Zeit hörte das Summen auf, und ich schlief ein. Plötzlich war ich wieder hellwach, denn jemand befand sich in meinem Zimmer. Ich drehte mich im Bett um, und meine Hand berührte ihre volle feste Brust. Ich spürte durch das dünne Nachthemd, wie die Brustwarzen sich aufrichteten.

Ihre Stimme war leise. »Man hat mich vor dir gewarnt. Aber hat man dich jemals vor Mädchen meiner Art gewarnt? Ich bin nicht hergekommen, um allein zu sein.«

Das Feuer, das von ihr ausging, rann durch meinen Arm, entzündete meinen Körper. Ich fühlte meine Muskeln hart werden. Dann zog ich sie zu mir nieder und küßte sie so fest, daß sie fast aufschrie. Es war das erste Mal für sie, und in gewisser Weise war es das auch für mich. Schöner denn je, schöner, als ich es je erträumt hatte.

Es war das erste Mal, daß mir eine Frau in ihrem Schmerz, ihrer Lust und Verzückung zugeschrien hatte: »Gib mir dein Kind, Geliebter!«

10

Ich erwachte, als der erste Sonnenstrahl ins Zimmer kam. Langsam drehte ich mich um. Ich hielt den Atem an, um Beatritz nicht zu stören. Sie lag halb auf der Seite, das dünne Bettuch war um ihre Beine gewickelt. Ihr langes schwarzes Haar lag auf dem Kissen ausgebreitet. Ihre Augen waren geschlossen, sie lächelte leicht im Schlaf.

Ich betrachtete ihre vollen starken Brüste. Man konnte die feine

blaue Zeichnung der Milchkanäle sehen, die zu den Brustwarzen in ihrer pflaumenförmigen Umrahmung führten. Ich ließ meine Augen über die reizvolle Kurve ihrer schmalen Taille, über die Hüften und den winzigen feuchten Wald ihres Liebeshügels zu der starken geraden Schwellung ihrer Schenkel schweifen.
»Bin ich schön?« fragte sie leise.
Erstaunt sah ich sie an. Ihre dunkelgrünen Augen lächelten mir zu.
»Ich wußte nicht, daß du wach bist.«
»Bin ich schön?«
Ich nickte. »Sehr schön.«
Langsam schloß sie die Augen. »Habe ich es richtig gemacht?«
»Du warst wundervoll«, antwortete ich ruhig.
»Zuerst hatte ich Angst«, flüsterte sie. »Nicht meinetwegen, sondern deinetwegen. Ich habe so vieles gehört, weißt du. Wie schmerzhaft es sein kann, wie ein Mädchen für den Mann alles verderben kann. Ich wollte, daß es für dich schön wäre.«
»Das war es auch.«
»Meinst du das wirklich? Was du heute nacht gesagt hast?« Dann unterbrach sie sich. »Nein, du brauchst nicht zu antworten. Es ist nicht fair von mir. Du sollst nicht das Gefühl haben, daß du mich belügen mußt.«
»Was ich gestern sagte, war ernst gemeint«, sagte ich. »Ich liebe dich.«
Beatriz lächelte und schloß wieder die Augen. »Ich liebe dich«, sagte sie und streichelte mich. Sie beugte sich mit geschlossenen Augen hinunter und küßte mich.
»Er ist so schön«, flüsterte sie, »so fest und stark. Ich habe mir nie vorgestellt, daß er immer so sein würde.«
Ich mußte lachen. Aber ich war bereit, mich eher umzubringen, als sie zu enttäuschen.

»Nun ist es geschafft«, sagte ich. Ich hatte die letzte Pflanze eingesetzt und drückte die Erde rundum fest. Ich richtete mich auf und sah Beatriz an.
Sie kam zu mir und küßte mich. Dann kniete sie neben dem Grab meiner Schwester nieder. »So jung«, sagte sie leise, »erst dreizehn. Wie ist sie gestorben?«
»Die *bandoleros* kamen aus den Bergen«, sagte ich. »Sie haben sie getötet. Sie, meine Mutter und La Perla, unsere Köchin.«
»Und du?«

»Ich versteckte mich hinter einer Kiste.«
»Dann hast du gesehen –«
»Alles. Und ich konnte nichts tun. Als sie mich schließlich entdeckten, lief ich auf die Straße hinaus. Glücklicherweise kam mein Vater mit dem General und den Soldaten gerade zur *hacienda*.«
»Mit dem General?«
Ich nickte. »*El Presidente*. Aber das war lange, bevor er die Regierung übernahm.« Ich sah Tränen in Beatriz' Augen aufsteigen.
»Armer Dax«, flüsterte sie.
»Ach, weißt du, ich war damals noch zu jung, um wirklich zu verstehen, was geschehen war. Für meinen Vater war es anders, er war danach nie wieder der alte.«
Beatriz drückte ihre Lippen sanft auf meine. Ich schmeckte ihre salzigen Tränen. »Eines Tages«, flüsterte sie, »wird es in diesem Haus wieder lärmende Kinder geben. Deine Kinder. Und dann wird die Erinnerung nicht mehr so schmerzlich sein.«
Schritte näherten sich. Es war Fat Cat. »Es ist nach eins«, sagte er, »und Martínez ist immer noch nicht hier.«
»Wahrscheinlich hat ihn irgend etwas aufgehalten. Haben wir was zu essen?«
»Ja, wenn es dir nichts ausmacht, daß es dasselbe ist wie heute zum Frühstück.«
»Das stört uns nicht, wir mögen *tortilla* und Bohnen.«
Er ging wieder zum Haus zurück. Ich sammelte die Geräte ein – die Schaufel, die Hacke und den Rechen – und nahm sie auf die Schulter.
»Kannst du das Gewehr tragen?«
»Ja«, sagte sie und nahm es auf.
»Nicht so.« Ich gab ihr das Gewehr richtig in die Hand. »Du mußt immer die Mündung von dir weg nach unten halten.«
»Ich mag Gewehre nicht. Ich konnte sie nie leiden.« Sie sah mich an. »Warum du hier eines mit dir herumschleppst, verstehe ich nicht. Kilometerweit gibt es hier keinen Menschen.«
»Siehst du das hohe Gras?« fragte ich.
Beatriz nickte.
»Darin können sich hundert Mann verstecken, und du würdest sie erst sehen, wenn sie schon ganz heran wären.«
»Aber was hätten sie davon, uns zu überfallen?«
»Was haben sie davon gehabt, meine Mutter und meine Schwester zu überfallen?«
Beatriz antwortete nicht.

»Es liegt an den Gewehren. Die Gewehre geben ihnen ein Gefühl der Macht. Und jeden Tag kriegen sie noch mehr Gewehre.«
»Die brauchen sie, um sich zu verteidigen.«
»Gegen wen?«
»Gegen die Soldaten der Regierung, die sie terrorisieren«, sagte sie trotzig.
»Du kennst die Soldaten nicht. Ich kenne keinen, der wirklich gern kämpft.«
Wir waren jetzt beim Haus angelangt. Ich legte die Geräte nieder und nahm ihr das Gewehr ab. »Nein, der einzige Grund, warum Menschen Gewehre haben wollen, ist der, daß sie Krieg führen wollen. Wenn wir die Waffenlieferungen unterbinden könnten, ließe sich vielleicht noch Blutvergießen vermeiden.«
Fat Cat erwartete uns auf der *galería.* Als Beatriz hineingegangen war, um sich zu waschen, winkte er mir.
»Schau«, sagte er und reichte mir einen Feldstecher. Er deutete in die Richtung von Martínez' Hütte.
Ich setzte den Feldstecher an und suchte den Horizont ab. »Ich sehe nichts.«
»Am Himmel, gerade über dem Haus.«
Nun sah ich sie. Drei Kondore schwebten faul in der Luft. Ich setzte das Glas ab. »Na und?« sagte ich. »Wahrscheinlich liegt dort ein totes Tier. Du bist schon wie ein altes Weib.«
»Es gefällt mir nicht«, sagte Fat Cat eigensinnig.
Ich kannte ihn lange genug, um seinem Instinkt zu trauen. Er roch die Gefahr, ehe sie da war.
»Na schön«, sagte ich schließlich. »Nach dem Essen gehen wir hinüber.«

»Ich möchte nicht fort von hier«, flüsterte Beatriz, während Fat Cat unsere Sachen in den Wagen lud. »Es ist so ruhig und schön hier.« Plötzlich drückte sie ihren Kopf an meine Brust. »Versprich mir, Dax, daß wir eines Tages wieder hierherkommen.«
»Wir werden wiederkommen.«
Aber das war, bevor wir Martínez Haus erreichten und ihn fanden. Jetzt saß sie zitternd im Sitz neben mir, während wir durch die Nacht zur Stadt fuhren. Ich überlegte, ob sie wohl immer noch auf die *hacienda* zurückkehren wollte.
Es war fast vier Uhr morgens, als wir endlich vor ihrem Haus ankamen. Ich stieg aus und begleitete sie zum Eingang.

»Du wirst vorsichtig sein, nicht wahr?« sagte sie.
»Keine Sorge. Ich liebe dich zu sehr, um mein Leben leichtsinnig aufs Spiel zu setzen.«
Plötzlich warf sie ihre Arme um mich und fing an zu weinen. »Dax, Dax«, schluchzte sie. »Ich weiß nicht, was ich denken soll. Ich verstehe überhaupt nichts mehr.«
»Du hast das Richtige getan. Die Einfuhr der Gewehre muß unterbunden werden. Und niemand braucht das je zu erfahren.«
Beatriz schaute mir lange in die Augen. Nach und nach versiegten ihre Tränen. »Ich glaube dir. Vielleicht, weil ich eine Frau bin, weil ich dich liebe. Aber ich glaube dir.«
Ich küßte sie. »Geh schlafen«, sagte ich sanft. »Du bist erschöpft.«
Sie nickte. »Dax, ich vergaß, dir zu danken.«
»Wofür?«
»Mein Onkel hat mir erzählt, was du für ihn getan hast.«
»Dein Onkel ist ein Schwachkopf«, sagte ich heftig. »Er hätte dich töten können. Und er hätte wissen müssen, daß man ihn erwischt.«
»Du verstehst ihn nicht. Er liebt meinen Vater, und da mein Vater nicht hier ist, glaubt er, er müsse mich beschützen.« Beatriz lächelte. »In Wirklichkeit muß ich ihn die meiste Zeit beschützen.«
»Paß nur auf, daß er nicht wieder in Schwierigkeiten gerät.«
Sie legte die Hand auf meinen Arm. »Die Amnestie – dieses Mal ist es doch nicht wieder ein übler Trick?«
»Nein«, sagte ich. »Dieses Mal nicht.«
Beatriz sah mir in die Augen, dann küßte sie mich. »Gute Nacht.«

11

Der Schiffsraum war finster, und der schwere Gestank des Dieselöls lag in der Luft. »Gibt es hier Licht?«
Der Kapitän nickte und wies mit einer Taschenlampe auf den Schalter. Zwei Glühbirnen warfen ihren schwachen gelben Schein auf die schweren Holzkisten, die den Laderaum füllten.
»Eine Kiste öffnen«, befahl Giraldo.
Zwei Soldaten holten eine der Kisten herunter und brachen sie mit ihren Macheten auf. Ich beobachtete den Kapitän. Er verzog keine Miene.
»Gewehre!« Die Stimme des Soldaten war heiser und hallte von den Eisenwänden des Laderaums wider.

Die automatischen Gewehre glänzten schwarz unter der dünnen Schutzschicht von Öl. Ich nahm eines heraus und untersuchte es. Die Kennzeichnung war winzig, aber deutlich lesbar. Man hatte versucht, sie unkenntlich zu machen. KUPPEN-FARBEN-GESELLSCHAFT e. g. Ich wußte, was die beiden kleinen Buchstaben bedeuteten. *East Germany*. Die alte Waffenfabrik in der russischen Zone. Man hatte den Namen beibehalten, weil er in vielen Teilen der Welt immer noch bekannt war. Wer wußte schon, daß diese Gesellschaft nichts mehr zu tun hatte mit jener im Westen, die ja keine Waffen mehr herstellte. Ich warf das Gewehr den Soldaten zu. »Die anderen Kisten öffnen!«

Dann wandte ich mich an den Kapitän. »Haben Sie die Konnossemente dafür?«

»Selbstverständlich. Die Gewehre sind für den nächsten Hafen bestimmt, den wir anlaufen.«

»Ich verstehe. Kann ich die Papiere sehen?«

Der Kapitän warf einen Blick zu dem Zollinspektor, der schweigend neben ihm stand. »Ich habe sie nicht.«

»Wer hat sie denn dann, Herr Kapitän?«

Er antwortete nicht.

»Also bitte, Herr Kapitän«, sagte ich, »irgend jemand muß sie doch haben.«

Die Antwort schien ihm Schwierigkeiten zu machen. »Sie dürften versehentlich zwischen die anderen Papiere geraten sein.«

»Sie meinen, die Konnossemente liegen beim Zoll?«

Er nickte zögernd.

Ich wandte mich an den Zollinspektor. »Haben Sie sie gesehen?«

Die Augen des Mannes waren voll Angst. »Nein, Exzellenz«, stammelte er. »Wir dürfen solche Dokumente nicht prüfen. Sie werden vom Chefinspektor selbst bearbeitet.«

Ich wandte mich an Giraldo. »Lassen Sie die Hälfte Ihrer Leute hier. Mit den übrigen folgen Sie mir.«

»*Sí, excelencia!*« Zum erstenmal bemerkte ich in den Augen des jungen Leutnants wachsenden Respekt. Davon war um sechs Uhr an diesem Morgen, als ich in sein Quartier gekommen war, nichts zu sehen gewesen. Er hatte behauptet, er habe für eine solche Aktion keine Vollmacht. Seine Aufgabe sei nur, mich zu beschützen.

»Dann ist Ihre Aufgabe klar. Sie müssen mich zu meinem Schutz begleiten.«

»Das muß ich erst mit meinen Vorgesetzten klären.«

»Herr Leutnant, Sie werden das mit niemandem klären!« Ich war sehr scharf geworden. »Ihre Instruktionen sind eindeutig. Was würde es für einen Eindruck machen, wenn ich *el Presidente* erzähle, daß ich soeben von einem zweitägigen Aufenthalt in den Bergen zurückgekommen bin, während Sie die ganze Zeit in Ihrem Quartier herumgefaulenzt haben?«

Giraldo hatte sehr rasch überlegt, welches das geringere Übel war. Selbst wenn sein Entschluß, mich zu begleiten, falsch war, würde ihn das nicht seine Offiziersstelle kosten. Falls man aber je herausfand, daß ich allein in den Bergen gewesen war, konnte er von Glück sagen, wenn *el Presidente* sich damit begnügte, ihm bloß seinen Rang abzuerkennen.

Er hatte seine Leute in zwei Jeeps verstaut, und sie waren meinem Wagen zum Hafen gefolgt. Das Schiff lag bereits am Kai. Ich schaute zum Hauptmast hoch, an dem im grauen Morgenlicht die rot-grüne Reedereiflagge der Campion-Linien flatterte. Es mußte ja eines seiner Schiffe sein, dachte ich, während wir die Gangway hinaufgingen.

Jetzt, da wir die Gewehre gefunden hatten, hatte Giraldo seine Meinung geändert. Nun war er mit ganzem Herzen dabei. Ich wandte mich an den Kapitän und den Zollinspektor. »Kommen Sie bitte mit ins Büro des Chefinspektors.«

Ohne auf eine Antwort zu warten, kletterte ich die Stahlleiter zum Deck hoch. Nach dem Gestank im Laderaum tat die Seeluft gut. Ich holte tief Atem.

Fat Cat eilte an Deck. »Eben ist *el Presidente* eingetroffen!«

»Hier?«

»*Sí*. Am Kai. Er erwartet dich.«

Ich sagte nichts. Es war nicht nötig. Fat Cat wußte, was ich dachte. Ich konnte in der Stadt keinen Schritt tun, ohne daß *el Presidente* davon wußte.

El Presidente stand neben seiner großen schwarzen Limousine, umgeben von Soldaten. Als er mich erblickte, winkte er.

»Was hast du gefunden?«

»Was ich erwartet hatte. Gewehre. Kommunistischer Herkunft. Die gleichen, die Sie bei den *bandoleros* in den Bergen erbeutet haben.«

Nach einem kurzen Blick wandte sich *el Presidente* um. »Hoyos!«

Der Polizeichef kam schnell hinter dem Wagen hervor. Es war das erste Mal, daß ich ihn in Uniform sah. Auf seiner Schulter glänzte der Goldmond eines Armeeobersten. »*Sí, excelencia.*«

»Herr Oberst, schicken Sie eine Abteilung Ihrer Leute an Bord, um die Gewehre zu beschlagnahmen.«
»Das ist nicht nötig«, sagte ich. »Leutnant Giraldos Leute bewachen sie bereits.«
»Du hast Giraldo mit? Sehr gut.«
»Ich bin auf dem Weg zum Büro des Chefinspektors. Mir wurde gesagt, die Konnossemente seien dort.«
»Ich gehe mit«, sagte *el Presidente* grimmig. »Ich habe den Eindruck, daß mein Vetter mir einige Erklärungen geben muß.«
Der Kapitän und der Zollinspektor gingen zum Zollgebäude. Wir folgten ihnen. *El Presidente* nahm meinen Arm und sagte leise: »Wie hast du von den Gewehren erfahren? Durch das Mädchen?«
»Nein, durch Martínez, den alten Bauern, der in der Nähe meiner *hacienda* wohnt. Die *bandoleros* haben ihn gefoltert, weil er mein Freund war, und ihn liegengelassen, weil sie ihn für tot hielten. Er hat sie darüber reden hören.« Die Lüge war geschickt. Man hätte Martínez ausgraben müssen, um sie zu widerlegen, und dieser Mühe würde man sich nicht unterziehen.
»Martínez? Du meinst den Mann mit den Tieren?«
»Ja.«
Manchmal setzte mich *el Presidente* wirklich in Staunen. Es war über dreißig Jahre her, seit er Martínez gesehen hatte, und doch erinnerte er sich sofort an ihn.
»Ich hatte keine Ahnung, daß er noch am Leben ist«, sagte *el Presidente* nachdenklich. »Wir bekamen immer Hühner von ihm. Er muß schon sehr alt sein.«
Wir waren bei der Tür der Zollbaracke angelangt, und Hoyos sprang vor, um sie zu öffnen. Dann trat er zur Seite und ließ *el Presidente* und mich vorangehen. Die beiden Beamten an ihren Schreibtischen blickten erschrocken auf.
»Ist mein Vetter da?«
»Ich – ich weiß nicht«, antwortete der eine nervös und erhob sich halb. »Ich werde nachsehen, Exzellenz.«
»Ich werde selbst nachsehen!«
Der Beamte sank auf seinen Stuhl zurück, während *el Presidente* an ihm vorbei ins Privatbüro ging. Durch die offene Tür sah ich den Chefinspektor hinter seinem Schreibtisch aufspringen und strammstehen.
»Auf dem Schiff dort draußen sind Gewehre!« brüllte *el Presidente.*

Das Gesicht des Chefinspektors wurde plötzlich weiß. »Exzellenz, das wußte ich nicht, glauben Sie mir!«
»Lügner! Verräter! Die Konnossemente sind hier in deinem Büro. Gib sie mir!« *El Presidente* trat zum Schreibtisch, die Hand gebieterisch ausgestreckt.
Der Chefinspektor zog aufgeregt an einer Schublade. Sie klemmte, dann ging sie auf, und er griff hinein. Metall blitzte, und eine Pistole krachte fast unmittelbar neben meinem Ohr. Das Geschoß schleuderte den Chefinspektor an die Wand. Er hing einen Augenblick dort, noch ein Staunen in seinem Blick, dann stürzte er zu Boden.
Hoyos hatte den rauchenden Revolver in der Hand, seine Lippen waren leicht zurückgezogen. »Ich sah einen Revolver!«
Ich antwortete nicht, sondern ging hinter den Schreibtisch, stieg über den Toten und griff in die Lade. Ich nahm die Papiere heraus, die von einer großen Metallklammer zusammengehalten wurden.
»Das war Ihr Revolver, den Sie sahen«, sagte ich ruhig.
Ich bemerkte den Blick zwischen Hoyos und *el Presidente*, und mir wurde klar, daß es nicht darauf angekommen war, was der Mann getan hatte. Er war ein toter Mann gewesen, ehe wir noch das Büro betreten hatten. Ich durchflog die Papiere, aber die Konnossemente, wenn es je welche gegeben hatte, waren nicht dabei.
Hinter der Geschichte mit den Gewehren steckte mehr, als man mich wissen lassen wollte.

12

»Mein Vetter«, sagte *el Presidente*. »Mein eigenes Fleisch und Blut!«
Trotz des Trauerflors an seinem Ärmel war nicht mehr Bedauern in seiner Stimme als am Vortag im Zollbüro. Ich sagte nichts.
»Du hattest recht«, fuhr er fort, »die Gewehre sind auf unseren Schiffen hereingekommen. Ich hätte das nie für möglich gehalten. Wenn ich meinem eigenen Vetter nicht trauen konnte, wem denn sonst?«
Ich sagte immer noch nichts, aber ich wußte, daß es niemanden gab, dem er wirklich traute, außer sich selbst.
»Ich habe nun den Hafen unter Hoyos' Kontrolle gestellt«, fuhr er fort. »Jetzt wird die Armee alles überwachen.«
»Was ist mit den Zollbeamten geschehen?«

»Sie sind im Gefängnis. Sie haben alle mit ihm unter einer Decke gesteckt.«
»Haben Sie Beweise dafür gefunden?«
»Gewehre habe ich gefunden«, antwortete er. »Was brauche ich sonst noch für Beweise? Wenn diese Gewehre das Schiff verlassen konnten, mußten alle davon wissen.«
»Und der Kapitän? Was ist mit ihm?«
»Den haben wir auf freien Fuß gesetzt. Was sollten wir sonst tun? Sollte er die amerikanische Gesandtschaft alarmieren und einen Riesenstunk machen, während du dich um eine Zwanzig-Millionen-Dollar-Anleihe bemühst?«
Das stimmte. Im Augenblick konnten wir uns keine Unannehmlichkeiten leisten. Ich stand auf und ging ans Fenster.
Das Schiff lag noch im Hafen. Es sollte mit der abendlichen Flut auslaufen. Wenn es kein Schiff Campions gewesen wäre, das unter unserer eigenen Flagge lief, hätten wir den Hafen für die Schiffahrt sperren können. Aber wie sollte man den Hafen für Schiffe unter der eigenen Flagge sperren? Die Gewehre würden weiter hereinkommen. Man mußte einen Weg finden, um das zu unterbinden.
»Wenn ich in New York bin, werde ich mit Campion sprechen«, sagte ich. »Vielleicht kann er irgendwie verhindern, daß die Gewehre auf seine Schiffe gelangen.«
»Tu das«, sagte der Alte. »Aber es wird nichts nützen. Soll Campion persönlich jede Frachtorder begutachten? Er müßte in jeden Laderaum, in jede Kiste schauen. Und wenn er das täte, was meinst du, wie lange er dann noch im Geschäft bliebe?«
»Trotzdem werde ich mit ihm reden.«
»Ich fürchte, es gibt nur eine Möglichkeit, wieder Ordnung zu schaffen. Ich muß eine Armee in die Berge führen und die verdammten *bandoleros* ein für allemal ausrotten. Jeden einzelnen von ihnen.«
»Das ist keine Lösung«, sagte ich. »Sie müßten auch die Frauen und Kinder umbringen, und das können Sie nicht. Die Welt würde sich mit Abscheu von uns wenden.«
»Ich weiß. Die Amerikaner würden uns als Diktatoren verschreien und die Sowjets als Handlanger des US-Imperialismus.«
El Presidente holte tief Atem. »Es ist nicht leicht. Ich kann mich nur verteidigen, niemals angreifen.«
»Die Amnestie –«
»Die Amnestie ist ein völliger Fehlschlag! Ist ein einziger *bandolero*

oder Revolutionär gekommen? Nein, und es wird auch keiner kommen. Damit mußt du dich abfinden.«
»Sie ist erst seit zwei Wochen in Kraft«, sagte ich. »Man beratschlagt noch.«
El Presidentes Stimme klang nüchtern. »Wenn du dich weiter selbst täuschen willst, bitte. Ich ziehe es vor, die Dinge realistisch zu sehen. Hast du zum Beispiel von diesem Kerl, dem du das Leben geschenkt hast, ein Wort gehört? Oder von seinem Bruder, dem feigen Verräter? Oder von dem Mädchen?«
Ich antwortete nicht. Ich konnte *el Presidente* nicht sagen, daß ich ohne Beatriz nicht einmal von den Gewehren gewußt hätte. Für mich war das ein Beweis, daß die Amnestie wenigstens diskutiert und in Betracht gezogen wurde. »Sie haben Ihr Angebot nicht zurückgezogen?«
»Das brauche ich nicht«, sagte *el Presidente* verächtlich. »Es ist unnötig, ein offizielles Angebot zurückzuziehen, von dem man privat weiß, daß es nie angenommen wird. Auf diese Weise geht der Mißerfolg wenigstens auf ihre Kappe.«
Dann wechselte er plötzlich das Thema. »Was hast du eigentlich für Absichten mit dem Mädchen?«
»Ich weiß es nicht. Ich habe noch nicht darüber nachgedacht.«
»Dann solltest du es tun. Ich habe das Gefühl, daß du dich verändert hast, seitdem du sie kennst.«
»Weshalb kommen Sie auf den Gedanken?«
»Du bist schon fast einen Monat in Corteguay«, sagte er und lächelte, »und es hat noch überhaupt keinen Skandal gegeben. Noch kein Vater oder Ehemann ist gekommen, um sich zu beschweren.«

Wie gewöhnlich waren die Vorhänge zugezogen, als ich eintrat. »Amparo, morgen fahre ich weg, ich wollte mich verabschieden.«
Sie sah vom Schreibtisch auf. Ihre Stimme klang, als käme sie aus weiter Ferne. »Sehr nett von dir. Du hättest dir wirklich nicht die Mühe zu machen brauchen.«
»Ich wollte es aber«, sagte ich. »Ich habe mich gefragt, ob ich etwas für dich tun kann.«
Amparo blickte mir gerade in die Augen. Ihr Blick war ruhig und kühl, als spräche sie über jemand anders. »Du meinst das Rauschgift?«
»Ja. Es gibt Orte, wo man dir helfen kann, weißt du. Wo man dich heilen kann.«

»Wovon willst du mich heilen, Dax? Von der einzigen Möglichkeit, Frieden zu haben?«
»Das ist kein wirklicher Frieden, Amparo, das weißt du recht gut. Es ist nur eine Illusion.«
»Soll ich wieder so werden wie früher? Mich quälen, fürchten, ständig halb verrückt sein nach Dingen, die ich nie bekomme? Nein, besten Dank. Auch wenn es nur eine Illusion ist, laß sie mir, Dax.«
»Aber du bist nur halb am Leben.«
»Halb am Leben ist besser als tot.« Sie nahm einen Brief, der auf dem Schreibtisch lag. »Schau dir das an, Dax. Seit zwei Tagen versuche ich, der Familie meines Vetters zu schreiben. Ich möchte ihr erklären, wie leid es mir tut, daß er wegen der selbstsüchtigen Pläne meines Vaters sterben mußte.«
Amparos Stimme wurde hysterisch. »Weißt du, wie oft ich den Familien von Männern schreiben muß, die mein Vater umgebracht hat? Ich kann sie gar nicht mehr zählen.«
»Es war ein Unglücksfall«, sagte ich. »Dein Vater war nicht schuld.«
»Es war kein Unglücksfall. Das einzige Unglück war, daß du etwas entdeckt hattest, was du nicht entdecken solltest. Von diesem Augenblick an war mein Vetter verloren. Seine Witwe geht in Schwarz, aber seine Kinder verstehen noch nicht, daß ihr Vater sie für immer verlassen hat. Und ich versuche diesen Brief zu schreiben.« Wütend zerknitterte Amparo das Blatt und warf es in den Papierkorb. Sie nahm eine Zigarette und zündete sie mit zitternden Fingern an. Mit eisiger Stimme sagte sie: »Wie kannst du nur so beschränkt sein, Dax? Die Lösung, die du suchst, liegt auf der Hand. Töte ihn, Dax, und das alles hat ein Ende. Ich glaube fast, daß er selbst darauf wartet. Es wäre ihm willkommen.«

Am nächsten Morgen, als ich mich in *el Presidentes* Büro von ihm verabschiedete, sagte er, daß Beatriz und ihr Onkel am Vortag das Flugzeug nach Miami genommen hätten.

13

»Dieser Besuch ist ganz inoffiziell«, sagte Jeremy, als wir aus dem Wagen stiegen. »Wenn ihn jemand fragt, wird der Senator bestreiten, je mit dir gesprochen zu haben.«

»Ich verstehe«, sagte ich. »Ich bin dankbar, daß überhaupt jemand bereit ist, mit mir zu sprechen.« Das war mein Ernst. Entgegen George Baldwins Annahme war aus Washington keine offizielle Antwort gekommen.

Drei Wochen lang hatte ich es ertragen. Die Nachrichten von daheim waren nicht gut. Ein Dorf in den Bergen war von den *bandoleros* besetzt worden. Fast eine halbe Division Militär war nötig gewesen, um sie zu verjagen. Sämtliche Einwohner waren tot. Siebenundfünfzig Menschen – Männer, Frauen und Kinder.

Der Vorfall war zu bedeutend, als daß selbst *el Presidente* ihn den Zeitungen hätte unterschlagen können. Sie waren alle voll davon. Und auch, wenn sie versuchten, die Geschichte objektiv zu behandeln, so klang es doch immer, als trüge die Regierung die Verantwortung. Die *bandoleros* erschienen wie romantische Gestalten aus Amerikas Wildwest-Vergangenheit. Die Kommunisten und viele europäische Zeitungen waren wesentlich bösartiger. Sie beschuldigten *el Presidente,* die Bevölkerung des Dorfes als Vergeltungsmaßnahme ausgerottet zu haben. Mehrere Mitglieder des Ostblocks drohten, die Sache vor die Vereinten Nationen zu bringen.

Selbstverständlich taten sie es nicht, aber die Gerüchte und Drohungen wirkten sich für uns nachteilig aus. Man betrachtete *el Presidente* in Amerika als einen weiteren Peron, Batista oder Trujillo, und die amerikanischen Politiker, die immer sorgfältig auf die Stimmung der Wähler achten, wollten keinen Finger für uns rühren.

Als ich eine verschlüsselte Depesche von *el Presidente* bekam, entschloß ich mich zu dem Versuch, eine Entscheidung zu erzwingen. Die *bandoleros* hatten die Armee tatsächlich drei Tage lang mit Granatwerfen und Geschützen in Schach gehalten, und unsere Verluste waren höher, als man angegeben hatte. Es war wahrscheinlich, daß der Feind nun ein anderes Dorf besetzen würde und daß das gleiche von vorn beginnen würde. Dabei war es nicht einmal sicher, ob die Armee ihn überhaupt würde vertreiben können. Diesmal war ich bereit, widerspruchslos zu akzeptieren, was der alte Mann sagte. Ich hatte die hemmungslose Zerstörung auf Martínez' Hof gesehen. Ich griff zum Telefon, rief Jeremy in Washington an und las ihm den Brief *el Presidentes* vor.

Nach einer Pause fragte er: »Hast du das irgend jemandem von unserer Regierung gezeigt?«

»Wem soll ich es zeigen?« fragte ich resigniert. »Sie schweigen sich aus.«

Jeremy fragte ganz nebenbei: »Erinnerst du dich an das alte Haus am Kap?«
»Selbstverständlich.« In meinem ersten Sommer in den Staaten hatte ich dort ein Wochenende verbracht. »Ich wußte nicht, daß ihr es noch habt.«
»Es gehört noch der Familie. Ab und zu, wenn ich mich frei machen kann, fahre ich hinüber. Auch am kommenden Wochenende. Wenn du glaubst, daß du die Ruhe dort ertragen kannst, komm doch mit. Es würde mich freuen.«
»Sehr gern.« Jeremy führte irgend etwas im Schilde, sonst hätte er mich nicht eingeladen.
»Gut. Ich hole dich in deinem Büro ab. Wir fahren wahrscheinlich mit dem Wagen.«
»Ich weiß etwas Besseres: wir nehmen das Flugzeug.«
»Ich wußte nicht, daß du ein Flugzeug hast.«
»Du hast deine eigenen Zeitungen nicht gelesen«, sagte ich trocken. »Sue Ann war bei unserer Scheidung sehr großzügig.«
Jeremy hatte mir erst, als wir hinkamen, erzählt, daß wir den Senator treffen würden. Das Kap war zu dieser Jahreszeit ziemlich verlassen. Der Senator öffnete selbst. Er war sportlich gekleidet, mit Sweater, Sporthose und Turnschuhen, und wirkte sogar noch jünger, als es seinen fünfunddreißig Jahren entsprach.
»Hallo«, sagte er und streckte die Hand aus. »Ich wollte Sie schon lange kennenlernen. Ich hatte nie Gelegenheit, Ihnen für das zu danken, was Sie für meinen Bruder getan haben.«
Ich blickte Jeremy an und sah, wie sich die Falten in seinem Gesicht vertieften. Seltsamerweise fühlte er sich immer noch am Tod seines Bruders mitschuldig.
Wir folgten dem Senator in ein kleines Arbeitszimmer. Das Haus war still. Es schien niemand da zu sein.
»Möchten Sie etwas trinken?«
»Ich nicht, danke«, sagte ich.
Er mischte Whisky und Soda für Jeremy und sich selbst und nahm mir gegenüber Platz. »Jeremy hat Ihnen schon gesagt, daß dieser Besuch ganz inoffiziell ist. Ich weiß nicht, was ich tun kann, um Ihnen zu helfen, wahrscheinlich nichts. Aber ich möchte Sie einfach als Freund anhören.«
»Erzähl ihm alles«, sagte Jeremy.
Das tat ich. Ich ließ nichts aus. Ich begann mit einem kurzen Überblick über die Geschichte Corteguays und erzählte, wie es ausgese-

hen hatte, bevor *el Presidente* aus den Bergen kam und die Regierung übernahm. Dann schilderte ich, was seither in Corteguay geschehen war. Der Senator hörte aufmerksam zu und unterbrach mich nur, um die eine oder andere Frage zu stellen. Als ich zum Ende kam, waren fast zwei Stunden vergangen.
»Ich fürchte, ich bin ziemlich weitschweifig geworden.«
»Ganz und gar nicht«, sagte der Senator. »Es hat mich sehr interessiert.«
»Jetzt hätte ich gern einen Drink.«
Er stand auf und bereitete Drinks für uns alle. »Sie sagen, es hat immer *bandoleros* gegeben, aber jetzt werden sie von den Kommunisten unterstützt. Sind Sie dessen sicher? Alle, die von uns Hilfe wollen, erzählen das.«
»Ich habe die Waffen selbst gesehen«, sagte ich. »Ich habe sie in der Hand gehalten. Sie wurden in der alten Fabrik von Kuppens in Ostdeutschland hergestellt.«
Der Senator nickte. »Ich habe davon gehört. Angeblich werden dort nur landwirtschaftliche Maschinen hergestellt.«
»Glauben Sie, daß Ihr Präsident heute den Willen der Mehrheit Ihres Volkes vertritt?« fragte er plötzlich.
Ich überlegte einen Augenblick, ehe ich antwortete. »Ich weiß es nicht. Und ich bezweifle auch, ob Ihnen das einer meiner Landsleute sagen könnte. Er hat eine Wahl versprochen, damit das Volk entscheiden kann, aber eine Wahl mit nur einem Kandidaten wäre eine Farce. Und bis heute ist kein anderer Kandidat aufgetaucht.«
»Haben Sie je von einem Mann namens Guayanos gehört?« fragte der Senator.
»Ich weiß von Dr. Guayanos, obgleich ich ihn nicht persönlich kenne.« Ich sah, wie Jeremy mir zuzwinkerte. Ich lächelte. »Aber ich kenne seine Tochter.«
»Ich kenne weder Dr. Guayanos noch seine Tochter«, sagte der Senator ernst, »aber mehrere meiner Kollegen im Senat scheinen zu glauben, was er ihnen erzählt. Daß das Angebot einer Amnestie und einer Wahl nur ein Trick ist, um ihn ins Land zurückzulocken, wo man ihn sofort gefangennehmen und ermorden würde.«
Zum erstenmal hätte ich fast die Geduld verloren. »Siebenundfünfzig Männer, Frauen und Kinder starben vor zwei Wochen in einem kleinen Dorf in meiner Heimat. Vielleicht haben die *bandoleros* sie umgebracht, vielleicht die Soldaten. Das hängt vor allem von der Zeitung ab, die man liest. Aber für mich ist es nicht so entscheidend,

wer sie umgebracht hat. Entscheidend ist, daß sie tot sind und daß für ihren Tod jene Männer verantwortlich sind, die den *bandoleros* Waffen und Geld liefern. Die Soldaten wurden nicht losgeschickt, um ein Dorf mit Frauen und Kindern anzugreifen. Sie wurden losgeschickt, um es von den *bandoleros* zu befreien. Viel zu lange wurde meine Heimat von Männern regiert, die durch Blutvergießen an die Macht gekommen sind. Wenn Dr. Guayanos solchen Anteil an dem Schicksal seines Volkes nimmt, wie er behauptet, dann soll er kommen und sich zur Präsidentenwahl stellen. Die Welt wird bald merken, ob es ein Trick ist oder nicht. Aber ich fürchte, Guayanos ist in seiner Art nicht besser als die anderen. Es ist viel sicherer, einfach die Macht zu ergreifen, als eine Ablehnung durch die Wählerschaft zu riskieren.«

»Oder sein Leben«, sagte der Senator.

»Und? Ist seines mehr wert als irgendein anderes?«

Der Senator blickte mich eine Zeitlang nachdenklich an. Dann sagte er ruhig: »Die Welt ist voll von Feiglingen, die verlangen, daß Helden für sie sterben.«

Ein paar Minuten vergingen, dann stand ich auf. »Entschuldigen Sie, daß ich mehr von Ihrer Zeit beansprucht habe, als ich wollte. Ich danke Ihnen, daß Sie mir die Gelegenheit dazu gaben.«

»Ich muß Ihnen danken«, sagte der Senator und erhob sich. »Ich habe eine Menge gelernt. Aber, wie gesagt, ich weiß nicht, ob ich etwas tun kann.«

»Sie haben mich angehört, und das ist schon sehr viel. Es ist mehr, als was irgendein Mitglied Ihrer Regierung bisher getan hat.«

Wir gingen zur Tür. »Ich würde Sie gern wiedersehen«, sagte der Senator. »Privat, damit wir Freunde werden können.«

»Ich würde mich sehr freuen.«

»Würden Sie eine Einladung zum Dinner bei meiner Schwester annehmen?«

»Mit Vergnügen.«

»Sehr gut.« Der Senator grinste und sah einen Augenblick aus wie ein triumphierender kleiner Junge. »Sie hätte mich umgebracht, wenn Sie nein gesagt hätten. Sie brennt darauf, Sie kennenzulernen.«

14

Es war Montag abend nach meiner Rückkehr vom Kap. Jeremy war wieder nach Washington in sein Büro gefahren, und ich hatte einen langen enttäuschenden Tag mit unwichtigen Ausschußsitzungen der Vereinten Nationen zugebracht. Es war nach elf. Ich fühlte mich nervös und wußte, daß ich nicht schlafen würde. Plötzlich fiel mir ein, daß ich nicht zu Abend gegessen hatte.

John Perona selbst hob die Samtschnur im El Morocco hoch, um mich einzulassen.

Ich setzte mich, und noch ehe ich die Möglichkeit hatte, etwas zu bestellen, brachte der Kellner eine Flasche Champagner, öffnete sie und füllte mein Glas. Ich sah Perona fragend an.

»Heute abend werden Sie Champagner trinken«, sagte er. »Wir haben zuviel zu tun, um etwas anderes zu servieren.«

»Sehr unliebenswürdig. Außerdem habe ich Hunger.«

»Ich schicke Ihnen einen Ober.« Perona klatschte in die Hände und eilte fort.

Ein Ober erschien. »Monsieur?«

Ich bestellte grünen Salat, gut abgetropft, mit Essig und Öl, großkörnigen Belugakaviar, und ein dickes Steak, halb durchgebraten, mit Pommes frites. Ich lehnte mich zurück, zündete eine Zigarre an und sah mich um.

An einem Tisch saß Ali Khan in größerer Gesellschaft, an einem anderen Amos Abidijan, Marcels ehemaliger Schwiegervater. An ihrem Stammplatz hatten sich Aristoteles und Tina Onassis mit Rubi und seiner jungen französischen Frau eingefunden. Sam Spiegel und Darryl Zanuck, je an einem Tisch, vertraten die Filmwelt.

Dann brachte der Kellner meinen Salat, und ich fing an zu essen. Ich war gerade fertig, als eine heisere Stimme, die mir wohlbekannt war, ertönte. »Ich traue ja meinen Augen nicht. Welche Wandlung! *Du* bist allein?«

Ich stand auf. »Irma Anderson.«

»Dax, alter Bursche«, sagte sie.

Ich küßte ihr die Hand, wobei ich mir überlegte, ob diese dicken Fingerchen je jung gewesen waren. »Ich habe heute lange gearbeitet und wollte hier nur eine Kleinigkeit essen. Willst du dich nicht zu mir setzen, vielleicht auf ein Glas Champagner?«

»Keinen Champagner – meine Diät, weißt du. Aber ich setze mich gern einen Augenblick zu dir.«

Irma nahm Platz. »Erzähl mir doch mal, was hast du getrieben? Ich dachte eigentlich, ich würde dich öfter sehen, nachdem du wieder in New York bist.«
»Es hat so allerlei Schwierigkeiten gegeben.«
»Ich weiß. Schrecklich, diese Dinge, die dort unten geschehen. Die Leute sagen, es kommt bald zu einer Revolution.«
»Die Leute reden gern«, erwiderte ich. »Es wird nicht zu einer Revolution kommen.«
»Zu dumm, diese Gerüchte. Sonst könnte man vielleicht den Fremdenverkehr ankurbeln. Die Leute suchen immer neue Plätze, wo man hingehen kann. Die gewohnten Orte werden ihnen allmählich langweilig.«
Irma war ein schlaues altes Luder, und wenn sie so redete, tat sie das nicht bloß, um sich selber reden zu hören. »Wenn du sagst, daß es keine Revolution gibt und sich das alles bald wieder beruhigt, braucht ihr vor allem eines: eine neue Werbekampagne.«
Jetzt wußte ich, worauf Irma hinauswollte. »Du hast recht. Aber wer außer dir könnte eine solche Kampagne erfolgreich durchführen? Niemand. Und du bist viel zu beschäftigt.«
Sie senkte die Stimme: »Offen gestanden, ich suche etwas Neues. Seit Sergei so gut im Sattel sitzt, habe ich wieder etwas mehr freie Zeit.«
»Das ist ja großartig! Wie wär's, wenn ich dich morgen anrufe? Wir könnten uns treffen und darüber reden.«
»Einverstanden, mein Junge«, sagte Irma und stand auf. »Weißt du übrigens, daß Caroline de Coyne und Sue Ann heute abend hier sind?«
»Ich weiß. Ich habe sie gesehen.«
»Und Mady Schneider und Dee Dee Lester und –« Irma hätte die Reihe fortgesetzt, aber ich hob die Hand.
»Es ist nicht nötig, sie aufzuzählen. Ich habe sie alle gesehen.«
»Und doch ißt du allein?«
»Du brauchst mich nicht zu bedauern«, lachte ich. »Manchmal esse ich ganz gern allein.«
Aber ich sollte nicht lange allein bleiben. Dania Farkas kam nach ihrer Vorstellung herein, und ich lud sie ein, sich zu mir zu setzen. Und vielleicht, weil ich nicht mehr allein war, kamen auch die anderen herüber. Zuerst Sue Ann, denn sie war neugierig, ob sich zwischen Dania und mir etwas entwickelte. Dann kam Dee Dee, die nie der Versuchung widerstehen konnte, aufzutauchen, wenn Sue Ann

da war. Und später Caroline, gefolgt von Mady Schneider, die es nicht ertrug, irgendwo nicht dabei zu sein.
Plötzlich merkte ich, daß verlegenes Schweigen herrschte. Sie sahen sich an und überlegten, warum, zum Teufel, sie an meinen Tisch gekommen waren. John Perona kam mit zwei Kellnern herangeeilt, jeder trug eine Flasche Champagner. Er beugte sich mit sorgenvollem Blick zu mir. »Ich hoffe, es wird keine Unannehmlichkeiten geben«, sagte er im Bühnenflüsterton.
Plötzlich mußte ich laut lachen. Das war großartig. Für einen Augenblick fühlte ich mich wirklich wie der Sultan von Marokko. »Keine Sorge, es wird keine Unannehmlichkeiten geben«, sagte ich beruhigend. »Die Damen wollen nur eine improvisierte Wiedersehensfeier veranstalten.«
Das Gelächter, das darauf folgte, löste die Spannung am Tisch, und während wir alle sprachen und lachten, kehrten auch die anderen Gäste im Restaurant wieder zu ihren unterbrochenen Gesprächen zurück.
Erst gegen zwei Uhr verließ ich mit Dania das Restaurant. »Ich habe mich köstlich amüsiert«, sagte sie. »Jede hat sich überlegt, was die anderen dachten.«
»Es war amüsant, aber ich möchte es nicht jeden Tag mitmachen. Es ist zu anstrengend.«
Sie lachte. »Komm auf einen Drink zu mir. Dann kannst du dich davon erholen.«
»Schön, aber nur für ein paar Minuten. Morgen habe ich viel zu erledigen.«
Es war nach fünf, als ich ihre Wohnung verließ. Ich betrachtete mich im Spiegel, während ich mit dem Lift hinunterfuhr. Ich sah vollkommen erledigt aus. Zwei Kratzer hatte ich am Hals, in meinen Ohren hallten noch ihre Seufzer und Lustschreie.
Auf der Straße war kein Taxi in Sicht. Ich ging daher westwärts zur Park Avenue. Dort gab es immer Taxis. Ich bemerkte den Wagen, der neben mir heranfuhr, erst, als ich ihre Stimme hörte.
»Dax!«
»Beatriz!« Ich drehte mich um.
Sie saß neben dem Fahrer. In ihren Augen lag ein merkwürdig gekränkter Blick. »Die ganze Nacht sind wir hinter dir hergefahren«, sagte sie, »in der Hoffnung, daß du einen Moment allein wärst!«

15

Es gehört zu den angenehmen Dingen in New York, daß immer, egal zu welcher Tages- und Nachtzeit, irgendein Lokal offen ist. Um fünf Uhr morgens, auf der Ostseite von Manhattan, geht man zu Reuben's. Das ist ein Delikatessenladen, in dem man alles bekommen kann, von einer Tasse Kaffee bis zu einer vollständigen Mahlzeit.
Als Beatriz und ich eintraten, war es fast leer. Ein paar Nachtbummler waren da, aber die morgendlichen Gäste noch nicht.
»Was soll's sein?« fragte der Kellner gelangweilt.
»Kaffee«, sagte ich. »Viel Kaffee. Stark und schwarz.«
»Ich nehme auch Kaffee«, sagte Beatriz.
Der Kellner nickte und verschwand.
Sie sah mich immer noch mit dem gekränkten Blick an. »Dein Hals ist zerkratzt und dein Kragen voll Blut.«
»Ich werde es meinem Frisör sagen«, antwortete ich leichthin. »Er soll besser aufpassen.«
Beatriz lächelte nicht. »Ich finde das gar nicht komisch.«
Sie blickte in ihre Tasse. »Mein Vater glaubt nicht, was ich ihm erzählt habe. Er sagt, es ist alles nur ein fauler Trick.«
»Dein Vater!« fuhr ich auf. »Wahrscheinlich glaubt er, daß die siebenundfünfzig toten *campesinos* von Matanza auch nur ein fauler Trick sind.« – Sie antwortete nicht.
Ich erinnerte mich an das, was der Senator am Vortag gesagt hatte, über die Feiglinge, die verlangen, daß Helden für sie sterben.
Ich wiederholte die Worte und fügte ein paar eigene hinzu. »Dein Vater ist wie ein General, der meilenweit von der Kampflinie entfernt in Sicherheit sitzt, in dem angenehmen Bewußtsein, daß das auf seinen Befehl vergossene Blut nie seine Hände beschmutzen wird. Wenn dein Vater wirklich glaubt, daß er den Volkswillen repräsentiert, dann soll er doch kommen und gegen *el Presidente* kandidieren. Oder hat er Angst, er könnte verlieren und als Scharlatan dastehen?«
»Er würde es tun, wenn er glaubte, daß *el Presidente* sein Versprechen wegen der Amnestie einhält!« gab sie wütend zurück.
»*El Presidente* wird sein Wort halten!« Ich war ebenfalls wütend. »Er muß es, er hat es vor aller Welt verkündet. Glaubst du, er kann jetzt sein Wort brechen?«
Nach einigen Minuten sagte Beatriz: »Wärst du bereit, mit meinem Vater zu sprechen?«

»Ja, jederzeit.«
»Würdest du allein kommen?«
»Ja.«
»Ich werde es ihm sagen.« Sie stand auf. Ich erhob mich ebenfalls.
»Beatriz«, sagte ich und griff nach ihrer Hand.
»Nein. Ich habe einen Fehler gemacht. Ich dachte, wir lebten in der gleichen Welt, aber in dem einen Punkt hat man recht gehabt. Das sehe ich jetzt.«
»Beatriz, ich kann dir erklären –«
»Nein«, antwortete sie mit zitternder Stimme. Dann drehte sie sich schnell um und eilte aus dem Restaurant.
Erst als ich wieder draußen im grauen Morgenlicht stand, fiel mir ein, daß ich sie nicht gefragt hatte, wann wir uns wiedersehen würden.

Marcels Stimme kam durchs Telefon. »Ich habe die Information, nach der du gefragt hast.«
»Sehr gut.«
»Ja«, unterbrach er schnell. Er hatte kein Vertrauen zu Telefonen. »Wann kannst du herkommen?«
Ich blickte auf meinen Terminkalender. »Heute abend habe ich eine Verabredung zum Dinner. Kann ich nachher kommen?«
»Ausgezeichnet. Wann ungefähr?«
»Ist Mitternacht zu spät?«
»Nein. Ich gebe meinen Leuten Bescheid.«
Nachdenklich legte ich den Hörer auf. Ich hatte eigentlich nicht erwartet, daß Marcel mir Auskunft über die Waffen geben würde und darüber, woher das Geld für sie kam.
Es klopfte.
Prieto trat ins Büro, eine Zeitung in der Hand. »Haben Sie das gesehen?«
Er zeigte mit dem Finger auf eine kleine Nachricht auf einer der Innenseiten der *Herald Tribune*.

CORTEGUAYANER SPRICHT

Dr. Guayanos, ehemaliger Professor an der Universität von Corteguay und einstiger Vizepräsident des Landes, der in den Staaten im Exil lebt, wird heute abend an der Columbia-Universität sprechen. Sein Thema: Die Notwendigkeit einer demokratischen Regierung in Corteguay.

Es war mehr als eine Woche her, seit ich Beatriz getroffen hatte. Dies war das erste, was ich, wenn auch indirekt, von ihr hörte.
»Was sollen wir tun?« fragte Prieto.
»Nichts.«
»Nichts?« sagte Prieto entsetzt. »Soll er seine Lügen in aller Öffentlichkeit vortragen?«
Ich lehnte mich zurück. »Wir sind hier nicht in Corteguay. Hier hat jeder das Recht zu sagen, was ihm paßt.«
»*El Presidente* wird nicht damit einverstanden sein. Seit mehr als zwei Jahren suchen wir diesen Mann. Nun wagt er es, mit seinen Beschuldigungen an die Öffentlichkeit zu treten.«
»Es ist mir völlig egal, ob *el Presidente* damit einverstanden ist oder nicht!« Auch Prieto mußte einsehen, daß dies die erste Möglichkeit war, die Aufrichtigkeit des Amnestieangebots zu prüfen. Ein erster schwacher Schimmer von Hochachtung für Guayanos erwachte in mir. Selbst hier im Ausland erforderte es Mut, öffentlich zu reden.
»Aber –« widersprach Prieto.
»Ich übernehme die Verantwortung dafür«, sagte ich scharf. »Sie werden ihn in Ruhe lassen!«
»*Sí, excelencia.*« Verdrossen wandte er sich zum Gehen.
Ich wartete, bis er draußen war, dann rief ich meine Wohnung im Oberstock an und bat Fat Cat, herunterzukommen. So gern ich es gewollt hätte, ich konnte nicht zu Guayanos' Vortrag gehen. Was für Prieto galt, galt auch für mich. Mein Erscheinen konnte schon als Eingreifen angesehen werden.
Aber nichts konnte Fat Cat hindern hinzugehen. Ich hatte das Gefühl, Guayanos erwartete, daß ich jemanden schickte, und Fat Cat schien mir der geeignete Mann zu sein.
Er war kein Politiker, und es war allgemein bekannt, daß seine Verbindung zu mir rein privater Natur war. Ich konnte mich darauf verlassen, daß er genau, ohne Vorurteil oder Verdrehung, berichten würde, was Guayanos gesagt hatte. Und außerdem würde Fat Cat mir berichten können, ob Prieto Wort gehalten hatte.

16

Die Schwester des Senators empfing mich an der Tür. »Ich bin Edie Smith«, sagte sie lächelnd, »ich freue mich sehr, daß Sie kommen konnten. Das ist mein Mann, Jack.«

Der große, gewichtige Mann hinter ihr lächelte. »Sehr erfreut, Sie kennenzulernen, Mr. Xenos«, sagte er mit einem leichten Mittelwestnäseln.
»Kommen Sie doch herein«, sagte seine Frau und nahm mich am Arm, »wir trinken hier erst mal einen Cocktail.«
Im Wohnzimmer standen sechs oder sieben Leute, die ich alle kannte, mit Ausnahme der hübschen dunkelhaarigen Frau des Senators. Offensichtlich war sie in anderen Umständen.
»Ich glaube, die einzigen, die Sie noch nicht kennen, sind mein Bruder und seine Frau.« Mrs. Smith war politisch durchaus orientiert. Sie wußte genau, was sie zu tun hatte.
Ich schüttelte dem Senator die Hand, als sei es zum erstenmal, und verbeugte mich vor seiner Frau. Dann wandte ich mich zu den anderen.
Giselle blickte mich vorwurfsvoll an, als ich zu ihr trat. »Schämst du dich nicht«, sagte sie auf französisch, »ein einziges Mal treffen wir uns, und dann noch anderswo. Du hast unsere Einladungen zum Abendessen so oft abgelehnt, daß ich dich nun nicht mehr einlade.«
Ich küßte ihr die Hand. Sergei hatte zugenommen, sah aber sehr gut aus. »Hör nicht auf, mich einzuladen«, sagte ich. »So wie die Dinge stehen, werde ich gelegentlich ein gutes Essen brauchen können.«
Das Lächeln verschwand aus Sergeis Gesicht. »Die Meldungen in den Zeitungen sind recht unerfreulich.«
Ich nickte. »Es sieht ernst aus, mein Freund. Sehr ernst.«
Giselle fragte besorgt: »Du bist doch nicht in Gefahr, oder?«
»Ich bin doch hier.«
»Aber wenn man dich nach Hause zurückruft –«
Sergei unterbrach sie. »Du brauchst dir keine Sorgen zu machen. Dax kann auf sich aufpassen.« Er wandte sich an mich. »Wir denken oft an dich.«
»Ich weiß.« Ich glaubte es Sergei, denn wir hatten alle genug hinter uns, um zu wissen, wer unsere Freunde waren. »Und wie geht es Anastasia?«
»Du solltest sie sehen!« sagte Giselle. In ihrer Stimme lag Mutterstolz. Dann lachte sie. »Oder lieber nicht. Sie wird wahrscheinlich ein sehr hübsches Mädchen.«
Nach dem Essen nahm mich der Senator in eine Ecke. »Ich habe unsere kleine Unterhaltung nicht vergessen. In der Stille habe ich auf eigene Faust Nachforschungen angestellt.«

»Ich danke Ihnen«, sagte ich. »Schon Ihr Interesse ist mir eine Hilfe.«
»Ich hoffe, daß ich mehr tun kann«, sagte er. »Vielleicht habe ich nächste Woche etwas Neues für Sie. Sind Sie dann in New York?«
»Ich nehme es an.«
»Ich werde mich melden.«
Ich verließ die Party zusammen mit Giselle und Sergei. Sein Wagen mit dem Chauffeur stand vor dem Eingang. Er schlug vor, ich solle noch auf einen Drink zu ihnen kommen. Aber ich lehnte ab. »Ich habe noch eine Verabredung.«
»Du alter Gauner, du hast dich überhaupt nicht geändert.«
Ich lachte. »Ich wollte, ich könnte dir deine Illusionen erhalten. Aber es ist geschäftlich. Ich treffe mich mit Marcel.«
»Man sagt, er geht nie außer Haus«, warf Giselle ein.
»Das stimmt«, antwortete Sergei, ehe ich etwas sagen konnte. »Ich war einmal bei ihm. Das Haus ist so gut bewacht wie eine Bank.«
»Du warst bei ihm?« fragte ich überrascht.
»Es war vor mehreren Jahren, bald nach meiner Ankunft hier«, sagte Sergei. »Er wollte mir einen Anteil an einer Gesellschaft, die ihm gehörte, verkaufen.«
»Hast du ihn gekauft?«
»Natürlich«, sagte Sergei. »Ich kann Marcel nicht ausstehen, aber wenn er etwas versteht, dann das Geldverdienen. Ich wußte nicht mal, was die Gesellschaft tat, aber er hat mich zum Präsidenten gemacht, und alle drei Monate bekomme ich pünktlich 2500 Dollar Dividende.«
Giselle sah mich an. »Ich erinnere mich, damals in Texas –« Dann blickte sie Sergei an und schwieg.
Ich sah auf die Uhr. »Ich muß gehen.«
Ich küßte Giselle auf die Wange, Sergei gab mir die Hand. »Du siehst müde und abgespannt aus«, sagte er. »Nimm es etwas gemütlicher.«
»Das tue ich auch, sobald die augenblicklichen Schwierigkeiten aufhören.«
»Und komm an deinem ersten freien Abend zu uns«, sagte Giselle.
Sie stiegen in den großen Rolls-Royce mit der goldenen Krone an der Tür und winkten, als der Wagen anfuhr. Marcel wohnte nur ein paar Blocks entfernt in der Park Avenue, und ich kam einige Minuten zu früh dort an.
Als ich um die Ecke bog, trat eben ein Mann aus dem Haus. Er sprang

in ein Taxi, während ich die Stufen hinaufging und läutete. Ich sah dem verschwindenden Wagen nach. Etwas an der Gestalt war mir bekannt vorgekommen, aber es war finster, und ich hatte sein Gesicht nicht gesehen.
Über mir flammte ein Licht auf, und es war mir klar, daß mich der Butler über den Fernsehschirm beobachtete. Dann ging das Licht aus, und die Tür öffnete sich langsam.
»Treten Sie ein, Mr. Xenos«, sagte der Butler. »Mr. Campion erwartet Sie.«
Er führte mich zu Marcels Privataufzug und öffnete die Tür. »Drükken Sie bitte auf den obersten Knopf, Sir.«
In Marcels Stockwerk stieg ich aus. Marcel kam eben aus dem Gästezimmer, als ich in sein Wohnzimmer ging.
»Dax!« rief er. »Wie schön, dich wiederzusehen. Einen Drink?«
Ich nickte. Wir gingen zur Bar. Marcel nahm eine Flasche Whisky und goß ein wenig auf die Eiswürfel. Ich nahm das Glas. »Und du?«
Marcel schüttelte den Kopf. »Laut Arzt schlecht für mein Magengeschwür.«
»Prost«, sagte ich. »Ich hoffe, er hat dir sonst nichts verboten.«
Marcel lachte. »Nein, nur starken Alkohol.« Er drückte auf den Knopf unter der Bar. »Sieh dir das mal an.«
Ich blickte auf den Fernsehschirm. Diesmal war nur ein Mädchen im Gästezimmer. Sie lag vollständig nackt auf dem Bett, eine Flasche Champagner stand auf dem Nachttisch. Marcel drehte ab. »Nicht schlecht, wie?«
Ich nickte.
»Sie ist neu. Nach einiger Zeit werden sie einem alle langweilig. Sie sind alle nur auf eines aus – Geld.«
Ich sagte nichts. Was erwartete er – romantische Liebe?
Marcel holte aus einer Schublade einen Stapel Papiere und reichte ihn mir. »Hier ist das, was du sehen wolltest.«
Die Frachtrechnung lautete offenbar auf den Namen einer fingierten Gesellschaft und würde uns kaum weiterhelfen. Aber der Scheck zur Bezahlung der Fracht war echt. Ich drehte den Einzahlungsbeleg um. Schecknummer, Name des Kontos und der Bank waren auf die Rückseite geschrieben.
Der Kontoname war mir unbekannt, nicht aber die Bank. C. Z. I. Ich holte tief Atem. Das war günstiger, als ich gehofft hatte. Es war eine der De-Coyne-Banken.
»Sagt dir das etwas?« fragte Marcel neugierig.

»Nicht viel«, antwortete ich ausweichend und ließ die Papiere in meine Tasche gleiten, »aber ich werde sie mir morgen früh näher ansehen. Vielleicht finde ich einen Anhaltspunkt.«
»Hoffentlich hast du mehr Glück als ich. Ich habe nichts herausgekriegt. Du weißt ja, wie diese verdammten Schweizer Banken sind.«
»Ich halte dich auf dem laufenden. Hoffentlich kontrollieren deine Kapitäne ihre Ladung. Ich möchte nicht, daß *el Presidente* noch mehr Waffen auf deinen Schiffen findet.«
»Sie wurden alle darauf aufmerksam gemacht«, sagte Marcel schnell, »und ich denke, daß sie vorsichtig sind. Aber man weiß ja nie. Sie verdienen gern ab und zu etwas nebenher.«
»Ich hoffe in deinem Interesse, daß sie die Finger davon lassen. Noch eine solche Schiffsladung, und ich fürchte, der Alte annulliert deine Konzession.«
»Ich tue, was ich kann.«
Marcel schien jedoch durch die Drohung keineswegs beunruhigt, obgleich der Verlust der Konzession seinen Schiffen die corteguayanische Flagge entziehen und ihn sehr wahrscheinlich aus dem Geschäft werfen würde.
»Gut, dann will ich auch gehen«, sagte ich. »Sonst könnte dein Mädchen einschlafen.«
Ich stellte mein Glas auf den Tisch, und plötzlich wußte ich, wer der Mann war, den ich hatte fortgehen sehen. Prieto. Eine meiner Zigarren lag halbgeraucht im Aschenbecher. Ich entsann mich, ihm vor wenigen Tagen ein paar gegeben zu haben, weil er das Aroma gern hatte. Ich verabschiedete mich von Marcel und stieg in ein Taxi.
Prieto. Welche Beziehungen bestanden zwischen ihm und Marcel? Ich konnte es mir nicht erklären. Aber eines wußte ich jetzt: Prieto war nicht zu Guayanos' Vortrag gegangen.
Fat Cat erwartete mich.
»Nun, was war los?« fragte ich.
Er reichte mir einige hektographierte Blätter. »Da steht alles drauf«, sagte er. »Er hatte es schon für die Presse vorbereitet.«
Ich blickte nicht auf die Papiere. »Wer war sonst noch da?«
»Prieto hab' ich nicht gesehen.«
Ich schwieg.
»Ach ja«, fuhr er fort, als fiele es ihm eben erst ein. »Das Mädchen hab' ich gesehen.«

»Hat sie etwas zu dir gesagt?«
»Ja«, sagte er und grinste mich an. »Aber ich hab's nicht verstanden. Etwas von einem Rendezvous morgen um Mitternacht bei Reuben. Ich kenne niemanden, der so heißt. Du vielleicht?«

17

»Dax, das ist mein Vater.«
Der schmalgesichtige, blasse Mann in der verschossenen grauen Wolljacke erhob sich hinter dem alten Holztisch. Er streckte die Hand aus.
»Dr. Guayanos.«
»Señor Xenos.«
Seine Lippen bewegten sich steif, als stünde er unter äußerem oder innerem Druck. Er sah zu den beiden anderen Männern, die uns schweigend beobachteten. »Meinen Bruder kennen Sie bereits«, sagte er. »Der andere Herr ist ein guter Freund, der mein volles Vertrauen genießt.«
Ich nickte. Ich konnte verstehen, warum er seinen Namen verschwieg, aber ich erkannte ihn sofort. Es war Alberto Mendoza, ein ehemaliger Offizier unserer Armee, dem ich einmal bei einem Empfang begegnet war. Wußte er, daß ich ihn erkannt hatte?
Einen Augenblick blieben wir verlegen stehen, dann wandte sich Guayanos an die anderen: »Würdet ihr uns entschuldigen? Ich möchte mit Señor Xenos allein sprechen.«
Mendoza sah uns zögernd an.
»Es ist keine Gefahr«, sagte Guayanos schnell, »ich bin sicher, daß Señor Xenos keine bösen Absichten hat.«
»Vielleicht nicht«, sagte Mendoza unfreundlich. »Aber man könnte dem Wagen gefolgt sein. Ich traue Prieto nicht –«
Ich sagte nichts. Es hätte keinen Sinn gehabt. Auf Beatriz' Verlangen hatte ich mir die Augen verbinden lassen. Ich wußte nicht einmal, wo wir waren.
»Wir wurden nicht verfolgt«, sagte Beatriz schroff. »Ich habe während der ganzen Fahrt durchs Rückfenster geschaut.«
Mendoza warf mir einen mürrischen Blick zu, dann verließ er wortlos das Zimmer. Beatriz und ihr Onkel folgten ihm. Als sich die Tür hinter ihnen geschlossen hatte, sagte Dr. Guayanos: »Wollen Sie sich bitte setzen?«

»Danke.« Ich nahm auf einem Stuhl ihm gegenüber Platz.
»Ich kannte Ihren Vater«, sagte er. »Ein großer Mann und ein echter Patriot.«
»Danke.«
Er ließ sich in seinen Stuhl fallen. »Wie Ihr Vater war auch ich zuerst sehr von *el Presidente* beeindruckt. Dann verlor ich meine Illusionen.« Er blickte auf seine weißen Hände. »Ich habe nie verstanden, warum sich Ihr Vater nicht auch gegen ihn wandte.«
»Weil er fand, daß in Corteguay schon genügend Blut vergossen wurde. Er wollte nicht wieder damit beginnen. Er war überzeugt, daß zuerst das Land wiederaufgebaut werden mußte. Diesem Ziel widmete er sich mit allen Kräften.«
»Das taten wir alle«, erwiderte Guayanos. »Aber nach einiger Zeit wurde auch dem Dümmsten klar, daß wir damit nur *el Presidentes* Machtstellung für immer festigten. Was geleistet wurde, ging stets auf sein Konto.«
»Daran finde ich nichts Schlimmes«, sagte ich. »Das ist bei allen führenden Staatsmännern der Welt so. Und sagen Sie mir eines, Herr Doktor: Wieviel wäre geleistet worden, wenn es *el Presidente* nicht gäbe?« – Guayanos antwortete nicht.
»Heute gehen alle unsere Kinder zur Schule, bis sie vierzehn sind. Bevor *el Presidente* an die Macht kam, konnten nur die Reichen ihre Kinder zur Schule schicken. Heute können vierzig Prozent unserer Bevölkerung schreiben und lesen, vorher waren es drei Prozent –«
Guayanos hob die Hand. »Ich kenne die Statistiken«, sagte er müde. »Aber sie rechtfertigen nicht die Korruption und die persönliche Bereicherung *el Presidentes* auf Kosten des Volkes.«
»Dieser Meinung bin ich auch. Aber der Fortschritt gegenüber der Vergangenheit ist trotzdem bedeutend, denn heute kommt wenigstens ein Teil davon dem Volk zugute.«
»Selbstverständlich.«
Ich zündete mir eine Zigarette an. »Aber mit dieser ganzen Diskussion über die Vergangenheit ist gar nichts getan. Wir müssen uns mit der Zukunft beschäftigen. Ich glaube, zu diesem Schluß ist sogar *el Presidente* gekommen.«
»Warum jetzt plötzlich?« fragte Guayanos. »Früher war ihm bloß wichtig, daß er seine Machtposition erhielt.«
»Das könnte ich nur beantworten, wenn ich seine Gedanken lesen könnte. Ich habe das Gefühl, daß er an das Ende denkt. Er möchte gern als der große Wohltäter in Erinnerung bleiben.«

Guayanos schwieg einen Augenblick. »Das glaube ich nicht«, sagte er dann. »Ich glaube, er hat Angst. Angst vor dem Zorn des Volkes, vor der Sympathie des Volkes für die *guerrilleros*, vor der Tatsache, daß jetzt die offene Revolution droht.«

»Wenn Sie das wirklich glauben, Dr. Guayanos, so täuschen Sie sich. *El Presidente* ist einer der wenigen mir bekannten Männer, die überhaupt keine Furcht empfinden. Außerdem ist er intelligent, und er denkt nach. Er weiß, daß die Männer, die Sie *guerrilleros* nennen, die gleichen sind, die man jahrelang *bandoleros* nannte. Es sind Leute, die einzig auf Plünderung, Raub und Mord ausgingen. Er sieht auch, wie die Kommunisten sie politisch ausnutzen. Aber möglicherweise müßten viele unnötig sterben, damit erreicht würde, was auch auf friedliche Weise erreicht werden kann.«

»Sie glauben, daß *el Presidente* sein Angebot einer Wahl und einer Amnestie ehrlich meint?«

»Jawohl. Warum soll er weiteres Blutvergießen wünschen? Er weiß, daß die Unruhen den Fortschritt im Lande behindern. Wenn die *bandoleros* nicht wären, könnte allein der Fremdenverkehr unser Volkseinkommen um fünfzig Millionen Dollar steigern.«

»Hat man für die Wahl ein Datum angesetzt?«

Ich schüttelte den Kopf. »Bisher hat sich kein Gegenkandidat gemeldet. Eine Wahl mit nur einem Kandidaten wäre eine Farce.«

»Welche Garantien würden für die Sicherheit seines Gegenkandidaten gegeben?«

»Welche Garantien würden Sie verlangen?«

»Bewegungsfreiheit im ganzen Land; freie Meinungsäußerung in Presse und Rundfunk; das Recht, mich zu meinem Schutz mit Männern meiner eigenen Wahl zu umgeben, auch wenn einige Ausländer darunter sind. Ferner die Überwachung der Wahl durch unparteiische Beobachter, durch Vertreter der Vereinten Nationen oder der Organisation Amerikanischer Staaten.«

»Das scheint mir annehmbar«, sagte ich. »Ich werde Ihre Vorschläge *el Presidente* unterbreiten. Darf ich nun meinerseits etwas fragen?«

Er nickte aufmerksam.

»Sind Sie in der Lage, zu garantieren, daß die illegale Opposition gegen die Regierung aufhört?«

»Sie wissen, daß ich das nicht garantieren kann. Meine Kontakte mit anderen Gruppen sind nur sehr lose. Ich möchte aber folgendes sagen: Es wird keine weitere Opposition von seiten meiner Gruppe geben, und ich würde meinen Einfluß auf die anderen in diesem Sinne ausüben.«

»Danke. Das wollte ich nur hören.«

»Auch ich wünsche kein weiteres Blutvergießen.«

Ich stand auf. »Hoffen wir im Interesse von Corteguay, daß es kein Blutvergießen mehr geben wird.«

Guayanos öffnete die Tür. »Kommt herein«, rief er. »Unser Gespräch ist beendet.«

Fast mit Bedauern sagte er zu mir: »Ich hoffe, es macht Ihnen nichts aus, wenn wir Sie bitten, sich nochmals die Augen verbinden zu lassen?«

Ich schüttelte den Kopf.

Beatriz kam auf mich zu, das schwarze Tuch in der Hand. Ich beugte mich vor. Dabei sah ich über ihre Schulter flüchtig Mendozas Gesicht, und plötzlich wußte ich, warum er sich mir gegenüber so benommen hatte. Die Gründe waren nicht politischer Natur. Auch er war in Beatriz verliebt.

Als man mir die schwarze Binde abnahm, befanden wir uns wieder vor Reuben's Lokal. »Wollen wir hier noch eine Tasse Kaffee trinken?«

Beatriz schüttelte den Kopf. »Ich möchte lieber zurückfahren.«

Ich ergriff ihre Hand. »Ich muß dich sprechen«, sagte ich.

Tränen verdunkelten das Grün ihrer Augen. Sie zog ihre Hand zurück und wandte sich ab. »Es ist besser, wenn du gehst.«

Schweigend stieg ich aus dem Wagen.

»Dax, wird für meinen Vater keine Gefahr sein?« fragte sie. »War es ernst, was du gesagt hast?«

»Ja, Beatriz, ich habe es ernst gemeint.«

»Wenn – wenn ihm etwas zustieße«, sagte sie heiser, »würde ich mir ewig die Schuld geben.«

»Es wird ihm nichts zustoßen.«

Kurz darauf sah ich den Wagen auf der Madison Avenue nach Süden fahren. Zum erstenmal war ich deprimiert und mutlos. Ein vages Gefühl drohenden Verhängnisses überkam mich.

Ich ging ins Restaurant und bestellte einen Drink. Der Whisky brannte mir im Leib, und mir war wohler zumute. Aber es war ein trügerisches Gefühl. In nicht allzuferner Zukunft würde ich mich meiner Worte erinnern und mich fragen, wie ich je ein solcher Dummkopf hatte sein können, etwas zu versprechen, was ich nicht halten konnte.

El Presidente hörte schweigend zu, während ich ihm am Telefon von meiner Unterredung mit Dr. Guayanos berichtete. Ich zählte die Bedingungen auf, die er gestellt hatte. Als ich die letzte nannte, die sich auf die unparteiischen Beobachter bezog, kam die Stimme *el Presidentes* brüllend über die Leitung: »Der Armleuchter! Es fehlt bloß noch, daß er verlangt, ich soll ihn wählen.«
Ich mußte lachen.
»Was meinst du? Kommt er tatsächlich zurück, wenn ich mit den Bedingungen einverstanden bin?«
»Ich glaube, ja.«
»Gut, ich nehme die Bedingungen an, aber ich habe auch noch eine zu stellen.«
»Die wäre?«
»Daß du dich mit mir zusammen als Vizepräsident aufstellen läßt. Ich hatte das schon lange vor. Ich werde nicht ewig leben. Und ich will sicher sein, daß die Regierung in guten Händen ist.«
Damit hatte ich nicht gerechnet. Widerwillig erkannte ich, daß der Alte mich in die Ecke getrieben hatte. Wenn ich wirklich glaubte, was ich sagte, würde ich mit ihm gehen müssen. Und als Kandidaten einer künftigen Opposition hatte er mich damit ausgeschaltet.
»Warum zögerst du?« fragte er scharf.
»Ich bin überwältigt von dieser Ehre. Aber glauben Sie, daß das richtig ist? Ich könnte für Sie ein Handikap sein. In Corteguay gibt es viele Leute, die mit mir nicht einverstanden sind.«
Er wußte das so gut wie ich. Da war zum Beispiel die Kirche. Es verging kaum ein Sonntag, wo ich nicht von der Kanzel aus als liederlicher Playboy hingestellt wurde.
»Mich kümmert das nicht«, sagte *el Presidente.*
»Exzellenz, ich nehme Ihr großzügiges Angebot an.«
»In Ordnung.« Seine Stimme klang erleichtert. »Dann kannst du dem Verräter mitteilen, daß ich seine Bedingungen akzeptiere. Und daß die Wahl für den Ostersonntag festgesetzt ist.«
»Danke, Exzellenz. Ich werde es ihm übermitteln.«

Es war vier Uhr, als ich von einer dieser endlosen Sitzungen bei den Vereinten Nationen ins Konsulat zurückkehrte. Auf meinem Tisch lag eine Notiz, daß ich den Senator anrufen sollte.
Seine Sekretärin verband mich sofort mit ihm. »Ich glaube, ich habe

eine gute Nachricht für Sie«, sagte er. »Wie rasch können Sie hier sein?«
Ich sah auf die Uhr. »Ich könnte das Sechs-Uhr-Flugzeug erreichen. Ist das zu spät?«
»Nein«, antwortete er. »Das ist ausgezeichnet. Kommen Sie dann gleich um acht zu mir zum Abendessen.«
Außer dem Senator und mir waren noch drei Herren anwesend. Der Unterstaatssekretär für lateinamerikanische Angelegenheiten und die beiden Vorsitzenden der Außenpolitischen Ausschüsse in Kongreß und Senat.
»Ich habe mit den hier anwesenden Herren eine Reihe von Unterredungen über die Situation in Corteguay gehabt«, begann der Senator. »Ich habe ihnen unsere Besprechung geschildert. Sie waren ebenso beeindruckt wie ich. Aber wir sind übereingekommen, daß es noch gewisse Fragen gibt, die wir klären müssen.«
»Bitte fragen Sie.«
Während der nächsten zwanzig Minuten hatte ich ein Kreuzfeuer von Fragen zu bestehen. Zu meinem großen Erstaunen erkannte ich, daß diese Männer bedeutend besser informiert waren, als ich gedacht hatte. Nach einer Pause sagte der Senator schließlich:
Schließlich trat eine Pause ein. Dann sagte der Senator:
»Über die kommunistische Bedrohung Ihres Landes sind wir uns klar. Andererseits ist uns bewußt, daß die gegenwärtige Regierung in der Vergangenheit keineswegs frei von Korruption und Terror war. In vielen Regierungskreisen hält man, offen gesagt, Ihre Regierung für ausgesprochen faschistisch und Ihren Präsidenten für einen Diktator. Aber wir sind bereit, eine Anleihe an Corteguay unter einer Bedingung zu vergeben. Wenn Ihr Präsident bereit ist, im Interesse seines Landes zu Ihren Gunsten zurückzutreten, können Sie auf die Unterstützung der Vereinigten Staaten zählen.«
Ich schwieg. Endlich fand ich die Worte, die ich suchte.
»Was mich selbst betrifft, meine Herren, so danke ich Ihnen für Ihr Vertrauen. Was aber mein Land angeht, so verletzt es mich, daß Sie der Meinung sind, Ihr Geld berechtige Sie zur Einmischung in unsere inneren Angelegenheiten. Was schließlich meinen Präsidenten betrifft, so kann ich nicht für ihn antworten, kann aber sagen, was er eben heute morgen getan hat.«
Dann berichtete ich über das, was zwischen *el Presidente* und mir am Telefon vereinbart worden war.
»Glauben Sie, daß Guayanos Aussichten hat?« fragte der Senator.

Ich schüttelte den Kopf.
»Ich bin gar nicht sicher, ob es wünschenswert wäre, daß Guayanos gewinnt«, sagte der Staatssekretär mit seiner klaren Stimme. »Er steht den Kommunisten doch recht nahe. Mendoza zum Beispiel scheint einen privaten Hauptschlüssel zum Kreml zu besitzen.«
Ich verbarg meine Überraschung. Das hatte ich nicht gewußt. Aber das erklärte zumindest die Verbindung zwischen Guayanos und *el Condor.*
»Guayanos hat keinerlei Aussichten«, sagte ich. »*El Presidente* wird gewinnen.«
»Und Sie werden Vizepräsident?«
»Richtig.«
Der Senator sah sich um. »Was meinen Sie, meine Herren?«
Der Staatssekretär sagte: »Ich meinerseits wäre bereit, auf der von Mr. Xenos vorgeschlagenen Basis mitzumachen.«
Auch die anderen stimmten zu.
»Gut«, sagte der Senator. Er wandte sich an mich. »Sie können damit rechnen, daß wir die Anleihe unterstützen, sobald die Ankündigung der Wahl offiziell bestätigt ist.«
Ich holte tief Atem. Zum erstenmal seit Tagen hatte ich das Gefühl vorwärtszukommen. Aber als ich am nächsten Morgen den Hörer auf meinem Schreibtisch abhob und Beatriz' leise Stimme vernahm, zerstoben alle Träume.
Ich konnte kaum meine Erregung unterdrücken. »Ich bin froh, daß du anrufst«, sagte ich, die Worte sprudelten von meinen Lippen. »Sag deinem Vater, ich habe mit *el Presidente* gesprochen, und er hat alle Bedingungen deines Vaters angenommen.«
Sie antwortete nicht.
»Beatriz, verstehst du nicht?«
Wieder das merkwürdige Schweigen.
»Beatriz.«
Jetzt kam ihre Stimme seltsam gepreßt. »Hast du heute morgen keine Zeitungen gelesen und kein Radio gehört?«
»Nein, ich war gestern bis spät nachts in Washington und habe die ganze Reise zurück im Zug geschlafen. Ich bin soeben hier angekommen. Ich habe noch nicht einmal mein Hemd gewechselt.«
Einen Augenblick zitterte ihre Stimme, dann wurde sie ruhig und kalt. »Das heißt, du weißt auch jetzt noch nichts?«
»Hör doch auf in Rätseln zu sprechen«, sagte ich ärgerlich.
Immer noch lag eisige Ruhe in ihrer Stimme. »Gegen zwei Uhr

heute morgen ging mein Vater hinunter, um frische Luft zu schöpfen. Wie gewöhnlich war Mendoza bei ihm. Ein Wagen fuhr vorbei, ein schwarzer Wagen. Aus dem Wagen wurde geschossen. Mendoza bekam eine Kugel in den Arm. Mein Vater starb eine Stunde später auf dem Weg ins Hospital.«
Plötzlich brach ihre Stimme, und die Ruhe war verschwunden. »Dax, du hast es versprochen! Du hast geschworen, daß ihm nichts geschehen würde.«
»Beatriz, ich habe nichts davon gewußt. Bitte glaube mir! Ich habe es nicht gewußt!« Noch nie hatte ich stärker gewünscht, daß man mir glaubte. »Wo bist du? Ich muß dich sehen!«
»Wozu, Dax?« sagte sie müde. »Um mir noch mehr Lügen zu erzählen? Um mir noch mehr Versprechungen zu machen, die du nicht hältst? Ich kann das nicht noch einmal durchstehen.«
»Beatriz.« Aber das Telefon in meiner Hand war tot. Ich warf den Hörer auf die Gabel und ging zur Tür.
»Prieto soll kommen!« rief ich wütend.
Die Stimme meiner Sekretärin klang ängstlich. »Ich dachte, Sie wüßten es, Sir. Señor Prieto ist heute früh um neun Uhr mit dem Flugzeug nach Corteguay abgereist.«
Langsam sank ich in den Stuhl zurück. In meinen Schläfen begann es zu pochen. Mein Kopf fühlte sich an wie in einem Schraubstock. Vorbei. Alles vorbei. Alle Arbeit, alle Hoffnung sinnlos. Ich legte meine schmerzenden Schläfen in die Hände und versuchte zu denken. Ich mußte nachdenken.
Irgendwie hatte Prieto herausgefunden, wo Guayanos steckte. Und er konnte es nur über mich erfahren haben. Ich begriff nicht, wie, aber ich zweifelte nicht daran, daß es ihm gelungen war, ohne daß es jemand merkte. Ich hätte ihn zurückschicken sollen, bevor er so viel Unheil anrichtete.
Aber ich hatte mich ja für so schlau gehalten. Bloß ich war nicht schlau. Schlau war *el Presidente*. Er hatte Prieto geschickt, damit er das tat, was ich, wie er wußte, nie tun würde.
Plötzlich wurde mir übel, und ich kam gerade noch ins Badezimmer. Ich würgte, bis nichts mehr in meinen Eingeweiden war. Dann wusch ich mir das Gesicht und ging wieder an meinen Schreibtisch.
Vor lauter Selbstvorwürfen und Selbstmitleid hatte ich fast vergessen, daß das Wichtigste noch ungetan war.
Die Waffenlieferungen mußten gestoppt werden.

19

Jeremy war am Telefon. »Der Senator ist fuchsteufelswild. Er glaubt, daß du ihn ausgenutzt und zum Narren gehalten hast.«
Ich lauschte erschöpft. Ich war der Erklärungen bereits müde. Es hörte mich ohnehin niemand an. Und wenn, dann glaubte man mir nicht. Einen Moment lang wünschte ich, es gäbe keine diplomatische Immunität. Dann hätte man beweisen müssen, was man dachte. Aber wie die Dinge lagen, konnte mir niemand etwas anhaben. Wenn ich nicht wollte, brauchte ich nicht einmal Fragen zu beantworten. So konnten sie glauben, was sie wollten, und der Schutz der diplomatischen Immunität war ein ebenso einfacher Ausweg für sie wie für mich.
»Wenn du dich nicht gerade im Haus des Senators aufgehalten hättest, als es passierte, wäre es vielleicht nicht ganz so schlimm«, fuhr Jeremy fort. »Aber nun glaubt er, daß du dir dadurch ein Alibi verschaffen wolltest.«
Ich antwortete nicht. Es hätte keinen Sinn gehabt.
»Du bist dir wohl darüber klar, daß jetzt keine Aussicht auf eine Anleihe mehr besteht«, sagte Jeremy.
»Das weiß ich.«
Meine Sekretärin kam herein und legte meine Aktentasche auf den Tisch. »Der Wagen, der Sie zum Flughafen bringen soll, ist da«, flüsterte sie.
»Was hast du jetzt für Pläne?« fragte Jeremy.
Plötzlich hatte ich es satt, mich anderen Leuten anzuvertrauen. »Ich bin im Begriff, nach Paris zu fliegen.«
»Nach Paris? Bist du verrückt geworden? Du weißt, was man darüber denken wird.«
»Es ist mir schnurzegal, was die Leute denken.«
»Du benimmst dich idiotisch. Du tust, als ginge dich alles gar nichts mehr an.«
»Geht mich auch nichts an«, sagte ich grob.
Jeremy schwieg einen Moment. »Das kann ich nicht glauben, ich kenne dich. Was willst du in Paris?«
»Vögeln«, sagte ich wütend. »Warum sollte ich sonst nach Paris fahren?«
Ärgerlich warf ich den Hörer auf die Gabel. Aber gleich darauf tat es mir leid. Ich hatte keinen Grund, Jeremy so anzuschreien. Er war auf meiner Seite. Er sprach wenigstens noch mit mir.

Ich wollte ihn wieder anrufen und mich entschuldigen, als meine Sekretärin den Kopf in die Tür steckte. »Der Fahrer sagt, wenn Sie sich beeilen, können Sie das Flugzeug gerade noch erreichen.«
Ich nahm die Aktentasche und eilte hinaus. Wenn ich zurück war, würde ich Zeit genug haben, Jeremy anzurufen.

»Du kennst das Gesetz«, sagte Robert, »und die Schweizer Regierung ist darin sehr streng. Wir können unsere Konzession verlieren, wenn wir solche Informationen geben.«
»Ich kenne das Gesetz«, sagte ich. »Deshalb bin ich zu dir gekommen.«
Robert schwieg, sein Gesicht hatte einen gequälten Ausdruck. Ich drängte ihn nicht. Er wußte, wie nahe wir uns gestanden hatten.
»Wie geht es Denisonde und den Kindern?«
»Davon will ich gar nicht erst anfangen. Ich bin ein typischer Vater.«
Ich erwiderte sein Lächeln. »Dann geht es ihnen also gut?«
Er nickte. »Du wirst das erst richtig verstehen, wenn du selbst Kinder hast.«
Zuerst Sergei, jetzt Robert. Verwurzelung und Wachstum – das war es. Ich war wie ein Baum, dessen Krone abgeschnitten, dessen Wachstum gehemmt war.
»Ich beneide dich«, sagte ich ehrlich.
Robert sah mich verblüfft an. »Das klingt merkwürdig, wenn du das sagst.«
»Ich weiß. Ich führe ja ein so fröhliches Leben. Der Playboy vom ›Jet Set‹.«
»Ich wollte dich nicht kränken, Dax.«
»Es ist meine Schuld«, sagte ich, »ich bin gereizt.«
Ich nahm eine Zigarette.
»Wie werden sich die Dinge denn jetzt entwickeln?« fragte Robert.
»Ich weiß es nicht. Aber wenn die Waffenlieferungen nicht unterbunden werden, müssen viele Unschuldige sterben.«
Robert senkte den Blick auf die Schreibtischplatte. »Du verstehst, daß es mir nicht um irgendwelche eigenen Interessen geht.«
Ich nickte. Das brauchte er mir nicht zu sagen.
»Aber ich habe jetzt eine Verantwortung«, fuhr er fort. »Viele Leute sind von mir abhängig.«
Ich stand auf. »Ich verstehe. Das gilt auch für mich, nur ist es in meinem Fall ihr Leben, nicht ihr Lebensunterhalt.«

Er antwortete nicht.
»Vielen Dank jedenfalls«, sagte ich. »Ich will dich nicht länger aufhalten.«
»Was wirst du tun?«
»Ich werde mal eine Frau besuchen.« Aber es war nicht frivol gemeint.

Marlene von Kuppen. Ich hatte in Irma Andersens Klatschspalte gelesen, daß sie in Paris lebte. Es war nur eine geringe Chance, aber besser als gar keine. Immerhin bestand die Möglichkeit, daß sie noch mit Leuten in Verbindung war, die mir die gewünschte Information aus Ostdeutschland beschaffen konnten.
Einer meiner Freunde, ein Journalist, gab mir ihre Telefonnummer. Ich versuchte fast den ganzen Nachmittag, sie zu erreichen. Schließlich, um fünf, meldete sie sich. Ihre Stimme klang verschleiert, als wäre sie gerade aufgewacht. »Hallo.«
»Marlene?«
»Ja. Wer ist da?«
»Diogenes Xenos.«
»Wer?«
»Dax.«
»Dax«, wiederholte sie, und dann ein wenig spöttisch: »Doch nicht *der* Dax?«
»Doch.«
»Welchem Umstand verdanke ich die Ehre dieses Anrufs?«
»Ich hörte, daß du in Paris wärst«, sagte ich. »Ich wollte fragen, ob du heute zum Abendessen frei bist.«
»Ich habe eine Verabredung.« Dann wurde sie neugierig.
»Du kennst mich doch schon so lange«, sagte sie. »Warum meldest du dich jetzt auf einmal?«
Wenn man zu direkt fragt, bekommt man keine ehrliche Antwort.
»Du warst mit einem meiner Freunde liiert.«
»Nach allem, was ich gehört habe, hat dich das nie gestört.«
»Zufällig ist Jeremy ein sehr naher Freund. Aber schon beim erstenmal, damals in der Nacht in dem Strandhaus in Saint Tropez, sagte ich mir – eines Tages.«
An ihrer Stimme hörte ich, daß ich gewonnen hatte.
»Wie gesagt, heute abend bin ich verabredet. Wie wäre es mit morgen?«
»Der eine Tag ist heute, und ich habe nun lange genug gewartet«,

sagte ich. »Warum sagst du deine Verabredung nicht ab? Ich weiß nicht, wo ich morgen bin.«
Marlene zögerte einen Augenblick. »Ich weiß nicht –« Dann gab sie plötzlich nach. »Gut. Heute abend also.«

20

Es war morgens um drei, als das Taxi vor ihrer Wohnung in der Avenue Kléber hielt. »Kommst du noch mit hinauf?« fragte sie.
»Ja, danke«, sagte ich in aller Form.
Als wir ins Wohnzimmer traten, deutete sie auf eine kleine Bar. »Mach dir etwas zu trinken. Du findest dort alles. Ich bin gleich wieder da.«
Sie ging in ein anderes Zimmer, und ich goß mir einen Kognak ein. Irgendwie war es schiefgegangen, ich hatte es selbst verpatzt. Ziemlich wütend überlegte ich, was mit mir los war.
Marlene kam zurück. Sie hatte ihr Abendkleid gegen einen schwarzsamtenen Hauspyjama mit einer kurzen Bolerojacke getauscht, die knapp die Oberkante der fließenden Haremshosen berührte. Wenn sie sich bewegte, sah man eine Andeutung von heller weicher Haut. Das Schwarz paßte gut zu dem blonden Haar und den blauen Augen.
»*Très jolie.*«
Marlene antwortete nicht. Sie goß sich auch einen Kognak ein und nahm mir gegenüber Platz. Sie hob ihr Glas. »Prost.«
»Prost.« Ihr Blick begegnete ruhig dem meinen. »Ich bin nicht böse«, sagte sie. »Aber warum hast du mich angerufen?«
Das fragte ich mich auch. Es war von Anfang an eine blöde Idee gewesen.
»Es war nicht so, wie du am Telefon gesagt hast«, erklärte sie. »Ich bin kein Kind. Ich merke es, wenn ein Mann Interesse hat.«
»Es tut mir leid«, sagte ich verlegen. »Ich habe Sorgen, und die kann ich offenbar nicht wegschieben.«
»Ich weiß«, sagte Marlene, »ich lese Zeitungen.« Sie nippte wieder an ihrem Kognak. »Aber das ist es nicht allein, nicht wahr? Du zeigst alle Symptome eines Mannes, der hoffnungslos verliebt ist.«
»Das auch.«
»Das dachte ich mir. Ich kenne das. Und du hast geglaubt, das beste dagegen sei eine andere Frau. Und weil du gerade in Paris warst, hast

du an mich gedacht.« In ihren Augen lag eine merkwürdige Sympathie. »Aber es klappt nicht so ganz, nicht wahr?«
»Nein.«
»Ich weiß. So habe ich mich gefühlt, als Jeremy fortging. Ich wußte nicht, was ich mit mir anfangen sollte. Ich liebte ihn wirklich, weißt du. Ich hätte wissen müssen, daß es von Anfang an eine unmögliche Geschichte war. Wegen seiner politischen Ambitionen, und dann wegen seiner Familie. Und meinetwegen. Ich bin Deutsche. Und für manche Leute ist der Krieg nie vorbei.«
Sie sprach, als wollte sie sich selber Klarheit verschaffen. »Ich war noch nicht achtzehn, als ich heiratete. Fritz war für mich der Held, von dem ich immer geträumt hatte – groß, gut aussehend und reich. Aber ich hatte keine Ahnung, wie er wirklich war. Ich wußte nichts von seinen ›Jungens‹ und von seinen sadistischen Neigungen. Als dann Jeremy kam, war es kein Wunder, daß ich mich in ihn verliebte. Er war einfach, direkt und unkompliziert. Er dachte nur an eines. Zum erstenmal wurde ich mir meiner Macht als Frau bewußt und auch meiner eigenen Wünsche.«
Marlene sah mich an. »Klingt das seltsam? Aber ich hatte es bis dahin wirklich nicht gewußt. Ich hatte immer mir die Schuld für den Fehlschlag mit Fritz gegeben. Es mußte an mir liegen, dachte ich. Er hat es mir oft genug gesagt.«
Marlene stand auf und füllte die Kognakgläser neu. Draußen hörte ich das leise Geräusch des Kreisverkehrs um den Arc de Triomphe.
»War es bei dir auch so?«
»Nein«, sagte ich. »Nur im Ergebnis ist es dasselbe.«
»Liebt sie dich?«
»Ich glaube, ja.«
»Dann ist sie dumm«, sagte Marlene heftig. »Was, in aller Welt, hindert sie dann, mit dir zusammen zu sein?«
»Du hast die Zeitungen gelesen. Ihr Vater hieß Guayanos.«
»Ach, so ist das also.«
»Ja. Und das ist gewissermaßen auch der Grund, warum ich dich anrief. Die Waffen, die in meine Heimat eingeschmuggelt werden, stammen aus den früheren Kuppen-Fabriken in Ostdeutschland. Wenn diese Zufuhr nicht unterbunden wird, kommt es zum Bürgerkrieg, und viele unschuldige Menschen werden sterben. Ich suche nach einer Möglichkeit, das zu verhindern. Dazu muß ich aber wissen, wer die Waffen bezahlt. Ich habe gehofft, daß vielleicht du jemanden kennst, der mir diese Information geben kann.«

»Ich weiß nicht«, sagte Marlene zögernd. »Es ist lange her.«
»Ich wäre dir für den kleinsten Hinweis dankbar«, sagte ich. »Ich habe für mein Leben vom Krieg genug.«
»Ich auch«, erwiderte sie leise. »Ich war ein kleines Mädchen, als die Bomber über Berlin waren.«
Ich sagte nichts. Marlene schien nachzudenken. »Es gab da einen Mann, einen Schweizer namens Braunschweiger. Er wohnte in Zürich, und ich erinnere mich, daß ich ihn mehrmals zusammen mit Fritz getroffen habe. Offiziell hatten wir natürlich mit den Fabriken in Ostdeutschland nichts zu tun. Aber er wußte, was dort vorging, und lieferte Fritz regelmäßig Berichte darüber.«
Ich wurde ganz aufgeregt. »Glaubst du, daß er mir etwas sagen würde?«
»Ich weiß es nicht«, sagte sie. »Ich weiß nicht einmal, ob er noch lebt.«
»Ein Versuch könnte sich lohnen. Wie ist die Adresse?«
»Ich weiß es nicht mehr, Dax. Alles geschah sehr heimlich. Ich bin überzeugt, daß man seinen Namen nicht einmal im Adreßbuch findet. Aber ich erinnere mich an das Haus. Es hatte so merkwürdig geformte Giebel über den Fenstern. Ich glaube, ich würde es bestimmt wiedererkennen.«
»Ich habe eigentlich nach diesem Abend kein Recht, dich darum zu bitten, aber ich tue es trotzdem: Würdest du mit nach Zürich fahren und versuchen, das Haus zu finden?«
»Du hast das Recht«, sagte Marlene. »Ohne dich wäre ich vielleicht nie von Fritz losgekommen.«
»Danke«, sagte ich und stand auf. »Ich rufe dich morgen an, wenn ich die Flugkarten bestellt habe.«
Auch Marlene erhob sich. »Heute ist schon morgen, obgleich morgen noch weit entfernt ist. Und hier sind jetzt wir beiden, ohne Illusionen, leer und allein.«
Plötzlich spürte ich bei Marlene, was ich so oft selbst gespürt hatte. Die Einsamkeit, die Sehnsucht nach Nähe, nach Anteilnahme, das Bedürfnis nach einem anderen Menschen, die Furcht vor der Dunkelheit der Nacht. Oder vielleicht war es auch die Wärme, die ihr Körper ausströmte, die Glut ihres Fleisches. Ich stellte mein Kognakglas nieder und nahm sie in die Arme.
Wir fühlten uns so sicher, jeder in der Wärme des anderen, wie zwei schlafende Tiere in der Nacht.

21

Wir brauchten drei Tage, bis wir das Haus fanden.
Es war gegen Abend. Marlene sah müde und überanstrengt aus. Ich beugte mich vor und klopfte an die Scheibe, die uns vom Chauffeur trennte. »Bringen Sie uns zum Hotel zurück.«
Es war wie die Suche nach der berühmten Stecknadel im Heuhaufen. Ich schloß die Augen, um mich zu entspannen, da spürte ich plötzlich ihre Hand an meinem Arm.
»Hier!« sagte Marlene aufgeregt. »Diese Straße – ich bin sicher, das ist sie.«
Ich beugte mich vor und klopfte an die Scheibe. Der Chauffeur fuhr an den Randstein.
»Warten Sie hier«, sagte ich. Meine Müdigkeit war mit einemmal verschwunden.
Wir gingen bis an die Ecke zurück. Dann begann Marlene, die Straße entlangzueilen. Und dann standen wir davor. Es war wirklich das Haus. Grauer Stein und merkwürdige Giebel, fast wie Dreispitze geformt.
Ich drückte auf die Glocke. Eine alte Frau in weißer Schürze öffnete.
»Wir möchten zu Herrn Braunschweiger.«
Sie musterte uns mißtrauisch. »In welcher Angelegenheit, bitte?«
Unwillkürlich bekam Marlenes Stimme jenen autoritären Ton, den die Deutschen der oberen Klassen ihrer Dienerschaft gegenüber haben. »Frau Marlene von Kuppen«, sagte sie eisig.
Der Name von Kuppen wirkte. Die alte Frau verbeugte sich tief und führte uns in ein kleines Wartezimmer.
Ich zog mich in die dunkelste Ecke zurück, als ich in der Halle die schweren Schritte vernahm. Braunschweiger trat ein, ein gewichtiger Mann Ende Fünfzig. »Frau von Kuppen«, sagte er, schlug die Hacken zusammen und küßte ihr mit einer Verbeugung die Hand. »Es ist mir ein Vergnügen, Sie wiederzusehen, und eine Ehre, daß Sie sich meiner erinnern.«
»Herr Braunschweiger.«
Das nichtssagende Lächeln verschwand, als ich aus meiner Ecke hervorkam. »Herr Braunschweiger, darf ich Sie mit Seiner Exzellenz Herrn Xenos, dem Gesandten Corteguays bei den Vereinten Nationen, bekannt machen?«
»Exzellenz«, sagte er steif, machte einen Bückling und schlug wieder

die Hacken zusammen. Dann blickte er Marlene an. »Ich verstehe nicht ganz«, sagte er. »Was ist der Zweck dieses Besuches?«
»Exzellenz Xenos kann Ihnen das besser erklären als ich«, sagte Marlene. Ich merkte, wie sie den Titel betonte.
»Herr Braunschweiger«, sagte ich. »Ich habe ein paar wichtige Dinge mit Ihnen zu besprechen. Sollen wir das stehend in diesem unfreundlichen Raum tun?«
Der arrogante Ton wirkte. »Selbstverständlich nicht, Exzellenz. Bitte, kommen Sie mit in mein Büro.«
Der Raum war groß, mit massiven altdeutschen Möbeln eingerichtet. In dem kleinen Wandkamin brannte ein Feuer. Er bat uns, Platz zu nehmen, und setzte sich an seinen Schreibtisch. Es klang fast devot, als er sagte: »Was kann ich für Sie tun?«
»Ich möchte erfahren, wer die Waffen bezahlt, die von dem ostdeutschen Kuppen-Werk in meine Heimat verschifft werden.«
Braunschweiger blickte mich an, dann Marlene und schließlich wieder mich. »Hier muß ein Irrtum vorliegen«, sagte er. »Soviel ich weiß, stellt das Werk nur landwirtschaftliche Maschinen her. Außerdem weiß ich nichts über ihre Geschäfte. Es ist Jahre her, daß ich mit dem Werk in Kontakt stand.«
»Wie viele Jahre, Herr Braunschweiger?«
»War es vor dem Krieg? Oder nachher?«
Er gab keine Antwort.
»Ich verstehe nicht, wieso Sie das interessieren könnte, mein Herr«, sagte er steif und stand auf. »Ich glaube, eine Fortsetzung dieses Gesprächs hat wenig Sinn.«
Ich blieb sitzen und sagte drohend: »Wir haben bei den Vereinten Nationen Zugang zu Informationen, Herr Braunschweiger, die der Öffentlichkeit oder selbst den betreffenden Regierungen nicht immer zugänglich sind. Wir wissen alles über Ihre frühere Beziehung zum Kuppen-Werk. Und wir kennen auch Ihre gegenwärtigen Verbindungen.«
Ich nahm eine Zigarette und zündete sie langsam an, um ihm Zeit zu geben, über meine Worte nachzudenken. Nachlässig blies ich den Rauch aus. »Nach so langer Zeit sind wir nicht daran interessiert, die Vergangenheit zu durchstöbern oder Leute bloßzustellen, die mit von Kuppen in naher Verbindung standen. Vor allem nicht solche, die bereit sind, mit uns zusammenzuarbeiten.«
Glücklicherweise biß Braunschweiger auf den Köder an. »Als früherer Direktor des Betriebes, das müssen Sie verstehen, war ich in kei-

ner Weise für die Politik der Gesellschaft verantwortlich, sondern nur für die Produktion.«
Ich mußte versuchen, weiter zu bluffen.
»Aber Sie waren führendes Mitglied der Partei«, sagte ich, »und als solches wußten Sie, wofür Ihre Erzeugnisse bestimmt waren.«
Braunschweiger erbleichte. Er wußte so gut wie ich, daß gegen Ende des Krieges seine Fabrik neunzig Prozent des Giftgases geliefert hatte, das in Dachau und Auschwitz verwendet wurde. »Ich wußte nichts«, sagte er. »Ich war bloß ein Angestellter, der Befehle ausführte.«
»Genau das ist die Entschuldigung, die alle Angeklagten bei den Nürnberger Kriegsverbrecherprozessen vorgebracht haben.«
»Ich bin Schweizer Staatsbürger«, antwortete Braunschweiger scharf. »Mich schützt die Schweizer Verfassung.«
»Und wie lange, glauben Sie, würde Ihre Regierung Sie schützen, wenn bekannt würde, daß Sie für die Nazis gearbeitet haben?«
»Den Leuten, die für die Alliierten gearbeitet haben, ist nichts passiert.«
»Ich weiß«, sagte ich geduldig. »Aber Sie haben einen schweren Fehler begangen. Sie haben sich die falsche Seite ausgesucht, die Verliererseite.«
Braunschweiger nahm seine Brille ab, dann setzte er sie wieder auf. »Es ist unmöglich. Auch wenn ich Ihnen die Information geben wollte – ich wüßte gar nicht, wie ich sie bekäme.«
»Wirklich schade, Herr Braunschweiger«, sagte ich und stand auf. »Sie sind sich selbstverständlich darüber klar, daß wir Sie zwingen können auszusagen.« Ich wandte mich an Marlene. »Kommen Sie, Frau von Kuppen«, sagte ich förmlich, »es ist zwecklos, daß wir uns hier noch länger aufhalten.«
»Einen Augenblick, Exzellenz. Wenn es mir gelänge, Ihnen die Information zu verschaffen, würde dann diese andere Angelegenheit . . .« Er verstummte.
»Sie würde vergessen«, sagte ich. »Niemand braucht davon zu wissen.«
Herr Braunschweiger nahm seine Brille wieder ab und putzte sie heftig mit seinem Taschentuch. »Es wird nicht leicht sein. Ich werde einige Tage dazu brauchen.«
»Heute ist Dienstag«, antwortete ich. »Meine Mitarbeiter sind angewiesen, die Akte über Sie Freitag morgen weiterzugeben, wenn sie keine Gegenorder von mir erhalten.«

»Sie werden die Information spätestens Donnerstag abend in Händen haben.«
»Ich wohne im Grand Hotel.«
Donnerstag morgen blickte mir Marlene über die Schulter, während ich Herrn Braunschweigers Bericht las, den er mir durch Boten übersandt hatte. Sie sah mich erstaunt an. »Was bedeutet das?«
»Es bedeutet, daß wir nach Paris zurückfahren«, sagte ich grimmig. »Wenn es so war, wie ich annahm, dann würde auch Robert nicht wagen, mir die Information vorzuenthalten, die er mir bisher verweigert hatte.«

22

Die Presse stürzte auf uns wie ein Rudel Wölfe, als wir in Orly aus dem Flugzeug stiegen. Die französischen Zeitungen mit ihrer Nase für Skandale waren vollzählig vertreten. Die Blitzlichter flammten uns in die Augen. Einer der Reporter schwenkte eine Titelseite. Es war der *France-Soir,* und die großen schwarzen Buchstaben füllten die halbe Seite.

PLAYBOY-DIPLOMAT IN DER SCHWEIZ ZUSAMMEN
MIT FRÜHERER VON KUPPEN-ERBIN

Ich nahm Marlenes Arm und drängte mich durch.
Als wir schon fast beim Wagen waren, pflanzte sich ein hartnäckiger Berichterstatter vor uns auf. »Haben Sie und Frau von Kuppen die Absicht zu heiraten?«
Ich starrte ihn unheildrohend an, ohne zu antworten.
»Warum sind Sie dann in die Schweiz gefahren?«
»Um meine Uhr reparieren zu lassen, Sie Idiot!« sagte ich und stieß ihn zur Seite.
Wir fuhren los, und Fat Cat, der neben dem Fahrer saß, blickte sich nach mir um. »Ich hab' ein Telegramm für dich.«
Ich nahm den blauen Umschlag und öffnete ihn. *El Presidente* hatte sich nicht einmal die Mühe gemacht, das Telegramm in unseren einfachen Code zu setzen.

WAS TUST DU IN EUROPA STOP FAHR ZURÜCK NACH NEW YORK STOP
JETZT IST NICHT ZEIT FÜR UNA PARRANDA STOP

Una parranda. Das hatte in unserem Land eine bestimmte Bedeutung. Eine wilde Party, eine Orgie. Wütend zerknüllte ich das Telegramm.
Marlene sah mich mit großen Augen an. »Schlechte Nachrichten?«
»Nein«, antwortete ich kurz. »Aber *el Presidente* glaubt genau wie alle anderen, daß ich mich maßlos amüsiere.«
Sie lächelte. »Nun, ich hoffe, es war nicht ausgesprochen langweilig.«
Auch ich mußte lächeln. »Nein. Manches war gar nicht so übel.«
»Das fand ich auch«, lachte Marlene. »Ich glaube, ich werde eine Woche lang kaum gehen können.«

Robert schien erstaunt, als er am Telefon meine Stimme hörte. »Ich dachte, du seist in der Schweiz?«
Offenbar las auch er die Zeitungen.
»Ich bin dort gewesen«, sagte ich. »Ich würde dich gern so bald wie möglich sprechen.«
Robert zögerte. »Heute bin ich sehr besetzt.«
»Es ist wichtig.« Ich mußte ihn am selben Tag treffen. Es war Freitag, und morgen würden die Banken in der Schweiz geschlossen sein.
Er schwieg einen Augenblick. »Ich treffe mich mit meinem Vater zum Mittagessen im Crillon. Willst du auch hinkommen? Ich weiß, er würde sich sehr freuen, dich wiederzusehen.«
»Gut, ich komme.«

Das Mittagessen war beinahe vorüber, und es sah so aus, als wollte Robert eine neue Diskussion über mein Anliegen vermeiden. Er wirkte nicht besonders glücklich, als er sagte: »Falls es sich um die gleiche Sache handelt, so fürchte ich, meine Antwort ist immer noch nein. Du mußt dir über unsere Lage klar sein.«
Der Baron beobachtete uns neugierig. Er nahm eine dünne Zigarre und zündete sie gemächlich an. »Ich kenne das Problem nicht, das euch beschäftigt.«
Robert sah seinen Vater an. »Dax hat Zugang zu gewissen ganz vertraulichen Informationen verlangt, die unsere Schweizer Bank betreffen. Ich habe sie ihm verweigert.«
Der Baron nickte. »Robert hat völlig recht«, sagte er ruhig. »Nicht nur die Gesetze verlangen das, sondern es ist auch eine Frage der Ethik.«

»Ich verstehe, Herr Baron. Aber diese Information ist für mich lebenswichtig.«
»Wichtig genug, um von einem Freund einen Vertrauensbruch zu verlangen?«
»Nicht allein das«, sagte ich. »Sogar wichtig genug, um, wenn nötig, diese Freundschaft selbst abzubrechen.«
Der Baron schwieg einen Augenblick, dann wandte er sich an Robert. »Wie lange kennst du Dax?«
Robert sah seinen Vater erstaunt an. »Das weißt du so gut wie ich.«
»Ist Dax schon jemals mit einem solchen Wunsch zu dir gekommen?«
Robert schüttelte den Kopf.
»Mit irgendeinem Anliegen?«
»Nein.«
»Hast du dich je an ihn um Hilfe gewandt?«
Die Stimme des Barons war sanft, aber Robert begann es unangenehm zu werden. »Du weißt, daß ich das getan habe.«
»Ich erinnere mich an einige Fälle. Wie Dax während des Krieges euch beiden, deiner Schwester und dir, geholfen hat. Und ich entsinne mich auch, wie er uns half, als wir mit unserem Vetter in Schwierigkeiten gerieten.«
»Das war etwas anderes«, sagte Robert eigensinnig. »Wir haben nicht von ihm verlangt, daß er einen Vertrauensbruch begeht.«
»Haben wir das nicht?« Die Stimme des Barons klang ironisch. »Wenn ich mich recht entsinne, haben wir von ihm verlangt, für uns zu lügen. Und wenn ein Mann einen anderen belügt, gleichgültig, aus welchem Grund, so ist das für mich ein Vertrauensbruch. Findest du nicht?«
»Nein«, antwortete Robert heftig. »Es ging um einen Geschäftsabschluß. Unter diesen Umständen handelten wir normal.«
»Normal ja, aber vielleicht unmoralisch.«
»Du bist gerade der Richtige, mir Moral zu predigen!« sagte Robert verärgert.
Der Baron lächelte. »Tu ich ja gar nicht. Ich würde als erster zugeben, daß nicht immer alles, was ich getan habe, moralisch einwandfrei war. Ich würde auch zugeben, daß ich es vielleicht wieder täte. Aber zumindest war ich mir voll bewußt, was ich tat. Ich suchte mich nicht selbst zu täuschen, so wie du.«
Robert schwieg.
Der Baron wandte sich an mich. »Es tut mir leid, Dax, daß ich Ihnen

nicht helfen kann. Sie kennen mich gut genug, um mir zu glauben, daß ich Ihnen jede gewünschte Information geben würde, wenn ich noch die Vollmacht besäße.«
»Das glaube ich Ihnen, Herr Baron.«
Er stand auf. »Und jetzt muß ich gehen. Nein, bleiben Sie sitzen. Auf Wiedersehen, Dax.«
Schweigend beobachteten wir beide den Baron, wie er an den Tischen vorbei zum Ausgang schritt.
»Seit er sich vom Geschäft zurückgezogen hat, ist mein Vater milde und sentimental geworden«, sagte Robert mit gezwungenem Lachen. »Das ist Alterserscheinung.«
Plötzlich ärgerte ich mich. »Du wirst in den nächsten Minuten auch ein wenig altern!« sagte ich grimmig.
»Gib's auf, Dax«, lachte er. »Damit kannst du meinen Vater zum Narren halten, aber nicht mich. Ich weiß Bescheid.«
»Wirklich?« fragte ich grimmig. »Weißt du auch Bescheid über eine Gesellschaft, die Fracht- und Transportgesellschaft De Coyne heißt?«
»Natürlich. Sie wurde für die Beförderung von Waren nach Corteguay gegründet und war ein Teil unseres ursprünglichen Investitionsvertrages. Aber das weißt du so gut wie ich. Dein Vater hat damals als Vertreter Corteguays die Papiere unterzeichnet.«
»Die Gesellschaft gehört immer noch der Bank?«
»Nein.«
»Wem denn?«
Robert zwang sich zu einem Lächeln. »Das kann ich dir nicht sagen. Nachdem die Gesellschaft mehrere Jahre untägig gewesen war, haben wir sie verkauft und fungieren für die neuen Besitzer als designierte Treuhänder. Das ist nach Schweizer Gesetz völlig legal und wird vielfach so gemacht.«
»Dann seid ihr also Außenstehenden gegenüber immer noch die Besitzer und für die Tätigkeit der Gesellschaft verantwortlich?«
»Ja. Auch das ist allgemein üblich. Jeder weiß, daß das nur eine Tarnung ist.«
Nach einer Weile sagte ich: »Ich nehme an, daß du auch weißt, womit die Gesellschaft sich gegenwärtig befaßt?«
»Ich kann es mir ungefähr denken«, antwortete Robert vorsichtig.
Ich nahm die Papiere, die Braunschweiger beschafft hatte, und ließ sie zwischen uns auf den Tisch fallen. Es war ungefähr so heimtükkisch wie ein Tritt in den Unterleib. »Dann muß ich also annehmen,

daß die Bank De Coyne nichts dagegen hat, als Schiffsmakler für Waffen und Gewehre zu fungieren, die von den früheren Werken von Kuppens in Ost-Deutschland hergestellt werden?«
Plötzlich hatte Roberts Gesicht alle Farbe verloren. »Was – was meinst du damit?«
»Sieh dir die Papiere an.«
Robert nahm den Bericht über den Vertrag zwischen der ostdeutschen Regierung und der Fracht- und Transportgesellschaft De Coyne, einer Schweizer Firma, zur Hand. Als er aufsah, standen Schweißperlen auf seiner Stirn. Sein Mund war leicht geöffnet, und er sah ausgesprochen krank aus.
Er tat mir nicht im geringsten leid. Robert hatte das verdient, und sei es auch nur für seine Dummheit. Eine derartige Enthüllung konnte die Bank De Coyne ruinieren. Wir waren uns beide darüber klar, daß niemand der Bank ihre Unschuldsbeteuerungen glauben würde.
»Du warst nicht so schlau, wie du dachtest, Robert«, sagte ich ruhig. »Du hast dich hereinlegen lassen.«
Noch am selben Abend waren die Aufzeichnungen aus der Schweiz per Flugzeug eingetroffen, und Robert und ich verbrachten die halbe Nacht in seinem Büro, um sie durchzugehen. Als ich ihn verließ, war mein Aktenkoffer voll mit Papieren. Ich hatte die ganze dreckige Geschichte beisammen. Sie war wirklich nicht schön. In ihrem Mittelpunkt war wie ein Polyp, dessen widerliche Greifarme nach allen Seiten reichten, Marcel Campion.

Am Morgen rief ich Marlene an, um mich zu verabschieden.
»Du reist ab?«
»Ich bin schon auf dem Flughafen.«
»Tut mir leid, die Geschichte in den Zeitungen, Dax. Hoffentlich glaubt sie sie nicht.«
»Das ist nicht wichtig«, sagte ich, und meinte es im Ernst. Zuviel war schon zwischen Beatriz und mir schiefgegangen. »Jedenfalls war es nicht deine Schuld, Marlene.«
»Es war schön, Dax, nicht wahr?« fragte sie zögernd. »Zwischen uns, meine ich.«
»Ja, Marlene.«
Nach kurzem Schweigen sagte sie so leise, daß ich es kaum hören konnte: »Auf Wiedersehen, Dax. Paß auf dich auf!«
»Leb wohl, Marlene.«

23

Im Konsulat stieß ich auf Leutnant Giraldo. Er stand stramm. »Exzellenz!«
Ich streckte die Hand aus. »Welche Überraschung, Sie in New York zu sehen.«
»Es ist auch für mich überraschend«, sagte er. »Während des Koreakrieges wurde ich bei der amerikanischen Luftwaffe als Pilot ausgebildet. Nun hat man mich plötzlich zu einem Auffrischungskurs hierhergeschickt.«
»Auffrischungskurs?« lächelte ich. »Aber wir haben doch gar keine Flugzeuge.«
»Ich weiß«, antwortete Giraldo. »Deshalb soll ich ja auch hier ausgebildet werden.«
Wir gingen in mein Büro. »Sie sind also Pilot.«
»Ja, aber nur für einmotorige Propellermaschinen. Hier soll ich nun auf Düsenmaschinen geschult werden.«
»Düsenmaschinen?« *El Presidente* schien sich ja große Hoffnungen zu machen. Ich setzte mich an meinen Schreibtisch. »Wie steht es zu Hause?«
»Unverändert.« Giraldo zögerte. »Nicht gut. Die *bandoleros* werden immer frecher. Sie haben immer wieder Dörfer angegriffen, es kam nur nicht in die Zeitungen. Man spricht davon, daß wir Düsenjäger bekommen sollen, die wir dann gegen sie einsetzen können.«
»Und die Waffen?«
»Ich weiß es nicht. Hoyos hat die Kontrolle über den Hafen, und man hat nichts mehr über beschlagnahmte Ladungen gehört.«
Ich schwieg. Wahrscheinlich kamen die Waffen weiterhin ins Land, und es wäre mehr als ein Hoyos nötig, um dem ein Ende zu setzen.
»Curatu gleicht jetzt einem bewaffneten Feldlager«, fuhr Giraldo fort. »Überall Soldaten. Nach acht Uhr abends ist niemand mehr auf der Straße. Es ist wie eine Geisterstadt.«
»Vielleicht wird es nun bald besser.«
»Das hoffe ich«, meinte Giraldo ernst. »Das Leben dort ist schrecklich. Allmählich fühlt man sich wie in einem gräßlichen Gefängnis.«

Sergeis Gesicht war rot vor Zorn. »Ich bring' den Armleuchter um!«

Ich blickte aus dem Fenster seines Büros. Die Nachmittagssonne tauchte die hohen Gebäude in blendendes Weiß. Meine Augen schmerzten. Das Bedürfnis nach Schlaf machte sich geltend. Auf diesen langen Nachtflügen ruhte man sich nie richtig aus.
»Ich bin blöd gewesen.« Sergei machte sich immer noch Vorwürfe. »Wenn einem dieser Bastard schon etwas umsonst anbietet, muß man aufpassen. Ich hätte mir denken können, daß die Sache einen Haken hat.«
»Du konntest den Mund nicht voll genug kriegen, Sergei«, sagte ich.
»Was ist denn schon dabei, wenn man ein paar Dollar verdienen will, die man nicht der Steuer in den Rachen werfen muß. Die frißt einen hier doch bei lebendigem Leib auf. Also zweigt man ein wenig nach der Schweiz ab. Das tut jeder.«
Ich blickte mich in seinem verschwenderisch ausgestatteten Büro um. Ich dachte an seine zweistöckige Wohnung in der Fifth Avenue und seine herrliche Villa in Connecticut, an den schwarz-goldenen Rolls-Royce mit der Krone an der Tür. »Als du nichts hattest, hattest du auch keine Steuern zu zahlen.«
Sergei mußte verstanden haben, was ich meinte, denn seine Augen verengten sich.
»Du bist ein Trottel«, fuhr ich fort, »daß du dich für ein paar lausige Dollar einem Gauner in die Hände lieferst.«
Aber Sergei versuchte weiter, sich zu rechtfertigen. »Schließlich war ich nicht der einzige.«
Leider stimmte es. Auch Robert hatte die Geldgier in diese Falle gelockt, und nur Gott und Marcel wußten, wie vielen anderen es genauso ergangen war.
Nach einer Weile fragte Sergei: »Was soll ich nun machen?«
»Nichts. Das erledige ich schon.«
Sergei war zu jeder Zusammenarbeit bereit.
Ich überdachte noch einmal die ganze Geschichte. Marcel hatte die Gesellschaft in Sergeis Namen von Robert gekauft, wobei er ihm erklärt hatte, sie solle dem Transport von Sergeis Erzeugnissen aus Frankreich in die Vereinigten Staaten dienen. Und Robert, der von Sergeis Erfolg wußte, war ohne Zögern in das Geschäft eingestiegen.
Dann war Marcel zu Sergei gegangen und hatte ihm erzählt, daß ein kleiner Anteil der Fracht- und Transport-Gesellschaft De Coyne zu haben sei. Er hatte ihm fünf Prozent praktisch für nichts verkauft.

In Sergeis Augen war der Name de Coyne gleichbedeutend mit Sicherheit, und als Marcel ihm mitteilte, Robert sei damit einverstanden, daß er Präsident werde, hatte er sich geschmeichelt gefühlt. Nichts konnte ihn nun noch zurückhalten. Mit den Dividenden, die Sergei bekam, und den Provisionen, die die Bank De Coyne verdiente, waren beide zufrieden und fragten nicht weiter.
Aber ich war auf meine Weise genauso blöde gewesen wie die anderen. In meinem Unterbewußtsein hatte ich schon längst einen Verdacht gehegt. Ich hatte mich erinnert, daß Marcel seine ersten Schiffe gekauft hatte, als er im Orient Waffenhandel trieb.
»Hast du als Präsident Papiere unterschrieben?« fragte ich.
»Ja.«
»Sind sie in deinem Besitz?«
Sergei schüttelte den Kopf. »Nein, Marcel hat alle Aufzeichnungen bei sich. Er behauptete, dort wären sie sicherer.«
»Was hast du für Unterlagen?«
»Nur meine Kapitalanteilscheine.«
»Darf ich sie mal sehen?«
Sergei nahm den Hörer auf. »Würden Sie mir bitte die kleine rote Mappe aus meinem Privatordner bringen?«
Kurz darauf trat die Sekretärin ein. »Ist es das hier, Hoheit?«
Ich blickte auf, um zu sehen, ob sie es ernst meinte. Sie meinte es ernst.
»Ja, besten Dank.«
Sie ging hinaus. Ich mußte lächeln. »Mein lieber Schwan«, sagte ich. »Jetzt hast du sie wirklich erreicht, deine königliche Arsch-Hoheit.«
Sergei war anständig genug, zu erröten. »Es war gut fürs Geschäft.« Er fand die Anteilscheine und schob sie mir hin.
Es waren die üblichen gedruckten Formulare, grün mit goldfarbenen Schnörkeln. Der Name der Gesellschaft stand oben, und die Anzahl der Aktien, die jeder Anteilschein repräsentierte, war angegeben. Am unteren Ende standen die Unterschriften der beiden Verfügungsberechtigten. Die eine war natürlich die von Sergei als Präsidenten der Gesellschaft.
Der andere Name jedoch, den ich fand, vereinigte die Gewehre, die *bandoleros* und die Gruppe des Dr. Guayanos zu einem netten kleinen Gebinde. Die zweite Unterschrift war die von Alberto Mendoza als Geschäftsführer der Gesellschaft.

Es war fast Mitternacht. Jemand klopfte leise an die Tür. Ich kämpfte mich aus dem Schlaf hoch. Nach meinem Besuch bei Sergei war ich in meine Wohnung gegangen, um eine Dusche zu nehmen. Aber dann beschloß ich, mich zuerst für ein paar Minuten aufs Bett zu legen. Und das war alles, woran ich mich erinnerte.
Ich hatte einen abscheulichen Geschmack im Mund. Mein Anzug war zerknittert und klebte mir am ganzen Körper. Ich stand auf und streckte mich.
Durch die geschlossene Tür kam Fat Cats Stimme: »Señor Perez ist hier.«
»Schick ihn herein.«
Ein kleiner grauhaariger Beamter trat schüchtern ein. »Kommen Sie herein, Perez«, sagte ich. »Sehr nett von Ihnen, daß Sie mir Ihren Abend geopfert haben.«
»Es war mir ein Vergnügen, Exzellenz.« Der Beamte reichte mir ein maschinegeschriebenes Blatt Papier. »Hier ist die Information, Exzellenz.«
»Besten Dank, Perez.«
Ich legte das Blatt auf meinen Toilettentisch und las es, während ich mich auskleidete.

Alberto Mendoza: 34 Jahre alt, geboren am 28. Juli 1921, Curatu.
Eltern: Petro Mendoza, Kaufmann; Dolores geb. García.
Erziehung: Jesuitenschule, Curatu. Studierte ab 1939 an der Universität Mexiko und ab 1943 an der Columbia-Universität, Bogotá, Volkswirtschaft und Politische Wissenschaften. Promovierte 1944 in Politischen Wissenschaften.
Laufbahn: Zum Armeeleutnant ernannt Juli 1944. Kriegsgericht 10. Nov. 1945; Anklage: Verteilung kommunistischer Literatur und versuchte Organisation kommunistischer Kader bei der Truppe. Urteil: schuldig. Verurteilt zu zehn Jahren Zwangsarbeit; begnadigt anläßlich allgemeiner politischer Amnestie 1950.
Sonstiges: Verließ Corteguay 1950, ging nach Europa. Tätigkeit und Aufenthalt unbekannt bis Sept. 1954, als er sich mit Guayanos verbündete. Über sein Privatleben ist nichts bekannt.

Ich setzte mich auf den Bettrand und zog die Schuhe aus. Das schien die Sache endgültig zu klären. *El Presidente* hatte recht gehabt. Er hatte immer schon gesagt, daß Guayanos von den Kommunisten unterstützt wurde.
Ich dachte an Beatriz, und mir wurde übel. Mit diesen Gegnern hat-

ten wir nie eine Chance gehabt. Kein Wunder, wenn sie glaubte, ich sei am Tode ihres Vaters mitschuldig.
Ich fluchte laut und war plötzlich hellwach. Ich blickte auf meine Uhr. Marcel würde noch wach sein; er ging nie vor drei Uhr zu Bett. Es war noch nicht zu spät, um das zu tun, was ich vorhatte.

24

Marcel war schon halb betrunken, als er mir die Tür öffnete. Er lächelte und fiel beinah gegen mich. Seine Hände griffen nach meinen Jackettaufschlägen. »Dax, du Schurke. Ich habe von dir in den Zeitungen gelesen.«
Ich packte ihn am Ellbogen, um ihn am Fallen zu hindern. »Ich habe ebenfalls Verschiedenes gelesen.«
Der Sarkasmus war an Marcel verschwendet. »Weiß du«, sagte er mit seinem Eulenblick, »eine Zeitlang hatte ich dich schon aufgegeben. Ich dachte, du seist ein Spießbürger geworden.«
»Bestimmt«, sagte ich beschwichtigend.
»Du kommst gerade recht. Ich habe eine kleine Party, aber es fing an, langweilig zu werden.«
Er packte mich am Arm und zog mich ins Wohnzimmer. Der Raum war ziemlich dunkel. Nur die Wandlampen leuchteten schwach in den Ecken. Auf der Couch saßen zwei Frauen, ihre Gesichter waren im Schatten verborgen.
Marcels Stimme klang seltsam bösartig, als er sagte: »Ich glaube, du kennst die Damen. Beth, willst du Dax nicht begrüßen?«
Ich erkannte die Blonde mit den großen Brüsten. Ich hatte sie hier schon getroffen. »Hallo, Beth.«
»Sitz nicht so idiotisch stur da«, sagte Marcel grob. »Mach Dax einen Drink zurecht.«
Schweigend stand Beth auf und ging an die Bar. Die andere blieb regungslos sitzen, das Gesicht abgewandt.
»Du kennst doch Dax«, sagte Marcel. »Begrüßt man so einen alten Freund?«
Die Frau blickte zu mir auf, ihr langes dunkles Haar gab ihr Gesicht frei.
»Dania?«
»Ja, Dania«, äffte Marcel nach. »Das hast du nicht gedacht, was?«
Ich antwortete nicht.

»Blöde Scheiße!« schrie Marcel plötzlich. »Sie ist genauso ein Hurenluder wie die anderen!«
Beth kam mit einem Drink in jeder Hand von der Bar. Marcel nahm einen und gab mir den anderen. Beth ging zur Bar zurück und kam mit Drinks für Dania und sich selbst. »Komm, Marcel«, sagte sie. »Die Party wird stinklangweilig. Mach ein bißchen Musik. Tanzen wir ein wenig.«
»Nein, dazu hab' ich keine Lust!« Marcel goß das halbe Glas in sich hinein und warf sich neben Dania auf die Couch. »Sei doch nicht so formell«, sagte er, »du bist unter Freunden.« Er fummelte an ihrem Kleid herum. Sie stieß seine Hand wortlos fort.
Beth drückte auf den Knopf des Plattenspielers. Musik erfüllte den Raum. Sie beugte sich über Marcel, ihre Brüste drängten sich halb aus ihrem Kleid heraus. »Komm, tanzen wir.«
Auch ich konnte sehen, daß Dania ihr leid tat.
Bösartig schlug Marcel ihr das Glas aus der Hand. Es flog durchs Zimmer und zerschellte an der Wand. »Stell den verdammten Apparat ab«, schrie er. »Ich hab' dir gesagt, daß ich keine Lust habe.«
Einen Augenblick blitzte Haß in Beths Augen auf. Sie hätte ihn umgebracht, wenn sie es gewagt hätte. Aber gleich darauf verstummte die Musik.
»Du stehst jetzt nicht auf der Bühne«, sagte Marcel zu Dania. »Du brauchst nicht Theater zu spielen. Nicht für mich und nicht für Dax. Wir wissen beide, wie du bist, wir haben beide mit dir geschlafen. Du dachtest, ich wüßte das nicht?« Er lachte. »Ich weiß alles. In der Nacht, als er dich vom El Morocco heimbrachte. Er hat deine Wohnung erst um fünf Uhr verlassen.«
Ohne zu sprechen, stand Dania auf. »Dax, willst du mich bitte heimbringen?«
»Dax, willst du mich bitte heimbringen«, äffte Marcel sie nach. »Tu's doch!« schrie er plötzlich. »Man sagt ja, daß du so einen großen Schwanz hast. Vielleicht will sie, daß du sie wieder fickst. Aber es ist vergeudete Zeit, Dax, du könntest deinen Schwanz genausogut in eine Marmorstatue stecken. So unbeteiligt, wie sie daliegt!«
Marcel sah sie an. »Weiß du, warum sie hergekommen ist? Weil sie immer noch glaubt, sie kann mich dazu bringen, daß ich sie heirate. Sie wird alt, und ihre Stimme nimmt ab.«
Marcel lachte. Sein Ton war böse. »Aber so blöde bin ich nicht. Warum auch, wenn ich alles Weiberfleisch auf der Welt haben kann? Solange ich Geld habe, wird auch Dania immer auftauchen.«

Danias Gesicht war bleich. »Dax, bitte –«
Auch ich hatte genug. »Komm, Dania.«
»Geht doch«, schrie Marcel. »Glaubst du, ich weiß nicht, was du in der Schweiz gemacht hast? Ein großer Mann bei den Damen, der Liebhaber Nummer eins in der Welt! Pah!« Er spuckte mir vor die Füße. »Das bißchen Hirn, das du je gehabt hast, war in deinem Schwanz!«
Ich verlor die Beherrschung. Ich packte Marcel unter den Armen und zerrte ihn von der Couch hoch. »Du schmieriger kleiner Köter, ich sollte dich umbringen!«
Marcel starrte mir böse in die Augen. »Dazu hast du nicht den Mumm!«
Ich begann ihn zu schütteln, da spürte ich Danias Hand auf meinem Arm.
»Dax! Dax! Bitte hör auf!«
Wütend warf ich Marcel auf die Couch. »Siehst du, daß ich recht hatte! Du bist eben nur ein Weiberheld. Du bist immer den Weg des geringsten Widerstandes gegangen. Du bist einfach deinem Schwanz gefolgt, und was du nicht sehen wolltest, das existierte für dich nicht. Dein ganzes Leben hast du herumgespielt, aber nie wirklich etwas getan. Du bist angeschmiert worden, Dax – von *el Presidente*, von deinen Weibern, sogar von mir. Es wird Zeit, daß du dich endlich siehst, wie du wirklich bist. Du bist nichts als ein stupider Parasit, Dax, ein gutgekleideter Gigolo.«
Marcel holte tief Atem. »Du meinst, du hast in der Schweiz etwas entdeckt? Na und? Was willst du tun? Nichts. Denn du kannst gar nichts machen, ohne dich selbst und alle deine Freunde zu ruinieren.«
Marcel nahm sein Glas, und plötzlich war seine Stimme ruhig. »Du glaubst, du kannst die Waffenlieferungen unterbinden, Dax? Weißt du, wer einen Anteil der Gesellschaft besitzt? *El Presidente*. Glaubst du, ich hätte das Geschäft ohne seine Hilfe machen können? Er wollte das Geld, und er hatte keine Angst vor ein paar Unruhen. Bloß jetzt ist ihm die Sache ein wenig über den Kopf gewachsen. Aber ich mach' mir keine Sorgen, Dax. Ich bin ›in‹, egal, wer gewinnt.«
Mir war übel, denn ich wußte, daß er die Wahrheit sagte. Ich wandte mich zu Dania. »Gehen wir.«
»Warte«, rief Marcel, »ich bin noch nicht zu Ende.« Er fischte in seiner Tasche nach einem Schlüssel. »Wenn du sie fertig gevögelt hast,

komm wieder her.« Er warf mir den Schlüssel zu. »Wir haben noch einiges zu erledigen.«
Ich fing den Schlüssel auf und steckte ihn ein.
»Verschwinde ebenfalls«, schrie Marcel plötzlich Beth an. »Du hängst mir auch zum Hals 'raus!«
Marcel folgte uns mit dem Glas in der Hand zum Aufzug. »Komm zurück, Dax, und wenn ich schlafe, warte, bis ich aufwache.«
Als der Butler uns auf die Straße ließ, sagte ich: »Ich komme wieder.« Und es war mein Ernst. Ich war entschlossen. Marcel mußte sterben.
Einen anderen Weg gab es nicht.

25

»Ich brauche kein Taxi«, sagte Beth. »Ich wohne gleich gegenüber. Marcel will mich in der Nähe haben. Also, gute Nacht.«
Wir sahen, wie Beth über die Straße lief und das Mietshaus auf der anderen Seite betrat. Ein Taxi kam. Wir stiegen ein. Dania lehnte sich an mich, und ich konnte durch den Nerzmantel hindurch spüren, wie sie zitterte. Sie begann, wild und verzweifelt zu schluchzen.
»Beruhige dich«, sagte ich. »Du brauchst nie wieder hinzugehen.«
»Wenn das nur wahr wäre«, sagte sie.
»Aber er kann dich doch nicht zwingen?«
»Doch«, sagte sie. »Die einzige gute Sache, die ich habe, ist mein Schallplattenvertrag. Jetzt gehört die Schallplattenfirma ihm.«
»Wann hast du das erfahren?«
»Heute abend. Deshalb war ich ja da. Marcel rief mich an und sagte, ich solle zu ihm kommen, er wolle mit mir darüber sprechen. Als ich sagte, ich sei zu müde, bekam er einen Wutanfall. Er erklärte, wenn ich nicht sofort nach der Vorstellung käme, würde ich nie wieder auf einer Platte singen.«
»Wie lange läuft der Vertrag?«
»Lange genug«, sagte sie. »Sieben Jahre.«
»Aber er muß dir doch Honorar zahlen.«
»Nur das Minimum. Mein Hauptverdienst sind die Einkünfte, die die Garantiesumme überschreiten. Außerdem kann mich Marcel praktisch bei jedem Opernhaus der Welt ausschalten.«
»Mit dem Schallplattenvertrag?« fragte ich erstaunt.

»Ja. Die meisten Opernhäuser gleichen ihr Defizit dadurch aus, daß sie vollständige Opernaufführungen aufnehmen lassen. Die Schallplattenfirmen, bei denen wir unter Vertrag stehen, geben im allgemeinen ihre Zustimmung, auch wenn andere Gesellschaften die Aufnahmen machen. Aber Marcel kann natürlich die Zustimmung verweigern, und welches Opernhaus würde mich dann noch engagieren?«
»Sieben Jahre ist doch keine so lange Zeit«, sagte ich.
»Für mich schon, ich bin über dreißig. Bis dahin ist es mit meiner Stimme vorbei. Niemand wird sich dann noch an Dania Farkas erinnern.«
Als das Taxi vor ihrem Haus hielt, zitterte sie noch immer. »Komm doch bitte mit hinauf. Ich kann jetzt nicht allein bleiben.«
Ich ging ins Wohnzimmer, und sie verschwand in der Küche, um Kaffee zu kochen. Der Plattenspieler war offen. Auf dem Teller lag ihre neueste Platte: Dania Farkas singt Carmen!
Ich drückte auf den Knopf, und gleich darauf füllte die herrliche, volle Stimme den Raum. Ich schloß die Augen. Wenn je eine Oper für einen Südamerikaner geschrieben wurde, dann diese, und wenn je eine Sängerin dafür bestimmt war, Carmen zu singen, dann sie.
Ich hörte mir die zweite Seite der Langspielplatte an, als Dania zurückkam. Schweigend goß sie den Kaffee ein. Als sie getrunken hatte, bekam ihr Gesicht wieder etwas Farbe.
»Einmal hatte ich Marcel gern, wirklich gern«, sagte sie. »Aber er liebt niemanden, nur sich selbst. Wir sind nur Mittel für seine Zwecke.«
Die Platte war zu Ende. Die Musik klang noch in mir nach, dann stand ich auf. »Ich muß gehen.«
»Gehst du wieder zu ihm?« – Ich nickte.
Dania trat zu mir und legte ihren Kopf an meine Brust. »Armer Dax«, flüsterte sie, »er hat dich genauso in der Hand wie uns alle.«
»Nichts hat er«, antwortete ich heftig. »Nichts! Niemanden! Das wird er bald genug merken.«
Dania schaute mich forschend an. Ich glaube, sie wußte intuitiv, was ich vorhatte. »Tu's nicht, Dax«, sagte sie leise, »er ist es nicht wert.«

Fat Cat kam in mein Zimmer, als ich den kleinen Revolver lud. Er blinzelte, und der Schlaf verschwand aus seinen Augen. »Was hast du vor?«

Ich ließ den Lauf einschnappen und drehte die Kammer. Sie klickte leise und rhythmisch. »Ich werde etwas tun, was ich schon lange hätte tun sollen.«
»Campion?«
Ich nickte.
Fat Cat zögerte, dann kam er auf mich zu. »Laß es lieber mich tun. Ich hab' mehr Erfahrung.«
»Nein«, sagte ich und ließ die Waffe in die Jackentasche gleiten.
»Es wird keinen guten Eindruck machen, weder für dich noch für Corteguay. Man redet schon genug über den Fall Guayanos.«
»Dann wird man eben noch mehr reden«, sagte ich. »Außerdem ist es mir eher möglich, die Polizei davon zu überzeugen, daß es ein Unfall war. Wer soll es wohl anzweifeln, wenn ich erkläre, daß wir den Revolver untersucht haben und er dabei losgegangen ist?«
Fat Cat blickte mich skeptisch an.
»Schließlich bin ich doch Gesandter, nicht wahr?«
Fat Cat zuckte die Achseln. »*Sí, excelencia.*« Dann grinste er. »Aber, Exzellenz, bist du sicher, daß du überhaupt noch weißt, wie das Ding funktioniert?«
»Ich weiß es noch«, sagte ich.
»Dann paß auf, daß du dich nicht selbst erschießt.«

Fast drei Stunden, nachdem ich Marcels Wohnung verlassen hatte, ließ mich der schweigsame orientalische Butler wieder ein.
»Ich habe den Schlüssel zum Lift«, sagte ich.
Der Butler nickte. »Mr. Campion hat mir Bescheid gesagt.«
Die Tür zu Marcels Wohnzimmer stand offen. Die Lichter brannten noch, aber der Raum war leer.
Ich ging zum Schlafzimmer und dann durch das Ankleidezimmer ins Bad. Alle Räume waren leer.
Ich versuchte die Tür zum Gästezimmer. Sie war von innen verschlossen. Marcel hatte entweder ein anderes Mädchen kommen lassen und war mit ihr drinnen, oder er schlief. Ich klopfte laut an die Tür und rief: »Marcel!«
Ich wartete eine Weile, dann rief ich wieder. Immer noch keine Antwort. Ich ging an die Bar und schenkte mir einen Drink ein.
Da erinnerte ich mich an den Privatfernsehapparat. Ich ging hinter die Bar, suchte den Knopf und drückte darauf.
Lautlos rollte die Holzplatte zur Seite. Es dauerte eine Weile, bis der Apparat warm war. Zuerst sah ich das Bett. Es war leer. Dann er-

blickte ich Marcel. Ich atmete tief durch. Jemand war schneller gewesen als ich: Marcel war tot.
Er lag neben dem Bett auf dem Bauch. Sein Kopf war eigentümlich zurückgebogen, die Augen waren aus den Höhlen getreten, die dick geschwollene Zunge hing ihm aus dem Mund. Er war in Hemdsärmeln, mit offenem Kragen. Eine schwarze Seidenschnur war um seinen Hals geschlungen, lief dann zu den auf dem Rücken gebundenen Händen und von dort zu den Fußknöcheln. Sie war so stark zugezogen, daß sie aus dem Körper einen straffgespannten Bogen machte.
Ich hatte noch nie eine so erschreckend einfach und geschickt ausgeführte Exekution gesehen. Hier war ein Fachmann am Werk gewesen, und ich zweifelte nicht daran, daß Marcel noch gelebt hatte, als der Mörder den Raum verließ. Allerdings nicht lange. Dann hatte er durch seine Versuche, freizukommen, die schwarze Seidenschnur um seinen Hals nur fester zugezogen.
Ich griff nach dem Telefon auf der Bar und drückte auf den mit BUTLER bezeichneten Knopf.
»Ja, Mr. Campion?« Die orientalische Stimme klang im Telefon eigentümlich zischend.
»Hier ist nicht Mr. Campion, sondern Mr. Xenos. Hat jemand Mr. Campion besucht, während ich fort war?«
Nach kurzem Zögern sagte er: »Nein, Sir. Soweit mir bekannt ist, nicht. Ich habe niemanden durch das Haupttor eingelassen, seit Sie mit den Damen fortgingen.«
Ich blickte auf den Fernsehschirm. »Dann empfehle ich Ihnen, die Polizei zu rufen. Es scheint, daß Mr. Campion tot ist.«
Langsam legte ich den Hörer auf, zündete mir eine Zigarette an und wartete auf die Polizei. Ich erinnerte mich an die Worte eines Bankräubers namens Willie Sutton, den ich einmal kennengelernt hatte. Er hatte eine Autobiographie geschrieben und wurde eine Zeitlang auf allen möglichen Partys vorgeführt.
»Es gibt keinen Tresor, keinen Geldschrank, keine Bank und kein Gefängnis, bei dem nicht jemand eine Möglichkeit zum Auf-, Ein- oder Ausbrechen finden kann, wenn er nur ernsthaft genug danach sucht.«
Ich hätte gern gewußt, was Marcel dazu gesagt hätte. Wahrscheinlich nichts. Er glaubte, daß er alles einkalkuliert hätte. Ich lächelte grimmig vor mich hin.
Was hatte er jetzt von all seinem Geld und seinen Intrigen?

Die Ermordung Marcels war eine geradezu klassische Story für die Zeitungen. Das wohlbewachte Haus, die unzugängliche Wohnung, das versperrte Zimmer – und einer der reichsten und meistgehaßten Männer der Welt als Opfer. Dazu noch Andeutungen über dunkle internationale Geldgeschäfte und Hunderte von Fotos von schönen Frauen und kostspieligen Callgirls. Die Presse hatte alles, was sie brauchte, nur eines nicht: den Mörder.
Ein Hauptmann vom Morddezernat saß mir etwa eine Woche später in meinem Büro gegenüber.
»Wir haben die Wohnung gründlich untersucht«, sagte er. »Und es gibt keine Möglichkeit, wie ein Mörder ins Haus kommen konnte, ohne bemerkt zu werden. Und in das Obergeschoß schon gar nicht.«
»Aber einer muß es gewesen sein.«
Der Polizist nickte. »Ja. Aber es waren auch nicht die Hausangestellten. Der alte Gag mit dem Butler paßt auch nicht. Sie haben alle einwandfreie Alibis.«
Der Hauptmann stand auf. »Nun, ich will Sie nicht noch länger aufhalten.« Er streckte die Hand aus, ein leichtes Lächeln auf den Lippen. »Ende des Jahres werde ich pensioniert, Mr. Xenos. Ich hoffe, ich werde Sie nicht vorher noch einmal sehen.«
Ich sah ihn fragend an.
»Ich meine, nicht unter solchen Umständen. In den letzten zwei Monaten haben wir uns zweimal getroffen, und jedesmal war ein Mann ermordet worden.«
Jetzt erinnerte ich mich. Er hatte mich nach dem Mord an Guayanos vernommen. Ich lachte. »Das klingt ja fast, als sei es für mich gefährlich, überhaupt jemanden zu kennen.«
»Das habe ich nicht gemeint«, sagte er hastig.
»Ich habe Sie schon verstanden, Herr Hauptmann«, sagte ich. »Übrigens – können Sie mir einen Gefallen tun? Ich möchte gern mit der jungen Guayanos in Verbindung treten. Wissen Sie vielleicht, wo ich sie erreichen kann?«
Der Hauptmann sah mich überrascht an. »Wissen Sie das denn nicht?«
»Was?«
»Ihr Onkel und sie haben die Leiche nach Corteguay übergeführt, nachdem wir sie freigegeben hatten.«

»Nach Corteguay?«
Der Hauptmann nickte. »Ja. Deshalb dachte ich, Sie wüßten davon. Ihre Gesandtschaft hat die Papiere ausgefertigt.«
Nun wurde es mir klar. Ich war zu der Zeit in Europa gewesen. »Ist ein Mann namens Mendoza mit ihnen geflogen?«
»Ich glaube, ja. Zumindest ist er mit ihnen ins Flugzeug gestiegen«, sagte er.
Als der Hauptmann das Büro verlassen hatte, dachte ich über die Sache nach. Es war merkwürdig, daß ich nichts darüber wußte. Mendoza war nicht der Mann, den Hoyos einfach übersah. Ich verlangte unsere Kopien der täglichen Ankunfts- und Abflugslisten vom Flughafen Curatu für die betreffende Woche.
Beatriz' Name und der ihres Onkels waren angegeben, aber kein Name, der so ähnlich wie Mendoza lautete. Trotzdem war ich überzeugt, daß Mendoza sich in Corteguay befand. Eine dunkle Vorahnung überkam mich. Einen Augenblick überlegte ich, ob ich telegrafieren sollte. Aber dann ließ ich es. Sollten Hoyos und Prieto ihre schmutzige Arbeit selbst tun.

Die Revolution brach erst zwei Monate später aus. Zuerst hörte ich von dem Aufstand am Ostersonntagmorgen, dem Tag, für den ursprünglich die Wahlen angesetzt waren. Ich befand mich in Danias Wohnung. Wir saßen im Bett und frühstückten. Da griff sie nach der Fernbedienung, die den Fernsehapparat am Fußende des Bettes betätigte. »Hast du etwas dagegen, wenn ich die Nachrichten einschalte?«
»Muß ich mich dazu anziehen?« fragte ich.
Dania lachte und drückte auf den Knopf.
»Guten Morgen, meine Damen und Herren.« Die volltönende, verbindliche Stimme klang durch den Raum. »Hier ist Walter Johnson, CBS-Nachrichten. Die Kämpfe in Corteguay zwischen den Regierungstruppen und den *guerrilleros* in den Bergen dauerten die ganze Nacht an. Die Rebellen haben zwei weitere Dörfer besetzt und erklären, sie hätten den Regierungstruppen schwere Verluste zugefügt. Nach den Meldungen ihrer eigenen Rundfunkstationen scheinen sie nur noch etwa hundert Kilometer von der Hauptstadt Curatu entfernt zu sein. Sie haben den ganzen Norden des Landes in der Hand. Inzwischen haben die Streitkräfte der Rebellen im Süden Zuwachs durch starke Einheiten abgefallener regulärer Armeetruppen erhalten.

In Cúratu selbst wurde Ausgehverbot verhängt. Die Straßen sind leer, aber man hört gelegentlich Schüsse, besonders im Hafengebiet, wo Soldaten stationiert sind, um die Zugänge von der See her zu sperren.
Präsident de Cordoba hat heute morgen mehrmals im Rundfunk gesprochen und die Bevölkerung beschworen, Ruhe zu bewahren. Er forderte die Verwaltungsangestellten und die Armee auf, der Regierung treu zu bleiben, und fest und entschlossen – ich zitiere – ›den Versprechungen der Kommunisten im Süden und dem Terror der bandoleros im Norden zu widerstehen‹. Ferner erklärte er, daß er morgen selbst die Führung der Armee übernehmen werde. Er verspricht, nicht zu ruhen, bis er – wieder zitiere ich – ›die Banditen über die Grenzen und aufs Meer zurückgetrieben hat, wo sie hergekommen sind‹.«
Ein Schwenken der Kamera, und man sah, wie der Sprecher nach einem anderen Blatt Papier griff. »Das Außenministerium in Washington teilt mit, daß es Maßnahmen für die Sicherheit und, falls nötig, für die Evakuierung aller in Corteguay befindlichen Amerikaner getroffen habe.
Pan American Airways haben bis zur Klärung der Lage alle Flüge nach Curatu eingestellt.«
Der Blickwinkel der Kamera änderte sich wieder, und jetzt sprach der Kommentator ohne Manuskript. »Versuche, den corteguayanischen Gesandten hier in New York zu erreichen, waren erfolglos. Die Türen des corteguayanischen Konsulats sind seit den frühen Morgenstunden für die Presse geschlossen. Es ist nicht bekannt, ob sich Señor Xenos zur Zeit überhaupt in der Stadt befindet.
Und nun weitere Nachrichten. Die Osterparade in New York –«
Ein Klick, und das Bild verschwand vom Schirm. Ich war aus dem Bett und schon halb angekleidet, als Dania mich fragte:
»Was bedeutet das alles?«
Was bedeutete es? Tausend Gedanken jagten mir durch den Kopf. Wie konnte ich nächtelang fern vom Konsulat verbringen, wenn ich doch im Grunde genau gewußt hatte, daß es jeden Augenblick zur Explosion kommen konnte? Ich brauchte mich nicht zu fragen, wo mein Verstand war. Marcel hatte es mir ganz deutlich gesagt.
Ich kam mir merkwürdig schuldig vor, ein Gefühl von persönlichem Unglück und Verlust bedrückte mich, wie ich es seit dem Tode meines Vaters nicht mehr gekannt hatte. Plötzlich fühlte ich, wie mir die Tränen kamen.

»Was bedeutet es?« wiederholte Dania.
»Es bedeutet«, antwortete ich dumpf, »daß ich mit allem, was ich je getan habe, was ich je versucht habe, gescheitert bin.«

27

Als ich ins Konsulat kam, hatte ich keine Zeit mehr für Selbstvorwürfe. Ich drängte mich mit einem knappen »Kein Kommentar« durch die Schar der Reporter und gelangte schließlich hinein. Fat Cat und einer der Beamten mußten sich gegen die Tür stemmen, bis sie wieder sicher verschlossen war.
»Rufen Sie die Polizei«, befahl ich. »Sie soll den Eingang freihalten.« Ich wandte mich an Fat Cat. »Komm mit.«
Meine Sekretärin sah mir erleichtert entgegen. »Eine Menge Telefonanrufe sind gekommen«, sagte sie. »*El Presidente* hat Sie zu erreichen versucht. Und das Außenministerium in Washington –«
»Bringen Sie mir die Liste ins Büro«, sagte ich kurz. Ich schloß hinter Fat Cat und mir die Tür. »Ist es so schlimm, wie man es im Fernsehen darstellt?«
Fat Cat zuckte mit unbewegtem Gesicht die Achseln. »*Quién sabe?* Keiner sagt in solchen Zeiten die Wahrheit. Aber gut sieht es nicht aus, das ist sicher.«
Ich nickte. »Hol Giraldo her!«
Fat Cat verließ ohne ein Wort das Zimmer. Ich nahm von der Sekretärin die Liste der Anrufe entgegen. »*El Presidente*«, sagte ich, ehe ich noch einen Blick darauf geworfen hatte.
»Ja, Exzellenz.«
Schon nach wenigen Minuten summte das Telefon.
El Presidentes Stimme war heiser und wütend. »Wo, zum Teufel, hast du gesteckt?« fragte er. »Die ganze Nacht habe ich versucht, dich zu erreichen.«
Ich hatte keine Entschuldigung vorzubringen. Ich schwieg.
»Wenn du jetzt hier wärst, würde ich dich erschießen lassen!« brüllte er.
Ich hatte genug. Solche Gespräche führten zu gar nichts.
»Lassen Sie mich nächste Woche erschießen«, sagte ich. »Das heißt, falls wir dann noch im Geschäft sind. Wie ist denn nun die Lage?«
El Presidente schwieg einen Moment, dann erfaßte er, was ich gesagt hatte. Seine Stimme war ruhiger. »Es geht hart auf hart, aber ich

glaube, wir können durchhalten, wenn der Rest der Armee loyal bleibt.«
»Wird er das?«
»Ich weiß nicht«, sagte er, und zum erstenmal hörte ich die Müdigkeit in seiner Stimme. »Einige, von denen ich immer dachte, sie seien mir bis zum Tod ergeben – Vasquez, Pardo, Mosquera –, sind mit ihren Regimentern zu den Rebellen übergelaufen. Andere, die ich nie für zuverlässig gehalten hatte, wie Zuluaga und Tulia, halten noch zu mir. Jetzt hängt alles davon ab, wie lange ich sie noch davon überzeugen kann, daß wir gewinnen werden.«
»Werden wir gewinnen?« fragte ich.
»Wenn wir Hilfe bekommen und lange genug durchhalten können, ja. Ich habe das Gefühl, daß sich die Rebellen zum Angriff entschlossen haben, weil sie wissen, daß die Waffenlieferungen zu Ende sind. Für sie hieß es, jetzt oder nie.«
»Was brauchen Sie an Hilfe?«
»Waffen, Geld, Soldaten, alles, was ich bekommen kann. Man muß doch endlich einsehen, daß ohne solche Hilfe die Kommunisten an die Macht kommen.«
»Man will wahrscheinlich wissen, wer die Kommunisten sind«, sagte ich. »Man wird Namen hören wollen.«
»Innerhalb einer Stunde hast du die Liste durch den Fernschreiber. *El Condor*, Mendoza –«
»Mendoza ist durchgekommen?«
»Ja. Er hat sich den Schnurrbart abrasiert und ist an unserer Polizei vorbeispaziert, als sei er unsichtbar. Sie hatten zuviel damit zu tun, dein Mädchen anzustarren.«
»Geht es ihr gut?«
»Sie ist in Sicherheit«, antwortete er kurz. »Wie reagiert man bei euch? Glaubst du, wir können mit Hilfe rechnen?«
»Ich weiß es nicht. Es ist noch zu früh, um darüber etwas zu sagen. Ich bekam mehr Telefonanrufe, als ich beantworten konnte.«
»Dann sieh mal gleich zu, daß du etwas erreichst.«
»Die Zeitungen schreien nach einer Erklärung«, sagte ich.
»Haben sie meine Reden gedruckt?«
»Ja. Ich habe auch Ausschnitte im Fernsehen gehört.«
»Das ist alles, was sie im Augenblick zu erfahren brauchen«, sagte *el Presidente* befriedigt.
Ich legte auf, kurz danach traten Fat Cat und Giraldo in mein Büro.
»Wie steht es?« fragte Fat Cat.

»Soweit ist alles unter Kontrolle.«
»*Bueno.*«
»Sie wollten mich sprechen, *excelencia?*« sagte Giraldo.
»Ja. Sie haben mir erzählt, Sie seien für kleine Flugzeuge geprüft. Können Sie eine zweimotorige Beechcraft fliegen?«
»Ja, Sir.«
»Gut«, sagte ich. Ich sah Fat Cat an. »Bring ihn zum Flugplatz. Ihr beide sollt meine Maschine nach Florida bringen. Sobald Sie dort sind, rufen Sie mich an. Es kann sein, daß ich rasch nach Corteguay muß. Pan American haben ihre Flüge eingestellt.«
»Ja, Sir«, sagte Giraldo und verließ mit Fat Cat das Büro.
Ich sah mir die Liste der Telefonanrufe an. Dann hob ich den Hörer ab und sagte meiner Sekretärin, sie solle nun die Verbindungen herstellen. Alle, mit denen ich sprach, drückten ihr Mitgefühl aus, aber nicht einer war bereit, irgendwelche konkrete Hilfe zu leisten. Alle beobachteten und warteten ab.
Der Sekretär der Vereinten Nationen war überaus freundlich, aber ebenso entschieden: es war keine Sache für den Sicherheitsrat. Die Vereinten Nationen hätten kein Recht, in die inneren Angelegenheiten eines Landes einzugreifen.
Das State Department war bloß an den Vorkehrungen für die Sicherheit der Amerikaner in Corteguay interessiert. Die U.S. hatten einen Zerstörer vor die corteguayanische Küste beordert, um die Amerikaner notfalls aufzunehmen.
Schließlich war ich auf der Liste beim Senator angelangt, der gleich zur Sache kam. »Ich möchte Sie morgen sprechen. Können Sie in die Wohnung meiner Schwester kommen, ohne daß man Sie beobachtet?«
»Ich will es versuchen.«
»Um welche Zeit?«
»So früh wie möglich«, sagte ich. »Vielleicht sind dann die Reporter noch nicht munter.«
»Wie wär's mit einem Frühstück um sechs?«
»Gut. Um sechs.«
Ich legte den Hörer auf. Was hatte der Senator vor? Was konnte er noch tun, wenn seine Regierung mir die kalte Schulter zeigte?
Fat Cat kam herein. »Warum muß ich mit Giraldo fahren? Du weißt, ich verstehe nichts von Flugzeugen.«
»Aber du kannst ein Auge darauf werfen.«
Fat Cat schwieg eine Weile. »Traust du ihm nicht?«

»Ich weiß nicht«, sagte ich. »Ich möchte nichts riskieren. Das Flugzeug ist unsere einzige Möglichkeit, um nach Hause zu kommen, wenn es nötig ist.«
»Und was soll ich machen, wenn er plötzlich irgendwelche Sabotage treibt, während wir in der Luft sind?«
Ich sah ihn grimmig an. »Dann betest du«, sagte ich. »*Vete con Dios.*«

28

Die Schwester des Senators ließ mich ein. Ihr Gesicht war ernst. Sie führte mich gleich ins Speisezimmer.
Der Senator saß am Kopfende des Tisches, die anderen um ihn gruppiert. Einer war darunter, den ich nicht erwartet hatte: George Baldwin vom amerikanischen Konsulat in Curatu.
Er war in der vergangenen Woche in Washington gewesen und hatte der Regierung die neuesten Informationen gebracht. »Wir erwarteten schon lange etwas Derartiges«, sagte er, »nur den Zeitpunkt wußte keiner.«
Der Senator wandte sich an mich. »Wir alle hier haben das Gefühl, Ihnen schweres Unrecht getan und vielleicht darum einen katastrophalen Fehler begangen zu haben.«
Er warf einen Blick auf Baldwin, dann auf mich. »Wir hatten alle angenommen, Sie hätten etwas mit dem Tod von Guayanos zu tun. Als Baldwin vorige Woche kam, hat er uns die Wahrheit erzählt.«
»Das stimmt«, sagte Baldwin. »Wir wissen aus ziemlich sicherer Quelle, daß Mendoza ihn umgebracht hat.«
»Mendoza?«
»Ja. Augenscheinlich war es Mendoza klar, daß seine eigene Macht und sein Einfluß bald schwinden würden, wenn Guayanos das Angebot Ihres Präsidenten annahm. Es konnte sogar dazu führen, daß Mendoza als der Kommunist, der hinter dem Waffenschmuggel stand, entlarvt würde. So fädelte er es so ein, daß Guayanos niedergeschossen wurde und jeder überzeugt war, Sie oder *el Presidente* hätten es angeordnet. Er selbst wurde durch eine abprallende Kugel verwundet, nachdem er sich zu Boden geworfen hatte.«
»Wer hat Ihnen das erzählt?« fragte ich.
»Wir haben unsere Informationsquellen. Und in New York sind unsere besser als Ihre.«

Das bestritt ich nicht. Es war ein trauriger Witz, daß Beatriz die ganze Zeit mir die Schuld am Tod ihres Vaters zuschrieb und dem wirklichen Mörder zur Flucht verhalf. Ich wandte mich wieder an den Senator.
»Das ist erfreulich. Ich bin sehr dankbar, zu wissen, daß Sie Ihre Einstellung geändert haben.«
Aber sie wußten, daß mir das nicht wichtig war. Wichtig war, was sie jetzt tun würden. Der Senator antwortete selbst. »Wir alle, einschließlich George, sind bereit, auf die sofortige Gewährung einer Anleihe an Corteguay zu drängen.«
»Ich danke Ihnen. Aber ich habe das Gefühl, daß Ihre Regierung wie gewöhnlich zu spät kommt, um irgendwelche entscheidende Hilfe zu leisten.«
»Und womit könnten wir entscheidend helfen?« fragte der Senator.
»Sie könnten von Ihrer Regierung verlangen, daß sie Truppen schickt, die die Ordnung wiederherstellen. Nicht um die Herrschaft *el Presidentes* zu sichern, sondern um dem Volk die Möglichkeit zu geben, in freier Wahl seine Regierung zu wählen.«
Der Senator war entsetzt. »Sie wissen, daß das nicht geht. Die ganze Welt würde uns wegen solcher Einmischung verurteilen.«
»War das keine Einmischung, was Sie all diese Jahre betrieben haben? Dadurch, daß Sie nichts taten, daß Sie unsere Regierung nicht anerkannten, bis Sie sie nicht länger ignorieren konnten, und dadurch, daß Sie uns nur dann eine Anleihe zugestehen wollten, wenn ich an die Macht gelangte. War das Einmischung, oder war es etwa nur gute Politik?«
Ich wartete nicht auf Antwort. Ich stand auf. »Ich bin der Meinung, meine Herren, daß sich die Großmächte dieser Welt – und dazu gehören Sie ebenso wie Rußland und China – fortgesetzt in die Angelegenheiten ihrer kleineren Nachbarn einmischen.«
Sie schwiegen eine Weile.
Dann fragte George: »Haben Sie Neues von *el Presidente* gehört? Wie ist die Lage?«
»Nicht gut«, antwortete ich. »Die Regierungstruppen gehen in Santa Clara, knapp hinter dem Flugplatz, in Stellung. Das ist dreißig Kilometer südlich von Curatu. Meine Herren, ich danke Ihnen für Ihr Interesse.«
Der Senator begleitete mich zur Tür. »Es tut mir leid, Dax, aber was Sie verlangen, ist unmöglich; Sie wissen es selbst. Wir können nicht

wagen, Truppen in Ihr Land zu schicken, selbst wenn uns Ihre Regierung darum ersuchte. Die ganze Welt würde das als imperialistische Aktion verdammen.«
»Eines Tages werden Sie es müssen«, sagte ich. »Sie werden der Tatsache ins Auge sehen müssen, daß Sie wirklich dafür verantwortlich sind, was in Ihrer Einflußsphäre geschieht. Diesmal werden Sie es nicht tun, vielleicht auch nächstes Mal nicht. Aber wenn wirklich ein Land in die Hände der Kommunisten fällt, werden Sie es müssen.«
»Ich hoffe es nicht«, antwortete der Senator ernst. »Ich möchte keine solche Entscheidung treffen.«
»Macht verpflichtet zu Entscheidungen.«
Er blickte mich verlegen an. »Ich persönlich habe mich geirrt, Dax. Es tut mir leid.«
»Mein Vater hat mir einmal gesagt, mit Irrtümern beginnt die Erfahrung, und mit der Erfahrung die Weisheit.«
Wir schüttelten uns die Hand, und ich kehrte zurück ins Konsulat. Dort fand ich eine Nachricht auf meinem Tisch. Das Flugzeug war sicher in Florida angekommen.

Nach meiner Rede vor der Vollversammlung der Vereinten Nationen gab es höflichen, aber schwachen Beifall. Langsam stieg ich vom Podium und ging den langen Gang hinunter zu meinem Platz. Hinter mir hörte ich das Klopfen des Hammers, das den Schluß der Sitzung ankündigte.
Ich blickte weder nach rechts noch nach links, als ich mich setzte. Ich wollte die Delegierten nicht in Verlegenheit bringen, indem ich 'runterschaute. Es hätte so aussehen können, als ob ich ihren Beifall suchte. Viele waren schon im Begriff, den großen Saal zu verlassen. Statt des üblichen Geplauders beim Hinausgehen war es merkwürdig still. Der eine oder andere blieb einen Augenblick an meinem Tisch stehen und murmelte ein freundliches Wort. Aber die meisten gingen schweigend vorbei und mieden meinen Blick. Ich lehnte mich erschöpft zurück. Es war sinnlos, alles. Ich hatte wieder versagt. Was hätte ich diesen Männern sagen können, damit sie ihre vorgefaßte Meinung änderten? Ich war kein Redner, kein Mann gewandter Phrasen und flammender Rhetorik. Langsam begann ich meine Papiere einzusammeln und in meine Aktentasche zu schieben.
Die Nachrichten heute nachmittag waren nicht gut gewesen. Gerade als ich das Konsulat verlassen wollte, hatten die Sender berichtet,

daß bei Santa Clara schwere Kämpfe stattfanden und daß die Regierungstruppen zurückgingen.
»Es war eine gute Rede«, sagte jemand neben mir.
Ich sah auf. Jeremy Hadley.
»Hast du sie gehört?«
Jeremy nickte. »Jedes Wort. Ich war auf der Galerie. Es war sehr gut.«
»Aber nicht gut genug.« Ich wies auf die hinausgehenden Delegierten. »Sie scheinen nicht besonders beeindruckt.«
»Sie haben es trotzdem gespürt«, sagte er. »Es ist das erste Mal, daß ich sie so still hinausgehen sehe. Wahrscheinlich schämt sich jeder im Grunde seines Herzens.«
Ich lachte bitter. »Auch schon was. Bis morgen haben sie alles vergessen. Es wird nichts davon bleiben als ein paar tausend Worte, begraben unter den anderen Millionen, die schon in den Archiven aufbewahrt werden.«
»Das stimmt nicht«, sagte Jeremy ruhig. »Noch nach Jahren wird man sich an das erinnern, was du heute hier gesagt hast.«
»Aber nicht heute, und für Corteguay zählt nur das Heute. Möglich, daß es kein Morgen mehr gibt.«
Ich ließ die Aktentasche zuschnappen. Dann stand ich auf, und wir gingen zusammen den Gang entlang.
»Was hast du jetzt für Pläne?«
»Ich fahre nach Hause.«
»Nach Corteguay?«
»Ja. Hier habe ich getan, was ich tun konnte.«
»Es wird gefährlich sein.«
Ich antwortete nicht.
»Was kannst du da noch ausrichten?« fragte er besorgt. »Es ist doch beinahe zu Ende.«
»Ich weiß es nicht. Aber eines weiß ich: hier kann ich nicht bleiben und auch nicht irgendwo sonst. Ich kann nicht weiterleben mit dem Bewußtsein, dieses eine Mal nicht alles getan zu haben, was ich tun konnte.«
Ich drehte mich um und blickte über den großen Raum. So viele Hoffnungen waren hier geboren worden. Und so viele würden wie meine begraben werden.
Jeremy reichte mir die Hand.
»Wie man bei euch sagt, Dax«, meinte er ernst, *»vete con Dios.«*

29

Es war etwa vier Uhr morgens und noch finster, als wir über die Küste von Corteguay einflogen. Vor etwa vier Stunden hatten wir Panama City verlassen.
Ich blickte hinunter und strengte meine Augen an, aber es waren keine Lichter zu sehen.
»Drehen Sie das Radio an«, sagte ich zu Giraldo. »Wir wollen mal sehen, ob wir etwas 'reinkriegen können.«
Er legte den Kippschalter um. Sein Gesicht war in der Kanzelbeleuchtung seltsam grün. Sambamusik erfüllte die Kabine.
»Das ist Brasilien.«
Giraldo drehte den Knopf auf hundertzwanzig Megahertz. »Hier ist Curatu«, sagte er. »Sie senden nicht.«
Gewöhnlich sendete Curatu die ganze Nacht. Aber es war nichts zu hören. »Versuchen Sie die Militär- und Polizeiwellenlängen.«
Giraldo drehte den Knopf. Nichts.
»Wenn ich etwas Licht hätte«, sagte ich, »so würde ich eine Landung auf einem Feld versuchen. Aber ich sehe nichts.«
»Wir könnten ein bißchen kreisen«, sagte Giraldo. »Es ist nicht mehr lang bis zum Morgengrauen.«
»Nein, wir brauchen den Treibstoff. Wir müssen genug Reserven für einen Rückflug haben.«
»Was willst du nun machen?« fragte Fat Cat hinter mir.
Ich überlegte. »Wir werden den Flugplatz anfliegen.«
»Und wenn Santa Clara gefallen ist? Wahrscheinlich ist der Flugplatz bereits in den Händen der Aufständischen.«
»Das wissen wir nicht«, sagte ich. »Vielleicht merken wir es, wenn wir hinuntergehen. Ich werde die Motoren nicht abstellen, und wenn uns die Sache komisch vorkommt, hauen wir ab.«
»Heilige Mutter Gottes!« murmelte Fat Cat.
Ich bog über die See nach Norden. »Stellen Sie auf den Flugwellenbereich ein.«
Drei Minuten später drehte ich landwärts nach Westen. Die über den Funk kommende Stimme schien plötzlich durch die Kabine zu brüllen. Der Mann sprach englisch, schien aber sehr nervös zu sein. Sein Akzent war so stark, daß man ihn beinahe nicht verstand.
»Lassen Sie mich antworten«, sagte ich schnell. Mein Englisch war gut genug, um einen Durchschnitts-Corteguayaner davon zu überzeugen, daß ich Ausländer war.

Ich drückte den Knopf am Mikrophon. »Hier Privatflugzeug Vereinigte Staaten, Lizenznummer C310395. Ersuche um Landeerlaubnis Flugplatz Curatu. Erbitte Landeinstruktionen. Ende.«
Die Stimme klang immer noch nervös. »Bitte geben Sie noch einmal Ihre Kennummer an.«
Diesmal sprach ich langsamer.
Wieder Schweigen, dann eine Frage: »Wie viele Personen befinden sich an Bord Ihres Flugzeugs? Bitte geben Sie Zweck Ihres Besuches an.«
»Drei Personen an Bord. 1. und 2. Pilot und ein Passagier. Flugzeug gechartert von amerikanischer Nachrichtenagentur.«
Diesmal mußten wir fast eine Minute warten. »Sie sind auf dem Radarschirm etwa fünf Meilen westlich und drei Meilen südlich vom Flugplatz. Fliegen Sie weiter Kurs Norden, bis wir Ihnen Signal zum Abdrehen nach Süden und zur Einleitung der Landung geben. Bestätigen und wiederholen Sie. Ende.«
Ich bestätigte und wiederholte.
»Was hältst du davon?« fragte Fat Cat.
»Scheint in Ordnung zu sein«, sagte ich, »oder die Armee ist zu den Rebellen übergelaufen.« Ich drosselte die Geschwindigkeit. »Jedenfalls werden wir es in wenigen Minuten wissen.«
Man gab uns das Minimum der zum Landen nötigen Lichter. Sobald die Räder unserer Maschine den Boden berührten, gingen die Lichter aus, und wir rollten im Schein unserer eigenen Landelichter zu dem schwacherleuchteten Flughafengebäude.
»Sehen Sie etwas?« fragte Fat Cat.
»Noch nicht«, antwortete Giraldo.
Langsam drehte ich das Flugzeug so, daß ich notfalls sofort wieder starten konnte.
Plötzlich kamen von allen Seiten Soldaten gelaufen und umringten das Flugzeug. Es waren mindestens vierzig. Alle hatten Gewehre.
»Sind es nun unsere oder die anderen?« fragte Fat Cat.
Ein kleiner Mann in Hauptmannsuniform marschierte großspurig heran. Plötzlich lachte ich und schaltete die Motoren ab. »Unsere!«
»Woher weißt du das?«
»Guck ihn dir an«, sagte ich.
Kein Zweifel, es war Prieto, in Offiziersuniform. Ich lächelte. Nie im Leben hätte ich gedacht, daß ich mich freuen würde, Prieto wiederzusehen.

»Wie steht es?« fragte ich, als wir im Gebäude waren.
Die Lampe auf Prietos Tisch leuchtete gedämpft, während er uns Kaffee eingoß. »In Santa Clara wird immer noch gekämpft.«
Ich nahm die Tasse und trank dankbar den Kaffee. »Wir hörten, Santa Clara sei gefallen.«
»Nein, die Rebellen stehen ungefähr eine Meile vor der Stadt. Sie warten darauf, daß die Truppen aus dem Süden zu ihnen stoßen.«
Prieto griff nach einer Zigarette, und ich bemerkte, daß seine Finger zitterten. »Wir haben Sie ungefähr fünfzig Meilen weit draußen auf dem Radar bemerkt. Wir dachten, daß Sie es vielleicht wären, waren aber nicht sicher, bis Sie Ihre Kennummer angaben.«
»Habt ihr mich denn erwartet?«
»Wir hatten aus New York erfahren, daß Sie auf dem Weg hierher sind. *El Presidente* nahm an, daß Sie möglicherweise mit Ihrem eigenen Flugzeug kämen. Seit gestern nachmittag wartet hier ein Wagen auf Sie.«
Ich trank meinen Kaffee aus. »Gut«, sagte ich, »ich bin bereit.«
Langsam erhob sich Prieto. »Sie haben geglaubt, ich hätte Guayanos getötet, nicht wahr?«
Ich nickte schweigend.
»Sie hätten wissen sollen, daß ich es nicht war. Denn ich hätte dafür gesorgt, daß wir auch Mendoza erwischten. Er war bedeutend wichtiger.«

Ich befahl Giraldo, beim Flugzeug zu bleiben, bis er weitere Befehle von mir erhielt, dann stiegen Fat Cat und ich in einen Armeejeep und rasten zur Stadt. Es war ein Sechssitzer. Fat Cat und ich saßen in der Mitte, der Fahrer und ein Soldat vorn. Zwei weitere Soldaten saßen hinter uns, und alle hielten ihre Gewehre in Bereitschaft.
Wir fuhren ohne Licht, bis wir nur noch etwa eine Meile von der Stadt entfernt waren. Mir war rätselhaft, wie der Fahrer überhaupt etwas sehen konnte, aber offenbar kannte er die Straße. Als wir die Lichter einschalteten, brauchten wir sie nicht mehr. Die erste Morgendämmerung erschien im Osten.
Kurz vor der Stadt und dann noch einmal bei der Einfahrt in die Stadt wurden wir durch Straßensperren angehalten. Die Soldaten warfen nur einen kurzen Blick in den Wagen und ließen uns dann weiterfahren. Man mußte sie von meiner Ankunft verständigt haben. Als der Wagen zum *Palacio del Presidente* einbog, war es Tag.
Ein Hauptmann wartete an der Tür.

»Señor Xenos«, sagte er. »*El Presidente* hat angeordnet, daß man Sie sofort zu ihm führt.«
El Presidente stand in einer Gruppe von Offizieren an seinem Schreibtisch. Er sah auf und lächelte. Dann kam er auf mich zu und umarmte mich.
»Dax, mein Junge«, rief er herzlich, »ich freue mich ja so, daß du noch pünktlich zum Endspurt gekommen bist!«
Ich stand starr vor Staunen, während er mich auf beide Wangen küßte. Ich hatte nicht erwartet, ihn so heiter, beinahe fröhlich, zu finden.
So benahm man sich nicht bei seinem eigenen Begräbnis.

30

Ich betrachtete die auf dem Tisch ausgebreitete Karte. Sie war mit Fähnchen in verschiedenen Farben abgesteckt. *El Presidente* erklärte mir die Lage.
»Die einzige Chance, die sie hatten, war ein schneller Sieg. Ein Blitzsieg. Drei, allerhöchstens vier Tage, dann aus!« *El Presidente* schnippte mit den Fingern.
Die Offiziere um uns murmelten beifällig.
»Das erkannte ich sofort«, fuhr er befriedigt fort. »Sie besaßen soundso viele Gewehre, soundso viel Munition. Genug für ihre Überfälle, aber längst nicht genug für einen Krieg. Ich traf sofort meine Entscheidungen. Rückzug aus den Bergen. Sollten sie nur ihre Nachschublinien überdehnen und ihre Munition verbrauchen. Und das taten sie. Sie legten von den Bergen bis hierher eine Strecke von vierhundert Kilometern zurück, ohne ihre Nachschublinien aufzubauen. Keine Lastwagen, nur ein paar Automobile. Und Pferde und Esel.« *El Presidente* lachte. »Überleg mal! In der heutigen Zeit – Pferde und Esel!«
Die Offiziere hinter uns lachten im Chor. Das Lachen brach ab, als *el Presidente* fortfuhr.
»Wir konnten uns in Santa Clara halten. Hier warteten sie auf die Verstärkung von den Verrätern im Süden, um nach Curatu durchzustoßen.
Aber für die Verräter aus dem Süden gab es nur einen Weg, um ihnen zu Hilfe zu kommen. Der Weg nach Norden war durch unsere loyalen Truppen blockiert, also mußten sie nach Westen und uns

über die Halbinsel umgehen. Gestern früh begann diese Bewegung. Bei Einbruch der Nacht waren alle drei Divisionen zusammen mit einigen Rebellen auf der Halbinsel. In diesem Augenblick holten wir zum Gegenschlag aus. Mit zwei Panzerdivisionen und drei Infanteriedivisionen wurden sie abgeriegelt. Es gab für sie keine Möglichkeit zu entkommen. Es gab nur eine Richtung, in der sie ausweichen konnten: ins Meer!«

El Presidente sah mich triumphierend an. »Die verräterischen Obersten erkannten sofort, daß sie in der Falle saßen. Bereits heute morgen haben sie Übergabeverhandlungen angeboten. Und jetzt merken auch die *bandoleros* in Santa Clara, daß sie sich übernommen haben. Aufklärer berichten, daß sie sich teilweise schon zurückziehen. Aber auch sie werden eine Überraschung erleben. Zwei Panzerdivisionen, die wir aus dem Westen abgezogen haben, stehen jetzt zwischen ihnen und den Bergen. Die werden die Rebellen restlos vernichten.«

In meinem Kopf drehte sich alles, und meine Augen waren schwer wie Blei. »Aber die Nachrichten«, sagte ich, »klangen alle so ungünstig. Die Rebellen waren überall im Vordringen.«

»Das waren sie auch«, sagte *el Presidente* lächelnd. »Im Anfang waren sie es. Und als ich dann meinen Plan in die Tat umsetzte, habe ich das nicht dementiert. Sonst hätten sie sich vielleicht noch rechtzeitig zurückgezogen, um der Falle zu entgehen. Ich war entschlossen, sie diesmal nicht entwischen zu lassen. Sie sollen es ein für allemal lernen: Ich bin die Regierung. Ich bin Corteguay!«

El Presidente wandte sich zu den anderen. »Im Augenblick ist das alles, meine Herren.«

Als sich die Tür hinter ihnen geschlossen hatte, machte er eine Bewegung, als spuckte er auf den Boden. »Es sind alles Schweine und Feiglinge! Sie glauben, ich wüßte nicht, daß sie bloß gewartet haben, welche Seite gewinnen würde, bevor sie sich festlegten!«

Ich blickte den alten Mann an. Die Jahre schienen von ihm abgefallen zu sein. Er wirkte so stark und voller Vitalität wie eh und je.

El Presidente legte seine Hand auf meinen Arm und blickte mir in die Augen. »Du warst der einzige, an dem ich nie gezweifelt habe«, sagte er. »Ich wußte, daß du auf jeden Fall kommen würdest, egal, was geschah. Man brauchte mir nicht zu sagen, daß du auf dem Weg hierher warst. Ich wußte es.«

Ich antwortete nicht.

Er ging zu seinem Stuhl und setzte sich. »Du mußt von deiner Reise

todmüde sein. Geh in meine Wohnung, nimm ein Bad und ruh dich aus. Wenn du aufwachst, wird eine frische Uniform für dich bereit sein.«
»Eine Uniform?«
»Ja. Du bist doch noch Oberst in der Armee, nicht wahr? Ich habe einen Auftrag für dich. Du sollst als mein Vertreter die Übergabeverhandlungen mit den Verrätern im Süden führen.«
»Im Süden?« wiederholte ich.
»Ja. Für die *bandoleros* im Norden gibt es keinen Pardon. Ich werde sie alle erledigen.«

Der Regen schlug schwer gegen die Scheiben des Bauernhauses, in dem ich die Rebellenoffiziere erwartete.
Oberst Tulia, der in der offenen Tür stand, sagte: »Sie kommen.«
Ich hörte, wie die Wachen das Gewehr präsentierten, dann traten sie ein. Ihre Uniformen waren naß und von der Erde der Felder beschmutzt, ihre Gesichter angespannt und erschöpft. Sie blieben in der Tür stehen.
Ich kannte diese Männer. Oberst Tulia kannte sie wahrscheinlich seit Jahren und nannte sie bei ihren Vornamen. Zweifellos hatte er mit ihren Familien gesellschaftlich verkehrt. Doch wir standen alle schweigend da. Die Form mußte gewahrt werden.
Ein junger Hauptmann aus Tulias Stab stellte vor. »Oberst Vasquez, Oberst Pardo.« Er machte eine Pause. »Oberst Xenos, Oberst Tulia.«
Die beiden Offiziere traten vor und grüßten.
»Wollen Sie Platz nehmen, meine Herren?« Ich winkte Fat Cat, der hinter uns in der Ecke stand. »Würdest du Kaffee bringen lassen?«
Fat Cat nickte und drehte sich um, dann fiel ihm etwas ein. Er machte kehrt und salutierte ungeschickt, wobei ihm fast die Nähte seiner zu engen Bluse platzten. Ich unterdrückte ein Lächeln, als ich den Gruß erwiderte, und wandte mich zu den anderen.
»Sie sind nur zu zweit, meine Herren?« sagte ich. »Wenn ich recht verstanden habe, sollte noch ein dritter dabeisein. Oberst Mosquera, glaube ich?«
Die beiden Obersten warfen sich einen kurzen Blick zu. »Oberst Mosquera erlag heute morgen einem Unfall beim Reinigen seines Revolvers«, erklärte Vasquez förmlich.
Ich sah Tulia an. Wir wußten beide, was das hieß. Es bedeutete in der Sprache der Armee Selbstmord.

Fat Cat kam mit vier dampfenden Bechern dicken, schwarzen corteguayanischen Kaffees zurück. Die beiden Obersten nahmen ihre Becher und tranken. Etwas Farbe kam in ihre Gesichter.
Ich öffnete meine Aktentasche, nahm die maschinegeschriebenen Blätter heraus und legte sie zwischen uns auf den Tisch. »Ich nehme an, daß Sie, meine Herren, den Entwurf dieses Dokuments, der Ihnen gestern abend übergeben wurde, bereits gelesen haben und daß Sie die Bedingungen akzeptieren.«
»Es gibt nur eine Bedingung, die ich mit Erlaubnis Eurer Exzellenz besprechen möchte«, sagte Vasquez.
»Bitte.«
»Es handelt sich um den Paragraphen sechs über die Bestrafung der einzelnen Mannschaften gemäß ihrem Rang, ihrer Verantwortung und Schuld laut Entscheidung des Kriegsgerichts.«
»Und was wollen Sie dazu fragen?«
»Es ist keine Frage. Oberst Pardo und ich sind der Ansicht, daß nur wir bestraft werden sollten. Die Offiziere und Mannschaften unter unserem Befehl taten nur ihre Pflicht. Sie haben gelernt, ihren Vorgesetzten vorbehaltlos zu gehorchen. Sie haben keinen Anteil an der Verantwortung für das, was geschah.«
»Das stimmt«, sagte der andere Oberst. »Sie können nicht drei ganze Regimenter bestrafen, weil sie falsch geführt wurden.«
»Das ist nicht unsere Absicht, meine Herren«, sagte ich. »Aber Ihre Leute haben gegen die Regierung rebelliert. Sie wußten, auf wen sie schossen, und trotzdem haben sie auf ihre eigenen Kameraden gezielt.«
Die beiden Offiziere antworteten nicht.
»Ich bitte, beachten Sie die Worte ›einzelne Mannschaften‹. Das bedeutet, daß es keine Massenaburteilungen gibt, bei denen ein Mann für die Vergehen seiner Gefährten bestraft werden kann. Jeder wird für sich allein abgeurteilt.«
»Ich bitte um eine Amnestie für meine Leute –« Die Stimme von Vasquez brach.
Ich blickte ihn teilnehmend an. »Tut mir leid, Herr Oberst. Ich habe keine Vollmacht, diese Bedingungen abzuändern. Sie wurden von *el Presidente* gelesen und gebilligt.«
Pardo zögerte einen Augenblick, dann nahm er die Feder. »Ich unterschreibe.«
Kurz darauf unterschrieb Vasquez gleichfalls, dann Tulia und ich. Wir standen alle auf. »Oberst Tulia wird Sie und Ihre Leute in Ge-

wahrsam nehmen«, sagte ich. »Zu gegebener Zeit wird er Ihnen weitere Instruktionen übermitteln.«
»*Sí, coronel.*« Sie salulierten beide.
Oberst Vasquez blieb vor mir stehen. »Ich bitte um Entschuldigung für meine Tränen, Exzellenz.«
Sein Gesicht war traurig und müde. »Die Tränen ehren Sie, Herr Oberst.«
Der Krieg im Süden war zu Ende.

31

Und sie starben. Zu Hunderten. Aber vorher töteten sie, nicht nur Soldaten, sondern alles und jedes, was ihnen vor die Augen kam. Sie zogen durch das Land wie eine Seuche, und ansteckend wie eine Seuche war auch ihre Grausamkeit. Unsere Soldaten waren bald nicht besser als der Feind.
Mord und Vergewaltigung waren alltäglich geworden. Das Leben bestand aus Marter und Tod. Und diese Zügellosigkeit war *bandoleros* und Soldaten gemeinsam. Ganze Dörfer wurden von den beiden im Namen des Krieges ausgerottet. Die *bandoleros* taten es aus Angst, daß die Dorfbewohner die Armee zu ihren Schlupfwinkeln führen könnte, und die Armee wieder befürchtete, daß die *campesinos* die *bandoleros* unterstützten. Die *campesinos* standen hilflos in der Mitte, und es blieb ihnen keine andere Wahl, als zu sterben, denn wenn die Soldaten sie nicht umbrachten, taten es die *bandoleros*.
Jeden Tag wurde der Krieg fürchterlicher. Es war kein Kampf mehr. Es war völlige Ausrottung.
Am fünften Morgen nach meiner Rückkehr aus dem Süden fragte mich *el Presidente*, ob ich mit ihm über die Kampfstätten fliegen wolle.

Wir überflogen in hellem Sonnenlicht das ödeste Gelände, das Menschen je gesehen haben. Es war buchstäblich verbrannte Erde. An vielen Stellen schwelte die Winterernte noch auf den Feldern, und das Vieh lag tot und verwesend am Boden. Ganze Dörfer waren in Brand gesteckt, und die Häuser, die noch standen, waren leer und verlassen. Nirgends ein Zeichen von Leben.
Auf den Straßen unter uns sah man gelegentlich ein Armeefahrzeug

oder einen Zug Soldaten, der sich mühselig nach Norden schleppte. Nur manchmal erblickten wir versprengte Flüchtlinge, die dem sicheren Curatu zustrebten. Erst als wir fast bei den Bergen waren, nicht weit von meiner *hacienda*, sahen wir den wirklichen Krieg.
Wir wurden Zeuge, wie ein ganzes Regiment ein Dorf belagerte. Sie feuerten erbarmungslos mit Geschützen und Granatwerfern. Es war unvorstellbar, daß irgend jemand diese Massenvernichtung überlebte. Ich blickte *el Presidente* an, um zu sehen, wie er darauf reagierte.
Er schaute mit unbewegtem Gesicht hinunter. Ich beschrieb mit dem Flugzeug einen großen Kreis. In diesem Augenblick lösten sich zwei Männer von einem der Häuser unter uns; sie trugen Gewehre. Hinter ihnen lief eine Frau mit einem kleinen Kind. Sie ging zwischen den Häusern durch. Offenbar versuchten die Männer, ihre Flucht zu decken. Die vier kamen beinahe bis zum hinteren Dorfausgang. Aber dort fielen die Männer dem mörderischen Feuer zum Opfer. Die Frau erreichte das letzte Haus und sank davor zu Boden, das Kind auf dem Rücken.
Ich ging mit dem Flugzeug wieder in die Kurve. Die Soldaten drangen langsam und vorsichtig vor. Jetzt hatte sich eine Gruppe um die Frau und das Kind gesammelt.
Einer der Soldaten winkte ihr. Langsam stand sie auf und wischte den Staub mit einer müden Gebärde von ihrem Kleid. Sie nahm das Kind an die Hand. Der Soldat stieß sie mit dem Gewehr zum Eingang des Häuschens. Aber sie zögerte. Drohend hob er das Gewehr. Darauf schob sie das Kind vor sich her und ging durch die Tür. Der Soldat und mehrere seiner Kameraden folgten ihr in das Haus.
Wieder blickte ich *el Presidente* an. Seine Lippen waren zusammengepreßt, seine Augen glänzten. Er merkte, daß ich ihn beobachtete.
»Das wird eine Lektion für sie sein«, sagte er heiser. »Für die *bandoleros* und die *campesinos*, die sie unterstützen.«
»Wenn dieses Kind überlebt«, sagte ich, »wird es sein ganzes Leben lang die Regierung hassen. Wenn es ein Junge ist, wird auch er in die Berge gehen, sobald er alt genug ist.«
El Presidente verstand mich. So war es immer gewesen. Die Kinder, die *la violencia* überlebten, trugen Narben, sie waren gezeichnet, und die Saat der Gewalt ging in ihnen auf.
»Es ist Krieg«, sagte *el Presidente* ungerührt.
»Aber es sind Soldaten, keine Tiere! Wollen Sie, daß sie ebenso werden wie die *bandoleros*?«

»Ja«, sagte *el Presidente,* »es sind Soldaten. Aber es sind auch Männer. Männer im Vollgefühl des Sieges, oder auch der Todesangst, und in der plötzlichen Erkenntnis der Nichtigkeit ihres Lebens.«
Ich antwortete nicht. Ich fand keine Antwort.
»Wir können jetzt zurückfliegen.«
Ich ging in eine Linkskurve, dann folgte ich einer plötzlichen Eingebung und nahm Kurs auf meine *hacienda.* Ich ging auf dreihundert Meter hinunter. Es war nichts übrig außer ein paar angekohlten, verbrannten Balken und den Fundamenten. Auch von den Scheunen stand nichts mehr.
Nur der Friedhof war geblieben. Die kleinen weißen Steine standen wie winzige Seezeichen inmitten der verbrannten Felder. Ich sah *el Presidente* an. Er schaute aus dem Fenster, aber ich bezweifelte, daß er wußte, wo wir waren. Sein Gesicht war ausdruckslos.
Ich änderte den Kurs und flog nun direkt Curatu an. In meiner Brust fühlte ich einen seltsamen Druck. Plötzlich dachte ich, zum erstenmal in diesen letzten hektischen Tagen, vielleicht zum erstenmal seit meiner Heimkehr, an Beatriz. Ich war jetzt froh, daß ich ihr meine *hacienda* gezeigt hatte, ehe es zu spät war.
El Presidentes schwarze Limousine erwartete uns auf dem Flugfeld. Bevor er ausstieg, sagte er: »Sorge dafür, daß dein Flugzeug startbereit ist. Morgen fliegst du zurück nach New York.«
Ich nickte.
»Ich möchte heute abend mit dir reden. Allein. Wir haben vieles zu besprechen. Ich glaube, jetzt sind die Amerikaner bereit, uns eine Anleihe zu geben. Komm um elf in meine Wohnung. Ich werde Auftrag geben, dich einzulassen. Wenn ich nicht da bin, wartest du auf mich.«
»Jawohl, Exzellenz.«
El Presidente stieß die Tür der Kabine auf. »Übrigens«, sagte er, als fiele es ihm eben erst ein, »gehst du diesmal nicht bloß als Gesandter hin, sondern als Vizepräsident von Corteguay. Die Nachricht wurde heute mittag über den Rundfunk bekanntgegeben, ungefähr zu der Zeit, als wir deine *hacienda* überflogen.«
Ich war zu verblüfft, um zu sprechen.
El Presidente lächelte kurz, dann winkte er und war fort.
New York, dachte ich. Ich würde gern wieder in New York sein. Es gab jetzt nichts, was mich hier noch hielt. Außer Beatriz. Ich würde nicht allein zurückgehen. Diesmal würde sie mitkommen. Als meine Frau.

Meine neue Position wurde mir sogleich deutlich, als ich den Hangar verließ. Giraldo, der mit der Zeit in seinem ganzen Benehmen recht nachlässig geworden war, stand jetzt steif und stramm. Die beiden Mechaniker hinter ihm standen ebenfalls stramm. Sogar Fat Cat versuchte sich mehr zusammenzureißen als sonst, obgleich es offensichtlich mehr der anderen wegen geschah.
»Leutnant –«
»*Sí, excelencia!*«
Ich mußte mich daran gewöhnen, schneller zu sprechen, oder ich würde alle Befehle in Raten erteilen müssen. »Bitte lassen Sie das Flugzeug überholen.
»*Sí, excelencia!*«
»Ich bin noch nicht zu Ende«, sagte ich freundlich.
»*Perdone, excelencia!*«
Ich mußte lächeln. »Lassen Sie die Tanks auffüllen und halten Sie sich in Bereitschaft. Wir fliegen bald nach New York zurück.«
»*Sí, excelencia!*« Giraldo salutierte stramm, dann blickte er mich zögernd an. »Darf ich Eurer Exzellenz zu Ihrem neuen Amt gratulieren und Sie meiner vollsten Ergebenheit versichern?«
»Besten Dank, Giraldo.«
Ich verließ den Hangar, der von seinen Befehlen an die Mechaniker widerhallte. Giraldo sah sich bereits dem Stab des Vizepräsidenten zugeteilt.
Fat Cat ging einige Schritte hinter mir, immer noch in dieser merkwürdigen Haltung, die bei ihm ungewohnt wirkte. »Du solltest dich lieber etwas entspannen«, sagte ich. »Sonst brichst du noch auseinander.«
Im selben Augenblick fiel alles von ihm ab. Seine Brust sank zusammen, und sein Bauch trat wieder vor.
»Gott sei Dank«, murmelte er, »ich dachte schon, ich müßte immer so herumlaufen.«
Die beiden Soldaten, die meinen Wagen fuhren, standen in Grundstellung neben dem Jeep. Alle salutierten. Ich salutierte, dann salutierten sie wieder. Schließlich machte ich dem ein Ende, indem ich in den Wagen stieg. Wir sausten Richtung Stadt davon.
»Wie war's draußen?« flüsterte Fat Cat im Schutz des brausenden Fahrtwindes.
»Nicht schön«, sagte ich. »Es wird Jahre dauern, ehe wir uns davon

erholen.« Ich schwieg eine Weile. »Von der *hacienda* ist nichts geblieben als Asche.«
»Du kannst sie wieder aufbauen.«
Ich schüttelte den Kopf. »Nein. Ein neues Haus, ja. Aber nicht dieses.« Das Gefühl des Verlustes wurde jetzt spürbar. Es war, als wäre ein Teil meines Lebens verlorengegangen.
Als ich zum *Palacio* kam, stellte ich fest, daß man mir eine ganze Reihe von Büroräumen neben denen von *el Presidente* zugewiesen hatte.
»Du siehst aus, als hättest du dein ganzes Leben hier gesessen«, sagte Fat Cat, als ich in meinem Privatbüro den Schreibtischstuhl ausprobierte.
»Fang du nicht auch noch an! Geh lieber in unser *apartamiento* und hol meinen Anzug. Ich möchte 'raus aus dieser Uniform.« Plötzlich fühlte ich mich darin nicht mehr wohl.
Fat Cat verschwand. Kurz darauf empfing ich meinen ersten offiziellen Besucher. Es war Coronel Tulia. »Es tut mir leid, daß ich Sie störe, *excelencia*, aber ich habe hier wichtige Papiere, für die ich Ihre Unterschrift benötige.«
Dieser großgewachsene, zurückhaltende Soldat gefiel mir. Er hatte nichts von der üblichen südamerikanischen Überschwenglichkeit an sich. Es gab bei ihm keine Liebedienerei vor Vorgesetzten.
»Meine Unterschrift?«
»Jawohl, als Vizepräsident.«
»Worum handelt es sich?«
Er nahm die Papiere aus der Aktentasche und reichte sie mir. »Exekutionsbefehle«, sagte er kurz. »Für Pardo und Vasquez.«
Ich sah ihn erstaunt an. »Ich habe nichts von einer Kriegsgerichtsverhandlung gehört.«
»Es gab auch keine, Exzellenz.« Tulias Gesicht war unbewegt. »Sie wurden auf Befehl *el Presidentes* verurteilt.«
Ich starrte ihn an. Tulia wußte so gut wie ich, daß dies im Widerspruch zu Paragraph sechs der Kapitulationsbedingungen stand. Danach konnte niemand ohne Gerichtsverfahren verurteilt werden.
»Warum hat dann nicht *el Presidente* selbst den Exekutionsbefehl unterzeichnet?«
»Gemäß unserer Verfassung«, antwortete er, »ist der Vizepräsident in allen Fällen von Verrat befugt, die endgültige Strafe zu verhängen. Der Präsident wird als Regierungschef betrachtet und ist als solcher befangen. Nur wenn es keinen Vizepräsidenten gibt, ist der

Präsident ermächtigt, selbst zu handeln.« Tulia machte eine Pause, dann fuhr er vielsagend fort. »Jetzt sind Sie Vizepräsident.«
Allmählich dämmerte es mir. Wenn *el Presidente* die Exekutionsbefehle unterzeichnete, so würde sich in der Welt ein allgemeiner Entrüstungssturm erheben. Diesen Männern war das Recht verweigert worden, das ihnen nach der Vereinbarung über die Kapitulation zustand. Aber wenn ich die Befehle unterzeichnete, hatte ich die Verantwortung zu übernehmen.
Ich wandte mich an Tulia. »Wenn diese Männer vor ein Kriegsgericht kämen, wie würde dann nach Ihrer Meinung das Urteil lauten?«
»Ich kann die Entscheidungen anderer nicht erraten.«
»Wenn Sie über sie zu richten hätten, würden Sie sie für schuldig befinden?«
Tulia zögerte einen Augenblick. »Nein.«
»Trotz der Tatsache, daß sie ihre Truppen gegen die eigene Regierung geführt haben?«
»Ja.« Tulias Antwort kam ohne Zögern. »Sehen Sie, ich kenne die Gründe, die sie zu diesem Entschluß brachten.«
Jetzt erst bemerkte ich, unter welcher inneren Anspannung Tulia litt. Kleine Schweißtropfen standen auf seiner Stirn. Plötzlich wurde mir klar, wieviel Mut für ihn dazu gehörte, so offen mit mir zu reden.
»Nehmen Sie Platz, Herr Oberst«, sagte ich. »Und sprechen Sie.«
Dankbar ließ sich Tulia in den Stuhl sinken.
»Als die Kämpfe begannen, standen sieben Regimenter im Feld. Sieben Regimenter, sieben Obersten, einschließlich Mosquera, der jetzt tot ist.« Tulia beugte sich vor. »In mancher Hinsicht entsprach der Angriff der Rebellen der fast klassisch gewordenen Eröffnung in der modernen Kriegführung. Wie der deutsche Blitzkrieg in Polen und der japanische Angriff auf Pearl Harbor kam er ohne Ankündigung, ohne Warnung. Und traf uns völlig unerwartet.
Es war an einem Sonnabendmorgen, als der Angriff im Norden begann. Zunächst wurde nicht viel Aufhebens davon gemacht, denn jeder nahm an, daß es bloß wieder ein Raubzug der *bandoleros* sei. Als wir merkten, daß es mehr als das war, hatten die Kämpfe im Süden bereits angefangen. Die Nachricht kam, als wir alle gemeinsam in meinem Hauptquartier beim Abendessen saßen. Sie können sich die allgemeine Verwirrung und die Fülle der verschiedenartigen Gerüchte nicht vorstellen. In der Nacht wurde sogar gemeldet, daß *el*

Presidente ermordet sei und die Regierungsgewalt völlig in der Hand der Rebellen wäre.«
Tulia griff in die Tasche und holte eine Zigarette heraus. »In diesem Augenblick erreichte uns die Aufforderung des Kommunisten Mendoza, uns den Rebellen anzuschließen. Er versprach, daß wir im Süden als Waffenbrüder aufgenommen würden.
Die Linien nach Curatu waren unterbrochen, wir konnten nicht einmal per Funk mit der Hauptstadt Verbindung aufnehmen. Die ausländischen Radiostationen brachten widersprüchliche Berichte. Brasilien und Kolumbien meldeten, die Regierung sei bereits gestürzt. Von *el Presidente* kam kein Wort. Wir wußten nicht, was wir tun sollten.
Den Kampf fortzuführen, wenn die Regierung bereits gestürzt war, konnte nur unnötige Verluste bringen. Wenn wir uns aber den Rebellen anschlossen, obgleich die Regierung noch bestand, so mußte ihnen das zum Sieg verhelfen. Schließlich war es Vasquez, der den Ausweg aus unserem Dilemma fand. Wir bildeten auf der Stelle eine Junta und kamen überein, daß die drei schwächsten Regimenter zu den Rebellen übergehen sollten. Sie sollten sie hinhalten und die Entscheidung hinausschieben, bis die Situation geklärt wäre.«
Tulia drückte seine Zigarette aus. »Die drei schwächsten Regimenter waren die von Pardo, Mosquera und Vasquez. Diese drei Obersten führten ihre Truppen absichtlich auf die Halbinsel. Sie wußten, daß sie dort eingeschlossen werden würden. Mendoza schrie und tobte über ihre Dummheit, aber er konnte nichts machen. Es war bereits zu spät.«
Tulias Stimme wurde nachdenklich. »Ich möchte wissen, ob Mendoza merkte, daß wir ihn hereinlegten.«
»Mendoza ist doch gefangengenommen?«
»Ja, aber er ist gestern nacht entflohen.«
Solche Leute entkamen immer; sie waren wie Ratten. Ich schaute die Papiere an.
»Das sind nur die ersten, die Ihnen zur Unterschrift vorgelegt werden«, sagte Oberst Tulia plötzlich. »Sämtliche Offiziere in allen drei Regimentern bis hinunter zu den Leutnants sind ebenfalls verurteilt. Die Stenotypistinnen machen Überstunden, um die Exekutionsbefehle auszustellen.«
»Sämtliche Offiziere?« fragte ich ungläubig.
»Ja. Fast hundert.«
Wieder betrachtete ich die Papiere. Diese Männer wollte *el Presi-*

dente umbringen, während solche wie Mendoza frei umherliefen. Ich erhob mich langsam.
»Lassen Sie mir die Papiere hier, Herr Oberst. Ich glaube, nach dem, was Sie mir erzählt haben, sollte *el Presidente* die Angelegenheit noch einmal prüfen.«

33

Ich stieg vor Beatriz' Haus aus dem Jeep. Die Fensterläden waren geschlossen, das Haus schien leer. »Geht auf die Rückseite«, befahl ich den beiden Soldaten.
»*Sí, excelencia.*« Sie trotteten davon.
»Komm mit«, sagte ich zu Fat Cat und ging zur Eingangstür. Ich setzte den schweren Messingklopfer in Bewegung. Das Geräusch hallte dumpf durch das Haus. Ich wartete eine Weile, dann klopfte ich wieder und wieder.
Keine Antwort. Ich hatte eine dunkle Ahnung, daß Mendoza hier Unterschlupf gefunden hatte – wenn überhaupt irgendwo in diesem Haus.
»Niemand da«, sagte Fat Cat. »Die Fensterläden sind auch alle zu.«
Wir gingen langsam um das Haus und kontrollierten alle Fenster. An allen waren festverschlossene Läden, mit Ausnahme eines kleinen Fensters im zweiten Stock, das ich für ein Badezimmerfenster hielt.
Wir kamen zu den Soldaten. »Habt ihr was gesehen?«
Sie schüttelten die Köpfe. Fat Cat und ich gingen weiter. Das kleine Fenster war das einzige, vor dem keine Läden waren.
»Ich werde auf diesen Baum klettern und durchs Fenster einsteigen«, sagte ich zu Fat Cat.
Ich ergriff den untersten Ast und zog mich hoch. Ich kletterte langsam. Es ging nicht mehr so leicht wie als Junge. Als ich schließlich oben war, atmete ich schwer.
Ich drückte gegen das Fenster. Es gab nicht nach. Ich konnte keinen Riegel entdecken, daher schlug ich mit der Kante meiner Faust kräftig gegen den Rahmen. Er bewegte sich ein wenig. Ich stieß ihn weiter auf und begann hinüberzuklettern.
»Sei vorsichtig!« rief Fat Cat.
Ich hatte recht gehabt; es war ein Badezimmer. Vorsichtig ging ich zur Tür, blieb stehen und horchte.

Im Haus war es völlig still.
»Beatriz!« rief ich. Meine Stimme hallte durch die Räume.
Langsam trat ich in den Korridor, auf den vier Türen mündeten. Drei davon mußten zu Schlafzimmern führen. Die einzige, bei der ich nicht zu raten brauchte, war die Tür gegenüber der Treppe. Ein kleines Schild trug die Aufschrift »Wäschekammer«.
Zuerst ging ich in den hintersten Raum. An dem schwachen Duft von Parfüm merkte ich, daß es Beatriz' Schlafzimmer war. Ich durchsuchte es schnell. Ihre Kleider waren noch in den Schränken, auch die Toilettesachen und ihre Koffer waren da.
Das zweite Zimmer, vermutlich das ihres Onkels, war ebenfalls ordentlich aufgeräumt. Das dritte und kleinste gehörte wahrscheinlich dem Dienstmädchen. Es war als einziges in Unordnung. Das Bett war zerwühlt und aufgedeckt, als hätte soeben noch jemand darin geschlafen. Aber der Schrank war leer, und leer waren auch die Schubladen der Kommode.
Langsam ging ich auf den Korridor zurück. Ich konnte mir die Dinge nicht zusammenreimen. Warum wirkte das Zimmer des Dienstmädchens, als habe sie ihre Stelle verlassen? Und doch war ihr Bett das einzige, in dem jemand geschlafen hatte.
Immer noch über die Unordnung im Mädchenzimmer nachgrübelnd, öffnete ich die Tür zur Wäschekammer. Meine Ahnung war richtig gewesen, aber sie kostete mir fast das Leben.
Wie ein Geschoß fuhr Mendoza aus dem Schrankraum. Ich klammerte mich an ihn, und wir stürzten rückwärts die Treppe hinunter. Wir landeten unten auf dem Boden, er über mir, mein Kopf dröhnte zum Zerspringen, und ich rang nach Luft. Ich sah ein Messer blitzen und griff verzweifelt danach.
»Fat Cat«, schrie ich. »Fat Cat!«
Er preßte mir heftig die Hand auf den Mund, um mich am Schreien zu hindern. Dadurch bekam ich etwas Bewegungsfreiheit und rollte ihn von mir weg.
Fast im gleichen Augenblick waren wir auf den Beinen. Mit dem Messer in der Hand stürzte er sich auf mich. Ich duckte mich. Hinter mir hörte ich heftige Schläge gegen die Tür.
»Du bist mir nicht wichtig, Mendoza«, keuchte ich, »aber ich will wissen, wo Beatriz ist.«
»Als ob du das nicht wüßtest!« sagte er und stürzte sich auf mich.
Wieder sprang ich zur Seite. »Wo ist sie?«
Mendoza lachte. Er mußte verrückt sein. Wild stach er auf mich los,

unzusammenhängende Sätze ausstoßend. »Ihr könnt nicht gewinnen! Eines Tages kriegen wir euch, alle! Ihr könnt nicht gewinnen!«
Plötzlich sprang er mich an, und wir stürzten beide zu Boden. Aber diesmal war ich schneller. Ich erwischte seine Hand mit dem Messer, gerade als sie hochkam.
Es war ein alter Trick der *bandoleros*. Ich preßte ein Knie und eine Hand auf seine Hand, die das Messer hielt, so daß sie an den Boden geheftet war, dann stieß ich ihm den abgewinkelten Ellbogen gerade unterhalb des Adamsapfels gegen die Kehle. Ich drückte mit meinem ganzen Gewicht darauf.
Seine freie Hand stieß mir wild gegen die Augen, aber ich drehte den Kopf weg. Und langsam verlegte ich mehr und mehr Gewicht auf meinen Ellbogen. Ich konnte fast das Krachen hören, als seine Luftröhre eingedrückt wurde. Schonungslos drückte ich weiter, bis sich endlich seine Hände nicht mehr rührten und seine herausgequollenen Augen und die Zunge mir zeigten, daß er tot war.
Dann blieb ich keuchend neben ihm liegen. Das Schlagen gegen die schwere Tür hatte aufgehört. Bald darauf hörte ich, wie ein Schlüssel gedreht wurde, und setzte mich auf.
Fat Cat stürzte als erster herein. Er sprang über Mendozas Leiche und zog mich hoch. »Bist du unverletzt?«
Ich nickte und wandte mich um.
Hoyos hatte den Schlüssel noch in der Hand, mit dem die Tür geöffnet worden war. Neben ihm stand Beatriz mit angstvoll aufgerissenen Augen. Niemand brauchte mir zu sagen, wo sie gewesen war, denn ich sah die Handschellen an ihren Gelenken. *El Presidente* hatte mir erklärt, sie sei in Sicherheit, und er hatte nicht ganz unrecht gehabt. Sie war wirklich in Sicherheit gewesen. Im Gefängnis.

Beatriz saß in einer Ecke der Couch. Sie weinte immer noch. Hoyos beobachtete uns von der Halle. Mendozas Leiche war schon entfernt worden. Ich schloß die Tür.
»Nun reicht es«, sagte ich scharf. »Du hast genug geheult, du bemitleidest dich nur selbst. Schluß damit!«
»Du hast ihn umgebracht! Jetzt, wo auch mein Onkel bei den Kämpfen gefallen ist, bin ich ganz allein.«
»Du warst schon allein, bevor ich ihn tötete«, sagte ich geduldig. »Er ist es gewesen, der deinen Vater ermorden ließ.«

»Das glaube ich dir nicht!« Beatriz' Augen füllten sich wieder mit Tränen.
Diesmal verlor ich die Geduld. Wütend schlug ich sie ins Gesicht. »Hör jetzt auf!«
Durch den Schock brach ihr Schluchzen ab. Sie sprang auf und ging mit den Nägeln auf mich los. »Ich hasse dich! Ich hasse dich!«
Ich nahm ihre Arme und hielt sie fest. Die Wärme ihres straffen Körpers drang durch das dünne weiche Kleid. Fast augenblicklich reagierte ich auf ihre Berührung, und ich wußte, daß sie es wußte.
Jetzt war sie ganz still, ihre Augen waren immer noch zornig. »Du Tier. Jetzt wirst du mich wohl noch vergewaltigen.«
»Ich wollte es eigentlich«, sagte ich. »Wahrscheinlich ist es genau das, was du brauchst.«
Sie riß sich aus meiner Umarmung und starrte mich an. »Ich will fort von hier«, sagte sie, mühsam ihre Stimme beherrschend, »fort von Corteguay. Es ist ein krankes Land. Alles ist hier krank, alle sind es.« Sie wandte sich ab und ging ans Fenster. »Es hat mir zuviel genommen. Meinen Vater, mein Onkel –«
»Dein Onkel war ein Trottel«, unterbrach ich sie. »Wer hat ihm gesagt, daß er sich den Rebellen anschließen soll? Mendoza?«
Beatriz drehte sich um. »Du bist sehr stolz auf dich, nicht wahr? Die kleinen Leute haben alle ihre Lektion bekommen. Jetzt kannst du wieder zu deinen süßen, willfährigen Weibern zurückkehren, die nichts von dir verlangen. Du brauchst dir keine Gedanken mehr um uns zu machen. *El Presidente* wird für alles sorgen, *el Presidente* wird alles erledigen.« Bitterer Hohn war in ihrer Stimme. »Ja, mit Gefängnissen und durch Ausrottung.«
»Jetzt nicht mehr«, sagte ich, plötzlich müde.
»Nicht mehr? Das sagst du, mit dem Blut dieses Unschuldigen an den Händen? Eines Mannes, der nichts anderes wollte als Freiheit für sein Volk?«
»Nein, darum ging es ihm nicht. Er hat dich, deinen Vater, alle belogen. Er war nicht nur am Tod deines Vaters schuld, sondern wahrscheinlich an dem von tausend anderen in diesen letzten Wochen. Ich bin froh, daß ich ihn getötet habe!«
»Du brüstest dich noch damit«, sagte sie voller Verachtung. »Es macht mich krank, dich anzuhören!«
»Beatriz.« Ich versuchte, sie in die Arme zu nehmen.
»Nein, Dax«, sagte sie mit belegter Stimme, »laß mich in Frieden.«
Zum erstenmal merkte ich, wie blaß und abgespannt sie war. »Ich

will hier weg. Hilf mir, aus Corteguay hinauszukommen. Das ist alles, was ich von dir will.«
»Gut«, sagte ich, aber ich konnte meinen Ärger nicht ganz verbergen, »pack deinen Koffer, wenn du das unbedingt willst. Ich werde dafür sorgen, daß du auf das erste Flugzeug oder Schiff kommst, das Corteguay verläßt.«
Später mußte ich doch lächeln. Ich dachte daran, was Beatriz wohl dazu sagen würde, wenn sie erfuhr, daß das erste abgehende Flugzeug meines war.

34

Oberst Tulia wartete in meinem Vorzimmer, als ich in den *Palacio del Presidente* zurückkam.
»Die Stenotypistinnen sind mit ihrer Arbeit fertig. Ich dachte, Sie wollten sich vielleicht auch die übrigen Exekutionsbefehle ansehen, bevor Sie mit *el Presidente* sprechen.«
Tulia öffnete seine Aktentasche und legte die Papiere in einem geordneten Stoß auf meinen Tisch. Ich nahm das oberste und las es. Der Name sagte mir nichts. Aber es war ein junger Mann, ein Leutnant von dreiundzwanzig Jahren.
Ich legte die Verfügung hin und zündete mir eine Zigarette an. Ich konnte meine Augen nicht von dem Stoß Papier lösen. Zum erstenmal erlebte ich, wie einfach und unpersönlich der Tod angeordnet werden konnte. Nur meine Unterschrift war nötig, und jedes dieser Blätter bedeutete einen Toten.
Es war die äußerste Versuchung. Die Macht über Leben und Tod. Ein Engländer hatte es klar und knapp ausgedrückt: »Macht verdirbt den Menschen; vollkommene Macht verdirbt ihn vollkommen.«
Und *el Presidente* wußte es. Er wußte: wenn ich erst einmal diese Verfügungen unterschrieben hatte, dann hatte ich mich auf die Macht festgelegt. Und sobald das der Fall war, würde sie mich unweigerlich korrumpieren.
Ich holte tief Atem. Zum erstenmal im Leben fühlte ich mich plötzlich frei. Ich war mein eigener Herr. Ich gehörte mir selbst, nicht dem Andenken an meinen Vater, nicht *el Presidente*, nur mir allein. Zum erstenmal wußte ich wirklich, was ich wollte.
»Oberst Tulia, wieviel kommandierende Offiziere befinden sich außer Ihnen hier?«

»Fünf Obersten«, antwortete er, »einschließlich Hoyos von der Geheimpolizei und den Gefangenen Pardo und Vasquez. Also eigentlich nur Zuluaga und ich; die anderen sind im Feld.«
»Kann ein Kriegsgericht formiert werden?«
»Wenn wir Hoyos dazunehmen, ja.« In seinen Augen begann es zu leuchten. Er hatte begriffen, worauf ich hinauswollte. »Es sind dazu nur drei Offiziere nötig.«
»Und die Gefangenen? Sind sie auch in Curatu?«
Er nickte, dann zögerte er. »Da ist nur noch eine Schwierigkeit. Wir benötigen noch einen Offizier als Gerichtspräsidenten.«
Ich erhob mich. »Das dürfte kein Problem sein, Herr Oberst. Ich trage immer noch die Uniform der Armee.«
Ich blickte auf meine Uhr. »Es ist sieben. Glauben Sie, daß Sie in einer Stunde alle beisammen haben können?«

Wenige Minuten vor acht waren alle versammelt. Nur Hoyos schien sich unbehaglich zu fühlen.
Ich setzte mich hinter meinen Schreibtisch. »Wir alle wissen, warum wir hier sind, meine Herren. Fangen wir an.«
Tulia wandte sich zu mir. »Als erstes hat das Gericht den Vorsitzenden zu wählen.«
Ich nickte. Gleich darauf war ich gewählt.
»Der nächste Schritt ist die Darlegung der Anklagen vor dem Gericht.«
Tulia trat vor und legte ein Blatt Papier auf meinen Tisch.
Er war sehr gründlich gewesen. Irgendwie hatte er Zeit gefunden, genau aufzuschreiben, was ich zu sagen hatte. »Coronel Vasquez, dieses Kriegsgericht wird gemäß den Armeevorschriften sowie gemäß Paragraph sechs der von Ihnen unterzeichneten Kapitulationsurkunde abgehalten –«
Die beiden Verfahren waren innerhalb von Minuten abgeschlossen. Beide Offiziere wurden in allen Anklagepunkten mit zwei Stimmen gegen eine freigesprochen. Die Gegenstimme kam natürlich von Hoyos. Als vorsitzender Offizier wies ich die Anklagen zurück und setzte sowohl Pardo als auch Vasquez straflos wieder in ihren vollen Rang und Sold ein.
Tulia gab eine kurze schriftliche Zusammenfassung der Verhandlung, die wir alle unterzeichneten. Ich unterschrieb zweimal, einmal als Vorsitzender und das zweite Mal als Vizepräsident.
Vasquez schüttelte mir die Hand. »Ich danke Ihnen.«

Hoyos erhob sich. »Meine Herren, ich muß wieder an meine Arbeit gehen.«
»Nein«, sagte ich scharf.
Hoyos blickte mich fragend an. Plötzlich wurde es still im Raum.
»Wichtige Dinge warten auf mich«, sagte er beinahe sanft.
»Die können warten.«
Ich wollte nicht, daß Hoyos *el Presidente* über die Vorgänge unterrichtete, ehe ich bei ihm gewesen war. »Sie werden sich wieder hinsetzen und mit Ihren Offizierskameraden hier warten, bis ich *el Presidente* von den Entscheidungen dieses Gerichtes benachrichtigt habe.«
»Sie besitzen keine Vollmacht, mich festzuhalten«, protestierte er, »ich unterstehe ausschließlich *el Presidente.*«
»Als Offizier der Armee sind Sie auch dem Vizepräsidenten Gehorsam schuldig.«
Hoyos zuckte die Achseln und ging zu seinem Stuhl. »Jawohl, Exzellenz.«
Etwas in seiner Stimme machte mich mißtrauisch. Ich brauchte nur ein paar Minuten, um festzustellen, daß das Büro angezapft war. Ich nahm eines der winzigen Mikrophone und blickte ihn an.
Sein Gesicht war blaß, aber er sagte nichts.
»Warum haben Sie mir nicht gesagt, daß im Büro Mikrophone montiert sind?« fragte ich. »Wir hätten uns ein Protokoll ersparen können, wenn wir gewußt hätten, daß alles auf Band aufgenommen wird.«

35

Etwa eine Stunde später erschien ich in *el Presidentes apartamiento.*
Ein Diener ließ mich ein. »*El Presidente* ist bei *la princesa,* Exzellenz. Er darf nie gestört werden, wenn er in ihrer Wohnung ist.«
»Dann komme ich in einer Stunde wieder.«
Ich ging die Treppe hinunter und dann über den Hof zum Kleinen Palast, den Amparo jetzt bewohnte. Die wachhabenden Soldaten standen stramm. »*El Presidente* hat mich herbestellt.«
»*Sí, excelencia.*« Beide salutierten, und der eine öffnete mir eilig die Tür.
Der Kleine Palast war nicht verändert worden, seit ich ihn das letzte

Mal gesehen hatte. Damals war ich ein Junge gewesen, am Tag, als die Bombe meinem Vater den Arm wegriß. Es war mir recht, daß Amparo bei dieser Besprechung anwesend war, denn was ich zu sagen hatte, betraf auch sie. Ich klopfte leise an die Tür des Salons. Keine Antwort.
Ich klopfte etwas lauter. Immer noch keine Antwort.
Ich drehte den Türgriff und ging hinein. Eine schwache Lampe brannte in einer Ecke. Ich drehte das Licht an, und da erst hörte ich Geräusche aus dem Schlafzimmer. Ich durchquerte den Raum. Jetzt wurden die Geräusche lauter, und ich erkannte sie. Ich war lange genug mit Amparo verheiratet gewesen.
Der Diener mußte sich geirrt haben. Oder er hatte absichtlich gelogen. *El Presidente* war nicht hier. Eben wollte ich wieder hinausgehen, als ein Schmerzensschrei den Raum durchschnitt. Dann noch einer. Er enthielt soviel Qual und Angst, daß ich mich unwillkürlich gegen die Tür warf und ins Schlafzimmer drang.
Ich stand wie gelähmt; Übelkeit stieg in mir hoch. Sie waren nackt auf dem Bett. Amparos Beine waren weit gespreizt, *el Presidente* kniete dazwischen. Um seine Hüften war ein riesiger künstlicher Penis geschnallt. In der Hand hielt er eine Reitpeitsche.
Er drehte sich um und starrte mich über die Schulter an. »Dax, du kommst gerade recht. Du kannst mir helfen, sie zu bestrafen!«
Der Klang seiner Stimme löste mich aus meiner Erstarrung. Ich trat ans Bett und riß ihn von ihr fort. »Sind Sie verrückt?« schrie ich. »Wollen Sie sie umbringen?«
Amparo hob den Kopf. »Dax«, flüsterte sie, »warum hast du das getan? Jetzt wird er auch auf dich wütend sein.«
Ihre Augen waren aufgerissen, geweitet und umnebelt von Heroin. Sachte zog ich das Bettuch hoch und deckte sie zu. Als ich mich umdrehte, griff *el Presidente* gerade nach seiner Hose. »Dax«, sagte er mit normaler Stimme, als sei nichts geschehen, »hast du die Verfügungen unterzeichnet?«
»Nein, es gibt keine Verfügungen zu unterzeichnen. Die Angeklagten sind durch ein Kriegsgericht freigesprochen worden.«
»Ein Kriegsgericht?« *El Presidente* drehte sich um, seine Hose baumelte noch vor ihm.
»Ja«, sagte ich. »Es wird keine Exekutionen mehr geben, keine Vernichtung von Menschenleben. Vor einer Stunde habe ich den Befehl zur Feuereinstellung herausgegeben. Die Armee wird nur noch kämpfen, wenn sie angegriffen wird.«

Er sah mich ungläubig an. »Verräter!« schrie er plötzlich und ließ die Hose fallen. In seiner Hand lag ein Revolver, der in der Hose gewesen sein mußte. »Verräter!« schrie er wieder und drückte ab. Ich erstarrte und erwartete die Kugel, aber der Bolzen traf eine leere Kammer. Ich war über ihm, bevor er einen zweiten Versuch machen konnte, und schlug ihm den Revolver aus der Hand. Er stürzte sich auf mich, wild fluchend, seine mageren Arme schlugen auf mich los, seine Finger fuhren mir ins Gesicht, zielten nach meinen Augen. Wir fielen beide zu Boden. Plötzlich sah ich, daß Amparo nackt um uns herumtanzte. »Töte ihn, Dax«, schrie sie aufgeregt, »bring ihn um!«

El Presidentes Finger griffen nach dem Revolver. Auf seinem Gesicht war der gleiche Ausdruck von Konzentration wie damals, als er für mich die Maschinenpistole gehalten hatte. Aber damals war ich ein Kind gewesen und hatte vom Töten nichts verstanden. Ich hatte gedacht, ich würde meine Mutter und meine Schwester wieder ins Leben zurückbringen.

Wütend und zum erstenmal schlug ich in dieses tückische Gesicht. Sein Kopf schlug auf dem Boden auf. Ich erhob mich langsam und nahm den Revolver an mich.

»Töte ihn, Dax«, flüsterte Amparo mir ins Ohr. »Jetzt! Das ist deine Chance. Töte ihn!«

Ich blickte *el Presidente* an, der regungslos auf dem Boden lag, und dann den Revolver in meiner Hand. Seinetwegen hatten so viele sterben müssen. Es wäre nur gerecht.

»Jetzt, Dax! Jetzt! Jetzt! Jetzt!«

Amparos Stimme klang in meinen Ohren wie ein unanständiges Lied. Langsam hob ich den Revolver und zielte auf ihn. Er öffnete die Augen, und wir sahen uns lange an.

Amparo begann hysterisch zu kichern. »Töte ihn! Töte ihn! Töte ihn!«

Mein Finger krampfte sich um den Abzug.

»Nein, Dax«, sagte er ruhig, seine Augen waren furchtlos. »Wenn du das tust, bist du nicht besser als ich.«

Ich ließ den Revolver sinken. Die Versuchung war vorüber. Amparo trommelte mir wütend auf die Schulter. Müde schob ich sie fort. »Geh wieder ins Bett, Amparo.«

Ich beobachtete *el Presidente,* der auf die Beine zu kommen suchte. Ich sah ihn als das, was aus ihm geworden war – einen mageren, zitternden alten Mann. Er schien vor meinen Augen zu altern, wäh-

rend er in seiner knochigen Nacktheit dastand. Spontan streckte ich die Hand aus, um ihm zu helfen.
Er sah mich dankbar an und ließ sich in einen Stuhl fallen. »Es ist aus?« Es war mehr eine Feststellung als eine Frage.
»Ja.«
Er schwieg einen Augenblick. »Ich habe dich gut geschult. Was soll jetzt geschehen?«
Ich warf einen Blick auf Amparo. Sie saß im Bett, die Hände um die Knie geschlungen. Ihre Augen schienen jetzt klarer. Wahrscheinlich ließ die Wirkung des Heroins nach.
Ich wandte mich an *el Presidente*. »Exil.«
Er nickte nachdenklich. »Du warst wie ein Sohn. Als meine eigenen Söhne starben, gab ich dir ihren Platz in meinem Herzen.«
Ich antwortete nicht.
Er blickte zu Amparo hinüber. »Wann sollen wir gehen?«
»Sofort«, sagte ich. »Sobald Sie angekleidet sind.«
»Wohin?« fragte Amparo vom Bett aus.
»Zuerst nach Panama. Von dort aus nach Europa. Irgendwohin; Sie können sich's aussuchen. Aber zuerst müssen Sie diese Papiere unterzeichnen.«
»Was für Papiere?«
»Ihre Abdankung als Präsident und eine Erklärung, daß Sie sich verpflichten, lebenslänglich freiwillig im Exil zu bleiben.«
»Gib mir einen Federhalter.« Er unterschrieb, ohne die Papiere anzusehen.
»Ich werde draußen warten, bis Sie angezogen sind«, sagte ich.
Ich ging ins Wohnzimmer, hob den Telefonhörer ab und wählte mein Büro. Tulia meldete sich. »Schicken Sie den Wagen zum Kleinen Palast«, sagte ich müde. »Sie sind zur Abreise bereit.«
Ich legte den Hörer auf, dann erinnerte ich mich an das Versprechen, das ich Beatriz gegeben hatte. Ich griff wieder nach dem Hörer und wählte ihre Nummer.
»Willst du immer noch Corteguay verlassen?«
»Ja.«
»Dann sei in einer halben Stunde bereit. Ich hole dich ab.«
Amparo trat aus dem Schlafzimmer, sie trug einen Bademantel.
»Amparo?«
Sie sah mich an.
»Warum hast du dir das von ihm gefallen lassen?«
»Weil er *el Presidente* war«, sagte sie sanft, »und weil er ein alter

Mann war und mein Vater. Es gab sonst niemanden, der ihm die Illusion gelassen hätte.«
Draußen hörte ich das Geräusch eines Wagens.

36

Ich nahm Beatriz' Tasche. Langsam gingen wir zu dem Jeep. »Ich habe dir versprochen, daß du mit dem ersten abgehenden Flugzeug herauskämst«, sagte ich, als wir eingestiegen waren, »und ich habe mein Wort gehalten. Aber ich möchte, daß du es dir noch einmal überlegst. In ein paar Tagen fliegen auch die Verkehrsmaschinen wieder.«
»Nein«, sagte sie. »Ich habe meinen Entschluß gefaßt.«
»Du bist ein stures Stück.«
Sie blickte mich wortlos an. Erst als wir uns dem Flugplatz näherten, sprach sie wieder. »Du verstehst mich nicht, Dax«, sagte sie plötzlich, »ich bin –«
»Was verstehe ich nicht?«
»Nichts. Es ist einfach so, daß ich nicht hierbleiben kann. Es gibt hier zu viele Erinnerungen.«
»Schon gut«, sagte ich, »du brauchst es nicht zu erklären. Versprich mir nur eines.«
»Was?«
»Daß du, wenn du in die Staaten kommst, mit meinem Freund Jeremy Hadley ins Außenministerium gehst. Dort kann man dir die Wahrheit darüber erzählen, was mit deinem Vater geschehen ist.«
Ihre Stimme klang verdächtig weinerlich. »Das werde ich tun«, sagte sie.

Im letzten Augenblick gab es Zuwachs für die Passagierliste. Hoyos. Er kam zu mir, während die anderen an Bord gingen. »Ich habe mit *el Presidente* gesprochen. Er ist einverstanden, daß ich ihn begleite, wenn im Flugzeug noch Platz ist.«
Ich blickte ihn fragend an.
»Ich bin zu alt, um noch neuen Herren zu dienen«, sagte er. »Hier ist kein Platz mehr für mich.«
»Sie können mitfahren.«
»Ich danke Ihnen, Exzellenz.« Er eilte an Bord.
El Presidente und Amparo stiegen als erste ein. Sie sprachen mit

niemandem. Ich konnte sein Gesicht nicht sehen – der Kragen seines Mantels war hochgeschlagen –, aber im letzten Moment blickte er um sich. Er schien etwas zu suchen, aber dann verschwand er im Inneren der Maschine.
Der nächste war Hoyos. Er hastete hinauf, ohne sich umzudrehen. Dann kam Beatriz. Sie küßte mich rasch auf die Wange. »Ich danke dir, Dax.« Dann eilte sie die Treppe hinauf.
Ich sah ihr nach. Plötzlich war mir wohler. Irgendwie wußte ich, daß in ein paar Tagen, wenn ich nach New York käme, alles zwischen uns wieder in Ordnung sein würde.
Die Kabinentür wurde verschlossen, und Giraldo ließ die Motoren anlaufen. Ich horchte kritisch. Sie liefen glatt und weich wie Seide. Giraldo steckte den Kopf aus dem Fenster und winkte mir zu, den Daumen nach oben. Ich winkte zurück.
»Vergessen Sie nicht, wieder herzukommen, wenn Sie in Panama gelandet sind!« schrie ich durch den Lärm der Motoren.
Er nickte grinsend, dann kurbelte er das Fenster hoch und rollte zur Startbahn. Als die Maschine aufgestiegen war, sah ich den blinkenden roten und grünen Lichtern nach, bis sie zwischen den Sternen verschwanden.
Es war Vasquez, der es in Worte faßte:
»Einmal in vielleicht fünfzig oder hundert Jahren gibt es einen Mann wie *el Presidente*. Einen Mann, dessen Möglichkeiten im Guten wie im Bösen so ungeheuerlich sind, daß sie beinahe unser Begreifen übersteigen. Wir werden ihn nicht vergessen. Wegen des Guten, das er getan hat, und wegen des Bösen. Das Tragische ist, daß alles hätte gut sein können, wenn er sich nur ein wenig bemüht hätte. Ich bete zu Gott, daß wir nie wieder einen wie ihn zu Gesicht bekommen.«

Es war nach vier Uhr morgens, und wir waren immer noch in meinem Büro.
Vieles war bereits erledigt. Der Befehl zur Feuereinstellung war bestätigt worden, und man hatte sich über die Form einer allgemeinen Amnestie geeinigt. Sie würde am Morgen verkündet werden.
»Meine Herren«, sagte ich, »es ist nun die Aufgabe dieser Junta, einen vorläufigen Präsidenten zu wählen, der im Namen der Junta die Regierungsgeschäfte führt, bis Wahlen abgehalten werden. Wie vereinbart, werde ich nur im Fall der Stimmengleichheit mein Votum abgeben. Sie haben vier Stimmen.«

Tulia stand auf. »Ich habe mir erlaubt, mich mit den Befehlshabern im Feld ins Benehmen zu setzen. Sie sind wie ich der Meinung, daß es naheliegt, Ihnen die Regierungsgeschäfte bis zu den Wahlen zu übertragen.«
»Es ist mir eine Ehre, meine Herren, aber meine Antwort lautet nein. Die Ehre ist groß, aber die Versuchung ist noch größer. Zu lange war es in unserem Land üblich, auf diese Weise die Macht an sich zu reißen. Aber wenigstens diesmal soll man nicht sagen können, wir hätten bloß aus persönlichen Motiven gehandelt statt aus Sorge um das Wohl unseres Landes. Außerdem gehöre ich nicht mehr hierher. Ich bin zu lange fortgewesen und weiß zuwenig von dem, was unserm Volk nottut. Auf diesen Platz gehört ein Mann, der das Volk von Corteguay kennt und liebt – das ganze Volk, den *campesino* wie den Städter. Es gibt solche Männer unter Ihnen. Wählen Sie einen, und es wird mir eine Ehre sein, unter ihm zu dienen.«
Tulia blickte die anderen an und dann wieder mich. »Für den Fall Ihrer Ablehnung«, sagte er, »haben wir einen zweiten Vorschlag zu machen.«
Vasquez erhob sich. »Oberst Tulia«, sagte er mit beleidigter Stimme, »Sie haben versäumt, mich zu fragen.«
Alle lächelten. »Würden Sie meine Entschuldigung annehmen, Señor Presidente?« sagte Tulia.

Wir gingen den Korridor entlang zum Büro *el Presidentes.* Jetzt war es nicht mehr seines. »Morgen früh, Herr Präsident, wird das Ihr Büro sein.«
Vasquez blieb stehen. Er blickte einen Moment hinein, dann wandte er sich an mich. »Morgen früh«, sagte er ruhig, »aber heute nacht – heute nacht ist es Ihres. Ohne Sie hätte es vielleicht kein Morgen gegeben.« Er schob mich sanft durch die Tür. »Am Morgen werde ich wiederkommen«, sagte er. »Gute Nacht.«
Ich blickte ihnen nach, bis sie die Wache am Ende des Korridors passiert hatten, dann wandte ich mich zu Fat Cat, der schweigend an der Wand lehnte.
»Wollen wir hineingehen?«
»Nein«, sagte er. »Ich habe eine Vorahnung.«
»Du und deine Vorahnungen!« Ich lachte und betrat das Büro.
Ich ging zum Schreibtisch und setzte mich in den Stuhl. Es war ein Stuhl, der einem das Gefühl gab, groß, stark und mächtig zu sein.

Ich lehnte mich zurück und steckte die Hände in die Taschen. In der einen spürte ich *el Presidentes* Revolver. Ich nahm ihn heraus und warf ihn Fat Cat zu.
Er fing ihn geschickt auf. »Wo hast du den her?«
»*El Presidente* hat versucht, mich zu erschießen, aber das Ding versagte.«
Ein Schatten flog über Fat Cats Gesicht. »Dann bist du also heute schon zweimal davongekommen. Das dritte Mal bringt Unglück. Komm, laß uns hier weggehen.«
Ich lachte. »Ich gehe erst, wenn ich eine Tasse Kaffee getrunken habe. Dahinten ist eine Küche. Mach uns einen Kaffee.«
Fat Cat blickte mich zögernd an. »Ich möchte dich nicht allein lassen.«
»Was kann mir schon in der Zeit zustoßen, wo du einen Kaffee machst?« sagte ich. »Schau, es ist schon Tag.«
Fat Cat rührte sich nicht.
Ich stand auf, nahm eine Machete von der Wand und legte sie vor mich auf den Tisch. »Außerdem habe ich das hier.«
Fat Cat drehte sich schweigend um und ging hinaus in die Küche. Ich hörte das Geräusch von Töpfen und dann von fließendem Wasser. Ich erhob mich und wanderte langsam durch das Büro. Es war noch voll von Erinnerungen an *el Presidente*. Überall waren Bilder von ihm – auf Medaillen, Schriftstücken, Pokalen.
Das graue Morgenlicht drang allmählich ins Zimmer. Ich trat ans Fenster und blickte auf die Stadt hinaus. Die Straßenlaternen im Hafen erlöschten, und bald würden die ersten Strahlen der Sonne hinter den Bergen im Osten aufleuchten. Ich öffnete die breiten Balkontüren und ging in den Garten, in die frische Morgenluft, hinaus.
Ich schlenderte bis zur Mauer, um von dort die aufgehende Sonne zu sehen. Dann hörte ich hinter mir ein Geräusch, und als ich mich umdrehen wollte, packte mich jemand mit stählernem Griff. Ein Arm schlang sich von hinten um meinen Hals, und ich wurde fast umgerissen, während eine heisere Stimme mir ins Ohr flüsterte: »Keinen Laut, oder du bist ein toter Mann!«
Ich versuchte mich umzudrehen, aber der Arm hielt mich fest, als wäre ich ein Kind. Wieder die Stimme in meinem Ohr. »*El Presidente* – wo ist er?«
Der Druck ließ ein wenig nach, so daß ich sprechen konnte. »Er ist fort. Im Exil.«

Der Druck verstärkte sich wieder. »Du lügst.«
Hinter mir erklang eine andere Stimme. »Es ist egal. Dieser hier ist ebenso gut.«
Der Mann trat vor mich hin. Es war einer der häßlichsten Menschen, die ich je gesehen hatte. Sein Mund war zu einem unablässigen Grinsen verzogen, die falschen Stahlzähne waren geschwärzt. Seine rechte Hand war zerquetscht, die Finger verdreht, und eine abgesägte doppelläufige Flinte lag nachlässig in der Beuge seines linken Armes. Er sah mich durchdringend an. »Erkennst du mich?«
Ich schüttelte den Kopf.
»Erinnerst du dich nicht an den Jungen, dessen Vater du dazu gebracht hast, von den Bergen herunterzukommen, bloß, damit er dann ermordet wurde?«
Er fing an zu lachen, als er sah, wie sich meine Augen weiteten. »Richtig, *el Condor*. Ich habe dein Gesicht nie vergessen. Wieso hast du meines vergessen?«
Ich antwortete nicht. Ich hätte es auch gar nicht können. Der Arm an meiner Kehle ließ mir gerade Luft genug, um zu atmen.
»Laß ihn los.«
Plötzlich gab der Arm meinen Hals frei, und ich wurde gegen die Mauer geschleudert. Ich stolperte und wäre beinahe gestürzt. Aber es gelang mir, mich umzudrehen und sie anzusehen. Der andere Mann war älter, vierschrötig und gedrungen. In seinem Gürtel steckten zwei Revolver.
»Was ist das für ein Gefühl, wenn man so in der Falle sitzt wie mein Vater?« fragte *el Condor*.
Ich antwortete nicht.
»Ich habe geschworen, daß ich diesmal nicht wieder in die Berge zurückgehen würde, ohne wenigstens einen der Mörder meines Vaters getötet zu haben.«
Immer noch sagte ich nichts. Ich spannte meine Muskeln, um einen Fluchtversuch zu machen. Sorgfältig schätzte ich die Entfernung zwischen uns. Sie betrug mindestens zweieinhalb Meter.
»Mörder!« schrie *el Condor* plötzlich. »Du stirbst!«
Ich sprang auf ihn los, und im selben Augenblick sah ich das Mündungsfeuer des Gewehrs. Zuerst dachte ich, er habe mich verfehlt, dann lag ich vor ihm auf dem Boden; er hatte mich nicht verfehlt. Aber ich verspürte keinen Schmerz. Ich hatte immer gedacht, es würde schmerzen.
Alles schien sich zu verlangsamen. Sogar *el Condors* Lächeln, als er

langsam die Flinte hob, um noch einmal zu schießen. Dann geschah etwas Verrücktes. Es blitzte, und der Arm, der die Flinte hielt, schien von der Schulter wegzufliegen und träge durch die Luft zu schweben. Ich sah, daß *el Condors* Mund sich öffnete, und hörte ihn schreien, während das Blut hervorbrach. Dann blitzte es wieder, und der Schrei brach ab.

Ich hörte die Schüsse und vermochte sie zu zählen. Drei, vier, fünf, sechs. In Fat Cats Gesicht lag ein furchterregender Blick. Langsam ging er auf *el Condor* zu, die blutige Machete hoch in beiden Händen wie eine Holzfälleraxt.

Verzweifelt griff der andere *bandolero* nach dem Revolver, der noch in seinem Gürtel steckte, aber seine zitternde Hand wollte ihm nicht gehorchen. Schreiend drehte er sich um und fing an zu laufen. Er hatte kaum vier Schritte getan, als Fat Cat ihm die Machete nachwarf. Plötzlich schien er vom Hinterkopf bis zum Rückgrat aufzubrechen und stürzte nach vorn.

Ich wandte meinen Kopf zu Fat Cat.

Er machte ein paar Schritte auf mich zu, dann schien er zu stolpern und fiel hin. Er blieb nur wenige Meter von mir entfernt auf dem Boden liegen.

»Fat Cat«, rief ich, aber meine Stimme war sehr schwach.

Zuerst dachte ich, daß er mich nicht hörte, dann hob er den Kopf und begann langsam, mit verzweifelter Anstrengung, zu mir herüberzukriechen. Das Blut strömte ihm aus dem Mund und dem Loch an der Seite des Halses.

Ich starrte ihn entsetzt an. Fat Cat starb. Ich konnte es nicht glauben. Nicht von Fat Cat. Er konnte nicht sterben, er war unverletzlich. »Fat Cat, es tut mir leid«, wollte ich sagen, aber ich brachte die Worte nicht mehr über die Lippen.

Jetzt berührten sich unsere Gesichter fast. So hingen wir an der rotierenden Erde und sahen uns an.

Ich fühlte Eiseskälte in mir hochsteigen. »Fat Cat, mir ist kalt«, flüsterte ich. Schon als Kind hatte ich die Kälte gehaßt. Ich liebte die Sonne.

Aber die Sonne, die jetzt über die Berge kam, wärmte mich nicht. Sie war nur ein helles, blendendes Licht, das meine Augen schmerzte. Ich spürte, wie die Kälte stärker und stärker wurde und immer höher kroch.

»Fat Cat, ich habe Angst«, flüsterte ich. Ich kniff meine geblendeten Augen zusammen, damit ich sein Gesicht sehen konnte.

Fat Cat hob den Kopf. In seine Augen trat ein Ausdruck, den ich nie zuvor gesehen hatte. Alle Liebe war darin vereint. Die Liebe eines Freundes, eines Vaters, eines Sohnes. Dann legte er seine Hand auf meine. Ich umschloß seine Finger.

Seine Stimme war heiser, aber sanft. »Halt meine Hand, Kind«, sagte er, »ich bringe dich sicher über die Berge.«

Nachwort

Sie wartete an der Tür. Jeremy trat ein, schloß die Tür und nahm sie in die Arme. So standen sie einen Augenblick, aneinandergeschmiegt.

Sie spürte die Müdigkeit und Anstrengung der Reise in ihm. Und eine seltsame Apathie, die seinem Wesen ganz fremd war. Sie küßte ihn liebevoll. Dann nahm sie seine Hand und führte ihn ins Wohnzimmer. »Wie war's?« fragte sie.

»Ziemlich schrecklich. Ich habe mir das nie so schlimm vorgestellt.«

»War sonst noch jemand da?«

»Nein«, sagte Jeremy. »Ich war der einzige.«

Sie schwieg.

»Es wäre nicht so schlimm gewesen, wenn sonst noch jemand dagewesen wäre. Aber ich war der einzige. Und dabei gab es immer so viele Menschen –«

»Reden wir nicht mehr davon«, sagte sie schnell und legte den Finger an die Lippen. »Du willst dir sicher erst einmal die Hände waschen.«

Jeremy ging hinauf ins Badezimmer. Ein paar Minuten später schaute er in die Kinderzimmer. Zuerst in das der Mädchen.

Sie schliefen. Er lächelte. Kein Erdbeben hätte sie aufwecken können.

Aber der Junge war anders. Als Jeremy ins Zimmer trat, setzte er sich im Bett auf. »Dad?« sagte er mit der hellen Stimme des Neunjährigen.

»Ja, Dax.«

»Mit was für einem Flugzeug bist du gekommen?«

»Mit einer 707«, sagte er. Er beugte sich nieder und küßte den Buben auf die Stirn. »Jetzt schlaf wieder ein.«

»Ja, Dad«, sagte der Junge und legte sich hin. »Gute Nacht.«

»Gute Nacht, mein Sohn«, sagte Jeremy und ging hinaus.

Sie wartete am Fuß der Treppe. Schweigend folgte er ihr in die Frühstücksecke hinter der Küche. Der Tisch war schon mit Sandwiches, Kaffee und Kuchen gedeckt.

Er trank einen Schluck von dem heißen Kaffee. Seine Augen waren wieder finster. »Niemand ist gekommen.«

»Zehn Jahre sind eine lange Zeit. Da schläft die Erinnerung ein«, sagte sie.

»Ich möchte wissen, ob man je erfahren wird, was wirklich an jenem letzten Tag passierte«, meinte er nachdenklich.
»Niemals«, sagte sie. »Innerhalb von ein paar Monaten waren alle tot. Außer Vasquez.«
»Du meinst, er hat sie umbringen lassen?«
»Ja«, sagte sie überzeugt. »Er wußte, daß die Junta ohne Dax auseinanderfallen würde. Wer sollte ihr Gewissen sein? Es hat sich gezeigt, daß Vasquez nicht besser war als *el Presidente*.«
»Man spricht von einer Revolution.«
»Jeremy, es berührt mich nicht mehr. Ich bin vor langer Zeit dort weggegangen, weil alles in diesem Land krank war, weil niemand an irgend etwas anderes dachte als an Tod und Zerstörung. Ich will nichts mehr davon hören.«
»Gut, gut«, sagte er besänftigend. »Aber ich kann mich entsinnen, wie ich während seiner letzten Rede vor den Vereinten Nationen auf der Galerie saß. Wie er sie alle ansah, während er sprach. Als wolle er der ganzen Welt ins Gewissen reden. ›Dulden Sie nicht, daß je einer von Ihnen einem anderen hilft, seinen Bruder zu bekriegen.‹«
Sie schwieg.
Jeremy holte einen Ring aus der Tasche. »Das hat man mir gegeben«, sagte er.
Sie nahm den Ring und betrachtete ihn. »Ich habe mir immer überlegt, was die Inschrift bedeutet.«
»Es ist ein Klassenring. Er war in Jims Klasse in Harvard. Wir haben ihm den Ring geschenkt, als er vor der Promotion fortmußte.«
Sie betrachtete sich den Ring genau.
»Oben im Zimmer des Jungen, Beatriz, habe ich darüber nachgedacht. Er ist seinem Vater so ähnlich. Er sollte es wissen.«
»Der Junge hat jetzt einen Vater. Das genügt.«
»Er wäre sehr stolz auf ihn.«
»Er ist sehr stolz auf dich«, sagte sie.
»Er wird älter«, beharrte er. »Und wenn er es selber entdeckt?«
»Das Risiko nehme ich auf mich«, sagte sie eigensinnig.
»Ist das fair gegenüber seinem Vater?«
»Sein Vater ist tot«, sagte sie brüsk. »Fairneß spielt keine Rolle mehr für ihn.« Sie stand auf und ging in die Küche. Er sah, wie sie den Müllschlucker öffnete und den Ring hineinwarf. Er hörte, wie der Ring den Schacht hinunterfiel.
»Warum hast du das getan?« fragte er.

»Nun gibt es nichts mehr von ihm«, sagte sie hart, »nichts als einen Traum, den wir alle hatten, als wir jung waren.«
Jeremy wollte etwas sagen, aber dann sah er die Tränen in ihren grünen Augen. Er nahm sie in die Arme und drückte sie fest an sich. Er spürte ihre salzigen Tränen auf seinen Lippen.
Sie hatte unrecht. Und sie wußte es.
Es gab immer noch den Jungen, der oben in seinem Zimmer schlief.

Inhalt